BASTEI
LÜBBE
TASCHENBUCH

Ich hab dich lieb

Um einen alten Familienzwist zu beenden, vermacht Friederike Elisabeth von Lingen, geborene Lehenau, das Gut Herrenberg den letzten beiden Abkömmlingen der Familie. Einzige Bedingung: Die Erben, die aus zwei verfeindeten Linien der Familie stammen, sollen ein Jahr lang ihren neuen Aufgaben in Herrenberg nachkommen. So führt das Schicksal Mark von Lehenau, bislang Chauffeur, und Lonny von Lehenau, bisher Sekretärin, zusammen. Schon bald sind sich die beiden herzlich zugetan. Doch dann taucht plötzlich die Tochter von Marks früherem Chef auf und scheut vor keiner Raffinesse und Lüge zurück, um einen Keil zwischen die Liebenden zu treiben …

Hilfe für Mona

Mona, die reiche Erbin der Falkner-Werke, ist todunglücklich, als sich ihr Jugendfreund Richard Römer mit der verführerischen Gloria verlobt. Doch keiner soll wissen, wie es um sie steht. Deshalb gibt sie dem Werben des Lebemannes Hubert Meining nach, der es nur auf ihr Geld abgesehen hat. Schon bald muss Meining allerdings erkennen, dass er nicht beliebig über das Vermögen seiner Frau verfügen kann. Aus maßloser Enttäuschung, schmiedet er einen verbrecherischen Plan, der Mona in höchste Gefahr bringt …

Hedwig Courths-Mahler

Nur die Liebe führt zum Glück

Ich hab dich lieb
Hilfe für Mona

BASTEI LÜBBE
TASCHENBUCH

BASTEI LÜBBE TASCHENBUCH
Band 17673

Dieser Titel ist auch als E-Book erschienen

MIX
Papier aus verantwortungsvollen Quellen
FSC® C083411

Umschlaggestaltung: Tanja Østlyngen
nach einer Idee von Sandra Taufer, München
Unter Verwendung eines Motivs von © Knopazyzy / shutterstock
Satz: Dörlemann Satz, Lemförde
Gesetzt aus der Stempel Schneidler
Druck und Verarbeitung: CPI books GmbH, Leck – Germany
ISBN 978-3-432-17673-1

2 4 5 3 1

Sie finden uns im Internet unter www.luebbe.de
Bitte beachten Sie auch: www.lesejury.de

H. Courths-Mahler

Lass nur mein Haupt an deinem Herzen liegen
Lass mich nur lauschen still auf seinen Schlag
Und streich mir sanft und leise übers Haar
Still, sag kein Wort
Schick mich nicht fort
Dann wird die Seele wieder licht und klar
Ein heißer, lichter Friede strömt mir zu
Und zwingt das ungestüme Herz zur Ruh'
Die tollen heißen Wünsche schlafen ein
Vorbei ist Herzensnoth und Seelenpein.

2. November 1901

Ich hab
Dich
lieb

1

Mark Lehenau steckte tief in der Arbeit. Er untersuchte einen Motorschaden und hatte für nichts und niemand Zeit als für diesen Schaden. Das Auto war sein bester Freund. Es war für ihn kein wertloser toter Gegenstand und half ihm mehr als die Menschen seiner Umgebung über Alltagsdepressionen hinweg. Wenn es nicht unbedingt notwendig war, ließ er keine andere Hand an den Wagen. Dabei gehörte ihm das Auto gar nicht, er war nur als Chauffeur angestellt und freute sich, dass er endlich, nach langem Herumlaufen, diese Stellung erhalten hatte. Das verdankte er nur dem Auto, nicht dem Besitzer, einem reichen Mann, der es verstanden hatte, durch alle Wirtschaftskrisen, nicht nur ungeschädigt, sondern noch obendrein bereichert hindurchzukommen, und jetzt satt und zufrieden mit Frau, Sohn und Tochter eine protzige Villa bewohnte. Mark Lehenau hatte, als er sich auf eine Zeitungsanzeige hin bei Heinrich Seifert um den Posten eines Chauffeurs bewarb, insofern Glück gehabt, als die beiden Damen des Hauses, Mutter und Tochter, ihn recht interessant fanden und sehr dafür eingetreten waren, dass gerade er Seiferts Chauffeur werden sollte. Herr Seifert senior interessierte wenig, wie der Chauffeur aussah, ihm kam es darauf an, dass er ein guter, zuverlässiger Fahrer war. Und Herr Seifert junior war mit achtundzwanzig Jahren ein weltmüder Mensch, der alles fad und langweilig fand, weil er mit seines Vaters Geld viel zu gut gelebt hatte, dass er sich ganz gewiss nicht darum kümmerte, wer den Wagen fuhr, in dem er seinen müden Körper fortbewegte. Aber Frau Lilli Seifert, die Mutter, die noch sehr unternehmungslustig war, und Fräulein Marlen Seifert – sie hieß eigentlich Martha-Helene, fand es aber wünschenswert, sich nach einem Filmstar Marlen zu nennen –, die mit begehrlichen Augen den neuen Chauffeur ansahen, hatten lebhaft für ihn gestimmt. Und so wurde Mark Lehenau der Fahrer des wundervollen Wagens, der gleich beim ersten Anblick sein Herz gewann. Fräulein Marlen hätte es lieber gesehen, wenn sie dieses Herz gewonnen hätte, und auch Lilli Seifert wäre nicht abgeneigt gewesen, sich von diesem interessanten Chauffeur ein wenig über ihre unbefriedigende Ehe hinwegtrösten zu lassen. Aber Mark Lehenau sah diese beiden Frauen mit seinen ausdrucksvollen blauen Augen so gleichgültig an, als seien sie Dinge, die gar nicht über seine Bewusstseinsschwelle traten.

Er hatte sich richtiggehend in den Wagen verliebt und wäre ihm am liebsten nicht mehr von der Seite gewichen. Zwar war ein Wagenwäscher gestellt worden, weil Frau Lilli darauf hielt, dass ihr interessanter Chauffeur seine gepflegten Hände behielt, aber dieser Mann machte Mark Lehenau nichts gut genug. Immer putzte und bastelte er noch selbst an dem Wagen herum.

Nun hatte er heute Morgen, als er Herrn Seifert senior in seine Fabrik fuhr, am Motor ein fremdes Geräusch gehört und lag inzwischen in seinem Overall unterm Wagen.

Nachdem er die Störung beseitigt hatte und gerade wieder herauskroch, erschien, auf hohen Absätzen trippelnd, Fräulein Marlen, die sich neuerdings, gleich ihrer Mutter, sehr für die Garage interessierte, und sagte mit spitzem Mund:

»Oh, Herr Chauffeur – wie sehen Sie aus?«

Er sah an sich herab.

»Wahrscheinlich ziemlich schmutzig, mein gnädiges Fräulein; ich hatte eine kleine Reparatur am Wagen!«

»Weshalb machen Sie denn das selbst? Das sollen Sie doch nicht, der Wagenpfleger hätte den Wagen doch zur Werkstatt fahren können, damit der Schaden behoben wird.«

»Das tu ich lieber selbst, gnädiges Fräulein, wenn es sich um keine große Sache handelt.«

Sie schmachtete ihn an.

»Solche Arbeit sollen Sie aber nicht tun. Sie wissen doch, dass Mutter einen Chauffeur mit gepflegten Händen wünscht!«

Er sah sie mit einem etwas spöttisch überlegenen Blick an. »Die gnädige Frau wird sich nicht zu beklagen brauchen. Haben Sie sonst noch etwas zu befehlen, gnädiges Fräulein?«

Marlen Seifert kokettierte sehr deutlich mit ihm.

»Sie sollen mich ein wenig spazieren fahren. Es ist so herrliche Frühlingsluft, und draußen im Wald möchte ich dann ein wenig laufen.«

»Wie Sie befehlen, gnädiges Fräulein. Gestatten Sie nur, dass ich meine Hände säubere und mich rasch umziehe. In fünf Minuten bin ich wieder zur Stelle.«

Sie lachte ihn verliebt an.

»Aber – ich befehle doch nicht, das wissen Sie genau. Einen Mann wie Sie kann man doch immer nur bitten, auch wenn er nur Chauffeur ist.«

Mit unbeweglichem Gesicht verneigte er sich stumm und verließ die Garage. Was er über solche Annäherungsversuche Marlen Seiferts sowie über die ihrer Mutter dachte, hat nie ein Mensch erfahren. Als er dann den Wagen vorfuhr und den Wagenschlag öffnete, um Marlen einsteigen zu lassen, verbeugte er sich wieder und sagte ganz sachlich:

»Zehn Minuten vor eins muss ich Ihren Herrn Vater wieder mit dem Wagen an der Fabrik abholen.«

Sie sah auf ihre Armbanduhr.

»Also haben wir zwei Stunden Zeit. Bitte, fahren Sie dorthin, wo wir vorgestern waren.«

Wieder verneigte er sich. Aber Marlen nahm nun nicht etwa im Fond des Wagens Platz, wie er erwartet hatte, sondern sie setzte sich neben den Fahrersitz. Das war ihm durchaus nicht angenehm, aber was konnte er dagegen tun? Er stieg mit gelassenem Gesicht ein und versuchte, jede Berührung mit der jungen Dame zu vermeiden.

Zuerst war Marlen mit dieser Haltung einverstanden. Als sie aber ins Freie hinauskamen, rückte sie immer näher. Eine Weile konnte er das übersehen, aber als er dadurch beim Schalten behindert wurde, sagte er artig, aber sehr kühl:

»Würden Sie die Güte haben, gnädiges Fräulein, etwas mehr zur Seite zu rücken – ich bin sonst beim Fahren behindert.«

Sie rümpfte ein wenig das Näschen.

»Ach, kam ich Ihnen zu nahe? Das ist zuweilen beim Fahren nicht zu vermeiden.«

»Sehr richtig, deshalb täten gnädiges Fräulein vielleicht besser daran, einen anderen Platz einzunehmen.«

Das Blut schoss ihr nun doch ins Gesicht, und sie meinte ärgerlich:

»Das wollen Sie bitte mir überlassen.«

»Bitte sehr!«, erwiderte er ruhig.

Sie rückte nun sehr betont von ihm ab und blickte auf der andern Seite zum Fenster hinaus. Er achtete nicht darauf.

Eine Weile schmollte Marlen, dann aber rutschte sie doch unmerklich wieder etwas näher an ihn heran. Sie blickte ihn von der Seite an und freute sich, dass er so braun gebrannt aussah, dass er sich so straff und aufrecht hielt und dass es zuweilen in seinem Gesicht zuckte und sprühte. Schade, dass er nur ein Chauffeur war! So einen Mann hätte sie auf der Stelle geheiratet. Dabei hegte sie über sein Einverständnis keinen Zweifel. Eine Millionenerbin verschmäht kein Mann, darin war sie sich sicher. Aber es störte sie doch etwas, dass er nur Chauffeur war. Einen solchen heiratet man doch nicht, mit dem kann man wohl ein wenig flirten, aber heiraten – nein –, das heißt – schlimmstenfalls würde sie ihn auch heiraten, wenn die Eltern einverstanden wären. Der Vater konnte ihm ja dann in seiner Fabrik einen anderen Posten geben – gut genug sah er ja für jede, selbst für die höchste Stellung aus. Aber – nun – vorläufig wollte man nicht weiter darüber nachdenken – erst musste sie mal seine Scheu vor der Tochter des Chefs besiegen –, daran lag es wohl, dass er so zurückhaltend war.

Während dieser Gedanken war sie wieder näher gerückt, und das gefiel ihm gar nicht. Er sehnte sich danach, am Ziel zu sein und aussteigen zu können.

Auf der Avus schlug er deshalb ein ziemlich schnelles Tempo an, und Marlen wurde zuweilen wider ihren Willen dicht an seine Seite gerüttelt. Aber am Ende der Avus musste er wieder ein ruhigeres Tempo fahren. Endlich war die Stelle im Wald erreicht. Er hielt den Wagen an und sagte kurz:

»Diese Stelle meinten Sie, gnädiges Fräulein?«

Sie nickte ihm lächelnd zu.

»Wenn mein Vater wüsste, welches Tempo Sie gefahren sind!«, sagte sie und drohte ihm mit dem Finger.

»Sie haben mir vorgestern gesagt, dass Sie gern schnell fahren. Mit Ihrem Herrn Vater und der gnädigen Frau würde ich das natürlich nicht wagen.«

Sie stützte sich fest auf seinen Arm beim Aussteigen und meinte lächelnd:

»Ich verrate es meinem Vater schon nicht.«

Darauf wusste er nichts zu sagen.

»Bitte, begleiten Sie mich ein Stück in den Wald hinein, ich habe immer ein wenig Angst, dass mich ein Strolch oder ein Tier erschreckt.«

Seine Antwort war nur eine Verbeugung. Und so gingen sie nebeneinander eine Schneise entlang.

Während sie so dahinschritten, legte sie plötzlich ihre Hand in seinen Arm.

»Sie müssen mich ein wenig stützen; mit den hohen Absätzen geht es sich hier so unsicher.«

Er musste nun wohl seinen Arm beugen, damit sie wirklich eine Stütze hatte, aber seine Haltung ließ dabei keinen Zweifel darüber, dass er am liebsten weit weg von Fräulein Marlen Seifert gewesen wäre. Und doch war sie ein ganz hübsches Mädchen, mit feurigen, dunklen Augen und schön gepflegtem braunen Haar, das unter der schmalen, aufgeschlagenen Krempe ihres Hutes hervorquoll. Allerdings waren ihre Züge etwas gewöhnlich; sie sah jedoch nicht so aus, dass sich ein junger Mann daran hätte stoßen müssen, Arm in Arm mit ihr zu gehen. Mark Lehenau musste aber einen ganz anderen Geschmack haben, denn er konnte diesem Spaziergang nichts abgewinnen. Eine Weile schritten sie still dahin, als er plötzlich fühlte, dass ihre Hand immer fester seinen Arm drückte. Er verzog keine Miene und gab sich den Anschein, nichts gemerkt zu haben.

Dann sah sie schelmisch zu ihm auf und flüsterte:

»Ich bin wohl nicht Ihr Typ?«

Jetzt musste er ihr notgedrungen sein Gesicht zuwenden.

»Verzeihung – aber daraufhin habe ich noch gar nicht gewagt Sie anzusehen, gnädiges Fräulein.«

Sie hörte nur, dass er es nicht gewagt hatte. Also musste man ihm Mut machen.

Sie lehnte den Kopf nun ganz nachdrücklich an seinen Arm und sagte, lachend zu ihm aufsehend:

»Und ich glaubte schon, Sie seien ein Stockfisch oder Eisklumpen, weil Sie gar nichts merken.«

Er musste nun doch ein wenig lachen.

»Weder das eine noch das andere, gnädiges Fräulein; aber bitte, vergessen Sie nicht, wer Sie sind und wer ich bin.«

»Ach, Unsinn, das will ich doch gerade vergessen – ich bin ganz einfach in Sie verliebt. Da haben Sie die Wahrheit, und nun werden Sie wohl weniger zurückhaltend sein?«

Es zuckte um seinen Mund.

»Im Gegenteil, gnädiges Fräulein – noch viel mehr!«

Trotzig sah sie zu ihm auf.

»Warum denn?«

Er fand ihre Aufdringlichkeit eher abschreckend als anziehend, aber irgendwie belustigte sie ihn doch, gerade weil sie so unverblümt aussprach, was er noch nie aus dem Munde einer Dame gehört hatte. Und eine Dame wollte Fräulein Marlen Seifert ja sein.

»Weil ich meine Stellung nicht verlieren möchte – es ist mir weiß Gott schwer genug geworden, eine solche zu finden. Sie in Ihrer glücklichen Lage als Tochter eines reichen Mannes können wahrscheinlich kaum begreifen, wie froh man ist, wenn man endlich wieder arbeiten und verdienen kann, gleich in welcher Stellung. Bitte machen Sie es mir also nicht unnötig schwer, diese Stellung zu behalten.«

Etwas unsicher sah sie zu ihm auf, hielt aber immer noch seinen Arm fest.

»Herrgott, wie Sie das gesagt haben – ganz tragisch. Ist es denn wirklich so schwer, eine Stellung zu bekommen, wenn man so ein tüchtiger Chauffeur ist und so gut aussieht wie Sie?«

Es huschte bei ihrer naiven Frage ein Lächeln um seinen Mund.

»Glauben Sie es nur!«

Wieder sah sie ihn verliebt an.

»Wenn Sie lächeln, sind Sie noch viel bezaubernder. Ja, ja – Sie sind ein bezaubernder Chauffeur, da kann man lange suchen, bis man einen Mann Ihrer Art findet. Also – es ist nur Angst um Ihre Stellung, dass Sie sich zu mir immer so zurückhaltend gezeigt haben?«

»Nehmen Sie das an, gnädiges Fräulein«, sagte er vorsichtig.

Sie war nun ganz überzeugt, dass er sich nur deshalb von ihr zurückhielt, weil er seine Stellung nicht verlieren wollte. Und verliebt schmiegte sie wieder ihre Wange an seinen Arm.

»Wissen Sie, so gut gefallen Sie mir, dass ich Sie vom Fleck weg heiraten würde, wenn Sie nicht Chauffeur wären – oder nein –, auch trotzdem würde ich Sie heiraten – Sie müssten ja dann nicht mehr Chauffeur bleiben. Aber meine Eltern wollen natürlich hoch hinaus mit mir. Meine Mutter sagt, es gibt jetzt so viele hochgebildete angesehene Herren, selbst Adelige, die froh sind, eine reiche Frau zu bekommen. Aber – Sie gefallen mir viel zu gut, als dass ich einen andern haben möchte. Und stolzer als Sie kann auch kein Doktor oder Freiherr sein. Was meinen Sie, soll ich meinem Vater um den Bart gehen, dass er Ihnen eine gute Stellung gibt? Würden Sie mich dann heiraten?«

Obwohl sie so aufdringlich war, widerstrebte es ihm, sie in deutlicher Art zurückzuweisen, wie er es gern gewollt hätte. Immerhin war sie eine Frau – und er hatte von Jugend an gelernt, dass man Frauen ritterlich begegnen muss. Was sollte er jetzt antworten?

Er sah sie unschlüssig und zaudernd an, da reckte sie sich plötzlich auf die Zehenspitzen, umfasste seinen Nacken und küsste ihn auf den Mund.

»So, Sie lieber Mann, ich finde es so fein, dass Sie so stolz sind und auf meine Frage gar nicht antworten. Tausende würden jetzt begeistert zugegriffen haben, denn immerhin werde ich mal eine ganz hübsche Erbschaft machen. Aber Sie brauchen mir jetzt gar nichts mehr zu sagen. Ich betrachte mich ab heute als Ihre heimliche Verlobte und werde meinen Vater schon so geschickt bearbeiten, dass alles glatt geht. Nein, reden Sie kein Wort – wir sprechen nicht mehr darüber, bis ich meinen Vater herumgekriegt habe. Aber ab und zu mal einen Kuss, nicht wahr – das können wir uns doch schon leisten?«

Er war einfach sprachlos, wusste nicht, was er tun und sagen sollte, und hätte am liebsten rundheraus erklärt, dass sie sich irre, wenn sie meine, er lasse sich einfach auf so eine Weise von einer Frau heiraten – und wenn sie noch so viele Millionen besitze. Sie sah ihn siegessicher und lachend an und hob sich wieder auf die Zehen, um ihm ihren Mund zu reichen. Aber er wich erschrocken zurück und sagte abwehrend:

»Gnädiges Fräulein, ich will das alles nicht gehört haben, will alles vergessen, was hier geschehen ist. Sie müssen vernünftig sein, das geht doch nicht so, wie Sie sich das denken. Es kann gar keine Rede davon sein, dass ich Sie beim Wort nehme, es wäre unverzeihlich von mir. Kommen Sie, ich fahre Sie jetzt wieder heim, und wir denken nicht mehr daran, was hier geschehen ist.«

Mit einem verschmitzten Lächeln trat sie zurück.

»Nun verliebe ich mich nur noch mehr in Sie. So einen stolzen Mann habe ich mir immer gewünscht. Also gut, wir reden nicht mehr davon, aber vergessen werde ich mein Versprechen nicht. Ich hoffe, es macht Ihnen nichts aus, dass ich das Eis zwischen uns gebrochen habe. Heutzutage haben wir Frauen doch dasselbe Recht wie die Männer, und in unserem Fall musste ich doch reden, wenn die Sache in Fluss kommen sollte.«

Mark Lehenau war gewiss kein Feigling, aber dieser Unentwegtheit gegenüber musste er sich vorläufig geschlagen geben. Er tröstete sich damit, dass dies alles nur eine verliebte Laune dieser verwöhnten jungen Dame war und morgen vielleicht schon vergessen sein würde; aber dennoch nahm er sich vor, sich doch beizeiten nach einer anderen Stellung umzusehen, damit er nicht wieder stellenlos auf der Straße lag, wenn ihm sein Chef nachdrücklichst mitteilen würde, dass er für einen Chauffeur, der danach trachte, sein Schwiegersohn zu werden, keine Verwendung mehr habe.

Leider wusste er aber auch, dass es sehr schwer sein würde, eine andere Stellung zu bekommen. Und so saß er auf der Heimfahrt ziemlich bedrückt am Steuer.

Mark Lehenau war froh, als der Wagen wieder vor der

Villa Seifert hielt und er Marlen beim Aussteigen helfen konnte. Ihre Mutter stand an einem Fenster des Erdgeschosses. Sie hatte eine sehr anstrengende Verschönerungskur hinter sich, fand sich aber blendend aussehend und lächelte dem Chauffeur huldreich zu. Sie öffnete ein wenig das Fenster und rief hinaus:

»Bitte, kommen Sie doch herein, Chauffeur! Ich will mit Ihnen besprechen, wann Sie mich heute ausfahren.«

Mark Lehenau verneigte sich und eilte die Stufen hinauf in das Haus, froh, auf diese Weise einem etwas gewagten Abschied Marlens zu entgehen.

Marlen suchte mit einem Siegerlächeln ihre Zimmer auf. Sie fühlte sich schon ganz als Mark Lehenaus Braut.

Dieser hatte inzwischen einen zweiten Kampf zu bestehen, der ihm noch widerlicher war als der erste. Frau Lilli Seifert girrte und schmeichelte um ihn herum, klagte ihm, dass sie eine unverstandene Frau sei und ihr Mann sie sehr vernachlässige. Sie sehne sich nach einem Menschen, der sie verstehe, mit dem sie sich zuweilen aussprechen könne. Mark stand wie auf Kohlen und fragte schließlich ziemlich kurz angebunden:

»Also wann befehlen Sie den Wagen, gnädige Frau? Ich muss jetzt zur Fabrik fahren und Herrn Seifert abholen.«

Sie sah ihn sehr enttäuscht an und meinte etwas ungehalten, sie wolle sich das erst noch überlegen, er werde nach Tisch Nachricht bekommen. Mark Lehenau atmete tief auf, als er wieder im Freien war und zu seinem Wagen gehen konnte. Ganz zärtlich strich er über den Kühler, als streichle er den Rücken eines Pferdes.

Und als er am Steuer saß, sagte er ärgerlich vor sich hin:

»Sind denn alle Weiber verrückt geworden?«

Aber obwohl er allein war, fand er, dass er sich sehr hässlich ausgedrückt habe und schämte sich ein wenig.

In derselben Stunde, da Lehenau seinen Chef von der Fabrik abholte, stand eine junge Dame in einer mittelgroßen Provinzstadt von ihrem Platz an der Schreibmaschine auf und stülpte die Schutzhaube darüber. Dann trat sie in den kleinen Waschraum neben ihrem Zimmer und machte sich fertig, um nach Hause zu gehen. Ihr Chef, ein sehr bekannter Schriftsteller, hatte ihr schon vor einer Stunde gesagt, dass er heute aufs Land eingeladen sei und vor Abend nicht zurückkomme. Wenn sie aufgearbeitet habe, was er ihr als Stenogramm diktiert habe, könne sie das Wochenende anbrechen lassen. Es war Sonnabend.

Lonny Lehenau freute sich sehr auf den freien Nachmittag. Sie hatte sich beeilt mit ihrer Arbeit, damit sie nach Tisch nicht noch einmal an ihren Arbeitsplatz zurückzukehren brauchte, und sie hatte das auch geschafft. Nun schritt sie aufrecht und ferienfroh ihrer Behausung zu. Sie freute sich schon auf Tante Marias Freudenausbruch, wenn sie vorzeitig nach Hause kam.

Tante Maria war die Schwester ihrer Mutter. Leonie oder Lonny, wie sie sich einfach rufen ließ, hatte keine Eltern mehr, und auch Tante Maria stand nach dem Tod ihres Mannes allein auf der Welt. Sie bezog eine kleine Pension. So war Lonny sehr froh, bei einem Schriftsteller als Sekretärin angestellt zu sein. Die beiden einsamen Frauen lebten in einer bescheidenen, aber behaglichen kleinen Wohnung zusammen. Tante Mia, wie Lonny sie nannte, hielt den kleinen Haushalt in Ordnung, wobei sie sich jede Woche einmal vormittags für die ganz groben Arbeiten eine Frau kommen ließ. Sie kochte, nähte und bügelte alles selbst, ging einkaufen und war ziemlich gefürchtet, weil sie nachdrücklich herunterhandelte, was ihr zu teuer erschien; dabei sah sie immer nett und sauber aus.

Ihre ganze Liebe galt Lonny, der sie alles zu Gefallen tat, was sie nur konnte. Wegen ihrer zarten kleinen Gestalt hätte man ihr das energische Wesen gar nicht zugetraut. Als Lonny nach Hause kam, lief ihr Tante Mia schon aufgeregt entgegen.

»Gut, dass du endlich kommst, Lonny – sechs Minuten später als sonst, muss ich feststellen.«

Lonny umarmte sie lachend.

»Dafür habe ich den ganzen Nachmittag frei, mein Chef macht Wochenend, und ich mit ihm.«

»Das ist gut und schön, Lonny, aber ich habe dich heute besonders sehnlich erwartet. Ich komme bald um vor Neugier!«

»Nicht doch, Tante Mia! Das ist, glaube ich, ein schrecklicher Tod. Wo brennt es denn?«

Die Tante zog Lonny aufgeregt ins Wohnzimmer hinein, wo sie ein amtlich aussehendes Schreiben vom Tisch nahm und es erregt vor Lonnys Gesicht hin und her schwenkte.

»Da! Sieh dir das an und wage zu behaupten, dass man kein Anrecht auf qualvolle Neugier hat, wenn man so ein Ding stundenlang verschlossen vor sich liegen sieht.«

Sie reichte Lonny den Brief mit wichtiger Miene. Diese sah darauf nieder und drehte ihn in der Hand herum. Er war an Lonny gerichtet und sah wirklich sehr amtlich und wichtig aus. Etwas unbehaglich sah Lonny zur Tante hinüber.

»Das sieht höchst wichtig aus, Tante Mia; was kann denn das sein?«

Tante Mia zappelte mit Händen und Füßen.

»Das fragte ich mich, seitdem die Frühpost kam. Nun erbarme dich und mach es endlich auf, damit diese Frage gelöst wird.«

Da entschloss sich Lonny, das Schreiben zu öffnen, tat es aber mit spitzen Fingern, als könne aus diesem Schreiben irgendein Unheil kommen.

Ein großer amtlicher Bogen kam zum Vorschein. Lonny entfaltete ihn und begann zu lesen, was das Amtsgericht in Wengern ihr zu melden hatte. Sie war aber kaum bis zur Mitte gekommen, als sie erblassend die Hand sinken ließ, sich in einen Sessel setzte und fassungslos in das Gesicht Tante Mias sah, die nun ebenso fassungslos auf ihre Nichte starrte.

»Um Gottes willen, Lonny – was ist denn los?«

Lonny strich sich über die Stirn.

»Tante Mia, hast du jemals von einem Familienzwist der Familie Lehenau gehört?«

»Aber natürlich, Lonny. Dein Vater hat uns, deiner Mutter und mir, einmal davon erzählt. Die Lehenaus bekriegten sich einige Jahrhunderte lang, weil der eine Teil der Familie bei einer Erbteilung bevorzugt worden war. Offen gesagt, ganz genau weiß ich nicht mehr, wie die Sache zusammenhing, auch dein Vater wusste es nicht mehr so richtig. Genug, die beiden Familienzweige fühlten sich seither verpflichtet, einander als Feinde zu betrachten. Die Nachkommen wussten nicht mehr so recht, warum, doch die Vorfahren hatten ihren Kindern immer wieder eingebläut: Du musst jeden, der zum andern Zweig der Familie gehört, von Rechts wegen erbittert hassen. – Aber sage mir, was das mit diesem Schreiben zu tun hat.«

Lonny atmete tief auf. Dann sagte sie in ihrer wundervoll ruhigen und gefassten Art, die sie wiedererlangt hatte:

»Nun setz dich erst mal, Tante Mia! Oder hast du das Essen noch auf dem Feuer stehen? Dann bring es erst in Sicherheit.«

»Es ist schon in Sicherheit; und wenn du denkst, du bekommst mich hier weg, bevor ich haargenau weiß, was in dem Brief steht, dann kennst du deine Tante Mia nicht.«

Lonny lachte ihr weiches, gütiges Lachen.

»Ich kenne meine Tante Mia nur zu genau; deshalb verlange ich, dass du dich niedersetzt, aber bitte recht fest, damit du nicht herunterfällst. So, das ist geschehen. Und nun höre und staune: Ich bin Erbin!«

Die alte Dame sprang wie ein Wiesel auf, aber Lonny ließ das Schreiben, das sie aufgenommen hatte, sinken.

»Liebste Tante, wenn du wie ein Propeller herumschwirrst, kann ich nicht lesen, was da drin steht. Ich weiß vorläufig kaum die Hälfte.«

Die Tante sank gehorsam in den Sessel zurück.

»Aber geerbt hast du, Kind? Sag mir das nur gleich im Voraus.«

»Es scheint mir so, Tante Mia, aber es ist, glaube ich, eine Bedingung daran geknüpft – oder mehrere. Willst du mich nun vorlesen lassen?«

»Aber ja, ich warte doch darauf, wie das Kind auf den Weihnachtsmann.«

Lonny atmete tief auf und las:

»An die Freiin Margareta Leonie von Lehenau, Tochter des Freiherrn Axel Willbrecht v. Lehenau.

Hiermit benachrichtigen wir Sie, dass auf Rittergut Herrenberg bei Wengern Frau Friederike Elisabeth von Lingen, geborene Lehenau, Witwe des Herrn Fritz von Lingen, verstorben ist und dass sie ihr Gut Herrenberg mit allem toten und lebenden Inventar, desgleichen ein Barvermögen von 600000 Mark und verschiedene Schmuck- und Wertsachen zu gleichen Teilen Ihnen und dem Freiherrn Mark von Lehenau vermacht hat. Sie und der besagte Freiherr von Lehenau entstammen, wie testamentarisch festgestellt ist, zwei bisher verfeindeten Zweigen der Familie Lehenau. Die Erblasserin will diesem langen Familienzwist auf folgende Weise ein Ende machen: Alles, was sie hinterlassen hat, soll in genau zwei gleichen Teilen an Sie und den Freiherrn Mark von Lehenau übergehen unter der Bedingung, dass Sie sich beide verpflichten, vom Tag Ihrer nunmehr erwarteten Ankunft in Herrenberg bis zu demselben Tag des nächsten Jahres, also ein Jahr lang, zusammen im Herrenberger Gutshaus zu wohnen. Sie müssen sich verpflichten, während der ganzen Zeit gemeinsam an einem Tisch ihre Mahlzeiten einzunehmen, sich keinen Tag von Herrenberg zu entfernen und genau dieselben Rechte und Pflichten zu übernehmen, die mit dem Antritt der Erbschaft verbunden sind. Auf diese Weise hofft Frau von Lingen, allen Hader zwischen den Familienmitgliedern für immer aus der Welt zu schaffen. Gelingt es ihr nicht, wird kein Familienfriede erzielt, so hat sie das Ihre getan, ihn zu beseitigen. Genau ein Jahr nach ihrem gemeinsamen Einzug sollen die beiden Erben ungehindert ihre eigene Entscheidung treffen, wo sie ferner ihren Wohnsitz nehmen wollen. In diesem Fall ist der Rechtsbeistand der Frau von Lingen berechtigt und verpflichtet, den beiden Erben zur Regelung dieser Angelegenheit zur Seite zu stehen. Alles Weitere erfahren Sie, wenn Sie am 10. Mai dieses Jahres in Herrenberg eintreffen. Ihrem Miterben ist das gleiche Schreiben zugegangen.

Wir bitten um Nachricht an den Herrn Rechtsanwalt und Notar Herbig, ob Sie zur gegebenen Zeit eintreffen können.«

Nach diesen Worten ließ Lonny das Schreiben sinken, und die beiden Frauen sahen sich fassungslos an.

Endlich raffte sich Lonny auf, lachte ein wenig und sagte: »Tante Mia, das ist doch wie im Märchen! Hältst du das für Wirklichkeit? Ich kenne doch diese Frau von Lingen gar nicht, habe nie etwas von ihr gehört. Du vielleicht?«

Tante Mia rieb sich erst die Stirn und, da dies nichts half, den schmalen Nasenrücken.

»Warte mal, warte mal eine Minute, gleich wird's Tag bei mir. Da war doch eine Elisabeth Lehenau – eine Base deines Vaters –, und da hat sich zwischen den beiden eine heimliche Liebesgeschichte abgespielt. Dein Vater hat das deiner Mutter kurz vor der Heirat gebeichtet. Ja, jetzt bin ich wieder ganz im Bilde. Elisabeth Lehenau und dein Vater wollten ursprünglich heiraten, aber sie gehörten zu den feindlichen Zweigen der Familie, und diese legten Widerspruch ein. Sie durften nicht heiraten. So ein Unsinn, was? Meine Schwester ist trotzdem die glückliche Frau deines Vaters geworden, und er hat sie auch sehr lieb gehabt. Seine Jugendliebe hatte er bald überwunden. Aber vielleicht war das nicht so leicht bei Elisabeth Lehenau. Kurzum – sie hat dann einen reichen Herrn von Lingen aus Herrenberg geheiratet. Dein Vater und sie sind nie mehr zusammengekommen, darüber hat wohl die Familie gewacht. Man glaubt nicht, wie tief so ein Unsinn sitzen kann. So ist es also gekommen, dass du nie etwas von dieser Frau von Lingen gehört hast. Und – sie hat wohl mehr darunter gelitten als dein Vater; Männer werden mit solchen Geschichten meist leichter fertig. Und sie scheint einen Zorn auf diesen Familienhader gehabt zu haben und will ihn nun durch ihr Testament endlich aus der Welt schaffen. Hoffentlich gelingt es ihr. Dass du nur einen einzigen Vetter auf der feindlichen Seite hast, war mir bekannt gewesen, ich hatte es aber inzwischen vergessen. Nun soll er dein Miterbe sein. Herrgott, Lonny, bei all diesen Überlegungen kommen wir gar nicht dazu, uns zu freuen.«

Lonny strich sich über die schöne, klare Stirn.

»Nein, zur Freude bin ich bei all meinem Erstaunen noch nicht gekommen. Wer weiß, ob das alles nicht ein schlechter Scherz ist?«

»Aber, Lonny, es ist doch alles amtlich. Denkst du, die Behörden haben Zeit und Lust, einen schlechten Scherz mit dir zu machen?«

»Vielleicht sind ganz unerfüllbare Bedingungen daran geknüpft?«

»Diese Bedingungen sind doch in diesem Schreiben schon angegeben. Sie erscheinen mir nicht unerfüllbar.«

Lonny sah das Schreiben noch einmal durch.

»Sonderbar sind sie schon, aber nicht unerfüllbar. Es wird sich ja mit einigem guten Willen ertragen lassen, ein Jahr lang mit diesem mir völlig unbekannten Vetter in einem Haus zusammen zu leben, zumal das wohl ein sehr geräumiges Haus sein wird, und mit ihm an einem Tisch zu essen. Hoffentlich ist es mir aber gestattet, dass ich eine Ehrendame mitbringen darf – nämlich dich, geliebtes Tantchen.«

Tante Mia richtete ihre kleine zarte Gestalt kriegerisch empor.

»Das ist doch selbstverständlich, man kann dir doch nicht zumuten, allein mit einem jungen Mann in einem Hause zusammen zu wohnen.«

»All das muss man erst abwarten, Tante Mia.«

Diese umarmte die bedeutend größere Nichte und lachte und weinte ein wenig durcheinander.

»Ich lass mich durch nichts und niemand irremachen. Irgendwelche wichtige Bestimmungen kann es bei diesem Testament doch außerdem nicht noch geben. Wir reisen natürlich nach diesem Wengern. Wo mag es nur liegen?«

»Also setz dich gleich hin und schreibe an diesen Rechtsanwalt – wie heißt er gleich? Herbig! Ach ja – also schreibe ihm gleich, dass du mit deiner Tante pünktlich am zehnten Mai eintreffen wirst. Er soll dir mitteilen, ob wir direkt nach diesem Herrenberg kommen sollen und wie wir dahin kommen.«

Lonny umfasste lachend die Tante.

»Ich bin mehr dafür, dass wir erst mal zu Mittag essen.

Ich habe Hunger.«

Tante Mia zuckte die Achseln.

»Wie kann man nur Hunger haben in so einer Aufregung? Mein Magen ist wie zugeschnürt.«

»Er wird sich schon wieder bereitwillig öffnen, wenn du ihm etwas zu essen gibst.«

»Na schön, aber wenn wir gegessen haben, musst du mir den ganzen Brief noch einmal genau Wort für Wort vorlesen, damit ich das alles verstehen kann. Und während du dann an den Notar schreibst, fange ich schon an zu packen.«

Lonny lachte hellauf.

»Geliebte Tante Mia – wir haben heute den zweiten Mai, es bleiben uns also gut acht Tage Zeit, die Koffer zu packen.«

»Ja, was denkst du denn – wir müssen doch auch gleich bereit sein, in Herrenberg zu bleiben. Wir kommen vielleicht gar nicht mehr hierher zurück. Was wird dann aus der Wohnung?«

Lonny strich ihr über den Kopf.

»Gutes Tantchen, unserer Wohnung wird vorläufig kein Härchen gekrümmt. Das bleibt alles, wie es ist, wir schließen unsere Tür gut zu, und damit sind die Vorbereitungen erledigt. Ist die Erbschaft wirklich eine sichere Sache, dann sind wir reich genug, jemand hierherzuschicken, der alles auflöst und in Ordnung bringt. Erweist sich aber alles als ein schöner Traum, dann sind wir froh, wenn wir hier alles in der alten Ordnung finden.«

Tante Mia nickte zustimmend.

»Das ist wirklich das Vernünftigste. Also brauchen wir nur einzupacken, was wir an Kleidern und so weiter brauchen. Da muss ich wirklich nicht schon heute damit anfangen.«

»Das meine ich auch. Und nun erst etwas zu essen auf den Tisch, sonst verhungere ich.«

»Na, na, nur nicht gleich so fürchterliche Drohungen ausstoßen. Ich gehe ja schon.«

Und Tante Mia trug die Mahlzeit auf. Der Tisch war schon gedeckt, und die Damen aßen mit gutem Appetit, was Tante Mia, wie immer, sehr schmackhaft zubereitet hatte.

Während des Essens blieb es aber nicht still zwischen ihnen. Lonny meinte:

»Hoffentlich bekomme ich Urlaub. Ich denke, mein Chef wird in den nächsten Tagen mit dem Diktieren seines Romans fertig. Denn mitten in der Arbeit würde er mich nicht fortlassen.«

»Aber in einer so wichtigen Angelegenheit!«

Lonny lachte.

»Es gibt für ihn nichts Wichtigeres auf der Welt als seine Arbeit, und ich weiß auch, dass er mich nicht entbehren kann, wenn er mitten in einer Arbeit steckt. Aber ich denke, dass wir in drei, vier Tagen fertig werden. Am Montag früh werde ich ihm jedenfalls gleich sagen, dass ich am Sonnabend, dem zehnten Mai, unbedingt reisen muss.«

»Selbstverständlich musst du das tun. Er soll sich daranhalten.«

Sie überlegten nun, was sie unbedingt auf die Reise mitnehmen mussten. Und dann unterhielten sie sich darüber, dass jener Vetter Mark Lehenau nun wohl auch diese Nachricht erhalten habe und ob ihn diese ebenfalls so interessieren würde.

»Wer weiß, vielleicht ist er so reich, dass ihm diese Erbschaft nebensächlich erscheint.«

»Aber Lonny, ein halbes Rittergut und dreihunderttausend Mark sind auch für einen reichen Mann kein Pappenstil. Ich glaube auch nicht, dass dieser Zweig der Lehenau sehr vermögend ist. Soviel ich weiß, ist die Lehenau gleich nach der Inflation unter den Hammer gekommen. Es war das Stammgut der Familie, und um dieses hat es wohl damals den Zwist gegeben.«

»Tantchen, du bist ja fabelhaft in alles eingeweiht.«

»Das ist doch selbstverständlich. Womit man umgeht, das hängt einem an. Und ich gehöre nun mal zur Familie Lehenau. Davon will man dann auch was haben.«

Sie mussten beide lachen. Dann sagte Lonny stolz:

»Also, jetzt bitte ich mir Respekt aus, ich, die Mitbesitzerin von Herrenberg. Das ist doch was. Wenn mein berühmter Chef erfährt, welch altadeligen Geblüts ich bin, verwendet er mich in seinem nächsten Roman als Heldin. Ich werde es ihm daher lieber nicht verraten, sondern auch jetzt noch die Lonny Lehenau bleiben.«

2

Mark Lehenau hatte seinen Herrn von der Fabrik abgeholt, und als er wieder zu Hause anlangte, sah er einen Eilboten von der Post am Portal stehen.

Herr Seifert stieg aus und fragte den Boten, was er wünsche. Dieser zeigte einen eingeschriebenen Eilbrief.

»Dieser Brief ist an einen Freiherrn Mark Lehenau gerichtet? Das ist wohl nur ein schlechter Scherz?«, wandte er sich an seinen Chauffeur. Mark Lehenau kam die Stufen herauf und streckte die Hand aus.

»Es hat schon seine Richtigkeit, gnädiger Herr!«

Mark gab dem Postboten ein kleines Trinkgeld, und dieser entfernte sich.

Inzwischen war das Portal geöffnet worden, aber Herr Seifert trat noch nicht ein, sondern sah seinen Chauffeur etwas verblüfft an und fragte:

»Wollen Sie mir das nicht erklären?«

Mark zuckte ein wenig die Achseln und sagte ruhig und höflich:

»Ich erlaubte mir, als Sie mich anstellten, zu verschweigen, dass ich ein Freiherr von Lehenau bin. Sonst hätten Sie mich vielleicht nicht genommen.«

Herr Seifert war nicht ganz ohne Humor und meinte:

»Das weiß ich allerdings nicht. Immerhin hätten Sie es mir sagen müssen. Aber – davon sprechen wir ein andermal, jetzt will ich zu Tisch gehen.«

Mark verneigte sich, stellte den Wagen in die Garage und suchte sein Zimmer auf, das oberhalb der Garage lag. Hier hatte ihm das Hausmädchen schon sein Essen hingestellt. Er hatte sich erbeten, hier allein essen zu dürfen, was ihm Frau Seifert sofort bewilligt hatte.

Herr Seifert war inzwischen auch zu Tisch gegangen. Seine Damen und sein Sohn erwarteten ihn bereits.

Während er Platz nahm, lachte er vor sich hin und strich sich über seinen runden, glattrasierten Schädel.

»Das ist ja zum Lachen! Wisst ihr, was ich gerade erfahren habe?«

Sein Sohn hob müde und gelangweilt die schweren Lider. Die Scherze seines Vaters nötigten ihm wenig Interesse ab. Seine Frau war schon etwas neugieriger, und Marlen war es noch mehr.

»Was hast du denn herausbekommen, Vater?«

Er lachte ihr ins Gesicht.

»Dass wir einen freiherrlichen Chauffeur haben.«

Seine Angehörigen sahen ihn mehr oder minder begriffsstutzig an.

»Wie meinst du das, Vater?«, fragte sein Sohn mit müder Stimme und einem Augenaufschlag, der um Erbarmen zu flehen schien.

Der Vater sah ihn scharf an.

»Bist wohl wieder mal erst am hellen Morgen zu Bett gegangen, und nun fällt dir meine gesunde Stimme auf die Nerven. Also, entschuldige, Herr Sohn, wenn ich auf deine angegriffenen Nerven nicht die nötige Rücksicht genommen habe.«

Wieder ein müder, anklagender Blick des Sohnes.

Dann fragte Marlen hastig:

»So sprich doch, Vater, und achte nicht auf Horsts Primadonnenlaunen. Ich platze vor Neugier, was es mit dem freiherrlichen Chauffeur für eine Bewandtnis hat.«

Herrn Seiferts kleine Augen funkelten die Tochter vergnügt an.

»Na höre und staune, Marlenchen, euer eleganter Chauffeur ist ein richtiggehender Freiherr von Lehenau. Da staunst du, nicht wahr?«

Marlen stieß einen leisen Schrei aus.

»Ist das wahr, Vater?«

»Ja, doch, er hat es mir selber gestanden, weil ich dabei war, wie er einen eingeschriebenen Eilbrief von sehr amtlichem Aussehen bekam, der an einen Freiherrn Mark Lehenau gerichtet war. Er hat mir das, als ich ihn anstellte, verschwiegen, weil er fürchtete, dass ich keinen Freiherrn als Chauffeur haben wolle. Ich hätte es wahrscheinlich auch nicht getan. Gewöhnlich sind die abgehalfterten Adeligen auch in einer solchen Stellung noch recht anspruchsvoll. Ich kann das heute natürlich nicht sagen, denn er war zwar immer sehr vornehm, aber dabei doch bescheiden und anspruchslos. Das wusste ich aber damals noch nicht.«

»Aber du wirst ihn doch deshalb nicht entlassen, Heinrich?«, fragte seine Gattin etwas besorgt, obwohl sich Mark Lehenau ihr gegenüber heute vor Tisch nicht sehr entgegenkommend gezeigt hatte.

Er zuckte die Achseln.

»Ist natürlich immer ein bisschen unangenehm, einen ehemals so feinen Herrn als Untergebenen zu haben. Muss schlimme Zeiten hinter sich haben.«

Marlen hatte sehr scharf nachgedacht. Wenn Mark Freiherr war, dann würde es natürlich sehr viel leichter sein, den

Eltern beizubringen, dass er ihr heimlicher Verlobter sei. Aber erst wollte sie doch noch einmal mit Mark selbst sprechen. Immerhin meinte sie, jetzt schon ein Eisen ins Feuer legen zu können, und so sagte sie:

»Das kann ich dir nachfühlen, dass dir das nicht angenehm ist. Aber man könnte doch die Sache ausnützen. Er wird natürlich sehr viel mehr können, als ein Chauffeur braucht; diese Stellung hat er sicher nur in größter Not angenommen. Vielleicht findest du in der Fabrik eine bessere Stellung für ihn, wenn du ihn als Chauffeur entlassen möchtest. Man sollte doch so einen armen Menschen nicht brotlos machen, zumal er sich doch als sehr tüchtig gezeigt hat. Unser Wagen ist jetzt immer tadellos in Ordnung.«

»Das gebe ich ohne Weiteres zu, es ist nichts gegen ihn vorzubringen. Werde ihm mal auf den Zahn fühlen, was er sonst noch gelernt hat. Vielleicht lässt sich dein Vorschlag verwirklichen.«

Marlen war klug genug, ihre Freude darüber nicht so deutlich zu zeigen. Auch Frau Lilli zeigte sie nicht, nahm sich aber vor, dem »Freiherrn« – so nannte sie ihn schon im Stillen – klarzumachen, dass er seine bessere Stellung ihr zu verdanken habe. Das musste ihn doch bewegen, ihr netter entgegenzukommen.

Horst Seifert ärgerte sich insgeheim, dass der Chauffeur als Sohn eines Freiherrn auf die Welt gekommen war, während er, der doch lauter noble Gewohnheiten und Liebhabereien hatte, schlechtweg einen Herrn Seifert zum Vater hatte. Aber das sagte er nicht laut. Seine Familie – Gott behüte – hatte kein Verständnis für ihn. Leider waren sie alle ein wenig gewöhnlich, nur er hatte diesen Zug nach oben.

Ja, Horst Seifert litt geradezu an der allzu bürgerlichen Beschaffenheit seiner Familie. Er litt überhaupt am Leben, zumal nach so einer wüst verlebten Nacht, in der er nur seinen Weltschmerz betäuben wollte.

Immerhin beschäftigte sich nun die ganze Familie Seifert eingehend mit dem Freiherrn Mark von Lehenau. Marlen redete sich ein, dass sie schon immer geahnt habe, dass er »etwas Besseres« sein müsse. So vornehm hatte er immer ausgesehen, und auch in seinem Benehmen war er immer so anders als die übrigen Männer gewesen. Jedenfalls freute sie sich sehr, dass sie mit einem richtigen Freiherrn heimlich verlobt war. Der Vater würde nun bestimmt leichter darauf eingehen, ihm eine höhere Stellung einzuräumen.

Inzwischen saß Mark mit etwas benommenem Kopf in seinem Zimmer und starrte fassungslos auf das Schreiben. Es hatte fast den gleichen Inhalt wie das, welches Lonny erhalten hatte. Und auch er hatte bisher keine Ahnung gehabt von dem Vorhandensein einer Verwandten. Durch seinen Vater hatte er wohl zuweilen etwas über dessen Base Elisabeth von Lingen gehört; in Verbindung hatten seine Eltern aber nicht mit ihr gestanden. Als sein Vater das Gut Lehenau hatte versteigern lassen müssen, gab Mark seinen Wunsch, als Landwirt das Gut wieder in die Höhe bringen zu können, auf. Seine landwirtschaftlichen Studien waren noch nicht einmal ganz beendet, als dieser Traum schon zu Ende geträumt war. Sein Vater war bald darauf gestorben, die Mutter hatte er schon einige Jahre früher verloren, ehe der volle Zusammenbruch eingetreten war. Es war ihm kaum so viel geblieben, um den Vater anständig beerdigen zu lassen. Dann hatte der Lebenskampf erst richtig begonnen. Erst hatte Mark noch gehofft, als Landwirt irgendeine, wenn auch noch so bescheidene Anstellung zu finden. Aber nirgends hatte er etwas gefunden. Alles Mögliche hatte er versucht, sich seinen Lebensunterhalt zu verdienen, war vor nichts zurückgeschreckt, hatte jede Arbeit verrichtet, die zu bekommen war. Schließlich war er Wagenwäscher in einer Garage geworden, hatte dann Verbindung mit einer Automobilfirma anknüpfen können und war als Einfahrer angestellt worden. Leider ging diese Firma pleite, und so stand er wieder brotlos auf der Straße. Alles Mögliche versuchte er, bis er schließlich die Stellung als Chauffeur bei Seifert bekam. Das war für ihn ein ungeahnter Glücksfall gewesen, doch schon hatte er wieder Sorgen gehabt, diese Stellung durch das Verhalten der Frau und Tochter Seifert zu verlieren – und nun hielt er dieses Schreiben in der Hand, das ihm plötzlich in Aussicht stellte, aus all diesen Nöten und Sorgen herauszukommen. War das möglich? Konnte ihm so ein Glück beschieden sein?

Mark hatte durch seinen Vater Näheres über diesen Familienzwist und seine Ursachen gehört. Auch sein Vater hatte gemeint, dass diese längst verjährten Geschichten gegenstandslos geworden waren. Aber da fast die ganze Familie Lehenau inzwischen ausgestorben war, hatte es keinen Zweck mehr gehabt, darauf zurückzukommen. Der Vater hatte zu viele andere schwere Sorgen gehabt, als dass er sich darüber noch sehr aufgeregt hätte. Natürlich war er der Ansicht gewesen, dass seine Linie zu Unrecht von der andern wegen der Erbstreitigkeit beschuldigt worden sei. Und wenn er darauf zu sprechen kam, konnte er noch richtig zornig auf die anderen werden; für Mark aber hatte das kaum

Bedeutung gehabt. Nur von Tante Elisabeth war zuweilen gesprochen worden.

Und nun erfuhr er, dass diese Tante ihn zu ihrem Erben eingesetzt hatte, dass sie ihm die Hälfte ihrer beträchtlichen Habe vermacht hatte. Zugleich erfuhr er zum ersten Male, dass noch eine Base einer Seitenlinie lebte. Und Tante Lingen hatte durch die seltsamen Bedingungen ihres Testaments bezweckt, den alten Familienzwist endlich zu begraben. Nun – von seiner Seite würde diesem Ansinnen gewiss nichts in den Weg gelegt werden. Hoffentlich dachte Base Leonie ebenso wie er. Dann konnten sie ja ruhig und friedlich dieses Jahr zusammen in Herrenberg verleben. Das konnte doch möglich gemacht werden.

Und – der Herzschlag stockte ihm – dann würde er endlich seine landwirtschaftlichen Fähigkeiten verwenden können. Seine Hälfte des Gutes zu bewirtschaften konnte ihm doch niemand verwehren.

Dass Herrenberg in Thüringen lag, wusste er; auch Lehenau hatte im nördlichen Thüringen, in der Nähe von Eisenach, gelegen. Herrenberg lag südlicher, an der Südgrenze des Thüringer Waldes. Ihm war, als umwehe ihn Heimatluft, als breite sich schon eigene Scholle zu seinen Füßen aus. Er weitete seine Arme in sehnsüchtiger Erregung.

Aber dann sprang er auf, und seine Gestalt reckte sich. Jetzt hieß es erst mit Herrn Seifert ins Reine zu kommen. Wie gut, dass er nun einen Grund und eine Veranlassung hatte, sich aus dieser Stellung zu lösen! Es wäre vielleicht doch ein unhaltbarer Zustand geworden, Marlen Seifert war nicht so leicht abzuschütteln – und ihre Mutter? Ein Grauen lief ihm über den Rücken. Solche Frauen konnten ihm nicht einmal Achtung abnötigen. Er war froh, sie nicht mehr lange als Chauffeur bedienen zu müssen. Nur die Trennung von seinem Wagen, die würde ihm schwerfallen. Aber das war schnell zu überwinden. Vielleicht war in Herrenberg ein halbwegs anständiger Wagen, der zum Inventar gehörte.

Er machte sich gleich fertig, um mit Herrn Seifert zu sprechen, ehe er diesen wieder in die Fabrik fuhr. Das geschah immer um halb vier. Vorher hielt sein Herr natürlich eine Mittagsruhe, die er nicht stören durfte. Aber wenn er zehn Minuten vor halb vier in einer besonderen Angelegenheit um eine Unterredung bat, würde es vielleicht ohne großes Donnerwetter ablaufen.

Heinrich Seifert empfing seinen Chauffeur sogar ziemlich leutselig.

»Was haben Sie auf dem Herzen?«, fragte er, eine Anrede vermeidend.

Mark stand in ruhiger, höflicher Haltung vor ihm.

»Sie gestatten, Herr Seifert, dass ich hiermit meine Stelle als Chauffeur in Ihrem Hause kündige. Ich bin Ihnen noch immer sehr dankbar, dass Sie mir diese Stelle vertrauensvoll gaben. Aber inzwischen haben sich meine Verhältnisse von Grund auf geändert, und ich bin gezwungen, so bald wie möglich freizukommen.«

Seifert sah ihn durchdringend an.

»Wollen Sie fort, weil ich heute herausgefunden habe, dass Sie Freiherr sind? Dann brauchen Sie Ihre Beziehungen zu meinem Hause nicht zu lösen. So tüchtige Männer wie Sie hält sich jeder Geschäftsmann gern fest. Ich werde Ihnen eine andere Stelle in meiner Fabrik beschaffen, die Sie mehr befriedigen wird.«

Mark verneigte sich dankend.

»Für dieses Angebot bin ich Ihnen von Herzen dankbar, wenn ich es auch nicht annehmen kann.«

Erstaunt richtete sich Seifert auf.

»Nicht? Sie nehmen nicht an? Das wundert mich. Offen gesagt, Sie verdanken es der Fürsprache meiner Tochter, dass ich den Plan gefasst habe, Ihnen eine bessere Stelle zu beschaffen.«

Mark wurde es ein wenig heiß. Hoffentlich hatte Marlen Seifert nicht Unsinn geschwatzt wie draußen im Wald. Das hätte ihm gerade noch gefehlt. Er fasste sich aber schnell und sagte:

»Das ist sehr liebenswürdig vom gnädigen Fräulein, aber wie gesagt, ich muss ablehnen. Ich bitte Sie, mich so bald wie möglich zu entlassen. Ich habe eine ziemlich bedeutende Erbschaft gemacht, muss mich zunächst, um genauere Mitteilungen zu bekommen, am zehnten Mai in Wengern in Thüringen melden, und würde dann am liebsten gleich dort bleiben. Es handelt sich um das Gut Herrenberg, und da ich gelernter Landwirt bin, was ich bisher leider nicht verwenden konnte, wäre ich sehr glücklich, dort möglichst bald mit der Arbeit beginnen zu können.«

Herr Seifert hatte aufmerksam zugehört, und in seinem runden Kopf keimten plötzlich fast die gleichen Pläne, die seine Tochter Marlen schon in Erwägung gezogen hatte. Donnerwetter – das wäre ja ein Schwiegersohn nach seinem Herzen! Ob man da was versäumt hatte? Immerhin wollte er sich erst mal nobel zeigen. Er erhob sich, reichte Mark die Hand und sagte zuvorkommend:

»Mein lieber Herr von Lehenau, gestatten Sie mir zuerst, Ihnen zu gratulieren. Das ist ja ein sehr angenehmes Ereignis für Sie. Und so gern ich Sie in meinen Diensten gehalten hätte – ich muss einsehen, dass ich zurückstehen muss. Aber ich hoffe, Sie bleiben uns freundlich verbunden, wir alle haben Sie, schon ehe wir Ihre bevorzugte Lebensstellung kannten, hochgeschätzt, und es würde uns freuen, wenn wir Sie nicht verlieren würden. Es ist selbstverständlich, dass ich Sie sofort aus Ihrer Verpflichtung entlasse. Ich bitte Sie nur, bis zum zehnten Mai, gewissermaßen auf freundschaftlicher Grundlage, unsern Wagen zu fahren. Inzwischen werde ich mir einen andern Chauffeur beschaffen. Zur Not kann mich dann auch vorübergehend einer der Geschäftsfahrer in die Fabrik bringen. Meine Damen werden freilich nicht mit dem Tausch zufrieden sein, sie waren sehr auf ihren eleganten Chauffeur bedacht. Na, sie werden sich auch damit abfinden müssen. Aber geben Sie mir wenigstens Ihr Versprechen, mit uns in freundschaftlicher Verbindung zu bleiben, dann wird sich dieser Schmerz leichter tragen lassen.«

Mark wurde ein wenig flau zumute, und er fragte sich, ob Marlen vielleicht doch schon Unsinn geschwatzt hatte. Er würde sehr froh sein, wenn er hier glücklich fortkäme. Immerhin war er Seifert für seine Anstellung dankbar, so dass er nicht unhöflich sein wollte. So sagte er:

»Es soll mich freuen, wenn wir uns später wiedersehen können auf einer anderen gesellschaftlichen Grundlage. Ich danke Ihnen sehr für Ihre gütige Erlaubnis.«

Seifert drückte ihm kräftig die Hand.

»Nun also, dann sind wir einig, und nun muss ich in die Fabrik. Sie fahren mich bitte hinaus – jetzt aber nicht mehr als mein Chauffeur, sondern als Freund unseres Hauses.«

Mark wäre viel lieber in seiner Eigenschaft als Chauffeur in diesem Haus geblieben, solange das noch erforderlich war. Er malte sich so ungefähr aus, wie ihm die beiden Damen in der veränderten Lage begegnen würden, und dabei wurde ihm heiß und kalt. Er antwortete aber ruhig:

»Glauben Sie bitte nicht, dass ich mich jetzt schäme, als Chauffeur bei Ihnen angestellt zu sein. Ich möchte meinen Posten so lange beibehalten, bis Sie Ersatz für mich haben.«

Seifert klopfte ihm vertraulich auf die Schulter.

»Das gefällt mir an Ihnen – man braucht sich keiner Arbeit zu schämen, wenn man sie nur gut und richtig macht. Ich bin auch mal Schlosserlehrling gewesen. Na also – wir verstehen uns, und das freut mich. Dann bitte, fahren Sie den Wagen vor – ich komme gleich nach, ich will nur meinen Damen Lebewohl sagen und ihnen die große Neuigkeit von Ihrer Erbschaft mitteilen, denn ich würde mir die größten Vorwürfe einhandeln, wenn ich das für mich behalten wollte.«

Mark verneigte sich nur, völlig hilflos diesem plötzlich erwachten Interesse seines Herrn gegenüber. Schnell lief er zur Garage und holte den Wagen herbei. Wie immer saß er mit unbewegtem Gesicht auf seinem Posten, als Herr Seifert auftauchte.

»Na, mein lieber Herr von Lehenau, das hat ja eine schöne Aufregung hervorgerufen! Meine Damen waren erst ganz sprachlos. Dann ergoss sich eine Woge von Fragen über mich, sodass mich nur schleunigste Flucht retten konnte. Von Ihrer erbetenen Entlassung habe ich noch gar nichts sagen können. Na, bis heute Abend haben sie sich ein wenig beruhigt. Dann kann ich ja weiter mit Neuigkeiten aufwarten. Der Einzige, der seine Ruhe behielt, war mein Sohn. Unter uns, lieber Herr von Lehenau, ich wollte, der wäre von Ihrer Art – oder wenigstens von der meinen. Ich ärgere mich noch zu Tode über den Bengel. Nichts auf der Welt interessiert ihn, immer guckt er vornehm an der Nase lang. Ich habe eben die Zügel schleifen gelassen und mich zu wenig um ihn gekümmert. Er meint, dass er zu Höherem berufen sei, als den Kontorschemel zu drücken. Aber er jammert auch über jede Arbeit. Und vorhin sagt er mit seiner müden Stimme: ›Ich müsste eben auch als Freiherr geboren sein, dann würde ich an richtiger Stelle stehen.‹ Was sagen Sie zu diesem Schlingel?«

Mark war viel zu wohlerzogen, als dass er ausgesprochen hätte, was er dazu dachte. Horst Seifert war ihm der widerlichste Zweig dieser Familie. Er bezwang sich aber und sagte nur:

»Er müsste einmal gezwungen sein, für seinen Unterhalt zu arbeiten, das würde ihm wahrscheinlich guttun.«

Seifert nickte zustimmend.

»Wissen Sie was – ich schicke ihn eines Tages auf Ihr Gut, da nehmen Sie ihn sich gründlich vor. Ohne Arbeit kein Essen – verstehen Sie?«

»Aber da würde er sich schnell an seinen Herrn Papa wenden und um Geld bitten.«

»Nee, nee, lieber Herr von Lehenau, da würde er bei mir auf Granit beißen. Wenn ich ihn in Ihrer Zucht weiß, dann gibt es keinen Heller, alles muss er sich erst verdienen. Wissen Sie, hier in der Fabrik, da ist es mir peinlich, so mit ihm umzugehen; man will doch seine Leute nicht merken lassen, was man im Stillen als Vater auszustehen hat. Also, soll es gelten? Wollen Sie versuchen, etwas aus dem Bengel zu machen?«

Mark war es sehr unbehaglich zumute. Er war nicht der Mann, einen Gegendienst auszuschlagen, wenn er sich zu

Dank verpflichtet fühlte. Aber das Ansinnen, diesen widerwärtigen jungen Mann täglich um sich haben zu müssen, war durchaus nicht angenehm. Er hätte gern nein gesagt, suchte aber erst mal Herrn Seifert selbst klarzumachen, wie seine Lage war.

»Ich würde damit eine große Verantwortung auf mich nehmen, Herr Seifert, und einen Erfolg könnte ich höchstens dann erwarten, wenn ich vollkommen freie Hand hätte, Ihren Sohn so anzufassen, wie es mir nötig erscheint. Und da würde er davonlaufen – vorausgesetzt, dass er überhaupt zu mir käme.«

»Dass er nicht davonlaufen kann, dafür werde ich sorgen, indem er keinen Pfennig Geld in die Hand bekommt. Und auf dem Land kriegt er so leicht nichts geliehen. Ihn aber hinzubringen, wäre sehr einfach, ich würde ihm sagen, er soll Sie mal auf Herrenberg besuchen.«

Mark musste über die Naivität des schwachen Vaters lachen.

»Dann bekäme er aber eine nette Auffassung von meiner Gastfreundschaft, wenn ich ihn so hart anfassen würde. Erst die Arbeit, dann das Essen. Er wird überhaupt nicht fähig sein, landwirtschaftliche Arbeiten zu verrichten. Dazu gehört ein kräftiger Körper.«

»Natürlich, das sehe ich ein, aber er soll ja gerade dadurch gesund und kräftig werden. Ich würde ihn bedingungslos in Ihre Hände geben. Wollen Sie mir diesen Gefallen tun?«

Das hieß, die Pistole auf die Brust setzen. Mark wusste ja selbst noch nicht, wie sich die Verhältnisse in Herrenberg gestalten, welche Bedingungen sich an die Erbschaft knüpfen würden. Aber er konnte Herrn Seifert auch nicht schroff abweisen. Immerhin – mochte dieser junge Taugenichts nach

Herrenberg kommen, lange blieb er ja doch nicht. Und alles Weitere würde man dann abwarten.

»Selbstverständlich werde ich Ihren Wunsch erfüllen, aber auf Ihre Verantwortung. Ich werde Ihren Sohn hart anfassen müssen, wenn überhaupt ein Erfolg erzielt werden soll.«

»Richtig! Und das sollen Sie ja auch. Fassen Sie ihn so hart an, wie Sie wollen und es für nötig finden. Wann kann ich Ihnen den Bengel schicken?«

»Ich muss natürlich erst selbst festen Fuß fassen in den neuen Verhältnissen. Es ist da noch allerlei zu klären, ich habe noch einen Miterben. Aber das wird sich alles einrichten lassen. Wenn es so weit ist, teile ich Ihnen mit, dass ich eine Elevenstelle für Ihren Sohn habe. Und entweder kommt er bald wieder nach Hause – oder ich bringe ihn zur Vernunft. Viel Hoffnung habe ich freilich nicht, das sage ich Ihnen ganz offen.«

»Trotzdem verlasse ich mich auf Sie. Der Bengel geht mir vollends zugrunde bei seinem nichtsnutzigen Leben.«

Das alles hatten die beiden Herren während der Fahrt besprochen. Herr Seifert hatte neben Mark Platz genommen, schon um zu betonen, dass er ihn jetzt gesellschaftlich als gleichberechtigt ansah.

Sie fuhren eine Weile schweigend weiter. Herr Seifert überlegte im Stillen, dass man dann auch Marlen Gelegenheit geben konnte, nach Herrenberg zu kommen. Sie und ihre Mutter konnten einfach Horst besuchen. Es war dann gleich eine neue Verbindung geschaffen. Und Mark Lehenau, der Freiherr mit dem reichen Erbe, wäre doch ein sehr angenehmer Schwiegersohn für ihn. Marlen hatte ohnedies so seltsam begehrliche Augen gemacht, als er von Lehenaus

Erbe gesprochen hatte. Ein bisschen verliebt war sie sicher in den feschen Chauffeur gewesen. Na, man würde die Sache schon ins rechte Fahrwasser bringen. Dafür war er Manns genug.

3

Als Mark Lehenau von dieser Fahrt nach Hause kam, brachte er den Wagen in die Garage. Aber gleich darauf erhielt er den Befehl, das gnädige Fräulein spazierenzufahren. Mark hätte manches andere viel lieber getan, aber noch war er kein freier Mann. Er fuhr also den Wagen wieder vor das Portal, und gleich darauf erschien Marlen. Sie hatte ihrer Mutter, nachdem der Vater gegangen war, berichtet, dass sie mit dem Freiherrn heimlich verlobt sei, denn sie habe immer gefühlt, dass er etwas Besseres sei, und sie habe deshalb den Vater darauf gebracht, ihm eine bessere Stellung zu verschaffen. Nun, da er ein reiches Erbe bekam, war das nicht mehr nötig. Jetzt würde er wohl bald um ihre Hand anhalten. Dass diese heimliche Verlobung nur einseitig von ihr geschlossen war, verschwieg sie.

Dass ihrer Mutter durch diese Eröffnung der Todesstoß versetzt war für ihre Hoffnung, sich von dem Chauffeur über ihre unbefriedigte Ehe trösten zu lassen, verriet diese mit keinem Wort und keiner Miene. Sie rang sich durch zur Entsagung eines Mutterherzens und tröstete sich damit, dass sie nun einen Freiherrn zum Schwiegersohn bekommen würde. Es war immerhin ein Trost.

Nun schwebte Marlen mit ihrer Mutter Segen auf Mark Lehenau zu und strahlte ihn verführerisch an.

»Ich bin so glücklich, Mark«, hauchte sie, als sie wieder neben ihm Platz genommen hatte.

Mark wurde wieder heiß und kalt, er zeigte eine noch unbewegtere Miene als bisher und tat so, als habe er kein Wort gehört. Er hatte ruhig gefragt, wohin das gnädige Fräulein zu fahren wünsche, und Marlen hatte mit vielsagendem Lächeln geflüstert:

»In unseren Wald natürlich.«

Er wäre am liebsten aus dem Wagen gesprungen und davongelaufen. Da es nicht ging, nahm er sich vor, einen Eispanzer um sich zu legen. Er fuhr also zu derselben Stelle im Wald wie vormittags. Unterwegs war Marlen still. Sie sammelte sich zum letzten Sturmangriff, denn ganz sicher war sie sich ihrer Verlobung doch noch nicht. An der bewussten Stelle stieg Mark zuerst aus, half Marlen aus dem Wagen und blieb in ruhiger Haltung stehen.

»Wir wollen wieder in den Wald gehen, Mark; bitte komm mit.«

Er blieb stehen, als habe er kein Wort gehört. Sie sah ihn unruhig an.

»Mark, hörst du nicht?«

Nein, Mark hörte wieder nicht. Da schoss ihr das Blut ins Gesicht. Sie fasste seinen Arm und rüttelte ihn.

»Mark, ist das ein Benehmen deiner Braut gegenüber? Bist du so stolz geworden, seit du dich wieder als Freiherr fühlst?«

Jetzt sah er mit großen ernsten Augen auf sie herab.

»Gnädiges Fräulein müssen etwas für Ihre Gesundheit tun. Gnädiges Fräulein haben entschiedene Wahnideen. Ich bedaure, darauf nicht eingehen zu können. So, wie Sie belieben, verlobt man sich nicht. Im Übrigen bin ich in Trauer, da meine Tante gestorben ist; bitte nehmen Sie darauf Rücksicht.«

Sie sah sich um, immer wieder kamen hier Wagen vorbei. Sonst wäre sie ihm wohl um den Hals gefallen.

»Wir wollen doch in den Wald gehen, hier kann man ja kein unbelauschtes Wort sprechen.«

»Verzeihung, gnädiges Fräulein, ich habe mit der Tochter meines Herrn keine Worte zu sprechen, die nicht jeder hören darf.«

Sie stampfte wütend mit dem Fuß auf.

»Ist das die Art eines Freiherrn, mit einer Dame zu sprechen, die er geküsst hat?«

»Begreifen Sie doch, gnädiges Fräulein, dass ich nicht anders mit Ihnen sprechen kann. Warten Sie erst ab, bis ich meine Erbschaftsangelegenheiten erledigt habe, ich weiß noch gar nicht, wie das alles wird. Erst danach kann ich Ihnen weiteren Bescheid geben. Jetzt bitte kein Wort mehr.«

Diese diplomatischen Worte gab ihm die Klugheit ein. Er sah wohl, dass Marlen gewillt war, ihm um jeden Preis eine Falle zu stellen, und er war durchaus nicht gewillt, sich fangen zu lassen. Auf diese Weise war ein Mann wie er nicht einzufangen. War er nur erst aus dem Hause ihres Vaters, dann würde er sich ihrer schon eher erwehren können. Dann konnte er auch anders auftreten. Und er war entschlossen, fest und unzweideutig aufzutreten. War sie nicht gesonnen, sich als Dame zu benehmen, dann konnte er auch nicht Rücksichten auf sie nehmen, die man einer Dame schuldig war.

Unsicher sah sie zu ihm auf. Sollte das heißen, dass er erst dann um sie werben würde, wenn er ein reicher Mann geworden war? Jedenfalls sah sie nun ein, dass Mark nicht auf diese Art zu fesseln war. Sie dachte aber nicht daran, ihn freizugeben. Nun hatte sie schon der Mutter von der Verlobung vorgeschwatzt, jetzt musste sie dabei bleiben. Einen Kuss hatten sie jedenfalls getauscht, das konnte auch er nicht in Abrede stellen. Alles Weitere würde sich finden. So sagte sie scheinbar gefügig:

»Also gut, Mark, ich begreife, dass du erst ein freier Mann sein willst, ehe wir unsere Verlobung veröffentlichen. Ich werde geduldig warten, bis es so weit ist. Bis dahin werde ich kein Wort mehr darüber sprechen.«

Er verneigte sich stumm, zuckte ein wenig die Achseln und fragte kühl:

»Wünschen gnädiges Fräulein nun wieder nach Hause zu fahren?«

»Bitte sehr!«

Er half ihr artig in den Wagen, setzte sich an das Steuer und fuhr los.

Sie wechselten unterwegs kein Wort.

Als Marlen nach Hause kam, berichtete sie ihrer Mutter, Mark wünsche, da er jetzt in Trauer sei, noch nicht um sie zu werben. Sie hätten sich geeinigt, erst diese Zeit vergehen zu lassen. Denn Marlen wollte um keinen Preis eine Niederlage eingestehen. Irgendwie hoffte sie doch, den Freiherrn zu erobern.

Als Mark an diesem Abend seinen Herrn von der Fabrik abholte, teilte ihm dieser mit, dass bereits morgen früh ein anderer Fahrer als Privatchauffeur bei ihm eintreten würde.

»Sie sind also jeder Verpflichtung als Chauffeur enthoben, lieber Herr von Lehenau, und ich hoffe, ganz Ihren Wünschen entsprochen zu haben.«

Mark atmete erleichtert auf und sagte bittend:

»Dürfte ich dann noch eine weitere Bitte an Sie richten, Herr Seifert?«

»Selbstverständlich! Womit kann ich Ihnen dienen?«

»Ich habe das Schriftstück bezüglich meiner Erbschaft noch einmal genau durchgelesen. Mir war entgangen, dass ich mich noch mit meinem Miterben in Verbindung setzen muss. Es wäre ratsam, wenn ich also eine Reise zu ihm unternehmen könnte. Da ich nun entbehrlich bin, würden Sie mir sehr entgegenkommen, wenn Sie mir gestatten würden, morgen früh mit dem ersten Zug abzureisen.«

»Natürlich, das lässt sich machen. Sie werden mir das entgelten, indem Sie meinen Jungen ordentlich an die Kandare nehmen.«

»Das verspreche ich, Herr Seifert.«

»Schön – aber heute Abend müssen Sie unser Gast sein, meine Damen wollen Sie natürlich als Erben feiern.

Das dürfen Sie auf keinen Fall abschlagen.«

Mark war das äußerst unangenehm, doch tröstete er sich damit, dass er morgen weit weg vom Schuss sein würde. Er sagte nur:

»Aber nur unter einer Bedingung.«

»Und welche Bedingung wäre das?«

»Ich möchte Sie bitten, niemandem im Haus, wer es auch sei, zu verraten, dass ich morgen früh abreise. Ich habe nämlich eine geradezu krankhafte Scheu vor jeglichem Abschied. Bitte, ersparen Sie mir, von jemandem Abschied nehmen zu müssen, vor allen Dingen von Ihren Damen.«

Seifert lachte ein wenig.

»Würde der Ihnen besonders schwerfallen?«

»Jeder Abschied aus Ihrem Hause würde mir schwerfallen, natürlich auch von Ihren Damen.«

Seifert dachte still bei sich: Sollte meine Marlen schon einen tieferen Eindruck auf den jungen Mann gemacht haben?

Aber er war taktvoll genug, nicht daran zu rühren. Er sagte gemütlich:

»Wird gemacht – es wird kein Wort verraten. Morgen wird es zwar lange Gesichter geben, aber es wird ja kein Abschied auf Nimmerwiedersehen sein.«

Mark hatte aber sehr vor, dass es ein Abschied für immer sein sollte. Er glaubte, nur ein Wiedersehen mit Horst Seifert sei nicht zu umgehen. Marlen Seifert würde ein wenig ärgerlich auf ihn werden, wenn sie merkte, dass er ihren Netzen entschlüpft war, aber dann würde sie sich mit einem anderen Mann trösten.

»Ich danke Ihnen sehr, Herr Seifert. Und meine Dankbarkeit Ihnen gegenüber soll mir ein Ansporn sein, aus Ihrem Sohn einen ganzen Mann zu machen.«

Damit war die Sache erledigt.

Mark suchte sein Zimmer auf und schrieb erst einmal an den Notar Herbig, dass er schon vor dem festgesetzten Zeitpunkt in Wengern sein würde. Er werde sich bei ihm melden, sobald er eingetroffen sei, und um nähere Angaben bezüglich der Erbschaft bitten. Von einer weiteren Benachrichtigung bitte er abzusehen, da er für die nächsten Tage seine Anschrift nicht genau angeben könne.

Als er diesen Brief aufgegeben hatte, legte er seinen Chauffeuranzug ab mit allem, was dazugehörte, legte alles fein säuberlich zusammen und zog seinen besten Zivilanzug an. Er besaß nur noch einen dunkelblauen Anzug, den er sich als Chauffeur des Herrn Seifert angeschafft hatte. Der andere, ein grauer Anzug, war bereits sehr abgetragen. Er verriet deutlich die damalige Armut seines Besitzers. Aber gerade davon wollte er sich nicht trennen, den wollte er aufheben zum Andenken an die trübste Zeit seines Lebens. Er besaß einen Handkoffer, der schon ziemlich mitgenommen war. In diesen packte er all seine Habseligkeiten. Auf dem Leib trug er jetzt seine beste Wäsche, seinen besten Anzug und anständige Stiefel. Ein Mantel, der sowohl für Wintertage als auch für kühle Sommerabende hatte ausreichen müssen, wenn er an freien Tagen in Zivil ausging, hing noch im Kleiderschrank. Dazu ein abgetragener Hut. Mehr hatte er sich trotz seines guten Gehaltes nicht anschaffen wollen, Er hatte lieber einige hundert Mark als Notgroschen gespart. Das kam ihm jetzt zugute.

Er überlegte, ob das, was er besaß, für sein erstes Auftreten in Herrenberg ausreichen würde. Vorläufig, solange er nicht wusste, worüber er durch die Erbschaft verfügen konnte, wollte er keine Anschaffungen machen. Doch sagte er sich auch, dass er als Erbe eines halben Gutes und einer ansehnlichen Barsumme anders auftreten müsse als bisher. So erwog er, dass er morgen früh zwar das Haus des Herrn Seifert verlassen würde, dass er aber noch ein oder zwei Tage in Berlin bleiben müsse, um allerlei Bestellungen in Geschäften zu machen, die erst auf Abruf geschickt werden sollten. Er wollte sein Maß nehmen lassen. Da er mit einer Dame zusammen in Herrenberg wohnen würde, musste er mindestens noch einen besseren Anzug haben, auch Oberhemden, einen Sommeranzug und verschiedene andere Sachen. Da er für ein Jahr Herrenberg nicht würde verlassen dürfen, musste er dafür sorgen, dass er weitere Bestellungen brieflich aufgeben konnte. Auch was er sonst noch brauchen würde, wollte er auf Abruf bestellen. Dann brauchte er in Herrenberg nur zu sagen, dass seine Sachen nachgeschickt würden. Er überlegte, dass er wahrscheinlich auch Arbeitskleider brauchen würde, wenn er sich landwirtschaftlich betätigen konnte. So gab es noch allerlei für ihn zu bedenken.

Aber dann war es Zeit, in das Wohnhaus hinüberzugehen, wo er heute zum Abendessen erwartet wurde – als »Freund der Familie«. Viel hätte er darum gegeben, wenn ihm das erspart geblieben wäre, denn er ahnte, dass Fräulein Marlen mancherlei Torheiten anstellen würde, um ihm seinen Stand zu erschweren. Aber das musste er noch ertragen. Zum Glück würden weder sie noch ihre Mutter ahnen, dass sie ihn heute Abend das letzte Mal sahen. So kam er vielleicht doch um das Schlimmste herum. Hoffentlich hielt Herr Seifert Wort und verriet seine Abreise nicht.

Noch ein Blick in den Spiegel – er überzeugte sich, dass alles an ihm in Ordnung war. Er konnte zufrieden sein. Mit einem Stoßgebet, dass alles gut gehen möge, verließ er sein Zimmer.

Wenige Minuten später stand er im Empfangszimmer der Frau Lilli Seifert, die ihn entschieden anders als sonst, mehr in schwiegermütterlicher Huld, empfing und ihm die kleine mollige Hand zum Kuss reichte.

»Mein lieber Herr von Lehenau, ich freue mich, Sie als willkommenen Gast in meinem Hause zu sehen«, sagte sie mit einem verständnisinnigen Blick, aus dem Mark sofort entnahm, dass Mutter und Tochter sich nun dahin geeinigt hatten, ihn als künftigen Mann Marlens zu betrachten. Er beugte sich förmlich über die Hand der Hausfrau und dankte ihr höflich für die Einladung. Jetzt kam auch schon der Hausherr, und gleich hinter ihm erschienen die Geschwister Seifert.

Marlen glühte und blühte in roter Seide, mit einem Strauß Mohnblumen im Gürtel, und Horst Seifert erschien, wie es zu seinen vornehmen Neigungen gehörte, in tadellosem Smoking, der seine sehr hagere, etwas nach vorn gebeugte Gestalt nach der neuesten Mode einhüllte. Er hob die schweren Lider und erzwang ein vertrauliches Lächeln um seinen schlaffen Mund.

»'n Abend, Herr von Lehenau – ist wohl eine angenehme Sache, vom Chauffeur plötzlich zum Freiherrn zu avancieren, he?«

In Marks Gesicht zuckte kein Muskel, obwohl er dem schlappen Jüngling am liebsten einen Stoß ins Kreuz versetzt hätte, dass er endlich mal gerade gestanden hätte. Er verneigte sich leicht und sagte ruhig:

»Das bin ich schon von meiner Geburt an gewesen, Herr Seifert.«

Dieser sah ihn etwas erstaunt an, während sein Vater sich hinter seinem Rücken befriedigt über die Abfuhr seines Sohnes die Hände rieb.

»Eh – na ja, richtig, haben nur sozusagen keinen Gebrauch davon gemacht. Aber nun auch noch eine reiche Erbschaft; wie gesagt, gratuliere!«

Mark verneigte sich leicht und wandte sich dann zum Hausherrn, der ihm vertraulich auf die Schulter klopfte.

Zum Glück bat die Hausfrau nun zu Tisch. Mark verneigte sich vor ihr, bot ihr seinen Arm und führte sie in das Speisezimmer. Der Hausherr folgte ihnen mit einem verschmitzten Lächeln, und Horst fühlte sich veranlasst, um zu zeigen, dass er auch freiherrliche Sitten habe, seiner Schwester den Arm zu reichen. Sie lachte ihm ins Gesicht, legte aber feierlich ihre Hand auf seinen Arm und schritt an seiner Seite zu der kleinen, aber festlich gedeckten Tafel.

Man nahm Platz. Mark saß zwischen der Hausfrau und Fräulein Marlen. Das war immerhin besser für ihn, als wenn er nur neben Marlen gesessen hätte, denn diese ließ es natürlich nicht an allerlei heimlichen Anspielungen fehlen, die er dann stets überhören konnte, indem er sich seiner Nachbarin zuneigte. Für die Seiferts war es ein sehr netter und angeregter Abend. Sogar Horst riss sich zuweilen aus seiner schläfrigen Art und erkundigte sich, wo Herrenberg lag, ob es ein Gestüt habe, sein Freund, Herr von Arend, habe eine großartige Pferdezucht auf seinem Gut.

Zufällig kannte Mark das Arend'sche Gut.

»Sie meinen wohl, der Vater des Herrn von Arend?«

»Nun ja, vorläufig hat ja der Vater noch das Heft in der Hand, aber eines Tages wird mein Freund natürlich alles erben. Kennen Sie das Arend'sche Gut?«

»Zufällig ziemlich genau, da es in der Nachbarschaft der Lehenau lag, die früher uns gehörte.«

»Ach, was Sie nicht sagen? Ist wohl mächtig vornehm dort? Ich soll nächsten Sommer dahin eingeladen werden?«

Mark sah ihn groß an.

»Dann werden Sie sich wahrscheinlich an den nächsten Besitzer halten müssen, denn das Arend'sche Gut wird leider demnächst auch das Schicksal der Lehenau haben, ich hörte davon. Und was das Gestüt anbelangt, so hat das mal vor hundert Jahren bestanden – jetzt wird es sich auf die nötigsten Ackergäule beschränken.«

Horst sah ziemlich verdattert aus und blickte seinen Vater an, als habe er ein schlechtes Gewissen. Dieser nickte ihm spöttisch zu.

»Siehst du wohl, mein Jungchen, wie gut es war, dass ich dir nicht das Darlehen von zwanzigtausend Mark für deinen Freund Arend bewilligte, wir hätten die Summe dann wahrscheinlich in den Schornstein schreiben können.«

»Aber Sie müssen sich irren, Herr von Lehenau!«, stieß Horst hervor.

Mark zuckte die Achseln.

»Sie brauchen meine Worte nicht zu beachten, Herr Seifert, bevor Sie sich nicht von der Wahrheit überzeugt haben.«

»Aber ich werde sie sehr beachten, Herr von Lehenau, und ich danke Ihnen dafür. Das hat mich davor bewahrt, den Bitten meines Sohnes gegenüber doch noch schwach zu werden. Folglich haben Sie mir zwanzigtausend Mark gerettet.«

Horst sank wie ermüdet in seinen Sessel zurück.

»Und ich hatte mich so sehr auf den Aufenthalt im Thüringer Wald gefreut.«

Mark und Seifert wechselten einen raschen Blick und so sagte Ersterer schnell:

»Haben Sie Interesse an der Landwirtschaft?«

»Nun, ich stelle es mir sehr interessant vor, mal auf dem Land zu leben.«

»Dazu könnte ich Ihnen vielleicht verhelfen.«

Horst ließ sich herbei, sich wieder aufzurichten.

»Wie meinen Sie das?«

»Sehr einfach – vielleicht lässt es sich einrichten, dass Sie in Herrenberg eine Weile als Eleve eingestellt werden. Diese Beschäftigung übernehmen viele reiche junge Leute sozusagen als eine Art von Sport. Es bringt nichts ein als freien Unterhalt, aber Sie könnten sich das schon leisten als Sohn Ihres Vaters.«

Die müden Augen von Horst belebten sich ein wenig, und sein Vater sah verstohlen zu ihm hinüber. Dass Mark diese Sache so fein ins Rollen brachte, hatte der Vater dankbar sogleich erkannt. Nun war er gespannt auf die Antwort seines Sohnes.

Dieser sah etwas angeregt zu Mark hinüber.

»Ist das Ihr Ernst, Herr von Lehenau?«

»Gewiss, wenn es Ihnen ernst damit ist.«

»Gibt es denn da auch frische, hübsche Bauerndirnen?«

Mark dachte etwas boshaft, dass Horst, falls er sich zu sehr mit diesen beschäftigen würde, gelegentlich auch eine Tracht Prügel beziehen könne. Aber er sagte nur:

»Vorläufig weiß ich ja selbst noch nicht Bescheid über Herrenberg, ich weiß nur, dass es ein großes Gut ist und im Thüringer Wald liegt.«

»Na also, man könnte das ja mal mitmachen. Also, ich nehme Ihre Einladung an.«

»Bitte, sagen wir in diesem Falle lieber die Stellung. Denn um eine solche würde es sich doch handeln, wenn Sie als Eleve eintreten.«

Horst lachte etwas blöd, ging aber darauf ein, weil er es für einen Ulk hielt und weil er ganz gerne mal nach Herrenberg kommen wollte. Es machte sich doch ganz gut, zu seinen Freunden zu sagen: »Ich gehe auf einige Zeit zu meinem Freund, dem Freiherrn von Lehenau auf Herrenberg, ich will da mal ein bisschen Sport als Eleve treiben.«

So wurde die Sache abgemacht. Sobald Mark Nachricht geben würde, dass eine Elevenstelle frei sei, würde Horst kommen.

Sein Vater freute sich sehr, dass alles so klug eingefädelt war.

Mark beschäftigte sich so viel wie möglich mit dieser Sache, um einer verfänglichen Unterhaltung mit Marlen auszuweichen. Diese und ihre Mutter tauschten zuweilen befriedigte Blicke. Frau Lilli fand es bewundernswert, wie gut sich Mark beherrschte. Mit keiner Miene, keinem Wort, keinem

Blick verriet er, dass zwischen Marlen und ihm irgendein Einverständnis herrschte. Dass ein solches überhaupt nicht bestand, ahnte die Mutter nicht. Denn Marlen hatte das alles so fest behauptet, dass die Mutter nicht daran zweifeln konnte. Und Frau Lilli glaubte nun, der Freiherr habe die Sache mit Horst nur deshalb eingefädelt, damit sie und Marlen auch nach Herrenberg kommen konnten. Sie konnten doch einfach Horst besuchen. Das ergab sich dann ganz zwanglos.

Auch Marlen versprach sich viel von der Anwesenheit ihres Bruders auf Herrenberg. Für sie stand es fest, dass sie den Bruder besuchen würde, wenn er als Eleve auf Herrenberg eingestellt war.

Hätte Mark eine Ahnung davon gehabt, was er sich durch seine Bereitwilligkeit eingebrockt hatte, er würde alles sofort rückgängig gemacht haben. Es fiel ihm aber nicht im Traum ein, anzunehmen, dass Mutter und Tochter planten, ihn in Herrenberg zu überfallen.

Zum Glück fragten die beiden Damen nicht, wie lange Mark noch in Berlin und hier im Hause bleiben würde. Es wäre ihm nicht angenehm gewesen, die Wahrheit sagen zu müssen. Aber dankbar erkannte er, dass Herr Seifert seiner Familie wirklich nichts verraten hatte.

Der Abend verlief also nicht ganz so schrecklich, wie Mark befürchtet hatte. Als er sich endlich verabschieden konnte, tat er es mit einem heimlichen Seufzer der Erleichterung.

Die Damen schenkten ihm ein süßes Lächeln, als er sich vor ihnen verneigte. Herr Seifert drückte ihm mit einem verständnisinnigen Blick die Hand, und Horst ließ sich herbei, seinen neuen »Freund« vertrauensvoll auf die Schulter zu klopfen und ihm zuzuflüstern:

»Das soll eine lustige Zeit werden auf Herrenberg.«

Mark dachte sich diese Zeit etwas anders, aber er lächelte nur still.

Und so war er von allen Seiten in Gnaden entlassen.

Als Mark sein einfaches, aber sauberes Zimmer wieder erreicht hatte, sank er wie nach langer, schwerer Arbeit in einen Sessel. Gott sei Dank, dass das hinter ihm lag! Und Horst Seifert sollte sich wundern, wenn etwas aus seiner Anstellung als Eleve werden sollte. Den wollte er sich vornehmen, dass ihm die Zeit ganz anders als lustig erschien.

Und Marlen würde hoffentlich bald einsehen, dass er nicht für sie zu haben war. Sie würde als Erbin ihres Vaters einen anderen Freier finden.

Langsam kleidete er sich aus, legte alles für morgen früh zurecht und stellte seinen Wecker. Dann ging er zur Ruhe – zum letzten Mal in seiner schlichten Chauffeurstube.

Wieder war ein Abschnitt seines Lebens zu Ende, jetzt würde ein neuer beginnen. Was würde er ihm bringen?

Am nächsten Morgen erhob Mark sich sehr zeitig, und als er sich fertig gemacht hatte, verließ er das Garagenhaus, nachdem er noch einmal heimlich seinen Freund, den Wagen, gestreichelt hatte.

Niemand bemerkte seinen Abgang, nicht einmal die Dienstboten.

4

Lonny Lehenau hatte von dem Notar Bescheid bekommen, dass sie selbstverständlich ihre Frau Tante mitbringen dürfe, ja, dass es sogar sehr erwünscht sei, diese als Ehrendame bei sich zu haben, da der Freiherr von Lehenau auch unverheiratet sei. Sie möge mit der Bahn bis zur Station Wengern fahren. Dort würde sie das Herrenberger Auto erwarten und sie und ihre Tante zum Gutshaus fahren, wo er und auch ihr Miterbe sie erwarten würden.

Ihrem Chef, dem Schriftsteller, hatte Lonny gesagt, dass sie unbedingt am zehnten Mai wegen einer Erbschaftssache verreisen müsse. Sie hatte ihn gebeten, sich nach einer Stellvertreterin umzusehen. Sie konnte ihm auch gleich eine Schulfreundin empfehlen, die sehr glücklich war, als der Schriftsteller sie anstellte.

So waren auch für Lonny alle Hindernisse beseitigt. Es blieben ihr noch zwei Tage, mit Tante Mia die Reisevorbereitungen zu treffen. Nach langem Überlegen waren die beiden Damen übereingekommen, dass sich jede von ihnen ein schwarzseidenes Abendkleid anfertigen lassen müsse, denn Herrenberg stand noch im Zeichen der Trauer um seine verstorbene Besitzerin.

Das neue schwarze Abendkleid aus weicher Seide für Tante Mia bekam noch einen schönen schwarzen Spitzenbesatz. Lonny begnügte sich mit einem bescheidenen Halsausschnitt. Das sah sehr gut aus, denn ihre blütenfrische

Hautfarbe und das goldbraune Haar wirkten wundervoll zu dem tiefen Schwarz. Die beiden Damen waren also sehr miteinander zufrieden und packten gemeinsam alles, was sie mitnehmen mussten, in zwei große Koffer. Sie hatten sich erkundigt, dass ihr Zug um halb sechs Uhr morgens abfuhr und sie gegen zehn Uhr am Ziel sein würden, wo sie mit dem Auto abgeholt würden. Beide hatten in diesen Tagen noch manches Herzklopfen überwinden müssen, wenn sie an das Gut, an den Vetter, an den Notar und an die ganze Angelegenheit dachten.

Die Nacht vor der Reise schliefen beide nur wenig. Bei Tante Mia war das selbstverständlich, weil sie nie vor einem bedeutungsvollen Tag zu schlafen pflegte. Aber bei Lonny war das schon eine Seltenheit, denn sie erfreute sich immer des gesunden Schlafs der Jugend.

Endlich brach der Morgen an, und die Damen machten sich fertig. Die Aufwärterin war noch einmal bestellt, um alle Reste von Esswaren mit nach Hause zu nehmen, dem Chauffeur zu helfen, die Koffer hinabzutragen und was dergleichen vor einer Abreise erledigt werden musste. Tante Mia schloss mit feierlicher Andacht die Wohnung ab und rüttelte noch verschiedene Male an der Tür, indem sie überlegte, ob auch alle Fenster geschlossen, die Gashähne abgedreht, das elektrische Licht ausgeschaltet und genügend Mottenkugeln untergebracht worden wären.

Endlich saßen die beiden Damen im Mietauto, das sie und ihr Gepäck zum Bahnhof bringen sollte. Es war natürlich noch viel zu früh, aber Tante Mia wollte genügend Zeit haben, das Gepäck aufzugeben, die Fahrkarten zu lösen und noch etwas Obst und ein paar belegte Brote zu kaufen. Denn konnte man wissen, ob und wann man in Herrenberg etwas zu essen vorgesetzt bekam? In einem Haushalt, wo die Hausfrau gestorben war, klappte gewöhnlich nichts. Man musste auf alle Fälle vorbereitet sein.

Lonny musste ein wenig über den Eifer ihrer Tante lächeln, doch widersprach sie ihr nicht. Sie wusste, dadurch gewann die zarte Tante am besten ihre Ruhe wieder.

Und es ging alles gut. Es gab keinen Zusammenstoß mit dem Auto, kein Koffer ging entzwei, keine Fahrkarte ging verloren, und man saß wirklich wohlversorgt in einem Abteil.

Nun fuhr der Zug ab. Tante Mia überdachte noch einmal in Eile, ob zu Hause alles erledigt war. Sie sagte sich aber endlich, dass ja nun nichts mehr daran zu ändern wäre.

Ihre Nichte brachte sie so weit, dass sie den Hut abnahm und sich behaglich in die Polster zurücklegte.

Lonny begann die Reise zu genießen. Wie ein Kind freute sie sich über alles, was ihr neu war, über das frühlingsfrische Grün der Wiesen, über die in der ersten Blüte stehenden Gärten und über die sauberen Dörfer und Güter. Die Letzteren forderten natürlich immer zu einem Vergleich mit Herrenberg heraus, ob das wohl auch so groß und so schön gelegen war und ob da auch schon alles grünte und blühte.

Es war ja lange her, seit die Damen sich eine solche Reise hatten leisten können.

Tante Mia musste sich dann, weil sie sich wie ein Kind gefreut hatte, mit geschlossenen Augen zurücklegen und war bald eingeschlafen. Lonny hatte nun Zeit, sich mit sich selbst zu beschäftigen, und auch sie stellte sich viele Fragen in Bezug auf das kommende Jahr, das sie ja in ständiger Gesellschaft mit ihrem unbekannten Vetter verleben sollte. Hoffentlich erreichte die gütige Erblasserin ihren Zweck, die beiden feindlichen Zweige der Familie Lehenau in Frieden zu vereinigen. Soweit es an ihr lag, sollte wirklich alles dazu getan werden; aber wie würde sich ihr Vetter dazu stellen?

Sie fragte sich, wie er aussehen würde. Ihr Vater war ein sehr zielbewusster stattlicher Mann gewesen. Und er hatte ihr einmal gesagt, alle Lehenaus hätten eine hohe schlanke Figur und feste männliche Züge gehabt. Ob das auf den unbekannten Vetter auch zutreffen würde? Aber die Hauptsache war doch, dass er angenehm im Umgang sein würde, damit sich das Zusammenleben mit ihm erträglich gestaltete. Tante Mia hatte gestern freilich in ihrer etwas derben Art, die so gar nicht zu ihrer zarten Erscheinung passte, gesagt:

»Er mag aussehen wie ein Affe und sich gebärden wie ein Teufel, uns soll er nicht in die Flucht schlagen, und von unserer Seite wird der Familienzwist schon heute feierlich begraben. Wir wollen der guten Tante Lingen wenigstens so viel Dankbarkeit erweisen, dass wir ihren Wunsch mit allen Mitteln zu erfüllen suchen, nicht wahr, Lonny?«

Und Lonny hatte gerne zugestimmt und schwor sich das auch jetzt wieder mit aller Festigkeit ihres Willens.

Als der Zug dann in Thüringen war, weckte Lonny die Tante. Diese hätte ihr nie verziehen, wenn sie zugelassen hätte, dass sie diese herrliche Landschaft verschlafen hätte. Mit großen Augen sahen die beiden Damen in das grüne Herz Deutschlands hinein. Da dehnten sich die bestellten Felder, auf denen es schon sprosste und keimte, da grünten die herrlichen Wälder zu beiden Seiten der Bahn. Auf den Bergen lagen Burgen und Schlösser und schauten weit ins Land hinein. Die Obstbäume standen zum Teil noch in Blüte, die jungen Tannen hatten grüne Zweigspitzen bekommen. Des Grünens und Blühens war kein Ende. Gesegnetes

Thüringer Land! Und dieses Paradies sollte nun vielleicht für immer ihre Heimat werden.

In der letzten halben Stunde war die Fahrt am schönsten. Tante Mia stieß immer wieder leise Rufe des Entzückens aus, und Lonny nickte ihr zu. Sie gedachte ihrer Eltern. Auch sie stammten aus dem Thüringer Land, wenn auch etwas weiter aus dem Norden. Was sie wohl gesagt hätten, wenn sie noch am Leben wären?

Aber bei Tante Mia gab es nun kein Halten mehr. Viele Male zählte sie die Gepäckstücke, und in Eile kramte sie nun noch den eingekauften Imbiss hervor und nötigte Lonny, etwas davon zu essen, weil man doch nicht wissen konnte, ob einem sonst nicht flau werden würde. Lonny tat ihr den Gefallen, und Tante Mia aß ebenfalls ein belegtes Brot und einen Apfel. Kaum war der Imbiss beendet, da war die kleine Station Wengern erreicht, und die Damen mussten aussteigen. Es stiegen nur wenige Menschen aus, und der Diener, der neben dem Chauffeur am Auto gestanden hatte, ging sogleich auf die beiden Damen zu und erkundigte sich, ob sie nach Herrenberg fahren wollten. Lonny gab ihm in ihrer sicheren, damenhaften Art Bescheid, und der Diener geleitete sie zu dem schönen, gepflegten Auto.

Lonny reichte ihm den Gepäckschein, als sei sie immer gewohnt gewesen, sich auf diese Art bedienen zu lassen. Tante Mia wollte noch Erläuterungen geben, doch Lonny sagte ruhig:

»Das genügt schon, Tante Mia.«

Diese sah etwas verdutzt zu ihrer Nichte empor, tat aber, was diese wollte. Der Diener meldete, dass das Gepäck mit einem anderen Wagen nachkomme, und fragte, ob die Damen sofort etwas vom Handgepäck mitzunehmen wünschten. Lonny deutete auf zwei kleine Handtaschen, und der Diener schloss den Wagen. Gleich darauf ging es los.

»Lonny, wenn der nicht alles verkehrt macht, lasse ich mich aufhängen.«

Lonny schüttelte den Kopf.

»Sei unbesorgt, der hat schon mehr Gepäck richtig besorgt, darauf kannst du dich verlassen.«

Tante Mia schnappte nach Luft.

»Lonny, was ist denn mit einem Mal in dich gefahren? Du trittst ja auf, als wärst du schon seit hundert Jahren Besitzerin von Herrenberg.«

»Tante Mia, hoffentlich sehe ich nicht auch so aus. Mit hundert Jahren ist man doch schon recht wackelig, nicht?«

Sie mussten beide lachen. Dann befühlte Tante Mia selig den graublauen Polsterbezug.

»Was für ein herrliches Auto, Lonny! Ob wir da manchmal drin fahren dürfen?«

Lonny musste wieder über ihre drollige Tante lachen.

»Vielleicht nur in der einen Hälfte, Tante Mia; es wird uns wohl nur zur Hälfte gehören.«

Da mussten sie wieder lachen, und der Chauffeur hinter der Trennscheibe hörte das und atmete auf. Die beiden Damen schienen gern zu lachen – das war schon viel versprechend.

Mark Lehenau hatte seine Vorsätze ausgeführt. Eine bekannte Berliner Schneiderei hatte seine Maße genommen und den Auftrag bekommen, sofort nach eingehender Bestellung alles für ihn anzufertigen und zuzusenden. Ebenso hatte er eine Wäschebestellung aufgegeben. Auch Stiefel, Schuhe und anderes Notwendiges hatte er bestellt.

Dann hatte er sich nach Wengern auf den Weg gemacht. Bereits am fünften Mai traf er dort ein, suchte, nachdem er in einem kleinen Hotel ein Zimmer genommen hatte, den Notar Herbig auf.

Der alte Herr empfing ihn sofort sehr freundlich und zuvorkommend, begrüßte ihn, zugleich im Namen seiner verstorbenen Klientin, und gab Mark bereitwillig Auskunft. Danach war er also wirklich Erbe der Hälfte aller Einkünfte, die Herrenberg einbrachte; jeder Gegenstand, auch das große Gut, gehörte zu einer Hälfte ihm, zur anderen Leonie von Lehenau. Ebenso ging das hinterlassene Vermögen, das zum Teil in bar, zum Teil in Wertpapieren angelegt war, in gleichen Teilen an die beiden Erben. Der vorhandene Schmuck, alles Silber und wertvolle Bilder und Kunstgegenstände, alles sollte ausnahmslos an die Erben fallen, und es blieb diesen die Möglichkeit, sich bei einzelnen strittigen Dingen nach Gutdünken zu einigen. Falls die Erben auch in Zukunft, also nach Ablauf des einen Jahres, beide in Herrenberg wohnen wollten, stehe auch dem nichts im Wege. Das große Gutshaus könne geteilt werden, was durch die Anlage der Räume keine Schwierigkeiten machen werde. Außer dass die beiden Parteien ein volles Jahr zusammenleben müssten, sei ihnen keinerlei Zwang auferlegt. Sie könnten sich schon während dieses Jahres darüber einig werden, wie sie sich später alles einrichten wollten. Der innige Wunsch der Erblasserin gipfele eben nur darin, dass der Familienzwist durch die letzten Nachkommen der beiden Familienzweige beendigt werden solle. Denn die Erblasserin habe vielleicht am schwersten unter diesem Zwist zu leiden gehabt, weil sie ihm ihr Lebensglück habe opfern müssen. Sie habe den Vater des Fräuleins von Lehenau sehr geliebt und auch seine Liebe besessen. Der unselige Familienzwist habe sie von dem Mann ihrer Liebe getrennt, und sie habe auf Wunsch ihrer Familie einen Mann heiraten müssen, den sie nicht geliebt, der ihr zwar ein sorgloses, angenehmes Leben geschafft habe, aber ihr Herz nie besaß. Trotzdem habe er ihr sein ganzes Vermögen und das Gut Herrenberg zur freien Verfügung hinterlassen, da er keine anderen Erben dafür gehabt hatte als seine Frau, die er sehr geliebt habe.

Und der Notar las Mark von Lehenau die genaue Abschrift des Testaments vor und erklärte ihm, was nötig war. Daraus ging hervor, dass Mark von Lehenau in Zukunft ein sehr beträchtliches jährliches Einkommen haben würde, ebenso wie Fräulein von Lehenau. Mark schwindelte etwas, als er diese Zahlen hörte, und verglich damit sein bisheriges Einkommen als Chauffeur. Er hatte das schon für sehr gut gehalten im Vergleich zu dem, was er in den vergangenen Jahren besessen hatte. Ganz offen bekannte er dem Notar, dass er nach vielen trüben Erfahrungen sein Leben als Chauffeur für gut und beneidenswert gehalten habe. Der Notar lächelte.

»Frau von Lingen hat das alles gewusst, sie hat sowohl Sie wie Ihre Miterbin seit Jahren beobachten lassen und sich gefreut, dass Sie beide sich niemals mit einer Bitte um Hilfe an sie gewandt haben. Fräulein von Lehenau hat sich als Stenotypistin ihren Lebensunterhalt verdient und lebte mit einer Tante zusammen, die auch nur über eine sehr bescheidene Rente verfügte. Frau von Lingen wusste, dass ihr Leben sich dem Ende näherte, da sie von einem schweren Leiden befallen war. Sie wollte, dass Sie und Ihre Miterbin eines Tages von allen Sorgen befreit wären. Für jeden von Ihnen hat sie ein Schreiben hinterlassen, worin sie Ihnen erklärt, warum sie bisher nicht helfend in Ihr Leben eingegriffen hat. Sie sollten beide erst durch den Lebenskampf gestählt werden, denn sie war der Ansicht, nur der Mensch verstehe reich zu sein, der vorher arm gewesen ist.«

Mark hatte das alles nicht ohne tiefe Bewegung vernommen. Seine Dankbarkeit gegen diese gütige und verständige Frau war groß, und auch er gelobte sich, alles zu tun, was in seiner Macht stand, um ihren Wunsch zu erfüllen. Friede sollte herrschen zwischen ihm und seiner Miterbin, soweit es in seiner Macht stand.

Der Notar hätte Mark schon jetzt gern einen Betrag in beliebiger Höhe zur Verfügung gestellt, aber Mark lehnte ab. Er wollte seiner Miterbin in keiner Weise vorgreifen, er werde auch nicht vor dem zehnten Mai nach Herrenberg gehen. Bis dahin wolle er in Wengern im Hotel bleiben. Am Herzen läge ihm nur eine Frage: ob es ihm gestattet sein würde, sich landwirtschaftlich in Herrenberg zu betätigen, da er seinen Beruf, den er liebe, bisher nicht habe ausüben können. Der Notar antwortete ihm, dem stehe nichts im Wege, im Gegenteil, es sei sogar gut, wenn die Augen des Herrn über allem wachten. Er werde wahrscheinlich auch von Fräulein von Lehenau die Erlaubnis dafür erhalten. Vielleicht wäre auch in dieser Frage eine Einigung zu erzielen.

Nun war Mark erst richtig froh über diese Erbschaft. Er verabschiedete sich vom Notar und machte mit ihm aus, dass er am zehnten Mai mit ihm nach Herrenberg fahren und dort seine Miterbin erwarten werde. Morgens um neun Uhr sollte sich Mark bei Dr. Herbig einfinden, der ihn in seinem Auto mitnehmen wollte, damit der Herrenberger Wagen für die beiden Damen zur Station geschickt werden konnte.

Nachdem das alles geklärt war, machte Mark einen langen Spaziergang in Richtung Herrenberg. Er kam weit genug auf diesem Spaziergang, um von fern das Haus zu sehen. Es stand auf einem kleinen Hügel. Rings um das anscheinend sehr große und geräumige Gebäude lag ein schöner alter Park, über dessen Bäume nur das oberste Stockwerk und das Dach herausragten. Den Mittelbau krönte ein runder Turm, und zwei Seitenflügel von gleicher Größe und Ausdehnung gliederten sich an.

Lange Zeit stand Mark im Anblick dieses Bildes versunken. Im weiten Umkreis lagen schöne, alte Waldungen und weite Felder. Daran schlossen sich die kulissenartig ineinanderschiebenden Berge des Thüringer Waldes an, und zu Füßen des vordersten Berges breitete sich ein freundliches Dorf aus.

Tief und schwer atmete Mark, und er brauchte alle Kraft, um sich nicht einer Rührung hinzugeben, die ihn überwältigen wollte. Das Leben hatte ihn hart gemacht, aber angesichts dieses herrlichen Fleckchens Erde, dessen Mitbesitzer er nun werden sollte, überkam ihn doch eine tiefe Bewegung. Und rückhaltlos öffnete er sein Herz einer tiefen Dankbarkeit für Elisabeth von Lingen, die ihn trotz der Erniedrigung, die das Schicksal ihm aufgenötigt hatte, für wert befunden hatte, ihr Erbe zu werden.

Und eines wusste er schon heute: Auch wenn das Jahr vorüber war, das ihn hier festhielt, würde ihn nichts und niemand dazu bringen können, wieder von hier fortzugehen.

Langsam kehrte Mark nach Wengern zurück, nahm in seinem Hotel eine einfache Mahlzeit ein, da er noch sparsam leben musste, und setzte sich dann an das Fenster des Zimmers mit einem Buch, das er schon lange gern gelesen hätte, ohne die nötige Zeit dafür gefunden zu haben.

So vergingen die Tage bis zum zehnten Mai ziemlich schnell für ihn. Jeden Morgen unternahm er einen ausgedehnten Spaziergang zum Gut hinaus, sich dem Anwesen immer von einer andern Seite nähernd. Er hatte auch ein kurzes Schreiben an Herrn Seifert gerichtet, hatte ihm gedankt, dass er ihm zu einem heimlichen Abgang aus seinem Haus verholfen hatte, und versprach, von sich hören zu lassen, sobald die beabsichtigte Einstellung seines Sohnes in Herrenberg möglich sei. Zuletzt bestellte er eine höfliche Empfehlung an die Damen. Damit hatte er auch dieser Pflicht genügt.

Am Morgen des zehnten Mai fand Mark sich pünktlich um neun Uhr beim Notar ein, der ihn schon erwartete. Dessen Auto war allerdings ein alter Kasten, nicht zu vergleichen mit Seiferts Wagen. Mark fragte während der Fahrt, welches Fabrikat das Herrenberger Auto sei, und erfuhr, dass ein extravaganter Mercedes und auch noch eine kleine Limousine vorhanden seien.

Sie brauchten bei mäßigem und vorsichtigem Tempo fast eine Stunde, bis sie am Ziel waren. Erst jetzt erkannte Mark die Größe des Hauses, nun, da die Bäume des Parkes ihm nicht den vollen Anblick verdeckten.

Zu dem hohen und breiten Portal führte eine Sandsteintreppe hinauf. Alles an dem Gebäude, das sehr stattlich wirkte, machte einen gepflegten und guten Eindruck. Zwischen dem Portal und der obersten Stufe der Treppe breitete sich eine mit großen Steinplatten belegte Terrasse aus. Diese umgab das ganze Haus, und war von allen Räumen des Erdgeschosses durch hohe Fenstertüren zu erreichen.

Hier hatte der größte Teil der Dienerschaft und der Beamten Aufstellung genommen, um die neue Herrschaft zu begrüßen. Marks Erscheinung gefiel ihnen gleich; er grüßte die Leute in seiner ruhigen, vornehm wirkenden Freundlichkeit. Der Notar machte ihn gleich mit dem Verwalter, zwei Inspektoren und einigen anderen Angestellten des Gutes bekannt, und Mark begrüßte diese mit festem Handschlag. Der Notar hatte ihm schon gesagt, dass er lauter erprobtes Personal finden würde. Frau von Lingen hatte immer einen guten Blick dafür gehabt.

So hatte Mark keine Veranlassung, sich misstrauisch oder abwartend zu verhalten. Er begrüßte sie als erprobte Mitarbeiter und bat sie, ihn und seine Base, Fräulein Leonie von Lehenau, auch weiterhin mit ihrer Arbeit zu unterstützen.

Der Notar hatte Mark unterwegs gesagt, dass er ein Mittagessen bestellt habe, ganz im Sinne der verstorbenen Herrin, und hatte ihm geraten, wen er dazu einladen solle. Mark hatte jedoch bemerkt, dass diese Einladung erst in Gegenwart seiner Miterbin stattfinden dürfe, da diese es sonst als einen Übergriff seinerseits auffassen könne. Er sah auch davon ab, schon jetzt einen Rundgang durch das Haus zu machen und Zimmer für sich auszusuchen. Auch das sollte erst in Gegenwart seiner Base stattfinden.

Er entließ die Leute vorläufig, nachdem sich herausgestellt hatte, dass das Auto mit seiner Miterbin und deren Tante in ungefähr einer halben Stunde eintreffen würde, und bat sie, sich dann wieder zur Begrüßung einzufinden.

Der Notar war sehr zufrieden mit Marks Verhalten. Er sagte den betreffenden Leuten, sie möchten sich darauf vorbereiten, dass sie wahrscheinlich den Herrschaften beim Mittagessen Gesellschaft leisten sollten. Man solle in der Küche schon die nötigen Anweisungen geben, dass im Ganzen für etwa zwölf Personen Vorsorge getroffen werde.

Mark bat den Notar, ihm einstweilen, bis seine Miterbin eintraf, in der großen Eingangshalle Gesellschaft zu leisten. Die beiden Herren setzten sich in tiefe Klubsessel an einem Kamin, der aber nur selten und nur zur Erhöhung der Behaglichkeit mit Buchenscheiten geheizt wurde, weil man in Herrenberg schon längst Zentralheizung hatte einbauen lassen.

Jetzt brannte kein Feuer im Kamin. Es war warm und sonnig draußen, und das Portal stand weit offen. So wartete man auf das Eintreffen von Leonie von Lehenau und ihrer Tante.

5

Als die beiden Damen dann kurz vor elf Uhr ankamen, war der Empfang der gleiche wie bei Marks Eintreffen, nur standen unter dem Portal in der Mitte Mark von Lehenau und der Notar. Ein Diener öffnete den Wagenschlag, und die Damen stiegen aus.

Nun schritten der Notar und Mark die Treppe hinunter, um die Damen zu begrüßen. Der Notar stellte zuerst sich selbst vor, dann machte er die beiden Erben miteinander bekannt und stellte Mark auch Tante Mia vor. Etwas befangen sah diese von einem der Herren zum andern, aber Lonny war sogleich Herrin der Lage, zur geheimen Bewunderung ihrer Tante. Zuerst dankte sie dem Notar für all seine Bemühungen und wandte sich dann an Mark, sah ihn groß und forschend an, stellte bei sich fest, dass er ein außerordentlich gutaussehender und sympathischer Mann sei und reichte ihm dann die Hand.

»Wir sind wohl beide mit der festen Absicht hierhergekommen, den Wunsch unserer verstorbenen Frau Tante nach besten Kräften zu erfüllen, Herr von Lehenau. Deshalb biete ich Ihnen meine Hand und hoffe, dass wir einander zumindest erträglich finden werden. Meine feste Absicht ist es, Frieden um jeden Preis mit Ihnen zu halten.«

Mark hatte mit sehr großer Freude ebenfalls festgestellt, dass diese ihm bisher fremde Verwandte eine sehr vornehm wirkende und anziehende junge Dame war. Als nun der freundliche Blick ihrer leuchtenden Augen in die seinen traf, fühlte er gleich ein herzliches Wohlgefallen an ihr. Er war weniger erstaunt als die Tante, dass Lonny so ruhig und selbstverständlich auftrat. Mochte sie auch ihren Unterhalt durch eine bescheidene Tätigkeit gefunden haben, sie war jedenfalls als Dame geboren und hatte das Benehmen einer solchen.

Artig neigte er sich über die ihm dargebotene Hand und sagte herzlich:

»Auch ich habe die feste Absicht, gutes Einvernehmen zu halten, denn nur dadurch können wir uns dankbar zeigen dafür, dass Frau von Lingen uns so viel Güte erwiesen hat. Und da wir beide gewillt sind, den alten, törichten Familienzwist zu begraben, hoffe ich, dass wir gut miteinander auskommen. Ich bitte jedenfalls um Ihre gütige Unterstützung.«

»Daran soll es nicht fehlen, Herr von Lehenau.«

Mark küsste nun Tante Mia artig die Hand.

»Gestatten Sie mir, Sie zu bitten, dass auch Sie uns helfen, alle Testamentsbedingungen zu erfüllen, gnädige Frau. Ich freue mich, dass Fräulein von Lehenau in Ihnen gleich eine Ehrendame mitgebracht hat, wodurch wir zwangloser miteinander verkehren können.«

Während dieser Unterhaltung waren sie oben auf der Terrasse angelangt, wo die Leute wieder in Reih und Glied standen. Der Notar stellte die Angestellten der jungen Dame vor, und Tante Mia wurde inzwischen von Mark unterhalten. Sie war sogleich von ihm begeistert.

Als das Vorstellen beendet war, trat Mark zu Lonny und teilte ihr mit, was der Notar ihm wegen des Mittagessens geraten hatte. Sie sah lächelnd zu ihm auf, denn obgleich sie überdurchschnittlich groß war, überragte er sie noch um Haupteslänge.

»Also, Mittagessen bekommen wir auch schon? Das ist ja sehr erfreulich, und natürlich wird es gut sein, wenn wir die wichtigsten Leute dazubitten, da, wie Sie sagen, Vorsorge getroffen ist. Tante Mia – wie findest du das? Wir bekommen nicht nur selbst etwas zu essen, sondern dürfen auch gleich im Handumdrehen Gäste bewirten, ohne dass du aufgeregt hin und her flattern müsstest.«

Tante Mia strahlte über das ganze Gesicht.

»Ich finde das großartig, Lonny.«

Mark hatte lächelnd zugehört. Ihm gefiel dieser natürliche, zwanglose Ton zwischen den beiden Damen.

Lonny wandte sich an Mark und den Notar:

»Bisher hat Tante Mia nämlich für uns beide nicht nur den Küchenzettel bestimmt, sondern sie hat auch eigenhändig für uns die Speisen bereitet. Wir lebten in sehr bescheidenen Verhältnissen. Sie freut sich nun besonders, dass sie sich einmal an einen gedeckten Tisch setzen kann.«

Man hatte die Halle betreten, und Lonny sah sich mit großen Augen um.

»Wie schön ist das hier!«, sagte sie halblaut, in tiefstem Herzen froh und beglückt.

Inzwischen hatte sich die Beschließerin genähert, eine Frau Mitte vierzig, mit weißer Schürze und weißem Häubchen.

»Wenn die Herrschaften sich jetzt vielleicht ein wenig erfrischen wollen – ich habe vorläufig im rechten Seitenflügel zwei, im linken Seitenflügel ein Zimmer vorbereitet. Dass im rechten Seitenflügel die Damen wohnen, halte ich für richtig, weil da die meiste Sonne ist. Deshalb habe ich dort zwei Zimmer fertig gemacht. Das eine Zimmer im linken Seitenflügel dachte ich für Herrn von Lehenau. Wenn die Herrschaften sich erfrischt und ein wenig geruht haben, wäre es mir lieb, wenn dann eine gemeinsame Besichtigung des Hauses stattfinden und die Herrschaften ihre Zimmer aufsuchen könnten, damit für die Nacht wenigstens die Schlafzimmer hergerichtet werden können.«

Lonny und Mark sahen sich lächelnd an, und Tante Mia sah ganz verzagt zu der Beschließerin auf. Diese machte auf sie einen so gebietenden Eindruck, und sie hätte auch dann nicht zu widersprechen gewagt, wenn ihr etwas nicht gepasst hätte. Der Vorschlag der Beschließerin wurde also ohne Weiteres angenommen. Während Lonny mit der Tante und der Beschließerin zum rechten Flügel verschwanden, folgte Mark einem Diener in den linken.

Der Notar begab sich inzwischen mit dem Verwalter und den Inspektoren in das Wirtschafts- und Verwaltungsgebäude, das seitwärts in einiger Entfernung hinter dem Gutshaus lag. Die Herren wollten noch allerlei Geschäftliches ordnen. Zu Tisch wollten sich dann alle wieder im Speisesaal treffen.

Lonny schritt scheinbar mit ruhiger Selbstverständlichkeit hinter der Beschließerin her, während Tante Mia ganz schüchtern neben ihr dahintrippelte. Diese für ihre Begriffe riesengroßen Räume, die alle vornehm und gediegen ausgestattet waren, wirkten beklemmend auf das kleine bescheidene Tantchen. Lonny fühlte sich im Grund ebenso beklommen, es kam ihr erst jetzt eine Ahnung von der Größe ihres Erbteils. Aber sie ließ sich das nicht so anmerken. Sie war schließlich eine von Lehenau und durfte sich nicht schwach und verlegen zeigen. Also plauderte sie unbefangen mit der Beschließerin, die ihr mitteilte, dass der rechte Flügel des Hauses viel passender für Damen eingerichtet sei als der linke. Im rechten Flügel hätte auch Frau von Lingen ihre Wohn- und Schlafräume gehabt, während Herr von Lingen im linken Flügel gewohnt habe. Der sei auch mehr nach Herrengeschmack ausgestattet. Im Mittelbau befänden sich im Erdgeschoss und im ersten Stockwerk die Gesellschaftsräume, die durch die Halle miteinander verbunden seien, und im zweiten Stockwerk lägen die Gästezimmer. Nur der Mittelbau habe außer dem Erdgeschoss zwei Stockwerke, die Seitenflügel hätten nur eines.

Tante Mia schwindelte bei dem Gedanken, wie viel Bedienungspersonal wohl nötig sei, all diese Räume sauber zu halten und was die Heizung für alle diese Zimmer wohl kostete. Sie wagte aber nicht, diesen Gedanken Ausdruck zu geben.

Nun öffnete die Beschließerin in einem langen Gang zwei nebeneinanderliegende Türen und ließ die Damen eintreten.

»Ich habe die Verbindungstür zwischen den beiden Räumen offen gelassen, gnädiges Fräulein – sie kann auf Wunsch leicht geschlossen werden«, sagte die Beschließerin und stellte die beiden kleinen Handtaschen, welche die Damen mitgebracht hatten, auf den Tisch. Dann empfahl sie sich mit der Bemerkung, die Damen möchten klingeln, wenn sie fertig seien, damit ein Diener sie zu dem Rundgang durch das Haus abholen könne.

Als sich die Tür geschlossen hatte, sank Tante Mia dort, wo sie stand, in einen Sessel, legte die Hände ergeben in den Schoß und sah Lonny mit einem völlig fassungslosen Blick an.

»Ach du lieber Gott!«, seufzte sie.

Lonny musste lachen; sie schob der Tante eine Fußbank zurecht, weil diese nur auf der Sesselkante sitzen konnte, wenn sie mit ihren Liliputfüßen den Boden berühren wollte.

»Was ist denn, Tante Mia? Du siehst ja ganz bekümmert aus.«

Tante Mia seufzte.

»Ach Kindchen, sieh mich doch an, und dann lass deinen Blick umherschweifen. In diesem riesengroßen und vornehmen Haus muss ich mich doch in eine Ecke verkriechen. Man kommt ja vor lauter Bewunderung ganz aus der Fassung. Soll ich denn wirklich hierbleiben?«

Lonny umarmte und küsste die Tante, nahm ihr den Hut ab und zog ihr die Handschuhe von den angstvoll gespreizten Fingern.

»Aber, liebes Tantchen, Mut zeigt selbst der Mameluck! Du bist doch selbst mit Schlachter Beier fertig geworden, wenn er dir zu viele Knochen zum Fleisch legte, so drohend er auch das Schlachtbeil geschwungen hat. Und hier willst du schlappmachen? Denkst du denn, dass mir nicht ebenso flau zumute ist wie dir? Was sollte ich denn ohne dich anfangen?«

»Aber du bist doch so ruhig und großartig, als gehörtest du seit hundert Jahren in so ein vornehmes großes Haus.«

»Tante Mia, wenn du mir nun noch einmal mit den hundert Jahren kommst, dann schaffe ich mir sofort Runzeln und ein gefüttertes Nachtmützchen an und wackle mit dem Kopf. Wenn du ahntest, wie mir das Herz geklopft hat bei alldem. Aber ich habe mir gesagt: Nur unverzagt! Wem der Herr so ein stolzes Erbe gibt, dem gibt er auch den nötigen

Verstand, sich damit abzufinden. Und nun, fasse Mut, liebe Tante, wir sind hier doch nicht unter Kannibalen geraten, und Mittagessen bekommen wir auch.«

Nun mussten sie beide lachen. Tante Mia meinte, noch ein wenig kleinlaut, aber doch schon mutiger:

»Und dein Vetter, Lonny – du, das ist ein goldiger Mensch, vor dem habe ich die wenigste Angst.«

Lonny drohte ihr mit dem Finger.

»Tante Mia, du hast doch nicht ein Auge auf ihn geworfen?«

»Sogar alle beide, Kind – ist das ein lieber Mensch! Du, da kenne ich mich aus, mit dem komme ich schnell auf einen guten Fuß.«

»Na also, da erwachen deine Lebensgeister ja wieder.«

»Ach Lonny, dass du dich nur nicht von all dem Glück und der Pracht und dem Reichtum erdrücken lässt!«

»Kommt mir gar nicht in den Sinn, geliebtes Tantchen. Ich werde nicht mit der Wimper zucken, was auch geschehen mag und was ich auch zu sehen und zu hören bekomme.«

»Sag mir nur – empfindest du nicht auch den Vetter als das Netteste von der ganzen Erbschaft?«

Nachdenklich sah Lonny vor sich hin. Dann sagte sie: »Sympathisch ist er mir, sehr sogar, und das freut mich, weil es mir nun leicht wird, Frieden mit ihm zu halten. Man muss ihn nur erst näher kennenlernen, ehe man sich ein abschließendes Urteil über ihn erlauben kann.«

»Ach, du bist immer so vorsichtig, wenn du jemanden kennenlernst. Ich bin viel rascher fertig mit meinem Urteil.«

»Vielleicht, weil du die Erfahrung voraushast. Aber jetzt wollen wir den sogenannten Reisestaub abschütteln und uns ein bisschen nett machen, damit wir zum Rundgang antreten können. Ich bin sehr gespannt, was wir in diesem Haus alles zu sehen bekommen. Dies hier scheinen nur ein paar Ankleidezimmer zu sein, aber sieh mal – Waschtische mit warmem und kaltem Wasser – und die hohen Spiegel –, ist das nicht großartig?«

Tante Mia trat vor den Spiegel.

»Sieh nur die Höhe dieses Spiegels! Und der Waschtisch mit Wasseranschluss gefällt mir sehr. Ob wir in unseren Schlafzimmern auch solche haben werden?«

»Sicher, Tante Mia, es scheint alles ganz modern eingerichtet zu sein. Hoffentlich ist das aber nur bei diesen Räumen der Fall, denn Herrenberg scheint einige Jahrhunderte alt zu sein, und es wäre herrlich, wenn ebenso alte Möbel darin wären. Die Halle unten machte den Eindruck. Hast du den wundervollen alten Kamin in der einen Ecke gesehen?«

»Nichts habe ich gesehen vor lauter Aufregung. Und mir scheint, ein Jahr lang werden wir hier zu tun haben, um uns zurechtzufinden.«

»Aber Tantchen – wir werden uns doch nicht ins Bockshorn jagen lassen. In spätestens zwei Wochen haben wir uns über alles genau informiert, was in Herrenberg kreucht und fleucht.«

»Erst mal abwarten. Stell dir das nur nicht so einfach vor. Aber möglicherweise fällt es dir wirklich leichter als mir, das macht wohl das freiherrliche Blut in deinen Adern.«

Lonny umarmte die Tante lachend und nahm dann ihre Handtasche, um im Nebenzimmer zu verschwinden.

Während sie sich erfrischten, plauderten sie weiter, und langsam kam bei Tante Mia der sonst nie versiegende Humor wieder zutage.

Es dauerte keine halbe Stunde, bis Lonny klingelte. Sie sagte sich, je eher die Beschließerin wisse, welche Zimmer sie wählen würden, umso leichter könne sie für den Abend alles zurechtmachen.

Auch war es gut, wenn man bis zum Essen mit der Besichtigung fertig war. Gespeist wurde hier um halb zwei Uhr, das hatte die Beschließerin gesagt. Diese musste hier im Haus eine sehr gewichtige Person sein.

Und als Tante Mia später all die Schätze an Wäsche und Vorräten kennenlernte, die in Schränken und Schüben verstaut lagen, konnte sie das auch verstehen.

Ein Diener erschien, und Lonny sagte mit ruhiger Freundlichkeit:

»Führen Sie uns hinunter, und dann rufen Sie die Beschließerin.«

Der Diener war aber schon eingeweiht und sagte nur:

»Sehr wohl, gnädiges Fräulein.«

Tante Mia trippelte jetzt nicht mehr so verzagt, sie hatte noch zu Lonny gesagt:

»Du, hier muss ich mir einen anderen Gang angewöhnen, durch diese Räume muss man schreiten, da darf man nicht trippeln.«

Nun bemühte sie sich »zu schreiten«, das heißt, sie machte lange gleitende Schritte, was ihr auf den glatten Parkettfußböden sehr zustatten kam. Lonny aber konnte kaum das Lachen verbeißen, als sie Tante Mia »schreiten« sah.

Unten in der Halle fanden sie schon Mark und den Notar vor. Mark hatte aus leicht begreiflichen Gründen ebenso wenig wie die Damen seinen Anzug gewechselt. Er entschuldigte sich höflich damit, dass seine Koffer erst morgen von

Berlin kommen würden. Die Damen konnten das verstehen, sie hatten zwar ihr Gepäck mitgebracht, aber es war auch noch nicht eingetroffen.

Nun erschien auch die Beschließerin, und die Führung begann. Erst wurde der ganze Mittelbau besichtigt, und Tante Mias Augen wurden immer größer, während Lonnys Haltung immer ruhiger und beherrschter wurde. Es waren sehr schön und stilvoll eingerichtete Räume, die sie zu sehen bekamen. Tante Mia hatte erst zu zählen angefangen, gab es dann aber auf. Wozu sich den Kopf damit belasten, was man doch nicht fassen konnte. Dann wurde der rechte Flügel besichtigt, und Lonny entschied sich schnell für die Zimmer, die Frau von Lingen bewohnt hatte.

»Sie haben eine wundervolle Aussicht, und wenn ich sie bewohnen darf, soll es mich freuen. Vorausgesetzt natürlich, Vetter, dass Ihnen das recht ist. Sonst treffe ich auch eine andere Wahl.«

Aber Mark war einverstanden, und für Tante Mia wurden dann die anliegenden Zimmer gewählt. So bewohnten die beiden Damen von nun an das ganze erste Stockwerk im rechten Seitenflügel. Die darunter liegenden Zimmer im Erdgeschoss blieben für den allgemeinen Gebrauch frei.

Es waren vornehme und dabei sehr praktische und bequeme Zimmer.

Dann wurde der linke Flügel besichtigt, und Mark entschied sich ebenfalls für die Zimmer im ersten Stockwerk, die früher Herr Lingen benutzt hatte. Auch Mark fragte höflich, ob Lonny damit einverstanden sei, und sie gab ebenfalls ihre Zustimmung ohne jeden Vorbehalt. Jedenfalls sahen die beiden Erben bei diesem Rundgang, dass Platz genug vorhanden war, auch wenn man sich aus dem Weg gehen wollte. Es brauchte einer den anderen nicht zu stören, das stand fest.

Nach beendetem Rundgang begab man sich in das große Speisezimmer. Dort war eine Tafel für zwölf Personen gedeckt. Und anscheinend hatte man dieser Tafel ein besonders festliches Gepräge geben wollen, denn es fehlte nichts, was man von einem so reichen Haushalt erwarten konnte.

Lonny und Tante Mia waren die beiden einzigen Damen an der Tafel. Tante Mia hatte jedoch zu ihrer frischfrohen Unverzagtheit zurückgefunden, und sie traute sich sogar, einen etwas selbstbewussteren Ton anzuschlagen, wie er ihr jetzt, als der Tante der Mitinhaberin dieses Hauses, anstand. Lonny aber wirkte so vornehm und damenhaft, dabei natürlich und unbefangen, als sei sie von jeher gewöhnt, solch einem Haushalt vorzustehen.

Mark konnte es nicht unterlassen, die beiden Damen aufmerksam zu beobachten, und er musste sich eingestehen, dass beide sehr angenehme Menschen waren, mit denen sich wohl gut auskommen ließ. Er saß an Lonnys rechter Seite, zu ihrer linken saß der Notar. Neben diesem hatte Tante Mia ihren Platz eingenommen, und an deren anderer Seite saß der Verwalter. Erst war die Stimmung etwas steif und befangen, aber Lonny und ihr Vetter sorgten dafür, dass sich das bald legte. Es wurde immer vergnügter und zwangloser, soweit das in Damengesellschaft sein durfte. Schließlich fand Tante Mia auch ihren Humor wieder und hatte schnell die Lacher auf ihrer Seite.

Mark sah sehr befriedigt zu der alten Dame hinüber. Mit ihr würde er bestimmt einen guten Faden spinnen, und seine Base Lonny wusste sehr klug und gewandt über alles zu plaudern, was man bei einer solchen Tischgesellschaft beredete. Er spürte sogar, dass man bei ihr auch tiefer schürfen konnte.

Es wurde natürlich auch über das Gut und die im Umkreis herrschenden Verhältnisse gesprochen. Der Notar war auch hierin gut informiert, und sowohl Lonny als auch Mark waren überzeugt, dass in den Händen des Notars Herbig alles gut aufgehoben sein würde.

Bis um vier Uhr zog sich das Essen hin, anschließend hatte der Notar mit den beiden Erben noch einiges zu besprechen. Lonny musste zunächst alles das erfahren, was Mark schon vor einigen Tagen im Büro mitgeteilt worden war. Sie warf einen fast bangen Blick zu ihrem Vetter hinüber, während Tante Mia vor Erregung ganz blass geworden war. Mark konnte sich ein wenig in die Lage der Damen versetzen, da er wusste, welch bescheidenes Leben sie bisher geführt hatten, und er sagte mit einem Lächeln, als Lonny ihn so bang ansah:

»Das alles erscheint sicher auch Ihnen so überwältigend, wie es mir erschienen ist?«

Sie nickte, und Tante Mia seufzte hörbar.

»Ja, Vetter, Sie haben ganz recht – das alles erscheint mir unfassbar.«

»Sie werden sich bald dareinfinden, werte Base – ich habe den ersten Schrecken vor einigen Tagen überwunden und bin nun schon ein wenig darüber hinweg. So wird es Ihnen auch gehen.«

Tante Mia sah ihn an, als müsse sie sich an seine Erfahrungen klammern.

»Meinen Sie, dass man darüber hinwegkommt?«

Er lachte ein wenig, und Lonny fand, dass Mark eine sehr gute, ausgesprochen männliche Erscheinung war.

»Man kommt über das Schwerste im Leben hinweg, gnädige Frau – warum nicht auch über ein Übermaß des Glückes? Hoffentlich finden wir auch ein wohlgerütteltes Maß an Pflichten, damit wir das Gleichgewicht wiederfinden. Bei dieser Gelegenheit will ich gleich etwas zur Sprache bringen, was mir am Herzen liegt. Ich habe Ihnen eine große Bitte vorzutragen. Ehe mein Vater die Lehenau, unser Stammgut, unter den Hammer kommen lassen musste, hatten wir geplant, dass ich sie dereinst bewirtschaften könne. Deshalb studierte ich Landwirtschaft. Ich konnte das Studium leider nicht abschließen; zu Beginn des letzten Semesters musste ich aufgeben, weil die Mittel ausgegangen waren. Trotzdem fühle ich mich als fertiger Landwirt, denn was man sozusagen von Kind auf eingeatmet hat, geht ins Blut. Aber leider habe ich nie Gelegenheit gehabt, meinen eigentlichen Beruf auszuüben – ich hoffe, Sie verstehen nun, wenn ich mich danach sehne, es jetzt tun zu dürfen. Deshalb bitte ich Sie, mir zu gestatten, dass ich meine Kenntnisse, Fähigkeiten und Kräfte in den Dienst von Herrenberg stellen kann, zugleich in Ihrem wie in meinem Interesse. Natürlich will ich mich gern dem langjährigen Verwalter unterstellen – nur arbeiten möchte ich; ohne Arbeit halte ich das Leben hier nicht aus. Darf ich also auf Ihre Zustimmung rechnen?«

Lonny und die Tante hatten aufmerksam zugehört, und Lonny erwiderte, ihn mit großen ernsten Augen ansehend: »Ich kann das sehr gut verstehen, Vetter – und meiner Zustimmung sind Sie gewiss; aber ich stelle eine Bedingung.«

»Bitte, welche Bedingung ist das?«

»Auch Tante Mia und ich sind an eine geregelte Tätigkeit gewöhnt. Auch wir möchten nicht nur Rechte, sondern auch

Pflichten haben. Deshalb bitte ich Sie, zuzustimmen, dass wir beide uns des Haushaltes annehmen.«

Er verbeugte sich mit einem guten Lächeln.

»Wie sehr kann ich Sie verstehen und wie gern gestatte ich Ihnen, sich auch hier einen Pflichtenkreis zu schaffen! Das Auge des Herrn macht die Kühe fett. Würden wir die Leute ganz sich selbst überlassen, dürfte das auf die Dauer unangenehm zu spüren sein. So wollen wir als Außen- und Innenminister unsere Pflichten erfüllen. Darauf wollen wir uns wie gute Kameraden die Hand geben.«

Mark reichte den beiden Damen mit festem Druck die Hand. Der Notar hatte zugehört, ohne ein Wort einzuwenden. Nun sagte er mit einem Lächeln:

»Schade, dass Frau von Lingen dieser Unterredung nicht beiwohnen konnte. Sie würde ebenso ihre Freude daran gehabt haben wie ich. Es beruhigt mich sehr, dass Sie sich in dieser Beziehung so gut verstehen, Sie werden es dann in allem anderen auch tun.«

Tante Mia zappelte vor Wonne.

»Ach, nun ist mir hier erst richtig wohl. Arbeit wird es ja jede Menge geben, da lohnt es sich schon, mit anzufassen.«

Es wurde noch allerlei besprochen, was notwendig war. Der Notar bemerkte noch, dass die beiden Erben auch nach Gutdünken Gäste einladen könnten, sofern beide Teile damit einverstanden seien.

Damit war alles geregelt, und der Notar händigte den beiden Erben noch Scheckbücher aus, damit sie von den Banken Geld abheben konnten.

»Ich habe es für gut gehalten, jedem von Ihnen ein besonderes Bankkonto einzurichten, damit sich keiner über den andern beklagen kann, wenn er zu viel abhebt. Im Übrigen habe ich auch gleich für jeden von Ihnen tausend Mark in bar abgehoben, damit Sie flüssiges Geld im Hause haben.«

Lonny und Mark nahmen das Geld ohne Wimpernzucken entgegen. Aber Tante Mia stieß einen leisen Überraschungsschrei aus. Sie war schon ein wenig bange gewesen, weil ihre und Lonnys Kasse ziemlich leer war, und die nächste Rente bekam sie erst wieder Anfang Juli.

Der Notar blieb noch zum Tee, anschließend fuhr er wieder nach Wengern zurück. Am nächsten Tag wollte er den Erben die Briefe der Frau von Lingen zusenden, er hatte sie heute vergessen.

Inzwischen waren die Zimmer der Damen und Marks hergerichtet worden. So zogen sich die Damen zurück, um ihre Koffer auszupacken und sich wohnlich einzurichten. Mark aber machte sich zu einem langen Spaziergang auf. Dann verhandelte er noch mit dem Verwalter, dem er sich in so liebenswürdiger Art zur Verfügung stellte, dass dieser gern bereit war, ihm einen Pflichtenkreis anzuweisen. Mark durfte sich im Stall gleich ein Reitpferd aussuchen. Sattelzeug war genügend vorhanden, und nun fehlte ihm nur noch ein Reitanzug, der aber vorsorglich ebenfalls schon bestellt war.

6

Lonny und Tante Mia ließen die Verbindungstüren zwischen ihren Zimmern offen. Sie fanden beide, dass sie fürstlich untergebracht waren, und konnten nicht genug tun, ihre schönen und vornehmen Zimmer zu bewundern.

Die Koffer waren bereitgestellt, und die Beschließerin hatte zwei Mädchen geschickt, die den Damen beim Auspacken und Einräumen helfen sollten. Tante Mia wollte lebhaft widersprechen, aber Lonny legte ihr mit sanftem Druck die Hand auf den Arm und sagte zu den beiden:

»Hier sind die Kofferschlüssel. Bitte, legen Sie alles heraus und bringen Sie die Koffer fort, wenn sie leer sind. Dann rufen Sie uns. Einräumen möchten wir die Sachen selbst, damit wir uns hinterher auskennen.«

Dann zog sie die Tante mit sich fort.

Diese sah Lonny verständnislos an. Als sie allein waren, fragte die Tante ganz außer sich:

»Warum hast du mich das Auspacken nicht selber besorgen lassen, Lonny? Ich will hier doch Arbeiten übernehmen und nicht noch welche für mich tun lassen.«

Lonny küsste sie lachend.

»Lass gut sein, Tantchen, wir werden uns schon einen Wirkungskreis schaffen. Aber das Auspacken der Koffer müssen wir den Mädchen überlassen, sonst nehmen die uns nicht für voll. Das Einräumen habe ich uns ja vorbehalten. Du wirst dich künftig daran gewöhnen müssen, liebes Tantchen, dich ein wenig bedienen zu lassen. Es ist ja auch nicht nötig, dass du immer hin und her fliegst – du wolltest dir doch das ›Schreiten‹ angewöhnen. Also ›schreite‹, liebstes Tantchen – wir werden hier sehr viel Zeit haben, und die müssen wir auf etwas angemessene Art verbringen. Reichtum verpflichtet – wir dürfen unsern Leuten nicht die Arbeit und damit ihre Verdienstmöglichkeit wegnehmen; wir müssen nur darauf achten, dass sie alles gut und richtig tun. Verstehst du mich?«

Tante Mia schritt gemessen durchs Zimmer über den schönen weichen Smyrnateppich.

»Ja, ich verstehe dich – und ich werde es vielleicht auch noch lernen, bei der Arbeit nicht selbst mit Hand anzulegen.«

»Die Hauptsache ist, liebes Tantchen, dass wir mit unserer Arbeit so viel wie möglich nützen. Das tun wir, wenn wir die Aufsicht führen, viel mehr, als wenn wir den Leuten ihre Arbeit wegnehmen.«

»Kind, du bist zu klug für dein Alter. Aber weißt du, ich fand es wundervoll von Mark von Lehenau, dass er sich so nach Arbeit sehnt. Ich tue das nämlich auch.«

»Du sollst genug Arbeit haben, sei getrost. Wir werden uns auch um das Wohl und Wehe unserer Leute kümmern müssen, viele unserer Arbeiter wohnen drüben im Dorf. Da weiß ich eine schöne Aufgabe für dich, die dir viel Arbeit, aber auch viel Freude machen wird – du kannst dich bei den Leuten umsehen, ob sie gut untergebracht sind, ob sie haben, was sie brauchen, ob ihre Kinder eine gute Erziehung bekommen und ob jemand krank und hilfsbedürftig ist.«

Tante Mias Augen leuchteten auf.

»Oh, das ist ein herrlicher Gedanke, Lonny! Hoffentlich ist Mark von Lehenau damit einverstanden.«

»Wenn nicht, dann sind wir ja gottlob selbst in der Lage, Gutes zu tun. Bedenke doch – was sollen wir mit dem vielen Geld anfangen, das ich geerbt habe?«

Tante Mia umarmte ihre Nichte, küsste sie und streichelte ihr die Wangen.

»Du bist wahrhaftig viel klüger und vernünftiger als deine Tante. Aber das kommt alles so überraschend – man muss sich erst dareinfinden, dass man so viel Geld hat. Bisher hatten wir immer zu wenig, da habe ich immer strecken müssen. Nun haben wir entschieden zu viel; da ist es gut und richtig, wenn wir davon abgeben.«

So war alles wieder gut, und in schöner Eintracht packten Tante und Nichte ihre Habseligkeiten in die großen Schränke und Schubladen. Dann berieten sie, was sie zur Abendtafel anziehen sollten.

»Weißt du, Lonny, es steht fest, dass wir hier ›tafeln‹, nicht nur einfach zu Abend essen. Da werden wir wohl, um einen guten Eindruck zu machen, gleich mit unseren neuen Abendkleidern erscheinen müssen.«

Lonny überlegte, dann sagte sie ruhig:

»Heute wollen wir das nicht tun, Tante Mia; soviel ich weiß, hat der Vetter seine Koffer noch nicht hier; er wird sich daher nicht umziehen können. Wollen wir ihm da mit unseren Staatsgewändern unter die Augen treten? Ich denke, wir bleiben heute noch bei unsern alten Abendkleidern.«

Tante Mia stutzte, sah die Nichte an, schüttelte den Kopf und meinte:

»Es ist mir direkt unheimlich, wie klug und umsichtig du

plötzlich geworden bist. Also gut, bleiben wir bei den alten Abendkleidern. Schwarz sind sie auch, und bisher mussten sie uns genügen, wenn wir mal ins Theater gingen oder sonst was vorhatten.«

»Das meine ich auch. Aber nun, da du dich in diesem vornehmen Haus umgesehen hast und weißt, was für eine Menge Geld wir haben, wirst du vielleicht einsehen, dass wir für unsere äußere Erscheinung noch allerlei tun müssen. Mit einem neuen Abendkleid kommen wir nicht aus, denn ich wette, Vetter Mark geht uns, wenn er seine Koffer hat, abends mit dem Smoking unter die Augen. Reichtum verpflichtet – wir müssen uns noch allerlei anschaffen, um standesgemäß gekleidet zu sein.«

Tante Mia nickte.

»Hm! Das scheint mir auch so. Aber bedenke, du darfst Herrenberg ein Jahr nicht verlassen, du darfst höchstens bis nach Wengern fahren. Wie sollen wir uns da Kleider verschaffen?«

»Höchst einfach, Tante Mia, wir werden vornehm und beziehen alles, was wir brauchen, von einem Modegeschäft. Wir lassen uns Preislisten schicken. Wir senden einfach eines unserer Kleider als Maß ein, wonach die neuen Sachen angefertigt werden. Sind kleine Änderungen nötig, können die hier vorgenommen werden. Es wird alles wunderschön klappen.«

Ergeben nickte Tante Mia und sagte:

»Mir ist schon alles recht – selbst wenn du von mir verlangst, ich soll in einem Purpurmantel mit Hermelin besetzt einherschreiten.«

Lachend fielen sie sich in die Arme, und Lonny sagte:

»Das werde ich dir bestimmt nicht zumuten, aber eine

kleine Schleppe lassen wir dir an deine neuen Abendkleider machen, damit du etwas größer wirkst, wenn du einherschreitest. Und weißt du, welch unerhörter Wunsch von mir im Herbst in Erfüllung gehen wird?«

»Nun?«

»Ich werde für dich und mich einen Pelzmantel kaufen, denn der steht uns jetzt zu.«

»Hör auf, mir wird schwarz vor den Augen.«

»Schadet nichts. Du musst bedenken, auf dem Land ist der Winter härter, da müssen wir uns schön warm kleiden. Also das steht fest – ich kaufe mir einen schönen Pelzmantel, und du bekommst ebenfalls einen. Für dich können wir ja einen Kinderpelz kaufen, du Liliputchen.«

»Für mich nur einen aus Kaninchenfell. Du aber musst was besonders Schönes haben. Vielleicht einen Persianer oder …«

»Halt, Tantchen, sonst mutest du mir noch einen echten Nerz- oder Zobelmantel zu.«

»Wäre mir für dich auch nicht zu kostbar – wunderbar schön würdet du darin aussehen.«

Bewundernd sah Tante Mia an ihrer schönen Nichte empor.

Und dann musste sie an Mark von Lehenau denken. Er und Lonny, was würden die für ein prächtiges Paar geben! Sie waren freilich Vetter und Base, aber doch so weitläufig verwandt, dass sie einander unbesorgt würden heiraten können. Doch gewiss es war sehr töricht von ihr, sich mit einem solchen Gedanken zu befassen, Mark von Lehenau hatte sicher sein Herz schon anderweitig verschenkt und würde eines Tages eine andere Frau heimführen. Aber das war auch nicht weiter schlimm, jetzt als reiche Erbin würde auch Lonny so viele Freier haben, wie sie wollte, denn sie war nicht nur reich, sondern auch schön.

Nachdem die Damen sich wohnlich und behaglich eingerichtet hatten, machten sie sich für die Abendtafel zurecht.

Diese fand, wie die Beschließerlin gesagt hatte, um halb acht Uhr statt. Und es war inzwischen spät geworden.

Lonny und ihre Tante betraten als Erste das Speisezimmer, nach wenigen Sekunden erschien auch Mark. Er hatte sich noch nicht umkleiden können, sah aber in seinem blauen Anzug sehr gut und vornehm aus.

Mark merkte sofort, dass die Damen sich umgekleidet hatten. Wenn ihre Kleider auch schlicht wirkten, sahen sie doch gut angezogen aus. Mit Bewunderung ruhten Marks Augen auf Lonnys Erscheinung. Das Lampenlicht warf goldigen Schimmer auf ihr Haar, und sie sah sehr schön aus.

»Sie müssen verzeihen, meine Damen, dass ich nicht im Abendanzug zu Tisch kommen konnte; ich hoffe, das morgen nachholen zu können«, sagte er, nachdem er sie begrüßt hatte.

»Sie brauchen sich nicht zu entschuldigen, Vetter, wir wissen ja, dass Ihre Koffer noch nicht hier sind. Wir haben deshalb unsere alten Abendkleider hervorgeholt, wenn sie auch nicht in dieses vornehme Haus passen. Unsere Ausstattung muss erst noch vervollständigt werden, wir hatten bisher kein Geld für solchen Aufwand übrig.«

Er fand dieses ehrliche Bekenntnis bezaubernd und wollte nicht zurückstehen.

»So darf wohl auch ich ohne Scheu bekennen, dass ich den einzigen Anzug, den ich besitze, auf dem Leib trage.

Aber nachdem ich von Doktor Herbig gehört hatte, was für ein wohlhabender Mann ich nun bin, habe ich mir in Berlin schnell die Sachen bestellt, die ich in weiser Voraussicht schon vorher ausgesucht hatte. Ich hoffe, sie morgen zu erhalten.«

Sie sahen sich mit großen Augen an.

»So ist es Ihnen bisher auch nicht besonders gut gegangen, Vetter?«

Er lachte ein wenig rau.

»Ich war sehr glücklich, als ich die Stelle eines Fahrers bei einem reich gewordenen Fabrikanten bekam, in dessen Dienst ich Chauffeurkleidung trug. So konnte ich mich auf diesen einen Anzug beschränken und habe mir einige hundert Mark gespart, wobei ich mir sehr reich vorkam.«

Lonny reichte ihm schnell die Hand.

»Umso mehr freue ich mich, dass diese schlimme Zeit für Sie ein Ende hat.«

»Ich hatte schon viel schlimmere Zeiten hinter mir. Und vor mir hatte ich wieder das Nichts, denn ich hatte gerade gemerkt, dass ich meine Stellung würde aufgeben müssen. Da kam diese Erbschaft gerade zur rechten Zeit. Doch lassen wir das. Darf ich Sie zu Tisch führen, gnädige Frau?«

Damit reichte er Tante Mia den Arm. Diese legte ihre Hand hinein und musste nun wirklich wieder »schreiten«, um sich den Schritten Marks anzupassen.

Damit aber Lonny nicht allein zu Tisch gehen musste, reichte ihr Mark lächelnd den andern Arm.

Lonny aber sagte ruhig:

»Ich denke, als Bewohner eines Hauses brauchen wir uns nicht so streng an die Form zu halten, Vetter. Wir finden den Weg schon allein, nicht wahr, Tante Mia?«

Diese war sehr vergnügt, einen so stattlichen Tischherrn zu haben; sie sah sich lachend nach Lonny um.

»Ich finde es wundervoll, zu Tisch geleitet zu werden, an der gedeckten Tafel zu sitzen und sich ohne jede vorherige Mühe den Tafelfreuden hingeben zu können. Aber Lonny hat schon recht, Herr von Lehenau, es geht auch ohne Geleit. Jedenfalls danke ich Ihnen, dass Sie mich alte Frau zu Tisch geführt haben. Dabei wollen wir es nun aber bewenden lassen.«

Sie sah dabei so humorvoll zu Mark empor, dass er lachen musste. Es war das erste Mal, dass die neuen Hausgefährten ohne jeden Besuch hier in Herrenberg bei Tisch saßen, und sie stellten im Stillen fest, dass es härtere Bedingungen hätte geben können als die, jede Mahlzeit gemeinsam einzunehmen.

Es gab wieder ein sehr gut zubereitetes Essen, bestehend aus Suppe, Fleisch und Gemüse; zum Schluss kam ein leckerer Pudding, der Tante Mias begeisterte Zustimmung fand. So war bei der früheren Besitzerin gespeist worden, und ihre Erben wollten das nicht ändern. Es genügte ihnen reichlich.

Solange die Speisen herumgereicht wurden, plauderte man von oberflächlichen Dingen, aber als man nach Tisch noch ein Stündchen zusammen in einem reizenden kleinen Gemach saß, wurde die Stimmung schon etwas wärmer. Schließlich fragte Mark:

»Würden Sie es sehr anmaßend finden, werte Base, wenn ich Sie bäte, mir zu gestatten, dass ich Ihnen gegenüber das verwandtschaftliche Du gebrauche? Ich nehme an, dass dies im Sinne der verstorbenen Herrin dieses Hauses wäre.«

Ein leichtes Rot stieg in Lonnys Gesicht, aber sie neigte den Kopf.

»Es ist auch meine Ansicht, dass wir unserer Wohltäterin eine Freude bereiten würden, wenn wir uns ganz verwandtschaftlich gegenüberstünden.«

»Und darf ich dich dann auch Lonny nennen, oder muss es bei dem förmlichen Leonie bleiben?«

»Nein, nein, ich höre besser auf Lonny.«

»Ich danke für diese Erlaubnis, Lonny.«

»Dann nennen Sie mich nur auch gleich Tante Mia, ich möchte nicht außerhalb des vertraulichen Kreises stehen.«

Mark küsste der alten Dame die Hand.

»Vielen herzlichen Dank, Tante Mia, ich bin sehr stolz auf diese Auszeichnung. Sie müssen mich nun, wie Lonny, ebenfalls bei meinem Vornamen nennen.«

»Das wird geschehen, Mark; ich freue mich darüber, denn Sie haben mir von Anfang an sehr gut gefallen. Ich als alte Frau kann das ruhig sagen, nicht wahr?«

»Aber die alte Frau streiche ich wirklich, Tante Mia; Sie sind herzerfrischend jung.«

»Schön, aber ich will das Du zwischen uns eingeführt haben, Mark, das wird unseren Umgang behaglicher gestalten, und schließlich – verwandt sind wir auch, wenn auch sozusagen über sieben Äcker.«

»Ich preise mich sehr glücklich, dass ich so bezaubernde Hausgefährten gefunden habe.«

»Als solchen schätzen wir dich auch, Mark.«

Mark sah fragend zu Lonny hinüber, die still zugehört hatte.

»Unterschreibst du auch, was deine Tante eben gesagt hat, Lonny?«

Sie nickte ihm lächelnd zu.

»Unbedingt. Es hätte anders kommen können.«

Sie plauderten nun behaglich miteinander, und Mark durfte sich eine Zigarette anzünden.

Ganz von selbst kamen sie nun auf ihr früheres Leben, auf ihre Schicksale zu sprechen. Bald wusste der eine vom andern, welche Kämpfe man bestanden, welche Nöte man siegreich, wenn auch nicht ohne Schwierigkeiten, überwunden hatte. Das brachte sie einander viel näher. Sie wussten nun, dass ihnen allen das Leben nicht leicht geworden war.

Mark berichtete ungeniert, was er erlebt hatte. Nur von den Damen Seifert sprach er nicht, das war eine Sache, die seiner Ansicht nach den beiden Damen ferngehalten werden musste. Wohl aber erkannte er an, dass Herr Seifert sich ihm gegenüber sehr anständig verhalten habe. Dabei erinnerte er sich auch seines Versprechens. Er berichtete von Horst Seifert ohne jede Beschönigung, sagte den Damen, dass er aus Dankbarkeit gegen Herrn Seifert versuchen wolle, ein etwas nützlicheres Mitglied der menschlichen Gesellschaft aus ihm zu machen, und fragte bei dieser Gelegenheit Lonny, ob sie ihre Einwilligung geben würde, wenn er Horst Seifert gelegentlich nach Herrenberg kommen ließe.

»Ich bemerke gleich, dass ich den Bengel den Damen so fern wie möglich halten werde, er kann mit dem Verwalter und den Inspektoren zusammen wohnen und speisen, und ich werde ihn scharf herannehmen.«

Lonny erklärte sich einverstanden.

»Ich werde dich doch nicht hindern, Mark, eine Dankesschuld abzutragen und ein gutes Werk zu tun.«

»Und vielleicht können wir uns ein wenig daran beteiligen, Mark; es muss doch an der verkehrten Erziehung liegen, dass der junge Mensch so missraten ist«, meinte Tante Mia.

Mark nickte ihr zu.

»Daran liegt es wohl in der Hauptsache. Herr Seifert hat nie Zeit gehabt, sich um die Erziehung seiner Kinder zu kümmern.«

»Ah – er hat noch mehr Kinder?«

»Noch eine Tochter.«

»Hoffentlich ist die besser geraten?«

Mark stieg eine leichte Röte ins Gesicht, was beide Damen bemerkten. Aber er sagte ruhig:

»Die junge Dame kenne ich zu wenig.«

»Hat denn die Mutter keinen Einfluss auf die Kinder gehabt?«, fragte Tante Mia weiter.

Ein etwas spöttisches Lächeln flog um Marks ausdrucksvollen Mund.

»Frau Seifert ist eine jener modernen Mütter, die zu viel mit sich selbst beschäftigt sind«, sagte er und wechselte dann schnell das Thema. Lonny hatte gespürt, dass Mark bezüglich der Tochter der Familie Seifert etwas gehemmt und beklommen gewesen war, und es fiel ihr auch wieder ein, dass er gesagt hatte, dass er seine Chauffeurstelle bei Seifert wahrscheinlich wieder hätte aufgeben müssen. Hing das mit dieser Tochter zusammen? Und in welcher Weise?

Lonny konnte das natürlich nicht ergründen, spürte aber feinfühlig, dass da irgendetwas Unausgesprochenes lag. Hatte er sich vielleicht in diese Tochter verliebt? Bestand zwischen ihm und ihr irgendeine Beziehung, die ihn genötigt hätte, seine Stellung aufzugeben?

Sie fand die rechte Antwort nicht, aber irgendwie war ihr bei diesen Fragen etwas beklommen ums Herz, und sie sagte sich, dass sie sich sehr hüten müsse, innigeren Anteil an dem Vetter zu nehmen. Ein Mann wie er war sicher nicht durchs Leben gegangen, ohne von den Frauen geliebt und begehrt worden zu sein, und wahrscheinlich war sein Herz dabei auch nicht unberührt geblieben. So nahm sie sich vor, ihm kein tieferes Gefühl entgegenzubringen als einem guten Bruder. Ja, mehr durfte er ihr nicht sein.

Diese Betrachtungen Lonnys bekundeten, dass ihr Interesse an Mark schon viel tiefer war, als sie es sich eingestehen wollte.

Auch Tante Mia hatte die Ohren gespitzt, als von der Tochter des Herrn Seifert die Rede gewesen war. Sie hatte Mark verstohlen scharf beobachtet und eine gewisse Verlegenheit in seinem Wesen festgestellt. Sie sagte sich betrübt, dass sie wohl den schönen Traum, dass aus Mark und Lonny eines Tages ein Paar werden würde, aufgeben müsse. Und sie war froh, dass diese Erkenntnis nicht zu spät gekommen war, und nahm sich vor, Lonny darauf hinzuweisen, dass Marks Herz wohl nicht mehr frei sei. Es war immer besser, wenn das rechtzeitig geschah, denn diese enge Gemeinschaft mit dem liebenswerten jungen Mann könnte Lonny sonst gefährlich werden.

Mark hatte keine Ahnung, welchen Verdacht er durch sein unsicheres Wesen bei Marlens Erwähnung bei den Damen hervorgerufen hatte, sonst hätte er diesen wohl schnell entkräftet.

Bald darauf trennte man sich nach einem herzlichen Gutenachtgruß.

Als die beiden Damen in ihren Zimmern allein waren und noch einmal Arm in Arm durch die schönen Räume schritten, sagte Tante Mia:

»Das war ein reizender Abend, Lonny.«

»Ja, Tante Mia!«

Diese sah seitwärts zu ihrer Nichte auf, machte sich selber Mut und meinte:

»Hast du auch bemerkt, dass etwas zwischen Mark und diesem Fräulein Seifert sein muss? Er erschien mir etwas verlegen.«

Lonny hatte sich gut in der Gewalt, lachte ein wenig und sagte scheinbar ruhig: »Ich habe es bemerkt, Tante Mia. Wer weiß – vielleicht hat er sein Herz an sie verloren. Als armer Chauffeur hätte er wahrscheinlich auf eine weitere Bindung verzichten müssen, aber nun, da er ein reicher Erbe ist, wird kaum noch ein Hindernis bestehen. Wenn er sie liebt, wollen wir ihm das gönnen.«

Tante Mia atmete auf. Gottlob, Lonny war gewarnt und anscheinend sehr gelassen.

»Ja, das wollen wir, wenn es eine nette junge Dame ist. Er soll eine gute, liebenswerte Frau bekommen. Aber das müssen wir ihm selbst überlassen. Jedenfalls finde ich, dass er sich dir gegenüber wie ein guter großer Bruder verhält, und darüber wollen wir uns freuen, nicht wahr?«

»Ja, Tante Mia. Er ist wirklich sehr angenehm, und ich freue mich, dass ich ihm wie eine Schwester vertrauen kann.«

Damit war die Unterhaltung beendet, und die Damen beschlossen, zu Bett zu gehen. Lonny sah noch eine Weile aus dem Fenster in den dunklen Park, über den sich ein sternbesäter Himmel spannte. Der Mond war nicht zu sehen, er musste hinter dem Hause stehen, aber er hüllte alles in ein freundliches, mildes Licht.

Schade, dass wir nicht noch ein wenig draußen waren – morgen will ich das nicht versäumen, dachte Lonny.

Als sie dann zum ersten Mal in dem breiten Himmelbett

lag, da wusste sie nicht, warum ihr Herz ein wenig bedrückt war. Sie schalt sich undankbar. Warum war ihr ganzes Empfinden nicht ein einziger jubelnder Dank an das Schicksal? Was wollte sie eigentlich noch, wo alles Gute in verschwenderischer Fülle sich über sie ergossen hatte?

Sie vermied es, sich die rechte Antwort darauf zu geben, nämlich, dass es ihr leidtat, dass Mark von Lehenau sein Herz wahrscheinlich an eine andere Frau verloren hatte. Endlich drehte sie sich auf die Seite und sagte sich, sie habe sich einfach etwas übernommen und könne die Größe ihres Glücks noch nicht fassen.

Damit hoffte Lonny die Angelegenheit für sich erledigt zu haben. Da sie in strenger Selbstzucht erzogen war, wehrte sie sich dagegen, deswegen den Kopf hängen zu lassen. Alles konnte der Mensch nicht haben, er musste sich glücklich schätzen, ein so beträchtliches Maß an guten Dingen sein Eigen zu nennen, wie sie es tun durfte.

Darüber schlief sie ein. Und sie träumte, dass Mark von Lehenau mit Tante Mia in eine Brautkutsche stieg und dass sie ihr zuwinkten. Sie lief und lief und wollte die Brautkutsche einholen, aber sie konnte sie nicht erreichen, weil ihre Füße schwer am Boden hafteten. Da sprang Mark plötzlich aus der Brautkutsche und lief zu ihr zurück. Aber ehe er sie erreichte, wurde sie wach, und sie musste laut auflachen, sah sich dann ganz verwundert in dem Prachtgemach um und wusste nun erst wieder, wo sie sich befand.

7

Am nächsten Vormittag schickte der Notar einen Boten mit den beiden Briefen der Frau von Lingen an die Erben.

Mark hatte mit den Damen das Frühstück eingenommen und dabei erzählt, dass er sich am Vortag ein Reitpferd ausgesucht hatte. Dann hatte er Lonny gefragt, ob sie nicht auch Lust habe, reiten zu lernen.

Sie sah ihn lächelnd an.

»Offen gestanden, das würde ich sehr gerne. Nur weiß ich nicht, ob ein Pferd für mich vorhanden ist – und wer mir das Reiten beibringen soll.«

»Auf beide Fragen weiß ich Antwort, Lonny. Es steht noch das Reitpferd unserer Wohltäterin im Stall, und es ist jeden Tag bewegt worden, also noch gut in Form. Es soll ein gutes und nicht zu temperamentvolles Tier sein. Auch Sattelzeug ist vorhanden. Und ein Reitlehrer? Würdet du mich als solchen annehmen?«

»Gern, wenn du dir die Mühe machen willst.«

»Selbstverständlich. Aber hast du ein Reitkleid?«

»Nein. Ich müsste mir erst eines bestellen.«

»Dann tu es bald. Ich würde dir empfehlen, im Herrensitz zu reiten, das tun die meisten Damen.«

Tante Mia schlug die Hände zusammen.

»Sie soll sich doch nicht etwa in Beinkleidern zu Pferde setzen?«

»Es gibt sehr weiblich wirkende Anzüge für Damen, unter einem geteilten Rock feste Beinkleider mit hohen Stiefeln, das sieht hübsch aus und ist praktisch.«

»Ist aber wahrscheinlich auch sehr teuer?«, fragte Lonny.

Er lachte.

»Du kannst es dir doch leisten, Lonny; das vergisst du wahrscheinlich so oft wie ich bei einer Neuanschaffung. Ich könnte dir eine gute und nicht zu teure Bezugsquelle angeben. Solche Anzüge müssen natürlich beim Herrenschneider angefertigt werden. Wo ich in Berlin meine Bestellungen gemacht habe, könntest du preiswert und gut bedient werden. Soll ich die Bestellung für dich erledigen?«

»Wenn du das tun willst, wäre ich dir sehr verbunden.«

»Aber natürlich, sehr gern, ich werde heute noch schreiben. Da fällt mir ein, ich habe eine Preisliste der Firma, in dem auch Reitkleider für Damen angegeben sind. Die hole ich dir nachher gleich herüber. Dabei siehst du auch die Anleitung zum Maßnehmen. Das könnte Tante Mia besorgen. Dann ist die Sache spielend leicht.«

Lonny war einverstanden. Sie freute sich sehr darauf, reiten zu lernen. Mark machte ihr auch klar, dass sie dann zuweilen mit ihm auf die Felder reiten und sich den Leuten als Herrin zeigen könne. Dabei würde sie auch etwas Ahnung von der Landwirtschaft bekommen. Und es sei ein herrlicher Genuss, auf dem Pferderücken durch Wald und Feld dahinzufliegen.

Lonny sollte dann gleich mit ihm zu den Ställen hinüberkommen und sich das Pferd ansehen. Tante Mia musste unbedingt mitkommen, damit sie ihre Scheu vor Pferden verliere. Denn die alte Dame war ganz außer sich, dass Lonny sich »in solche Gefahren« begeben wollte.

Als sie auf die Terrasse hinaustraten, kam gerade der

Bote des Notars mit den beiden Briefen. Sie mussten unterschreiben, dass sie die Briefe erhalten hatten, und sie steckten sie vorläufig ein, um sie später zu lesen, wenn sie allein waren.

Lonny fand den Stall über Erwarten schön und geräumig, und das Reitpferd der ehemaligen Herrin gewann gleich ihr Herz, weil es seinen Kopf nach ihr umdrehte, sie beschnupperte und dann die Mähne an ihrer Schulter rieb. Mark hatte einige Zuckerstücke vom Frühstückstisch dabei und reichte Lonny zwei davon, indem er ihr zeigte, wie sie den Zucker auf die Hand legen und dem Tier reichen musste. Mit weicher Schnauze nahm Hero, so hieß das Pferd, vorsichtig den Zucker aus der Hand seiner künftigen Herrin, sah sich noch einmal nach ihr um und nickte mit dem Kopf, als wollte es zeigen, dass es im Einverständnis mit ihr sei.

Tante Mia fand das niedlich, und wollte nun ebenfalls ein Stück Zucker geben. Mark versorgte auch sie damit, und unter einigem Hin und Her nahm das Pferd auch von ihr ein Stück Zucker, schob Tante Mia aber dann mit der Schnauze auf die Seite und rieb wieder seine Mähne an Lonnys Schulter.

Nun besichtigten sie noch Marks Reitpferd, das Wotan hieß und ein sehr schönes und feuriges Tier war.

Mark zeigte Lonny in der Sattelkammer noch die Sättel, erklärte ihr einiges und sagte ungeduldig:

»Hoffentlich kommen heute meine bestellten Sachen, damit ich endlich wieder einmal ein Pferd besteigen kann. Viele Jahr sind vergangen, seit ich das zuletzt tun konnte.«

Mark schlug einen Spaziergang durch den Park vor, da er heute noch nichts unternehmen konnte. Es war ein herrlicher Frühlingsmorgen, und die Sonne schien sehr warm.

Der Park war herrlich, und es gab eine Menge blühender Büsche, wovon sich Tante Mia einen großen Strauß pflückte. Das fand sie wundervoll, und sie berechnete begeistert, wie viel so ein Riesenstrauß in einer Gärtnerei kosten würde.

Währenddessen gingen Lonny und Mark, in ein ernstes Gespräch vertieft, immer weiter. Und sie fanden beide, dass es sich so gut plaudern ließ über gemeinschaftliche Sorgen und Interessen.

Sie merkten erst nach einer Weile, dass Tante Mia weit zurückgeblieben war, und entdeckten sie dann mitten in einem Fliederstrauch, der schon vorzeitig aufgeblüht war und von dem die alte Dame nicht genug bekommen konnte.

»Aber Tante Mia, du plünderst ja den ganzen Park! Meinst du, dass wir ihr das gestatten können Mark?«, fragte Lonny lachend und holte das erhitzte Tantchen aus dem duftenden Gebüsch.

Mark lachte und wollte Tante Mia die Beute abnehmen, um sie ihr zu tragen. Aber diese verteidigte ihren Raub und meinte:

»Das trage ich selbst – nicht um alles in der Welt gebe ich auch nur einen Zweig davon ab. Das ist mein erster selbstgepflückter Flieder, und es ist immer die Sehnsucht meines Lebens gewesen, einmal ein kleines Gärtchen zu besitzen, in dem ein Fliederstrauch blüht. Das Gärtchen ist nun zwar nicht mein und ganz bestimmt auch nicht klein, aber Flieder blüht darin so viel, dass man närrisch werden kann vor Freude. Also, wollt ihr welchen haben, dann pflückt ihn auch gefälligst selbst.«

»Also, Tantchen, wenn du diesen Riesenstrauß in dein Zimmer stellst, bekommst du die heftigsten Kopfschmerzen. Ich denke, du wirst schon ein paar Stängel davon abgeben.«

»Vielleicht nachher – aber erst muss ich als leibhaftiger Frühling ins Haus zurückkehren.«

Mark hatte einen besonders schönen Zweig, der weit oben hing, herabgeholt und reichte ihn Lonny.

»Der Park von Herrenberg grüßt seine junge Herrin!«, sagte er dabei.

Sie nahm ihn leicht errötend entgegen und befestigte ihn an ihrem schwarzen Kleid, was sehr schön aussah. Tante Mia hatte das mit angesehen und bedauerte wieder einmal, dass diese beiden schönen jungen Menschen nicht füreinander bestimmt sein sollten.

Aber die gute Laune hielt doch bei allen vor. Sie berauschten sich gewissermaßen an diesem ersten Frühlingsmorgen in ihrem neuen Besitz und kamen dann an einen Aussichtspunkt, von dem aus sie eine gute Fernsicht über Berg und Tal hatten. Da blieben sie alle drei stumm stehen und ließen das wunderbare Bild auf sich einwirken. Sie waren alle drei ergriffen und gedachten der Frau, die ihnen diese herrliche Heimat geschenkt hatte und der sie nicht anders danken konnten, als dass sie hier in Frieden miteinander lebten.

Als Mark sich nach Lonny umwandte, sah er ihre hellleuchtenden Augen in Tränen schwimmen. Das rührte ihn sehr – er fühlte, dass dieses junge Geschöpf zum ersten Mal in seinem Leben Sorglosigkeit empfand und ihrer Wohltäterin von Herzen dankbar war. Stumm fasste er ihre Hand, beugte sich darüber und küsste sie ritterlich. Und er gelobte sich, ihr allezeit ein Schutz und Schirm zu sein. Nie mehr sollte sie schutzlos im Leben stehen, solange er es verhindern konnte.

Sie sah ihn mit großen Augen an, lächelte unter Tränen

und nickte ihm zu. Sie wusste, dass auch er bis ins tiefste Herz bewegt war.

Stumm traten sie den Rückweg an. Tante Mia war es, die endlich das Schweigen brach, indem sie aufseufzend sagte:

»Es ist hier unaussprechlich schön, und man könnte sich vor Freude und Dankbarkeit die Augen aus dem Kopf weinen.«

Dabei kullerten ihr auch schon große Tränen über die Wange. Da sie diese wegen ihres großen Straußes nicht fortwischen konnte, schüttelte sie sich, dass sie herabfielen. Das sah so drollig aus, dass Lonny und Mark lachen mussten. Lonny nahm ihr Taschentuch und wischte Tante Mia die Tränen fort, küsste sie, wischte wieder und musste dabei selbst mit den Tränen kämpfen.

Mark fühlte sich seltsam zu diesen beiden Frauen hingezogen; auch Tante Mia wurde ihm immer lieber. Aber er sah ein, dass er ihnen über ihre Rührung hinweghelfen musste, und sagte:

»Es ist eigentlich nicht erlaubt, meine Damen, diesen schönen Frühlingsmorgen mit einer Tränenflut zu begießen. Das dulde ich nicht. Das Leben ist viel zu schön, als dass man in solchen Stunden weinen muss.«

Ganz kriegerisch sah ihn Tante Mia an.

»Ach, du hast wohl noch nie aus Freude geweint? Dann weißt du auch nicht, dass Freudentränen die schönste Himmelsgabe sind.«

Er machte ein ganz zerknirschtes Gesicht.

»Dann bitte ich um Verzeihung, dass ich dich bei diesem Genuss gestört habe. Aber ich hatte Angst, dass du mich anstecken würdest.«

Nun mussten sie alle drei herzlich lachen, und die Stimmung war gerettet.

Als sie ins Haus zurückkehrten, waren Marks Sachen angekommen. Er suchte seine Zimmer auf, um alles zu besichtigen.

Tante Mia steckte ihre Blumen in verschiedene Vasen und verteilte sie in ihren und Lonnys Zimmern.

Lonny nahm inzwischen in ihrem Wohnzimmer Platz und holte den Brief von Tante Friederike Elisabeth von Lingen hervor. Sie öffnete ihn und las:

»Meine liebe Nichte Leonie!

Wenn Du diesen Brief eines Tages erhältst, wird sich mein Geschick erfüllt haben, und Du wirst mit Mark von Lehenau zusammen in Herrenberg weilen. Ich hoffe, dass Ihr meinen Wunsch erfüllen könnt, den alten Familienzwist zu begraben. Es ist ein Jammer ohnegleichen, dass so ein törichter Zwist, dessen wahren Grund heute niemand mehr so recht kennt, in das Schicksal zweier Menschen eingreifen konnte, die sich von Herzen liebten. Doch davon nichts mehr, ich nehme diese Liebe mit in mein Grab. Meine Tage sind gezählt, ich weiß, dass ich Euch bald aus Eurer Not erlösen werde, in der Ihr beide gelernt habt, was kämpfen heißt. Es hat mich gefreut, Euch immer tapfer zu finden. Lasst es Euch gut gehen, Ihr beiden letzten von Lehenaus, mein Segen wird bei Euch sein, und alles, was mein ist, lege ich in Eure tapferen Hände. Gern hätte ich Euch schon zu meinen Lebzeiten zu mir geholt, aber ich fürchtete, dass ich Euch zu lieb gewinnen und dass mir dadurch das Scheiden zu schwer gemacht würde. Jetzt scheide ich unbeschwert aus dieser Welt, die mir äußere Güter in Fülle schenkte und mich dennoch darben ließ am Höchsten, was das Leben einer Frau ausmacht. Du hättest meine Tochter sein können, aber vielleicht ist es besser so, wie es ist, weil ich so früh sterben muss. Ich will nicht sentimental werden, aber ich wünsche Dir außer allem, was ich Dir geben konnte, ein volles, schönes Frauenglück. Dann denk an eine, die es nie besessen. Leb wohl, Leonie von Lehenau – Gott grüße Dich! Deine Tante Friederike Elisabeth.«

Lonnys Tränen fielen auf den Briefbogen hinab. Irgendetwas ließ eine Ahnung in ihr aufkeimen, dass auch ihr dieses höchste Frauenglück versagt bleiben würde.

Aber sie gab sich diesem Gefühl nicht lange hin, raffte sich auf und kühlte sich die Augen. Tante Mia sollte nicht wissen, dass sie über diesen Brief geweint hatte. Es sollten auch keine andern Augen als ihre eigenen auf diesem Brief ruhen. Das glaubte sie der Verstorbenen schuldig zu sein.

Sie hatte den Brief versorgt und die Tränenspuren getilgt, als auch Tante Mia schon in Lonnys Zimmer erschien und sie aufforderte, sich den Blumenschmuck anzusehen, den sie in den Vasen geordnet hatte.

»Und nun will ich dir was sagen, Lonny: Jetzt gehe ich zu Frau Heidemann, der Beschließerin, und sage ihr, dass ich meine Nase in alle Schränke und Schubladen des Hauses stecken werde. Ich habe so das Gefühl, dass man eine Art Inventaraufnahme machen müsste, damit ihr, du und Mark, schwarz auf weiß seht, was für Schätze euch gehören. Meinst du nicht auch?«

Lonny sah nachdenklich vor sich hin und nickte ihr dann zu.

»Ja, Tante Mia, das wird gut sein. Ich bin zwar überzeugt,

dass es zwischen Mark und mir nicht nötig sein wird, gewissermaßen Buch über alles zu führen, aber eines Tages bekommt er wahrscheinlich eine Frau, und die wird wissen wollen, was ihrem Mann und was uns gehört. Und du hast außerdem eine herrliche Beschäftigung. Sage also Frau Heidemann, dass du ermächtigt bist, über alles, was im Haus ist, mit ihr eine Inventarliste aufzustellen. Diese legen wir dann, wenn sie fertig ist, Mark vor und können uns dann mit ihm einigen. Aber bitte, lass dir Zeit, du darfst dich nicht überanstrengen.«

»Keine Angst, ich habe doch hier sonst nichts zu tun, und Frau Heidemann wird auch nicht den ganzen Tag dafür Zeit haben. Ich helfe ihr aber dann anderswo ein wenig, damit sie nicht überlastet wird. Das bringe ich schon mit ihr ins Reine. Soll ich Mark auch erst noch um Erlaubnis fragen?«

»Ist nicht nötig, Tantchen, das bespreche ich mit ihm. Aber hier liegt schon die Preisliste für das Reitkleid – würdest du mir erst noch Maß nehmen? Mark kann dann die Bestellung aufgeben. Ich freue mich sehr darauf, reiten zu lernen.«

Sie suchten nun für Lonny das passende Reitkleid aus, und Tante Mia nahm sorgfältig Maß.

Bei der Mittagstafel überreichte Lonny dem Vetter die Bestellung.

Mark hatte inzwischen die neuen Sachen mit Hilfe eines Dieners ausgepackt und in Schränke und Schubladen geordnet. Dann hatte er den Brief der Erblasserin gelesen, der folgendermaßen lautete:

»Mein lieber Neffe Mark von Lehenau!

Ich will es kurz machen – nimm meinen Segen mit meiner Habe und lass Dir alles zum Besten dienen. Hoffentlich bist Du der Gründer eines weiteren Geschlechtes der von Lehenaus, das nichts mehr wissen wird von einem Familienzwist. Du bist, wie ich weiß, ein ganzer Mann, der sich nicht von den Stürmen des Lebens hat unterkriegen lassen. Sei Deiner Base Leonie ein Schutz und Schirm, sie hat es nicht leicht gehabt im Leben, und uns Frauen tut es trotz aller Tapferkeit wohl, uns an einen starken Mann anlehnen zu dürfen. Haltet Frieden miteinander, Ihr beiden letzten von Lehenaus, und vergesst nicht, dass Ihr einst arm gewesen seid. Durch eine schwere Schule habe ich Euch gehen lassen, nicht ungerührt, aber mit Bedacht. Nun gehab Dich wohl, Mark von Lehenau, und bleibe weiter ein starker, aufrechter Mann, der sich nichts und niemandem beugt.

Deine Tante Friederike Elisabeth.«

Auch Mark war sehr bewegt, vom Inhalt dieses Schreibens. Als er dann mit den Damen bei Tische saß, sagte er nachdenklich:

»Schade, dass wir unsere Wohltäterin nicht persönlich gekannt haben. Sie muss ein sehr wertvoller, verständnisvoller und gütiger Mensch gewesen sein.«

Lonny nickte ihm zu.

»Das ist auch meine Meinung. Hast du auch einen so lieben Brief von ihr bekommen?«

»Ja, Lonny. Ich werde ihn gut verwahren und immer danach handeln.«

Sie verstanden einander sofort, auch er wollte keine fremden Augen auf diesem Brief ruhen lassen.

Tante Mia war viel zu feinfühlig, als dass sie nach dem Inhalt dieser Briefe gefragt hätte.

Lonny teilte Mark nun mit, dass sich Tante Mia mit Frau

Heidemann in Verbindung gesetzt habe. Mark konnte das Bestreben der alten Dame, eine Inventaraufnahme zu machen, nur anerkennen. In so einem großen, gut ausgestatteten Haus war das notwendig. Es waren so viele Dienstboten beschäftigt, und wenn auch nur Frau Heidemann zu allem die Schlüssel hatte, eine gewisse Nachprüfung war auch für sie notwendig.

Die Beschließerin hatte das auch gar nicht anders erwartet und war durchaus nicht gekränkt gewesen.

So hatte Tante Mia für lange Zeit eine sehr nützliche Beschäftigung, der sie sich mit Eifer hingab. Keine Stecknadel blieb davor verschont, aufgenommen zu werden. Das Verzeichnis wuchs schließlich zu einem recht stattlichen Band an, und was Tante Mia mit Bleistift aufschrieb, übertrug Lonny anderntags mit der Schreibmaschine. Diese fand sich in dem bisherigen Arbeitszimmer der verstorbenen Frau des Hauses. So wurde das Inventarverzeichnis eine schöne, saubere und übersichtliche Sache. Und Tante Mia glühte vor Eifer und Befriedigung, wenn sie täglich neue Schätze vor sich auftauchen sah. Es fehlte an nichts, alles war reichlich vorhanden und von bester Beschaffenheit.

Mark machte nun täglich seine Ritte auf die Felder, beaufsichtigte die Arbeiter, sah im Forst nach dem Stand der Bäume, sorgte für genaue Ausführung aller Aufträge, die ihm der Verwalter übergab, und kehrte befriedigt wieder heim. Er war jetzt ein ganz anderer Mensch. Endlich durfte er Arbeit tun, die ihm lieb war. Mit leuchtenden Augen berichtete er dann Lonny nach seiner Heimkehr, wie er alles gefunden hatte, was seiner Ansicht nach unbedingt noch geschehen müsse und wie man dies und jenes Stück Land noch besser nutzen könne. Lonny interessierte sich am meisten für ein Stück Land unterhalb des Herrenberges, wo zahlreiche Obstbäume angepflanzt waren. Sie freute sich schon auf die Ernte im Herbst.

So lebten sich die beiden jungen Erben immer besser in ihrer neuen, schönen Heimat ein, und auch Lonny blühte auf in der gesunden Landluft.

Sehnlich erwartete sie ihr Reitkleid, und noch am selben Tag, als es eintraf, erhielt sie ihren ersten Reitunterricht von Mark. Es stellte sich heraus, dass sie begabt für den Reitsport war, und Mark sagte lächelnd:

»Das ist eine vererbte Veranlagung. In der Lehenau hingen viele Bilder, die unsere weiblichen Vorfahren in mehr oder minder kühner Haltung zu Pferd zeigen. Du bist ja die reine Amazone.«

Lonny musste lachen.

»Ich hoffe, dass mir niemand zumuten wird, in den männermordenden Kampf zu ziehen. Da würde ich als Amazone kläglich Schiffbruch erleiden.«

Er stand vor ihrem Pferd, als sie diese Worte wechselten, und ordnete etwas an ihrem Steigbügel. Sie waren ein Stück in den Wald geritten. Als er fertig war, sah er zu ihr auf.

»Nein, ich glaube auch nicht, dass du eine solche Amazone sein könntest. Ich meinte nur, dass du mit deinem Pferd schon richtig verwachsen bist.«

Damit stieg er wieder auf seinen Wotan, und sie ritten weiter.

Lonny saß tadellos zu Pferd, und Mark musste immer wieder zu ihr hinübersehen. Das neue Reitkleid stand ihr ausgezeichnet. Es war von grauer Farbe, hatte einen sehr guten Schnitt und saß wundervoll. Lonnys schlanke, jugendschöne Gestalt kam darin gut zur Geltung. Und auch der

Reithut kleidete sie vorzüglich. Wer sie jetzt sah, hätte nicht geglaubt, dass sie noch vor kurzer Zeit eine arme Stenotypistin gewesen war. Und auch Mark hätte niemand den ehemaligen Chauffeur angesehen.

Marks Benehmen gegen Lonny blieb immer gleich ritterlich, aber sie verkehrten jetzt viel vertrauter miteinander. Die gleichen Interessen verbanden sie, und eine große Wertschätzung tat das Ihre dazu, um ihnen gegenseitiges Vertrauen einzuflößen. Mehr aber sollte nach Lonnys fast ängstlicher Zurückhaltung nicht daraus werden. Sie war auf der Hut und blieb standhaft. Mark aber fühlte immer mehr, wie lieb ihm Lonny wurde, und er hätte es gern gesehen, wenn sie nicht bei aller Vertraulichkeit stets eine gewisse Grenze zwischen ihm und sich gezogen hätte. Aber dann sagte er sich immer wieder, dass man um eine Frau wie Lonny lange werben müsse, sie war nicht die Frau, die leicht erobert werden konnte. Und wenn sie auch immer wieder ihren Verwandtschaftsgrad betonte und sich ihm gewissermaßen nur geschwisterlich vertraulich zeigte, so kam doch zuweilen ein leiser Hoffnungsfunken in seine Brust, dass sie ihm eines Tages mehr sein würde. Dann erst, das wusste und fühlte er, würde sein Leben die Vollendung erreichen. Lonny war für ihn das Ideal einer Frau, und zu seiner Dankbarkeit für alle Güter des Lebens, die ihm Frau von Lingen hinterlassen hatte, gesellte sich die, dass sie ihn so eng mit Lonny zusammengeführt hatte.

So war es ein schönes, ausgefülltes Leben, das die beiden führten, und auch Tante Mia war beglückt und beseligt, weil sie fühlte, dass sie nützlich und notwendig war.

Mark hatte täglich eine Besprechung mit dem Verwalter, mit dem er sich sehr gut verstand und der immer mehr spürte, was für ein gewissenhafter und fleißiger Mann der junge Erbe war.

Eines Tages erinnerte sich Mark auch seines Versprechens an Herrn Seifert, und er berichtete dem Verwalter, was er mit dem jungen Seifert vorhabe. Der Verwalter, Herr Brinkmann, zuckte die Achseln.

»Mit diesen jungen Leuten ist nicht viel anzufangen, Herr von Lehenau; wir haben ab und zu mal so einen Eleven eingestellt, aber die meinen, weil sie keine Bezahlung, sondern nur freie Verpflegung bekommen, dass sie immer zu viel tun, und räkeln sich am liebsten den ganzen Tag faul herum.«

»Das dürfte hier allerdings nicht geschehen: Wir haben den Vater des jungen Mannes, dem ich Dank schuldig bin, auf unserer Seite, und ich habe ihm versprochen, sein Söhnchen ordentlich vorzunehmen. Es soll ihm nichts geschenkt werden. Mein Versprechen muss und will ich halten. Also, was meinen Sie, wann können wir den jungen Mann einstellen?«

Der Verwalter schob die Mütze auf seinem Kopf hin und her.

»Na, wenn's sein muss, dann wird nicht lange gefackelt. Je eher er kommt, desto eher werden wir ihn wieder los. Jetzt beginnt dic Heuernte – da können wir viele Hände gebrauchen. Mag er sich dabei also die Sporen verdienen. Mit einem Heurechen wird er ja umgehen können.«

»Sie sollen gar keine Mühe mit ihm haben, ich werde ihn selber vornehmen, denn ich glaube, dass ich am besten den richtigen Ton für ihn finde. Also werde ich gleich heute schreiben, dass er unverzüglich kommen soll. Ein Zimmer kann drüben im Verwalterhaus für ihn zurechtgemacht werden. Essen soll er mit Ihnen und den Inspektoren. Aber sonst brauchen Sie sich nicht mit ihm abzugeben. Ich will bewusst vermeiden, dass er im Herrenhaus untergebracht wird. Erstens soll er den Damen nicht lästig werden, zweitens soll er sich durchaus nicht als Herr fühlen.«

Damit war die Sache erledigt, und Mark berichtete den Damen später bei Tisch, dass er in diesem Sinne an Herrn Seifert geschrieben habe. Es sei also anzunehmen, dass der junge Seifert in nächster Zeit eintreffen werde. Er werde ihn aber von den Damen tunlichst fernhalten.

Tante Mia sah ihn lachend an.

»Lassen Sie uns ruhig ein wenig an diesem Rettungswerk einer verlorenen Seele teilnehmen. Nicht wahr, Lonny, du bist doch auch dazu bereit?«

Lonny nahm an, dass sie damit Mark einen Gefallen tun könne, und stimmte ohne Weiteres zu. Mark überlegte. Er kannte nur zu gut den Wert, den der Einfluss edler, gütiger Frauen auf verstockte Gemüter haben konnte. Aber erst musste er sehen, wie sich Horst Seifert hier aufführte. Und er sagte ruhig und bestimmt:

»Vielleicht werde ich es ihm als Belohnung für gutes Benehmen zuweilen gestatten, etwa an Sonn- und Feiertagen, dass er hier im Herrenhaus und in Gesellschaft der Damen speisen darf. Es ist ja noch nicht sicher, ob er nicht schon nach wenigen Tagen wieder davonläuft. Jedenfalls will ich ihn erst vorstellen, wenn ich ihn schon ein wenig zugestutzt habe.«

Damit waren die Damen einverstanden.

8

Das spurlose Verschwinden Mark Lehenaus hatte im Seifert'schen Hause ziemliche Bestürzung hervorgerufen. Der Hausherr hatte einen Sturm der Entrüstung auszuhalten, weil er diesen heimlichen Abgang des jungen Mannes gestattet hatte. Er schüttelte aber die Strafpredigt ab, die ihm vornehmlich seine Gattin gehalten hatte, und sagte ruhig:

»Was regst du dich auf, Lilli! Ist es denn so wichtig, dass sich unser bisheriger Chauffeur ohne Abschied aus dem Staub gemacht hat?«

Frau Lilli nahm Kampfstellung ein.

»Du weißt ja gar nicht, weshalb ich so erbost bin. Marlen weint sich die Augen aus, dass sie ihn nicht noch einmal gesehen hat.«

Er horchte gespannt auf.

»Sie weint? Warum denn?«

»Nun, dann muss ich das Geheimnis schon lüften: weil die beiden heimlich verlobt sind.«

»Wer? Marlen und der Freiherr?«

»Nun ja – sie hat es mir gestanden, und sie hätte gern noch heimlich Abschied von ihm genommen.«

Er musste lachen.

»Aha, das war also der Abschied, vor dem er sich gefürchtet hat. Er hat mir gestanden, dass er es so schwer ertragen kann, Abschied zu nehmen. Er hat also geahnt, dass es bei Marlen eine Überschwemmung geben würde. Aber warum hat er mir kein Wort von einer heimlichen Verlobung mit Marlen gesagt?«

»Weil er doch noch in Trauer ist. Bei so vornehmen Leuten ist solche Förmlichkeit wichtig.«

»Hat er dir das etwa selber gesagt?«

»Kein Wort, das hat er nur Marlen angedeutet.«

»Hm! Wann ist denn das geschehen? Ich meine die heimliche Verlobung?«

»Am letzten Tag, als er noch Chauffeur bei uns war. Frühmorgens hat er noch nichts von seiner Erbschaft gewusst, und sie hat nicht gewusst, dass er Freiherr ist.«

Herr Seifert starrte seine Frau ungläubig an.

»Was? Von Lehenau sollte sich als Chauffeur mit meiner Tochter verlobt haben? Du, liebe Lilli – das glaube ich einfach nicht. So was macht der nicht.«

»Nun ja – aber geküsst haben sie sich am Vormittag. Das andere ist dann erst am Nachmittag geschehen.«

Heinrich Seifert schüttelte seinen blanken runden Kopf. »Weißt du was, Lilli?« Das kommt mir alles ein bisschen komisch vor. Lass doch die Marlen rufen – ich will mal selber hören, wie sich alles zugetragen hat.«

»Ach, lass bloß die Marlen in Ruhe, das arme Ding ist ganz außer sich, dass er sich ohne Abschied davongemacht hat.«

Seifert rieb sich den Kopf. Das tat er immer, wenn ihm eine Sache nicht klar war. Endlich sagte er einsichtig:

»Na gut, sie soll sich erst mal ausheulen. Aber morgen muss sie Farbe bekennen. Da ist mir etwas nicht klar, die Sache kommt mir ziemlich unglaubhaft vor. Ich kenne doch Marlenchen – wenn die nur nicht ein bisschen schöngefärbt und geschwindelt hat. Ich kenne den von Lehenau doch auch, und ich müsste mich sehr in ihm täuschen, wenn er sich auf solche unklaren Sachen einließe. Also, jetzt Schluss damit, ich habe keine Zeit mehr für euren Weiberkram!«

Am andern Tag hatte der Vater sein Töchterchen vorgenommen, und Marlen fiel es gar nicht ein, ihre Aussage zu ändern. Sie beschwor, dass sie sich mit »Mark« geküsst hätte, beschwor, dass er wegen seiner Trauer eine Verlobung noch nicht eingehen konnte, und er sei nur deshalb heimlich abgereist, weil ihm der Abschied von ihr zu schwer geworden sei.

Ihr Vater musste sich mit dieser Aussage zufriedengeben, wenn er auch noch immer nicht fest davon überzeugt war. Aber schließlich konnte man ja abwarten. Eines Tages musste sich die Sache klären.

So wurde vorläufig nicht davon geredet. Marlen spielte sogar noch einen besonderen Trumpf aus, indem sie sagte, der Vater werde schon sehen, eines Tages würde Mark schreiben, dass Horst zu ihm kommen solle, und das würde dann für sie das Zeichen sein, dass sie und Mutter Horst auf Herrenberg besuchen sollten. Dann werde die Sache spruchreif werden.

Daraus kann man ersehen, wie zuversichtlich Marlen war, dass sie Mark einfangen würde. Sie wollte dann wirklich mit der Mutter nach Herrenberg fahren und würde Mark schon mächtig einheizen, dass er gar nichts anders konnte, als sich mit ihr zu verloben.

Papa Seifert wäre natürlich sehr glücklich gewesen, einen Schwiegersohn von Mark von Lehenaus Wert zu bekommen. Er schwankte zwischen Zweifel und Hoffnung und wartete beinahe so ungeduldig auf ein Lebenszeichen von Mark wie seine Tochter. Dann kam zuerst der kurze Brief

Marks, in dem er sich bedankte, dass Seifert ihm den stillen Abschied ermöglicht hatte, und in dem er sein Versprechen erneuerte, dass er Horst nach Herrenberg kommen lassen würde.

Dann vergingen Wochen, ohne ein Lebenszeichen von Mark. Aber eines Tages kam dann der Brief, in dem er Seifert bat, Horst umgehend nach Herrenberg zu schicken. Verabredungsgemäß würde Mark alles tun, was in seiner Kraft stehe, Horst zu einem nützlichen Menschen zu machen, er müsse sich aber auch volle Freiheit ausbedingen, ihn so zu behandeln, wie er es für gut fand. Zuletzt bat Mark höflich um eine Empfehlung an die Damen.

Heinrich Seifert war froh, etwas von Mark zu hören, froh, seinen nichtsnutzigen Sohn in strenge und doch verständnisvolle Zucht zu bekommen. Und bei der Empfehlung an die Damen, die eine Höflichkeitsfloskel Marks war, kam ihm doch wieder ein Hoffnungsfunke, dass Marlen in dieser Sache doch bei der Wahrheit geblieben sein könne. Dass sie es sonst durchaus nicht genau nahm, wusste er nur zu gut.

Beim Mittagessen sagte er dann zu seinem Sohn, er möge sogleich Vorbereitungen treffen für seine Reise nach Herrenberg.

Horst hob seine müden Augen etwas lebhafter.

»Ist die Einladung des Freiherrn eingetroffen, Vater?«

Es zuckte um den Mund des Vaters. Einladung? Nun ja, man konnte es ja erst mal so nennen.

»Ja, sie ist eingetroffen. Und der Freiherr lässt sich den Damen empfehlen.«

Marlen reckte sich empor, und ihre feurigen dunklen Augen blitzten.

»Siehst du wohl, Vater, habe ich es nicht vorausgesagt?«

»Na ja – wir werden weitersehen. Also fürs Erste, Horst, du sollst in der Hauptsache praktische Sachen mitbringen.«

»Aha, also Sportanzüge und dergleichen.«

»Hm! Das dürfte wohl das Beste sein. Und festes Schuhwerk. Seidene Strümpfe brauchst du nicht mitzunehmen.«

Wieder lachte Horst sein dünnes, fades Lachen.

»Aha – Rückkehr zur Natur! Verstehe, man kann ja einige Paar in Wolle mitnehmen. Lass mich nur machen, Vater, ich weiß schon, was man braucht. Ist wohl ein Junggesellenhaushalt in Herrenberg. Wird eine heitere Sache sein, wahrscheinlich herrschen sehr sonderbare Zustände.«

Davon war der Vater nicht so überzeugt wie der Sohn, aber er sagte nichts. Der Bengel würde schon sehen, woher der Wind in Herrenberg pfiff.

Horst machte sich sogleich mit ungewöhnlicher Lebhaftigkeit an seine Vorbereitungen. Marlen zeigte sich plötzlich als zärtliche Schwester, und Horst wunderte sich, dass ihr sein Fortgehen so leidtat. Sie sagte ihm immer wieder, dass sie vor Sehnsucht nach ihm umkommen werde, und auch die Mutter bereitete ihn schon darauf vor, dass sie eines Tages in Herrenberg auftauchen würde, wenn sie die Sehnsucht nach ihrem »Bubi« nicht aushalten könnte. Horst sagte sich aber, dieser Schmerz werde bei Mutter und Schwester bald vergehen, und er dachte nicht im Traum daran, dass diese wirklich nach Herrenberg kommen würden.

Schon nach zwei Tagen war Horst reisefertig. Der Vater sah mit einem unbeschreiblichen Blick auf die großen Koffer, die Horst hatte packen lassen. Es war unglaublich, was dieser für seinen Aufenthalt in Herrenberg für nötig hielt. Aber der Vater hütete sich, ihm auch nur ein Stück seiner

Ausrüstung ausreden zu wollen. Mochte der Freiherr ihm klarmachen, wie wenig davon zu brauchen war.

Nach innigem Abschied von Mutter und Schwester fuhr Horst zum Bahnhof, nachdem er von seinem Vater die Fahrkarte und ein wenig Bargeld erhalten hatte. Als er den Vater verblüfft gefragt hatte, ob er mit diesen »paar Kröten« etwa auskommen solle, hatte der Vater lachend geantwortet:

»Du wirst dort nicht viel brauchen; hast ja freie Unterkunft und wenig Gelegenheit, Geld auszugeben. Im Übrigen – wenn du wirklich etwas brauchst, kannst du dich ja an den Freiherrn wenden. Er hat von mir den Auftrag, dass er dir geben soll, was du brauchst.«

Ahnungslos, was man mit ihm vorhatte, dampfte Horst ab, und zwar sonderbarerweise in bester und sehr erwartungsvoller Stimmung. Er hatte ganz vergessen, seine Augenlider müde sinken zu lassen, und sah ganz vergnügt dem Kommenden entgegen.

Marlen hatte ihm die herzlichsten Grüße an Mark von Lehenau aufgetragen, und zwar so laut, dass es Vater und Mutter hörten.

Horst wusste nicht, was er daraus machen sollte. Es kümmerte ihn auch wenig.

Horst Seifert saß müde in die Polster seines Abteils geschmiegt und versuchte sich darüber klar zu werden, ob auch nichts, was er in Herrenberg zu brauchen gedachte, einzupacken vergessen worden war. Aber er kam zu der beruhigenden Überzeugung, dass alles stimmte. Es fehlte weder ein blütenweißer Tennisdress nebst Schläger noch eine vollständige Ausrüstung zum Golfspiel. Dass in Herrenberg jede Art von Sport getrieben wurde, erschien ihm selbstverständlich. Er hatte auch erwogen, ob man in Herrenberg nicht reiten könnte. Den Reitsport hatte er nämlich bisher nur ungenügend ausgeübt.

Ja, er hatte alles eingepackt, auch ein Dutzend Paar seidene Socken gegen den Rat seines Vaters. Natürlich hatte er auch für wollene Kniestrümpfe und feste Sportstiefel gesorgt, man konnte ja nicht wissen, welche Art von Sport in Herrenberg noch getrieben wurde. Auf die Jagd würde man natürlich auch gehen. So hatte er sein Gewehr mit verfrachtet, obwohl er bisher zum Glück immer nur Löcher in die Luft geschossen hatte. Das gestand er aber nicht einmal sich selbst ein, und vor seinen Freunden spielte er immer den großen Jäger.

Alles, was der Abreise vorausgegangen war, hatte ihn derart erschöpft, dass er nun fest einschlief und einige Stunden aufs Angenehmste verbrachte. Als er schließlich aufwachte, saß ihm eine junge Dame gegenüber, die sein nicht gerade geistreiches Gesicht mit spöttischer Neugier betrachtete. Es war eine jener ganz modernen jungen Frauen. Sie hielt eine Zigarette in der Hand und fragte ihn ruhig und sachlich:

»Haben Sie Feuer?«

Er entschloss sich, völlig aufzuwachen und sich leicht zu verneigen.

»Gewiss, meine Gnädigste!«

»Na, Gott sei Dank! Ich sitze schon bald eine halbe Stunde hier und warte, dass Sie endlich aufwachen. Ich hätte es nicht so lange ausgehalten, wenn Sie nicht im Schlafen einen so urkomischen Anblick geboten hätten.«

Er hatte sein Feuerzeug hervorgeholt und es ihr gereicht.

Sie bediente sich sachgemäß und gab es zurück.

Dabei besah sie sich das Feuerzeug.

»Niedliches Ding! So was möchte ich auch haben.«

Er sank ziemlich enttäuscht in sein Polster zurück.

»Ach so!«, sagte er nur und steckte das Feuerzeug wieder ein, in der Annahme, es mit einer jener Damen zu tun zu haben, die sich gern an fremdem Eigentum bereichern.

»Wieso ›ach so‹?«, fragte sie.

Er behielt seine bequeme Haltung bei, während er das eine Auge zukniff und sie frech angrinste.

»Meine Gnädigste, ich hätte Ihnen das Feuerzeug gern geschenkt als Anerkennung für Ihre freundliche Gesellschaft, aber ich brauche es selbst nötig. Gestatten Sie, dass ich mir auch eine Zigarette anstecke?«

Sie sah ihn groß und strafend an.

»Also, Sie scheinen ein ausgemachter Flegel zu sein. Wie kommen Sie dazu, zu glauben, ich könnte das Feuerzeug von Ihnen als Geschenk annehmen? Lächerlich! Wenn Sie nett gewesen wären, hätten Sie mir die Bezugsquelle genannt. Aber Sie scheinen einer selbstständigen modernen Frau noch nicht begegnet zu sein.«

Ihr Ton verriet ihm, dass er sich geirrt hatte.

»Verzeihung, meine Gnädigste – aber auf Ihren Ton bin ich wirklich nicht abgestimmt.«

Sie winkte ungnädig ab. Horst war einigermaßen erstaunt und hätte sich sehr gewundert, wenn man ihm gesagt hätte, er sei genauso ein Auswuchs der neuen Zeit wie diese selbstständige junge Dame.

Beide saßen sich gegenüber, betrachteten sich mit ziemlich feindseligen Blicken und ahnten nicht einmal, wie gut sie zusammenpassten.

An der nächsten Haltestelle stieg die Dame aus, ohne Horst weiter zu beachten. Er sah ihr mit sehr gemäßigtem

Interesse nach, staunte aber dann doch, als er merkte, wie ein Diener in vornehmer Livree, den kleinen Handkoffer der jungen Dame in der Hand, dieser zu einem wundervollen Auto folgte. Horst merkte noch, dass die junge Dame einstieg, dass der Diener den Hut zog, sich vor ihr verneigte und dass auch einige Personen sie sehr respektvoll begrüßten.

Als der Stationsvorsteher zufällig vor Horsts Abteilfenster stehen blieb, fragte Horst, der sich erstaunt erhoben hatte, diesen durchs Fenster:

»Können Sie mir sagen, wer die junge Dame ist, die eben da drüben das Auto bestiegen hat?«

Der Stationsvorsteher nickte.

»Jawohl, das ist Ihre Durchlaucht die Frau Fürstin Hanau auf Schönburg.«

Horst sank ziemlich betroffen in sein Polster zurück und hatte wohl das erste Mal in seinem Leben die Einsicht, sich ziemlich ungeschickt benommen zu haben. Aber wie hätte er auf den Gedanken kommen können, dass diese sehr natürliche und durchaus nicht zurückhaltende junge Dame eine Fürstin war.

Er war ziemlich ärgerlich auf sich. Da hatte er nun das unerhörte Glück gehabt, eine richtige Fürstin als Reisegefährtin zu haben, und er hatte das nicht genießen können.

Schließlich zuckte er die Achseln.

Na, fürstlich hat sie sich nun nicht gerade benommen, wie konnte ich sie also für eine Fürstin halten? dachte er.

Aber er hatte für den Rest der Reise mit seinem Ärger zu kämpfen, dass ihn eine Fürstin einen Flegel genannt hatte – und noch dazu mit Recht.

Ziemlich niedergedrückt kam er auf der Station Wengern an.

Als er ausstieg, sah er nur ein ziemlich altes und hart mitgenommenes Auto am Bahnhof stehen. Allerdings war ein Diener da, der ihn empfing und seinen Gepäckschein erbat, aber dann führte er ihn zu dem alten Kasten von Auto. Es war der Wagen von Doktor Herbig. Mark hatte diesen, da er heute nach Herrenberg kommen wollte, gebeten, Horst Seifert mitzubringen.

»Es wäre mir ein Gefallen, lieber Herr Doktor; Sie wissen ja, dass der junge Herr hier sozusagen erzogen werden soll. Ich möchte ihn deshalb nicht selbst abholen, ihm aber auch keinen der Herrenberger Wagen zum Bahnhof schicken.«

Der Notar hatte gelacht.

»Ich verstehe, meine alte Karre soll ihm sofort klarmachen, dass er hier nicht gerade auf Rosen gebettet sein wird.«

»Sie haben es richtig erfasst, Herr Notar. Ich bitte Sie herzlich, sich gleich auf den richtigen Ton einzustellen, wenn Sie ihn abholen.«

So war also der Notar vorbereitet, und als der überelegante Jüngling mit den halbgeschlossenen Augen auf seinen Wagen zukam, dachte der alte Herr mit grimmigem Humor:

Na, mein Jungchen, wir wollen dir den gebührenden Empfang bereiten.

Horst sah ziemlich entsetzt auf den alten Wagen und dann in des Notars Gesicht.

»In diesem Wagen soll ich fahren? Hat man auf Herrenberg keinen besseren Wagen, um die Gäste abzuholen?«

»Für die Gäste wohl, junger Mann – aber Sie sind doch bloß Eleve, und ich bin Doktor Herbig und fahre sowieso hinaus nach Herrenberg. Ich werde die Freundlichkeit haben, Sie mitzunehmen, sonst hätten Sie wohl laufen müssen.«

Horst war empört.

»Es muss ein Irrtum vorliegen. Ich werde mich bei meinem Freund, dem Freiherrn von Lehenau, beschweren.«

»Ja, das können Sie tun. Aber bitte, steigen Sie rasch ein, hier hat man nicht so viel Zeit zu verlieren. Franz, Sie besorgen das Gepäck für den Herrn Eleven, es kann mit dem Milchwagen nachkommen. Wir fahren schon los.«

Als sich Horst, völlig überrumpelt, in die etwas abgenutzten Polster fallen ließ und sehnsüchtig an den eleganten Wagen seines Vaters dachte, gab der alte Herr vorsichtig, dass sein Motorchen nicht »erschrecke«, Gas und zuckelte in gemäßigtem Tempo die Landstraße entlang.

Horst holte eine Flasche mit Kölnisch Wasser aus der Tasche und verspritzte es naserümpfend in dem Wagen, der nach kaltem Tabakrauch roch. Er kam von seiner Empörung nicht los, dass sein »Freund, der Freiherr«, ihn nicht selbst mit seinem besten Wagen abgeholt hatte. Dieser Doktor mit seiner Fahrgelegenheit war ja unmöglich.

Aber was half es? Er musste aushalten, wenn er nach Herrenberg kommen wollte. Zu Fuß konnte man unmöglich so eine weite Strecke zurücklegen. Er hatte sich seinen Einzug in Herrenberg allerdings ganz anders vorgestellt.

Der Wagen des Doktors fuhr dann auch an dem stolzen Portal des Herrenhauses vorbei, dessen Anblick auf Horst großen Eindruck machte, aber er hielt hier nicht, wie Horst erwartet hatte, sondern fuhr zum viel bescheideneren Verwaltungsgebäude weiter. Vor dessen schlichter Eingangspforte hielt er und ließ seine Hupe erschallen.

Darauf kam Mark von Lehenau mit dem Verwalter Brinkmann heraus, und Horst staunte beim Anblick des früheren Chauffeurs seines Vaters. Mark sah unerhört vornehm aus in seinem neuen Reitanzug. Gerade erst war er von einem Ritt zurückgekehrt.

Horst Seifert umklammerte die Hand des Freiherrn und sagte ganz hilflos:

»Weshalb haben Sie mich denn in diesem gräulichen Vehikel abholen lassen? Sie wissen doch, was für einen Wagen ich gewöhnt bin.«

Mark zuckte ungerührt die Achsel.

»Einen Wagen wie Ihr Vater haben wir hier nicht, Herr Seifert. Bitte, treten Sie ein!«

Dann begrüßte Mark lächelnd den Notar.

Wieder starrte ihn Horst erstaunt an.

»Was denn? Das ist doch nicht das Herrenhaus von Herrenberg!«

»Nein, das ist das Verwaltungsgebäude, wo die Angestellten wohnen. Sie sind ja als Eleve angestellt, Herr Seifert, und werden hier mit den anderen Angestellten zusammen wohnen. Drüben im Herrenhaus kann ich Sie nicht aufnehmen, da dort meine Base, die Freiin von Lehenau, und deren Tante leben. Das sind zwei Damen, denen ich Sie erst vorstellen kann, wenn Sie ein wenig gelernt haben, wie man sich in Gesellschaft vornehmer Damen benimmt.«

Horst dachte an sein Benehmen der Fürstin gegenüber, das machte ihn augenblicklich etwas unsicher. Er sagte nur ganz verdutzt:

»Das habe ich mir alles ganz anders vorgestellt.«

Es zuckte belustigt um Marks Mund, und auch der Verwalter konnte sich eines Lächelns nicht erwehren. Aber die Herren behielten sich doch in der Gewalt, und Mark erwiderte ruhig:

»Sie haben sich doch selbst gesagt, Herr Seifert, dass

Lehrjahre keine Herrenjahre sind. Sie sind als Eleve hier, und Eleve heißt Schüler. Ihr Herr Vater hat gewünscht, dass Sie hier etwas lernen und Ihre Gesundheit gefestigt wird. Das werden wir schon erreichen. Ich stelle Sie hier Herrn Verwalter Brinkmann vor, Ihrem Vorgesetzten. Er hat schon mehrere Eleven in der Schule gehabt, lauter vornehme junge Herren, die erst einmal lernen mussten, zu gehorchen, damit sie später befehlen können. Sie wissen sehr gut, Herr Seifert, durch welch harte Schule ich gegangen bin, das kommt mir jetzt zugute. Und nun kommen Sie herein, ich will Sie selbst in Ihr Zimmer führen. Dann muss ich Sie verlassen, weil ich drüben im Herrenhause mit dem Herrn Notar verhandeln muss.«

Er schritt dem völlig kopflosen jungen Mann voraus und öffnete im ersten Stock eine Tür, die in ein geräumiges, sauberes Zimmer führte, das mit allem Nötigen versehen war, aber durchaus nichts Überflüssiges aufwies, außer einem großen bequemen Lehnstuhl.

Horst starrte erstaunt und betroffen in das Zimmer hinein.

»Hier soll ich wohnen?«

»So ist es, Herr Seifert. Sie sollen sehen, wie wundervoll Sie nach Ihrer sportlichen Betätigung als Eleve hier schlafen. Die Mahlzeiten nehmen Sie mit dem Verwalter und den Inspektoren ein. Das ist eine große Auszeichnung für Sie. Eigentlich müssen die Eleven mit den Knechten essen, damit sie verstehen lernen, sich der Volksseele anzupassen. Aber Sie haben ja die nötige Einsicht, das auch im sonstigen Verkehr mit den Leuten rasch zu erfassen. Bis Mittag haben Sie Zeit, sich hier ein wenig umzusehen, Ihre Sachen auszupacken und einzuräumen. Nachmittags beginnt Ihr

Dienst. Und ich bin überzeugt, Sie werden sich als ganzer Kerl zeigen.«

Horst schluckte seine Erregung hinunter. Irgendetwas in Marks Ton hinderte ihn an einer Auflehnung. Er wusste freilich nicht, ob er nicht am besten täte, gleich wieder spornstreichs davonzulaufen, aber er dachte daran, mit welchem Spott und Hohn ihn sein Vater aufnehmen würde. Und eine Luft war hier – wundervoll, alles so frisch und herb und würzig –, die Lungen arbeiteten hier anscheinend mit einer besonderen Leichtigkeit. Und schließlich – ausreißen konnte er hier immer noch, wenn es ihm zu dumm wurde. Der Freiherr wollte ihn wohl erst mal ein bisschen hochnehmen. Aber der sollte sich wundern!

Es erwachte ein gewisser Trotz in dem verzogenen Herrchen; er hatte heute schon eine Schlappe weg von der Fürstin Dingsda, jetzt sollte er wohl auch noch von dem Freiherrn hereingelegt werden. Fabelhaft, wie der aussah! Er schien gewachsen zu sein – und so gesund und frisch sah er aus –, man konnte sich hier vielleicht wirklich erholen. Und es war immerhin ein Sport vornehmer junger Leute, den Eleven zu spielen. Also – er wollte mal abwarten, wie das weiterging.

So ganz aus seinen gewohnten Verhältnissen herausgerissen, war es, als fiel ein Teil seiner Schlappheit von ihm ab. Ein Hauch von seines Vaters tatkräftigem Humor schoss wie ein schüchterner Keim in seinem Innern empor. Vor allem beseelte ihn ein heftiger Trotz. Die dachten hier wohl, er würde gleich versagen? Sie sollten sich wundern. Vielleicht machte ihm die Sache noch Spaß.

Er steckte plötzlich die Hände herausfordernd in die Hosentaschen.

»Na, wir wollen mal sehen, Herr von Lehenau! Also mal ran an den Sport, werden wir schon machen.«

So raschen Erfolg hatte Mark gar nicht erwartet, und er hielt es für besser, zu gehen, damit er nicht noch einen Fehler machte. Blieb der junge Mann trotz dieses Empfangs, konnte man das schon als einen guten Anfang buchen.

Horst sah Mark von seinem Fenster aus nach, und es lag etwas von – wenn auch widerwilliger – Bewunderung in seinen Augen. War doch ein ganzer Kerl, dieser Herr von Lehenau! Hatte als Chauffeur auch nicht gemuckt, nicht mit der Wimper gezuckt, wenn er ihn, oft genug, schlecht behandelt hatte. Ja, wenn man als Freiherr auf die Welt kam, das war schon eine Sache!

»Sie werden sich doch als ganzer Kerl zeigen!« So hatte der Freiherr zu ihm gesagt. Aber im Grunde traute er ihm das natürlich nicht zu. Hatte ihn ja immer nur nachlässig und übernächtigt gesehen. Und seine Freunde, natürlich, die waren ja ebenso wie er selbst. Wenn man dem Freiherrn nun zeigte, dass man auch anders sein konnte? Wenn man sich ihn sozusagen zum Vorbild nahm? Bis jetzt hatte er ja noch kein Vorbild gehabt, dem nachzueifern sich gelohnt hätte. Aber der Freiherr – ja zum Kuckuck –, der war schon wirklich ein ganzer Kerl. Und wenn man so war wie der, dann konnte man auch als Fabrikantensohn Horst Seifert was vorstellen.

Dabei blieb es natürlich noch nicht. Horst bekam noch mancherlei Rückfälle in den nächsten Tagen. Aber der Freiherr brauchte ihn nur etwas spöttisch anzusehen, dann gab sich Horst einen Ruck – und dann ging es weiter – in verbissenem Trotz, aus dem schließlich eine ungeahnte Willenskraft wurde.

9

Mark hatte den Damen lachend den Einzug Horst Seiferts geschildert. Er hatte auch noch den Wagen mit dem Gepäck des jungen Mannes getroffen und vergnügt vor sich hin gelacht, als er Tennisschläger, Golfgerät, Gewehr und dergleichen sah.

»Er wird sich wundern, wie wenig Verwendung er hier für diese Sportgeräte hat. Hier soll er lernen, auf andere Art zu arbeiten. Nichts soll ihm geschenkt werden. Und wenn er auf diese Enttäuschung über die Empfangsfeierlichkeit nicht davonläuft, dann kann ich hoffen. Entweder schicke ich ihn sehr schnell zurück oder als ganzen Kerl, an dem sein Vater Freude haben wird. Viele seiner dummen Gewohnheiten hat er nur seinen Freunden abgeguckt. Hier soll er lernen, tüchtigen Arbeitern etwas abzusehen, das wird ihm besser bekommen.«

So redete Mark, und er ahnte nicht, dass er das Vorbild sein würde, dem Horst nachzueifern gedachte.

Die ersten Tage kamen Horst sehr hart an, aber er blieb. Zuweilen bekam er noch Fluchtgedanken, aber dann erhielt Mark eine ungeahnte Hilfe, an die er nicht gedacht hatte. Und das trug sich so zu:

Horst war bei der Heuernte eingesetzt worden und musste, wie die Knechte und Mägde, im heißen Sonnenbrand auf den Wiesen das Heu zum Trocknen wenden oder beim Aufladen helfen. Als er gerade wieder im Schweiße seines Angesichts einen großen Haufen Heu zusammengerecht hatte, erschien drüben auf der Straße ein Reiterpaar. Es waren Mark von Lehenau und seine Base Lonny. Horst hatte die Damen aus dem Herrenhaus noch nicht zu Gesicht bekommen. Als er jetzt in Lonnys schönes und liebes Gesicht blickte, stockte ihm der Herzschlag. Diese vornehme und reizende Reiterin erweckte in Horst Seifert eine Liebe auf den ersten Blick. Von dieser Stunde an schwärmte er begeistert, wie jeder andere junge Mann es bei seiner ersten Liebe tut, für Lonny von Lehenau. So eine Dame war ihm noch nie begegnet. Das war etwas ganz anderes als jene Dämchen, in deren Gesellschaft er sich mit seinen Freunden vergnügt hatte, auch etwas ganz anderes als die Fürstin Hanau, die er auf der Reise kennengelernt hatte. Und er tat einen tiefen Atemzug und beneidete den Freiherrn, dass er an der Seite dieser vornehmen Dame dahinreiten konnte. Ob sie wusste, dass der Freiherr sein Brot als Chauffeur hatte verdienen müssen?

Mit großen, durchaus nicht schläfrigen Augen sah er zu, wie Mark seine Base vom Pferde hob und wie sie an seiner Seite auf die Wiese herüberkam. Es durchzuckte ihn, als er merkte, wie die beiden auf ihn zukamen. Lonny hatte Mark gebeten, dass er ihr den jungen Mann vorstellen möge, gerade hier auf der Wiese bei der Arbeit, das verpflichte ja zu nichts, und vielleicht war es doch gut, wenn Mark nicht zu streng mit ihm verfuhr.

Mark hatte eingewilligt. Nun standen sie beide vor Horst Seifert, der jetzt durchaus keinen eleganten, aber noch weniger einen schläfrigen Eindruck machte.

Als sei es ganz selbstverständlich, so stellte Mark den jungen Mann vor:

»Herr Seifert, der Sohn meines ehemaligen Herrn, bei dem ich Chauffeur war, Lonny; er will ein tüchtiger Mann werden. Dies ist meine Base, Fräulein von Lehenau.«

Lonny reichte Horst mit einem lieben Lächeln die Hand.

»Ich freue mich, dass Sie uns so tüchtig bei der Heuernte helfen. Jetzt wird jede Hand gebraucht. Und auch ich werde eine Stunde mitschaffen, so lange habe ich Zeit. Mark, bitte, gib mir einen Rechen.«

Mark verstand sofort, dass Lonny dem jungen Mann ein Beispiel geben wollte, dass keine Arbeit auch nicht die niedrigste und schwerste einen Menschen entwürdigen, sondern ihn nur stolz machen kann. So brachte Mark zwei Rechen herbei und arbeitete mit Lonny und Horst um die Wette.

Horst wusste nicht, wie ihm zumute war. Er fand Lonny anbetungswürdig, wie es ihm bisher keine Frau erschienen war. Immer wieder sah er strahlend zu ihr hinüber und sprang schnell herbei, wenn er meinte, es sei etwas zu schwer für sie. Dann lachte sie ihn an und nickte ihm zu.

»Wundervoll, wenn man so schaffen kann und helfen darf, den Segen hereinzuholen, den der liebe Gott geschenkt hat, nicht wahr!«, fragte sie einmal.

Er nickte begeistert.

»So etwas lernt man in der Stadt nie kennen.«

»Nicht wahr? Man fühlt sich hier dem Himmel näher. Ich kenne das auch erst seit kurzer Zeit.«

»Gnädiges Fräulein waren nicht immer hier auf dem Land?«

»Nein, wir haben ja Herrenberg zusammen geerbt, mein Vetter und ich.«

So unterhielten sie sich, während sie fleißig nebeneinander weiterarbeiteten. Mark mischte sich nicht in die Unterhaltung ein, obwohl ihm kein Wort davon entging. Lonny und er tauschten einen lächelnden Seitenblick, als Horst mit Anspannung all seiner Kraft große Bündel Heu auf einen großen Haufen warf, der nun bald auf einen der Wagen geladen werden sollte.

Diese Stunde gemeinsamer Arbeit mit Lonny und dem Freiherrn söhnte Horst vollständig mit seiner Strafversetzung aus. Mit einem Mal war ihm der Sinn für den Segen der Arbeit aufgegangen, und dieses Wunder hatte Lonny mit ihrem Lächeln, mit ihrer vornehmen und doch liebenswürdigen Art vollbracht. Immer, wenn sie bei ihrer Arbeit in Horsts Nähe kam, plauderte sie ein wenig mit ihm, ohne dabei die Arbeit zu unterbrechen. Und auch er hielt nicht ein damit, gönnte sich nur immer wieder einen bewundernden Seitenblick zur schlanken jungen Dame hinüber, die ihren Reithut abgenommen und ein Taschentuch über das wundervoll glanzende goldbraune Haar gebunden hatte zum Schutz gegen die Sonne.

Nach einer Weile sagte Mark zu Horst:

»Sie haben schon eine ganz andere Farbe bekommen, Herr Seifert.«

»Ich fühle mich auch so wohl wie nie zuvor, Herr von Lehenau, die Arbeit bekommt mir ausgezeichnet. Es ist doch eine viel vollständigere Betätigung, als wenn man nur Sport treibt.«

»Und vor allen Dingen ist es ein herrliches Gefühl, wenn man sich seine Mahlzeit ehrlich verdient hat, nicht wahr?«

»Allerdings – ich entwickle hier einen Appetit, dass ich staunen muss, und schlafe wie ein Murmeltier. Meine nervösen Kopfschmerzen sind völlig verschwunden.«

»Das habe ich vorher gewusst; ich kenne den Segen der Arbeit am eigenen Körper aus Erfahrung.«

Horst hielt einen Augenblick still, sah zu Lonny hinüber und sagte leise:

»Meinen Sie nicht, dass das gnädige Fräulein sich überanstrengt?«

Mark lachte.

»Unbesorgt, sie ist an Arbeit gewöhnt und weiß selbst, was sie sich zutrauen kann. Wenn sie nicht anderweitig so viel zu tun hätte, würde sie am liebsten den ganzen Tag heuen. Mir macht es auch Vergnügen.«

»Sie haben sich sehr verändert, Herr von Lehenau.«

»Hoffentlich nicht zu meinen Ungunsten?«

»Nein, im Gegenteil. Wissen Sie, was ich mir vorgenommen habe?«

»Nun?«

»Ich will so werden wie Sie. Mir ist erst hier ein Licht aufgegangen, was für ein unnützer Mensch ich war. Das soll anders werden.«

Mark staunte. Auf einen so schnellen Erfolg war er nicht vorbereitet, und er ahnte auch nicht, dass gerade diese Stunde gemeinsamer Arbeit mit ihm und Lonny in Horst Seifert die Erkenntnis vom Segen der Arbeit erweckt hatte.

»Es soll mich freuen, Herr Seifert, wenn es Ihnen mit diesem Vorsatz ernst ist.«

»Ja, das ist es bestimmt; Sie werden sehen, ich halte hier durch. Mir wird nämlich jetzt klar, dass mein Vater ein Komplott mit Ihnen geschmiedet hat, denn so, wie Sie mich angefasst haben – das hätten Sie mit einem Gast nicht getan. Erst wollte ich wütend werden, aber nun ist das vorbei. Kennen Sie übrigens die Fürstin Hanau?«

»Gehört habe ich von ihr, sie besitzt nicht weit von hier das große Gut Schönburg. Warum fragen Sie nach ihr?«

»Wir sind zusammen in einem Abteil gereist – und sie hat mich mit Recht einen Flegel genannt.«

»O weh! Haben Sie sich so aufgeführt?«

»Leider. Aber nie hätte ich gedacht, dass sich eine Fürstin so benimmt.«

Mark lachte. Er hatte schon einiges über die Fürstin gehört.

»Sie soll ein wenig exzentrisch sein.«

Horst lachte. Es war das erste Mal, dass Mark ihn so unbeschwert lachen hörte.

Und nun berichtete Horst ziemlich wortgetreu seine Unterhaltung mit der Fürstin und schilderte sein grenzenloses Erstaunen darüber, dass diese junge Dame eine Fürstin gewesen war. Und dabei sah er zu Lonny hinüber und fuhr fort:

»Wenn mir jemand gesagt hätte, Fräulein von Lehenau sei eine Fürstin, das hätte ich ohne Weiteres geglaubt.«

Mark sah nun ebenfalls zu Lonny hinüber, die eifrig und unbekümmert schaffte.

»Ja, sie ist eine Dame. Ihr würde man die Fürstin glauben«, sagte er nachdenklich.

Dann schafften sie still weiter.

Nun kam der Heuwagen herbei und wurde beladen. Auch dabei betätigte sich Horst mit Eifer. Mark musste ein wenig bremsen.

»Sie dürfen sich im Eifer nicht übernehmen, Herr Seifert. Die Sonne meint es zu gut.«

»Deshalb habe ich meinen Panama aufgesetzt.«

Mark lachte.

»Allerdings eine etwas kostspielige Kopfbedeckung für die Heuernte.«

»Morgen bekomme ich einen großen Strohhut, wie ihn hier die Leute tragen. Der Panama soll nicht jeden Tag drankommen.«

Lonny hatte mit dem Rechen noch die letzten Halme herbeigeholt und sah nun auf ihre Armbanduhr.

»Mark, wir müssen heim.«

Er nickte ihr zu.

»Sofort.«

Er nahm ihr den Rechen ab und gab ihn zurück. Dann verabschiedete er sich mit Lonny von Horst, sie riefen den Leuten einige freundliche Worte zu, und Lonny versprach, dafür zu sorgen, dass sie wieder eine Erfrischung bekamen. Horst hatte sie die Hand gereicht, worüber dieser entzückt war. Nie hatte er es so sehr als Auszeichnung empfunden, dass eine Frau ihm die Hand reichte.

In tiefes Sinnen verloren, sah er den beiden nach, wie sie zur Straße hinübergingen und dort ihre Pferde von den Obstbäumen banden. Er sah, wie sich Lonny anmutig und doch kraftvoll in den Sattel schwang. Er atmete tief auf, als sie noch einmal mit der Reitgerte herüberwinkte. Da zog er seinen Panama und verneigte sich tief.

Als Lonny neben Mark dahinritt, sagte sie:

»Du hast zu schwarz gemalt, Mark; dieser junge Mann ist gar nicht so übel, wie ich dachte.«

»Du kannst nicht erstaunter sein als ich, Lonny; der Junge hat sich in diesen paar Tagen unglaublich verändert. Man möchte an ein Wunder glauben. Wenn er nicht wieder in seine alten Torheiten zurückfällt, werde ich ihn seinem Vater als von Grund auf gebessert wieder zuschicken können.

Die ersten Tage hatte ich ein wenig meine Not mit ihm, da bockte er zuweilen noch und wollte auch einmal frech werden. Aber da habe ich ihm meinen Standpunkt klargemacht, nicht etwa sehr sanft, aber es hat wohl geholfen. Und ich glaube, du hast dir heute auch ein Verdienst erworben an seiner Seelenrettung – es war eine gute Idee, dass wir Seite an Seite mit ihm arbeiteten und es als ganz selbstverständlich hinstellten. Dass du dir nicht zu gut warst, den Rechen in deine zarten Hände zu nehmen, hat großen Eindruck auf ihn gemacht. Ich danke dir jedenfalls für deine Hilfe.«

»Da ist nichts zu danken, Mark; ich hätte auch ohne seine Anwesenheit gern ein wenig beim Heuen geholfen. Und meine Hände haben schon härtere Arbeit verrichten müssen.«

»Sie sind trotzdem bewundernswert weich und zart geblieben.«

Dunkle Röte schoss in Lonnys Gesicht, und sie sagte abwehrend: »Nein, Mark – keine Schmeicheleien zwischen uns.«

Er blieb scheinbar ganz ruhig, obgleich ihr Erröten ihn entzückt hatte.

»Ich stelle nur eine Tatsache fest, Lonny. Im Übrigen – Horst Seifert erzählte mir ein kleines Erlebnis, das er mit der Fürstin Hanau gehabt hat.«

»Ah – mit der Besitzerin von Schönburg, von der uns der Notar berichtet hat?«

»Ja, und aus dieser Erzählung kannst du deine Schlüsse ziehen, wie merkwürdig sich die Fürstin tatsächlich benimmt und wie Horst Seifert sich dabei verhalten hat.«

Lonny hörte aufmerksam zu. Als er zu Ende war, sagte sie:

»Die Fürstin hat durch ihr Verhalten zu dem jungen Mann dessen Ungezogenheit allerdings herausgefordert, und er – nun, er hat auch verdient, dass sie ihn einen Flegel nannte.«

»Richtig! Aber das Seltsame dabei ist, dass er das selbst eingesehen hat. Daheim hätte er das noch nicht getan. Seine Angehörigen werden staunen, wenn sie ihn so verändert wiedersehen.«

Lonny wandte rasch das Gesicht nach ihm um.

»Da er eine Mutter und eine Schwester hat, verstehe ich nicht, dass diese ihn nicht beeinflussen konnten, hauptsächlich, was sein Verhalten gegen Damen betraf. Ich selbst fand übrigens dass er sich mir gegenüber tadellos benommen hat.«

Sie hatte gesehen, dass Marks Stirn sich leicht rötete, als sie von Horsts Schwester sprach, auch merkte sie wieder die seltsame Beklommenheit, aber Mark hatte sich schnell wieder in der Gewalt und sagte:

»Ich kann mir nicht denken, dass irgendein Mann dir gegenüber anders als höflich sein könnte. Es kommt meist auf die Frauen selbst an, wie man ihnen begegnet. Der junge Mann meinte übrigens, dich hätte er für eine Fürstin halten können, die richtige Fürstin hat er nicht für eine solche angesehen.«

Lonny lachte harmlos.

»Ich kann mir gar nicht denken, dass ich einen so fürstlichen Eindruck mache. Freilich, seit ich die Mitregentin von Herrenberg bin, entdecke ich selbst allerlei vornehme Neigungen bei mir«, sagte sie schelmisch.

Mark mochte Lonny besonders gern, wenn diese leise Schelmerei auf ihren Zügen lag. Er sah sie eine Weile selbstvergessen an. Aber Lonny merkte das nicht, da sie gerade mit den Zügeln beschäftigt war.

Als sie zu Hause ankamen, sorgte Lonny zuerst dafür, dass die Leute draußen bei der Heuernte eine besondere Erfrischung bekamen. Es wurden Zitronen ausgepresst, Fruchtsaft dazugemischt und schließlich, zur besseren Bekömmlichkeit, etwas Rum darangetan, als alles mit Wasser aufgefüllt worden war. Das gab ein herrliches Getränk. Es wurde in großen Steinkrügen auf die Wiesen hinausgefahren und dort freudig begrüßt.

Die Heuernte war gut und trocken hereingebracht worden; sie war hervorragend gewesen. Danach durften sich die Leute bei etwas leichterer Arbeit ein wenig erholen, ehe die Vorbereitungen zur Getreideernte getroffen wurden.

Eines Tages hatte Tante Mia, der Lonny berichtet hatte, welchen guten Eindruck Horst Seifert auf sie gemacht habe, zu Mark gesagt:

»Du könntest mir deinen Schüler nun auch einmal vorstellen, Mark. Da er sich bei der Heuernte so bewährt hat und du mit ihm auch weiter zufrieden bist, könnten wir ihn doch am Sonntag zu Tisch bitten. Ich meine, man muss einem reuigen Sünder auch mal eine kleine Aufmunterung zubilligen.«

Mark nickte ihr lächelnd zu.

»Gerade wollte ich darum bitten, dass die Damen das gestatten. Dir ist es doch auch recht, Lonny?«

»Selbstverständlich, Mark. Er hat es redlich verdient.«

»Nun gut, ich werde ihm nachher eure Einladung selbst überbringen.«

Gleich nach Tisch ging Mark zum Verwalterhaus hinüber. Da sah er Horst Seifert, wie er den Weg um das Haus mit einem langen Besen fegte. Es wurde ihm wirklich nichts geschenkt, auch die niedrigste Arbeit musste er verrichten, und Horst ging gewissermaßen mit einem stoischen Gleichmut daran. Er war jetzt nicht mehr von dem verbissenen Trotz besessen, es war eine freudige Ausgeglichenheit über sein Wesen gekommen. Mark nahm ihm den Besen aus der Hand.

»So machen Sie sich das unnötig schwer. Sehen Sie – so müssen Sie den Besen anfassen. Da geht das alles viel leichter.«

Horst sah ihn lachend an.

»Haben Sie auch das Fegen gelernt, Freiherr?«

Mark lachte.

»Haben Sie nie zugesehen, wenn ich die Garage Ihres Vaters gefegt habe?«

»Nein, dieser Anblick ist mir nie zuteilgeworden. Aber ich weiß nun, Sie verstehen alles am richtigen Ende anzufassen, und es wird nicht mehr lange dauern, dann kann ich das auch. Heute Morgen habe ich die Pferdeställe sauber gemacht. Allen Dreck raus und frische Streu hinein. Der Verwalter hat gesagt, dass ich meine Sache gut gemacht habe. Nachher habe ich freilich eine halbe Flasche Kölnisch Wasser gebraucht.«

»Das müssen Sie noch entbehren lernen – es geht auch mit Wasser und Seife – sogar Schmierseife eignet sich vorzüglich.«

»Na gut, wenn Sie darauf bestehen, werde ich mich auch mit Schmierseife anfreunden.«

»Fabelhaft! Dafür verdienen Sie eine Belohnung. Die bringe ich auch bereits.«

»Seien Sie bloß nicht zu freigebig damit, Herr von Lehenau, dass ich nicht umkippe.«

»Das befürchte ich jetzt nicht mehr, Sie machen einen recht beständigen Eindruck. Also, meine Tante und meine Base lassen Sie bitten, morgen Mittag unser Gast zu sein.«

Es ging ein Ruck durch Horsts Gestalt.

»Wirklich? Ich soll ins Herrenhaus kommen?«

»Ja. Um halb zwei bitte, wir würden uns freuen.«

Horst war eine helle Röte ins Gesicht gestiegen, das jetzt eine braune Farbe bekommen hatte.

»Das freut mich wirklich, Herr von Lehenau. Und Sie sollen mit mir zufrieden sein, ich werde mich dieser Auszeichnung würdig zeigen.«

»Das setze ich als selbstverständlich voraus. Ich will doch Ehre mit Ihnen einlegen.«

Mit einem seltsamen Blick sah der junge Mann zu Mark auf.

»Herr von Lehenau, ich werde Ihnen keine Schande machen, denn ich weiß, Sie haben sich meiner vernachlässigten Erziehung erbarmt, und jetzt bin ich schon so weit, dass ich Ihnen dafür danken kann.«

»Es bedarf keines Dankes. Ich trage eine Dankesschuld an Ihrem Vater ab, er hat mich einmal aus einer bösen Klemme befreit, hat mir eine neue Lebensmöglichkeit gegeben, ich habe seinen prächtigen Wagen fahren dürfen – das vergisst einer, dem es so ergangen ist wie mir damals, nicht. Außerdem hat es mir immer leidgetan, dass Sie so verlodert waren – Sie waren nicht gerade in die beste Gesellschaft geraten. Na, nun werden Sie andere Lebenswerte kennenlernen und nicht wieder in diesen Sumpf geraten, aus dem Sie sich gerade noch zur rechten Zeit aufs Trockene gerettet haben.«

Horst sah sehr ernst und gesammelt aus.

»Ich weiß selbst nicht, wie ich da hineingeraten bin – wir – nun ja –, wir haben zu wenig Halt gehabt zu Hause. Mein Vater hatte keine Zeit für uns, der musste verdienen – und –, na – sprechen wir nicht weiter darüber.«

»Nein, das wollen wir nicht tun. Aber – ich freue mich für Sie, Herr Seifert.«

»Dann nennen Sie mich – sozusagen als Anerkennung – beim Vornamen. Ich bin ja noch ein dummer Junge, kein Herr.«

Mark lachte.

»Selbsterkenntnis ist immer ein Schritt zur Besserung. Also Horst, da haben Sie Ihre Anerkennung.«

»Danke, Herr von Lehenau! Darauf bin ich stolz. Ich habe zwar schon immer damit geprotzt, dass Sie mein Freund sind. Das war eine überhebliche Angeberei. Das heißt – ich bin Ihr Freund – aber Sie sind meiner noch lange nicht. Vielleicht verdiene ich mir das aber noch. Ich werde immer danach streben, dass ich es einmal so weit bringe.«

Mark sah den jungen Mann forschend an. Aber die einst so schläfrigen Augen hielten seinen Blick groß und offen aus. Da reichte er Horst die Hand mit kräftigem Druck.

»Sie sind schon auf dem besten Weg dazu, Horst – und das freut mich, für Sie und Ihren Vater.«

Sie besprachen noch einiges, und dann entfernte sich Mark wieder.

Am Sonntagmittag Punkt halb zwei betrat Horst die Halle des Herrenhauses. Er war heute wieder so gekleidet, wie es sich für diese Einladung gehörte. Aber da er sich kraftvoller und aufrechter hielt, und da seine Augen lebhaft und aufgeweckt leuchteten, war es ein ganz anderer Horst als der, den Mark im Hause des Herrn Seifert kennengelernt hatte. Befriedigt stellte das Mark für sich fest, als er Horst begrüßte.

Dann führte er ihn in den kleinen Raum, wo sich gerade die beiden Damen befanden. Dort stellte er ihn Tante Mia vor, und diese reichte ihm mit einem freundlichen Lächeln die Hand. Artig neigte sich Horst darüber. Dann durfte er auch Lonny begrüßen. Diese plauderte gleich sehr heiter mit ihm, und nachdem Tante Mia den jungen Mann eine Weile aufmerksam betrachtet hatte, beteiligte sie sich an dem Gespräch.

Mark spielte vorläufig den stummen Zuhörer, aber er merkte mit Befriedigung, wie anders jetzt Horst Seiferts Auftreten war. Es lag eine stille Verehrung den Damen gegenüber in seinem Benehmen, und er ließ sich keine Gelegenheit entgehen, ihnen einen kleinen Dienst zu erweisen.

Im Laufe der Unterhaltung sagte dann Horst zu Mark:

»Ich habe immer vergessen, Herr von Lehenau, dass meine Schwester mir die herzlichsten Grüße an Sie aufgetragen hat. Das sei hiermit geschehen.«

Die beiden Damen sahen sehr wohl, dass Marks Stirn sich bei diesen Worten jäh rötete. Wieder bekam er den beklommenen Ausdruck. Diesmal wurde das nicht nur von den Damen beobachtet, sondern auch von Horst. Der stutzte ein wenig. Er hatte zu Hause nicht gehört, wie Marlen behauptet hatte, sie sei heimlich mit dem Freiherrn verlobt. Deshalb konnte er nicht ahnen, weshalb Mark so benommen war. Aber er musste darüber nachdenken, und er fragte sich, was wohl die Ursache dafür sei. Aber vorläufig ahnte er nicht einmal den eigentlichen Grund. Er war dann auch viel zu sehr in Lonnys Zauber eingesponnen, als dass noch irgendetwas ihm Interesse hätte abnötigen können. Viel Mühe gab er sich, Lonny und deren Tante zu unterhalten; dabei wurde er sich bewusst, wie wenig er gelernt hatte. Immer hatte er nur von allen Dingen die Oberfläche berührt. Und sehr beschämt gestand er das auch ein und bat um Nachsicht. Auch das sollte jetzt anders werden.

Mark und Lonny stellten ihm dann frei, sich aus der Hausbibliothek die ihm zusagenden Bücher zu entleihen. Und Tante Mia sagte tröstend:

»Nichts wissen ist keine Schande, aber nichts lernen wollen, das ist beschämend. Sie sind ja erst dreiundzwanzig, also haben Sie noch viel Zeit, die Lücken Ihrer Bildung auszufüllen. Sie müssen das nur wollen.«

Horst sah sie offen und ehrlich an.

»Bisher habe ich das nicht gewollt, habe mir immer einreden lassen, als Sohn eines reichen Vaters brauche ich mir den Kopf nicht zu belasten. Aber seit ich in Herrenberg bin, ist mir ein anderer Sinn fürs Leben aufgegangen, und ich habe jetzt den festen Willen, alles zu lernen, was mir zugänglich ist. Bitte, haben Sie noch ein wenig Nachsicht mit mir, und ich werde Ihnen sehr dankbar sein, wenn ich die Bibliothek benutzen darf. Viel Zeit zum Lesen habe ich freilich nicht, und abends ist man gottlob todmüde, aber an den Sonntagen werde ich mich lesend weiterzubilden suchen. Und ich merke schon, eine Stunde in Ihrer Gesellschaft fördert mich mehr als ein Jahr mit meinen bisherigen so genannten Freunden.«

Dies ehrliche Geständnis wurde anerkannt, und alle drei bemühten sich nun, Horst bei seinen guten Vorsätzen zu unterstützen und zu fördern.

Man ging dann zu Tisch, und Horst gab sich den Tafelfreuden mit umso größerem Genuss hin, als er jetzt nicht mehr so sehr daran gewöhnt war wie zu Hause. Zwar bekam ihm die kräftige, einfache Kost im Verwalterhaus ausgezeichnet, da harte Arbeit immer für den nötigen Appetit sorgte, aber er empfand es nun als eine verdiente Belohnung, dass er auch mal wieder an einer schön gedeckten Tafel in so vorzüglicher Gesellschaft speisen konnte.

Es gab auch heute nur – wie gewöhnlich – eine Suppe, einen Fleisch- und Gemüsegang und Nachtisch. Außerdem wurde frisches Obst aufgetragen. Der anschließend im Nebenzimmer gereichte Mokka bildete für Horst den Glanzpunkt, er war genauso gut zubereitet wie zu Hause. Der Kaffee im Verwalterhaus zeichnete sich weniger durch Güte als durch Menge aus. Nach der Arbeit war man durstig, und deshalb gab es große Mengen.

Nun aber bekam Horst wieder die zu Hause üblichen kleinen Tässchen mit ihrem vorzüglichen Inhalt. Alles, was man sich selten leisten kann, hat erhöhten Wert. Das, was einem täglich in unbegrenztem Maße zur Verfügung steht, wird wertlos, weil man es immer hat. Der begeistertste Schlemmer würde Austern und Kaviar nicht mehr begehren, wenn er sie täglich vorgesetzt bekäme. Es liegt wohl in der menschlichen Natur, dass nur das Seltene den höchsten Reiz ausübt.

Jedenfalls hatte Horst Seifert lange nicht mehr mit so großem Genuss gespeist wie heute.

Da er sich wirklich tadellos benahm, durfte er auch noch zum Tee bleiben. Mark führte ihn durch das ganze Haus und nahm ihn nach Tisch ein Stündchen mit auf seine Zimmer, während Tante Mia ihr Nickerchen hielt und Lonny ein Buch las.

Daran schloss sich ein gemeinsamer Spaziergang durch den Park an, und zuletzt nahm man auf der Terrasse den Tee ein. Horst war sehr erfreut, dass er so lange bleiben durfte. Nach dem Tee verabschiedete er sich, obwohl er gern noch geblieben wäre.

In seinem Zimmer angelangt, schrieb er einen langen Brief an seinen Vater, und wenn dieser nicht schon durch Mark einen ausführlichen Bericht erhalten hätte, wäre er wohl sehr erstaunt gewesen, so viele vernünftige Worte von seinem Sohn zu hören. Herrn Seiferts Freude darüber, dass die Erziehungskur bei seinem Sohn so gut anschlug, war verständlich. Aber er behielt die Einzelheiten aus beiden Berichten klugerweise für sich, denn seine Damen hätten sich wohl entsetzt, wenn sie gehört hätten, dass Horst Ställe ausmisten, morgens um fünf Uhr mit der Arbeit beginnen und an einem gescheuerten Tisch ohne Tischtuch essen musste.

So blieb den Damen Seifert das Erdenwallen ihres Sohnes und Bruders auf Herrenberg ein Geheimnis. Sie sahen ihn im Geiste dort ganz anders auftreten.

10

Tante Mia und Lonny hatten sich nun schon sehr gut in Herrenberg eingewöhnt und waren beide von ihrer Tätigkeit hoch befriedigt. Tante Mia war mit der Aufnahme des Inventars fertig, und Lonny hatte das Verzeichnis mit zwei Durchschlägen auf der Schreibmaschine abgeschrieben. Das Original wurde im Archiv des Hauses aufbewahrt, eine Kopie bekam Mark, die andere behielt Lonny. Sie sahen dieses Verzeichnis eines Abends gemeinsam durch. Da schüttelte Mark den Kopf und sagte:

»Man sollte nicht glauben, was alles in ein so großes Haus hineingeht. Wenn man das liest, meint man, dass diese Schätze das Haus von oben bis unten vollstopfen müssten, und dabei hat man noch so viel Platz, dass man in jedem Zimmer tanzen könnte.«

Die Damen lachten, und Tante Mia meinte:

»Wenn du mal Zeit hast, Mark, dann gehe einmal in die Speisekammern hinauf. Die sind allerdings ziemlich vollgestopft mit Vorräten aller Art. Da wirst du staunen. Auch im Verwalterhaus sind die Speicher voll. Da haben wir gestern einen hohen Berg Pferdedecken durchgesehen, die dort aufgestapelt sind und bei deren Kontrolle wir uns fast zuschanden genießt haben, so kräftig waren sie gegen Motten geschützt. Es war ganz gut, dass ich diese Bestandsaufnahme vorgenommen habe, denn nun weiß ich, wo Gefahr besteht für Mottenfraß und anderes Ungeziefer. Es ist jetzt alles viel einheitlicher geordnet, und wir wissen genau, was in jeder Kammer, in jedem Schrank ist.«

»Das war aber eine Riesenarbeit für dich, Tante Mia.«

»Aber eine Arbeit, die mir viel Spaß gemacht hat. Und nun muss ich mir andere Arbeit beschaffen. Heute gehe ich ins Dorf und sehe mal dort nach dem Rechten.«

»Du bist ungemein unternehmungslustig, Tante Mia.«

»Ich will doch Pflichten haben, und die muss ich mir hier erst suchen. Du und Lonny, ihr habt beide euren bestimmten Pflichtenkreis, aber für eine überflüssige alte Tante muss erst etwas gesucht werden.«

Lonny umarmte sie lachend.

»O du überflüssigste aller Tanten, was sollen wir nur mit dir anfangen? Mark, hast du nicht eine Idee, wie wir sie so mit Pflichten beladen können, dass sie endlich einsieht, wie notwendig wir sie hier brauchen?«

Mark sah die alte Dame mit seinem guten Lächeln an.

»Lass nur, Lonny, sie spielt ja nur mit diesem Überflüssigsein, sie weiß ganz genau, dass wir ohne sie hier überhaupt nicht auskommen könnten.«

Tante Mia hatte feuchte Augen.

»Bitte, erzählt mir das nur recht oft, ich kann es so gut brauchen.«

»Du hast einfach Minderwertigkeitsgefühle, Tantchen, die werden wir dir aber schon noch austreiben, Mark und ich.«

Es wurde nun wieder sehr lebhaft in Herrenberg. Die Getreideernte hatte begonnen, und da mussten sich wieder alle Kräfte regen. Das Korn stand vorzüglich, und wenn das Wetter keinen Strich durch die Rechnung machte, gab es eine gute Ernte.

Horst Seifert war mit Feuereifer bei der Sache. Zur Belohnung wurde er jetzt jeden Sonntag in das Herrenhaus eingeladen. Dafür plagte er sich gern die ganze Woche, und er war inzwischen ein ganz anderer Mensch geworden. Seine Gestalt streckte sich, wurde breiter und kraftvoller. Die Augen strahlten voll Lebenslust und Freude, und wenn er sich frühmorgens schlaftrunken von seinem Lager erhob, genügte ein kalter Guss, um ihn munter zu machen.

Alles, was er sehr überflüssigerweise mit nach Herrenberg gebracht hatte, war fein säuberlich gesichtet worden und kam wieder in die Koffer. In seinem Schrank hingen der Tennisdress und der Golfanzug weit hinten, dafür hatte er sich einige derbe Arbeitskleider angeschafft. Obwohl ihm sein Vater wenig Geld mitgegeben hatte, war er bisher damit ausgekommen, weil er keine Gelegenheit hatte, welches auszugeben. Auch für die Arbeitskleider, Holzpantoffeln und ähnliche Dinge hatte es gereicht. Er war stolz, dass er jetzt alles, was er brauchte, selbst verdiente. Es wurde ihm wirklich nichts geschenkt, er setzte seine Ehre darein, mehr zu leisten als ein einfacher Arbeiter. Und der Verwalter besprach mit Mark, dass man Horst nun wohl andere Arbeiten anvertrauen könne, er hatte wirklich von der Pike auf alles gelernt.

Man konnte ihm nun schon hier und da die Aufsicht über einen Trupp Arbeiter anvertrauen. Dazu war es aber nötig, dass Horst reiten konnte. Mark fragte ihn, ob er das gelernt habe. Horst lachte.

»So lange, bis mich ein Pferd abgeworfen hat.«

»Nun, ich werde Ihnen so viel von der Reitkunst beibringen, dass Sie nicht wieder vom Pferd fallen. Und dann nehmen wir Sie mal sonntagvormittags in die Mitte, meine Base und ich, dann wird es schon gehen.«

Die Aussicht, in Lonnys Gesellschaft ausreiten zu dürfen, hätte Horst ohnedies zu einer Glanzleistung befähigt. Aber er hatte auch keine Bange mehr vor einem Pferd. Jetzt war er viel kräftiger und behänder.

»Wenn Sie mir ein Pferd anvertrauen wollen, Herr von Lehenau, dann will ich versuchen, oben zu bleiben. Und zur Belohnung, wenn ich meine Sache gut mache, darf ich mal sonntagvormittags mit Ihnen und dem gnädigen Fräulein ausreiten.«

Das war also abgemacht. Horst war sehr stolz, dass er aufrückte und allerhand Vertrauensaufträge erledigen durfte. Er hielt sich auch gut auf dem Pferd, das ihm der Verwalter zur Verfügung stellte. Es war natürlich kein erstklassiges Rassepferd, sondern eins von der Sorte, wie sie auch die Inspektoren bekamen. Horst saß sehr bald gut und fest im Sattel, und tatsächlich durfte er an einem Sonntagmorgen Mark und Lonny auf ihrem Ritt begleiten. Das war ein unerhörter Genuss für ihn. Er hielt sich gut, und Mark sagte lachend:

»Wo ist nur der blasse, schläfrige Horst Seifert geblieben? Hier neben mir sitzt wahrhaftig ein ganz fescher, lebenslustiger junger Mann!«

Horst lachte mit.

»Von dem verflossenen Horst wollen wir nicht mehr reden, Herr von Lehenau, das war eine üble Marke. Ich bin froh, dass wir den über Bord geworfen haben.«

Mit einem freundlichen Blick sah Mark ihn an.

»Ihr Vater wird seine Freude an Ihnen haben, Horst.«

»Und Sie, Herr von Lehenau?«

»Ich auch.« Horst rückte sich stolz im Sattel zurecht.

»Nun, ganz zufrieden bin ich noch nicht mit mir, aber ich weiß jetzt, dass es noch so weit kommen wird.«

Das hatten sie gesagt, als Lonny etwas abseits geritten war und es nicht hören konnte.

Es war vielleicht weniger Absicht als Zufall, dass weder Mark noch Horst in den Briefen an Herrn Seifert ein Wort über die beiden Damen erwähnt hatten, die in Herrenberg lebten. Horst hielt wahrscheinlich die an Anbetung grenzende Schwärmerei ab, die er für Lonny hegte, und Mark hatte es nicht für nötig gehalten, von etwas anderem als von Horst zu berichten.

Lonny glaubte, dass Mark sich deshalb so viel Mühe mit Horst Seifert gab, weil er nicht nur dessen Vater einen Gefallen erweisen wollte, sondern wahrscheinlich hauptsächlich seiner Schwester wegen, die Mark ihrer Meinung nach sehr teuer sein musste.

Sie wunderte sich nur, dass Mark nie selbst von diesem Fräulein Seifert sprach. Warum tat er das nicht? Warum machte er nicht ein Ende mit diesem Zaudern und Zagen? Sicher war er jetzt ihrem Vater ein sehr angenehmer Freier. Und er selbst brauchte doch auf niemanden irgendwelche Rücksicht zu nehmen. Freilich, wenn Lonny daran dachte, dass Mark eines Tages drüben in seinem rechten Flügel nicht mehr allein sein würde, dass mit ihm eine junge Frau in Herrenberg wohnen würde, dann krampfte sich ihr Herz zusammen, sosehr sie sich auch vorgenommen hatte, in ihm nur einen Vetter oder Bruder zu sehen. Wie sollte sie es ertragen, ganz aus seinem Leben verdrängt zu werden?

Denn im Innersten ihres Herzens hatte sie wohl längst erkennen müssen, dass alle Vorsicht nichts genützt hatte. Tag und Nacht wurde ihr klarer und fühlbarer, dass sie Mark liebte. Sie wagte nur noch immer nicht, sich das einzugestehen, eben weil sie als sicher annahm, dass er eine andere

Frau liebe. Manchmal freilich, wenn seine Augen sinnend auf Lonny ruhten, wollte sich eine scheue Hoffnung in ihr regen, dass sie sich das mit Horst Seiferts Schwester nur einbildete. Er widmete doch ihr selbst all seine Freizeit, hatte einen so warmen weichen Ton in seiner Stimme, wenn er mit ihr sprach, und seine Augen hatten zuweilen einen Ausdruck, als sei sie ihm viel mehr als eine Verwandte, mit der ihn ein seltsames Testament hier zusammengeführt hatte.

Aber angstvoll wehrte sie solch scheue Hoffnungen von sich ab. Nur sich um Gottes willen nicht in Träumen verlieren, denen ein schlimmes Erwachen folgen musste.

Nein, nein – Mark wartete vielleicht nur ab, bis die Trauerzeit um Tante Friederike Elisabeth vorüber war. Eher wollte er sich seine junge Frau wohl nicht nach Herrenberg holen. Eines Tages würde er ihr sagen, dass er sich verlobt habe und heiraten wolle, dann musste sie die Kraft haben, ganz ruhig zu scheinen, musste ihm unbefangen herzlich Glück wünschen und sich in alles fügen, was unumgänglich war.

So sah es nach diesem monatelangen Zusammensein mit Mark in Lonnys Herzen aus. Sie ahnte nicht, dass sie Mark damit quälte, indem sie scheu jeder kleinen Annäherung seinerseits aus dem Weg ging. Er aber fühlte, dass Lonny eine bestimmte Grenze zwischen sich und ihm zog, über die er nicht hinwegkommen konnte, so gern er es auch getan hätte.

Schließlich kam die Angst über Mark, Lonny könnte ihr Herz schon vor ihrem Kommen nach Herrenberg anderweitig verschenkt haben. Wie gern hätte er das ergründet! Aber er wagte es nicht, Lonny eine diesbezügliche Frage vorzulegen. Dazu fühlte er sich nicht ruhig genug. Er wusste, dass er sich verraten würde, wenn sie ihm gestehen würde, dass sein Argwohn berechtigt war. Nur eines wurde ihm immer klarer: Ohne Lonny würde sein Leben Stückwerk bleiben, es würde kein volles Lebensglück für ihn geben, wenn sie es nicht mit ihm teilte.

Es entging ihm natürlich nicht, dass Horst Seifert Lonny mit einer jugendlichen Inbrunst umschwärmte. Aber das bekümmerte ihn wenig. Horst würde diese Schwärmerei vor vielen Torheiten bewahren – und eines Tages würde er einsehen, dass es bei einer Schwärmerei bleiben musste. Lonny war zwar etwa im gleichen Alter wie Horst, aber ihrer ganzen Art nach war sie viel reifer und erwachsener trotz seiner großen Veränderung. Sie stand in jeder Beziehung so weit über ihm, dass es für sie gar nicht infrage kommen konnte, dass Horst ihr irgendein tieferes Gefühl einflößen konnte. Ihre überlegene, wenn auch immer freundliche und hilfsbereite Art Horst gegenüber bewies ihm das zur Genüge. Diesen Jungen fürchtete Mark also nicht. Nur hätte er gern gewusst, ob Lonny ihr Herz schon nicht mehr nach Herrenberg gebracht hatte.

Also hielt auch er seine Gefühle vorsichtig zurück, so dass Lonny nichts davon merken konnte. Immerhin – es gab bei beiden zuweilen einen Blick, ein Wort, das beider Herzen höher schlagen ließ, aber schnell beherrschten sie sich dann wieder.

So hielten sich beide krampfhaft fest an der verwandtschaftlichen Herzlichkeit, die ihnen ein harmonisches Verhältnis ermöglichte, hinter dem sie jedes andere Gefühl sorgsam verbargen.

11

Inzwischen hatte Mark wieder einmal an Herrn Seifert berichtet, welch guten Fortgang sein Erziehungswerk an Horst genommen hatte. Er teilte dem Vater mit, dass Horst jetzt alle praktischen Arbeiten zur vollen Befriedigung gelernt und erledigt habe und dass er nun schon allerlei Vertrauensbeweise von ihm und dem Verwalter bekam. Er nehme als sicher an, dass der junge Mann endgültig von seinem früheren Schlendrian geheilt sei und dass er seinem Vater jetzt Freude machen werde. Er halte es aber für besser, dass Horst zur Kräftigung seiner Gesundheit noch einige Monate in Herrenberg bleibe. Soviel er aus Horst herausgehört habe, sei er nicht sehr gern Kaufmann geworden, und vielleicht sei er deshalb verbummelt, weil er keine Freude an diesem Beruf gehabt habe. Anscheinend sage ihm das Leben des Landwirts viel mehr zu, und sein Vater tue vielleicht besser daran, einen Teil seines Vermögens in einem Gut anzulegen, das der Sohn dann bewirtschaften könne. Sicher werde er auf dieser Grundlage mehr und Besseres leisten als auf dem Kontorsessel.

Das hatte Mark tatsächlich eines Tages aus Horst herausgefragt, und er hielt es für seine Pflicht, dies dem Vater mitzuteilen.

Heinrich Seifert überlegte lange hin und her und teilte Mark mit, dass er ihm sehr danke, nicht nur für das Zurechtrücken seines Sohnes, sondern auch für den Hinweis auf seinen künftigen Beruf. Er fragte Mark, welche Ausbildung für seinen Sohn noch nötig sei, um den Beruf eines Landwirts ausüben zu können. Darauf teilt Mark ihm mit, dass er noch ein Jahr in Herrenberg arbeiten solle und anschließend einige Semester an der landwirtschaftlichen Hochschule belegen müsse. Dann sei er genügend vorbereitet, ein eigenes Gut zweckmäßig zu bewirtschaften.

Als Herr Seifert sich hierauf entschlossen hatte, dem Rat des Herrn von Lehenau zu folgen, besprach er das bei Tisch auch mit seiner Frau und Tochter.

Mutter und Tochter hatten schon lange unruhig nach einem Vorwand gesucht, um Horst in Herrenberg aufsuchen zu können. Auch sie wussten nichts davon, dass in Herrenberg in Marks Gesellschaft eine Base und eine Tante lebten. Sie hatten allerdings gehört, es gehe Horst sehr gut und er befinde sich ausgezeichnet, aber heute vernahmen sie nur noch, dass Horst wahrscheinlich noch ein Jahr in Herrenberg bleiben wurde und dann Landwirt werden sollte, weil ihm das besonders zusagte.

»Besser, er wird ein guter Landwirt als ein schlechter Kaufmann. Und ich werde dann einen Teil meines Vermögens in einem Gut anlegen, das Horst verwalten wird«, sagte Herr Seifert.

Mutter und Tochter konnten sich allerdings nicht vorstellen, was für eine Veränderung mit Horst vorgegangen war. Sie glaubten, Horst finde den Beruf eines Landwirts nur vornehmer als den eines Kaufmanns, und darin stimmten sie mit ihm überein.

Sie sagten sich aber zugleich, dass jetzt der passende Zeitpunkt gekommen sei, wo sie beide nach Herrenberg reisen mussten. Länger wollte Marlen Mark Lehenau nicht

Zeit lassen, sich zu besinnen. Sie wollte sich ihm gründlich in Erinnerung bringen und im Verein mit der Mutter den etwas säumigen Freier zum Entschluss bringen. So sagte Frau Lilli, einige Tränen hervorpressend:

»Ich habe so große Sehnsucht nach meinem Jungen, Heinrich. Solange ich es aushalten konnte, habe ich es getan. Jetzt geht es nicht mehr, zumal so wichtige Entschlüsse über sein künftiges Leben gefasst worden sind. Ich sage dir kurz und bündig – du musst uns deinen Wagen zur Verfügung stellen, wir fahren im Auto nach Herrenberg. Und zwar wollen wir Horst überraschen. Wir teilen ihm vorher nicht mit, dass wir kommen.«

Herr Seifert sah ein, dass er nichts dagegenhaben könne, meinte nur, man müsse wenigstens Herrn von Lehenau den Besuch anmelden.

Marlen sah ihn aber verschämt lächelnd an.

»Das wollen wir lassen, Vater; kannst dir denken, dass ich meinen Verlobten ebenfalls überraschen möchte.«

Heinrich Seifert sah seine Tochter etwas unsicher an. Wenn er sich nur zu der festen Überzeugung hätte durchringen können, dass Herr von Lehenau sich wirklich heimlich mit seiner Tochter verlobt hatte. Mit keinem Wort hatte Mark in seinen Briefen daran gerührt, hatte immer nur eine Empfehlung an die Damen bestellt. Aber vielleicht war das seine Art, vielleicht wollte er wirklich erst die Trauerzeit vorübergehen lassen. Freuen würde er sich natürlich über so einen Schwiegersohn, das war ja klar – na, und die Marlen war wirklich ein hübsches Mädel. Warum sollte sie ihm nicht gefallen haben? Vielleicht war es wirklich gut, sie sahen sich unter irgendeinem Vorwand wieder. Mochte die mütterliche Sehnsucht nach dem Sohn diesen Vorwand abgeben.

Er gab also seine Einwilligung und meinte sogar, wenn sie die Absicht hätten, länger in Herrenberg zu bleiben, dann sollten sie den Wagen wieder zurückschicken, er würde es dann einrichten, dass er nach einigen Wochen Frau und Tochter mit dem Wagen in Herrenberg abholen konnte und dabei seinen Sohn auch mal wiedersehen könne.

Mutter und Tochter waren hochbeglückt und nahmen sich vor, den Wagen auf alle Fälle sofort wieder nach Hause zu schicken, damit Herr von Lehenau gar nicht auf den Gedanken kam, sie bald wieder abreisen zu lassen.

So trafen also die Damen ihre Vorbereitungen. Riesenkoffer wurden mit den elegantesten Kleidern und allem Zubehör gepackt und zur Bahn gebracht, denn die konnten sie im Wagen nicht mitnehmen. Sie würden die Koffer später von der Bahnstation Wengern abholen lassen.

Im Wagen nahmen sie nur die nötigsten Sachen für die nächsten Tage mit, falls sie nicht gleich in den Besitz ihrer Koffer kommen konnten. Dass ihr Besuch in Herrenberg irgendwie störend sein könnte, zogen sie überhaupt nicht in Betracht. Auf so einem großen Gut war man selbstverständlich immer bereit, Besuch für längere Zeit aufzunehmen.

So fuhren die Damen an einem herrlichen Julimorgen mit dem Wagen davon.

Die Fahrt verlief ohne jeden Zwischenfall. Da sie unterwegs einmal haltmachten, um frühstücken zu können, konnte es Mittag werden oder noch etwas später, bis sie in Herrenberg eintrafen. Martin, der Chauffeur, befasste sich während der Frühstückspause mit der Karte. Da er sah, dass man im Thüringer Wald einige Umwege machen musste, sagte er den beiden Damen, es würde mindestens drei Uhr werden, bis sie Herrenberg erreichten, denn nach Wengern würden sie nicht vor zwei Uhr kommen, wahrscheinlich noch etwas später, da die Damen kein allzu schnelles Tempo liebten.

Frau Lilli nickte ihm zu.

»Also gut, Martin, dann richten wir es so ein, dass wir in Wengern noch irgendwo zu Mittag essen. Dann werden wir so gegen vier Uhr in Herrenberg eintreffen. Sie können dann gleich wieder nach Berlin zurückfahren und kommen am Abend noch zurecht, um meinen Mann vom Klub abholen zu können.«

Frau Lilli sorgte immer ausgiebig für volle Beschäftigung ihrer Angestellten.

Der Chauffeur fand das auch ganz in Ordnung, faltete seine Karte zusammen und fragte die Damen, ob man jetzt weiterfahren wolle.

Die Damen waren einverstanden.

Die weitere Fahrt verlief plangemäß. Sie kamen gegen zwei Uhr in Wengern an und erfuhren, dass man mit dem Auto etwa eine Dreiviertelstunde bis Herrenberg zu fahren habe.

In dem kleinen Hotel, wo Mark bei seiner Ankunft in Wengern gewohnt hatte, nahmen die Damen das Mittagessen ein und ließen zur Anregung noch eine Tasse Kaffee folgen, der ihren verwöhnten Geschmack allerdings wenig befriedigte.

In aller Ruhe wurde die Mahlzeit eingenommen, denn Frau Lilli meinte: »Weißt du, Marlen, es ist ganz gut, wenn wir nicht vor vier Uhr in Herrenberg eintreffen. Falls die Herren ein Mittagsschläfchen halten, stören wir nicht, und nach vier Uhr werden sie kaum noch Geschäfte haben, dann können sie sich uns ungestört widmen.«

In Herrenberg hatte man nicht die leiseste Ahnung, was bevorstand. Friedlich hatte man dort zusammen gespeist, dann war Mark mit Horst auf die Felder geritten, er wollte erst zum Tee wiederkommen.

Von all dem hatten Mutter und Tochter Seifert keine Ahnung. Sie fuhren nach Herrenberg und sahen sich zufrieden die schöne Umgebung an. Noch zufriedener waren sie dann vom Anblick des Herrenhauses.

»Es sieht aus wie ein stolzes Schloss, Mutter«, sagte Marlen und sah sich im Geiste schon in schleppenden Gewändern durch die Zimmerreihen wandeln – natürlich von Marks Arm zärtlich umschlungen.

Irgendwie wurde ihr nun doch etwas bang zumute. Würde alles gut gehen? Würde Mark sie wirklich so freudig willkommen heißen, wie sie es der Mutter eingeredet hatte? Aber dann warf sie den Kopf zurück. Nur nicht bange sein – sie musste forsch auf ihr Glück zugehen, es fassen und festhalten. Im Grunde waren doch die Männer einer hübschen Frau gegenüber wehrlos, man durfte sie nur nicht lange zur Besinnung kommen lassen. Irgendein berühmter Mann hatte einmal gesagt, jede Frau könne jeden Mann haben, wenn sie ihn nur an seiner schwachen Stelle zu fassen wisse. Das hatte sie sich immer wieder eingeprägt in all der Zeit, und schon damals hatte sie danach gehandelt, als sie Mark von Lehenau im Wald geküsst hatte.

Tante Mia und Lonny saßen auf der Terrasse. Tante Mia hatte sich einen Stoß schadhafter Handtücher herbeigeholt, um sie zu stopfen. Lonny arbeitete an einer Stickerei, die ihr viel Freude machte. Früher hatte sie nie Zeit zum Handarbeiten gehabt, jetzt fehlte es ihr zwar auch nicht an Arbeit, aber ab und zu ein Stündchen in Tante Mias Gesellschaft bei so einer Arbeit zu sitzen, machte ihr Vergnügen.

Sie plauderten von allem Möglichen, ergingen sich in Erinnerungen an vergangene Zeiten, als sie sparsam hatten leben müssen, und sagten einander wieder einmal, wie glücklich sie sich in Herrenberg fühlten. Auch von Mark und Horst Seifert sprachen sie, und mitten in dieses Gespräch hinein ertönte eine Autohupe. Die Damen sahen erstaunt den Fahrweg entlang und sahen einen offenen Wagen daherkommen. Er fuhr gerade auf das Herrenhaus zu und hielt an der breiten Sandsteintreppe zwischen den steinernen Wappenlöwen.

Lonny sah, dass zwei Damen in diesem Wagen saßen, und sie schickte einen Diener hinunter. Sie war vorläufig der Ansicht, dass die Damen sich wohl in einem Irrtum befanden. Aber dann sah sie, wie der Diener den Schlag öffnete und die Damen aussteigen ließ. Da erhob sich Lonny mit etwas blassem Gesicht.

»Tante Mia, dieser Besuch ist für uns.«

»Ach, Lonny, wer sollte uns denn besuchen?«

Lonny fühlte ihr Herz bis zum Hals hinauf schlagen und sagte etwas heiser:

»Ich vermute, dass es Horst Seiferts Mutter und Schwester sind.«

Nun warf auch Tante Mia ihre Näherei fort und erhob sich.

»Ach du lieber Gott!«, sagte Tante Mia ganz verzagt.

Sie gingen nun beide tapfer den Damen entgegen, die nicht minder erstaunt und erschrocken zu ihnen herübersahen.

Frau Seifert fasste sich zuerst. Sie hatte dem Diener gesagt, dass sie Herrn Horst Seifert oder den Freiherrn von Lehenau zu sprechen wünschten, worauf sie erfahren hatten, dass beide Herren ausgeritten seien, aber Fräulein von Lehenau, die Base des Freiherrn, und ihre Tante seien anwesend.

Erschrocken hatten sie also erfahren müssen, dass hier im Hause eine Base und eine Tante vorhanden waren. Und als Marlen jetzt Lonnys vornehme und schöne Erscheinung betrachtete, wurde sie sehr eifersüchtig und war sogleich mit ihrem Urteil fertig, dass diese ihr sehr verhasst sei.

Trotzdem zauberte sie ein liebenswürdiges Lächeln in ihr Gesicht, als die Mutter sagte:

»Ich bitte sehr um Verzeihung, meine Damen, wenn ich stören sollte. Wir sind gekommen, meinen Sohn, der hier als Eleve angestellt ist, und zugleich unseren Freund, den Freiherrn von Lehenau, zu besuchen.«

Lonny verneigte sich artig.

»Mein Vetter wird sehr bedauern, dass er die Damen nicht sofort empfangen konnte, er ist gerade mit Ihrem Herrn Sohn ausgeritten. Aber zum Tee erwarten wir ihn zurück.«

»Nun, das ist nicht zu ändern. Wir wollten die Herren gern überraschen. Vielleicht haben Sie die Güte, uns inzwischen Zimmer anzuweisen, da wir einige Zeit zu bleiben gedenken.«

Lonny war das Herz furchtbar schwer, denn es wurde ihr nun zur Gewissheit, dass sie in der jungen Dame Marks künftige Gattin vor sich sah. So, wie Frau Seifert auftrat, erschien es ihr unzweifelhaft, dass sie sich schon berechtigt fühlte, hier als künftige Schwiegermutter betrachtet zu werden.

Aber Lonny hatte nicht umsonst eine schwere Lebensschule durchgemacht. Sie blieb ganz ruhig und beherrscht, stellte nun ihre Tante vor und bat die Damen, einige Minuten auf der Terrasse Platz zu nehmen, sie werde der Beschließerin gleich Auftrag geben, Zimmer für sie fertig zu machen.

Der Diener hatte inzwischen den Koffer, den die Damen im Auto mitgebracht hatten, die Sandsteintreppe heraufgetragen, und Tante Mia dachte eher erleichtert als gastfreundlich, dass dieser Koffer nicht auf einen langen Besuch schließen ließ. Auch Lonny sagte sich das zum Trost, schämte sich aber ein wenig darüber und suchte das durch doppelte Liebenswürdigkeit gutzumachen.

Die beiden Damen Seifert hatten ganz vergessen, dass Mark damals von einem Miterben gesprochen hatte, jedenfalls war nie von einer Miterbin die Rede gewesen. Und obwohl Lonny jetzt ihren Kleiderbestand aufgebessert hatte und sehr vornehm und elegant aussah, hielten die Seifert'schen Damen doch sie und die unscheinbare Tante Mia für arme Verwandte des Freiherrn und waren nicht gesonnen, irgendwelche Rücksichten auf sie zu nehmen.

Lonny sagte dem Diener nun, er möge Frau Heidemann herausbitten.

Während man auf diese wartete, bat Lonny den Besuch, einstweilen Platz zu nehmen. Marlen sah sich neugierig um und betrachtete Lonny immer wieder verstohlen mit eifersüchtigen Blicken.

Die Beschließerin kam, und Lonny bat sie, sofort Zimmer für die Damen zurechtzumachen; sie möge sich aber etwas beeilen, denn die Damen seien im offenen Auto gekommen und würden sich gern etwas erfrischen.

»In zehn Minuten ist alles gerichtet«, erwiderte Frau Heidemann und eilte davon, um sofort einige Hausmädchen in Bewegung zu setzen.

Tante Mia hatte inzwischen schüchtern versucht, ein Gespräch in Gang zu halten, und Lonny schloss sich diesem Bestreben nun an. Sie hatte sich schon wieder völlig in der Gewalt und sagte sich, sie müsse Marks künftiger Gattin gegenüber sehr liebenswürdig sein.

Lächelnd berichtete sie von Horsts günstiger Wandlung. Die Damen würden staunen, wenn sie ihn sähen. Und Lonny war froh, dass Horst inzwischen nicht mehr mit dem Ausmisten von Ställen und ähnlichen Arbeiten betraut wurde, sondern sich schon in etwas »gehobener« Stellung befand.

Als der Diener meldete, dass die Zimmer fertig seien, begleiteten Tante Mia und Lonny die Damen die Treppe hinauf zu den Gastzimmern, von denen Frau Heidemann einige der hübschesten zurechtgemacht hatte.

Frau Lilli ging mit Tante Mia voraus. Marlen benutzte das, um sich gleich ins rechte Licht zu setzen. Sie flüsterte Lonny zu:

»Sie wissen vielleicht schon, dass ich mit Mark heimlich verlobt bin. Wir müssen nur noch warten, bis die Trauerzeit zu Ende ist.«

Trotz aller Selbstbeherrschung erschrak Lonny bis ins Herz. Sie konnte sich dieses wenig vornehm wirkende Geschöpf nicht als Marks Frau vorstellen. Konnte überhaupt nicht begreifen, dass diese beiden Menschen überhaupt zusammenpassten. Aber wer konnte wissen, wie Mark zu dieser Bindung gekommen war. Sie bot alle Kraft auf, um ruhig zu bleiben.

»Ich wusste das zwar nicht, da mein Vetter nie davon gesprochen hat – aber ich konnte es mir denken.«

Marlen presste erschrocken die Hand auf den Mund.

»Oh, dann hätte ich es lieber nicht verraten sollen. Bitte,

sagen Sie es Mark nicht wieder, dass ich geplaudert habe, er wird es Ihnen sicher selbst mitteilen wollen.«

Marlen hatte trotzdem gemerkt, dass Lonny etwas blass geworden war. Aha, dachte sie befriedigt, die hat sich wohl auch schon Hoffnung gemacht. Da ist es ja gut, dass ich die Lage gleich geklärt habe.

Und befriedigt schritt sie an Lonnys Seite weiter.

Als die Damen ihre Zimmer erreicht hatten, stellten sie vom Fenster aus befriedigt fest, dass der Wagen auftragsgemäß bereits wieder abgefahren war. Sie sagten aber kein Wort darüber, fanden nur die Aussicht wunderschön. Auch die Zimmer selbst hatten ihren Beifall.

Überhaupt, das ganze Haus machte einen großartigen Eindruck.

Mutter und Tochter baten noch, falls die Herren früher zurückkämen, als sie wieder unten sein würden, möge man ihnen ihre Ankunft verheimlichen. Die Herren sollten doch überrascht werden.

Lonny und Tante Mia gingen stumm die Treppe hinab. Unten gab Lonny einem Diener Auftrag, zum Verwalterhaus zu gehen, und zu bestellen, dass man Herrn Horst Seifert zum Tee erwarte. Sie wollte nicht, dass die Damen den Sohn und Bruder im Verwalterhaus begrüßen sollten.

Als die beiden Damen wieder auf die Terrasse traten, sagte Tante Mia ganz betreten:

»Ich hoffte, ehrlich gesagt, dies sei nur ein kurzer Besuch – aber Frau Seifert sagte mir, die großen Koffer seien mit der Bahn geschickt worden. Man solle sie holen lassen. Sie tritt ein wenig anspruchsvoll auf, diese Frau Seifert.«

Lonny hätte am liebsten ihren Tränen freien Lauf gelassen, aber sie beherrschte sich und sagte leise:

»Tante Mia, bitte lass Mark nicht wissen, dass sie dir unangenehm sind. Frau Seifert hat ein Recht, hier so aufzutreten, ihre Tochter wird Marks Frau werden – diese hat mir verraten, dass sie mit Mark heimlich verlobt ist.«

Mit erblasstem Gesicht fuhr die alte Dame empor.

»Das ist doch nicht wahr? Ich hatte zwar eine Ahnung, dass es so sein könnte, aber als ich sie heute sah, sagte ich mir, dass dies unmöglich sei. So einen schlechten und gewöhnlichen Geschmack kann Mark doch unmöglich haben.«

»Sie ist doch sehr hübsch, Tante Mia – und – wer weiß – vielleicht liegt diese heimliche Verlobung schon weiter zurück – vielleicht hat Mark sich dazu entschlossen –, als – nun ja –, als er noch ein armer Chauffeur war.«

Ganz entrüstet sah die Tante zu Lonny auf.

»Du meinst, des Geldes wegen, meinst, er hätte sich verkaufen wollen?«

»Man kann ja nicht wissen, Tante Mia.«

»O ja – ich weiß es aber. Dazu ist Mark nicht fähig, der verkauft sich nicht. Wer weiß, wie man ihn in diese Verlobung hineingedrängt hat. Aber eines scheint mir gewiss – lieben kann er dieses Mädchen nicht.«

»Aber Tantchen, um Gottes willen, lass Mark so ein Wort nicht hören. Sei es, wie es will, wir müssen es ihm so leicht wie möglich machen.«

Die Tante seufzte.

»Jetzt ist es aus, ganz aus mit unserer herrlichen Ruhe! – Die Damen hat der Herr im Zorn zu uns geschickt, weil es uns zu gut gegangen ist. Aber bleibe ruhig – nicht einen Seufzer soll Mark zu hören bekommen. Natürlich müssen wir ihm helfen. Ich kann mir nicht denken, dass das eine freudige Überraschung für ihn ist. Und – seit ich die Mutter gesehen habe – lieber Himmel, eine Mutter von erwachsenen Kindern mit geschminkten Lippen und rasierten und bemalten Augenbrauen –, verstehe ich erst, dass Horst Seifert eine so schlechte Erziehung erhalten hat. Wie kann er denn Achtung vor so einer Mutter haben?«

»Aber Tantchen, du bist ja ganz von Sinnen. Sei doch so gut und fasse dich, bald wird Mark zurück sein.«

»Ja, ich bin ja schon ruhig, Lonny. Aber weißt du – mir ist plötzlich ganz angst geworden. Wie soll man später das Zusammenleben mit dieser Frau ertragen?«

»Wir können uns ja zurückziehen und uns nur bei bestimmten Gelegenheiten treffen. Es wird alles gar nicht so schlimm werden, wie du denkst.«

Lonny zuliebe nahm sich die alte Dame zusammen.

»Hast schon recht, Lonny, ich bin ein alter Zanknickel! Tu gerade, als wenn Herrenberg mir gehörte. Es ist nun auch schon überwunden, aber loswerden musste ich das, sonst wäre ich daran erstickt.«

12

Die Rückkehr der Herren verzögerte sich zum Glück, so dass beide Damen schon wieder umgekleidet heruntergekommen waren, bevor sie erschienen. Frau Lilli bestimmte, dass sie sich mit Marlen im Nebenzimmer verstecken wollte, bis die Herren eingetroffen seien und am Teetisch Platz genommen hätten. Lonny ließ sie ruhig gewähren, und Marlen zwinkerte Lonny zu, als seien sie heimliche Verbündete.

Nun sahen sie die Herren drüben am Park zu den Ställen reiten. Dort erfuhr Horst, er möge zum Tee ins Herrenhaus kommen. Zwar freute er sich sehr darüber, aber er sagte zu Mark, er könne nicht so im Reitanzug hinübergehen.

Mark sah ihn lachend an, ahnungslos, was ihn erwartete, und sagte:

»Da wir gleich nach dem Tee wieder aufs Feld müssen, haben wir keine Zeit, uns umzukleiden. Meine Base wird uns entschuldigen, wenn wir in Reitkleidern kommen, wir sind ja schließlich auf dem Land.«

Und so gingen die beiden, nachdem sie ihre Pferde zum Abreiben und Füttern einem Knecht übergeben hatten, zum Herrenhaus hinüber.

Marlen war hinter den Vorhang getreten und sah ihnen entgegen.

»Mutter!«, rief sie überrascht, »sieh dir doch Horst an. Mein Gott, der ist ja einen Kopf größer geworden – und so braun gebrannt.«

Frau Lilli lugte an ihr vorbei.

»Ja wirklich, gut sieht er aus. Aber nun komm, jetzt verstecken wir uns.«

Und sie zog die Tochter mit sich ins Nebenzimmer und nickte Lonny und der Tante neckisch zu.

Die beiden Zurückgebliebenen hatten alle Selbstbeherrschung nötig, als sie die Herren beim Eintreten begrüßten.

Horst küsste den Damen die Hand und sagte artig:

»Wie habe ich diese Einladung zum Tee verdient, mein gnädiges Fräulein?«

Lonny zwang sich zu einem Scherz und sagte, während sie Mark, ohne ihn anzusehen, die Hand reichte:

»Es muss ja nicht immer nach Verdienst gehen, Herr Seifert. Bitte, nehmen Sie Platz, meine Herren.«

Das geschah. Lonny füllte wie immer die Tassen. Zwei weitere Gedecke standen unbeachtet da. Und Lonny kam sich wie eine Verräterin vor. Langsam reichte sie die Tassen herum und merkte dabei, dass sich die beiden Damen leise auf den Teppichen vom Nebenzimmer her näherten, den Finger auf den Mund legend. Die Herren kehrten ihnen den Rücken zu und bemerkten sie nicht. Marlen stand nun dicht hinter Marks Sessel, und die Mutter hinter dem von Horst. So hatten sie es ausgemacht. Und zu gleicher Zeit legten sie den Männern nun von hinten die Hände vor die Augen.

Lonny wurde blass, als Marlen flötete:

»Wer bin ich, Mark?«

Und Mutter flötete:

»Wer bin ich, Horst?«

Einen Augenblick saßen die Männer wie gelähmt, dann sprangen sie gleichzeitig auf. Und Lonny sah, dass Mark so bleich geworden war, wie es seine Bräune zuließ. Seine Stirn zog sich fast drohend zusammen, und seine Augen blickten ebenso drohend auf Marlen herab, die mit gefalteten Händchen vor ihm stand und ziemlich hörbar flüsterte:

»Freust du dich, Mark?«

Da schaute Mark zu Lonny hinüber, sah in ihr blasses, gezwungen lächelndes Gesicht, und sie erschrak vor dem qualvollen Ausdruck seiner Augen. Warum sah er sie so an? Das bedeutete gewiss nicht Freude oder Glück.

Auch Tante Mia machte diese Beobachtung.

Aber auch Mark war durch eine harte Schule gegangen und fasste sich sofort wieder. Ohne auf Marlen weiter zu achten, begrüßte er Frau Lilli und sagte artig, wenn auch etwas gezwungen:

»Das ist allerdings eine gelungene Überraschung, gnädige Frau, und Horst wird sich sehr darüber freuen.«

Aber Horst sah keineswegs erfreut aus. In diesem Augenblick erkannte er in qualvoller Deutlichkeit, dass seine Mutter und seine Schwester nicht hierhergehörten, dass sie nicht wert waren, in Lonnys Gegenwart zu atmen. Und Horst war hier zu feinfühlig geworden, um nicht zu spüren, dass Lonny sich nur zu einer freundlichen Miene zwang und dass auch Tante Mias Lächeln verkrampft war.

Es kostete ihn viel Überwindung und Selbstbeherrschung, Mutter und Schwester mit einem Anschein von Freude zu begrüßen.

Mutter und Schwester versicherten ihm, er sähe blendend aus, aber das wusste er. Sie begriffen gar nicht, was inzwischen mit ihm vorgegangen war, begriffen nicht, wie weit er in dieser Zeit von ihnen weggerückt war. Nur um etwas zu sagen, fragte er:

»Ihr seid wohl auf der Durchreise?«

Die Mutter lachte schelmisch und sah dabei auch zu Herrn von Lehenau auf.

»Nein, nein, mein Junge, wir sind gekommen, um dich zu besuchen. Wir hielten es vor Sehnsucht nicht mehr aus – nach dir – und auch nach Herrn von Lehenau, unserem Freund. Vater hat uns unbegrenzten Urlaub gegeben, wir sind mit dem Wagen gekommen, den wir aber sofort wieder nach Hause geschickt haben. Wenn wir heimkehren wollen, schreiben wir Vater später, dann holt er uns ab. Aber – so bald werden Sie uns doch nicht wieder fortschicken, Herr von Lehenau, nicht wahr?«

Es war ganz die alte unternehmungslustige Frau Lilli, die Mark verführerisch zulächelte, denn er gefiel ihr in dem eleganten Reitanzug besser denn je.

Lonny merkte, dass Mark dem Ganzen ziemlich fassungslos gegenüberstand. Das gab ihr die nötige Überlegenheit zurück, und sie sagte mit einem Lächeln zu ihm:

»Frau Heidemann hat den Damen bereits Zimmer hergerichtet, ich habe auch schon ein Fuhrwerk zur Bahn geschickt, um das große Gepäck der Damen holen zu lassen.«

Mark sah Lonny mit einem unbeschreiblichen Blick an und fragte sich, ob sie etwa gehört habe, was Marlen zu ihm gesagt, dass sie ihn beim Vornamen genannt hatte. Was musste sie von all dem denken?

Er verneigte sich vor ihr und spürte, dass sie ihm die Sache erleichtern wollte.

»Ich danke dir, Lonny, das war sehr lieb von dir.«

Marlen war wie selbstverständlich neben ihn getreten, schob ihre Hand in seinen Arm und sah scherzhaft blinzelnd zu Lonny hinüber.

»War das nicht eine reizende Überraschung, Herr von Lehenau?«

Wie unabsichtlich trat er zurück, sodass ihre Hand von seinem Arm herabfiel.

»O ja, eine ganz reizende Überraschung, das muss ich sagen«, erwiderte er ziemlich kühl und abweisend.

Horst hatte Marlen und den Freiherrn fassungslos beobachtet. Es fiel ihm jetzt erst wieder ein, dass er Marlens Stimme vorhin hatte sagen hören: »Wer bin ich, Mark?«

Was sollte das heißen? Wie kam Marlen dazu, ihre Hand so vertraulich in Herrn von Lehenaus Arm zu legen? Und dann sah er in Marks steinhartes Gesicht. Da fühlte er, hier stimmte etwas nicht. Und er kannte Mutter und Schwester. Wie von einem Zwang getrieben, trat er zwischen Marlen und den Freiherrn.

»Wie konntet ihr nur unangemeldet nach Herrenberg kommen, Mutter – und Marlen? Es ist ein wenig stark – ich –, mein Gott – wie konntet ihr nur?«, fragte er qualvoll und sah zu Mark und Lonny hinüber, als müsse er um Verzeihung für diesen Überfall bitten.

Die Mutter lachte ihn aber aus.

»Mein Gott, Horst, wir wollten dich überraschen. Und dass Herrenberg groß genug ist, auch unerwartete Gäste aufzunehmen, konnten wir uns doch denken. Außerdem, wie wir zu Herrn von Lehenau stehen, braucht es doch keine Förmlichkeiten. Er weiß auch, dass er jederzeit ohne Anmeldung in unser Haus kommen kann. Nicht wahr, Herr von Lehenau, wir verstehen uns?«

Mark hätte gern gesagt: Nein, wir verstehen uns nicht, aber er nickte stumm und fühlte sich dabei so unglücklich wie nie vorher in Herrenberg.

Horst sah mit flehendem Ausdruck zu Mark empor und drückte seine Hand wie im Krampf. Mark aber fand ein verstehendes und beruhigendes Lächeln für Horst und klopfte ihm unbemerkt sacht auf die Schulter. Nur Lonny hatte es bemerkt, und irgendwie rührte sie diese verzeihende Gebärde des Vetters. Was wollte er damit sagen?

Sie stand vor einem Rätsel. Nur eines war ihr klar – Freude empfand Mark nicht über diesen Besuch, im Gegenteil, er quälte ihn. Wie ein glücklicher Verlobter sah er auch nicht aus, seine Augen ruhten sogar ziemlich feindlich auf Marlen Seifert.

Sie sah nachdenklich in Marlens hübsches, aber ziemlich gewöhnliches Gesicht, bemerkte, dass diese ihr wieder heimlich zublinzelte und verstohlen den Finger auf ihren Mund legte. Lonny verstand, dass dies heißen sollte: Sie solle nicht verraten, dass sie ihr die heimliche Verlobung mitgeteilt hatte.

Dass Mark absichtlich zurücktrat, damit Marlens Hand von seinem Arm herabfiel, hatte Lonny auch bemerkt. Warum hatte er das getan? War er so sehr besorgt, dass seine Verlobung bekannt werden könne, dass er auch jetzt noch zu einer Verstellung Zuflucht nahm?

Aber Mark war nicht der Mann für solch eine Verstellung, er würde im Gegenteil mannhaft für seine Braut eintreten.

Was lag hier vor? Lonny konnte es nicht ergründen, wusste nur, dass sie ihm helfen musste, die höchst verwickelte Lage zu klären.

So bat sie lächelnd – kein Mensch ahnte, was sie dieses Lächeln kostete, wieder am Teetisch Platz zu nehmen. Sie stellte die beiden bereitstehenden Gedecke für die Damen auf und wies ihnen Plätze an. Dabei kam Frau Lilli neben

Tante Mia und ihrem Sohn zu sitzen, Marlen bekam ihren Platz zwischen Lonny und ihrem Bruder. So saß Mark vorläufig einigermaßen geborgen zwischen ihr und Tante Mia. Marlen war das allerdings nicht recht, sie hätte viel lieber an Marks Seite gesessen, um ihm allerlei zutuscheln zu können. Natürlich schob sie, wie es ja auch war, Lonny die Schuld an dieser Tischordnung zu, und das gedachte sie Lonny gelegentlich heimzuzahlen. Lonny war Marlen sehr im Wege. Mit der alten Tante wäre sie ihrer Meinung nach schon fertig geworden, aber Marks schöne und vornehme Base war ihr ein Dorn im Auge.

Mark hatte nun Zeit, sich zu fassen und sich mit diesem unliebsamen Besuch abzufinden. Das wäre ihm gar nicht so schwer geworden, hätte er nicht immer daran denken müssen, was Lonny wohl von alldem denken musste. Zumindest hatte sie gehört, dass Marlen ihn mit Vornamen angeredet hatte. Wie sollte er ihr je erklären können, dass diese Marlen dazu nicht das mindeste Recht hatte?

Für so aufdringlich hätte Mark eine Frau nie gehalten. Marlen schien wirklich die Absicht zu haben, aufgrund ihrer Zudringlichkeiten eine Verbindung mit Mark zu ertrotzen. Wie konnte er sich davor schützen? Was konnte er tun, um sich aus dieser gefährlichen Falle zu retten?

Seine Augen flogen zu Horst hinüber. Er merkte, dass dieser wie auf Kohlen saß. Es war sicher, dass er so wenig wie er selbst eine Ahnung von diesem Besuch gehabt hatte und dass er wenig erfreut darüber war. Horst war schon in seinen Flegeljahren seinen Angehörigen im Innersten fremd gewesen, aber jetzt, nach seiner Verwandlung, mussten ihm vollends die Augen aufgehen, wie wenig er im Grunde zu seiner Mutter und Schwester passte. Sein Vater war immerhin ein fleißiger und meist auch anständiger Mann – zu dem konnte er wohl zurückfinden. Aber diese beiden Frauen?

Es war, als hätte Horst diese unausgesprochenen Fragen Marks verstanden, er sah wieder so flehend und verzweifelt zu ihm hinüber, dass es Mark erbarmte.

Sobald die Herren ihren Tee getrunken hatten, sagte Mark:

»Wir müssen nun wieder hinaus aufs Feld, Horst, da hilft alles nichts. Sie verzeihen, meine Damen, aber wir sind mitten in der Getreideernte und können uns Ihnen vorläufig nicht sehr widmen.«

Bereitwillig war Horst aufgesprungen. Er sehnte sich danach, mit Mark allein zu sein und seinem gepressten Herzen Luft zu machen.

Als die Herren nach kurzem, flüchtigem Abschied hinausgegangen waren, sahen sie den Gepäckwagen kommen. Neben einigen kleineren Gepäckstücken standen zwei riesengroße Schrankkoffer auf dem Wagen. Mark dachte bestürzt: Das sieht ja nach einem Dauerbesuch aus. Und Horst seufzte nur und wagte Mark gar nicht anzusehen.

Stumm gingen sie zum Stall hinüber, schwangen sich auf ihre Pferde und ritten davon.

Erst als sie eine Weile schweigend nebeneinander hergeritten waren, sagte Horst gequält:

»Ich bin außer mir, dass Fräulein von Lehenau nun ganz allein die Last dieses Besuches zu tragen hat.«

Mark wollte ihn beruhigen.

»Tante Mia ist ja auch noch da.«

»Auch sie wird sehr darunter zu leiden haben.«

»Nur Ruhe, Horst, das lässt sich nun nicht mehr ändern.«

»Aber ich begreife nicht, woher Mutter und Schwester den Mut zu diesem Überfall genommen haben.«

Mark begriff das auch nicht, er sagte nur:

»Sie hatten eben Sehnsucht nach Ihnen, Horst.«

Dieser schüttelte ablehnend den Kopf:

»Wenn Sie wüssten, wie wir zueinander stehen – immer gestanden haben, Sie würden nicht an diese Sehnsucht glauben. Mich quält besonders etwas, Herr von Lehenau – darf ich Sie danach fragen?«

»Nur heraus damit!«, rief Mark mit betonter Lustigkeit, die Horst aber wie Hohn in die Ohren klang.

»Also, ich möchte Sie fragen – ich habe nämlich deutlich gehört, dass Marlen Sie beim Vornamen nannte –, haben Sie ihr dazu das Recht eingeräumt?«

Mark überlegte einen Augenblick. Dann sagte er ernst und ruhig:

»Nein – das habe ich nicht!«

»Mein Gott, wie kommt sie dann dazu?«

Eine Weile schwieg Mark. Dann wandte er sich an den jungen Mann:

»Ich kann Ihnen nicht alles sagen, Horst, weil – nun ja –, weil ich auch Ihnen gegenüber Ihre Schwester nicht bloßstellen will. Aber es könnte sein, dass ich eines Tages Ihre Hilfe brauche.«

Es zuckte in dem Gesicht des jungen Mannes. Dann reichte er Mark die Hand hinüber.

»Ich habe Ihnen schon einmal gesagt, Herr von Lehenau, dass ich Ihr Freund bin, wenn Sie auch der meine nicht sein können. Das war nicht nur so dahingeredet. Ich weiß, die Sache mit meiner Schwester hat einen Haken. Ich könnte sie nun selbst ausfragen, aber leider muss ich gestehen, dass

Marlen schon immer wie gedruckt gelogen hat. So oft hat sie der Vater früher deshalb vorgenommen und ihr gesagt: ›Wenn du die Wahrheit sagst, bekommst du keine Strafe, aber raus mit der Wahrheit!‹ Immer, wenn sie was geflunkert hatte, wurde sie vom Vater ermahnt. Sie log aber munter weiter, konnte sich nicht zur Wahrheit aufraffen. Und nun denke ich mir, da steckt auch wieder so eine Lüge dahinter. Sie wird mir um keinen Preis die Wahrheit sagen. Also muss ich warten, bis ich sie eines Tages von Ihnen höre. Aber so viel weiß ich: Der Besuch meiner Mutter und meiner Schwester hat einen Grund, den Sie mir verheimlichen – und –, ich möchte sie am liebsten sofort wieder nach Hause schicken. Es ist mir, wie gesagt, ganz schauderhaft zumute, dass Fräulein von Lehenau und ihre Tante sich wahrscheinlich ebenfalls anschwindeln lassen.«

Mark schüttelte den Kopf und drückte ihm fest die Hand.

»Nur Ruhe, junger Mann! Wir werden das alles schon ertragen. Man kann nicht mit dem Kopf durch die Wand. Solange ich mir selber helfen kann, werde ich es tun, nur, wenn ich mal Hilfe brauche, muss ich Sie darum bitten, Horst.«

»Bitte, rechnen Sie fest auf mich und – keine unangebrachte Schonung für meine Schwester. Es kann ihr nichts schaden, wenn sie endlich einen ordentlichen Denkzettel bekommt. Die Mutter leistet ihren Dummheiten leider immer Vorschub – weil –, nun ja, leider muss ich es sagen – weil Marlen helfen muss, allerlei zu vertuschen, was die Mutter eigentlich nicht tun dürfte. Wenn Sie wüssten, Herr von Lehenau, wie mich das jetzt quält, weil ich selber nicht besser war. Jetzt – ach, das ist alles so widerlich!«

Mark klopfte ihm auf die Schulter.

»Nur ruhig, Horst. Man kann für keinen anderen Menschen die Verantwortung übernehmen, nur für sich selbst. Und ich hoffe, damit werden Sie es von jetzt an immer ernst nehmen.«

»Das können Sie mir glauben.«

»Gut! Und bei dieser Gelegenheit noch eins, ich habe Ihren Vater gebeten, er möge Sie nicht wieder auf den Kontorstuhl zwingen, er möge Sie Landwirt werden lassen. Sie sollen noch ein Jahr in Herrenberg unter meiner Leitung arbeiten, dann einige Semester die landwirtschaftliche Hochschule besuchen, und dann – dann wird Ihr Vater Ihnen ein Gut kaufen, das Sie selber bewirtschaften.«

Horsts Augen leuchteten auf.

»Ich danke Ihnen, Herr von Lehenau. Hoffentlich geht Vater darauf ein.«

Mark lächelte und zog aus seiner Brusttasche ein Telegramm, das er erhalten hatte, als er das Haus verließ. Er reichte es Horst.

Dieser entfaltete es und las:

»Mit allen Vorschlägen einverstanden, wenn Horst weiter tüchtig – bitte um Entschuldigung wegen des Überfalls meiner Damen. Seifert.«

Horst atmete auf.

»Gottlob – ich brauche nicht wieder nach Haus! Und Vater hat dasselbe Empfinden wie ich – der Besuch meiner Mutter und Schwester ist ein Überfall. Sicher hat Vater es auch nicht gern zugelassen.«

»So sehr fürchten Sie sich, nach Hause zurückzukehren?«

»Offen gestanden, ja.«

»Und Ihr Vater?«

»Den sehe ich ja zu Hause am wenigsten, mit ihm werde ich schon anderswo zusammentreffen. Er kann mich ja dann im Sommer auf dem Gut besuchen. Bitte, Herr von Lehenau, hören Sie sich doch ein wenig hier in der Nähe um – wenn ich schon ein Gut bekommen soll, dann möchte ich es in Thüringen ganz in Ihrer Nähe haben.«

»Das wird sich vielleicht einrichten lassen. Es sind in der Umgebung einige Güter sozusagen bis zum letzten Dachziegel verschuldet. Ich werde die Augen offen halten. Aber machen Sie sich klar, Horst, der Landwirt hat es heute auch schwerer denn je, und viele der Gutsbesitzer leiden jetzt darunter, dass sie oder ihre Vorfahren zu leichtsinnig gelebt haben. Wenn man heute nicht schuldenfrei in so eine Sache hineinspringt und sich dann mit allen Kräften davor hütet, überhaupt mit Schulden anzufangen, soll man es lieber sein lassen. Also, überlegen Sie es sich gut, es ist keine Spielerei.«

»Ich will es schwer haben – will meine Kräfte daransetzen und –, Sie sollen eines Tages stolz von mir sagen: Der hat's geschafft, den habe ich zum Mann gemacht – es ist mir gelungen.«

Mark lächelte ihm zu.

»Das würde mich ehrlich freuen, Horst. Schreiben Sie mal in diesem Sinne Ihrem Vater – er wird sich darüber freuen, zumal wenn Sie ihm schreiben, dass Sie ihn gern auf Ihrem Gut haben wollen, wenn er ausspannen will. Wie wird es aber dann mit Ihren Damen?«

Horst winkte hastig ab.

»Ach, die machen dann ein Modebad nach dem andern unsicher. Die haben einen ganz anderen Geschmack.«

13

Als die beiden Männer die Damen am Teetisch allein gelassen hatten, blieben diese eine Weile stumm und sahen hinter ihnen her.

»Ach, wie langweilig, dass die Herren fortmüssen. Haben sie denn wirklich so viel zu tun?«, fragte Marlen ungnädig.

»Ja, gnädiges Fräulein, wir sind mitten in der Getreideernte, da sind die Minuten gezählt.«

»Da haben wir es also recht ungünstig getroffen«, fügte Frau Seifert ebenso ungnädig hinzu.

Lonny behielt ihre liebenswürdige Ruhe.

»Ja, es wäre schon besser gewesen, wenn Sie sich zunächst angemeldet hätten, dann hätte Ihnen Ihr Herr Sohn wahrscheinlich geschrieben, es sei besser, wenn Sie Ihren Besuch verschieben würden.«

Frau Lilli betrachtete Lonny etwas von oben herab, Sie war nicht gesonnen, sich als zukünftige Schwiegermutter des Herrn von Herrenberg die Ratschläge einer armen Verwandten anzuhören.

»Sie sind wohl schon ziemlich lange in Herrenberg, gnädiges Fräulein?«, fragte sie Lonny mit kritischer Miene.

»Genauso lange wie mein Vetter Mark«, erwiderte diese ruhig.

Marlen wurde plötzlich hellhörig.

»Ach – wie seltsam. Da hat er Sie wohl gleich mit hierhergenommen, als er das reiche Erbe angetreten hat?«, fragte sie.

Es zuckte ein wenig um Lonnys Mund.

»Ich weiß nicht recht, wie Sie das meinen, gnädiges Fräulein.«

»Nun ja, ich meine, in seiner früheren Stellung als Chauffeur hätte er es sich natürlich nicht leisten können, arme Verwandte bei sich aufzunehmen.«

Tante Mia fuhr entrüstet über die Taktlosigkeit empor und wollte etwas erwidern. Aber Lonny packte ihren Arm und hielt sie zurück.

»Ich glaube, Sie befinden sich in einem Irrtum, wir sind durchaus keine armen Verwandten des Freiherrn von Lehenau.«

Hier fiel Frau Lilli kampfbereit ein. Sie war auch der Meinung, diese lästigen Damen, vor allem die jüngere, die so unerlaubt schön und vornehm wirkte, müssten hier erst einmal das Feld räumen. Männer sind ja solch zielbewussten Damen gegenüber immer etwas zaghaft; aber es war besser, gleich reinen Tisch zu machen, ehe Marlen als Herrin hier einzog.

»Aber – weshalb sind Sie denn dann nach Herrenberg gekommen?«, fragte sie ziemlich höhnisch.

Lonny stieg eine leichte Röte ins Gesicht.

»Muss ich Ihnen meine Gründe dafür angeben?«, fragte sie ruhig und überlegen.

»Diese Gründe würden mich allerdings interessieren. Es ist doch nicht üblich, dass eine junge Dame mit einem jungen unverheirateten Herrn in einem Haus wohnt.«

Jetzt konnte sich Tante Mia aber nicht mehr bremsen.

»Ihr Fräulein Tochter ist doch ebenfalls eine junge Dame,

und Sie gedenken, einige Zeit mit ihr in diesem Haus zu wohnen.«

»Meine Tochter steht aber unter dem Schutz ihrer Mutter!«

»Und meine Nichte steht unter meinem Schutz, gnädige Frau.«

Frau Lilli zuckte überlegen die runden Schultern.

»Es ist aber ein großer Unterschied, in welcher Eigenschaft eine junge Dame in diesem Haus wohnt.«

Lonny drückte ihre kampfbereite Tante Mia in ihren Sessel, erhob sich dabei ruhig und stand nun stolz und aufrecht vor Mutter und Tochter.

»Sie haben ganz recht, gnädige Frau, das ist ein großer Unterschied. Bezüglich meiner Person können Sie sich allerdings beruhigen – ich habe ein verbrieftes und versiegeltes Recht, in diesem Haus zu wohnen, da ich es als Herrin bewohne.«

Mutter und Tochter starrten sich verblüfft an.

»Wieso als Herrin?«, fragte Marlen mit greller Stimme.

Lonny hatte ruhig noch einmal die Tassen gefüllt und sagte nun im Bestreben, Mark keine unnötigen Schwierigkeiten zu machen, wieder ganz freundlich und beherrscht.

»Sie wissen wahrscheinlich nicht, dass mein Vetter einen Miterben auf Herrenberg hat.«

Jetzt dämmerte es Frau Lilli, von einem Miterben etwas gehört zu haben.

»Ich erinnere mich ganz schwach, davon gehört zu haben.«

»Nun, dieser Miterbe oder vielmehr die Miterbin bin ich. Mein Vetter und ich haben Herrenberg mit allem lebenden und toten Inventar und samt dem hinterlassenen Barvermögen meiner Tante zu gleichen Teilen geerbt, und zwar unter der Bedingung, dass wir ein volles Jahr zusammen hier wohnen, an einem Tisch essen und uns in diesem Jahr nicht länger als auf Stunden trennen. Jede Mahlzeit müssen wir gemeinsam einnehmen. Ich wohne mit meiner Tante im rechten Flügel, Mark wohnt im linken Flügel. Wenn wir wollen, können wir auch beide auf Lebenszeit hier in Herrenberg zusammen wohnen, aber – nach Ablauf dieses Jahres kann natürlich jeder für sich speisen. Nur dieses eine Jahr müssen wir die Gemeinsamkeit ertragen und sind nur dann von gemeinsamen Mahlzeiten entbunden, wenn wir krank sind und deshalb nicht bei Tisch erscheinen können.«

»Ja, und wenn einer der Erben Besuch empfängt, muss der andere damit einverstanden sein«, fuhr Tante Mia sehr kampfbereit fort.

Das war Lonny nicht recht.

»Tante Mia, das hättest du nicht zu sagen brauchen.«

»Doch, Lonny, das musste ich hinzufügen, damit die Damen im Bilde sind und ihnen keine Irrtümer mehr unterlaufen«, erklärte Tante Mia nachdrücklich.

Mutter und Tochter merkten nun doch, dass sie sich im Ton vergriffen hatten. Wenn die Sache so lag, musste man allerdings die unbequeme junge Dame in Kauf nehmen und die plötzlich so streitbare Tante Mia auch. Frau Lilli zog es deshalb vor, etwas friedlichere Töne anzuschlagen.

»Dann waren wir allerdings im Irrtum und bitten um Verzeihung. Sie müssen aber verstehen, meine Damen, dass wir einen klaren Standpunkt anstrebten. Es bestehen da noch kleine geheime Beziehungen zwischen uns und dem Freiherrn von Lehenau, von denen wir aber, wie gesagt, nicht reden wollen.«

Marlen suchte nun auch das Beste aus der ganzen Sache zu machen und sagte verschämt:

»Ach Mutter, ein wenig habe ich Fräulein von Lehenau schon angedeutet, wenn ich es auch nicht hätte tun sollen. Aber sie ist mir so sympathisch. Einen Schrecken habe ich aber doch bekommen – haben Sie gemerkt, gnädiges Fräulein, wie böse Mark war, dass ich mich in der Wiedersehensfreude ein wenig verraten habe? Schließlich sind wir hier doch ganz unter uns, da könnte er diese Zurückhaltung ruhig aufgeben. Meinen Sie nicht, gnädiges Fräulein?«

Lonny, an die sie diese Frage richtete, sah Marlen ernst und gefasst an.

»Darüber kann ich nicht urteilen. Mein Vetter wird seine Gründe haben, und ich kann nichts weiter tun, als Ihre Mitteilung streng vertraulich behandeln.«

Marlen nickte ihr zu. Sie hatte erreicht, was sie wollte, hatte Lonny verraten, was sie hatte verraten wollen, gleichviel, ob es auf Wahrheit oder Lüge beruhte. Marlen war wirklich eine jener krankhaften Lügnerinnen, die verantwortungslos frei Erfundenes als Wahrheit zum Besten geben. Und immerhin glaubte sie noch daran, dass Mark nach Ablauf der Trauer ihren Wunsch erfüllen würde. Es erschien ihr unmöglich, dass dieser ihrer verführerischen Persönlichkeit auf Dauer widerstehen könne. Und hier in der Freiheit des Landlebens würde sich schon eine Gelegenheit finden, Mark endlich zur Strecke zu bringen.

Allerdings war nun ein Wermutstropfen in ihren Becher gefallen, denn, dass diese stolze Freiin von Lehenau hier in Herrenberg die gleichen Rechte haben würde wie Mark selbst, das war eine große Unannehmlichkeit. Lonny war Marlen sehr im Wege. Aber vorläufig ließ sich wohl nichts gegen diese unternehmen. Später würde sich dann ein Weg finden, jeden Verkehr mit ihr abzubrechen. Herrenberg war jedenfalls groß genug und in klar abgegrenzte Teile würde sich die Erbschaft auch zerlegen lassen. Dabei musste man natürlich sehr auf der Hut sein, man musste genau darauf achten, dass diese unangenehme Base samt ihrer ebenso unangenehmen Tante nicht zu ihrem Vorteil teilen konnten.

Ähnliche Gedanken machte sich Frau Lilli, nur hatte diese wenigstens die feste Überzeugung, dass Herr von Lehenau wirklich Marlens Verlobter sei.

Die Damen beendeten nun in bedeutend friedlicherer Stimmung, die aber keiner gesteigerten gegenseitigen Wertschätzung entsprang, das Teestündchen. Mutter und Tochter zogen sich auf ihre Zimmer zurück, um das Auspacken der Koffer zu beaufsichtigen.

Lonny und ihre Tante blieben allein im Zimmer zurück. Lonny trat an das Fenster, um mit trüben Augen hinauszusehen. Tante Mia sah ein wenig unsicher zu ihr hinüber, trat dann an ihre Seite und legte den Arm um sie.

»Da ist mal wieder der alte Zanknickel mit mir durchgegangen, Lonny. Bist du böse?«

Lonny umarmte und küsste sie.

»Gutes Tantchen, du wolltest mich ja nur verteidigen.«

»Nun ja, das war wahrhaftig auch nötig. Wenn Mark wüsste, wie die Damen dich zu demütigen versuchten – ich weiß nicht, was er dann tun würde.«

»Ja, Tante Mia, es würde ihn quälen, denn er müsste zwischen mir und seiner Verlobten stehen. Nie darf er es deshalb erfahren, wir dürfen ihm die Sache nicht noch erschweren.«

»Wenn ich nur klar sehen könnte, Lonny. Wie ist er bloß

dazu gekommen, sich mit so einem gewöhnlichen Geschöpf zu verloben? Hast du bemerkt, wie zurückhaltend und steif er ihr gegenüber war und wie er zurücktrat, damit ihre Hand von seinem Arm fiel?«

»Ja, Tante, ich habe es gesehen – und habe noch mehr beobachtet, was mir zu denken gibt. Ich weiß nicht, wie ich mir das alles erklären soll. Ich weiß nur eines, dass Mark durch diesen Besuch mehr erschreckt als erfreut wurde und sehr unglücklich aussah – und nicht wie ein glücklicher Mensch, der seine heimlich Verlobte unerwartet wiedersieht.«

»Dieselbe Beobachtung habe ich auch gemacht.«

»Deshalb, Tante Mia, müssen wir Mark helfen, dürfen ihm die Dinge nicht noch erschweren, nicht wahr? Lass die Damen schwatzen, was sie wollen. Wenn es sein muss, wehre ich mich meiner Haut. Doch Mark soll nichts davon erfahren. Er könnte mir nur helfen, indem er sich gegen seine Verlobte wenden würde, und, nicht wahr, das würde ungemütliche Zustände hervorrufen.«

»Du hast ganz recht, und da nun die Lage den beiden Damen klar geworden ist, werden sie sich hoffentlich hüten, wieder so ungezogen zu dir zu sein. Das kann ich nämlich nicht vertragen.«

Lonny küsste die alte Dame wieder und streichelte ihr die Wangen.

Dann sagte sie scheinbar ganz munter, wenn ihr das Herz auch schwer war:

»Du könntest mal mit Frau Heidemann beraten, was wir den Damen zum Abendessen vorsetzen.«

»Ich hoffe doch, du wirst keine besondere Festtafel für sie bereiten. Soviel ich weiß, gibt es heute Abend ein Hühnerfrikassee, Geflügelsuppe und wie gewöhnlich abends Butter und Käse.«

Lonny lachte über das Gesicht der Tante. Es stand darauf zu lesen, dass selbst diese einfache Speisenfolge für die beiden Gäste viel zu gut sei.

»Also, Tantchen, ringe Frau Heidemann noch etwas Schlagsahne und eine Büchse Ananas ab, weißt du, so mit einem Schuss Maraschino darüber. Da wir Damen zu Gast haben, müssen wir schon eine Süßspeise einschieben. Sie sind sicher viel verwöhnter als wir hier.«

»Dann besteht ja Hoffnung, dass sie eher wieder abreisen. Aber ja, runzle nur nicht schon wieder die Stirn, meine Gebieterin, es wird eine Süßspeise geben.«

Nun mussten sie beide lachen, und Tante Mia zog ab. Lonny aber trat an das Fenster und sah traurig in den wundervollen Julitag hinaus. Wo war auf einmal die stille Glückseligkeit geblieben, die sie all die Zeit hier empfunden hatte, diese köstliche Ruhe, das Geborgensein unter Marks Schutz. Das alles würde vorbei sein. Sie wusste, Marlen Seifert würde ihr nicht einen Blick oder ein gutes Wort von ihm gönnen, und sie würde sich feindlich zwischen sie und ihn drängen, bis sie sich ganz fremd gegenüberstehen würden. Streng würde der linke Seitenflügel vom rechten getrennt werden, und der Mittelbau würde auch seine Neutralität verlieren und in zwei gesonderte Teile zerlegt werden. Wie gut, dass Tante Mia das Inventar aufgenommen hatte, so konnte leichter über Dein und Mein entschieden werden.

Lonny seufzte tief. Noch nie war ihr so ganz zu Bewusstsein gekommen, dass sie Mark liebte mit der ganzen Innigkeit ihres Herzens. Diese Liebe musste sie nun noch strenger in sich verschließen. Nur wie ein guter Kamerad durfte sie

Mark zur Seite stehen, solange er sie noch brauchen würde. Und – sie fühlte – er würde sie brauchen, sehr nötig sogar – und das war immerhin ein Glück für sie, auf das sie nicht so leicht verzichten würde. Hätte sie ihn glücklich gewusst in der Verbindung mit einer andern, wie viel leichter wäre ihr das gefallen. Sie hätte dann still abseitsstehen und sich an seinem Glück freuen können. Aber – mit dieser Frau wurde Mark von Lehenau bestimmt nicht glücklich.

Und sie dachte nun auch an Horst. Wie blass der arme Junge geworden war, als er so plötzlich Mutter und Schwester vor sich stehen sah. Er spürte wohl, dass Mark dieser Besuch nicht recht war oder empfand selbst, dass diese Überraschung nicht am Platz gewesen war. Bei dieser Mutter hatte freilich nichts Gutes aus Horst werden können. Es hatte in seinem Blick wie Schmerz gelegen – ja Schmerz –, und das hatte Mark auch erkannt. Darum musste er doch wissen, dass etwas zu trösten gewesen war? Und trotzdem, trotz allem, war Mark mit Marlen Seifert heimlich verlobt?

Lonny kam nicht zur Klarheit über all diese Fragen. Und der Kopf schmerzte ihr. Zusammenschauernd ging sie hinaus ins Freie, hinüber in den Park und lief dahin wie auf der Flucht vor sich selbst.

Mutter und Tochter hatten sich oben in ihren Zimmern einander gegenübergesetzt, ohne vorläufig eine Bedienung zum Auspacken der Koffer herbeizurufen. Frau Lilli trommelte aufgeregt mit den Fingerspitzen auf ihrer Sessellehne und sagte wütend:

»Also, das hat mir gerade noch gefehlt, dass sich hier diese Base und diese Tante breitmachen. Warum hat Horst uns davon nichts mitgeteilt, warum hat Herr von Lehenau in seinen

Briefen an den Vater nichts davon erwähnt? Das kommt mir doch sehr verdächtig vor. Ich wette mit dir um was du willst, diese stolze, hochmütige Person will entweder den Vetter für sich selbst erobern, oder sie will zumindest verhindern, dass Mark eine bürgerliche Frau in dieses Haus führt.«

Marlen sah durchaus nicht optimistisch vor sich hin und sagte:

»Du verstehst es aber, einem jeden Mut zu nehmen, Mutter.«

»Wieso? Wozu hast du denn Mut nötig? Du hast das vollste Recht in Händen, bist mit dem Freiherrn verlobt, also, da kann sie gar nichts machen, sie nicht und diese Tante auch nicht, die es uns so unverschämt unter die Nase rieb, dass ihre Nichte die Erlaubnis dazu geben müsse, wenn Herr von Lehenau Besuch in seinem Haus empfängt. So ein verrücktes Testament überhaupt! Das ist doch eine reine Kuppelei, zwei junge Menschen ein ganzes Jahr lang hier zusammen in ein Haus zu setzen. Was soll denn dabei herauskommen?«

Marlen sprang auf.

»Ich kann doch nichts dagegen tun, Mutter.«

»Nichts dagegen tun? Bist du von Sinnen? Was du tun sollst, will ich dir sagen. Du musst auf dein Recht pochen und bei der nächsten Gelegenheit Mark dazu bringen, dass er die Verlobung mit dir bekannt gibt. Da gibt es doch keinen Zweifel, dass du so und nicht anders handeln musst. Wie du es machst, ist deine Sache, da kann ich dir keinen Rat geben. Du bist ja schließlich kein Wickelkind mehr. Hier gilt es: Zeige, was du kannst.«

Marlen dachte ein wenig beklommen daran, dass sie ihrer Mutter schon manchmal vorgeschwindelt hatte, dass sie diesen oder jenen jungen Mann erobert hätte, dass ihr aber keiner gut genug gewesen sei, ihn zu heiraten. Und die Sache mit Mark war auch nicht so einfach, das würde noch manchen Kampf geben. Aber sie dachte nicht daran, einzugestehen, dass die Sache mit der heimlichen Verlobung sich ganz anders abgespielt hatte, als sie es der Mutter geschildert hatte. Aber nun – hier in seinem stolzen Besitz –, hier war er eigentlich ein ganz anderer geworden, allerdings noch viel begehrenswerter – aber auch noch schwerer zu erringen. Das sah sie ein. Aber noch gab sie ihre Sache nicht verloren.

Sie warf den Kopf zurück.

»Horst ist ein dämlicher Bengel, der konnte mir doch einen Wink geben, wie hier die Dinge liegen. Hast du bemerkt, wie wenig erfreut er war, dass wir gekommen sind?«

»Nun, er war wohl ein wenig fassungslos, weil wir so unerwartet kamen. Übrigens – was ist hier aus ihm geworden? Ich war sprachlos, als ich ihn sah. Ich habe nie bemerkt, dass er ein so hübscher Junge ist. Schade, dass er nicht einige Jahre älter ist, dann hätte man ihn mit dieser Lonny verheiraten können.«

Marlen zuckte die Achseln.

»Verliebt genug hat er sie angesehen und ich schätze, dass sie im selben Alter sind.«

»Du meinst, man konnte das doch in Erwägung ziehen?«

»Warum nicht? Dann hätten wir das ganze Herrenberg, wir zwei Geschwister.«

»Man könnte ja sehen, was sich tun lässt. Aber weißt du, jetzt wollen wir auspacken lassen, damit wir uns zum Abend besonders hübsch machen können. Du kannst mal klingeln.«

Marlen erhob sich und tat, wie ihre Mutter sie geheißen hatte. Gleich darauf erschien eins der Hausmädchen. Sie bekam Befehl, die Koffer auszupacken. Frau Lilli gab ihr die Schlüssel. Und sie zeigte sich sehr leutselig und suchte allerlei aus dem Mädchen herauszufragen. Sie bewies damit, dass sie sehr schlecht erzogen war, denn Dienstboten forscht man nicht über die Herrschaft aus. Zu ihrem Ärger bekam sie aber nur Gutes über Lonny, den Freiherrn und die Tante zu hören.

Selbstverständlich forderte sie durch ihr Verhalten auch eine gewisse Vertraulichkeit des Mädchens heraus. Dieses bewunderte die »herrlichen Koffer«, »die wundervollen Kleider« und so ziemlich alles, was aus diesen Koffern zutage gefördert wurde. Das schmeichelte den Damen sehr. Und sie beschlossen, dem Mädchen bei ihrer Abreise ein fürstliches Trinkgeld zu geben.

Diese Abreise lag jedoch für sie noch in weiter Ferne.

Als alles eingeräumt und das Mädchen entlassen war, berieten die Damen eifrig, welche Kleider sie am Abend tragen sollten. Die Herren würden natürlich im Smoking erscheinen, dementsprechend mussten die Kleider der Damen sein. Frau Lilli wählte noch viel länger als ihre Tochter, sie hielt ein Kleid nach dem andern vor sich hin und prüfte, welches sie heute, am besten kleide.

»Was denkst du, Marlen, wo ich heute so blass bin.«

»Leg etwas mehr Rot auf, Mutter.«

»Nein, nein, das Fliederfarbene hatte ich für den feierlichen Augenblick vorgesehen, da wir deine Verlobung begehen können.

Nun kleideten sich die Damen mit großer Sorgfalt um. Sie halfen einander dabei, betrachteten sich kritisch und doch wohlwollend und waren dann bereit, als schöne Frauen auf der ganzen Linie zu siegen.

Es wurde noch einmal ein Schlachtplan entworfen. Die Mutter war gewillt, der Tochter mit allen Mitteln zum Sieg zu verhelfen, da sie eingesehen hatte, dass der Freiherr für sie selbst nichts übrig hatte. Den armen Chauffeur hätte wohl die Gunst der reichen Frau berücken können, der reiche Herr von Lehenau würde für sie nicht zu haben sein. So wollte sie ihn wenigstens zum Schwiegersohn haben.

Langsam, in all ihrem strahlenden Glanz stiegen sie die Treppe in die Halle hinab. Sie wollten dieser Lonny zeigen, wie sie aussehen konnten, wenn sie nicht müde von der Reise waren und ihre kostbaren Kleider ins Treffen führen konnten.

Sie kamen sich beide überwältigend vor und waren gespannt auf den Eindruck, den sie machen würden. Denn wohlweislich hatten sie nach dem Gongzeichen, das zu Tisch rief, noch eine Weile gezögert, ehe sie hinuntergingen.

14

Als Mark mit Horst wieder nach Hause ritt, hatte er diesem gesagt, dass er auch zum Abendessen ins Herrenhaus kommen solle. Horst hatte sich erst gesträubt, aber Mark hatte ihm ruhig erwidert:

»Sie dürfen uns nicht mit Ihrer Mutter und Ihrer Schwester allein lassen, Horst, und wer weiß, ob ich Sie nicht brauche. Im Übrigen halte ich es jetzt nicht mehr für nötig, dass Sie drüben im Verwalterhaus speisen, jedenfalls nicht, solange Ihre Damen zu Besuch sind. Ich bin sicher, Sie werden mir Ehre machen.«

»Darauf gebe ich Ihnen mein Wort, Herr von Lehenau, und ich würde mich vielleicht heftiger gegen Ihre Einladung wehren, um mich nicht über den Verwalter und die Inspektoren zu stellen. Sie haben diesen aber wohl schon Bescheid gesagt, dass meine Mutter und Schwester hier sind.«

»So ist es.«

»Also werde ich schon deshalb kommen, um aufzupassen, dass Sie keine Unannehmlichkeiten haben.«

Mark hatte ihm zugenickt und war ins Herrenhaus hinübergegangen, um sich für die Abendtafel umzukleiden. Wie immer am Abend hatte er den Smoking angelegt, das tat er auch, wenn er mit Lonny und Tante Mia zusammen war.

Auch Lonny und ihre Tante erschienen abends immer in sehr geschmackvollen Kleidern. Sie verstanden beide, sich gut zu kleiden, und was sie trugen, wirkte immer schlicht und vornehm.

Mark war der Erste, der ins Speisezimmer eintrat. Gleich darauf erschien Horst, auf Marks Wunsch ebenfalls im Smoking. Aber wie anders sah der junge Mann jetzt in diesem eleganten Abendanzug aus. Er war sozusagen hineingewachsen. Was früher haltlos um ihn herumhing, war jetzt gestrafft durch die voller und breiter gewordene Gestalt. Auch hatte Horst eine ganz andere Haltung bekommen. Das ließ ihn größer erscheinen. Seine schlaffen Gesichtszüge hatten sich belebt, die Augen blickten lebhaft und klar, und er war jetzt eine sehr anziehende Erscheinung. Wohlgefällig ruhten Marks Augen auf ihm.

»Sie werden mir nächstens über den Kopf wachsen, Horst«, sagte er lächelnd.

Horst schüttelte den Kopf.

»Das wird weder in Wirklichkeit noch im bildhaften Sinn je der Fall sein. Aber Sie haben aus mir einen Mann gemacht.«

»Vor allem eines, Horst, wenn Sie es irgendwie einrichten können, lassen Sie mich nie allein mit Ihrer Schwester. Ich werde das selbst so weit wie möglich vermeiden. Aber zuweilen ist man machtlos – dann rechne ich auf Sie.«

Forschend und unruhig sah Horst zu ihm auf.

»Wenn ich nur klar sehen konnte, dann würde ich Ihnen viel besser helfen können.«

Mark legte ihm die Hand auf die Schulter.

»Wenn es möglich ist, helfe ich mir selbst, dann will ich Sie nicht mit der Sache belasten. Und nehmen Sie das alles nur nicht schwer, es ist eine etwas peinliche, aber keineswegs gefährliche Sache.«

»Sagen Sie mir nur noch eines – droht Ihnen irgendeine Gefahr?«

»Gefahr ist ein zu großes Wort. Wie gesagt, es könnte zu einem überaus peinlichen Auftritt kommen, vor dem ich vor allem meine Base und ihre Tante schützen möchte. Das ist alles.«

Für Horst genügte es zu wissen, dass er Mark helfen müsse, Lonny vor irgendetwas zu schützen, um ihn mit ganzer Seele dabei sein zu lassen.

In diesem Augenblick kamen Lonny und Tante Mia herein. Sie trugen beide sehr schöne schwarze Abendkleider. Lonnys hatte einen dezenten Ausschnitt, der den wundervollen Hals und Nacken freigab. Die Ärmel waren lang und fest anschließend und fielen mit einer Spitze auf die schönen Hände herab. Lonny sah unbeschreiblich schön aus.

Die Augen der beiden Herren hingen voll heimlichen Entzückens an ihr.

Auch Tante Mia sah sehr gut aus. Lächelnd begrüßten die Damen die Herren, und Mark sagte zu Lonny, dass er Horst gebeten habe, jetzt immer mit ihnen zu speisen.

Lonny nickte Horst in ihrer lieben Art zu.

»Darüber freue ich mich, Herr Seifert, Sie sind uns ein lieber Gesellschafter geworden.«

Er beugte sich artig über ihre Hand.

»Sie beschämen mich durch Ihre Güte.«

»Aber meine Nichte hat ganz recht, wir freuen uns immer, Sie an unserem Tisch zu haben.«

Horst sah die alte Dame dankbar an.

»Sie sind sehr gut zu mir, gnädige Frau.«

Nun öffnete sich die Tür, und Mutter und Tochter Seifert erschienen in allem Glanz und mit reichem Schmuck beladen. Hauptsächlich Frau Lilli hatte des Guten etwas zu viel getan. Sie sahen auch beide sehr farbenprächtig aus. Gerade im Vergleich zu der vornehmen Schlichtheit der beiden andern Damen wirkten sie ziemlich unfein.

Das empfanden nicht nur die Damen und Mark, sondern auch Horst fiel es bedrückend auf die Seele.

Stillschweigend hatten die Anwesenden das großartige Auftreten beobachtet, Mutter und Tochter hielten das Verstummen für wortlose Bewunderung ihres Glanzes. Das machte sie sehr vergnügt und huldvoll. Mit etwas gönnerhaftem Lächeln begrüßte Frau Lilli die Anwesenden, gab ihrem Sohn einen scherzhaften Klaps auf die Wange und sagte anerkennend:

»Du siehst wirklich prachtvoll aus, Horst! Mein lieber Herr von Lehenau, was haben Sie hier mit meinem blassen, müden Jungen angestellt, dass er so kräftig und gesund geworden ist?«

»Er hat die Arbeit lieben gelernt, gnädige Frau, das ist alles.«

Frau Lilli wandte sich an Lonny:

»Finden Sie nicht, dass mein Sohn ein sehr hübscher Mann geworden ist? Man kann doch stolz auf ihn sein.«

Lonny warf einen freundlichen Blick auf Horst.

»Ja, das können Sie, gnädige Frau, wir freuen uns ebenfalls sehr über seine fabelhafte Entwicklung.«

Frau Lilli warf einen Seitenblick auf Marlen, als wollte sie sagen: Da lässt sich doch vielleicht etwas machen. Dann fuhr sie fort: »Er sieht entschieden älter und männlicher aus, man könnt ihn gut einige Jahre älter einschätzen.«

»Sicher, gnädige Frau«, bestätigte Lonny. Aber sie fand, dass die Mutter das nicht ohne Absicht gesagt hatte.

Marlen hatte sich inzwischen vor dem Freiherrn aufgestellt und wollte ihn anscheinend etwas absondern. Da stand aber schon Horst neben ihr wie eine stumme Schildwache, worüber sich Marlen sehr ärgerte. Sie suchte Horst mit ihren Blicken zu vertreiben, aber er sah sie nur ruhig und unentwegt an und wich nicht von der Stelle.

Lonny bat zu Tisch, und Mark bot Frau Lilli artig den Arm.

Wie unabsichtlich hatte Lonny alle wieder so der Reihe nach gesetzt wie am Nachmittag am Teetisch. So war Mark wieder ziemlich weit von Marlen entfernt.

Mutter und Tochter hatten etwas mitleidig die Kleider der beiden andern Damen gemustert, sie hatten selbst zu wenig Geschmack, als dass ihnen vornehme Schlichtheit gefallen hätte, und Frau Lilli dachte gönnerhaft: Dieses Fräulein von Lehenau müsste sich jugendlicher kleiden. Sie trägt natürlich jetzt Trauer, aber später müsste man sie beeinflussen, jugendliche Farben zu tragen, damit sie im Vergleich zu Horst nicht so ernst und reif wirkt. Das werde ich aber schon veranlassen, wenn es so weit ist. Wenn sie erst einsieht, dass ihr Vetter nicht mehr für sie zu haben ist, wird sie sich umso lieber mit Horst trösten. Der Junge sieht wirklich prächtig aus – und er hängt mit seinen Augen an ihr, als sei sie eine Heilige.

Die Unterhaltung bei Tisch wurde lebhaft genug in Anbetracht der verschiedenartigen Charaktere, aber das kam daher, weil jeder redete, um seine Gedanken zu verbergen. Marlen suchte Marks Aufmerksamkeit zu gewinnen, aber er wich ihren Blicken aus, soweit es möglich war, und sprach nur mit ihr, wenn sie ihn direkt anredete und er ihr antworten musste. Das entging natürlich Lonny nicht. Sie, Tante

Mia und Horst taten das Ihre, um die Stimmung zu beleben, wobei sie von Frau Lilli ziemlich laut unterstützt wurden. Marlen hatte nur Augen und Ohren für Mark, und dieser hatte nur einen Wunsch: dass Lonny nicht merken möge, wie auffällig Marlen sich um ihn bemühte.

Das fiel natürlich auch Horst auf, und er suchte herauszubekommen, was wohl zwischen Mark und Marlen im Gange war. Er kannte seine Schwester zu gut, um nicht zu wissen, dass sie es auf Mark abgesehen hatte. Aber genau wie Lonny hielt er es für unmöglich, dass Mark an der unbedeutenden Erscheinung Marlens Gefallen finden könne.

Einmal fing Horst einen Blick Marks auf, der zu Lonny hinüberflog – da wurde es plötzlich licht in seinem Herzen: Mark liebte seine Base. Das tat eine Weile sehr weh, zuckte und wühlte schmerzhaft in ihm, aber dann rang er sich durch. Es war schließlich unmöglich, dass er Lonny erringen konnte, sie stand viel zu hoch über ihm und war auch nicht viel jünger als er – nur einige Wochen, wie er einmal festgestellt hatte. Nein, so hoch waren seine Wünsche nie geflogen, dass er gehofft hätte, Lonny für sich gewinnen zu können. Aber – wenn er sie schon einem andern Mann gönnen sollte, dann konnte es nur Mark sein. Und nun hieß es doppelt auf der Hut sein, dass Marlen nicht dazwischenkam. Sie sollte es nicht wagen.

Dass Lonny gar nicht anders konnte, als ihr Herz an Mark zu verlieren, erschien Horst schon lange selbstverständlich. Nun aber wusste er auch, dass Mark Lonny liebte und dass dieser Liebe plötzlich eine schmerzliche Angst beigemischt war, die irgendwie mit Marlen zusammenhing.

Horst zerbrach sich den Kopf, wie er helfen könne. Aber er kam zu keinem Ergebnis.

Dass die Anwesenheit seiner Mutter und seiner Schwester ihm nun dazu verhalf, jeden Tag seine Mahlzeiten im Herrenhaus einnehmen zu dürfen, beglückte ihn sehr, aber lieber hätte er darauf verzichtet, als dass den beiden Menschen, die er liebte und verehrte, Schaden daraus hätte erwachsen sollen.

An seinen Vater dachte Horst jetzt mit mehr Zuneigung und Verständnis als früher. Mark hatte ihm klargemacht, wie schwer es sein Vater in seiner Jugend gehabt hatte und welcher Fleiß und welche Tüchtigkeit dazu gehört hatten, sich so weit emporzuschaffen, und er hatte ihm auch gesagt, dass er sich den Vater als Beispiel nehmen könne. Er müsse es aber weiterbringen als der Vater, da dieser ihm die nötige Vorbildung hatte bieten können, die ihm selbst versagt geblieben war. Horst hatte nun auch beschlossen, dem Vater regelmäßig Briefe zu schreiben, aus denen dieser seinen weiteren Werdegang kennenlernen sollte.

So hatte sich Herr von Lehenau wirklich alle Mühe gegeben, Heinrich Seifert seine Dankbarkeit zu beweisen.

Der Abend verlief erträglicher, als alle erwartet hatten, nur Marlen kam nicht ganz auf ihre Kosten. Sie konnte kein noch so kurzes Alleinsein zwischen sich und dem Freiherrn herbeiführen, immer kam jemand dazwischen, wenn sie glaubte, ihn endlich abgesondert zu haben. Und meist war es Horst, der störend dazwischentrat. Das erboste Marlen sehr gegen den Bruder, und sie hätte ihm am liebsten einen Wink gegeben, sich nicht wieder dazwischenzustellen, wenn sie sich mit dem Freiherrn allein unterhielt, aber sie fürchtete allerlei unliebsame Fragen des Bruders.

Man hatte sich nach Tisch in das anliegende Musikzimmer zurückgezogen, wo ein sehr schöner Flügel stand. Dieser war noch nicht viel benutzt worden. Marlen hatte ihn kaum erblickt, als sie sich schon daran niederließ und sogleich begann, einige Berliner Schlager zu spielen und diese mit ihrer etwas grellen Stimme zu begleiten. Frau Lilli war die Einzige, die mit Wohlgefallen zuhörte und die Melodie mit schmachtendem Gesicht mitsummte, als lösten diese Weisen süße Erinnerungen bei ihr aus. Das mit anzusehen und anzuhören wie früher so oft war Horst jetzt nicht mehr imstande. Beschämt sah er die betretenen Gesichter Lonnys, Tante Mias und des Freiherrn. Da ging er entschlossen zum Flügel, klappte den Deckel langsam über Marlens spielende Hände, sodass sie dieselben zurückziehen musste.

Sie sah wütend zu ihm auf.

»Was fällt dir ein, Horst?«

Er schloss ruhig den Flügel ab und reichte Lonny den Schlüssel.

»Meine Schwester hat nicht daran gedacht, dass hier ein Trauerhaus ist«, sagte er beherrscht.

Lonny fand sein Benehmen fabelhaft. Taktvoller hätte er ihnen allen diesen etwas zweifelhaften Genuss nicht ersparen können.

Marlen jedoch sah wütend zu dem Bruder hinüber und sagte feindlich:

»Hausmusik ist auch in einem Trauerhaus nicht verboten.«

»Es kommt darauf an, welche Musik gemacht wird. Diese Schlager haben jedenfalls mit Hausmusik nichts zu tun«, sagte er hart.

Marlen lachte spöttisch.

»Dabei habe ich die alle von dir gelernt, du hast sie mit nach Hause gebracht.«

Es zuckte in Horsts Gesicht.

»Ja – erinnere mich nicht daran!«, sagte er ernst.

Lonny nickte ihm freundlich beruhigend zu, sagte aber kein Wort.

Frau Lilli sah dieses Zunicken und das verklärte Gesicht ihres Sohnes und dachte sehr zufrieden:

Mir scheint, die beiden sind schon in einem recht guten Einverständnis. Also, sehen wir uns diese Lonny mal vom Standpunkt der Schwiegermutter an. Ist ja scheußlich, wenn sich die Kinder so jung verheiraten, man wird dann in zu jungen Jahren Großmutter, aber – man muss als Mutter auch Opfer bringen.

Und sie widmete sich Lonny von diesem Standpunkt aus im weiteren Verlauf des Abends in einer süßlich vertraulichen Weise, die Lonny wenig angenehm und unverständlich schien.

Später, als Lonny zu Mark und Horst trat, die etwas abseits über die morgige Arbeit sprachen, setzte sich Frau Lilli an Tante Mias Seite. Marlen blätterte in einem Reisealbum und lag auf der Lauer, um Herrn von Lehenau einmal für sich allein zu bekommen.

Inzwischen lächelte ihre Mutter Tante Mia an.

»Ein reizender Abend, finden Sie nicht auch, gnädige Frau?«

Tante Mia erstickte fast an der Lüge, als sie bejahte.

Dann fuhr Frau Lilli fort: »Ich freue mich sehr, dass ein so inniges Verständnis zwischen meinem Sohn und Fräulein von Lehenau herrscht. Sie hat sicher großen Einfluss auf seine Entwicklung gehabt. Eine kluge Frau versteht ja alles aus einem Mann zu machen.«

Verständnislos sah Tante Mia in das lächelnde Gesicht.

Eine Weile lauschte sie den Worten nach, ehe sie begriff, was damit gesagt werden sollte. Da hätte sie am liebsten laut aufgelacht. Aber sie unterließ es und meinte gelassen:

»Nun, wir haben alle drei unser Bestes getan, den jungen Mann zu fördern, und werden das auch weiter tun, denn seine …« Hier stockte Tante Mia. Sie hatte sagen wollen: Denn seine Erziehung war stark vernachlässigt. Aber sie hielt rechtzeitig inne und fuhr fort: »Seine Zeit hier ist ja noch nicht abgelaufen.«

Frau Lilli wagte sich doch nicht weiter hervor mit ihrer taktlosen Anspielung, weil sie sich sagte, sie könnte durch Übereifer vielleicht etwas verderben. Aber Tante Mia hatte sie sehr gut verstanden und wusste nun, dass die kluge Frau Lilli hier zwei Eisen schmiedete. Sie wollte die Tochter mit Mark und den Sohn mit Lonny verheiraten. Das musste sie Lonny erzählen. Die würde Augen machen. Dass Lonny Horst gern hatte, wusste Tante Mia. Ebenso wusste sie aber auch, dass diese trotz des geringen Altersunterschieds in Horst noch einen unfertigen Jungen sah. Da würde also Frau Seifert umsonst Pläne schmieden. Auf keinen Fall würde sie ganz Herrenberg ihrer Familie einverleiben können.

Marlen war verdrießlich und wütend auf ihren Bruder. Es gelang ihr an diesem Abend nicht, auch nur eine halbe Minute mit Mark allein sein zu können. Sie dachte bei sich: Ganz dumm habe ich das hier angefangen, ich hätte ihm heute Nachmittag einfach vor allen andern um den Hals fallen und ihn küssen müssen. Diese Gelegenheit habe ich verpasst, jetzt muss ich mir eine andere schaffen.«

Gegen elf Uhr verabschiedete man sich voneinander.

Es gab auf einigen Zimmern noch Nachspiele zu diesem Abend. Marlen verklagte den Bruder bei der Mutter, weil er ihr jede Gelegenheit verdarb, ein Alleinsein mit Mark herbeizuführen. Die Mutter tröstete sie und versprach ihr, Horst einen Wink zu geben, er möge das in Zukunft unterlassen. Frau Lilli gab nun auch ihrer Zuversicht Ausdruck, dass Lonny und Horst sehr leicht dahin zu bringen seien, eine Verbindung zu schließen.

»Ich wollte diese begriffsstutzige Tante schon als Hilfstruppe werben, aber sie verstand mich anscheinend nicht, und deutlicher wollte ich noch nicht werden.«

Nachdenklich sah Marlen die Mutter an.

»Es könnte sein, dass meine Eröffnung, dass ich bereits heimlich mit Mark verlobt bin, sie überzeugt hat, dass dieser für sie nicht mehr zu haben ist und dass sie deshalb mit Horst vorliebnimmt.«

»Na, bitte sehr, von einem Vorliebnehmen, kann keine Rede sein. Horst ist doch eine glänzende Partie, und wie er sich jetzt herausgemacht hat …!«

»Ja, Mutter, aber mit Mark ist er natürlich nicht zu vergleichen.«

Frau Lilli seufzte schwärmerisch.

»Nun, du hast ja recht! Ach Marlen, was für ein Glück wirst du dein Eigen nennen, wenn du die Frau dieses Mannes geworden bist. Er ist wirklich einzigartig.«

Marlen lachte.

»Du wirst ja ganz schwärmerisch, Mutter.«

Frau Lilli riss sich zusammen.

»Nun ja, ich freue mich riesig, einen solchen Mann zum Schwiegersohn zu bekommen. Nun wollen wir schlafen gehen – sonst sehe ich morgen nicht gut aus.«

Das war immer der wichtigste Gedanke für Frau Lilli – wie sie aussehen würde.

Im rechten Seitenflügel saßen inzwischen Lonny und Tante Mia zusammen und hielten noch einen »Schwatz«, wie es die alte Dame nannte.

Sie musste sich noch allerlei von der Seele reden, ehe sie an Schlaf denken konnte. Und schließlich sagte sie:

»Weißt du, was diese Frau Seifert für Pläne mit dir hat?«

Lächelnd schüttelte Lonny den Kopf.

»Nein. Was hat sie denn mit mir vor?«

»Du wirst staunen – du sollst ihre Schwiegertochter werden.«

Lonny musste lachen.

»Aber Tantchen, das kann doch dein Ernst nicht sein.«

»Meiner nicht, aber der ihre.«

»Wie kommt sie denn darauf? Horst ist zwar ein lieber Junge, aber im Vergleich zu mir doch etwas unreif.«

Tante Mia berichtete nun wortgetreu über ihre Unterhaltung mit Frau Lilli. Lonny schüttelte den Kopf darüber.

»Das ist ja wirklich unglaublich! Wie kommt sie denn auf solche Gedanken?«

»Lonny, verstehst du denn nicht? Ihre Tochter soll die eine Hälfte von Herrenberg erheiraten, ihr Sohn die andere. So bleibt alles hübsch in der Familie.«

Lächelnd schüttelte Lonny den Kopf.

»Auf die eine Hälfte wird sie verzichten müssen. Ihr Sohn denkt nicht im Traum daran, diesen Plan zu verwirklichen, von mir einmal ganz abgesehen.«

»Nun, was Horst betrifft, Lonny, der würde leicht zu gewinnen sein, er betet dich an.«

Ernst sah Lonny in der Tante Gesicht.

»Das ist so eine Jungenschwärmerei, Tante, die kommt bei ihm ein bisschen spät, nachdem er sich den Geschmack an den Frauen schon zu früh verdorben hat. Jetzt will er nichts als anbeten. Ich spüre es, dass ich ihm viel gelte und – das will ich ihm auch nicht zerstören.«

Tante Mia küsste sie herzlich.

»Du kluge, verständige Lonny, wahrscheinlich hast du recht, und du wirst diesem jungen Mann einen großen Gefallen erweisen, wenn du dich von ihm anbeten lässt.«

»Das weiß ich, Tante Mia, obwohl ich mir durchaus nicht anbetungswürdig vorkomme.«

»Gerade, weil du dir nicht selber so erscheinst, bist du es. Also, diese Sache können wir zu den erledigten Sorgen legen.«

»Ja, Tante, ich glaube, das können wir getrost, und Horst wird bestimmt eines Tages ein nettes, liebes Mädchen glücklich machen, das aber fünf bis zehn Jahre jünger sein muss als ich. Er hat es noch nicht so eilig.«

»Richtig! Aber die andere Angelegenheit macht mir große Sorgen. Hast du heute Abend wieder deine Beobachtungen gemacht?«

»Ja, Tantchen. Marlen Seifert sucht auf jede nur mögliche Weise ein Alleinsein mit Mark herbeizuführen. Er weicht ihr aber mit großer Beharrlichkeit aus und – Horst muss irgendwie mit ihm im Bunde sein, denn er taucht sofort neben Mark auf, wenn Marlen gerade dabei ist, ihn festzuhalten.«

Die Tante nickte.

»Dieselben Beobachtungen habe auch ich gemacht. Aber nun verstehe ich das alles noch viel weniger.«

»Ich leider ebenso wenig.«

Die Damen plauderten noch ein wenig und ergingen sich in Vermutungen, kamen aber zu keinem Ergebnis.

Dann suchten sie die Ruhe.

15

Am andern Morgen war Marlen die Erste im Frühstückszimmer. Sie hatte sich gesagt, Mark müsse früher aufstehen als die Damen, und da konnte sie ihm vielleicht beim Frühstück Gesellschaft leisten. Dass ihr Bruder drüben im Verwalterhaus frühstückte, ehe er ausritt, wusste sie, das hatte sie gestern erfragt. Aber Horst hatte Mark mitgeteilt, dass Marlen sich anscheinend für seine Frühstückszeit interessiere. Deshalb hatte Mark beschlossen, das erste Frühstück in seinen Zimmern einzunehmen. Er nahm auch sonst immer erst das zweite Frühstück mit den Damen ein, das erste wurde nicht als Mahlzeit im Sinne des Testaments gerechnet.

So saß Marlen missmutig bei ihrem ersten Frühstück und wartete vergeblich. Als sie den Diener endlich fragte, wann Herr von Lehenau sein erstes Frühstück einnehme, meinte dieser:

»Der gnädige Herr hat auf seinem Zimmer gefrühstückt und ist vor etwa fünf Minuten aufs Feld geritten.«

Marlen hätte am liebsten mit dem Fuß aufgestampft. Da hatte sie sich vergebens aus ihrem schönsten Morgenschlummer herausgerissen. Dass Mark auch noch von dem Diener erfahren hatte, dass Fräulein Seifert schon im Frühstückszimmer sei, ahnte sie nicht. Mark hatte dem Diener befohlen, nicht darüber zu sprechen, er habe aber jetzt keine Zeit, sich der jungen Dame zu widmen.

Marlen entschloss sich also einen Morgenspaziergang zu machen, und ging in den Park.

Als sie dann später am Frühstück mit ihrer Mutter und den beiden anderen Damen teilnahm, erklärte sie, sie habe einen himmlischen Morgenspaziergang gemacht, nachdem sie sehr zeitig gefrühstückt habe, aber dass sie verstimmt war, merkten sie alle, nicht nur ihre Mutter.

So vergingen einige Tage, in denen Marlen auf jede Weise mit Mark allein zusammenzutreffen suchte, ohne dass es ihr gelang. Es nützte auch nichts, dass die Mutter Horst gesagt hatte, er möge nicht immer stören, wenn Marlen sich mit dem Freiherrn unterhalte. Horst hatte sich den Anschein gegeben, als sei er sich einer Störung gar nicht bewusst gewesen. Dabei hatte er zu ergründen versucht, welches Spiel eigentlich zwischen Marlen und Mark gespielt wurde, es war ihm aber nicht gelungen.

Einige Tage später aber sollte Horst plötzlich von einer Seite Aufklärung erhalten – wenigstens teilweise – von der er es nicht erwartet hatte. Er hatte gleich am Tag nach der Ankunft von Mutter und Schwester einen Brief an seinen Vater geschrieben, ganz in der herzlichen Art, wie Mark ihm geraten hatte. Er hatte dem Vater gedankt für sein Einverständnis, Landwirt zu werden, hatte ihm versichert, er werde ihm künftig nur Freude machen, und ihm ausgemalt, wie schön es sein würde, wenn Horst auf eigener Scholle säße und der Vater ihn im Sommer zur Erholung besuchen würde. Horst hatte auch nicht verschwiegen, dass der überraschende Besuch von Mutter und Schwester sehr wenig erfreulich gewesen sei und dass es ihm sehr peinlich sei, zu bemerken, dass Marlen sich ziemlich aufdringlich um den Herrn von Lehenau bemühe, was diesem offensichtlich sehr unangenehm sei, zumal er, wie Horst glaube, sein Herz an seine Base, die Freiin v. Lehenau, verschenkt habe.

Auf diesen ausführlichen und sehr verständigen Brief bekam Horst einige Tage später folgende Antwort von seinem Vater:

»Mein lieber Junge!

Über Deinen Brief habe ich mich sehr gefreut, wie seit langer Zeit über nichts mehr. Ganz warm ist mir ums Herz geworden, und ich kann Herrn von Lehenau nicht genug dafür danken, dass er Dich zu einem anderen Menschen gemacht hat. Vielleicht bin ich selbst schuld daran, dass Du so verbummelt warst. Ich habe nämlich keine Zeit gehabt, mich um euch zu kümmern, und geglaubt, ich würde meine Vaterpflicht am besten erfüllen, wenn ich wacker Geld für euch verdiente. Das hat natürlich auch sein Gutes, und ich bin nun wenigstens imstande, Dir Deinen Wunsch, Landwirt zu werden, erfüllen zu können. Ich bin auch damit einverstanden, dass wir dann versuchen, in Thüringen, in der Nähe von Herrenberg, etwas zu finden. Es hat ja noch etwas Zeit, bis Du erst ein so tüchtiger Landwirt geworden bist, dass man Dir ein Gut anvertrauen kann.

Dass ich Dir aber so schnell wieder schreibe, hat einen anderen Grund. Du teiltest mir mit, dass der Besuch Deiner Mutter und Schwester nicht sehr erfreulich war. Ich hatte ebenfalls Bedenken, wollte wenigstens eine Anmeldung vorausschicken, aber das wollten die beiden ganz und gar nicht, weil sie Dich überraschen wollten. So habe ich die Anmeldung wider mein bes-

seres Wollen unterlassen. Nun schreibst Du mir, dass Marlen gegen den Freiherrn aufdringlich sei und ihn dies offensichtlich unangenehm berühre. Auch teiltest Du mir mit, dass der Freiherr sein Herz an seine Base, die Freiin von Lehenau, verschenkt und diese mit ihm zusammen Herrenberg geerbt habe.
Da sind mir doch allerlei Bedenken gekommen, mein Junge, und da Du jetzt ein verständiger Mensch geworden bist, muss ich Dir allerlei erzählen und Dich bitten, festzustellen, was eigentlich wahr oder nicht wahr ist. Du kennst doch unsere Marlen: Mit der Wahrheit hat sie immer auf Kriegsfuß gestanden – das haben Frauen wohl so an sich. Also höre zu: Herr von Lehenau bat mich an jenem Tag, da er abends das erste und einzige Mal als Gast bei uns war, auf der Fahrt nach Hause, ich möge ihm ermöglichen, dass er am nächsten Morgen ohne Abschied abreisen könne – er habe eine große Scheu vor dem Abschiednehmen. Vor allem möge ich ihm einen Abschied von den Damen ersparen. Na – ich dachte mir nicht viel dabei, es gibt ja solche Abneigungen. Er ist dann am Morgen sang- und klanglos abgereist, ehe wir aufgestanden waren. Ich erfuhr von Mutter, dass Marlen ihr gebeichtet hat, sie sei mit dem Freiherrn heimlich verlobt, sie hätten sich im Wald geküsst und er habe nur noch keine öffentliche Verlobung gewollt, weil inzwischen ein Todesfall in seiner Familie eingetreten war. Ich habe die Sache angezweifelt und mir Marlen ordentlich vorgenommen, aber sie blieb dabei und – ehrlich gesagt, die Aussicht, gerade diesen Mann als Schwiegersohn zu bekommen, der mir schon als einfacher Chauf-

feur so viel Hochachtung abgenötigt hatte, ließ mich gern daran glauben. Ich konnte bei seinem Charakter allerdings nicht verstehen, dass er nicht wenigstens zu mir, dem Vater, gekommen war, um offen seine Absichten zu erklären. Aber ich dachte, in so vornehmen Kreisen sei bei einem Trauerfall mehr Rücksicht üblich als bei uns.
Ich wollte also den Verlauf der Trauerzeit abwarten. Dass er ohne Abschied von Marlen fortwollte, erklärte ich mir so, dass er sich wahrscheinlich vor ihren Tränen und ihrem Trennungsschmerz fürchtete.
Als Marlen jetzt mit der Mutter abreiste, sagten sie mir, es solle nun bei dieser Gelegenheit die Verlobung stattfinden. Und nun schreibst Du mir, es sei Herrn von Lehenau unangenehm, dass Marlen sich um ihn bemühe und dass er sein Herz an eine andere verloren habe. Das macht mich nun wieder unruhig, wie Du Dir denken kannst. Herr von Lehenau ist nicht der Mann, der mit solchen Dingen spielt. Hat Marlen doch wieder geschwindelt? Ich bitte Dich, suche dahinterzukommen, vielleicht kannst Du besser beobachten, jetzt, da Du alles weißt. Herrn von Lehenau kann man wohl in dieser Sache nicht unmittelbar fragen? Wenn Marlen gelogen hat, wäre das sehr peinlich. Ich weiß mir keinen Rat. Sieh zu, was Du machen kannst. Vielleicht gesteht Dir Marlen ein, dass sie uns wieder angelogen hat – aber das sage ich Dir, diesmal würde sie Backpfeifen bekommen.
Also, mein lieber Junge, sieh zu, was Du machen kannst, und wenn Du herausbekommst, dass es ein Schwindel von Marlen war, dann rufe mich an, dass

ich den Wagen schicke. Dann packe Mutter und Schwester, möglichst ohne Aufsehen zu erregen, hinein und schicke sie nach Hause.

Vielleicht schreibst Du mir bald wieder so einen lieben verständigen Brief. Ich kann es brauchen. Man wird langsam alt und müde und möchte gern was für sein altes Herz haben. Denn wie das mit Mutter ist – lieber Gott –, darüber brauchen wir nicht zu sprechen. Viele herzliche Grüße – und ich freue mich sehr über Dich. Dein Vater.«

Mit gefurchter Stirn hatte Horst diesen Brief gelesen. Was er da von einer heimlichen Verlobung zwischen dem Freiherrn und seiner Schwester las, beunruhigte ihn sehr. Er konnte nicht glauben, dass Marlen die Wahrheit gesagt hatte. Erstens war Marlen sicher nicht die Frau, die sich der Freiherr erwählt hätte. Er hielt das nicht einmal für möglich, selbst wenn er sich sagte, Herr von Lehenau habe sich vielleicht, ehe er von dem reichen Erbe erfuhr, eine reiche Frau sichern wollen. Er traute ihm das einfach nicht zu, und zweitens wusste er, dass Mark dann für sein Tun eingetreten wäre. Außerdem – als er ihn gefragt hatte, ob Marlen ein Recht habe, ihn beim Vornamen zu nennen, hatte er ruhig und bestimmt geantwortet, dass sie kein Recht dazu habe. Und Mark hatte gesagt, dass er, wenn er es vermeiden könne, seine Schwester auch vor Horst nicht bloßstellen wolle. Also gab es etwas, das Marlen bloßstellen musste. Aber was? Wusste Herr von Lehenau, dass Marlen ihren Vater belogen hatte? Oder wie hing sonst alles zusammen?

Horst war ganz benommen, las den Brief noch einmal aufmerksam durch und fand doch keine Klarheit. Nur so viel sagte er sich – dass Marlen der schuldige Teil sein müsse, und fester denn je war er gewillt, dem Freiherrn zu helfen. Denn dass dieser durch Marlen in eine heikle Lage gedrängt worden war und dass er sich nur mit Mitteln davon frei machen konnte, die seinem ritterlichen Empfinden Damen gegenüber widerstrebte, glaubte er zu erkennen. Und dann – Lonny von Lehenau sollte geschützt werden – deshalb wusste Horst, dass er gegen seine Schwester hart auftreten musste.

Es war ein Sonntag, als Horst diesen Brief seines Vaters erhalten hatte. So hatte er Zeit, seiner Mutter und seiner Schwester einen Besuch zu machen. Bei dieser Gelegenheit wollte er seine Fühler ausstrecken, um zu ergründen, wie die Sache mit Marlen und dem Freiherrn wirklich war.

Er fand aber nur seine Mutter in ihrem Zimmer, Marlen war, wie sie sagte, in den Park gegangen.

Horst wollte sich nicht zu lange aufhalten, aber die Mutter hielt ihn fest.

»Bleib doch ein Weilchen bei deiner Mutter, Horst, ich habe so wenig von dir. Du hast ja hier immer so entsetzlich viel zu arbeiten.«

»Gott sei Dank, Mutter!«

Sie hob die Hände.

»Wenn man das hört! Früher warst du doch nicht so erpicht auf Arbeit. Und was für Arbeit dir hier zugemutet wird! Das hast du doch nicht nötig. Der Vater will dir doch selbst ein Gut kaufen.«

»Eben deshalb muss ich hier erst einmal alles lernen, was ich später anordnen muss.«

»Auch Ställe ausmisten? Der Freiherr hat gesagt, auch das hättest du am Anfang tun müssen.«

»Ja, Mutter.«

Mit drolliger Geste hielt sie sich die Nase zu.

»Hör auf, mir wird übel.«

Er lachte.

»Ja, im Anfang habe ich viel Kölnisch Wasser verbraucht, aber dann ging es auch so – mit Schmierseife.«

»Mein armer Junge!«

»Du brauchst mich nicht zu bedauern – ich habe es ja nun hinter mir.«

»Und es gefällt dir gut in Herrenberg?«

»Besser als sonst wo auf der Welt.«

Mit einer neckenden Miene fasste sie seine Hand.

»Es liegt doch nur an dir, wenn du für immer hierbleiben willst.«

Er schüttelte den Kopf.

»Nur ein Jahr bleibe ich noch.«

Sie schüttelte den Kopf.

»So meine ich das doch nicht. Hast du dir noch nie gesagt, dass du bloß Fräulein Lonny zu heiraten brauchst, um als Herr hier zu leben?«

Seine Stirn rötete sich jäh und zog sich schmerzlich zusammen.

»Wie kommst du auf so einen Gedanken, Mutter? Ich bitte dich, nie wieder daran zu rühren. Das Fräulein steht viel zu hoch für mich.«

»Sei doch nicht so bescheiden, sie mag dich sehr gern, das hat sie mir selbst gesagt.«

Er sah sie seltsam an.

»Gerade wenn sie dir das gesagt hat, müsstest du begreifen, dass von solchen Plänen nicht die Rede sein kann.«

»Das verstehe ich nicht.«

Er lachte ein wenig bitter.

»Nein, das kannst du nicht verstehen. Lonny von Lehenau würde lieber sterben, als von einem Mann, den sie heiraten würde, zu sagen, dass sie ihn sehr gern hat, wenn er sie nicht zuerst danach gefragt hat.«

Sie sah sehr ärgerlich aus.

»Ach geh – dich hat man hier ganz verdreht gemacht. Was sind das alles für Dummheiten. Und ob du es zugibst oder nicht – du bist doch bis über beide Ohren in sie verliebt.«

Er fuhr auf, als habe er einen Schlag bekommen.

»Schweig! Sage so etwas nie wieder! In so eine Frau ist man nicht verliebt, die kann man nur schrankenlos verehren.«

»Na, das ist doch genug zum Heiraten!«

Er wandte sich ab.

»Wir verstehen uns nicht, Mutter, haben uns nie verstanden, und werden uns in Zukunft noch weniger verstehen. Bitte, sprich nie mehr ein Wort darüber! Aber – um auf etwas anderes zu kommen – ich war gekommen, um Marlen eine Frage vorzulegen. Vielleicht kannst du sie mir aber auch beantworten. Vater hat mir geschrieben, Marlen habe ihm gesagt, sie sei mit dem Freiherrn verlobt.«

»Nun, da du es von Vater weißt – es ist so.«

»Das ist unmöglich!«

»Warum soll das unmöglich sein?«

»Weil sich Herr von Lehenau durchaus nicht dazu bekennt.«

»Es soll wegen der Trauer noch nicht bekannt werden.«

»Ich weiß aber von ihm selbst, dass dies nicht der Fall sein kann. Als Marlen ihn hier bei der ersten Begrüßung beim Vornamen nannte, habe ich ihn gefragt, ob er Marlen ein Recht dazu gegeben habe. Darauf sagte er mir, dass sie kein solches Recht von ihm eingeräumt bekommen habe.«

Frau Lilli sah ein wenig beunruhigt aus.

»Wie kann er denn so etwas sagen? Ich weiß es doch von Marlen selbst, dass sie sich verlobt und geküsst haben und dass sie die Verlobung nur wegen der Trauer noch nicht publik machen wollen. Ich hoffe, jetzt wird es aber wenigstens im Familienkreis bekannt werden.«

Horst richtete sich auf.

»So gewiss ich hier vor dir stehe, so gewiss hat Marlen wieder gelogen. Mark ist nicht der Mann, der sich mit einem Mädchen verlobt, ohne nicht wenigstens dessen Vater darüber Aufschluss zu geben. Sonst würde er nicht sagen, sie habe kein Recht, ihn beim Vornamen zu nennen, wenn er auch noch so heimlich mit ihr verlobt wäre. Bedenke doch, Mutter, Marlen und der Freiherr! Das ist einfach unmöglich.«

Sie winkte ärgerlich ab.

»Gott, du mit deinem Herrn von Lehenau! Er ist doch auch nur ein Mann.«

»Aber ich sage dir, Marlen hat gelogen, das steht für mich fest. Irgendetwas liegt da vor, und das werde ich herausbekommen, da verlass dich darauf. Wenn da nicht alles klar und einwandfrei ist, müsst ihr abreisen. Vater schickt dann sofort den Wagen.«

Frau Lilli fand es am besten, wenn sie jetzt einfach eine hilflose Haltung annahm und weinte. Das tat sie auch. Aber Horst hatte seine Mutter schon oft so gesehen, er nahm sie auch heute nicht ernst.

»Ich lasse dich jetzt allein, Mutter, will sehen, dass ich Marlen finde und mit ihr sprechen kann.«

Damit ging er schnell hinaus.

Gleich nachdem die Tür sich hinter ihm geschlossen hatte, sprang Frau Lilli auf, und die Tränen waren auch sofort versiegt. Sie trat mit einer Gebärde des Zorns ans Fenster.

»Wenn Marlen gelogen hat? Wenn sie gelogen hat, dann – dann sind wir hier unmöglich, dann können wir nur schleunigst abhauen. Aber sie kann nicht gelogen haben. Der Freiherr will vielleicht jetzt nur alles ableugnen, weil er sich in dieses Fräulein Lonny verliebt hat. Die hat es auf ihn abgesehen, und die Männer sind schwach. So kann doch Marlen nicht lügen, einfach alles aus der Luft greifen. Freilich – er ist kalt wie Eis zu ihr – genau – wie damals zu mir. Was tue ich nur? Das alles kann doch nicht Lüge sein. Und – wenn es Wahrheit ist, dann bestehen wir auf unserem Recht, dann muss er sie heiraten – er muss.«

So jagten ihre Gedanken hinter der Stirn, und sie fieberte, Marlen zu sehen und sie sich gründlich vorzunehmen.

16

Während Horst bei seiner Mutter war, saß Mark mit Tante Mia im Wohnzimmer. Lonny war auf ihrem Zimmer geblieben, weil sie heftiges Kopfweh hatte. Sie hatte sich ein wenig hingelegt.

Mark war es sehr lieb, dass er einmal allein mit Tante Mia sprechen konnte. Er sah ihr eine Weile zu, wie sie an einer Näherei herumstichelte. Das machte ihn nervös. Da nahm er ihr plötzlich die Arbeit aus der Hand und sagte:

»Nun gönn dir doch wenigstens am Sonntag Ruhe, Tante Mia.«

Sie lachte ihn an.

»Ach so, du gehorst auch zu den Männern, die nervös werden, wenn sie andere arbeiten sehen.«

»Nein, Tante Mia, ich möchte etwas mit dir besprechen. Du bist eine erfahrene Frau und kannst mir vielleicht einen Rat geben.«

Unsicher sah sie in sein tiefernstes Gesicht.

»Ich dir einen Rat geben? Na – vielleicht, ein blindes Huhn findet auch mal ein Korn.«

Er zögerte noch eine Weile. Dann sagte er heiser:

»Was tut ein Mann in folgendem Fall: Er ist Angestellter eines reichen Mannes – aber halt, erst mal dein Ehrenwort, dass du zu niemandem über das, was ich dir anvertraue, sprechen wirst, ehe ich es dir nicht ausdrücklich erlaube.«

»Gut, ich gebe dir mein Wort, was du mir sagst, bleibt zwischen uns beiden – bis du anders bestimmst.«

Er küsste ihr die Hand.

»Danke, liebes Tantchen. Also nun höre weiter: Dieser Angestellte eines reichen Mannes wird von dessen Tochter wiederholt in ziemlich peinliche Situationen gebracht. Sie versteht es, ihn in einen Wald zu locken – er muss ihrem Befehl Folge leisten. Auf diesem Waldweg wird die Dame plötzlich sehr – na sagen wir – vertraulich. Plötzlich fällt sie dem ahnungslosen jungen Mann um den Hals, küsst ihn, und schwatzt allerlei Unsinn. Dann sagt sie zu ihm, dass sie nun verlobt seien. Der junge Mann wehrt sich heftig dagegen, aber sie bleibt dabei, sie sind verlobt. Sie überhört seine Einwände, und er weiß sich schließlich nicht anders zu helfen, als zu sagen, er könne sich zurzeit nicht verloben, da er in Trauer sei. Das sieht sie aber scheinbar als Versprechen an, dass die Verlobung nach der Trauerzeit stattfinden soll. Von Stund an, so behauptet sie, sei er ihr Verlobter. Alles hilft nichts, sie hört nicht auf ihn. Als sie ihn noch mal küssen will, kann er zum Glück ausweichen. Dann gibt er seine Stellung auf, noch am gleichen Abend – und reist am nächsten Morgen heimlich ab – in seinem Herzen so unverlobt wie nur möglich.

Sein weiteres Leben spielt sich reibungslos ab – er findet ein Leben ohne Not und Sorge –, und ein unbeschreiblich großes Glück taucht vor ihm auf, das er zu erringen hofft. Und plötzlich …«

Tante Mia hatte aufmerksam zugehört. Sie wusste nun schon alles, was ihr bisher unklar gewesen war. Und schnell nahm sie seine Hand und sagte gütig:

»Nun lass mich mal die Geschichte weitererzählen:

Und plötzlich erscheint die bewusste junge Dame in seiner neuen Heimat, hält ihm die Augen zu und fragt: Wer bin ich, Mark?«

Er zuckte zusammen und wurde blass.

»Tante Mia, du weißt …«

»Ja, jetzt weiß ich alles, Mark – sie hat uns nämlich selbst erzählt, dass ihr heimlich verlobt seid.«

Ganz blass und fahl fasste er ihre Hände.

»Tante Mia, das – das hat sie euch gesagt –, Lonny hat es auch gehört?«

»Ja, Mark.«

»Mein Gott! Und was denkt sie darüber?«

»Sie konnte sich das so wenig erklären wie ich. Wir tappten bisher im Dunkeln, aber Lonny sagte sofort, da stimmt etwas nicht. Mark würde niemals zu diesem Mädchen passen – er würde anders zu ihr sein, wenn es seine heimliche Braut wäre. Und wir merkten, wie unglücklich du warst und hofften, dass wir dir irgendwie helfen könnten. Bis jetzt wussten wir nicht wie. Aber eines ist sicher, weder Lonny noch ich konnten glauben, dass du dich so benehmen würdest, wäre Fräulein Seifert deine Braut.«

Inbrünstig küsste er ihre Hand.

»Danke, Tante Mia, dass du mir das sagst, dass ihr an mich geglaubt habt, du und Lonny, obwohl der Schein gegen mich war. Ich hätte es nicht ertragen können, wenn ihr an mir gezweifelt hättet. Aber nun, da du alles weißt – kannst du mir raten, was ich tun soll?«

Sie sah ihn forschend und nachdenklich an.

»Welche Rolle spielt Horst Seifert dabei? Dass er beteiligt ist, haben wir gemerkt, aber wir wissen nicht wie.«

Er berichtete ihr offen alles, denn nun war nichts mehr zu

verbergen. Und Marlen konnte er auch nicht mehr schonen, da sie selbst den Stein ins Rollen gebracht hatte durch ihre Behauptung, dass er mit ihr verlobt sei.

Tante Mia hörte aufmerksam zu, unterbrach ihn zuweilen mit einer Frage und dachte wieder nach.

Als er alles gesagt hatte, sagte sie aufatmend:

»Lass mir Zeit, Mark, das muss ich reiflich überlegen, so eine verzwickte Sache kann man nicht in einem Augenblick klären. Heute Abend werde ich dir meine Meinung sagen. Irgendwie muss dir geholfen werden. Wir werden es nicht zulassen, dass dieses törichte Mädchen dir Ungelegenheiten macht. Also, gedulde dich bis heute Abend.«

»Gut, Tante Mia, so lange kann ich ja noch warten. Du hast gemerkt, dass sie alles tut, um mich zu einer Aussprache zu zwingen. Horst tritt auf meinen Wunsch hin immer dazwischen.«

»Weiß er alles?«

»Nein – nichts weiter ist zwischen uns besprochen worden, als was ich dir sagte. Ich möchte doch Fräulein Seifert, schon ihres Vaters wegen, nicht vor Horst bloßstellen.«

»Sie hätte es aber nur sich selbst zuzuschreiben. Aber wir wollen sie schonen, so gut es geht.«

»Ich bin so froh, dass ich mich mit dir aussprechen konnte, Tante Mia, du wirst später, wenn Lonny eingeweiht werden muss, mein Anwalt bei ihr sein.«

»Das ist nicht nötig, bei Lonny brauchst du keinen Verteidiger, die kennt dich genau und weiß, dass du nie etwas Unehrenhaftes tust.«

Es zuckte erregt in seinem Gesicht, und er erhob sich schnell.

»Ich lasse dich jetzt allein, Tante Mia. Hoffentlich ist Lonnys Kopfweh bald vorbei, dass wir sie bei Tisch wieder sehen. Ich will jetzt noch hinuntergehen in die Obstanlagen, morgen beginnt die Obsternte. Das Getreide ist fast völlig herein, gottlob bei trockenem Wetter. Nun wollen wir sehen, dass wir auch die Früchte gut abernten. Auch das Obst verspricht eine gute Ernte. Auf Wiedersehen also bei Tisch.«

Sie nickten einander zu, und Mark entfernte sich.

Einige Minuten später ging Tante Mia hinauf, um nach Lonny zu sehen. Auf der Treppe begegnete ihr Horst, der eben von seiner Mutter kam. Artig begrüßte er die alte Dame und fragte sie, ob sie wisse, wo sich Herr von Lehenau aufhalte.

»Er ist durch den Park hinunter zu den Obstgärten.«

Horst dankte, eilte die Treppe hinab und ging mit schnellen Schritten in dieselbe Richtung.

Horst wusste, dass seine Schwester in den Park gegangen war. Wenn Herr von Lehenau ihr begegnete, konnte es für diesen Unannehmlichkeiten geben. Horst war fest entschlossen, jetzt Licht in die ganze Angelegenheit zu bringen. Er war bereits überzeugt, dass Marlen gelogen hatte und den Freiherrn absichtlich dazu bringen wollte, sich von ihr einfangen zu lassen. Keinen Augenblick hatte Horst an diesem gezweifelt. Hätte Marlen nicht gelogen, dann hätte sich Herr von Lehenau ganz anders benommen. Sein Wort, dass er Marlen kein Recht gegeben hatte, galt ihm mehr, als Marlens Flunkereien.

Eilig schritt Horst dahin und überquerte einige Parkwiesen, um Mark schnell einholen zu können. Nach wenigen Minuten sah er ihn in seiner stolzen, aufrechten Art dahinschreiten. Aber plötzlich erblickte er auch Marlen, die aus einem Gebüsch heraustrat und mit wenigen Schritten Mark eingeholt hatte. Sie blieb vor ihm stehen, sodass er nicht weiterkonnte. Zwar wich Mark zurück, aber Marlen ging ihm nach, bis sie beide hinter einer Gebüschgruppe verschwunden waren. Horst eilte lautlos über die Parkwiese bis zu diesem Gebüsch. Er sagte sich, dass er Marlen am leichtesten überführen könne, wenn er jetzt ihr Gespräch mit Herrn von Lehenau belauschte. Im Dienst der guten Sache sollte es ihm jetzt wahrlich nicht darauf ankommen, den Lauscher zu spielen. Von dem Freiherrn erfuhr er die Wahrheit vielleicht nie, weil dieser Marlen nicht bloßstellen wollte, und von Marlen war sie kaum zu erfahren, weil sie immer log.

So stand er nun jenseits des Gebüsches und hörte jedes Wort der Unterhaltung.

Marlen hatte Mark schon von Weitem kommen sehen und hatte sich auf die Lauer gelegt, bis sie ihm nun plötzlich in den Weg treten konnte.

»Guten Morgen, Mark – endlich kann ich allein mit dir sprechen. Warum bist du mir immer ausgewichen?«

Horst sah durch die Lücken in den Zweigen, wie Mark sich abwehrbereit aufrichtete. Und er hörte ihn streng und kalt sagen:

»Machen Sie doch mit dieser Sache ein Ende, Fräulein Seifert, ich kann unmöglich länger dulden, dass Sie sich so benehmen, schon Ihres Vaters wegen dürften Sie das nicht.«

»Aber Mark, wie sprichst du mit mir? Bin ich nicht deine heimlich verlobte Braut?«

»Das ist ein Hirngespinst, ich fürchte, Sie sind krank. Nie habe ich mich mit Ihnen verlobt.«

»Aber Mark, sag doch du zu mir.«

»Ausgeschlossen, das werde ich nie tun.«

»Aber, böser Mark – hast du ganz vergessen, dass wir uns geküsst haben, weißt du das nicht mehr?«

»Sie haben mir befohlen, als ich noch der Chauffeur Ihres Vaters war, Sie auf einem Spaziergang zu begleiten, angeblich weil Sie sich vor Strolchen fürchteten. Dann haben Sie mich plötzlich, ehe ich es verhindern konnte, umarmt und geküsst. Ich habe Sie gleich zurückgewiesen. Sie aber wollten nicht hören. Plötzlich behaupteten Sie, wir seien verlobt. Das habe ich ausdrücklich verneint, ohne dass Sie auf mich gehört haben. Ich kann, da wir jetzt allein sind, die Dinge beim rechten Namen nennen, Sie haben sich mir aufgedrängt, wollten mich zum zweiten Mal küssen, was ich zum Glück verhindern konnte, und Sie hatten die Dreistigkeit, von mir zu verlangen, dass ich mich sogleich öffentlich mit Ihnen verloben solle. Sie kamen mir schon damals fast krankhaft erregt vor, und ich wusste nicht, wie ich mich von Ihnen befreien sollte. Ich sagte deshalb, um Sie erst einmal zu beruhigen, dass ich mich gar nicht verloben könne, da ich in Trauer sei. Daraus haben Sie falsche Schlüsse gezogen. Sie haben sich erlaubt, meiner Base zu sagen, wir seien heimlich verlobt und nur wegen der Trauer sei die Verlobung noch nicht publik gemacht worden. Ich muss mir entschieden Ihre weiteren Belästigungen verbitten. Hier stehe ich nicht mehr als Angestellter Ihres Vaters, sondern als Herr auf eigenem Grund und Boden. Und ich ersuche Sie ernstlich, unter irgendeinem Vorwand so schnell wie möglich abzureisen, da ich Sie sonst nicht länger schonen kann und die Wahrheit aufdecken muss.«

Jetzt weinte Marlen plötzlich laut auf.

»Du hast dich nur von deiner Base Lonny betören lassen,

deshalb willst du mich los sein. Aber das lasse ich mir nicht gefallen, du gehörst mir!«

Mark war sehr blass geworden, und seine Zähne knirschten aufeinander. »Wenn Sie es noch einmal wagen, den Namen meiner Base mit Ihrer Angelegenheit zu vermischen – dann müssen Sie sich selbst die Folgen zuschreiben. Ich kann Sie unmöglich länger schonen.«

Da warf sie sich plötzlich laut aufweinend in seine Arme.

»Mark, ich liebe dich – ich kann nicht von dir lassen.«

Und sie wollte ihn wieder küssen. Er hielt sie aber, darauf gefasst, weit von sich. In diesem Augenblick kam Horst aus dem Gebüsch hervor. Er wusste nun alles, was er wissen wollte, fasste seine Schwester fest und hart beim Arm und riss sie von Herrn von Lehenau zurück.

»Schämst du dich nicht! Du bist ja von Sinnen. Nun ist es genug mit diesem Unsinn. Gottlob kam ich gerade zur rechten Zeit, um mich gegen den Willen des Freiherrn zu überzeugen, welches Spiel du treibst. Und dass du es weißt, Vater hat mich beauftragt, Licht in diese Sache zu bringen. Er fürchtete auch, dass du wieder gelogen hast, wie so oft, wenn du dich mit einem Erfolg brüsten wolltest. Jetzt weiß ich Bescheid, und du kommst mit mir ins Haus zurück und wartest in deinem Zimmer, bis ich Vater benachrichtigt habe und er den Wagen schickt.«

Marlen hatte erschrocken dem Bruder ins Gesicht gestarrt und wollte sich von seinem harten Griff befreien.

»Was fällt dir ein, was hast du dich in unsere Unterhaltung zu mischen? Mark und ich – wir sind verlobt und haben uns nur ein wenig gestritten, nicht wahr, Mark?«

Dieser wandte sich mit hilfloser Gebärde von ihr ab und sagte zu Horst:

»Es tut mir leid, Horst, dass Sie das alles mitanhören mussten, denn ich weiß, Sie leiden mehr darunter als Ihre Schwester. Ich erkläre Ihnen noch einmal auf Ehrenwort: Von meiner Seite ist nicht das Geringste geschehen, Ihre Schwester zu dieser Wahnvorstellung zu verleiten.«

Horst nickte ihm mit blassem Gesicht zu.

»Ich weiß es, Herr von Lehenau, habe nie an Ihnen gezweifelt. Meine Schwester hat schon verschiedentlich solche Dummheiten gemacht, und sie ist eine krankhafte Lügnerin. Ich bitte Sie, gehen Sie jetzt ruhig, ich werde Ihnen Ruhe verschaffen und dafür sorgen, dass meine Schwester nicht wieder Ihren Weg kreuzt.«

Marlen wollte noch einmal versuchen, ihr Spiel zu gewinnen, und jammerte:

»Mark, willst du es zulassen, dass deine Braut so gedemütigt wird?«

Da war es aber mit Horsts Geduld zu Ende. Er schüttelte Marlen, bleich vor Zorn und Grimm, und schrie sie an:

»Hör auf zu lügen, du schreckliches Geschöpf – sonst bekommst du von mir, was Vater dir schon zugedacht hat – eine Tracht Prügel. Herr von Lehenau, bitte, entfernen Sie sich und ersparen Sie mir, dass ich meiner Schwester wegen noch mehr vor Ihnen erröte. Sie ist ja immerhin meine Schwester.«

Mark nickte ihm zu.

»Ich verstehe Sie, Horst, und werde gehen. Was hier geschah, bleibt unter uns.«

Damit ging Mark mit schnellen Schritten fort.

Marlen gebärdete sich wie toll, sie wollte Horst das Gesicht zerkratzen und biss und schlug um sich, bis er ihr eine kräftige Ohrfeige gab. Das schien sie plötzlich zur Besinnung zu bringen. Sie starrte ihn an und ließ plötzlich die Arme herabsinken. So standen sie sich eine Weile stumm gegenüber. Marlen nagte an ihren Lippen, sah in die Richtung, in der Herr von Lehenau verschwunden war und zuckte verächtlich die Achseln.

»Ein schöner Kavalier!«

Horst fuhr auf. »Schweig still, er hat dir mehr Schonung angedeihen lassen, als du verdient hast.«

Mit ihren dunklen Augen starrte sie ihn an. Dann lachte sie höhnisch auf.

»Du dummer Bengel – nun wird er seine Base Lonny heiraten – und du wirst auch das Nachsehen haben. Denke nur nicht, dass die dich nimmt, wenn Sie Herrn von Lehenau kriegen kann. Du hast dir selbst den schlechtesten Dienst erwiesen.«

Horst ging mit keinem Wort darauf ein, sah seine Schwester eher traurig als streng an und sagte, so ruhig er konnte:

»Kämme dir das Haar, damit dein Zustand niemandem auffällt. Ich bringe dich in dein Zimmer – zu Mutter. Und in wenigen Stunden ist der Wagen da. Ihr könnt inzwischen packen.«

Da weinte sie plötzlich wieder laut auf.

»Vater wird mich schlagen!«

»Verdient hast du es.«

»Was kann ich dafür, wenn Herr von Lehenau sich in seine Base verliebt und nichts mehr von mir wissen will.«

Er zog die Stirn zusammen.

»Hör auf zu lügen. Und kein Wort mehr gegen Fräulein von Lehenau, sonst kriegst du wahrhaftig noch eine Ohrfeige.«

Sie musste doch Furcht haben, dass er seine Drohung wahr machte, denn sie sagte nun überhaupt nichts mehr.

Hastig strich sie sich das Haar zurück und hauchte in ihr Taschentuch, um es auf die verweinten Augen zu drücken. Dann richtete sie sich hochmütig auf, sah verächtlich auf den Bruder und sagte:

»Blöder Bengel!«

Damit ging sie an ihm vorbei zum Herrenhaus.

Wortlos folgte Horst Marlen und ließ sie nicht aus den Augen.

In der Halle gab er einem Diener die Anweisung, er möge sofort ein Gespräch mit Berlin anmelden. Der Diener notierte sich die Nummer und ging. Horst vermutete seinen Vater jetzt zu Hause, da konnte der Wagen schnell hier sein.

Dann ging er mit Marlen die Treppe hinauf und brachte sie in ihr Zimmer, das er einfach von außen abschloss.

Hierauf ging er zu seiner Mutter, der er ohne Umschweife Marlens ganzes Lügengewebe darlegte. Sie war außer sich, denn es passte ihr gar nicht, einfach nach Hause abgeschoben zu werden. Horst zuckte die Achseln:

»Du siehst doch ein, Mutter, dass es das Beste ist, ihr kommt gar nicht mehr mit den Herrschaften hier zusammen. Ich habe ein Gespräch nach Berlin angemeldet, Vater wird sofort den Wagen hierher senden, er kann gegen drei Uhr hier sein. Ich werde darum bitten, dass euch das Essen nach oben gebracht wird. Bitte, gib auf Marlen acht, dass sie nicht noch mehr Dummheiten macht.«

Frau Lilli sah ganz verstört aus.

»Eine schöne Niederlage! Und Vater wird wieder alles mir in die Schuhe schieben. Das kann ja wieder reizende Auftritte geben.«

»Auch das wird vorbeigehen, Mutter, ich weiß ja nun auch nicht, ob ich hierbleiben darf oder ob mir Herr von Lehenau den Laufpass gibt. Zu verdenken wäre es ihm nicht! Ich gehe jetzt hinunter und warte auf das Gespräch. Lass Marlen nicht aus den Augen. Wenn ihr packen wollt, klingle nach einem der Mädchen, dass ihr zurzeit fertig seid!«

Frau Lilli nickte ihm verstimmt zu, und er entfernte sich.

17

Die Verbindung mit Berlin wurde schnell hergestellt, und Horsts Vater meldete sich.

»Hallo! Wer ist dort?«

»Ich bin's, lieber Vater!«

»Ach du, mein Junge. Was gibt es denn? Ich soll wohl den Wagen schicken?«

»Ja Vater, so schnell wie möglich.«

»Also – Marlen hat wieder geschwindelt?«

»Ja, Vater, leider. Sie hat diese Verlobung ertrotzen wollen, obgleich der Freiherr nie darauf eingegangen wäre. Sie hat ihn geküsst, als er nicht vorbereitet war, er hat sie gleich abgewehrt. Zufällig habe ich sie belauscht und alles klarstellen können. Herr von Lehenau hat sich wie immer fabelhaft benommen, er wollte sie nicht bloßstellen. Nun hat sie es selbst getan. Aber – ihre Lügereien scheinen krankhaft zu sein, Vater du musst einen Arzt zu Rate ziehen. Und – schlage sie nicht, eine Ohrfeige hat sie schon von mir bekommen.«

»Schöne Geschichte! Was erlebt man alles mit seinen Kindern!«

»Vater!«

»Nun ja – du bist mir ja jetzt wirklich ein Trost und eine Freude. Also, ich schicke den Wagen und – entschuldige dich bei Herrn von Lehenau auch in meinem Namen.«

»Das werde ich tun. Auch schreibe ich dir noch alles ganz

ausführlich und genau, dass dich Marlen nicht wieder anlügt.«

»Ja, das tu bitte. Und vielen Dank, Horst – bleib du jetzt bloß fest bei deinen guten Vorsätzen.«

»Sei unbesorgt Vater – verlass dich auf mich.«

»Soll mich freuen. Also – jetzt müssen wir Schluss machen.«

Damit war das Gespräch beendet.

Nachdenklich ging Horst hinüber in seine Wohnung im Verwalterhaus. Dort schrieb er gleich ausführlich an seinen Vater, damit er dem Chauffeur den Brief mitgeben konnte.

Unschlüssig bummelte er dann durch den Park, zu den Obstgärten hinunter. Da begegnete er Herrn von Lehenau, der gerade wieder zurückkam. Horst blieb stehen und sah ihn betrübt an.

»Nun muss ich wohl auch mein Bündel schnüren, Herr von Lehenau?«, fragte er mit versagender Stimme.

Mark legte den Arm um seine Schultern.

»Schwatzen Sie doch keinen Unsinn, Horst. Wie kommen Sie denn darauf?«

»Ich gehöre doch zu meiner Schwester – und die hat Ihnen wahrlich das Grauen vor der Familien Seifert beigebracht.«

Mark schwieg eine Weile, dann sagte er ernst:

»Horst, Ihre Schwester ist krank – so krank, wie auch Sie waren, nur auf andere Art. Was ihr fehlt, ist Arbeit, Verantwortungsgefühl und Pflichten. Wir wollen doch mal von unserer selbstherrlichen Höhe herabsteigen. Was verlangen wir von den Mädchen für Selbstbeherrschung in einem Alter, wo wir jungen Männer uns ungestraft ausleben können. Ich habe mir das in dieser Stunde durch den Kopf gehen lassen.

Solche Mädchen wie Marlen müssen unbedingt Aufsicht und Pflichten haben. Ich glaube, für Ihre Schwester würde es das Beste sein, wenn sie sich mit einem Mann verheiraten könnte, der sie fest in die Zügel nimmt.«

Horst sah zu ihm auf.

»Sie sind einzigartig, Herr von Lehenau. Statt auf Marlen zu schimpfen, suchen Sie noch nach einer Entschuldigung. Von mir hat sie eine kräftige Ohrfeige bekommen.«

Mark musste lachen.

»Das schadet gelegentlich auch nichts. Aber nun machen Sie nicht so ein bedrücktes Gesicht, dazu ist keine Veranlassung.«

»Und – mich wollen Sie wirklich nicht fortschicken?«

»Kommt gar nicht in Frage, denken Sie vielleicht, ich lasse Sie wieder los, ehe Sie ganz so geworden sind, wie ich es mir selbst vorgenommen habe? Sie würden uns doch auch sehr fehlen.«

»Ist das wirklich wahr?«

»Na, bitte, jetzt wollen Sie gar an meiner Wahrhaftigkeit zweifeln?«

»Nein, nein, aber – es ist so schön, was Sie da sagen.«

»Also, dann sind wir ja wieder einig. Und – was wird nun mit Ihrer Schwester?«

»Ich habe mit Vater telefoniert. Er weiß alles und lässt Sie um Entschuldigung bitten. Ganz niedergedrückt war er, aber ich habe ihm gesagt, er soll Marlen nicht schlagen, sie hätte ihre Ohrfeige schon weg. Er solle lieber einmal einen Arzt zu Rate ziehen.«

»Das ist schon richtig, es ist sicher viel Krankhaftes dabei.«

»Ich werde diese Meinung in meinem Brief an Vater extra

betonen. Er schickt den Chauffeur mit dem Wagen, der soll den Brief gleich mitnehmen. Marlen habe ich vorläufig in ihr Zimmer eingesperrt. Mutter wird auf sie aufpassen. Die ist natürlich auch sehr niedergeschlagen.«

Es zuckte um Marks Mund. Diese Mutter hatte kein Recht, sich über ihre Tochter zu beschweren. Das behielt er aber für sich.

»Also, die Damen reisen heute noch ab?«

»Ja, ich habe Mutter auch gesagt, dass ihnen das Essen auf ihr Zimmer gebracht wird. Ich hoffe, das ist Ihnen recht; Sie werden froh sein, nicht mehr mit ihnen zusammentreffen zu müssen.«

»Es ist mir lieb, weil sie dann nicht mehr mit meiner Base und ihrer Tante zusammentreffen. Ich selbst werde den Damen natürlich das Geleit zu ihrem Wagen geben. Es ist nicht nötig, dass die Dienerschaft sich Gedanken macht, schon Ihretwegen nicht, lieber Horst.«

»Sie denken an alles – und sind immer ritterlich. Wenn Sie wüssten, wie dankbar ich Ihnen bin. Denn – so unerhört sich Marlen auch benommen hat – sie ist meine Schwester.«

»Wir sprechen nicht mehr darüber.«

»Darf ich einem Diener bestellen, dass meinen Damen das Essen nach oben gebracht wird?«

»Das werde ich selbst regeln. Ich werde sagen, dass die Damen plötzlich nach Hause gerufen wurden und keine Zeit haben, zu Tisch zu kommen, weil sie packen müssen.«

»Vielen Dank! Dann werde ich gleich noch den Brief an meinen Vater absenden.«

Sie trennten sich, als sie aus dem Park heraustraten. Mark gab dem Diener die nötige Anweisung und zog sich dann auf seine Zimmer zurück, um sich für die Mittagstafel anzukleiden.

Als er dann in das Speisezimmer trat, fand er nur Tante Mia dort.

»Wo ist Lonny?«, fragte er unruhig.

Tante Mia lächelte.

»Sie schläft so gut, dass ich es nicht übers Herz brachte, sie zu wecken.«

»Und ich hoffe, sie wird ihr Kopfweh endgültig verschlafen. Aber nun etwas anderes, Tante Mia – ich bin in der angenehmen Lage, deinen Rat in der heute Vormittag gebeichteten Angelegenheit entbehren zu können.«

Die alte Dame atmete auf.

»Wirklich? Das ist mir aber recht. Ich habe mir schon den Kopf zerbrochen, ohne auf eine Lösung gekommen zu sein, die annehmbar gewesen wäre.«

»Die Sache hat sich nun durch Fräulein Marlen Seifert selbst gelöst, zwar etwas dramatisch, aber doch so endgültig, dass die Damen heute Mittag oben auf ihrem Zimmer speisen und heute Nachmittag abreisen werden.«

Tante Mias Augen erhellten sich.

»Darf ich wissen, wie das gekommen ist?«

»Natürlich, da du schon so viel weißt, sollst du auch den Schluss erfahren.«

Mark berichtete, was im Park geschehen war. Er verschwieg nichts mehr und erwähnte auch sehr dankbar Horsts Eingreifen. Voll Interesse hörte Tante Mia zu, und als er mit seinem Bericht am Ende war, ergriff sie seine Hand:

»Lass dir von Herzen Glück wünschen zu dieser Lösung. Es war immerhin eine recht unangenehme Sache für dich, und ich wusste wirklich nicht, wie man sie reibungslos hätte aus der Welt schaffen können. Wir wollen also großmütig annehmen, dass Fräulein Seifert an krankhafter Lügensucht leidet. Übrigens gibt es solche Fälle in unserer Zeit genug. Die jungen Mädchen werden nicht mehr so sorgsam in Haus und Familie behütet, sie verlangen die gleichen Rechte und Freiheiten wie der Mann. Da aber die Natur dem Freiheitsdrang der Frauen einen Riegel vorschiebt, kommt es zu solchen Fällen, zumal bei den jungen Damen, die weder durch Sorgen noch Pflichten von törichten Gedanken abgehalten werden. Offen gestanden bin ich jedoch sehr froh, wenn wir diesen Besuch auf leidlich schmerzlose Art loswerden. Hoffentlich verschläft Lonny nicht nur ihr Kopfweh, sondern auch die Abreise der Damen.«

»Das wünsche auch ich von Herzen.«

»Für den armen Horst wird die ganze Sache auch höchst unangenehm sein. Wie ich ihn kenne, bedrückt ihn das alles sehr.«

»Ja, Tante Mia, ich habe ihn schon wieder etwas aufrichten müssen. Du musst recht lieb zu ihm sein, wenn er jetzt zu Tisch kommt.«

»Daran soll es nicht fehlen.«

Gleich darauf erschien Horst, und als er hörte, dass Lonny wegen ihres Kopfwehs heute Mittag nicht bei Tisch erscheinen würde, zumal sie noch in tiefem Schlaf liege, atmete er befreit auf. Gerade vor Lonny schämte er sich besonders wegen seiner Schwester. Es wurde dann auch bei Tisch darüber gesprochen, aber sehr schonungsvoll, Horsts wegen. Tante Mia sagte ihm tröstend, seine Schwester werde diese »Staupe« schon überstehen, das sei wie bei jungen Hunden, die das auch durchmachen müssten. Er möge sich deshalb nicht zu viele Sorgen machen.

Dennoch war es bei dieser Mahlzeit sehr still. Man sprach von der morgen beginnenden Obsternte, auf die Tante Mia sich sehr freute. Für sie war es wundervoll, all das Blühen, Wachsen und Reifen mitzuerleben.

»Es wächst einem doch alles, was hier gedeiht, ans Herz«, sagte sie lächelnd.

Die Herren sprachen davon, dass sie morgen Vormittag nach Wengern hinüberfahren wollten, weil dort der Kreisviehmarkt abgehalten wurde. Es sollten mehrere Pferde und Kühe sowie ein Zuchtstier erstanden werden. Der Verwalter wurde mitgenommen. Mark und auch Horst waren begierig, allerlei bei diesen Viehkäufen zu lernen.

»Wir fahren frühzeitig, damit wir zu Tisch wieder zurück sind«, sagte Mark, und Tante Mia versprach, gut auf die Obsternte acht zu geben, dass keine Frucht zu Schaden kam. Dann fragte sie:

»Was wird aber aus all den vielen Früchten, Mark?«

Er lachte sie vergnügt an.

»Tante Mia, der größte Teil kommt in eine Konservenfabrik, ein beträchtlicher Teil wird auch in die nahen Städte verfrachtet und Frau Heidemann hat auch schon etliche Körbe voll angefordert, die für den Hausgebrauch eingekocht werden.«

»Oh, da gibt es gottlob wieder Arbeit für mich, das lasse ich mir nicht entgehen. Deshalb stehen also ganze Regimenter von Weckgläsern in Reih und Glied in der Vorratskammer.«

»Ich glaube, da werden deine fleißigen Hände sehr willkommen sein. Wenn wir in Lehenau Obsternte hatten, war meine Mutter tagelang nicht zu sehen, sie steckte in der Küche und in den Vorratskammern, wo sie sehr viel zu tun hatte.«

»Dann werde ich nachher gleich ein Wörtchen mit Frau Heidemann reden.«

Nach Tisch gingen die Herren hinaus auf die Terrasse, um dort eine sonntägliche Mittagsruhe zu halten. Sie rauchten Zigaretten, lasen Zeitung und plauderten zwischendurch von diesem und jenem. Tante Mia setzte sich mit ihrem Strickkörbchen dazu. Sie war dabei, für die Kinder im Dorf warme Strickjacken und Westen anzufertigen, die schon für die Weihnachtsbescherung bestimmt waren. So saßen sie noch, als der Wagen des Herrn Seifert vor der breiten Sandsteintreppe hielt.

Mark stieg hinab zu seinem alten Freund aus fernen Tagen. Wie mit einem lebendigen Wesen sprach er mit ihm und streichelte die Kühlerhaube. Horst war ebenfalls herbeigekommen und sah verwundert den weichen Zug in des Freiherrn Gesicht. Dieser wandte sich ihm zu.

»Ja, ja, Horst, als ich aus dem Hause Ihres Vaters schied, fiel mir der Abschied von diesem herrlichen Wagen am schwersten, das können Sie mir glauben.«

Als nun die Damen erschienen, bereit zur Abreise, ging ihnen Herr von Lehenau entgegen und reichte Frau Seifert artig den Arm, um sie zu ihrem Wagen zu führen. Ein Diener brachte das Handgepäck, das der Chauffeur hinten im Kofferkasten verstaute.

Auch Tante Mia kam herbei und sprach einige höfliche Abschiedsworte. Ihre Nichte entschuldigte sie, weil ihr nicht wohl sei.

Auch Frau Lilli sprach einige bedauernde Worte über ihre schnelle Abreise, sodass es der Diener und der Chauffeur hören konnten.

Nur Marlen sagte zu alledem kein Wort. Sie machte

vor Tante Mia eine kurze Verbeugung, gönnte aber weder Herrn von Lehenau noch ihrem Bruder einen Blick oder ein Wort.

Horst reichte seiner Mutter die Decke und fragte, ob sie alles habe, was sie für die Reise brauche. Sie bejahte und bat ihn, das Hauptgepäck mit der Bahn nachzusenden.

Horst hatte dem Chauffeur den Brief an seinen Vater heimlich übergeben und ihm eingeschärft, dass dieser sofort abgegeben werde, wenn sie zu Hause ankamen. Das hatte der Chauffeur auch zugesagt.

Nun fuhr der Wagen ab. Frau Lillis Schleier wehte im Winde. Keine der beiden Damen warf einen Blick zurück auf das stolze Herrenhaus, das sie mit so großen Hoffnungen betreten hatten.

Horst und Mark standen auf der Sandsteintreppe und sahen dem Wagen nach, bis er verschwunden war. Und sie atmeten beide wie von einer Last befreit auf.

Zur Teestunde erschien Lonny wieder, ein wenig verlegen, dass sie so lange geschlafen hatte. Man fragte sie, ob ihr der Schlaf gutgetan habe. Sie meinte, die Kopfschmerzen seien wie fortgeblasen.

Als sie an den Teetisch herantrat, sah sie befremdet darauf nieder.

»Es fehlen ja noch die Gedecke für die beiden Damen«, sagte sie und wollte klingeln.

Da fasste Tante Mia ihre Hand.

»Lass nur, Kind, wir müssen den Tee ohne die Damen einnehmen. Sie mussten plötzlich abreisen, Herr Seifert hatte seinen Wagen geschickt.«

Betroffen sah Lonny von einem zum andern. Sie sah

Tante Mia lachen, sah, dass Mark Unbefangenheit heuchelte, und merkte, dass Horst sehr niedergeschlagen war.

»Tante Mia, da hättest du mich wecken können, ich habe so fest geschlafen, nichts habe ich gehört. Nun habe ich mich nicht einmal von den Damen verabschieden können.«

»Ich habe dich entschuldigt, Lonny, du schliefst so gut, und ich fürchtete, dein Kopfweh würde wiederkommen, wenn ich dich zu früh geweckt hätte.«

Wieder sah Lonny von einem zum andern, aber da alle drei so taten, als sei dies etwas ganz Selbstverständliches, beschloss Lonny, vorläufig über die Sache hinwegzugehen. Tante Mia würde ihr nachher schon berichten, wie diese plötzliche Abreise zustande gekommen war. Irgendetwas stimmte da nicht. Aber Lonny war eigentlich viel zu froh, dass diese beiden Störenfriede Herrenberg wieder verlassen hatten, um noch bedauernde Worte darüber aufzubringen.

Mark forderte Lonny dann auf, mit ihm und Horst einen Spazierritt zu machen. »Der Sonntag nimmt sonst kein Ende«, meinte er lächelnd.

Horst und Lonny waren sofort einverstanden; sie gingen, um sich zum Ausreiten fertig zu machen, Tante Mia benützte diese Gelegenheit, Lonny über alles aufzuklären, denn Mark hatte sie nicht nur von ihrer Schweigepflicht entbunden, sondern sie sogar gebeten, Lonny alles zu erklären, was geschehen war.

Lonny sah die Tante mit großen Augen an, während diese erzählte, und dann atmete sie tief auf. »Es ist nicht auszudenken, Tante Mia, was aus all dem hätte werden können. Fräulein Seifert hat bei aller Dummheit Mark nur zu gut eingeschätzt: Es ist nicht ausgeschlossen, dass sie ihn doch noch bei seiner Ritterlichkeit gefasst hätte.«

Tante Mia aber dachte bei sich:

Das hätte vielleicht passieren können, wenn Marks Herz noch frei gewesen wäre, aber – es ist eben nicht mehr frei, das ist mir inzwischen klar geworden.

Sie hütete sich aber, das auszusprechen, sondern sagte nur:

»Dann wollen wir also froh sein, dass Horst eingegriffen und die Lage geklärt hat. In einer sehr schwierigen Situation war Mark auf alle Fälle. Er ist heilfroh, das alles hinter sich zu haben.«

»Der arme Horst«, sagte Lonny mitleidig.

»Ja, er hat sehr darunter gelitten. Aber wir werden das schon an ihm gutmachen, Lonny.«

Diese hatte sich inzwischen umgekleidet, dankte der Tante für die Aufklärung und meinte:

»Nun bin ich froh, dass ich die überstürzte Abreise verschlafen habe. Es hätte mich trotz allem gequält, die beiden Damen so vor die Tür zu setzen. Jetzt freue ich mich auf einen Ritt; es ist nicht mehr so heiß, und er wird uns allen guttun. Was wirst du aber inzwischen tun, Tantchen?«

Diese lachte vergnügt.

»Ich suche Frau Heidemann auf und lasse mir erklären, was ich morgen beim Einwecken der Früchte helfen kann.«

Lonny zeigte den beiden Herren nicht, dass sie in die Geschehnisse des Tages eingeweiht war, aber Mark fiel doch auf, dass ihre Augen den etwas trüben, ernsten Ausdruck der letzten Tage verloren hatten, dass sie wieder leuchteten und strahlten wie vor dem Besuch der Damen Seifert. Das erfüllte ihn mit einer so heißen Freude, dass er am liebsten in den klaren schönen Sommertag hineingejubelt hätte. Ließ diese Veränderung nicht sehr günstige Schlüsse für ihn zu?

Solange Lonny hatte glauben müssen, er sei mit Marlen Seifert verlobt, war sie blass und traurig gewesen, wenn sie sich auch nach außen hin nichts anmerken ließ. Da Lonny durch Tante Mia, wie er wusste, gehört hatte, dass alles, was Marlen vorgebracht hatte, Lüge war und Mark frei war wie sie selbst, strahlten und leuchteten ihre Augen, und das reizende Lächeln, das ihn immer so entzückte, erschien wieder auf ihren Zügen.

Auch Horst war sehr zufrieden mit diesem Spazierritt, denn Lonny ließ ihn in keiner Weise entgelten, was ihr an seiner Mutter oder Schwester missfallen hatte. Sie war im Gegenteil sehr lieb und gütig zu ihm, suchte ihn aufzuheitern und nannte ihn einmal sogar »Lieber Horst.«

Das machte ihn sehr glücklich, und mehr begehrte er auch nicht. Dass ihr Herz Mark gehörte, erschien ihm gut und richtig. Für ihn, das fühlte er, war so eine stolze Blume nicht gewachsen. Er wollte sie auch gar nicht besitzen, wollte sie nur verehren wie ein freundliches Gestirn, das seinem Leben Licht und Wärme gab.

Sie sprachen alle drei nicht viel auf diesem Ritt, waren aber tief innerlich beglückt und zufrieden.

Auf dem Heimweg fragte Mark, ob Lonny nicht am nächsten Morgen mit nach Wengern fahren wolle.

»Du wirst dabei Gelegenheit haben, einige unserer näheren und weiteren Nachbarn kennenzulernen. Wir haben ja vorläufig noch keine Besuche in der Nachbarschaft gemacht. Aber morgen beim Kreisviehmarkt könnten wir schon ein wenig unsere Fühler ausstrecken, welche Nachbarn später für eine Bekanntschaft in Betracht kommen. Es wird alles vertreten sein.«

Lonny lachte.

»Da darf ich natürlich nicht fehlen. Wer fährt denn alles mit?«

»Der Verwalter, Horst und ich. Wir nehmen den großen Wagen und haben alle Platz.«

»Gut, ich werde mitkommen. Aber wer führt dann morgen Vormittag die Aufsicht bei der Obsternte?«

»Die beiden Inspektoren. Das genügt. Tante Mia wissen wir bei der Ernte und bei Frau Heidemann, mit der zusammen sie Früchte einkochen will, gut aufgehoben. Oder meinst du, dass sie auch mitkäme? Dann könnte der Verwalter zu Pferd nachkommen.«

Lonny schüttelte lächelnd den Kopf.

»Tante Mia bringst du nicht von hier fort, das steht fest. Fragen werden wir sie, aber ich kann dir schon vorher sagen, dass sie Herrenberg an so einem wichtigen Tag nicht verlässt.«

Das war auch so, als man Tante Mia nach der Heimkehr fragte. Sie denke nicht daran, sich von Herrenberg auch nur eine Minute zu entfernen. Jetzt, da endlich Arbeit für sie da sei, solle sie davonfahren, auf einen dummen Kreisviehmarkt, bei dem sie doch höchst überflüssig sei.

Bei der Abendtafel war man also wieder ungestört und fand alles sehr behaglich. Man blieb ziemlich lange zusammen. Wenn Mark nicht endlich gemahnt hätte, dass man am nächsten Morgen frühzeitig aufbrechen müsse, wäre man wahrscheinlich noch länger geblieben. Am späten Abend rief Herr Seifert an und sagte seinem Sohn Bescheid, dass Mutter und Schwester gut angekommen seien, dass Marlen ihre Standpauke schon weghabe und er für den nächsten Morgen einen Arzt bestellt habe, mit dem er sich über Marlens Hang zum Lügen und zum Übertreiben aussprechen wolle. Er dankte seinem Sohn für seinen verständigen Brief und fragte ihn, ob er nicht Unannehmlichkeiten durch Marlens Benehmen gehabt habe. Horst beruhigte ihn und teilte ihm mit, dass man großmütig Marlens Unbegreiflichkeiten als eine krankhafte Überreizung ansähe. Das beruhigte den Vater sehr, und Horst war froh, dass der Vater die Sache nicht schwerer nahm, als notwendig war.

Horst teilte den andern mit, was der Vater gesagt hatte, und damit war nun der Vorfall endgültig für Herrenberg erledigt.

18

Am nächsten Morgen fuhren Lonny, Mark, Horst und der Verwalter nach Wengern. Sie fanden das kleine Kreisstädtchen in gewaltiger Aufregung. Neben dem Marktplatz, wo die zum Kauf angebotenen Tiere angepflockt waren, befand sich eine Festwiese mit allerlei Belustigungen wie auf einem Jahrmarkt. Und zwischen den Reihen der Tiere gingen den ganzen Vormittag die Landwirte der Umgebung, gleichviel, ob es stolze Gutsbesitzer oder kleine Bauern waren, kritisch prüfend auf und ab.

Als Lonny mit den Herren in dem kleinen Hotel, wo Mark gewohnt hatte, ein Frühstück einnahm, trafen sie dort auf eine sehr lebhafte und vergnügte Gesellschaft, deren Mittelpunkt eine junge Dame war.

Horst bekam einen roten Kopf.

Mark hatte deren Worte gehört und sagte nun lächelnd zur Fürstin:

»Darauf können Eure Durchlaucht sich verlassen, er war ein sehr gelehriger Schüler und sein schlechtes Benehmen in der Eisenbahn hat er mir gleich gebeichtet.«

Die Fürstin sah gefesselt in Marks Gesicht, das ihr außerordentlich gefiel.

»Sie sind aber doch selbst noch viel zu jung, um einen jungen Herrn zu erziehen!«

»Vielleicht bin ich älter und erfahrener, als es den Anschein hat.«

»Man hat ja schon Interessantes von Ihnen und Ihrem Fräulein Base gehört. Ich möchte wissen, ob das wahr ist.«

Mark ahnte sofort, was sie wissen wollte, und auch er war dafür, den Stier bei den Hörnern zu fassen.

»Wenn Durchlaucht meinen, dass ich es, nachdem unser Lehenau unter den Hammer gekommen war, bis zum Chauffeur beim Vater dieses jungen Mannes gebracht hatte und meine Base sich als Stenotypistin ihren Lebensunterhalt verdienen musste, dann sind Eure Durchlaucht richtig informiert.«

Der Fürstin Augen sahen groß und anerkennend in die seinen, und sie reichte ihm lebhaft die Hand über den Tisch hinüber.

»Fein, Herr von Lehenau! Sie sind mein Mann – mit Ihnen verstehe ich mich. Sie müssen mich bald mit Ihrem Fräulein Base besuchen. Und meinetwegen können Sie auch diesen jungen Sünder mitbringen – er macht jetzt eine sehr gute Figur; wir haben nämlich immer viele junge Damen zu Besuch, die Tänzer brauchen.«

Mark verneigte sich.

»Wir kommen sehr gern, Durchlaucht, sobald wir nicht mehr in Trauer sind.«

»Ach was, wegen eines nachbarlichen Besuchs werden Sie Ihre Trauerpflichten nicht gleich verletzen. Sie sind vorläufig noch vom Tanzen befreit. Aber dieser junge Held natürlich nicht. Bei uns ist immer Betrieb. Und gelegentlich komme ich auch mit meinem Wagen nach Herrenberg gerutscht. Frau von Lingen habe ich auch manchmal besucht. Sie war natürlich eine viel gediegenere und wertvollere Frau als ich, aber sie hatte einen großartigen Wahlspruch: ›Alles verstehen heißt alles verzeihen.‹«

»Wir werden uns immer freuen und uns geehrt fühlen, wenn Durchlaucht uns besuchen, nur bitten wir zu entschuldigen, wenn es bei uns noch recht still ist.«

Die Fürstin ließ sich gelassen von Horst eine Zigarette anzünden und sagte ruhig:

»Sie trauen mir wohl nicht zu, dass ich zuweilen auch still und ernsthaft sein kann?«

»Durchlaucht erscheinen mir erfreulich frisch und lebhaft.«

»Gut gebrüllt, Löwe. Also ich komme. Und nun lassen Sie mal Ihr Fräulein Base ein wenig näher zu mir heranrücken – ich möchte ihr ein bisschen die Furcht vor mir austreiben.«

Mark bat Lonny näher zu rücken und sagte ihr, was die Fürstin beabsichtige. Da sahen Lonnys schöne graue Augen lächelnd zur Fürstin hinüber.

»Ich fürchte mich nicht so leicht, Durchlaucht.«

»Na, dann kommen Sie noch ein bisschen näher. Habe mich bei Ihrem Vetter schon ein bisschen eingeschmeichelt und möchte es nun auch bei Ihnen tun.«

»Das wird nicht nötig sein, Durchlaucht.«

»Na, na, ein bisschen bin ich Ihnen doch schon auf die Nerven gefallen, was?«

Lonny lachte.

»Nur im ersten Schrecken, Durchlaucht, jetzt habe ich schon umgelernt.«

»Großartig. Du, Xaver, komm doch mal ein wenig hier zu uns herunter. Die beiden Herrenberger sind nämlich Menschen, wie wir sie gern mögen.«

Fürst Xaver kam herbei. Man machte ihm neben Lonny Platz. Lonny verlor wirklich sehr bald ihre Scheu vor der Fürstin. Diese sagte lachend zu ihr:

»Kind, Sie sind erschrocken, weil Sie gedacht haben, ich bin noch eine junge Frau, welche züchtig die Augen niederschlagen muss. Aber ich bin vierundvierzig und habe eine erwachsene Tochter. Und der ganze geschwollene Formenkram hängt mir sozusagen zum Hals heraus, mir und meinem Mann. Da schießen wir eben beide manchmal ein bisschen übers Ziel hinaus im ungestümen Freiheitsdrang. Wir suchen Menschen, keine Schranzen. Von der letzteren Sorte hatten wir immer zu viele um uns herum.«

So verstand es die Fürstin schnell, Marks und Lonnys Freundschaft zu gewinnen. Lonny konnte fast nicht glauben, dass die Fürstin schon so alt war. Sie machte den Eindruck einer Dreißigjährigen. Mark hatte denselben Eindruck und sprach das offen aus. Horst aber konnte überhaupt nicht damit fertig werden. Die Fürstin lachte die beiden Herren an.

»Ja, ja, gute Ware hält sich. Also, Xaver, jetzt müssen wir heim. Auf Wiedersehn zuerst in Schönburg!«

Der Abschied des fürstlichen Paares wirbelte noch einmal alles durcheinander. Auch die Herrenberger beendeten die Frühstückspause und verabschiedeten sich. Die Herren hatten noch einige Geschäfte zu erledigen. Dann machten sie sich auf den Heimweg. Mark und Lonny waren sehr erfrischt. Das lag hauptsächlich an der Fürstin, die Lonny erst mit einiger Skepsis aufgenommen hatte. Wenn sie gleich gewusst hätte, dass die Fürstin schon in so gesetztem Alter und Mutter einer erwachsenen Tochter war, hätte sie wohl anders über sie gedacht.

Fast während der ganzen Fahrt bildete das fürstliche Paar den Unterhaltungsstoff. Der Verwalter wusste auch noch einige lustige Geschichten von ihnen zu erzählen. Horst war von jetzt an ebenfalls viel besser auf die Fürstin zu sprechen und schämte sich noch mehr, dass er sich in ihrer Gesellschaft damals nicht besser benommen hatte. Und er fragte ganz betreten, ob er die Einladung der Fürstin annehmen könne, er ein ganz bescheidener Herr Seifert. Mark nickte ihm zu.

»Sie haben doch gehört, Horst, die Fürstin sucht Menschen, keine Titel und Namen. Sie hat seelenruhig meine Bemerkung aufgenommen, dass ich Chauffeur bei Ihrem Vater war.«

»Sie sind und waren aber immer der Freiherr von Lehenau.«

»Aber ich würde auch heute noch der arme Chauffeur sein, wenn meine Tante mir nicht ein so reiches Erbe hinterlassen hätte. Seien Sie ganz beruhigt, Horst, der Mensch soll doch nur gelten, was er wert ist. Außerdem wird die Fürstin Ihnen genau wie uns noch eine schriftliche Einladung schicken. Mit dieser in der Hand werden Sie es wohl wagen, nach Schönburg zu gehen.«

»Sie verstehen einem Mut zu machen, Herr von Lehenau.«

Damit war die Angelegenheit vorläufig erledigt.

Als sie in Herrenberg ankamen, war die Obsternte in vollem Gang, alles war fleißig bei der Arbeit, und Tante Mia hatte erst beim Pflücken mitgeholfen, und nun stand sie, Gummihandschuhe über den Händen, in der Küche und befreite die herrlichen Früchte von ihren Stängeln. Frau Heidemann und die Köchin hantierten an dem großen Herd, wo Riesenbehälter bereitstanden, die fertigen Weckgläser aufzunehmen.

Lonny blieb an der Küchentür stehen und nickte der Tante lachend zu.

»Werden hier noch Arbeitswillige gebraucht?«, fragte sie lustig.

»Jawohl, aber erst nach Tisch. Jetzt brauchst du gar nicht erst anzufangen, es ist Essenszeit.«

Da ging Lonny wieder.

Bei Tisch wurde Tante Mia eifrig Bericht erstattet über den Verlauf des Viehmarktes. Nichts wurde ihr vorenthalten.

Nach Tisch beteiligte sich dann auch Lonny eifrig am Einkochen. Es kam auf jede Hand an, denn die Früchte mussten so frisch wie möglich in die Gläser kommen.

Das Leben in Herrenberg ging nun wieder seinen alten friedlichen Gang. Zwischen Mark und Lonny waren alle Schatten verschwunden. Marlen Seiferts kurzes Eingreifen in die Schicksale der Herrenberger war fast vergessen. Es wurde fleißig weitergearbeitet zu Nutz und Frommen der Herrenberger Landwirtschaft, und die Mußestunden wurden mit Inbrunst ausgekostet.

Horst fühlte sich so froh und glücklich wie nie zuvor in seinem Leben. Er hatte den Segen der Arbeit in tiefster Seele empfunden und dankte das dem Freiherrn mit jedem Atemzug. Nach wie vor schwärmte er für Lonny, aber immer in einer Weise, die ihm unbenommen bleiben konnte.

Kurz darauf traf die Einladung der Fürstin nach Schönburg zu einer kleinen Abendgesellschaft ein. Nicht nur Mark und Lonny waren eingeladen, sondern auch Horst, außerdem hatte die Fürstin Lonny ausdrücklich gebeten, auch ihre Tante mitzubringen, die als ihre Ehrendame auf keinen Fall übergangen werden dürfe.

Die vier Personen verlebten einen reizenden Abend in Schönburg, und Horst glänzte als flotter Tänzer. Die anwesenden jungen Damen fanden, dass Horst ein vorzüglicher Tänzer sei. Diese Eigenschaft stammte freilich aus einer früheren Zeit seines Lebens, aber sie sollte ihm nun hier von Nutzen sein. Früher hätte er sich freilich nur eitel gebrüstet mit dem »Verkehr in einem fürstlichen Hause«, aber das gehörte nun der Vergangenheit an.

Horst gab sich so schlicht und natürlich, wie er es in Herrenberg von Mark, Lonny und Tante Mia gelernt hatte. Gerade dadurch war er viel liebenswerter geworden.

Er durfte sogar die Tochter der Fürstin zum Tanz führen, und diese war ein sehr frisches, natürliches Mädchen und unterhielt sich unbefangen und sehr gut mit Horst.

Mark und Lonny beteiligten sich wegen der Trauerzeit nicht am Tanz und saßen, nachdem die Tafel vorüber war, in einer netten Plauderecke mit dem fürstlichen Paar und einigen älteren Gästen zusammen. Tante Mia fand ebenfalls überall Gefallen. Natürliche Menschen sind immer beliebt, in welcher Gesellschaft es auch sei. Sie unterhielt sich lange sehr angeregt mit dem Fürsten über tausenderlei Dinge. Auf der Heimfahrt sagte sie dann:

»Ich hätte nicht gedacht, dass man mit einem Fürsten sprechen kann, wie einem der Schnabel gewachsen ist. Aber es ging wundervoll. Ich habe mich ausgezeichnet unterhalten. Nun werden wir wohl auch langsam anfangen müssen, uns in Herrenberg ebenfalls auf Gäste einzurichten.«

Dieser Meinung waren die andern auch.

Der Herbst verging jedoch, ehe es zu einer solchen Einladung kam, denn Fürst und Fürstin Hanau waren, wie jedes Jahr, auf einige Zeit nach Bozen gegangen, wo sie sich im Herbst immer mit österreichischen Freunden bei der Traubenkur trafen. Die Fürstin hatte beim Antritt der

Reise einen kurzen Besuch in Herrenberg gemacht, sich verabschiedet und versichert, dass man nach ihrer Rückkehr die beiderseitigen Beziehungen intensiver aufnehmen würde.

Anfang November bekam Horst zu seiner Überraschung von seinem Vater die Nachricht, dass Marlen sich nun endgültig richtig verlobt habe und die Hochzeit noch vor Weihnachten stattfinde. Ihr Verlobter war der Sohn des Arztes, der Marlen nach den Herrenberger Vorkommnissen in Behandlung genommen hatte. Sein Vater hatte ihm gesagt, Marlens krankhafte Veranlagung würde sich sofort legen, wenn sie glücklich verheiratet wäre. Und der junge Mann war ein kerngesunder und fröhlicher Mensch, der mit solchen Dingen fertig werden konnte. Vater Seifert hatte natürlich für eine anständige Mitgift tief in den Beutel greifen müssen, aber er war viel zu froh, auch dieses Sorgenkind auf den rechten Weg bringen zu können.

Das Brautpaar passte sehr gut zusammen, und Horst sollte nun zur Verlobungsfeier kurz nach Hause kommen.

Da jetzt in der Landwirtschaft weniger zu tun war, konnte Horst gut abkommen. Er berichtete Mark und Lonny, was ihm sein Vater geschrieben hatte, und die beiden waren mit ihm froh und erleichtert, dass Marlen Seifert gut untergebracht sein würde.

Als Horst abgereist war, merkten Mark und Lonny erst, wie eng er mit ihrem Leben verbunden war. In all der Zeit hatte sich kaum einmal ein Alleinsein zwischen Mark und Lonny ergeben. Nun waren sie plötzlich fast ganz allein und auf sich angewiesen. Denn Tante Mia steckte schon bis an den Hals in allerlei Weihnachtsvorbereitungen und hatte einfach keine Zeit, sich mit den beiden zu befassen.

Sie übertrieb dabei bewusst ein wenig, aus dem Gefühl heraus, dass diese Abwesenheit Horsts sehr nötig gewesen war, um Lonny und Mark einmal wieder Gelegenheit zu geben, sich nur mit sich selbst zu beschäftigen.

Dabei wollte sie tunlichst auch nicht stören. Dass die beiden jungen Menschen sich immer lieber geworden waren, hätte wohl auch eine weniger scharfsinnige Persönlichkeit als Tante Mia herausgefunden, und sie wusste ganz genau, es fehlte den beiden nur die Gelegenheit, sich auszusprechen.

Mark war jetzt im Winter nicht so oft draußen, er hatte allerdings dennoch reichlich zu tun, um die Bücher in Ordnung zu bringen und andere Innenarbeiten zu erledigen. Aber ab und zu hatte er doch Zeit für ein Plauderstündchen. Nach Tisch saßen sie immer viel länger zusammen als im Sommer und im Frühjahr.

Als nun Horst nicht dabei war und Tante Mia auch sogleich nach Tisch eifrig verschwand, waren Mark und Lonny plötzlich oft allein.

Sie plauderten zunächst ruhig weiter, aber dann wurden sie sich ihres Alleinseins bewusst – und da stellte sich eine unruhige Befangenheit ein. Schließlich verstummten sie ganz und sahen versonnen vor sich hin. Mark wurde sich mit einem Mal bewusst, dass er lange genug um Lonny gedient hatte. Jeder Blick, jeder Atemzug hatte in all der Zeit um sie geworben, und er meinte nun, dass er dieses Alleinsein sich zunutze machen könne. Lonny hatte Zeit gehabt, sich über ihre Gefühle für Mark klar zu werden. Er hatte ihr häufig genug gezeigt, wie teuer sie ihm war, und sie hatte ihm auch zuweilen durch einen Blick, ein Beben der Hand, ein Erröten zu verstehen gegeben, dass sie gleiche Gefühle für ihn hegte. Die Trauerzeit um ihre Wohltäterin war nun vorüber – wozu sollten sie noch warten?

Plötzlich fasste Mark, sich vorbeugend, Lonnys Hand, führte sie innig an seine Lippen, sah mit einem heißen werbenden Blick in ihre Augen und sagte mit verhaltener Stimme:

»Lonny – du weißt, dass ich dich liebe, mit aller Innigkeit meines Herzens. Ich hoffe, du liebst mich auch – ich habe dir Zeit gelassen, dir darüber klar zu werden, aber –, meine Sehnsucht nach dir wird von Tag zu Tag heißer und inniger – werde meine liebe Frau, Lonny –, dann haben wir Tante Friederike Elisabeths Wunsch vollkommen erfüllt – bis in unser tiefstes Sein hinein. Willst du mein Eigen sein?«

Sie sah ihn mit feuchten Augen an.

»Im Herzen bin ich's schon lange, Mark – aber ich glaubte, so ein großes Glück könne es für mich nicht geben. Und, als Marlen Seifert hier war, da hatte ich eine namenlose Angst um dich – ich wusste, dass du mit einer solchen Frau nicht glücklich werden könntest. Aber ich war beunruhigt, du hättest dich irgendwie gebunden – und – ach Mark –, da merkte ich erst, wie lieb ich dich habe.«

Er war aufgesprungen und hatte sie mit sich emporgezogen. Er umarmte sie, und ihre Lippen fanden sich in seliger Vergessenheit. Es war ganz still um sie her, kein Laut störte diese glückselige Stunde, sie waren allein mit sich und ihrer Liebe und wussten, dass sie einander bis zum Tod gehören würden.

Aber sie mussten sich das alles auch sagen, mussten es mit ihren Küssen bekräftigen. Liebende handeln in solchen Fällen immer so, wie es vor ihnen schon Millionen Liebespaare gehalten haben.

Und sie wussten nicht, wie viel Zeit vergangen war, und schraken erst auf aus ihrer seligen Versunkenheit, als der Gong zum Tee rief.

Erschrocken sahen sie sich an und mussten dann über ihr Erschrecken lachen.

»Mark – ist es denn schon fünf Uhr? Wo ist denn die Zeit geblieben?«

Er musste Lonny schnell noch einmal küssen, weil das schelmische Lächeln auf ihren Lippen lag, das er schon so oft hatte fortküssen wollen. Nun durfte er es ungestraft tun.

Aber es half nichts, sie mussten aus ihrem seligen Traumland wieder in die Wirklichkeit zurückkehren. So gingen sie hinüber an den Teetisch. Da erschien kurz darauf Tante Mia, mit vor Eifer roten Wangen. Sie hielt eine Puppe in der Hand, die sie eben angekleidet hatte, um an Weihnachten die Kinder der Gutsarbeiter damit zu erfreuen.

»Ist die nicht reizend ausgefallen?«

Mark und Lonny bewunderten das Prachtstück und umarmten dann von beiden Seiten die Tante samt der Puppe.

»Tante Mia, merkst du denn gar nichts?«

Die alte Dame sah von einem zum andern. Dann nickte sie befriedigt mit dem Kopf.

»Ist schon recht so! Meine innigsten Glückwünsche. Ich hätte den lieben Gott auch gar nicht mehr verstanden, wenn das nicht alles so geworden wäre, wie ich es mir gewünscht habe. Und ihr habt auch ehrlich verdient, dass ihr glücklich werdet. Meine Glückwünsche will ich euch aber trotzdem bringen, sie kommen aus meinem tiefsten Herzen.«

Es wurde eine sehr behagliche und frohe Teestunde. Es mussten doch nun eifrig Pläne gemacht werden für die Zukunft. Jetzt gab es kein Mein und Dein mehr, sondern nur noch ein Unser. Und Tante Mia behauptete, die verstorbene Frau von Lingen habe die Bestimmung, dass Mark und Lonny zusammen in Herrenberg wohnen sollten, bestimmt nur getroffen, damit die beiden sich fürs Leben finden sollten.

Auch Mark und Lonny glaubten daran. Sie tauschten jetzt auch die Briefe aus, die sie von der Erblasserin erhalten hatten, und sie wollten zwischen den Zeilen lesen, dass Tante Friederike Elisabeth ihren Bund segnen würde.

Es wurde beschlossen, die Verlobungsanzeigen gleich zu verschicken, denn Mark äußerte sich sehr bestimmt, dass er keine Lust habe, sich auf eine lange Wartezeit einzurichten.

Tante Mia meinte, lächelnd in Lonnys gerötetes Gesicht sehend, es sei auch gar nicht gut, bei den gegebenen Verhältnissen die Hochzeit lange hinauszuschieben. Sie fände es sehr nett, wenn das junge Paar noch Zeit habe zu einer Hochzeitsreise, denn Lonny hätte noch nichts von der Welt gesehen und habe sich immer gesehnt, Italien kennenzulernen. So könnten sie doch im Januar Hochzeit halten und dann für einige Wochen nach Italien gehen. Dann könnten sie bis zur Frühjahrsbestellung wieder zurück sein.

Mark umarmte und küsste Tante Mia und versicherte ihr, sie sei die klügste und verständigste Frau der Welt.

So wurde Lonny eigentlich gar nicht gefragt, ob sie einverstanden war, Mark und die Tante bestimmten übermütig über ihren Kopf hinweg, dass sie sich fügen müsse.

Aber Lonny fügte sich nur zu gern. Es war wundervoll, so herrliche Reisepläne zu schmieden. Und Tante Mia freute sich darauf, das ganze Herrenhaus zusammen mit Frau Heidemann um und umräumen zu können. Es wurden allerlei Änderungen in der Anordnung der Zimmer notwendig. Die beiden getrennten Seitenflügel hatten jetzt als Wohnungen für Mark und Lonny keinen Sinn mehr, sie wollten zusammen den Mittelbau bewohnen, daran sollten sich auch die Erdgeschossräume der Seitenflügel schließen. Tante Mia sollte im ersten Stock des rechten Seitenflügels wohnen bleiben. Das erste Stockwerk des linken Seitenflügels sollte für Gästezimmer eingerichtet werden. Mark und Lonny bestimmten dann auch gleich noch, dass Horst aus dem Verwalterhaus ausziehen und mit Tante Mia im rechten Seitenflügel wohnen solle. Denn Lonny behauptete, die Tante würde sich allein in diesem Teil des Hauses nur fürchten und Horst werde sich gern zu ihrem Beschützer und Behüter aufwerfen.

Als Horst von seiner Reise zurückkehrte, wurde ihm das mitgeteilt und er sah, obwohl ihm das Herz ein wenig schwer wurde, dankbar in Marks und Lonnys Gesichter. Er wusste es zu würdigen, dass sie ihn damit gleichsam in den Schoß der Familie aufnehmen wollten. Er hatte daheim gemerkt, wie sehr er aus dem Lebensstil seines Vaterhauses herausgewachsen war. Die Oberflächlichkeit seiner Mutter und Schwester quälte ihn geradezu, nur dem Vater war er naher gekommen. Er war sich erst zu Hause bewusst geworden, wie sehr er mit Herrenberg und den dort lebenden Menschen zusammengewachsen war, und er wollte auch nie mehr fur immer nach Berlin zurück. Die notwendigen Semester, die er auf der landwirtschaftlichen Hochschule belegen wollte, würde er in Halle absolvieren. Dann wollte er für immer nach Thüringen zurückkommen. Mark hatte schon sein Augenmerk auf eines der Nachbargüter gerichtet. Der jetzige Besitzer war ein sehr alter Herr, ohne Kinder, der eine Anzahl weitläufiger Verwandter hinterließ, die das Gut bestimmt verkaufen würden, wenn der Erblasser gestorben war. Mark hatte sogar schon mit dem alten Herrn darüber gesprochen. Dieser hatte gemeint, sobald der junge Mann seine Studien beendet habe, werde er ihm dann gern das Gut verkaufen, vorausgesetzt, dass er bis zu seinem Tode dort Wohnrecht behalte.

Horst war Mark sehr dankbar für diese Vermittlung. Das Gut war ihm bekannt, es lag zwischen Herrenberg und Schönburg, war also für ihn sehr günstig gelegen. Er ritt auch schon manchmal zu diesem Gut hinüber und freundete sich mit dem alten Herrn an.

Durch all das wurde Horst ein wenig von seinem Kummer abgelenkt, und er fand sich damit ab, dass Lonny die Frau Marks werden würde. Verehren durfte er sie ja auch dann noch. Und diese Ehrfurcht veredelte seinen Charakter immer mehr. Mark war sehr zufrieden mit ihm, und ihr Verhältnis wurde trotz des Altersunterschieds immer freundschaftlicher.

Tante Mia nahm sich Horsts in sehr mütterlicher Weise an, und sie wurde künftig seine Vertraute für alles, womit er nicht zu Mark oder Lonny gehen konnte.

Es machte ihn sehr stolz, dass Mark und Lonny ihm die Oberaufsicht über Herrenberg übertrugen, solange sie auf Hochzeitsreise sein würden. Sie wussten, dass sie ihn dadurch auszeichneten, und wollten das auch.

Weihnachten feierte Horst in Herrenberg. Er war vorher nur zur Hochzeit seiner Schwester auf zwei Tage zu Hause gewesen. Dann trieb es ihn wieder in seine zweite, echte Heimat, zu den Freunden, die ihm für den Wert des Lebens die Augen geöffnet hatten. Es war ein wundervolles, herrliches Fest, mit allem Zauber und aller Poesie, mit Schneefall, Schlittenfahrten in den Wald, um Weihnachtsbäume zu holen, mit Kuchenduft und Lichterglanz – und mit unzähligen von Tante Mia selbst eingekleideten Puppen. Alle Dorfkinder wurden beschenkt, und Horst war mitten unter dieser Schar und beschenkte sie ebenfalls reich.

Dann gab es eine feierliche Bescherung zwischen dem Brautpaar und Tante Mia und Horst. Was Liebe nur ersinnen und ein gefüllter Geldbeutel verschaffen konnte, war aufgebaut für die vier glücklichen Menschen. Es war ja für alle vier das erste Weihnachtsfest, an dem sie mit vollen Händen geben, an dem sie liebe Menschen so recht nach Lust und Laune beschenken konnten.

Silvester waren sie dann nach Schönburg eingeladen. Die Fürstin hatte das ganze Haus voller Gäste.

An diesem Abend zum Jahresschluss lernte Horst Seifert eine reizende junge Dame kennen, die gerade aus der Pension nach Hause gekommen war und in der Nachbarschaft wohnte. Diese reizende junge Dame freute sich immer sehr, wenn Horst sie zum Tanz führte. Wir können hier gleich im Voraus verraten, dass diese junge Dame, Olly Langfeld, die Tochter eines Gutsbesitzers, bestimmt war, vier Jahre später Horst Seiferts Frau zu werden. An diesem Abend begann sich Horsts Herz dieser süßen kleinen Olly zuzuwenden. Sie sahen sich in der Zukunft häufig, denn Lonny lud Olly, als sie merkte, was hier zu entstehen begann, oft nach Herrenberg ein. Und Horst und Olly fanden sich zuerst in einer großen Verehrung und Schwärmerei für Lonny, die sie einander immer näherführte bis zum guten Ende.

Lonny und Mark hielten Anfang Januar Hochzeit, und an diesem Tage sah sie die gesamte Nachbarschaft in Herrenberg, einschließlich der fürstlichen Familie. Die Tochter des fürstlichen Paares, Olly Langfeld und zwei andere junge Damen waren Brautjungfern. Horst war Lonnys Brautführer.

Mit dieser schönen, stimmungsvollen Hochzeitsfeier führten sich Mark und Lonny als Gastgeber in den Kreis der Nachbarn ein, und es war, als wenn eine große Familie dieses Fest mitfeierte. Denn die Thüringer halten fest zusammen und teilen gern Leid und Freude miteinander.

Horst und Olly fanden, dies sei das schönste Fest, das sie je gefeiert hatten.

Mark und Lonny fuhren erst am späten Abend, als die Gäste schon aufzubrechen begannen, mit ihrem Auto nach Berlin. Von dort begannen sie ihre Hochzeitsreise. Innig aneinandergeschmiegt, Hand in Hand, schauten sie noch einmal zurück auf das hell erleuchtete Herrenhaus, als sie aufbrachen.

Sie fühlten beglückt, das war ihre Heimat, dorthin würden sie gern zurückkehren nach diesem Ausflug ins Land der Seligen.

Zwei glückliche Menschen hatten sich gefunden.

ENDE

Geflügelsuppe

1 Suppenhuhn
Salz
Wasser
1 Bund Suppengrün
1 Prise Rosmarin
Evtl. etwas gekörnte Hühnerbrühe
Evtl. etwas Sherry
Gekochter Reis oder gekochte Suppennudeln als Einlage
Schnittlauch zum Bestreuen

Das küchenfertige, gewaschene Suppenhuhn zusammen mit den Innereien in 2 bis 2 ½ l kaltem, leicht gesalzenem Wasser aufsetzen und 2 ½ bis 3 Stunden kochen lassen, dabei im letzten Drittel der Kochzeit das klein geschnittene Suppengrün und Rosmarin zugeben. Die Brühe dann abseihen und eventuell mit Brühe und / oder Sherry nachwürzen. Reis oder Nudeln als Einlage in die Suppe geben, ebenso das ausgelöste, klein geschnittene Hühnerfleisch ohne Haut.

Heiß und mit Schnittlauch bestreut servieren.

Ich hab zu viel an dich gedacht! –
Sternschnuppen fliegen durch die Nacht
Das Sternenheer
Strahlt rings umher
Ein leis geheimnisvolles Rauschen
Erschauernd blick ich in die Nacht
Ich hab zu viel an dich gedacht.

2. November 1901

Hilfe für Mona

1

Wird man dich heute Abend auf dem Ball in der ›Harmonie‹ sehen, Mona?«

»Nein, Gloria, es widerstrebt mir; es ist kaum ein Jahr her, dass mein Vater starb.«

»Nun, die Trauerzeit ist doch damit zu Ende.«

»Ich kann meine Trauer nicht so exakt begrenzen.«

»Das ist nicht meine Ansicht. Aber darüber werden wir uns jedoch einig werden, wie über manches andere auch, nicht wahr, Mona?«

Gloria Lindner zuckte mit spöttischem Lächeln die Achseln und fügte noch hinzu:

»Du bist wirklich langweilig, wie Richard Römer von dir behauptet.«

Mona zuckte zusammen, und ihre Augen blickten traurig.

»So, hat Richard Römer das von mir gesagt?«

Gloria Lindner hatte mit großer Genugtuung Monas Zusammenzucken bemerkt. Sie gab sich aber den Anschein vollkommener Unbefangenheit.

»Selbstverständlich hat er das gesagt, sonst würde ich es nicht behaupten. Da ihr Jugendfreunde seid, darf er sich schon so offen über dich äußern.«

Mona hatte sich wieder gefasst.

»Das kann er, Gloria, und – wahrscheinlich hat er recht, wahrscheinlich bin ich langweilig; im Vergleich mit dir ganz bestimmt.«

Gloria öffnete ihre Handtasche und zog einen kleinen Spiegel hervor. Mit einer winzigen Puderquaste fuhr sie über das Gesicht und betrachtete sich wohlgefällig.

»Du kannst dir nicht denken, wie verliebt er in mich ist, er liebt mich leidenschaftlich; und wenn ich nur wollte, wäre er jede Stunde bereit, sich mit mir zu verloben.«

Bei den letzten Worten sah sie über das Spiegelchen hinweg herausfordernd in Monas blasses Gesicht. Diese hatte sich aber vollkommen in der Gewalt und sagte gelassen:

»Das ist verständlich, du bist schön und begehrenswert.«

Gloria lachte eitel, ärgerte sich aber, dass sie Mona nicht tiefer getroffen hatte; denn diese hatte es geschickt zu verbergen gewusst.

»Ja, wie gesagt, er ist unsagbar in mich verliebt, und ich bin sehr froh, dass dich das so ruhig lässt. Ich fürchtete schon, dass ich dir mit dieser Mitteilung wehtun könnte. Ich habe mir immer eingebildet, du liebtest ihn sehr. Deshalb redete ich bisher nicht darüber.«

Mona zwang ein stolzes Lächeln in ihr Gesicht.

»An mehr oder minder deutlichen Bemerkungen darüber hast du es eigentlich nie fehlen lassen. Du siehst aber, dass du im Irrtum bist. Zwischen Richard Römer und mir besteht nichts weiter als eine harmlose Jugendfreundschaft. Du weißt ja, seine Eltern und die meinen waren eng miteinander befreundet, und wir sahen uns – fast täglich. Er ist allerdings ein paar Jahre älter als ich, und deshalb war er immer der Führende bei unseren Jugendstreichen. Jetzt, seit dem Tod meines Vaters, der meiner Mutter so bald ins Grab folgte, und seitdem auch Richard seine Mutter verloren hat, kommen wir nur noch selten zusammen. Das tut jedoch unserer Freundschaft keinen Abbruch.«

»Bis er sich eines Tages verheiraten wird. Dann wird seine Frau diese Freundschaft nicht so gern sehen.«

Mona blieb noch immer ruhig.

»An unserer Freundschaft wird auch seine künftige Frau nicht viel ändern können – aber sie wird vielleicht verbieten, dass wir noch weiter als gute Freunde miteinander verkehren. Und darum werden wir beide vernünftig genug sein, uns danach zu richten.«

Gloria war wütend, dass sie Mona nicht härter treffen konnte. Sie wusste sehr wohl, dass diese Richard Römer liebte. Gerade das hatte sie bewogen, Richard durch ein ausgeklügeltes Liebesspiel an sich zu fesseln. Der Hauptgrund war freilich sein Reichtum, denn Gloria war die Tochter vermögensloser Eltern und hatte außerdem zwei Brüder, die noch nichts verdienten.

Gloria wusste, dass sie viel schöner war als Mona und es ihr daher leicht fiel, Einfluss auf Männer zu gewinnen. Um Mona jede Hoffnung zu rauben, kam es ihr durchaus nicht darauf an, ihr gelegentlich zu sagen, dass Richard Römer sich abfällig über sie geäußert habe. In Wahrheit fiel das dem jungen Mann überhaupt nicht ein, er hatte eine viel zu gute Meinung von Mona und war ihr ein treu ergebener Freund. Wahrscheinlich glaubte Mona auch nicht, dass er sich abfällig über sie äußerte, aber sehr wohl, dass er Gloria Lindner liebte, und das tat ihr weh, denn bei ihr war aus der Jugendfreundschaft längst eine tiefe, starke Neigung geworden. So, wie sie veranlagt war, war das ein Gefühl auf Lebenszeit. Aber sie hatte sich schon damit abgefunden, dass Richards Liebe ihr niemals gehören würde, und sie glaubte Gloria ohne Weiteres, dass diese nur zu wollen brauchte, um Richard fest an sich zu binden.

Um keinen Preis hätte Mona die Freundin merken lassen, wie es um sie stand, sie hätte es wenigstens niemals zugegeben. Dazu war sie zu stolz. Dass Gloria sie mit jedem ihrer Worte zu treffen suchte, wusste Mona, und gerade deshalb wollte sie nicht zeigen, wie tief sie verwundet war.

Gloria steckte Puderquaste und Spiegel wieder ein, blies ein Stäubchen von ihrem Ärmel und sah Mona mit ihren dunklen, flammenden Augen prüfend an.

»Du solltest etwas Puder auflegen und dir die Augenbrauen nachziehen. Gerade Gesichter wie das deine haben das sehr nötig«, sagte sie scheinbar freundschaftlich.

Mona zuckte die Achseln.

»Ich würde dadurch weder schöner noch attraktiver werden und verzichte daher darauf.«

Gloria ärgerte sich, dass Mona auch ohne solche Hilfsmittel einen wundervollen Teint hatte, während sie immer mit diesem und jenem nachhelfen musste. Aber es war etwas wie Mitleid in ihrer Stimme, wenn von Monas Aussehen die Rede war. Nur zu gern wollte sie dieser beibringen, dass sie unansehnlich und reizlos sei, und immer gab sie sich Mühe, Mona zu überreden, Schönheitsmittel zu benutzen, weil sie genau wusste, dass dadurch Monas Teint leiden würde. Doch bis jetzt war es ihr noch nie gelungen, Mona dazu zu bewegen. Diese war keine so überragende Schönheit wie Gloria, aber sie war trotzdem eine reizende Erscheinung. Auch ihre grauen Augen waren durchaus nicht so feurig und verlockend wie die Glorias, aber sie strahlten eine große seelische Reinheit und Tiefe aus. Monas Reize waren feiner und stiller als die Glorias.

Mona hatte eine viel zu bescheidene Meinung von sich und ihrem Aussehen, als dass sie sich gesagt hätte, Gloria spräche nicht ihre wahre Meinung aus. Bei Gloria Lindner war alles Berechnung: Sie war eine kalte Natur, die fest entschlossen war, dem Leben alles abzugewinnen, was es hergab, vor allem in geldlicher Hinsicht. Ihr ganzes Streben ging nach Reichtum, der ihr bisher versagt geblieben war. Und da sie überzeugt war, dass Richard Römer ein reicher Mann war, war sie fest entschlossen, ihn zu erobern und – er machte ihr das nicht einmal schwer, denn er war wirklich über alle Maßen verliebt in Gloria Lindner.

Diese liebte ihn aber durchaus nicht. Sie war eines tiefen, ehrlichen Gefühls überhaupt nicht fähig, und was sie für einen Mann zu empfinden imstande war, das gehörte einem anderen, der seiner Wesensart nach viel besser zu ihr gepasst hätte, sofern er überhaupt für sie infrage gekommen wäre. Er war arm wie sie selbst und gleich ihr darauf bedacht, sich durch eine reiche Heirat gesundzustoßen. Dieser andere Mann hieß Hubert Meining. Zwischen ihm und Gloria hatte eine Zeit lang ein Liebesverhältnis bestanden. Dieses ging so weit, dass die beiden sich schließlich eingestanden, dass sie einander gern heiraten würden, wenn sie nicht beide gezwungen wären, nach einem Goldfisch zu angeln. Im besten Einvernehmen miteinander hatten sie trotzdem dieses Verhältnis noch eine Weile fortgesetzt, bis Gloria Richard Römer als Trumpf in ihre Karten gemischt hatte. Zu gleicher Zeit hatte sie auch Hubert Meining darauf aufmerksam gemacht, dass Mona Falkner, die schwerreiche Erbin, für ihn die rechte Frau sein könnte. Hubert Meining war ein bildschöner Mensch, der auf Frauen einen starken Einfluss ausübte. Er traute sich sehr wohl zu, Mona Falkner zu erobern, wenn es ihm nur gelingen würde, sie kennenzulernen. Aber er stand ihren Kreisen fern, und deshalb hatte

Gloria sich erboten, ihn mit Mona, die eine Schulfreundin von ihr war, bekannt zu machen.

Das war auch vor einigen Tagen durch einen von Gloria willkürlich herbeigeführten Zufall geschehen, und nun hatte sie von Hubert Meining den Auftrag erhalten, Mona zu veranlassen, dieses Fest in der »Harmonie« zu besuchen, das in der Provinzstadt, in der sie beide lebten, schon seit einiger Zeit Tagesgespräch war.

Gloria hatte eigentlich als selbstverständlich angenommen, dass Mona dieses Fest besuchen würde, und sich nur noch einmal vergewissern wollen, als sie heute Vormittag Mona begrüßte. Sie war nun sehr enttäuscht, als sie hörte, dass Mona nicht kommen wollte, und wusste nicht, wie sie es anfangen sollte, sie doch noch dazu zu bewegen. Während sie sich mit Mona über alles Mögliche unterhielt, grübelte sie darüber nach. Endlich meinte sie:

»Richard Römer wird sehr betrübt sein, wenn du nicht zu dem Ball kommst, Mona; wir hatten uns schon verabredet, eine vergnügte Ecke zu bilden. Hubert Meining, den ich dir neulich vorstellte, wollte auch dabei sein. Du – der hat sich auf den ersten Blick rasend in dich verliebt.«

»Wie kommst du auf so etwas?«

Gloria lachte.

»Ach, wes das Herz voll ist, des geht der Mund über. Er hat mir von dir vorgeschwärmt – unglaublich, was er alles für Vorzüge an dir entdeckt haben will.«

Mona zuckte die Achseln und sagte ein wenig spöttisch:

»Dann hat er eine ganz andere Meinung von mir als andere Leute.«

»Ja – aber über Geschmack lässt sich nicht streiten. Wie gefällt dir Hubert Meining eigentlich?«

»Ich muss dir offen gestehen, dass ich mir noch gar keine Meinung über ihn gebildet habe.«

»Aber Mona – du bist wirklich ein kleiner Stockfisch. Meining ist doch ein bildschöner und geradezu bezaubernder Mensch.«

»So? Ich habe ihn kaum angesehen, wir hatten ja nur eine flüchtige Begegnung.«

»Da hast du aber keine Augen im Kopf. Die Frauen sind alle entzückt von ihm. Er könnte an jedem Finger zehn haben – aber er sieht keine an. Ausgerechnet du hast einen tiefen Eindruck auf ihn gemacht, er schwärmt von deinen seelenvollen Augen, von deinem wundervollen Haar und deinem blütenfrischen Teint.«

»So lass ihn schwärmen«, sagte Mona seelenruhig. »Und er freute sich sehr, dich heute Abend auf dem Fest wiederzusehen, um dich besser kennenlernen zu können. Willst du nicht mitkommen? Wir würden uns sicher zu viert großartig unterhalten.«

Mona dachte aber nur, dass sie dann, wie schon des Öfteren, mit ansehen müsste, dass Richard Römer Gloria den Hof machte und ihr zärtliche Blicke zuwarf. Das ging über ihre Kraft, und sie sagte ruhig und bestimmt: »Du hast ja bereits meine Ansicht gehört, Gloria; ich kann mich noch nicht entschließen, große, laute Festlichkeiten zu besuchen. Es widerstrebt mir.«

Gloria merkte, dass das eine ernste Absage war, und überlegte. Dann meinte sie:

»Du kannst dir jederzeit die Gesellschaft, nach der du verlangst, in dein schönes Haus einladen. Unsereiner muss sich mit öffentlichen Festen begnügen. Man will doch mal unter Menschen sein.«

»Das kann ich verstehen, Gloria.«

Diese klatschte in die Hände, als käme ihr ein glänzender Gedanke.

»Weißt du, du könntest uns mal zu einem kleinen stimmungsvollen Abendessen bei dir einladen; Richard Römer, Hubert Meining und mich. Mehr Gäste brauchten nicht da zu sein. Und deine Hausdame ist ja Ehrenwache genug. Sei lieb, Mona – gönne mir ein bisschen Vergnügen.«

Das konnte Mona nicht gut abschlagen. Lächelnd meinte sie:

»Wenn dir so viel daran liegt – gern.«

»Dann wollen wir gleich einen Abend vereinbaren. Also, heute ist Sonnabend. Morgen müssen wir uns ausruhen von den Festesfreuden, denn es wird spät werden, bis wir heimkommen. Wie wäre es am Montagabend? Würde dir das passen?«

Mona hätte am liebsten nein gesagt, aber sie wusste nur zu gut, Gloria würde nun nicht mehr von ihrer Idee abzubringen sein und nur den Tag verschieben. So sagte sie, in ihr Schicksal ergeben:

»Gut, also am Montagabend, um acht Uhr bitte. Du teilst es wohl den beiden Herren heute Abend noch mit. Es soll eine ganz zwanglose Sache sein.«

Gloria strahlte und umarmte Mona.

»Selbstverstandlich! Großartig ist das, Mona, ich freue mich riesig. Aber nun muss ich gehen, ich muss mich noch ein paar Stunden ausruhen, sonst sehe ich heute Abend nicht frisch aus. Leb wohl, Mona, und bis Montagabend auf Wiedersehen!«

Mona verabschiedete sich von Gloria zwar höflich, aber ohne Wärme.

Trüben Auges sah sie der Entschwindenden nach.

Das Herz tat ihr weh. Richard Römer würde eines Tages Glorias Mann werden, das erschien ihr gewiss. Und sie würde tausend Schmerzen erleiden, nicht nur, weil sie ihn selbst liebte, sondern vor allem deshalb, weil sie wusste, dass Richard mit einer Frau wie Gloria nicht auf Dauer glücklich sein konnte. Wenn er sie erst richtig kannte, wenn ihm die rosa Brille von den Augen genommen wurde, durch die er sie jetzt sah, dann musste es ein schlimmes Erwachen für ihn geben.

Mona fürchtete sich vor dem kommenden Montagabend. Glorias Art war ihr niemals sehr angenehm gewesen, aber jetzt erschien sie ihr geradezu unleidlich. Sie spürte auch den Hohn in Glorias Wesen, wusste, dass sie eine Ahnung haben musste von ihren Gefühlen für Richard und dass sie ihr deshalb immer wieder bewusst wehzutun suchte. Nur ihr Stolz befähigte sie, dies alles scheinbar ruhig zu ertragen.

Aufatmend trat sie von dem Fenster zurück und ging hinüber in das benachbarte Zimmer, in dem Frau Richter, ihre Hausdame, mit einer Handarbeit beschäftigt war.

»Ihr Besuch ist wieder gegangen, Fräulein Mona?«, fragte diese lächelnd.

Mona setzte sich zu ihr.

»Ja, Fräulein Lindner wollte mich überreden, das Fest in der ›Harmonie‹ zu besuchen.«

»Aber Sie können sich nicht dazu entschließen?«

»Nein – ich liebe solche Veranstaltungen überhaupt nicht. Ich habe übrigens als Ersatz dafür Fräulein Lindner, Herrn Römer und einen Ihnen noch nicht bekannten Herrn Meining für Montag zum Abendessen eingeladen und möchte Sie bitten, ein ansprechendes Mahl zusammenzustellen.«

»Gerne. Haben Sie besondere Wünsche?«

»Nein, Frau Richter, ich überlasse alles Ihnen. Und jetzt möchte ich in das Werk hinausfahren, der Direktor hat einiges mit mir zu besprechen, und auch die beiden Prokuristen haben Probleme.«

Frau Richter drückte auf einen Klingelknopf. Der eintretende Diener erhielt den Befehl, das Auto vorfahren zu lassen.

Mona wurde im Direktionsgebäude von ihren leitenden Angestellten erwartet. Diese hatten einige Sachen von Wichtigkeit mit ihr zu besprechen, und Mona entschied sich schnell. Sie war in die Geschäfte hinreichend eingeweiht um in solchen Fällen ihre Entscheidung ruhig und bestimmt treffen zu können; die Herren belästigten sie nicht mit Kleinigkeiten.

Vor wenigen Tagen war Mona einundzwanzig geworden, und der Direktor hatte ihr telefonisch mitgeteilt, dass er auch wegen ihrer Mündigkeit noch einiges mit ihr zu besprechen hätte. Nach Erledigung der geschäftlichen Sachen kam daher der Direktor, ein liebenswürdiger, aufrechter Herr, Ende der Fünfzig, der schon viele Jahre im Betrieb war, hierauf zu sprechen.

»Ihr Herr Vater, unser einstiger verehrter Chef, hat einen kurzen Nachtrag zu seinem Testament hinterlassen, der Ihnen erst nach Ihrer Mündigsprechung vorgelegt werden sollte. Es handelt sich um Ihre Vollmacht bei Abschlüssen von Geschäften. Die Entscheidung sollen Sie nämlich hierbei nur zusammen mit den beiden Herren Prokuristen und mir treffen können, nachdem wir gemeinsam darüber beraten und uns geeinigt haben. Ihr Herr Vater ging dabei wohl von dem Gedanken aus, dass Sie zu jung und zu wenig in die Geschäfte eingeweiht seien, um allein eine Entscheidung treffen zu können. Deshalb soll dies auch nach Ihrer Volljährigkeit so bleiben, wie wir es bisher gehandhabt haben. Ich hoffe, Sie sind damit einverstanden.«

Mona nickte schweigend.

»Wie mit allem, was mein Vater anzuordnen für gut befunden hat. Ich werde Ihnen sehr dankbar sein, wenn Sie mir nach wie vor hilfreich zur Seite stehen.«

»Dessen können Sie gewiss sein, mein gnädiges Fräulein. Und nun ist hier noch eine Bestimmung für den Fall Ihrer Verheiratung. Auch Ihr künftiger Mann darf Geschäfte nur im Einverständnis mit uns abschließen, vor allem aber darf er größere Summen, die den Ihnen bestimmten Jahresbetrag überschreiten, nur dann anfordern, wenn wir sie unbedenklich auszahlen können. Es ist das eine gewisse Vorsichtsmaßnahme, die es wie bisher Ihnen, so auch Ihrem künftigen Mann unmöglich macht, größere Summen ohne unsere Genehmigung aus dem Werk zu ziehen.«

Mona nickte verständnisvoll.

»Ich erkenne auch darin die liebevolle Fürsorge meines Vaters, der mich davor bewahren will, einem vielleicht leichtsinnigen Gatten zu große Rechte auf mein Vermögen einzuräumen.«

»Ich sehe, Sie sind sehr klug und verständig. Ja, das war sicherlich der Wunsch Ihres Herrn Vater. Hätten Sie sich vor Ihrer Volljährigkeit verheiratet, dann hätten wir Sie schon vor Ihrer Eheschließung auf diesen Nachtrag aufmerksam machen müssen.«

Mona sah eine Weile vor sich hin. Richard Römer war für sie verloren, und an einen anderen Mann dachte sie nicht. So meinte sie nach einer Weile:

»Es ist sehr fraglich, ob ich mich eines Tages verheiraten werde. Aber meines Vaters Bestimmungen sind gut und richtig. Außerdem ist mein Jahresetat so hoch bemessen, dass ich das Geld, wie Sie wissen, bis jetzt kaum bis zur Hälfte verbraucht habe. Ich werde kaum jemals höhere Ansprüche an die Kasse stellen.«

»Das nehme ich von Ihnen als sicher an, mein gnädiges Fräulein, aber wenn Sie sich eines Tages doch verheiraten, wird das alles vielleicht anders werden. Jedenfalls wollen Sie sich einprägen, dass auch der Ihnen zustehende Jahresbetrag und was Sie davon erübrigen, nur dann ausgezahlt wird, wenn Sie Ihre Unterschrift geben, und zwar, wie bisher, in Vierteljahresraten. Ihrem Mann würden also jeweils diese Beträge nur dann ausgezahlt werden, wenn er eine Vollmacht von Ihnen mitbringt. Am besten, Sie kassieren auch dann immer selbst. Über diese Vierteljahrsraten hinaus wird aber auch auf Ihre Unterschrift nichts ohne unsere Einwilligung ausgezahlt, und es wird dann stets am besten sein, wenn Sie persönlich mit uns über außergewöhnliche und bedeutende Beträge verhandeln.« Sie hatte aufmerksam zugehört und sah lächelnd zu den drei Herren auf.

»Ich freue mich, dass es mir dadurch unmöglich ist, Torheiten in finanziellen Dingen zu begehen, und bitte Sie, sich immer streng an die Bestimmung meines Vaters zu halten.«

Die Herren verneigten sich dankend und versicherten ihr, dass sie ihr stets treu ergeben seien.

Dann legte der Direktor Mona den von ihrem Vater aufgesetzten und unterschriebenen Nachtrag zu seinem Testament vor. Sie solle ihn aufmerksam durchlesen, was sie pflichtgemäß tat. Sie ahnte nicht, welche Bedeutung dieser Nachtrag eines Tages für sie haben würde.

Es wurden noch einige Dinge besprochen, und dann baten die Herren sie, sich einige neue Modelle im Maschinensaal anzusehen. Sie willigte ein und betrachtete alles mit großem Interesse. Darauf verabschiedete sie sich und ließ sich vom Direktor zu ihrem Wagen führen.

Während der Heimfahrt ließ sie sich noch einmal durch den Kopf gehen, was sie in der zurückliegenden Stunde erfahren hatte. Mit aufrichtigem Dank gedachte sie ihres Vaters, der, noch über seinen Tod hinaus, für ihr Wohl besorgt war.

Es schien ihr völlig unmöglich, jemals, selbst wenn sie verheiratet sein würde, mehr als die Summe aufbrauchen zu können, die der Vater für ihre Lebenshaltung ausgesetzt hatte. Außerdem dachte sie zurzeit überhaupt nicht an eine Heirat – ihr Herz gehörte Richard Römer, und dieser würde Gloria Lindners Mann werden. Eine Ehe mit einem anderen Mann würde immer nur eine Vernunftehe sein, und eine solche einzugehen erschien ihr vorläufig unmöglich.

2

Die Festräume der »Harmonie« füllten sich schon zeitig. Die vorausbestellten Tische, für die ein ziemlicher Betrag gezahlt werden musste, waren die einzigen, die noch nicht besetzt waren. Aber langsam fanden sich auch die Herrschaften ein, die diese Tische bestellt hatten. Zuletzt erschienen die Ehrengäste und die, die es sich hatten leisten können, eine Loge für den Abend zu mieten.

Richard Römer hatte sich ebenfalls eine Loge gesichert, in der Hoffnung, hier mit Gloria Lindner und Mona Falkner zusammensitzen zu können. Er war ehrlich betrübt, als Gloria ihm sagte, dass mit Monas Erscheinen nicht zu rechnen sei. Und so war es gut, dass er Hubert Meining auf Glorias Bitte hin einen Platz in seiner Loge hatte anbieten lassen. Sonst hätte er sich allein in Glorias Gesellschaft befunden, und das wäre doch etwas auffallend gewesen. Richard gehörte zu den Männern, die eine Frau niemals durch eine Unachtsamkeit bloßstellen würden. So saß man zu dritt beieinander, und im Laufe des Abends gesellte sich noch ein Freund Richards mit seiner Dame dazu.

Platz gab es in der Loge, sonst war alles überfüllt.

Richard Römer war eine attraktive Erscheinung, wenngleich er es nicht mit Hubert Meining aufnehmen konnte. Dessen Schönheit war allerdings auffallend, und viele Frauenaugen sahen schmachtend zu ihm hinüber. Das pflegte er mit eitlem Lächeln hinzunehmen.

Richard fand diesen schönen Mann reichlich fad und überhaupt nicht angenehm. Er duldete ihn nur an seinem Tisch, weil Gloria für ihn gebeten und ihm gesagt hatte, sie habe ihn aufgefordert, in der Loge Platz zu nehmen. Eben weil sie gehofft hatte, Mona würde anwesend sein. Richard konnte sich nicht denken, dass Mona sonderlich Gefallen an diesem Mann mit dem sieghaft und eroberungslustig umherschweifenden Blick gefunden hätte.

Jedenfalls war Herr Meining sehr enttäuscht, dass es Gloria nicht gelungen war, Mona Falkner auf das Fest zu locken. Er tröstete sich aber damit, dass er von anderen Frauen angehimmelt wurde. Gloria übersah er heute, denn er wusste, dass sie darauf aus war, den vermögenden Herrn Römer zu erobern. Und wenn er auch Gloria eine Zeit lang den Verliebten vorgespielt hatte, so war dieses Gefühl bei ihm doch ebenso wenig stark und tief gewesen wie bei ihr. Sie hätten eigentlich vorzüglich zusammengepasst, denn sie waren beide herzlose, berechnende Menschen, die wohl einem Sinnenrausch nachgeben konnten, aber niemals imstande waren, eine tiefe, ehrliche Liebe zu empfinden.

Gloria und Richard waren eifrig miteinander beschäftigt. Richard war wirklich für dieses schöne Mädchen entflammt, und Gloria setzte alle Hebel in Bewegung, ihn einzufangen. Zuweilen gingen sie hinunter in den Saal und tanzten zusammen, und dann legte Gloria es besonders darauf an, mit allen verfügbaren Mitteln weiblicher List das Feuer zu schüren. Wenn Richard nicht so verliebt gewesen wäre, hätte ihn das befremden müssen. Gloria wusste es einzurichten, ihn in einen zurzeit leeren Wintergarten zu führen, und er folgte ihr nur zu gern. Dort kam es zu einem Liebesgeständnis seinerseits, und er küsste Gloria leidenschaftlich. Willig gab sie sich seiner Zärtlichkeit hin und erwiderte sie, als sei sie ebenfalls völlig im Banne einer Leidenschaft für ihn.

So kam eine Verlobung zwischen den beiden zustande. Gloria triumphierte und sorgte dafür, dass Richard Römer nicht zu früh aus seinem Sinnesrausch erwachte. Sie brachte es fertig, dass er sie schon heute Abend einigen Bekannten als seine Braut vorstellte, und nun brauchte Gloria nichts mehr zu befürchten. Jetzt war Richard Römer unwiderruflich an sie gebunden.

Zu dem Kreis, dem die Verlobung schon heute Abend mitgeteilt wurde, gehörte selbstverständlich auch Hubert Meining. Er nahm diese Nachricht mit seinem schönsten Lächeln entgegen und beglückwünschte das Brautpaar mit scheinbarer Herzlichkeit. Aber als er Gloria einen Augenblick allein gegenüberstand, während Römer die Glückwünsche anderer Bekannter entgegennahm, flüsterte er ihr zu:

»Bin ich nicht großmütig, dass ich dich ihm überlasse?«

Darauf antwortete sie ebenso leise:

»Ich werde Gleiches mit Gleichem vergelten, Hubert, wenn du einst Mona Falkners Verlobter bist.«

»Hilfst du mir dazu?«, fragte er, sie mit einem flammenden Blick ansehend.

Dieser Blick erregte sie mehr als alle Liebesbeweise Richard Römers.

»Ich helfe dir! Aber du weißt, was wir uns versprochen haben.«

»Ich weiß es und werde mein Versprechen halten, süße Gloria.«

Wenn Richard Römer geahnt hätte, dass seine Braut und Meining sich versprochen hatten, einander über die Öde einer Ehe ohne Liebe hinwegzutrösten, dann hätte er keinesfalls so strahlend und glücklich ausgesehen, wie er es tat, während er von verschiedenen Seiten Glückwünsche entgegennahm.

Gloria konnte sich Meining jetzt nicht länger widmen, sie musste sich wieder ihrem Verlobten zuwenden.

Aber je weiter die Festnacht fortschritt, desto stiller wurde Richard Römer. Nun, da er die in ihm brennende Sehnsucht nach Glorias Küssen an deren Lippen gestillt hatte, fragte er sich, ob er nicht ein wenig übereilt gehandelt hatte. Es war, als übe seine Braut nicht mehr den Zauber auf ihn aus wie zuvor. Manches an ihrem Benehmen wollte ihm nicht recht gefallen. Aber er sagte sich, dass daran wohl nur diese Festnacht schuld sei. Morgen, wenn er sie wiedersah, würde sie ihm wieder in dem alten bezaubernden Licht erscheinen.

Gloria hatte ihm schon zu Beginn des Abends gesagt, dass Mona ihn und sie am Montag zum Abendessen erwarte. Auch Meining hatte sie diese Einladung überbracht, und dieser hatte sie mit seinem eitlen Lächeln entgegengenommen. Richard Römer fand dieses Lächeln geckenhaft und unangenehm. Aber er sagte nichts. Warum Meining ihm wenig gefiel, hätte er nicht einmal in Worten auszudrücken vermocht.

Da Gloria schon heute Abend ihre Verlobung durchgesetzt hatte, lag ihr an dem Abendessen in der Villa Falkner nicht mehr viel. Nur dass sie Mona mit der Nachricht von dem unerwarteten Ereignis ärgern würde, bereitete ihr große Genugtuung. Und sie war fest entschlossen, Hubert Meining mit allen ihren Kräften zu einer Verbindung mit der reichen Erbin zu verhelfen.

Jetzt, da sie des reichen Richard Römer sicher war, erschien der schöne Hubert Meining ihr allerdings doppelt begehrenswert. Nun – sie hatte ja sein Versprechen. Er würde wohl auch nicht so sehr entzückt sein von einer Ehe mit der langweiligen Mona Falkner.

So verlief der Festabend für alle Teile zur Zufriedenheit.

Richard Römer fuhr seine Braut noch nach Hause und lud, sozusagen als Ehrenwache, Hubert Meining ein, mitzufahren. Meining wohnte nicht weit von Gloria entfernt.

Am nächsten Morgen, einem Sonntag, machte Richard Römer beim Frühstück seinem Vater die Mitteilung, dass er sich am gestrigen Abend mit Fräulein Gloria Lindner verlobt habe. Der Vater fuhr auf und sah den Sohn bestürzt an.

»Mit Fräulein Lindner? Um Himmels willen, Richard, die ist doch arm wie eine Kirchenmaus.

»Dass sie kein Vermögen hat, spielt doch keine Rolle, Vater, da ich selbst in der Lage bin, für eine Frau zu sorgen.«

Der alte Herr strich sich über die Augen.

»Wie lange noch, Richard? Um alles in der Welt, diese Verlobung kann ich nicht gutheißen. Ich hatte gehofft, du würdest Mona Falkner zu deiner Frau machen.«

Richard sah den Vater groß an.

»Mona, daran habe ich niemals gedacht. Ich – ja – ich habe sie herzlich lieb. Sie war mir immer eine gute Freundin – oder so etwas wie eine gute Schwester. Aber sie heiraten – das ist mir niemals in den Sinn gekommen.«

Ganz verstört sank der Vater in seinen Sessel zurück.

»Es war meine einzige Hoffnung!«

Betroffen sah Richard zu ihm hinüber.

»Hoffnung? Worauf, Vater?«

»Auf unsere Rettung. Ich habe es dir verschwiegen, solange ich konnte. Wir stehen auf schwankendem Grund; ich hatte viele und große Verluste in den letzten Jahren. Als mir klar wurde, dass wir dem Ruin nahe seien, war es meine einzige Hoffnung, dass du Mona heiraten würdest. Sie ist reich genug, um uns über die augenblickliche Krise hinweghelfen zu können. Hättest du mir etwas gesagt, dass du Fräulein Lindner heiraten willst, hätte ich dir längst offenbart, wie es um uns steht. Du kannst dir einfach keine arme Frau leisten.«

Richard fuhr sich über die Stirn.

»Das ist leider zu spät, Vater. – Fräulein Lindner hat nun einmal mein Wort, und viele unserer gemeinsamen Bekannten wissen bereits von dem Ereignis. Ich kann als Ehrenmann unmöglich von dieser Verlobung zurücktreten.«

Der Vater seufzte tief.

»Dann weiß ich nicht, was werden soll.«

»Aber, Vater, so schlimm kann es doch nicht mit uns stehen?«

»Doch, Richard, wir sind fast am Ende.«

Dieser sah starr vor sich hin. Seine Verlobung erschien ihm jetzt in einem anderen Licht – er erkannte sie als Torheit, zumal Gloria ihn gestern irgendwie enttäuscht hatte. Er atmete tief und schwer.

»Wenn ich das geahnt hätte, Vater, wäre es selbstverständlich nicht so weit gekommen. Aber – Mona hätte ich doch nicht zu meiner Frau machen können. Sie ist ein viel zu wertvoller Mensch, als dass man wagen könnte, sie ohne Liebe zu begehren.«

»Aber du hättest dir wenigstens keine arme Frau aufgeladen. Das hat uns gerade noch gefehlt. Und Mädchen aus einfachen Verhältnissen entwickeln sich meistens zu sehr anspruchsvollen Geschöpfen.«

Richard wusste, dass Gloria für alles schwärmte, was

kostbar und glänzend war. Ihm wurde immer flauer zumute. Aber eines erschien ihm sicher – zurücktreten durfte er als Ehrenmann nicht von dieser Verlobung, das durfte er Gloria nicht antun.

Eine Weile saßen die beiden Herren einander schweigend und nachdenklich gegenüber, dann raffte Richard sich auf.

»Du siehst vielleicht zu schwarz, Vater, es werden sich auch so Mittel und Wege finden lassen, um den Zusammenbruch zu vermeiden. Wir fahren nachher in die Fabrik und sehen die Bücher durch. Du musst mir über alles Aufschluss geben; und wo dir kein Gedanke zur Rettung gekommen ist, wird vielleicht mir etwas einfallen. Ich habe Zeit bis nach elf Uhr – dann bin ich durch Gloria bei ihrem Vater angemeldet. Er erwartet meine Werbung,«

Der alte Herr erhob sich mit einem Ruck und ging aufgeregt im Zimmer hin und her.

»Ich fürchte, dass auch du keinen Ausweg findest, Richard; aber du hast recht, jetzt musst du in alles eingeweiht werden. Also – lass uns gleich jetzt in die Fabrik hinausfahren.«

Eine Viertelstunde später saßen beide Herren im Auto und fuhren hinaus vor die Stadt, wo die Römer'sche Fabrik lag.

3

Richard hätte gern noch heute Vormittag einen Besuch bei Mona Falkner gemacht, um ihr Mitteilung von dem Ereignis zu machen. Sie waren von Kindesbeinen an befreundet gewesen, sodass es ihm selbstverständlich erschien, sie einzuweihen, bevor seine Verlobung ihr durch eine Anzeige mitgeteilt wurde. Nun blieb ihm dazu keine Zeit. Er musste den Besuch verschieben.

Auf einmal beschäftigte ihn, durch des Vaters Wort angeregt, die Frage, ob er überhaupt eine Ehe mit Mona hätte eingehen können. Ja, vielleicht, wenn ihm die Leidenschaft für Gloria nicht wie eine Krankheit im Blut gesessen hätte, wäre es ihm möglich gewesen, die Jugendgefährtin an sich zu fesseln. Freilich, es wäre niemals etwas anderes daraus geworden als eine Vernunftehe, allerdings eine auf gegenseitiger Hochachtung gegründete.

Gern hatte er Mona gewiss, und ihre feine, stille Art hatte ihm stets wohlgetan. Allein, er hatte immer nur brüderlich für sie empfunden.

Oder redete er sich das jetzt nur ein, wenn er das, was ihn zu ihr hingezogen hatte, mit den Bränden verglich, die Gloria in seiner Seele entfacht hatte?

Doch was half jetzt alles Grübeln.

Er hatte sich gebunden und musste nun alles so lassen, wie es war, wollte er nicht vor sich selbst erröten.

Selbstverständlich galt es, nachher das Haus Lindner aufzusuchen, um bei Glorias Vater um deren Hand anzuhalten.

Vorher aber wollte er sich Klarheit darüber verschaffen, wie es um des Vaters Unternehmen stand.

Erst jetzt empfand er es ganz, wie sehr er mit diesem verbunden war. Seit Jahren schon war er dort tätig und suchte den Vater nach Kräften zu unterstützen. Niemals aber hatte dieser ihm einen Einblick in die Verhältnisse gewährt. Das hatte ihn zuweilen ein wenig gekränkt.

Jetzt aber erkannte er, dass der Vater ihm nur seine Sorgen hatte fernhalten wollen.

In der Fabrik angekommen, begaben beide Herren sich in das Büro, wo in einem Kassenschrank die Geschäftsbücher aufbewahrt wurden. Der alte Herr schloss auf, holte die Bücher heraus, legte sie vor Richard hin und begann, ihm dieses und jenes zu erklären.

Als guter Kaufmann brauchte Richard nicht lange, um einen Überblick zu bekommen. Er erkannte unschwer, worum es sich handelte. Es war schon eine beträchtliche Summe nötig, um aller Sorgen Herr zu werden.

Aber woher einen solchen Betrag nehmen? Mit zusammengezogenen Brauen saß er da, machte sich Notizen, grübelte wieder und sah zum Vater hinüber, der ihm mit sorgenschwerer Miene gegenübersaß. Dann sagte er aufatmend:

»Wir müssen die Reserven heranziehen, Vater, damit wir aus dieser schwierigen Lage herauskommen.«

»Ich habe schon alles Mögliche in Betracht gezogen, aber alles ist erschöpft.«

»Doch nicht alles, Vater! Bitte, sieh nicht zu verzagt aus,

es muss sich eine Rettung finden. Wollten wir alles in Ordnung bringen, müssten wir freilich eine ungeheure Summe zur Verfügung haben, das sehe ich schon ein; aber – es handelt sich zunächst um das Nötigste. Vielleicht retten wir auch noch etwas von den Verlusten. Aber – nun hör mich einmal an. Wir werden zuerst unsere Villa verkaufen.«

Der Vater sah beklommen zu ihm hinüber.

»Unsere Villa? Und wo sollen wir wohnen?«

»Du weißt doch; dass hier oben über den Büros ein Stockwerk leer steht. Wir brauchen es nicht mehr, seit wir die großen Schuppen als Warenlager ausgebaut haben. Es sind sieben Räume. Die lassen wir uns als Wohnung einrichten. Wir können ja sagen, dass uns der ständige Weg zu weit ist. Ich weiß auch schon einen Käufer für die Villa. Kommerzienrat Schellhorn sucht für seine Tochter ein passendes Haus, da diese sich verheiraten will. Wir bieten ihm das unsere an. Unsere Möbel, so viel wir brauchen, lassen wir in diese sieben Räume schaffen. Wenn es dir recht ist, richten wir alles gleich so ein, dass wir getrennt darin wohnen können, in der einen Hälfte du, in der anderen meine zukünftige Frau und ich. Wir werden uns bescheiden. Ich mache das meiner Braut schon irgendwie klar – das braucht ja nicht gleich zu sein. Es ist nicht nötig, dass viel davon gesprochen wird, solange unsere Lage noch nicht geklärt ist. Es sind da auch noch einige kleinere Räume vorhanden, die unter dem Dach liegen. Die richten wir als Küche und dergleichen ein. Wir machen das so billig wie möglich. Achtzigtausend Mark bekommen wir bestimmt für unsere Villa mit dem schönen Garten, vielleicht auch etwas mehr; lass mich das nur machen. Gleich morgen gehe ich zu Kommerzienrat Schellhorn. Dann können wir auch noch unser Auto verkaufen – aber nein, für gebrauchte

Autos bekommt man heute nicht viel im Verhältnis zum Neupreis – es sieht auch ziemlich pessimistisch aus, wenn wir den Wagen abschaffen. Dann besitze ich noch das kleine Erbe von Tante Röschen – ich habe das bisher nicht angegriffen. Das sind fast dreißigtausend Mark. Und Mutters Schmuck – den beleihen wir aber nur, er soll nicht verkauft werden. Du weißt, dass er sehr wertvoll ist, dreißigtausend Mark können wir darauf aufnehmen. Dann haben wir fürs Erste, was wir brauchen. Kommt etwas von den unsicheren Forderungen herein, dann wird zuerst Mutters Schmuck wieder ausgelöst – den soll schließlich Gloria bekommen. Ich habe leider gestern Abend schon davon gesprochen, wie schön sie darin aussehen würde. Nun – ich sage ihr, er sei gerade beim Juwelier, um in Ordnung gebracht zu werden. Dadurch gewinnen wir Zeit.«

»Und wie willst du ihr erklären, dass wir unsere Villa verkaufen?«

»Einfach damit, dass diese zu weit von der Fabrik entfernt liegt und dass wir hier im Haus die vielen großen Räume leer stehen haben.«

Etwas hoffnungsvoller seufzte der alte Herr auf.

»Du kannst dir denken, dass es mich hart ankommt, die Villa abzugeben, in der ich so viele schöne Jahre mit deiner Mutter verlebt habe.«

Richard erhob sich und klappte das Geschäftsbuch energisch zu. Sein Mund presste sich fest zusammen, und sein Gesicht bekam einen harten Ausdruck, der ihn älter und reifer erscheinen ließ.

»Nur nicht sentimental werden, Vater, damit kommen wir nicht durch. Sei nicht so verzagt und, bitte, lass mich in Zukunft alle Sorgen mit dir teilen. Es hat keinen Zweck, mir noch etwas zu verheimlichen, ich bin schließlich alt genug, um auch den Ernst des Lebens zu erfahren.«

Der Vater ergriff des Sohnes Hand.

»Du hast dich in dieser Stunde bewährt, mein Junge – wir wollen fortan alles wie gute Freunde und Kameraden miteinander tragen und gemeinsam gegen den drohenden Untergang kämpfen.«

Richard nickte dem Vater aufmunternd zu.

»Wir schaffen es schon, Vater – und jetzt muss ich zur Brautwerbung. Fährst du mit zur Stadt zurück?«

»Ja, Richard. Aber vorher noch eine Frage: Ist es dir völlig unmöglich, von dieser Verlobung freizukommen?«

Richards Stirn rötete sich jäh.

»Wenn ich nicht darauf verzichten will, ein Ehrenmann zu bleiben, so ist es unmöglich, Vater.«

»Dann muss es also sein! Gott stehe dir bei, dass Gloria Lindner auch ein bescheidenes Los gern mit dir teilt.«

»Das wird sie schon, Vater, wir lieben uns doch, und die Liebe sieht über alles hinweg.«

Aber trotz dieser zuversichtlichen Worte hatte Richard ein seltsam unsicheres Gefühl. Würde Gloria sich wirklich in so bescheidene Verhältnisse fügen?

Aber er wies diesen zweifelnden Gedanken von sich. Sie war doch daheim nicht verwöhnt, im Gegenteil, da musste sie mit sehr viel weniger vorliebnehmen. Es würde schon alles gut gehen.

So fuhr er ziemlich zuversichtlich zur Stadt zurück, setzte den Vater erst an der elterlichen Villa ab und fuhr dann weiter zu der Wohnung der Familie Lindner.

Er merkte, dass er dort schon erwartet wurde. Glorias jüngster Bruder Peter, ein fünfzehnjähriger Bursche in den schönsten Flegeljahren, schien auf ihn gewartet zu haben, denn er lehnte an der Haustür, und als Richard im Wagen vorfuhr, verschwand er plötzlich, wahrscheinlich, um ihn anzumelden.

Oben wurde Richard feierlich empfangen, und zwar von einem sonntäglich herausgeputzten Dienstmädchen, das Peter Lindner rasch einen Rippenstoß versetzte, damit dieser in einer Kammer neben der Küche verschwände. Dort verblieb Peter aber nur so lange, bis Richard das Empfangszimmer betreten hatte, denn eilte er die Treppe wieder hinunter, um das »schwägerliche« Auto mit Kennermiene und einer gewissen Art von Besitzerstolz von allen Seiten zu inspizieren, wobei er bald von zwei Schulfreunden unterstützt wurde, die fachkundige Urteile über das Auto zum Besten gaben.

Oben im Empfangszimmer stand Richard indessen Glorias Vater gegenüber, dem er ohne Umschweife seine Werbung vortrug.

Herr Lindner nahm es mit geziemender Würde auf, und Richard fragte sich, wie Gloria sich in dieser kleinbürgerlichen Umgebung zu einer so glänzenden und strahlenden Erscheinung hatte entwickeln können.

Das Herz wurde ihm viel leichter. Verglichen mit dieser bescheidenen elterlichen Wohnung, musste Gloria das, was er ihr immerhin noch zu bieten hatte, sehr begehrenswert erscheinen.

Herr Lindner gab etwas umständlich und steif seine Einwilligung, und dann wurde Gloria gerufen. Sie kam, von ihrer Mutter begleitet, und Richard sah etwas ernüchtert in die ziemlich gewöhnlichen Züge seiner künftigen Schwiegermutter. Er begriff nicht, wo Gloria ihren Charme und ihre

Schönheit herhatte. Freilich hatte sie mit der Mutter eine gewisse Ähnlichkeit, aber schön war die Mutter wahrscheinlich nie gewesen.

Gloria begrüßte Richard mit züchtig niedergeschlagenen Augen, und er küsste ihr die Hand. Es war ihm unmöglich, sie jetzt in die Arme zu nehmen und zu küssen, wie es vielleicht von ihm erwartet wurde. Frau Lindner begrüßte ihn sogleich mit einer gewissen schwiegermütterlichen Vertraulichkeit, und hinter ihr erschien eine etwas ältere, aber durchaus nicht ansehnlichere Ausgabe von Peter Lindner, ein Jüngling mit Sommersprossen und ziemlich unreinem Teint, der seinen Kratzfuß vor dem eleganten Schwager machte.

Wie auf ein Stichwort erschien jetzt das Dienstmädchen mit einem Tablett, auf dem nur halb gefüllte Weingläser standen. Man trank auf das Wohl des Brautpaares, und Gloria versuchte, durch doppelte Liebenswürdigkeit das zu übertünchen, was Richard vielleicht nicht gefallen konnte. Sie nahm ihn fast völlig in Anspruch. Aber so holdselig sie auch aussah in dem weißen Kleid, das sie zur Feier des Tages angelegt hatte, irgendetwas erschien Richard heute auch an ihr gewöhnlich. Das färbte wohl von ihrer Umgebung auf sie ab, und er schalt sich selbst kleinlich, dass er sich von dem, was er sah, beeindrucken ließ.

Man forderte ihn auf, zu Tisch zu bleiben; aber er entschuldigte sich damit, dass er seinem Vater Gesellschaft leisten müsste, und darüber war man sicherlich froh – auch Gloria. Man ließ das Brautpaar dann eine Weile allein, und Gloria warf sich mit solcher Leidenschaftlichkeit in Richards Arme, dass es diesem fast zu viel war. Er liebte es nicht, wenn Frauen sich zu sehr gehen ließen. Aber als er sie in seinen Armen hielt, flammte doch die heiße Leidenschaft für das schöne Mädchen wieder in ihm auf, und er schalt sich selbst, dass er sich durch ihre Umgebung hatte ernüchtern lassen.

Nach einigen leidenschaftlichen Küssen suchte sie ihre Verhältnisse vor dem Verlobten zu entschuldigen, aber das wehrte er ab.

»Was ist da zu entschuldigen, Gloria – mir ist es doch gleich, aus welcher Umgebung ich dich mir hole. Du bist du, und dich, nur dich, liebe ich. Dass du mich wiederliebst, weiß ich, und alles andere ist Nebensache.«

Sie küsste ihn stürmisch, ohne dass er es gefordert hätte, und er tauchte wieder unter in seine leidenschaftlichen Gefühle für sie und vergaß alles, was ihn gestört hatte.

»Und was sagte dein Vater zu unserer Verlobung, Richard?«, fragte sie schelmisch.

»Er ist damit einverstanden und freut sich, dich bald näher kennenzulernen. Darf ich dich vielleicht heute Nachmittag abholen, damit du mit meinem Vater und mir den Tee einnimmst? Vater möchte dich selbstverständlich gern als meine Braut begrüßen und – deine Angehörigen möchte er heute nicht stören.«

Sie war sofort dazu bereit und meinte, dass die Mutter voraussichtlich an einem Abend dieser Woche eine kleine Verlobungsfeier ausrichten würde. Es könne freilich nur eine bescheidene Feier sein.

Er erklärte sich damit einverstanden, wenn ihm auch ein wenig davor bangte, seinen Vater hier einzuführen. Aber angesichts der eigenen schwierigen Verhältnisse würde der Vater es sicher begrüßen, dass Gloria Einfachheit gewöhnt war. Damit tröstete er sich.

Nachdem die Weingläser noch einmal bis zur Hälfte gefüllt worden waren, reichte Frau Lindner sie mit schwiegermütterlicher Huld erneut herum, und man trank sie aus. Danach verabschiedete Richard sich von den Angehörigen seiner Braut. Gloria gab ihm das Geleit bis zum Flur und sagte etwas beklommen:

»Du darfst dich an unserem bescheidenen Haushalt nicht stören, Richard.«

»Das tue ich ganz gewiss nicht, Gloria.«

»Ach, das fühle ich doch. Ist mir doch selbst alles hier zu kleinlich und zu eng. Wenn ich nur erst bei dir sein könnte, damit ich mich richtig entfalten kann.«

Sie sagte das so rührend, dass er sie an sich zog und heiß und leidenschaftlich küsste.

»Das soll bald geschehen, meine süße Gloria.«

»Und morgen Abend sind wir bei Mona. Ich freue mich sehr darauf. Der Rahmen, in dem sie lebt, wäre für mich gerade der richtige. Sie ist viel zu anspruchslos und bescheiden, ich würde viel besser da hineinpassen; meinst du nicht auch?«

Richard sah Gloria an und dachte über ihre Worte nach. Wie seltsam, dass sie immer geringschätzig von Mona sprach. Nie hatte er bemerkt, dass diese nicht in ihre Umgebung passte; sie wirkte immer vornehm und reizvoll. Aber Frauen sind wohl immer ein wenig neidisch aufeinander. Und er konnte sich schon denken, dass Gloria sich aus der Atmosphäre ihres Elternhauses hinaussehnte. Trotzdem hätte es ihm besser gefallen, wenn sie sich nicht so erhaben über ihre Angehörigen und Mona vorgekommen wäre. Es war eigentlich kein schöner Zug.

Er sagte nur: »Du bist zweifellos eine viel glänzendere Erscheinung als Mona, dennoch wirkt sie stets vornehm und passt gut zu ihrer Umgebung.«

Gloria schmollte ein wenig.

»Du lässt nie etwas auf sie kommen, Richard!«

Ernst sah er sie an.

»Das würde mir auch schwerfallen. Wir sind gute und ehrliche Freunde und halten sehr viel voneinander.«

Sie drohte ihm neckisch mit dem Finger.

»Wenn da nur nicht auf beiden Seiten ein wenig Verliebtheit mitspricht.«

Das hätte sie nicht sagen sollen. Richard zog die Stirn zusammen und machte sich fast unwillig von ihr los.

»So etwas möchte ich nie wieder hören, Gloria, es verletzt mich.«

Sie nahm ihn lachend beim Kopf und küsste ihn, bis sie merkte, dass er wieder in ihrem Bann war.

»Darf man dich nicht ein wenig necken, Richard?«, fragte sie schelmisch.

»Mich schon, Gloria – aber Monas Name darf nicht mit solchen Scherzen verbunden werden, dazu steht sie mir zu hoch.«

Er verabschiedete sich etwas hastig. Sie sah ihm ärgerlich nach, zuckte die Achseln und ging wieder ins Haus, um sich als glückliche Braut feiern zu lassen.

Richard trat unten an seinen Wagen heran und bemerkte Peter Lindner, den er vorhin nur flüchtig gesehen hatte. Peter kämpfte gerade mit dem Entschluss, den Chauffeur zu fragen, ob er einmal hupen dürfe. Aber als Richard erschien, verging ihm der Mut, und er sah halb trotzig, halb verehrungsvoll zu Richard auf.

Irgend etwas in diesem Jungengesicht gefiel ihm; Peter war ein gesunder, hübscher Bengel, ein wenig frech, wie viele Jungen in seinem Alter, aber was machte das schon aus?

Richard reichte ihm lächelnd die Hand.

»Wir wollen uns mal verwandtschaftlich begrüßen, Peter, denn ich werde dein Schwager.«

Halb begeistert, halb mit weltmännischer Überlegenheit legte Peter seine nicht ganz saubere Hand in die Richards.

»Weiß ich schon, ist ja seit heute früh von nichts anderem die Rede gewesen. Ich hab ja auch aufpassen müssen, bis Sie kamen.«

»Kanntest du mich denn?«

»Na und ob! Gloria hat Sie mir schon mal gezeigt und dabei zu mir gesagt; das wird mal dein Schwager, Peter.«

Richard musste lachen.

»So, das hat Gloria schon vorher gewusst?«

Peter zuckte die Achseln.

»Was die will, das setzt sie auch durch.«

Etwas an diesen Worten berührte Richard unangenehm. Nicht so sehr, weil der Junge sie gebraucht hatte, sondern weil sie Gloria in einer ihm bisher unbekannten Weise charakterisierten. Trotzdem sagte er zu Peter, der den Wagen wieder mit prüfenden Blicken betrachtete und dann meinte: »Einen schnittigen Wagen haben Sie, Herr Schwager.«

»Willst du ein Stück mitfahren? Wenn der Chauffeur mich zu Hause abgesetzt hat, bringt er dich dann wieder heim!«

Peter reckte sich begeistert in die Höhe, maß seine beiden Freunde gönnerhaft und erwiderte:

»Famos! Darf ich wirklich?«

»Selbstverständlich.«

Unterwegs brachte Peter wieder einige fachkundige Urteile über den Wagen zutage, und Richard hörte ihm mit Vergnügen zu. Dann sagte Peter:

»Na, Gloria wird ja platzen vor Stolz, wenn die erst alle Tage in dem feinen Wagen fahren kann. Sie freut sich schon darauf; aber sie hat gesagt, ich mit meinen Dreckstiefeln dürfte nicht hinein. Und nun sitze ich doch drin.«

Richard hatte seinen Spaß an dem Jungen.

»Gloria wird dich schon manchmal mitnehmen, wenn sie ausfährt.«

Peter zuckte ziemlich verächtlich die Achseln.

»Da kennen Sie Gloria schlecht, Herr Schwager, die gönnt einem die Luft nicht. Und alles, was die Eltern erübrigen konnten, ist nur an sie gewendet worden, weil sie schön ist und eine feine Partie machen sollte. Jetzt, da es so weit ist, wird es kaum noch mit ihr auszuhalten sein. Aber das sage ich Ihnen, Herr Schwager, die Gloria müssen Sie scharf am Zügel nehmen, sonst wächst sie Ihnen bald über den Kopf. Das sage ich Ihnen, weil wir Männer unter uns sind und Sie ein so feiner Mensch sind. Sie haben mir gleich gefallen. Und dass ich gleich mit in Ihr Auto durfte, das ist einfach großartig!«

Mit gemischten Gefühlen hatte Richard das angehört. Es klang viel Ehrlichkeit aus Peters Worten, aber auch eine gewisse Geringschätzung seiner Schwester. Dass Gloria auf eine »feine Partie« gedrillt worden war, erschien ihm, nachdem er ihr Elternhaus kennengelernt hatte, nicht unwahrscheinlich. Komisch war es, wie Peter sich schon als Mann gebärdete; doch das haben Jungen in diesem Alter oft an sich. Im Großen und Ganzen wirkten Peters Worte auf ihn nicht als Geschwätz, sondern als eine ehrliche Mahnung, vorsichtig zu sein.

Das alles nützte Richard jetzt jedoch nichts mehr. Er fragte sich, ob er sich von einer Verlobung hätte abhalten lassen, wenn Peter früher ein »Männerwort« mit ihm gesprochen hätte; aber er glaubte doch, dass er nicht von Gloria losgekommen wäre. Etwas, von dem er nicht recht zu sagen wusste, was es war, fesselte ihn mit starken Banden an sie. Er würde sie sich schon zu erziehen wissen, und einem Jungengeschwätz durfte man keine allzu große Wichtigkeit beimessen.

Ein wenig beklommen war ihm nur zumute, dachte er daran, was der Vater sagen würde, wenn er die Lindner'sche Häuslichkeit kennenlernte.

Aber das ließ sich leider nicht umgehen.

Peter schwatzte unbekümmert weiter. Er und Richard schieden als »bewährte gute Freunde«.

Peter fuhr stolz neben dem Chauffeur wieder nach Hause. Seine Freunde standen noch an der Haustür und sahen, wie er ausstieg. Huldvoll winkte er dem Chauffeur zu und ging, die Hände in den Taschen, gönnerhaft zu seinen Freunden.

»Schicke Sache, so'n eigenes Auto. Mein Schwager wird es mir zur Verfügung stellen, so oft ich will!«

»Mensch, hast du Schwein! So 'nen Schwager wünsche ich mir auch.«

»Doof – hast ja keine Schwester. Wo willste denn da einen Schwager hernehmen?«

Der andere Freund sang vor sich hin: »Und wer 'ne hübsche Schwester hat, der kriegt auch bald 'nen Schwager.«

In diesem Augenblick kam Peters Bruder Franz herunter und zog den Bruder mit sich ins Haus.

»Sollst raufkommen, Peter, sie wollen wissen, wie du dazu kommst, mit Glorias Verlobtem im Auto zu fahren.«

Als Peter oben diese Frage von Gloria vorgelegt wurde, sah er sie ziemlich höhnisch an.

»Er hat sich gleich um meine Freundschaft bemüht und mich eingeladen, ihn zu begleiten.«

»Aber, Peter, du wirst dich doch hoffentlich anständig benommen haben!«, jammerte die Mutter.

Peter machte eine großspurige Handbewegung.

»Wenn sich einer mir gegenüber als feiner Mann benimmt, dann benehme ich mich selbstverständlich auch so, ist doch klar!«

Er musste aber noch ausführlich erzählen und kam sich dabei sehr wichtig vor, berichtete aber nur, was ihm passte. Frauen brauchten nicht zu wissen, was Männer miteinander zu besprechen haben.

Und so ahnte Gloria nicht, dass Peter sie in einem sehr zutreffenden, aber durchaus nicht sehr günstigen Licht geschildert hatte. Peter war überzeugt, dem neuen Schwager einen Freundschaftsdienst erwiesen zu haben, er würde die Gloria schon fest an der Kandare halten, und das war gut und richtig so; für den Schwager auf alle Fälle.

4

Richard war etwas nachdenklich nach Hause zurückgekehrt, ließ aber seinen Vater nicht merken, dass ihm allerlei Bedenken gekommen waren. Er fragte sich, ob Gloria ihn noch für eine »feine Partie« halten würde, wüsste sie, was sein Vater ihm heute mitgeteilt hatte. Immerhin würde sie durch ihn auch heute noch in sehr gute Verhältnisse kommen im Vergleich zu denen ihres Elternhauses.

Dem Vater berichtete er nur, dass die Lindners anscheinend in sehr bescheidenen Verhältnissen lebten und daher sehr zufrieden sein dürften mit dem, was der künftige Mann ihrer Tochter zu bieten vermöge.

Er bereitete den Vater nicht nur auf die Verlobungsfeier im Hause Lindner vor, sondern teilte ihm auch mit, dass Gloria am Nachmittag zum Tee kommen würde, um sich ihrem künftigen Schwiegervater als Braut vorzustellen.

Der alte Herr war viel zu sehr mit seinen eigenen Problemen beschäftigt, als dass er dem, wovon Richard sprach, große Aufmerksamkeit geschenkt hätte.

Er verwickelte den Sohn bald wieder in ein Gespräch über die geschäftliche Lage, und das dauerte so lange, bis Richard aufbrechen musste, um seine Braut abzuholen.

Selbstverständlich war Peter wieder in greifbarer Nähe vor dem Haus, um zu sehen, ob er wieder zu einer billigen Autofahrt gelangen könnte, aber Gloria wusste das klug zu verhindern. Sie wollte durchaus nicht den Platz im Wagen mit ihrem vorlauten Bruder teilen, und so konnte Richard nur einige Worte mit Peter wechseln.

Gloria fühlte sich bereits als Besitzerin dieses Wagens und malte sich alle Genüsse eines großen Reichtums aus. Dass Richard sehr wohlhabend sein müsste, erschien ihr selbstverständlich, da er immer einen sehr eleganten Eindruck machte, in einer schönen Villa wohnte, sich ein Auto halten konnte und sein Vater eine große Fabrik besaß. Sie bereitete sich jetzt darauf vor, den Schwiegervater genauso zu bezaubern, wie sie Richard bezaubert hatte, und sie hatte deswegen sehr sorgfältig Toilette gemacht. Richard fragte sich, wie Glorias immer sehr elegante Kleider zu den bescheidenen Verhältnissen ihres Elternhauses passten, fand aber keine andere Antwort darauf als Peters Worte, dass alles irgendwie Verfügbare auf Gloria verwendet worden war, damit sie eine feine Partie machen würde.

Gloria war berauscht von der sehr schön eingerichteten Villa, gab sich dem Vater gegenüber sehr anschmiegend und liebenswürdig. Dennoch machte sie auf diesen keinen sehr günstigen Eindruck. Er musste zugeben, dass sie ein bildschönes Mädchen war, konnte auch verstehen, dass seines Sohnes junges Blut nach dieser Frau verlangte; aber er versprach sich von einer Ehe mit ihr nicht viel Gutes. Als erfahrener Mann wusste er aber, dass er seinem leidenschaftlich verliebten Sohn nicht raten und helfen konnte. Die heiße Glut würde, wie er Richard kannte, schnell vergehen, wenn er seine Braut erst richtig kennenlernte, und dann löste sich diese Verlobung vielleicht doch noch, sogar ohne sein Zutun. Wichtig war nur, Richard Zeit zu lassen, um sich besinnen zu können, und die Hochzeit so lange wie möglich hinauszuschieben.

Er beobachtete Gloria, wie sie von ihnen beiden im Haus herumgeführt wurde und wie ihre Blicke gleichsam besitzergreifend alles musterten. Es lag dabei etwas Begehrliches in ihren Augen. Und es missfiel dem alten Herrn sehr, dass sie ihrem Verlobten in seiner Gegenwart immer wieder mit stürmischer Zärtlichkeit um den Hals fiel, wenn sie ein besonders kostbares Stück des Hausrats erspäht hatte. Es lag in dieser Zärtlichkeit trotz allem etwas Kaltes, Berechnendes. Jedenfalls war Richard als Mann viel zurückhaltender als sie in ihrer Eigenschaft als Frau.

Der alte Herr dachte bei sich: Wie wird sie sich dazu stellen, wenn sie erfährt, dass diese Villa nicht mehr uns gehört und dass die Verhältnisse, in die sie hineinheiratet, sehr viel bescheidener sind, als sie es jetzt erwartet?

Ihre Zärtlichkeiten hatten keine Wärme, das fühlte der alte Herr deutlich. Was würde davon übrig bleiben, wenn sie merkte, dass in ihrer Ehe Sorgen nicht ausbleiben würden?

Aber von alledem verriet er nichts. Er gab sich mit der ihm eigenen Ritterlichkeit, und Gloria versicherte ihrem Verlobten wiederholt, sodass es der Vater hören musste:

»Dein Vater ist wirklich ein entzückender alter Herr!«

Aber darauf gab dieser nicht viel. Er wusste solche Reden sehr wohl einzuschätzen. Eines erschien ihm sicher: Wurde Gloria in Glanz und Luxus gehüllt, dann würde mit ihr auszukommen sein, bekam sie aber in ihrer Ehe Sorgen aufgeladen, dann würde es schnell zu Ende sein mit ihrer Liebe.

In berechnender Weise äußerte Gloria bereits allerlei Wünsche für später in Bezug auf das Haus, die die beiden Herren schweigend entgegennahmen; denn sie wussten, dass diese Wünsche unerfüllt bleiben mussten. Und Richard überlegte sich, dass er ihr nach und nach schonend beibringen müsste, wie es in Wahrheit um seine Verhältnisse bestellt war. Als der Rundgang beendet war, saß man noch eine Weile zusammen, und dabei sagte Gloria, was ihr schon lange auf der Zunge gebrannt hatte:

»Du erzähltest mir doch von dem hinterlassenen Schmuck deiner Mutter, Richard – ich möchte ihn mir gern einmal ansehen.«

Dabei fiel sie Richard wieder um den Hals und küsste ihn.

Vater und Sohn sahen sich einen Augenblick verstohlen an. Dann erhob sich der alte Herr, um Gloria auch diesen Wunsch zu erfüllen. In seinem Arbeitszimmer hatte er einen Geheimschrank in die Wand einbauen lassen – denn er hatte zuweilen große Werte im Haus aufzubewahren und in diesem Schrank war auch der Schmuck seiner verstorbenen Frau verwahrt. Es widerstrebte ihm freilich, Gloria den Schmuck zu zeigen, da er wahrscheinlich auf längere Zeit beliehen werden sollte. Aber auch er hoffte, dass er bald wieder eingelöst werden konnte. Immerhin war ihm zumute, als versündige er sich an seiner verstorbenen Frau, wenn er deren Schatz, von dem sie manches Stück von ihrer Mutter ererbt hatte, manches aber auch von ihm geschenkt bekommen hatte, den begehrlichen Augen Glorias preisgäbe.

Aber er trug die Schatulle, in der die Kostbarkeiten aufbewahrt waren, doch hinüber; freilich mit schwerem Herzen.

Richard übernahm es, die einzelnen Stücke vor Glorias Augen auszubreiten. Sie stieß beim Anblick besonders schöner Steine entzückte Rufe aus und beging sogar die Taktlosigkeit, dies oder jenes an sich selbst auszuprobieren. Das Schlimmste aber war, dass sie mehr als einmal bemerkte:

»Diese Steine müssen selbstverständlich neu gefasst werden, dann kommen sie viel besser zur Geltung.«

Richard fand es nicht schön von ihr, dass sie das, zumal jetzt schon, sagte; auf seinen Vater aber wirkten diese Worte besonders unangenehm. Fast war der alte Herr froh, dass die Schmuckstücke einstweilen beliehen und für Gloria unerreichbar sein würden.

Richard sagte endlich, als sie erneut ein Armband zur Umarbeitung verurteilte:

»Diese Stücke haben gerade wegen ihres Alters besonderen Wert. Davon darf nichts umgearbeitet werden.«

Sie sah ihn ein wenig ärgerlich von der Seite an, erwiderte aber vorläufig nichts, in der bestimmten Hoffnung, ihm das später schon abschmeicheln zu können.

Der alte Herr nahm einen hübschen Brillantring, allerdings wohl den am wenigsten kostbaren, und reichte ihn Richard.

»Ich denke, du gibst deiner Braut diesen Ring als Brautgeschenk. Er ist am modernsten gefasst und wird ihr am besten gefallen.«

Damit packte er die anderen Sachen ruhig wieder ein und trug sie fort.

Lächelnd steckte Richard seiner Braut den Ring an den Finger. Sie hatte eine sehr schöne Hand, der man es anmerkte, dass sie keine Arbeit zu verrichten gewohnt war. Gloria hatte noch nie in ihrem Leben einen so kostbaren Brillantring getragen, aber sie hatte dennoch sofort erkannt, dass er von allem, was man ihr gezeigt hatte, das billigste Stück war, und sie ärgerte sich darüber.

Sie ließ sich das aber klugerweise nicht anmerken und tröstete sich damit, dass sie ja bald den ganzen Schmuck bekommen würde. Also heuchelte sie eine laute Freude über den Ring und ließ Richard diesen immer wieder an ihrer Hand bewundern. Selbstverständlich kam es ihr nur darauf an, dass er ihre Hand bewunderte, was er auch pflichtschuldigst tat.

Bald darauf brachte Richard Gloria in seinem Auto heim, und da Peter wie aus der Pistole geschossen wieder aus dem Haus kam, forderte er ihn auf, ihn nochmals ein Stück zu begleiten.

Gloria sah ihren Bruder wütend an und sagte:

»Richard, belaste dich doch nicht mit diesem Bengel, er ist frech und ungezogen und wird es dir wenig danken.«

Peter sah erst seine Schwester mit einem unbeschreiblichen Blick an und dann zu Richard hinüber. Aber er erwiderte kein Wort. Da fasste Richard ihn lachend im Genick und schob ihn in den Wagen.

»Lass nur, Gloria, wir sind schon gute Freunde, Peter und ich, und mir gegenüber wird er bestimmt nicht frech und ungezogen sein. Auf Dank rechne ich gar nicht, ich will deinem Bruder nur ein kleines Vergnügen bereiten.«

Damit verabschiedete er sich mit einem Handkuss von Gloria und öffnete ihr die Haustür. Als sie verschwunden war, stieg Richard zu Peter in den Wagen, nachdem Richard dem Chauffeur gesagt hatte, er solle einen kleinen Umweg machen.

Peter saß ganz still da. Er schien mit seinem verbissenen Jungentrotz zu ringen. Aber dann nahm er plötzlich Richards Hand in seine beiden und sagte, während seine Augen feucht wurden:

»Das vergesse ich Ihnen nicht, Schwager – Gloria will

mich bei Ihnen anschwärzen, weil sie mir Ihre Freundschaft nicht gönnt. Aber Sie können sich auf mich verlassen – für Sie gehe ich durchs Wasser.«

Richard strich ihm über den struppigen Blondkopf.

»Auch wenn es nass ist, Peter?«

»Jawohl, bis dicht vor dem Ersaufen.«

»Ich will dich lieber nicht auf die Probe stellen.«

»Och – ich kann schwimmen!«, sagte Peter nun schon wieder ganz vergnügt.

Richard fand an dem ruppigen Jungen immer mehr Gefallen, weil er fühlte, dass in Peters Brust ein tapferes, warmes Herz schlug. Dass der Junge auf seine Schwester nicht gut zu sprechen war, beruhte wohl auf Gegenseitigkeit, Gloria war auch nicht nett zu ihm.

»Du gehst doch noch zur Schule, Peter?«

»Ja, aufs Realgymnasium.«

»Was willst du denn werden?«

»Ingenieur für Motorenbau – ich möchte entweder in die Automobilbranche oder Flugzeugmotoren bauen. Wissen Sie, Schwager – so'n Motor hat eine Seele, darein kann man sich direkt verlieben. Wenn das alles so glatt und sicher läuft, so sanft und leise und doch so voll Kraft – großartig ist das!«

Interessiert hatte Richard zugehört.

»Du scheinst das schon recht gut erfasst zu haben.«

»Na und ob, wenn man Tag und Nacht nichts anderes denkt; Schwager, Sie scheinen dafür ebenfalls Verständnis zu haben.«

»Also erst mal wollen wir du zueinander sagen, Peter, ich tue es ja schon immer, aber du sagst immer noch Sie!«

Peter drückte ihm wieder die Hand mit seinen derben Jungenkräften.

»Du bist ein feiner Kerl, Richard! Dank dir schön! Und nun sind wir richtige Freunde, nicht wahr?«

»Gewiss! Aber vor solchen Übertreibungen muss sich ein richtiger Mann hüten!«

»Vor welchen Übertreibungen?«

»Dass du sagst, du dächtest Tag und Nacht nur an Motoren. Ich denke, in der Nacht schläfst du meistens, nicht?«

Peter lachte ein wenig beschämt.

»Na ja – man sagt das so hin, Richard, aber es ist komisch, von dir höre ich mir solchen Tadel gelassen und ruhig an – kommt er von den anderen, macht er mich wild.«

»Von den anderen? Meinst du damit deine Angehörigen?«

Peter nickte.

»Sie schnacken alle so viel von Dingen, die sie nicht verstehen, das erbost mich. Bei dir merkt man gleich, du verstehst einen und hast das wohl alles schon hinter dir. Ich weiß, dass ich ruppig bin, aber dir gegenüber vergeht das vollständig – du imponierst mir nämlich, und man muss jemanden haben, der einem imponiert. Dann steckt man einen Tadel ruhig ein.«

»Aber – wodurch imponiere ich dir denn?«

Peter sah ihn mit seinen klaren und klugen Augen an.

»Durch deine ganze Art. Da spürt man – hier ist ein ganzer Mann! Lass dich bloß nicht unter den Schlitten bringen – wäre schade um dich.«

Richard wurde bei diesem Gespräch mit dem Jungen ganz warm ums Herz. Man spürte, wie ehrlich jedes Wort von ihm gemeint war. Er strich ihm wieder leicht über den blonden, zerzausten Schopf.

»Da kannst du beruhigt sein, Peter – ich komme nicht

unter den Schlitten. Sonst wäre ich doch kein Mann, und du würdest deine Achtung vor mir verlieren.«

»Sag ruhig Hochachtung. Und – weiß Gott, die möchte ich nicht verlieren. Weißt du – es ist verdammt schön, wenn man zu jemandem so recht von Herzen aufschauen kann.«

»Na, dazu hast du doch vor allem deinen Vater.«

Peter wischte sich über die Stirn, als sei ihm zu heiß.

»Na ja! Er ist mein Vater. Aber weißt du, wie es ist, wenn man merkt, dass der Vater nicht mal seinen Kindern zuliebe aus einem engen Kreis herauskann, in dem er immer rundum läuft. Sein Amt – das ist sein Auf und Nieder, dafür lebt er, es geht da alles in gemächlichem Schritt, ohne dass er rechts oder links zu sehen brauchte. Und das Vaterherz ist wie so'n Aktenbündel, Schema F! Nur sich auf keinen Fall aufregen oder die Gedanken außerhalb der Tretmühle herumschicken. Dann wird man aus lauter Widerspruchsgeist gegen diese Verkümmerung eines Menschen ab und zu mal gründlich frech und ungezogen, damit dieses Gleichmaß einmal erschüttert wird. Denke nicht, dass ich über meinen Vater schimpfen will, er sorgt für uns mit aller Pflichttreue, gönnt sich kaum eine Zigarre, damit Franz und ich etwas lernen können und Gloria immer schöne Kleider bekommt. Er – ja – weiß Gott, er tut mir leid, weil er so stumpfsinnig einhertrottet.«

Peter verbiss mannhaft aufsteigende Tränen. Richard fühlte, wie es in dem Jungen gärte und kochte, und er tat ihm richtig leid.

»Dann hast du aber doch auch noch die Mutter, Peter.«

Dieser lachte ein bisschen vor sich hin.

»Ach, die Mutter – sie ließe sich für jeden von uns in Stücke reißen, aber selbstverständlich hat sie viel Schuld daran, dass der Vater so stumpf und dumpf wird; sie hat eben für nichts anderes Interesse als für Glorias Schönheit und möchte aus ihr und aus uns beiden Jungens die reinsten Engel machen. Man möchte ihr immer mal die Wangen streicheln, aber dann haut sie einen auf die Finger und sagt: Schnickschnack. Dann lässt man es schließlich ganz. Und nun ist es ihr ganzes Glück, dass Gloria einen reichen Mann heiraten wird. Mir ist es wichtiger, dass er ein tüchtiger und achtenswerter Mann ist, das kannst du mir glauben, wenn ich auch mächtig froh bin, dass du ein so schnittiges Auto hast. So eines will ich auch mal haben, wenn ich vorwärtsgekommen bin. Franz ist wie der Vater. Der studiert Philologie und wird wohl mal ein hervorragender Studienrat am Gymnasium oder so was Ähnliches. Er wird aber dann auch wie Vater im engsten Kreis herumlaufen, und wenn er nicht mal eine Frau bekommt, die ihn aufmöbelt – dann wird er mit den Jahren Vaters getreues Ebenbild, und seine Schüler werden ihm auf dem Kopf herumtanzen.«

Richard hatte aufmerksam zugehört. War es nicht erstaunlich, wie klug der Junge war und wie genau er seine Umgebung unter die Lupe nahm? Das Kerlchen gefiel ihm immer mehr. Und er fand nun auch Entschuldigungen für das, was ihm an Gloria nicht so recht gefallen wollte.

Es hatte ihr eben an der richtigen Erziehung und an richtigen Vorbildern gefehlt. Was Peter über seine Angehörigen sagte, klang durchaus nicht überheblich oder ungezogen, es war eher, als wenn ein besorgter Vater über seine Kinder und deren Unarten spricht.

»Wie kommt es nun, Peter, dass du sozusagen ein bisschen aus der Art geschlagen bist?«, fragte er ernst.

Der Junge sah nachdenklich, aber sehr vertrauensvoll zu ihm auf.

»Mutter sagt, sie habe einen Bruder gehabt, der auch so'n Rappelkopf gewesen ist wie ich. Er ist im Krieg gefallen, und Mutter stellt ihn mir deshalb immer als warnendes Beispiel hin.«

Nun mussten sie beide lachen.

»Nicht wahr, da muss man lachen – aber sie meint damit, dass ihr Bruder auch immer so fürwitzig gewesen ist wie ich. Er ging nämlich mit knapp siebzehn Jahren als Kriegsfreiwilliger und hat sich das Eiserne Kreuz erster und zweiter Klasse geholt. Dann ist er gefallen, weil er sich zu weit vorgewagt hatte, um einen verwundeten Kameraden aus der Schusslinie zu holen.«

»Ah, dann war er jedenfalls ein sehr heldenhafter Mensch.«

»Mutter nennt das fürwitzig. Aber sie ist trotzdem mächtig stolz auf die beiden Ehrenkreuze, die er sich geholt hat.«

»Das kann sie auch. Aber – jetzt bin ich zu Hause, Peter!«

Richard stieg aus, und Peter wollte es ebenfalls. Richard schob ihn jedoch wieder in den Wagen zurück.

»Bleib nur sitzen, Peter, der Chauffeur bringt den Wagen in die Garage, du kannst bis dahin mitfahren, dann hast du nicht mehr weit nach Hause.«

»Au, fein! Vielen Dank, Schwager, und was wir miteinander besprochen haben, bleibt selbstverständlich unter uns.«

»Ehrensache, Peter!«

Sie schüttelten sich die Hände und nickten sich zu. Richard sah dem Wagen eine Weile nach und dachte:

Es wäre schade, wenn der Peter auch allmählich abstumpfte – er hat das Zeug zu einem tüchtigen Kerl in sich.

Und er nahm sich vor, den Jungen im Auge zu behalten und ihm vorwärtszuhelfen.

5

Mona Falkner wurde schon am Sonntagmorgen eine Besuchskarte gebracht. Der Besucher, der sich anmeldete, war Herr Hubert Meining. Mona fiel es ein, dass dieser Besuch ein Dank für die Einladung zum Abendessen für den kommenden Tag sein sollte. Sie meinte aber, dass das bloße Abgeben der Karte vollauf genügt haben würde. Jungen Herren gegenüber war sie immer sehr zurückhaltend. Da ihre Hausdame, Frau Richter, ausnahmsweise ausgegangen war, um eine Freundin zu besuchen, sagte sie zu dem Diener:

»Melden Sie dem Herrn, dass ich bedauere, ihn im Augenblick nicht empfangen zu können.«

Das tat der Diener und kam noch einmal zurück mit der Meldung, der Herr bedauere das ebenfalls sehr und bitte, seinen ergebensten Dank für die Einladung entgegennehmen zu wollen.

Mona entließ den Diener mit einem freundlichen Kopfnicken. Unwillkürlich sah sie hinaus in den Garten, in dem alles tief verschneit war. Sie sah Hubert Meinings schlanke, elegante Gestalt über den breiten Gartenweg dem Tor zugehen. Sie stellte fest, dass er eine sehr gute Erscheinung war. Aber auf sein Gesicht konnte sie sich schon nicht mehr besinnen, sie hatte ihm ja auch nur kurz gegenübergestanden und war mit ihren Gedanken abwesend gewesen.

Sobald Meining durch das Tor verschwunden war, hatte sie ihn auch schon wieder vergessen.

Eigentlich hatte sie heute Vormittag Gloria Lindner erwartet. Diese würde ihr bestimmt von ihren auf dem Harmonieball errungenen Triumphen berichten wollen. Dann würde sie selbstverständlich zu hören bekommen, dass Richard Römer ihr sehr eifrig den Hof gemacht habe. Und deshalb fürchtete Mona sich vor diesem Besuch. Sehr oft kam auch Richard Römer sonntagvormittags zu einem Plauderstündchen in das Haus. Aber auch der blieb heute aus, und Mona sagte sich endlich, das Fest sei wahrscheinlich sehr spät zu Ende gewesen und die Teilnehmer wollten sich gewiss ausschlafen.

Um sich abzulenken und sich die Zeit zu vertreiben, nahm Mona eine Mappe mit Geschäftspapieren vor, die sie durchsehen und unterzeichnen sollte. Auch eine Quittung für das Haushaltsgeld, das ihr jeden Sonntag von der Finanzabteilung des Werkes zugeschickt wurde, war zu unterschreiben. Morgen früh holte der Bote dann alles wieder ab. Sie hatte gerade alles erledigt, als Frau Richter wieder zurückkam, und bald darauf gingen die beiden Damen zu Tisch.

Sie besprachen noch einmal ausführlich die Speisenfolge für morgen Abend und welche Weine gereicht werden sollten. Mona wollte es an nichts fehlen lassen, aber sie war keineswegs für eine sinnlose Verschwendung – auch in solchen Dingen nicht.

Nachmittags machte sie zusammen mit ihrer Gesellschafterin eine Ausfahrt und ließ draußen im Wald den Wagen halten, um dort spazieren zu gehen. Tief atmeten die Damen die reine, frische Winterluft ein. Die Sonne streute Millionen glitzernde Lichter über den nachts frisch gefallenen Schnee. Die Sonntagsspaziergänger sahen neugierig auf die beiden Damen, zumeist aber auf Monas schlanke, vornehme Gestalt. Jetzt, mit dem geröteten Gesicht, den leuchtenden grauen Augen und dem blütenfrischen Teint, sah Mona sehr reizend aus. Nach Hause zurückgekehrt, fragte Mona, ob noch Besucher da gewesen seien, erfuhr aber, dass dies nicht der Fall gewesen sei. Sie fragte sich selbst, warum sie annahm, dass Besuch kommen müsste. Gloria hob sich ihren Bericht sicherlich für morgen Abend auf, und Richard Römer dachte bestimmt nicht daran, dass sie ihn voll Sehnsucht erwarten könnte. Warum tat sie das überhaupt? Sie wusste es nicht, sie hatte nur das Empfinden, es müsste etwas geschehen sein, was ihr Kummer bereiten könnte. Dieses Gefühl steigerte sich dermaßen, dass sie bei Gloria anrief. Sie erfuhr jedoch durch das Dienstmädchen, dass diese nicht daheim war.

Nun wartete sie noch eine Weile, in der Hoffnung, dass Gloria kommen würde. Da dies nicht geschah, fragte sie, sich selbst verspottend, warum ihr so viel an einem Besuch Glorias lag, sie hatte doch fast nie reine Freude an deren Besuchen.

Der Tag verging, und mit einer seltsamen Unrast und Unlust begab Mona sich zur Ruhe.

Am nächsten Vormittag machte sie einige Besorgungen in der Stadt. Sie benutzte ihr Auto, ließ sich aber nicht von Frau Richter begleiten.

Unter anderem wollte Mona auch zu ihrem Juwelier fahren, um eine Kleinigkeit an einem Armband ausbessern zu lassen. Ihr Wagen hielt hinter einem anderen. Als sie ausstieg und sich den vor ihrem stehenden Wagen ansah, merkte sie, dass es der Römer'sche war. Sie stutzte einen Augenblick. In dieser Sekunde trat Richard Römer aus dem Juweliergeschäft. Er hatte von dem Inhaber den Schmuck seiner Mutter beleihen lassen, hatte auch ohne Weiteres dreißigtausend Mark dafür bekommen, unter der Bedingung, dass er den Schmuck zu diesem Betrag innerhalb von drei Jahren wieder einlösen konnte, inzwischen aber die vorgestreckte Summe mit sechs Prozent jährlich verzinsen musste. Richard war darauf eingegangen und hatte zugleich für Gloria und sich Verlobungsringe gekauft.

Er hatte vorgehabt, anschließend Mona einen kurzen Besuch zu machen, um ihr unter vier Augen seine Verlobung mitzuteilen.

Jetzt sah er sie vor dem Schaufenster stehen und begrüßte sie herzlich.

»Ich wollte gerade zu dir fahren, Mona, gestern war ich verhindert.«

Sie sah ihn mit ihren schönen Augen an.

»Ich habe dich vermisst, Richard. Hoffentlich hattest du keine unangenehme Sache; ich dachte mir, du habest spät mit dem Fest Schluss gemacht und müsstest dich ausschlafen.«

»Spät war es allerdings geworden, aber das macht mir nichts aus. Und eine unangenehme Sache hatte ich auch nicht – im Gegenteil. Aber – ich möchte dir davon nicht hier auf der Straße berichten – würdest du mich ein Stück in deinem Wagen mitnehmen? Du hast sicherlich hier bei dem Juwelier zu tun, ich begleite dich dann wieder bis hierher. Mein Wagen kann so lange stehen bleiben.«

»Gewiss, Richard, wenn du mir etwas zu sagen hast, kann es im Wagen am ungestörtesten geschehen.«

Wenige Minuten später rollte das Auto davon.

Mona hatte keine Ahnung, was sie zu hören bekommen

sollte, aber irgendwie war ihr beklommen zumute, war es schon seit gestern. Sie war gewohnt, ernste Unterhaltungen mit Richard Römer zu führen, sie vertrauten einander manches an, was sie anderen Menschen nicht mitteilen wollten. Die Römer'sche Fabrik war nicht weit von den Falknerwerken entfernt, und zwischen beiden lag ein den Falkners gehörendes Wiesengelände. Auf diesem hatte Mona vor Zeiten gern gespielt, wenn ihre Mutter den Vater in seinem Büro aufgesucht hatte.

Oftmals hatte Richard, obwohl er einige Jahre älter war, ihr Gesellschaft geleistet. Sie hatten, umhertollend, Ball gespielt, Drachen steigen lassen oder sich sonst wie vergnügt und waren dabei Freunde fürs Leben geworden.

Nun saßen sie beide nebeneinander in dem Wagen. Richard beugte sich vor und sah Mona ins Gesicht, Er stellte wieder einmal fest, dass sie reizend war, und konnte nicht verstehen, dass Gloria immer so abfällig über das Äußere der Freundin sprach. Der breite Nerzkragen ihres Persianermantels kleidete sie ganz besonders, und es fuhr ihm durch den Sinn, dass Gloria trotz aller Schönheit nie so vornehm und apart wirken könne wie Mona.

»Ich habe dir heute wirklich etwas sehr Wichtiges und Überraschendes zu sagen. Gestern hatte ich keine Zeit, und bis heute Abend wollte ich es nicht verschieben. Also – kurz und bündig, Mona, ich habe mich mit Gloria Lindner verlobt.«

Als er das heraushatte, in einer ihm selbst unerklärlichen Befangenheit, sah er erschrocken, dass Mona leichenblass wurde und wie vernichtet in die Wagenkissen zurücksank. Es war aber nur ein Augenblick der Schwäche und des Versagens aller Kräfte. Gleich riss sie sich wieder zusammen und vermochte ein allerdings etwas gequältes Lächeln um ihren Mund zu zwingen. Schnell reichte sie ihm die Hand, und er spürte, dass diese kleine, schmale Mädchenhand leise zitterte und sich durch den Handschuh hindurch eiskalt anfühlte.

»Also ist es am Sonnabend doch so weit gekommen – Gloria hatte mir das schon in Aussicht gestellt. Aber ich glaubte nicht, dass es so schnell geschehen würde. Jedenfalls danke ich dir, dass du mir das eher mitgeteilt hast als anderen, fremden Menschen. – Ich wünsche dir von ganzem Herzen Glück.«

Wie tonlos ihre Stimme war; wenigstens anfänglich. Erst bei dem Aussprechen des Glückwunsches hatte sie wieder herzlicher geklungen.

Er kannte Mona nur zu gut, und deshalb hatte der Augenblick, als sie, die Herrschaft über sich selbst verlierend, todbleich zurückgesunken war, hatte das leise Zittern ihrer eiskalten Hand ihm verraten, was sie ängstlich vor ihm hatte verbergen wollen. Auf einmal wusste er, dass bei Mona aus der guten Freundschaft Liebe geworden war. Und das berührte ihn seltsam. Ihm war plötzlich, als sei ihm etwas Kostbares, Herrliches verloren gegangen – als habe er einen Glassplitter aufgehoben und einen Diamanten achtlos liegen lassen. Seine Augen ruhten besorgt, fast verstört in den ihren, und sie musste die Lider einen Augenblick niederschlagen, um sich nicht zu verraten. Dass sie sich schon verraten hatte, wurde ihr erst bewusst, als er ihre Hand wie in jähem Schrecken an seine Brust presste und heiser vor unterdrückter Erregung hervorstieß:

»Mona – was ist mit dir?«

Da überkam sie eine stolze Scham und zugleich eine

heiße Besorgnis, ihn zu beunruhigen. Mit Aufbietung aller Kraft scherzte sie:

»Du kannst dir wohl denken, dass diese überraschende Neuigkeit mich beinahe umgeworfen hat. Das ist doch keine Kleinigkeit, wenn man hört, dass der beste Freund sich verlobt hat. Also, nochmals meine herzlichsten Glückwünsche, Richard.«

Er beugte sich über ihre Hand, küsste diese und wusste, er küsste die Hand einer Frau, die ihn aus tiefstem Herzen liebte. Er fragte sich in dieser Minute ganz verzweifelt, wie es gekommen war, dass er seinen Sinnen so viel Macht über sich gelassen hatte, Gloria zu seiner Braut zu machen. In dieser Minute wurde es ihm klar, dass es nichts gewesen war als Sinnenrausch, was ihn zu Gloria hingezogen hatte, und dass das Beste und Heiligste seines Herzens Mona Falkner gehörte. Aber er kannte ihre stolze, scheue Seele und wusste, dass er ihr jetzt helfen musste, ihre Fassung wiederzugewinnen, und sich den Anschein geben, als habe er nichts von ihrem seelischen Zusammenbruch bemerkt.

»Ich danke dir für deinen Glückwunsch, Mona, und nicht wahr – zwischen uns bleibt alles beim Alten?«

Wieder zwang sie ein gequältes Lächeln in ihr blasses Gesicht.

»Soweit das in Zukunft deine Frau gestatten wird, Richard; sie wird vielleicht unsere Freundschaft nicht dulden wollen, dann müssen wir vernünftig sein und uns ihren Wünschen fügen.«

Er sah sie betroffen an.

»Nein – das wird Gloria niemals wünschen, sie weiß doch um unsere Freundschaft.«

Mona wusste sehr wohl, dass Gloria anderer Ansicht sein würde als er, aber sie sagte:

»Das müssen wir Gloria überlassen. Aber – hier sind wir ja wieder beim Juwelier – ich muss mich ein wenig beeilen. Und – wenn ich dich bitten darf – sage Gloria nichts davon, dass du mich schon eingeweiht hast, sie wird mir heute Abend ihre Verlobung gern selbst mitteilen wollen.«

Wieder sah er sie mit banger Sorge an, sodass ihr das Blut in das Gesicht schoss.

»Wie du wünschst, Mona«, sagte er gepresst. Ihm war, als dürfe er sie jetzt nicht allein lassen, und doch konnte er sich denken, dass es sie danach verlangte, allein zu sein. So half er ihr aus dem Wagen, verabschiedete sich schnell und fuhr in seinem Auto davon.

Wie Mona in das Juweliergeschäft gekommen war, wie sie ihre Bestellung gemacht hatte und dann wieder nach Hause gefahren war, ohne eine andere Besorgung zu machen, wusste sie nicht. Sie dankte Gott, als sie endlich in ihrem Zimmer allein war und brach laut weinend zusammen. Es schien ihr fast unerträglich, dass Richard Römer jetzt Gloria Lindner gehörte, aber noch unerträglicher war ihr, dass er etwas gemerkt haben musste, dass sie sich ihm verraten hatte. Und sie zerbrach sich den Kopf, wie sie ihm diese Überzeugung, die sie in seinem besorgten Blick gelesen hatte, austreiben konnte. Er *durfte* nicht glauben, dass sie ihn liebte, sie wusste, dass diese Erkenntnis ihn schwer bedrücken würde. Er musste irgendwie die Überzeugung gewinnen, dass er sich getäuscht habe. Nein – er durfte nicht auf dem Gedanken beharren, dass sie ihn liebte, durfte es seinetwegen nicht und ihretwegen ebenso wenig. Ihr Stolz litt tausend Qualen unter der Gewissheit, dass er um ihre Liebe wusste.

Aber womit sollte sie ihm beweisen, dass er sich geirrt hatte, wenn er glaubte, verschmähte Liebe habe sie zusammenbrechen lassen?

Sie grübelte lange darüber nach. Und plötzlich richtete sie sich auf. Jetzt wusste sie es. Sie musste sich so schnell wie möglich mit einem anderen Mann verheiraten, mit irgendeinem – mit dem ersten Besten, der geneigt war, um ihre Hand anzuhalten. Es fehlte ihr nicht an Freiern, sie würde nicht lange suchen müssen. Wie war es doch mit diesem Herrn Meining, der gestern bei ihr Besuch gemacht hatte. Gloria hatte ihr doch erzählt, wie sehr er von ihr geschwärmt habe und dass sie sofort eine Eroberung an ihm gemacht habe. Heute Abend kam dieser Herr Meining – wenn sie sich den Anschein gab, als mache er tiefen Eindruck auf sie, wenn sie ihm vortäuschte, in ihn verliebt zu sein –, dann konnte Richard unmöglich glauben, dass sie ihn liebte. Und Gloria ebenso wenig – auch sie durfte es nicht ahnen! Deshalb hatte sie Richard gebeten, er möge Gloria nicht verraten, dass sie schon eingeweiht war. Gloria sollte die Überzeugung gewinnen, dass sie diese Verlobungsnachricht ruhig hinnehmen konnte, dass sie im Herzen unbeteiligt war bei dieser Nachricht. Ihr Stolz musste ihr helfen. Und dieser Herr Meining! Vielleicht war er ganz nett, und man konnte vernünftig mit ihm sprechen. Betrügen wollte sie ihn nicht, er sollte wissen, dass sie einen anderen liebte, der unerreichbar für sie war. Er musste Geduld mit ihr haben – man konnte sich vielleicht auf einen kameradschaftlichen Standpunkt mit ihm stellen.

So jagten ihre Gedanken und klammerten sich immer wieder an das eine: Richard musste die Überzeugung gewinnen, dass sie ihn nicht liebte. Nachdem sie sich zu diesem Entschluss durchgerungen hatte, raffte sie sich auf. Sie musste jetzt hinuntergehen und Frau Richter ein ruhiges Gesicht zeigen, damit auch diese keinen Argwohn schöpfen konnte. Gleich nach Tisch gedachte sie sich zurückzuziehen, die Ausrede gebrauchend, sie bedürfte der Ruhe, um heute Abend frisch zu sein.

Und so geschah es auch. Sie klagte Frau Richter, sie habe plötzlich rasendes Kopfweh bekommen, verzichtete auf das Mittagessen, leistete nur Frau Richter ein wenig Gesellschaft und suchte dann ihr Zimmer auf. Ihr Stolz half ihr, das glaubwürdig zu machen; Frau Richter merkte nichts von ihrer seelischen Verfassung, sondern riet ihr unbefangen, sie möge eine Tablette nehmen und zu schlafen versuchen. Mona nahm auch etwas zur Beruhigung der Nerven, sie musste ja gefasst und stark sein am Abend, um erfolgreich Komödie spielen zu können.

Schlaf fand sie freilich nicht, aber sie vermochte sich wenigstens zu beruhigen. Bis sie sich für das Abendessen umkleiden musste, blieb sie liegen. Da sie sehr bleich war, wollte sie etwas Rot auflegen, was sie sonst niemals tat. Sie fand auch von einer früheren Theateraufführung her, in der sie eine kleine Rolle übernommen hatte, um eine erkrankte junge Dame zu vertreten, etwas Schminke und Puder. Damit richtete sie sich her, sodass sie leidlich aussah – wenn man nicht in ihre Augen sah, in denen aller Glanz erloschen zu sein schien.

Sie betete inbrünstig, dass sie die Fassung nicht verlieren möge, um Richard Römer nicht mit dem Gedanken zu belasten, dass er sie durch seine Verlobung unglücklich gemacht und sie sich hinter ihren Stolz hatte retten müssen.

Alles andere war ihr jetzt gleichgültig. Sie war so bis in ihr tiefstes Sein erschüttert, dass sie bereit war, die größte

Torheit zu begehen, nur um Richard Römer die Überzeugung gewinnen zu lassen, dass er sich im Irrtum befinde, wenn er glaubte, sie liebe ihn.

Richard Römer hatte eine fast ebenso tiefe seelische Erschütterung durchzumachen gehabt bei der Erkenntnis, dass ihm nicht nur Monas Freundschaft, sondern auch deren Liebe gehörte. Er hatte sich ganz verzweifelt gefragt, wie er nur nach einer Frau wie Gloria hatte sehen können, wenn er eine Mona Falkner hätte erobern können. Selbstverständlich war er Ehrenmann genug, um sich zu sagen, nun, da er verlobt war, habe er nicht mehr das Recht, an eine andere Frau zu denken.

Wie ihm zumute war, als er Gloria am Abend bei ihren Eltern abholte und ihr dabei den Verlobungsring an den Finger steckte, lässt sich nicht beschreiben. Einen Augenblick riss Gloria ihn durch ihre leidenschaftlichen Küsse wieder in den alten Rausch hinein, aber nachher fühlte er sich umso elender.

Peter hatte ihm die Hand gedrückt und einen »Freundesblick« mit ihm gewechselt, und Richard hatte plötzlich das Gefühl, dass alle die Menschen, die ihn hier umgaben – samt seiner Braut – oberflächliche Menschen waren, außer diesem Jungen, der ihn in sein Herz hatte blicken lassen.

Zu solchen Betrachtungen hatte er aber zum Glück nicht viel Zeit. Man musste jetzt aufbrechen. Er verabschiedete sich von Glorias Angehörigen mit einigen leeren Worten. Peter drückte er schweigend die Hand. Dieser sah seltsam forschend in Richards blasses Gesicht, das ihm ganz anders erschien als sonst.

Aber er wusste nicht, was er daraus lesen sollte, fühlte

nur, dass dem »Freund« aus irgendeinem Grund nicht wohl zumute war.

Unten im Wagen schmiegte sich Gloria in Richards Arm und überfiel ihn wieder mit ihren leidenschaftlichen Küssen, womit sie ihn immer zu betören versuchte. Nach einer Weile sagte sie:

»Mona wird einfach platt sein, wenn sie von unserer Verlobung erfährt. Du kannst mir glauben, sie gönnt dich mir nicht.«

Er richtete sich unwillig auf.

»Ich habe dich schon einmal gebeten, Mona aus dem Spiel zu lassen. Bitte, lass das in Zukunft – ich mag solche Worte nicht hören.«

Er sah nicht, wie es zornig in ihren dunklen Augen aufblitzte.

»Sei doch nicht so empfindlich, Richard. Immer stellst du dich wie mit ausgebreiteten Armen vor Mona, als müsstest du sie vor etwas schützen. Es tut ihr doch kein Mensch etwas. Und nun mach bitte kein verdrießliches Gesicht. Sieht so ein glücklicher Bräutigam aus?«

Er nahm sich zusammen, und da sie ihm wieder den Mund bot, küsste er sie, aber er tat es ziemlich gedankenlos und fragte sich immer wieder, wie er es Mona leicht machen könnte, über diesen Abend hinwegzukommen. Denn dass sie leiden würde, erschien ihm gewiss. Einen Augenblick kam ihn die Versuchung an, Gloria einfach zu bitten, ihn wieder freizugeben, weil er sich geirrt habe, aber dann siegte doch wieder seine Ritterlichkeit. Gloria war schon vielen Menschen als seine Braut vorgestellt worden, er durfte sich nicht feige Pflichten entziehen, die er auf sich genommen hatte.

Und so betrat er, in sein Schicksal ergeben, mit Gloria das Falkner'sche Haus.

Kaum hatten beide in der Diele abgelegt, als auch Hubert Meining eintraf, schön wie ein Gott, elegant vom Scheitel bis zur Sohle, mit jenem seelenlosen Erobererlächeln auf den Lippen, das Richard stets unangenehm berührte. Er hatte eine sehr geringe Meinung von diesem jungen Mann. Soviel er von Gloria erfahren hatte, war er Schriftsteller, aber jedenfalls einer, von dem noch niemand etwas Nennenswertes gelesen hatte. Hubert Meining wollte Jura studiert haben, bis der Tod seines Vaters ihm ein weiteres Studium unmöglich gemacht hatte. Einige tausend Mark, die er geerbt hatte und vielleicht gut zur Beendigung seines Studiums hätte verwenden können, hatte er lieber dazu benutzt, sich ein bequemes Leben zu schaffen und sich auszustatten für die Jagd nach einer reichen Frau. Er war fest davon überzeugt, jedwede erobern zu können, die er haben wollte.

Die drei Gäste betraten gemeinsam das große, elegante Empfangszimmer, das man von der Diele aus erreichte. Hier wurden sie von Frau Richter und Mona empfangen. Richards Blick suchte nur Monas Antlitz, und er allein bemerkte das leise Zucken in ihrem blassen, stolzen Gesicht. Mona beherrschte sich fabelhaft, begrüßte ihre Gäste und wandte sich mit bezaubernder Liebenswürdigkeit Herrn Meining zu, der ihr einen flammenden Blick zuwarf, ehe er ihre Hand küsste. Man nahm im Empfangszimmer Platz, und nun konnte Gloria es nicht erwarten, ihre Neuigkeit loszuwerden. Mit einem neckischen Lächeln zu Mona hinüber sagte sie:

»Nun mach dich auf eine große Überraschung gefasst, Mona – Richard Römer und ich haben uns am Sonnabend verlobt.«

Gloria kam aber um die erhoffte Wirkung ihrer Worte, denn Mona sagte ruhig und gefasst, in ihrer beherrschten Art:

»Das ist allerdings überraschend, Gloria. Ich wünsche dir und deinem Verlobten von Herzen alles Glück.«

Sie reichte beiden Verlobten die Hand, und wieder spürte Richard ein leises Beben ihrer kleinen kalten Hand. Aber sonst war Mona nichts anzumerken. Sie wandte sich sofort Hubert Meining zu, der sie fragte, welche Szene der in diesem Zimmer angebrachte Gobelin darstelle.

Mona trat sofort heran, sah ihm sehr liebenswürdig in die Augen und erklärte das Motiv. Sie verstrickte Meining in ein sehr angeregtes Gespräch, und dieser glänzte mit seinen Geistesgaben ebenso wie mit seinen körperlichen Vorzügen. Mona fand, dass Hubert Meining nicht nur ein bildschöner Mensch, sondern auch klug und gewandt in der Unterhaltung war, und sie sagte sich mit trotzigem Stolz, dass es nicht schwer sein müsste, sich mit diesem Mann über eine unglückliche Liebe zu trösten.

Richard war etwas verwundert über Monas Auftreten. Hatte er sich heute Vormittag doch getäuscht? Mona sah durchaus nicht unglücklich oder bedrückt aus. Sie plauderte angeregter und heiterer denn je – und er fand, dass sie nie so vorteilhaft ausgesehen hatte wie heute. Fast verblasste Gloria neben ihr. Vor allem wirkte Mona viel vornehmer und damenhafter als sie. Auch Gloria war etwas verwundert, glaubte aber gern, dass Mona sich Hals über Kopf in Hubert Meining verliebt hatte, zumal, da sie sich nun keine Hoffnung mehr auf Richard machen konnte. Obwohl alles nach ihrem Wunsch zu gehen schien, überfiel sie dennoch eine gewisse Eifersucht auf Mona, weil sie merkte, dass diese sich anscheinend nur zu gern von Hubert gefangen nehmen ließ. Daran ließ sich aber nichts mehr ändern. Der einzige restlos Zufriedene an diesem Abend war Hubert Meining, der sehr wohl bemerkte, wie schnell die reiche Erbin ihm ins Garn ging. Welchen Grund sie dafür hatte, ahnte er allerdings nicht; aber er schrieb das, bescheiden wie er von sich dachte, ganz allein seiner sieghaften Persönlichkeit zu. Die Weiber waren doch alle gleich. Jede biss sofort bei ihm an, er mochte es anstellen, wie er wollte. Allein sein eitles Lächeln hätte ihm beinahe alles verdorben. Mona fand es unmännlich und anmaßend. Aber es war ihr gleichgültig, wie er war, wenn er ihr nur half, Richard zu überzeugen, dass ein anderer Mann sie völlig gefangen nahm.

Richard war seinerseits weit davon entfernt, zu glauben, dass eine so wertvolle Frau wie Mona an diesem Gecken Gefallen finden könnte. Er glaubte sie nur zu gut zu verstehen. Sie wollte ihn glauben machen, er gelte ihr lediglich als guter Freund. Sie wollte ihn davon überzeugen, dass er sich heute Morgen geirrt habe, als ihm plötzlich klar geworden, dass Mona ihn liebe.

Er versuchte, sie beschwörend anzusehen, um sie davon abzuhalten, diesem Gecken so viel unverdiente Gunst zu erweisen; aber Mona suchte seinem Blick immer wieder auszuweichen. Sie spielte sich immer mehr in ihre Rolle hinein, plauderte angeregter und geistvoller als je, sah blendend aus und hätte auch Richard getäuscht, wenn er nicht zuweilen den toten, leeren Blick ihrer Augen bemerkt hätte.

Man begab sich in das große Speisezimmer. Die runde Tafel war mit schönem, kostbarem Porzellan und Besteck bestellt, und Hubert Meining rechnete sich schon aus, wie reich die junge Erbin wohl sein mochte. Es lohnte sich jedenfalls, sich um sie zu bewerben. Sein Blick bekam etwas grausam Berechnendes, er sagte sich: Dies alles soll mir gehören, ich will diese junge Erbin schon so verliebt in mich machen, dass sie sich mir willenlos ausliefert. Sie ist übrigens gar nicht so übel, wie Gloria immer behauptet hat, sie ist jedenfalls eine sehr vornehme Erscheinung, mit der man sich sehen lassen kann. Also – halten wir uns daran.

Hätte Mona seine Gedanken erraten – vielleicht hätte auch dies sie heute nicht abgehalten, den Entschluss zu fassen, Hubert Meining sobald wie möglich dazuzubringen, eine Werbung auszusprechen. Sie meinte, erst dann wieder einigermaßen ruhig werden zu können, wenn sie Richard bewiesen hatte, dass sie einen anderen liebte. Was nachher kam, erschien ihr vorläufig unwichtig.

Der Abend verging scheinbar in heiterster Stimmung. Nur Richard war zuweilen auffallend still. Gloria und Hubert waren wirklich von Herzen vergnügt und guter Laune, da ihre Hoffnungen sich zu erfüllen schienen. Mona täuschte Hubert Meining mit der ganzen Inbrunst ihres Stolzes eine heftige Verliebtheit vor. Sie übersah Richards besorgte Blicke. Was sollten ihr die sagen – sie wollte und musste ihn täuschen und Gloria ebenso.

Sie ahnte nicht, wie sehr sie Richard damit quälte.

Sie freute sich beinahe darüber, dass Hubert Meining ohne Weiteres auf ihr Spiel einging und ihr auf Tod und Leben den Hof machte. Sie redete sich ein, er gefiele ihr ganz gut, er wäre wenigstens ein schöner und gepflegter Mensch, mit dem man gut zusammenleben könne. Und da sie immer angenommen hatte, dass schöne Menschen auch gut sein müssten, worin sie sich allerdings irrte, so rannte sie, nur um ihrem Stolz Genüge tun zu können, sozusagen blindlings in ihr Unglück hinein.

Endlich trennte man sich. Alle gingen mit sehr verschiedenen Gefühlen auseinander. Mona und Richard im innersten Herzen bedrückt, Gloria hochbefriedigt und Meining voll der frohen Hoffnung, dieser Goldfisch werde ihm ganz bestimmt in das Netz gehen.

Er hatte Mona überredet, sich morgen mit ihm im Museum zu treffen, dort wollte er ihr ein Bild zeigen, über das sie gesprochen hatten, und zu Richards schmerzlicher Verwunderung war Mona offenbar freudig darauf eingegangen.

Während Mona wie kraftlos auf ihrem Bett lag und die Geschehnisse des heutigen Abends an sich vorüberziehen ließ, schämte sie sich unsagbar, dass ihr Stolz sie dazu gezwungen hatte, eine derartige Komödie aufzuführen. Aber noch mehr glaubte sie sich schämen zu müssen, dass Richard annehmen konnte, dass sie ihn liebte.

Richard brachte, nachdem sie Monas Heim verlassen hatten, seine Braut nach Hause, verhielt sich ziemlich zurückhaltend ihren Zärtlichkeiten gegenüber und wünschte sehnlichst, endlich allein zu sein. Gloria bemerkte schließlich seine Zurückhaltung und schmollte ein wenig. Er suchte sie dadurch zu besänftigen, dass er Kopfweh vorschützte. Da ließ sie ihn in Ruhe. Es war für sie ja durchaus nicht Bedürfnis, Zärtlichkeiten mit ihm auszutauschen, es erschien ihr nur notwendig, ihn wenigstens bis zur Eheschließung in einer gewissen Hochspannung der Leidenschaft zu erhalten, damit die Hochzeit auch wirklich stattfand. Sie hatte bisher vergeblich darauf gewartet, dass Richard sie drängen würde, einen möglichst nahen Zeitpunkt für die Vermählung anzusetzen, und es verletzte geradezu ihre Eitelkeit, dass er das nicht tat. Sie nahm sich aber vor, selbst möglichst bald das Gespräch darauf zu bringen. Auf eine lange Verlobungszeit legte sie keinen Wert, sie wollte ihr Opfer sicher haben.

6

Am nächsten Morgen suchte Richard den Kommerzienrat Schellhorn auf, dem er seine und des Vaters Villa zum Kauf anbieten wollte. Dieser empfing ihn sehr liebenswürdig und hörte sich das Angebot interessiert an. Richard machte ihm klar, dass er und sein Vater eine Etage in der Fabrik beziehen wollten, denn für sie beide sei die Villa zu groß. Seit der Mutter Tod fühlten sie sich nicht mehr wohl darin. Solche und ähnliche Gründe brachte er vor, nur den wahren, dass die Firma in finanziellen Schwierigkeiten steckte, verschwieg er, denn das durfte um keinen Preis bekannt werden, wenn der Kredit des Hauses Römer nicht erschüttert werden sollte. Und das wäre das Schlimmste gewesen, was jetzt hätte geschehen können. Dem Kommerzienrat verschwieg er vorläufig seine Verlobung, damit dieser nicht fragen würde, ob er nach seiner Verheiratung das Haus nicht lieber selbst benützen möchte. Da der Kommerzienrat die Villa Römer ziemlich genau kannte, war er durchaus nicht abgeneigt, diese für seine Tochter zu erwerben. Er wollte sie sich allerdings erst noch einmal daraufhin ansehen.

Da dem Kommerzienrat jedoch viel daran lag, seiner Tochter bis zu deren Hochzeit, die im Frühjahr stattfinden sollte, ein Heim zu bereiten, versprach er, sich schnellstens zu entscheiden und schon am nächsten Tag in Begleitung eines Fachmannes die Villa Römer anzusehen und taxieren zu lassen. So konnte Richard hoffen, bald zum Ziel zu kommen.

Etwas beruhigter trat er den Heimweg an und berichtete seinem Vater von dem Ergebnis seiner Unterredung mit dem Kommerzienrat.

Aber als er dann in der Fabrik bei seiner Arbeit saß, flogen seine Gedanken immer wieder zu Mona Falkner. Ob sie sich wirklich mit diesem Laffen im Museum traf? Warum sie es tat, wusste er nunmehr genau, und es schmerzte ihn mehr, als er sich eingestehen wollte. Erst glaubte er nur, es sei die Sorge um Mona, die ihn so unruhig machte, aber dieses Sichselbstbelügen währte nicht lange. Nein, es war nicht nur die Sorge um sie, es war auch der Schmerz, dass er in seiner törichten Leidenschaft so blind gegen sich selbst gewütet hatte. Hätte er nur eine Ahnung davon gehabt, wie Mona zu ihm stand, dann, so meinte er, hätte Gloria keine Macht über ihn gewinnen können. Eine Frau wie Mona Falkner aus seiner Empfindungswelt so weit auszuscheiden, dass er nur an freundschaftliche Gefühle für sie glaubte, war eine unerhörte Torheit gewesen, die er jetzt nicht mehr begriff. Er dachte daran, was eine Ehe mit Mona ihm für Werte gegeben haben würde im Vergleich zu einer Ehe mit Gloria. Es fiel ihm dabei nicht ein, in Betracht zu ziehen, dass Mona reich und Gloria arm war, nein, nur die inneren Werte der beiden Persönlichkeiten wog er gegeneinander ab. Und da musste er sich wieder sagen – er hatte eine Glasscherbe aufgehoben und einen Edelstein unbeachtet liegen lassen.

Aber das alles ließ keinen Augenblick den Gedanken in ihm aufkommen, sich von Gloria trennen zu wollen. Nein, sie konnte nichts dafür, dass er, von blinder Leidenschaft geblendet, sie überschätzt hatte. Er hatte sich mit ihr verlobt, und das war für ihn genauso viel, als sei sie schon seine Frau. Wenn ihn nur die Sorge um Mona nicht zu sehr gequält hätte. Sie begab sich in eine Gefahr, die sie nicht kannte, wenn sie sich Meining mehr und mehr näherte. Dass es zu einer Heirat zwischen den beiden kommen könnte, nahm er dabei noch nicht einmal an; er sah an sich schon allerlei Gefahren für sie in einem näheren Verkehr mit Meining.

Gewiss, dieser Mann war bildschön, besaß ein bestechendes Wesen; aber Richard wurde das Gefühl nicht los, dass Meining im Grunde nichts war als ein Glücksritter.

Gloria sprach allerdings in den höchsten Tönen von ihm, aber was verstanden Frauen von solchen Dingen.

Dass sie nur zu gut über Meining Bescheid wusste, ahnte Richard nicht. Sie hatte ihm gesagt: Der Tod seines Vaters habe ihm die Beendigung seines Studiums unmöglich gemacht. Aber woher nahm er dann das Geld für den Aufwand, den er trieb?

Richard sagte sich, es sei angezeigt, Mona gelegentlich vor diesem Menschen zu warnen. Nur jetzt war es nicht die passende Gelegenheit. Im Augenblick durfte er ihr nicht mit solchen Dingen kommen. Mochte Meining für sie eine Ablenkung, eine Zerstreuung sein – zu mehr durfte es jedoch nicht kommen. Dann war es seine Pflicht und sein Recht als ihr treuer Freund, sie zu warnen.

Aber das Herz war ihm sehr schwer, und er konnte an Gloria nur denken, wie ein Mensch an eine Fessel denkt, die er sich leichtsinnig übergestreift hat. Ab und zu wallte freilich leidenschaftliches Begehren in ihm auf, aber – er schämte sich gleichwohl dieses Gefühls, und das war sehr schlimm für ihn.

Die nächsten Tage war er zum Glück oder Unglück sehr stark mit geschäftlichen Sorgen belastet. Er und sein Vater stemmten sich verzweifelt gegen den Zusammenbruch der Firma, und Richard hatte sein von einer Tante ererbtes Vermögen bereits flüssig gemacht. Mit dem Geld für die Beleihung des Schmuckes waren vorerst die drückendsten Schulden gedeckt worden. Es war nicht nötig gewesen, die Zahlungen einzustellen. Die Gläubiger beruhigten sich einstweilen und hörten vorläufig auf zu drängen. Dass das jedoch nur eine kurze Zeit anhalten würde, wussten Vater und Sohn sehr wohl, aber bis dahin würde dann hoffentlich der Verkaufserlös für die Villa zur Verfügung stehen. Dann war man zunächst über das Schlimmste hinweg und konnte wieder Luft holen.

Es kam dann auch wirklich überraschend schnell zum Verkauf der Villa. Der Kommerzienrat bot neunzigtausend Mark, bar auf den Tisch, wie er sagte. Richard nahm dieses Angebot äußerlich ruhig, innerlich sehr erfreut an.

Es ging nun wieder gut voran im Geschäft, und Richard arbeitete unermüdlich darauf hin, dass von den Verlusten, die sein Vater gehabt hatte, ein Teil wenigstens wieder eingebracht werden konnte.

Das im Laufe der Woche gefeierte Verlobungsfest geriet zu einer wahren Marter für Richard. Es waren noch einige Verwandte von Lindners eingeladen, sonst kein fremder Mensch. Frau Lindner meinte, es werde ohnedies zu eng, und eine Verlobungsfeier gehe doch nur die Familie an. Richard war froh, dass er weiter keine Angehörigen hatte, und während der Festtafel sah er einige Male verstohlen zu seinem Vater hinüber. Aber dieser vergaß keinen Augenblick, dass er eine sehr gute Erziehung genossen hatte, zeigte sich gegen alle Lindners sehr liebenswürdig und wusste nur zu gut, wie seinem Sohn bei dieser Feier zumute war. Denn die gesamte Familie Lindner, und was zu ihr gehörte, war so ziemlich über einen Kamm geschoren. Alle waren sehr spießbürgerlich und ziemlich taktlos. Als sie unter dem Einfluss des selbstverständlich billigen Weines sehr vergnügt wurden, hagelte es Zweideutigkeiten. Und wenn Richard dann seine Braut bei den mehr oder minder delikaten Witzen ansah, im Glauben, dass sie darüber entsetzt sei, merkte er zu seinem Erstaunen, dass sie ganz vergnügt darüber war. Er glaubte allerdings, annehmen zu dürfen, dass sie einen Teil der neckischen Anspielungen gar nicht verstand und über den anderen nur aus Höflichkeit für die Gäste lachte.

Es war ein qualvoller Abend für ihn. Von allen Anwesenden gefiel ihm am besten sein junger Schwager Peter, der ebenfalls wenig entzückt von der Familie zu sein schien. Seine jungenhafte Ruppigkeit tat in diesem Kreis beinahe wohl, ebenso, dass er sich ungezwungen mit Richards Vater und mit diesem selbst unterhielt.

Als er eine Weile mit Richard allein war, sagte er fast mitleidig: »Du stehst wohl allerhand Ängste aus bei näherer Bekanntschaft mit unserem Familienkreis. Musst dir nichts daraus machen, Richard, du brauchst sie ja nicht alle Tage zu genießen, diese Spießer, und etwas aus der Art geschlagen ist Gloria schon.«

Richard atmete tief auf.

»Du kannst es mir nicht verdenken, Peter, dass mir das lieb ist. Und wenn ich zu wählen habe, begnüge ich mich gern mit dir als Repräsentanten der Familie, deine Eltern und dein Bruder selbstverständlich ausgenommen.«

»Meinetwegen kannst du sie ruhig mit einschließen. Das ist doch kein Umgang für dich. Und Mutter ist darin ganz vernünftig, sie hat schon zu Gloria gesagt: Wir passen nicht zu deinem Verlobten und werden euch nicht lästig fallen. Du wirst dich schon in seinen Kreisen zurechtfinden, du hast ja eine gute Schulbildung gehabt. Aber wir dürfen uns da nicht störend einmischen.«

Richard sah zu seiner Schwiegermutter hinüber und fand, dass diese anscheinend sehr einsichtsvoll war. Er nickte Peter zu.

»Und was hat Gloria dazu gesagt?«, fragte er nach einer Weile.

Peter lachte etwas spöttisch.

»Na, die ist selbstverständlich einverstanden. Sie macht nicht gern Gebrauch davon, dass sie aus der Familie Lindner stammt. Und wenn die mal mit dir verheiratet ist, brauchst du keine Angst zu haben, die lässt uns schon nicht zu nahe herankommen – auch mich nicht.«

Richard klopfte ihm auf die Schulter.

»Aber ich werde sehr viel Wert darauf legen, dass du oft zu uns kommst, Peter.«

Dieser sah schnell zu ihm auf.

»Ist das dein Ernst?«

»Aber Peter, wir sind doch Freunde!«

Peter umschloss Richards Hand wie im Krampf.

»Ich möchte von dir gerne lernen, alles, was ich daheim und im Realgymnasium nicht lernen kann, und das ist 'ne ganze Menge.«

»Es freut mich, wenn du lernen willst. Das allein macht frei, und es löst uns aus allen Banden, wenn wir uns selbst beherrschen und lernen wollen.«

Peter nickte ihm mit strahlenden Augen zu.

»Ich will mal ein Mann werden, wie du einer bist.«

»So zufrieden bist du mit mir?«, fragte Richard scherzend.

»Ach du – dich verehre ich geradezu, das kannst du mir glauben. Und es ist fein, dass ich jetzt jemanden habe, den ich so richtig verehren kann.«

Richard atmete tief auf.

»Überschätze mich nur nicht, Peter; Fehler habe auch ich eine Menge und ich habe schon manches getan, was ich gern ungeschehen machen würde.«

Peter sah ihn groß an.

»Hm! Weiß schon, zum Beispiel deine Verlobung – die würdest du gern ungeschehen machen.«

»Aber Peter, wie kommst du darauf?«

Peter winkte hastig ab.

»Lass nur, zuweilen höre ich das Gras wachsen und die Flöhe husten. Und ich kann dich sehr wohl verstehen. Aber jetzt müssen wir wieder hinüber in das Festgemach. Kannst du deinen Vater nicht bald heimlotsen? Der fühlt sich nämlich auch nicht wohl bei uns.«

Richard staunte, wie gut Peter beobachten konnte. Er legte den Arm um die Schultern des großen Jungen, und sie gingen wieder zu den anderen, deren Stimmung inzwischen bedeutend feuchtfröhlicher geworden war. Richards Vater saß mit gezwungener Heiterkeit dabei. Sein Sohn merkte ihm sehr wohl an, wie unbehaglich er sich fühlte, trotz der ziemlich aufdringlichen Zärtlichkeit Glorias.

»Peter – würdest du meinen Vater im Auto nach Hause begleiten und ihn ein wenig dabei unterhalten in deiner vernünftigen Art?«

»Mach ich, Richard, wenn du mir die Ehre erweist.«

Da trat Richard zu seinem Vater heran.

»Vater – es ist jetzt höchste Zeit, dass du zur Ruhe kommst. Peter wird dich heimbegleiten.«

Die anderen widersprachen lebhaft und meinten, jetzt würde es doch erst gemütlich. Auch Gloria lehnte sich an Richard und schmollte:

»Dein Vater ist ein ganz reizender Gesellschafter, und den willst du uns schon entführen lassen?«

»Mein Vater braucht Ruhe, um am Tag seine schwere Arbeit bewältigen zu können.«

Gloria sah ihn erstaunt an.

»Arbeiten? Dein Vater ist doch der Chef, da braucht er doch nicht zu arbeiten?«

Das war in der Familie Lindner die Einstellung zur Arbeit. Man arbeitete nur, weil man musste. Die Freude an der Arbeit war ihnen etwas Fremdes, Unverständliches. Gloria malte sich auch ihre künftige Lebensstellung als Richards Frau aus als eine Kette von Genüssen und Vergnügungen; ohne jede Pflicht, ohne jede Arbeit. Man würde sich doch mit nichts abplagen, wenn man das nicht nötig hatte.

Sie staunte, als Richard sagte:

»Der Chef muss stets am meisten arbeiten, Gloria, denn er hat die größten Pflichten.«

Mit solchen Worten hoffte er erzieherisch auf seine Braut einzuwirken; aber Gloria hielt solche Worte für Unsinn.

Richard half seinem Vater, sich aus dem lautfröhlichen Kreis zu lösen, und übergab ihn Peter. Der alte Herr drückte dem Sohn krampfhaft die Hand. Er wusste, dieser wäre am liebsten mit ihm heimgefahren; aber er als der Verlobte musste schon ausharren bis zuletzt.

Peter übernahm die ihm übertragene Pflicht mit rührender Treue und Hingabe. Es gelang ihm wirklich, den alten Herrn auf der Heimfahrt aufzuheitern und ihm ein wenig die Sorgen zu vertreiben. Behutsam half er ihm dann aus dem Wagen, brachte ihn bis zum Tor der Villa, klingelte den Diener herbei, der ausschließlich für Herrn Römers Bedürfnisse sorgte, und verabschiedete sich so artig, wie es ihm nur möglich war.

Peter fuhr dann im Auto wieder nach Hause zurück und sah dabei sehr nachdenklich vor sich hin. Er war der Einzige aus der ganzen Familie, der ahnte, dass dieses Fest für Vater und Sohn Römer eine Qual war. Zu Hause angekommen, fand er die ganze Gesellschaft in ziemlich ausgelassener Stimmung.

Das Brautpaar hatte sich in ein Nebenzimmer zurückgezogen, und Gloria bemühte sich nach Kräften, ihren Verlobten durch ihre Liebkosungen so verliebt wie möglich zu machen. Immer wieder gelang es ihr, ihn in einen Rausch zu versetzen. Vielleicht wehrte er sich sogar bis zu einem gewissen Grad gegen ein Erwachen daraus, weil ihm vor dem Nachher graute.

Gleichwohl war Richard froh, als Peter wieder erschien und ihm meldete, dass sein Vater gut nach Hause gekommen sei und sich den Herrschaften noch einmal empfehlen ließe. Richard zog Peter auf den Platz neben sich, und obgleich Gloria ihm immer wieder heimlich abwinkte, blieb Peter dort. Für ihn galt, was Richard sagte; nicht, was die Schwester ihm befahl.

Und so ärgerte Gloria sich wieder einmal wütend über den »ungezogenen Bengel«, womit sie ihren Bruder meinte.

7

Mona war am Dienstagvormittag mit Hubert Meining im Museum zusammengetroffen. Es war eine besondere Ausstellung von Gemälden, über die Meining einen Artikel für eine kleinere Zeitung geschrieben hatte. Darauf war er sehr stolz und hatte Mona deshalb veranlasst, mit ihm ins Museum zu gehen. Er kannte sich nämlich gut aus und konnte so sein Licht leuchten lassen.

Mona hörte ihm aufmerksam zu und glaubte; dass er ein gut informierter Mann war. Sie plauderten über Fragen der Kunst und kamen dann auch darauf zu sprechen, dass Hubert Meining sein juristisches Studium fast bis zu Ende geführt hatte. Dass er, weil er sehr faul war, schon zweimal durchs Examen gefallen war, verschwieg er großzügig. Er sagte nur mit einem tiefen Seufzer, dass der Tod seines geliebten Vaters ihm die Beendigung des Studiums unmöglich gemacht habe. Im Übrigen eigne er sich auch viel besser zum Schriftsteller; wenn er einmal nicht mehr gezwungen sein würde, diese kleinen Artikel zu schreiben, weil er das Geld dafür brauchte, dann würde er sich an große Werke machen, wozu er sehr wohl das Zeug habe. Er habe auch schon den einen oder anderen Plan dafür ausgearbeitet. Doch dies sei alles der Zukunft vorbehalten.

»Und nun wollen wir nicht mehr von diesen Dingen sprechen, ich bin jetzt viel zu glücklich, um an ernste Dinge zu denken. Sie wissen ja nicht, mein gnädiges Fräulein, was ich dabei empfinde, in Ihrer Gesellschaft sein zu dürfen. Wenn ich mich in den Anblick Ihrer feinen Züge vertiefen kann – die mir als das schönste Kunstwerk der Natur erscheinen, dann bin ich wunschlos glücklich. Wäre ich nicht ein so armer Schlucker, der es nicht wagen kann, zu Ihnen emporzusehen, dann – oh – lassen Sie mich nicht davon sprechen!«

Mona nahm all das für bare Münze, für Wahrheit, für echtes Gefühl. Sie sagte sich, es müsse zu ertragen sein, eine Ehe mit diesem Mann zu führen und ihm zu helfen, vorwärtszukommen, seine künstlerischen Ideen auszuarbeiten. Vielleicht kam sie dann eines Tages darüber hinweg, dass ihr Herz unablässig nach Richard Römer rief. Sie musste doch irgendwie mit dieser Liebe fertig werden, da der Mann, dem sie galt, nie danach verlangen würde, weil er eine andere liebte und heiraten würde.

So kam Hubert Meining während dieses Museumsbesuchs ein gutes Stück weiter mit seinem Plan: die reiche Erbin einzufangen. Freilich erschien sie ihm als Frau weder schön noch begehrenswert. Was er an Gefühlen zu verströmen hatte, war nur schwächlicher Art, und zudem gehörte dieses Wenige der schönen Gloria Lindner, die von seiner Art war und für die er eine gewisse begehrliche Leidenschaft empfand.

Sein Sinnen und Trachten ging dahin, sich als Monas Mann deren Vermögen weitmöglichst anzueignen, ein faules, bequemes Leben auf deren Kosten zu führen, und sich keinen Genuss entgehen zu lassen – auch nicht den einer geheimen Liebschaft mit Gloria Lindner, selbst wenn sie Gloria Römer heißen würde. Es kam ihm so wenig in den Sinn, sich deswegen Gewissensbisse zu machen, wie die gleichen Wünsche Gloria solche nicht verursachten. Sie waren beide krasse Egoisten, verlangten alles für sich und hielten alles für erlaubt, was ihnen gefiel.

Hubert Meining war derselben Überzeugung wie Gloria, dass Richard Römer ungefähr ebenso reich sei wie Mona Falkner. Und sie waren beide darauf erpicht, sich von diesem Reichtum anzueignen, was sich nur erraffen ließ.

»Und wenn wir genug haben, Gloria – dann verzichten wir auf eine weitere Gemeinschaft mit unseren Ehepartnern und gehen ins Ausland, wo wir sehr glücklich sein werden.«

So hatte Hubert Meining eines Tages zu Gloria gesagt, als sie ihm mitteilte, dass sie ihn mit Mona Falkner zusammenbringen wolle.

Vorläufig waren sie mit den erträumten reichen Ehepartnern allerdings noch nicht vereint; aber Hubert Meining hoffte, nach diesem Vormittag bald am Ziel zu sein. Mona kam ihm unbedingt entgegen; er wusste freilich nicht, aus welchem Grund. Er glaubte in seiner Eitelkeit nur, dass sie sich, wie fast alle Frauen, sinnlos in ihn verliebt hatte. Das wollte er kräftig ausnützen.

Mona ahnte nicht im Entferntesten, dass es so schlechte, gewissenlose Menschen geben konnte. Ihr war eine Gesinnung wie die Glorias und Meinings vollkommen fremd. Durfte sie in der Liebe nicht glücklich sein, gewährte ihr es immerhin einen gewissen Trost, die Möglichkeit zu besitzen, ein Talent, wie es Hubert Meining seinen Äußerungen nach eigen sein musste, zu fördern.

Sie hegte die Hoffnung, dass er sich damit begnügen würde, eine Scheinehe zu führen, wenn sie ihm sagte, sie wollte sich dadurch das Recht erkaufen, ihm helfen zu dürfen. Für sie gäbe es kein wahres Glück, dass sie den Mann, den sie liebte, nicht heiraten könnte. Ihm aber wollte sie weiter keine Fesseln anlegen, als dass er vor der Welt ihr Mann sein und in allen äußerlichen Dingen als solcher gelten sollte. Nur ihre Person müsste aus dem Spiel bleiben. Sie wollten als gute Kameraden zusammenleben; dafür sollte er alles von ihr haben, was sie an irdischen Gütern zu teilen hatte.

Mit solchen Gedanken war Mona still neben Hubert Meining hergegangen, und sie bedauerte ihn heimlich, dass sie die große Liebe, die er, wie sie glaubte, für sie empfand, nicht erwidern konnte.

Hubert brachte sie zu ihrem Wagen, und sie fragte ihn freundlich, ob sie ihn nicht mitnehmen könne und wohin er jetzt seine Schritte lenke.

Da erwiderte er mit einem flammenden Blick in ihre Augen:

»Wenn ich nur noch einige Minuten in Ihr Antlitz sehen kann, dann bin ich schon glücklich. Darf ich wirklich zu Ihnen einsteigen?«

Lächelnd machte sie ihm Platz. Sie ließ sich zuerst nach Hause bringen und gebot alsdann ihrem Chauffeur, Herrn Meining zu seinem Ziel zu fahren.

Er war ausgestiegen; um ihr zu helfen, verabschiedete sich mit einem sehnsüchtigen Seufzer von ihr und sah ihr nach, bis sie im Haus verschwunden war. Dann gab er dem Chauffeur ziemlich von oben herab, sich schon als sein künftiger Herr fühlend, eine Adresse an, ein Restaurant, in dem er zu Mittag zu speisen pflegte.

Der Chauffeur bekam sogar ein anständiges Trinkgeld, denn Meining sagte sich, solche Ausgaben seien Geschäftsunkosten.

Im Restaurant rief er Gloria an, die seinen Anruf täglich um diese Zeit erwartete.

Sie meldete sich auch sofort.

»Nun, Hubert, wie ist es gegangen?«

»Ganz großartig, Gloria! Sie brennt schon lichterloh und hat mich in ihrem Wagen mitgenommen. Ich wette in vierzehn Tagen bin ich da, wo ich sein möchte.«

»Wenn du dich nur nicht irrst, sie ist ein kleiner Eisklumpen«, sagte Gloria ein wenig eifersüchtig.

»Mir gegenüber, süße Gloria, ganz gewiss nicht. Wir sind unserem Ziel jedenfalls um ein gutes Stück näher.«

»Ach, Hubert, wenn du recht hättest. Ich sehne mich nach dir. Weißt du, der andere – ich will keinen Namen nennen –, der ist langweilig mit seinen ewigen sittlichen Forderungen und derartigem Kram.«

Er lachte übermütig.

»Daran wird es bei der Meinen auch nicht fehlen. Aber lass sie nur fordern, süßes Herz – wir fordern auch, ganz andere, süßere Dinge – nicht wahr?«

»Du bist ein Strick, Hubert!«, sagte Gloria neckisch.

»Aber ein lieber Strick, nicht wahr? Hast mich doch noch lieb?«

»Immer, Hubert. Wenn nur das leidige Geld nicht wäre!«

»Das leidige Geld wird nicht mehr leidig sein, wenn wir es erst haben. Du weißt ja, welchem Ziel wir zustreben. Eines Tages erreichen wir es und gehören uns dann ganz.«

»Wär's erst nur so weit!«

»Können wir uns morgen Nachmittag treffen, du weißt doch, wo?«

»Ja, ich komme, gegen vier, da kann ich, wie immer, am leichtesten fort.«

»Gut, vier Uhr nachmittags, also um sechzehn Uhr, Gloria, wir sind doch moderne Menschen.«

»Gut, um sechzehn Uhr. Jetzt Schluss – es kommt jemand.«

Gloria hängte ein, und Hubert ebenfalls. Eine leichtfertige Melodie vor sich hin pfeifend, verließ er die Fernsprechnische des Restaurants und ging zu seinem Tisch zurück, wo er sich heute ein besonders gutes Mahl auftragen ließ. In seiner Kasse herrschte allerdings Ebbe; allein, bald würde sie gut gefüllt sein und die ewige Geldnot aufhören.

Von keinerlei Gewissensbissen geplagt, verzehrte er sein Mahl, las ein wenig in der Zeitung, blätterte in einem Witzblatt und steckte sich eine Zigarette an.

Für ihn war das Lebensproblem schon gelöst.

Eine Frau sinnlos in sich verliebt zu machen erschien ihm nicht schwierig; darin hatte er Übung.

Behaglich lehnte er sich in seinen Sessel zurück, trank seinen Mokka und rauchte seine Zigarette.

Es sollte ihm nicht schwerfallen, sich mit Mona Falkners »Millionen auseinanderzusetzen«.

Verliebte Frauen sind schwach, man muss es nur verstehen, sie auszunutzen, ging es ihm durch den Kopf.

Auf einmal war ein böses Flackern in seinen Augen, und sein schönes Gesicht bekam einen brutalen, einen gemeinen Ausdruck.

8

Leider hatte Richard Römer in der nächsten Zeit keine Gelegenheit, mit Mona zu sprechen. Vielleicht hätte er doch ein Wort gefunden, das sie vor Meining gewarnt hätte. Aber er hatte mit geschäftlichen Problemen zu viel zu tun. Auch mussten schnellstens die Räume in dem Fabrikgebäude in Ordnung gebracht und als Wohnräume eingerichtet werden, damit die beiden Herren ihren Umzug durchführen konnten. Der Kommerzienrat drängte, weil die Handwerker mit der Renovierung der Villa anfangen sollten.

Seine Braut sah Richard pflichtschuldigst jeden Tag, wenn auch nur für kurze Zeit. Aber mehr und mehr erkannte er, dass diese Zusammenkünfte tatsächlich nur Pflichtübungen waren. Er hatte keine Freude mehr daran. Glorias aufdringliche Zärtlichkeit stieß ihn eher ab, als dass sie ihn erfreut hätte. Er wollte, wie jeder richtige Mann, sich solche erkämpfen und nicht bis zum Überdruss damit überfallen werden. Gloria war nicht feinfühlig genug, um das zu merken. Sie merkte nur, dass es immer schwerer wurde, ihn in eine gewisse Verliebtheit hineinzusteigern, und hielt sich schadlos dafür durch heimliche Zusammenkünfte mit Hubert Meining, der sich seiner Sache mit Mona immer sicherer wurde. Diese ging ja nur zu schnell und unüberlegt auf seine Werbung ein, und es kam bereits nach knapp zwei Wochen zu einer Aussprache. Mona hatte Meining reichlich Gelegenheit gegeben, sich ihr zu nähern, denn sie wollte sich dadurch zwingen, sich an den Gedanken zu gewöhnen, ihn immer um sich zu haben.

Eines Nachmittags war er zum Tee bei ihr eingeladen. Frau Richter fungierte als Anstandsdame; aber sie spürte wohl, was hier im Gange war, und verschwand unter einem Vorwand für einige Zeit. Diese Gelegenheit benutzte Meining. Er beugte sich plötzlich zu Monas Hand herab, presste sie an seine Lippen und fiel ihr dabei, wie von seinen Gefühlen überwältigt, zu Füßen. Sie war durch das Gewollte seines Verhaltens ziemlich peinlich berührt, aber er verstand es meisterlich, eine tiefe Erregung vorzutäuschen, die wahrscheinlich auch vorhanden war, denn es ging bei ihm um einen hohen Preis.

Er brachte ein so glühendes Liebesgeständnis hervor und bat Mona so heiß und innig, seine Frau zu werden, dass sie sich sagte, hier könnte sie wenigstens einen Menschen glücklich machen, wenn sie selbst auch nicht glücklich sein würde. Sie bat ihn, sich zu erheben und sich wieder zu setzen und sagte leise:

»Ich will Ihre Frau werden, Hubert Meining, wenn Sie selbst es noch wollen, nachdem ich Ihnen einiges über mich gesagt habe.«

Er bedeckte ihre Hand erneut mit Küssen, setzte sich nieder und spielte den Tiefergriffenen.

»Sagen Sie mir alles, teuerste Mona. Ich bin überglücklich, dass Sie mir gestatten, Sie zu meiner Frau machen zu dürfen; denn ohne Sie ist das Leben für mich leer und inhaltslos geworden.«

Sie legte die Hände in den Schoß und sah ihn beklommen an.

»Hören Sie mich erst an, Hubert Meining. Ich will Ihre

Frau werden, es geschieht jedoch nicht aus Liebe. Ich liebe einen anderen Mann!«

Bei diesem Geständnis zuckte er so sehr zusammen, dass sie denken musste, ihn tief getroffen zu haben. Unwillkürlich strich sie begütigend über seine Hand.

»Seien Sie ruhig – der Mann, den ich liebe, weiß nichts von meinen Gefühlen für ihn und wird nie etwas davon erfahren. Er ist überhaupt unerreichbar für mich, denn er liebt eine andere Frau. Ich weiß, dass niemals eine Verbindung zwischen ihm und mir möglich sein wird. Das muss unter uns bleiben. Ich fürchte mich aber vor einem einsamen Leben, und nun habe ich mir eine Aufgabe gestellt – Ihnen zu helfen, damit Ihre künstlerische Begabung sich frei von allen Sorgen entfalten kann. Sie lieben mich – und das ist mir ein Trost. Aber – ich kann Sie nicht wiederlieben, werde es vielleicht nie können.«

»Oh, durch meine Liebe werde ich Sie allmählich dazu bringen, mich lieben zu lernen; meine Liebe ist so groß und stark, dass es ihr eines Tages gelingen wird, die Ihre zu erringen. Schon der Gedanke beseligt mich, Ihnen zu Füßen sitzen und Sie anbeten zu dürfen. Die Aussicht, dass Sie sich mir eines Tages vielleicht doch noch ganz zuneigen werden, ist für mich so verlockend, dass ich jahrelang um Ihre Liebe werben will. Eines Tages wird Ihr Herz mir doch gehören; daran will ich immer glauben.«

Sie atmete tief und schwer.

»So bleiben Sie auch jetzt noch bei Ihrer Werbung – auch dann, wenn ich Ihnen sage, dass ich Sie vielleicht nie werde lieben können? Ich kenne mich zu gut – es wird kaum möglich sein für mich, etwas für einen anderen Mann zu empfinden. Sie müssten viel Geduld mit mir haben.«

Hubert Meining dachte bei sich, dass ihm ja nichts lieber sein könnte, als dass sie nach seiner Liebe kein Verlangen trug. Aber er sagte schmachtend:

»Ich will geduldig warten, Mona, und mich in alles fügen, was Sie bestimmen, wenn ich nur das Recht haben darf, Sie meine Frau zu nennen.«

»Dieses Recht will ich Ihnen zugestehen, und auch sonst alle Rechte, die Ihnen als meinem Mann zukommen, nur das eine nicht – das Recht, meine Liebe zu verlangen.«

»Eines Tages werden Sie mir diese doch noch schenken, das weiß ich«, sagte er schwärmerisch und dachte dabei: Es eilt mir nicht damit, und viel zu früh werde ich diese Liebe erobert haben, ich kenne doch die Weiber.

Ja, die Weiber kannte er wohl, aber nicht die Frau, die mit blassem Gesicht vor ihm saß.

Und so kam die Verlobung zwischen ihnen zustande, ehe noch Frau Richter zurückkehrte. Hubert Meining, hatte sogar noch durchgesetzt, dass die Hochzeit sehr bald stattfinden sollte.

Mona war das gleichgültig. Sie wusste, dass sie sich zu nichts würde zwingen müssen, was ihr nicht aus dem Herzen kam, denn das hatte Meining ihr versprochen. Und je eher sie vor der Welt seine Frau würde, umso sicherer würde sie vor sich selbst sein. Gerade eine schnelle Hochzeit würde Richard Römer am ehesten davon überzeugen, dass sie Meining liebte.

Sie stellte Frau Richter Meining sogleich als ihren Verlobten vor und nahm deren Glückwünsche mit einem blassen Lächeln entgegen. Frau Richter wunderte sich keineswegs über diese Verlobung, denn Meining war in der letzten Zeit der ständige Begleiter ihrer jungen Herrin gewesen. Sehr erfreut war sie allerdings nicht über das Geschehene, denn sie sagte sich, dass sie nun überflüssig werden würde. Aber was half das? Sie hatte sich wenigstens eine hübsche Summe erspart, und die freigebige Mona Falkner würde ihr sicherlich auch ein beachtliches Abschiedsgeschenk machen.

So verlor Frau Richter ihre Haltung keineswegs, zumal sie auf eine längere Verlobungszeit hoffte, in der man ihrer selbstverständlich noch bedürfen würde. Deshalb war sie sehr betrübt, als sie hörte, dass die Hochzeit in spätestens zwei Monaten stattfinden sollte. Doch auch das ertrug sie mit Würde, und Mona war ihr dankbar dafür. Am liebsten hätte sie Frau Richter für immer als Anstandsdame bei sich behalten. Das ging aber nicht, wenn sie verheiratet war, und deshalb sagte sie, als der neue Verlobte sich, Triumph im Herzen, entfernt hatte: »Es tut mir leid, liebe Frau Richter, dass ich Sie nach meiner Verheiratung nicht mehr behalten kann; Sie werden verstehen, dass sich das nicht gut machen lässt.«

Vielleicht hoffte Mona noch auf einen Widerspruch der alten Dame, doch diese sagte seufzend:

»Das geht allerdings nicht, Fräulein Falkner: Neben jungen Eheleuten darf keine dritte Person im Hause sein. Aber es tut mir sehr weh, mich von Ihnen trennen zu müssen, Sie sind mir lieb geworden wie eine Tochter. Aber damit muss ich mich jetzt abfinden.«

»Und was werden Sie in Zukunft tun?«, fragte Mona besorgt.

Frau Richter überlegte. Dann sagte sie etwas unsicher: »Wenn ich das nur schon wüsste. Ich würde am liebsten mit meiner verwitweten Schwester zusammenziehen, die im Harz ein kleines Heim besitzt, aber meine Ersparnisse sind gering, und ich müsste meiner Schwester selbstverständlich eine Beihilfe zahlen, wenn sie mir ein Zimmer einräumt und mich verköstigt. Das muss ich erst mit ihr beraten.«

Mona ergriff ihre Hand. Es tat ihr sehr leid, dass sie durch ihre Verlobung einen Menschen brotlos machen musste. Deshalb sagte sie in ihrer stets gütigen Art:

»Ich werde Ihnen monatlich eine kleine Rente auszahlen lassen, Frau Richter, etwa in der halben Höhe Ihres jetzigen Gehalts. Würde Ihnen das helfen?«

Frau Richter war sehr erfreut. Das war ganz die hochherzige Mona Falkner.

»Oh, vielen, vielen Dank, das ist ungemein liebenswürdig und gütig von Ihnen. Mit einer solchen Zuwendung würde ich gut auskommen. Sie sind wirklich ein außerordentlich gütiger Mensch; ich weiß nicht, wie ich Ihnen dafür danken soll.«

»Es bedarf keines Dankes, ich darf Sie doch nicht in Not geraten lassen, da Sie mir so treu zur Seite gestanden haben. Also, es bleibt dabei, liebe Frau Richter.«

So hatte Mona auch das schon geordnet und zog sich jetzt in ihre Zimmer zurück. Dort lief sie unruhig auf und ab. Sehr wohl war ihr nicht zumute, im Gegenteil, sie fragte sich bange und zweifelnd, ob sie recht getan habe, in diese Verbindung einzuwilligen. Nicht ihretwegen beunruhigte sie sich, sie fragte sich nur, ernst, wie sie war, ob sie Hubert Meining nicht eine schwere Last aufgebürdet habe, dadurch, dass sie ihn mit seiner großen Liebe an sich fesselte, obwohl sie genau wusste, dass sie ihn nie lieben und ihm niemals näher kommen würde. Dazu kannte sie sich zu gut. Niemals würde sie einen Mann so lieben können wie Richard Römer, und niemals ein anderer als er ihr etwas bedeuten können.

Sie tröstete sich etwas damit, dass sie Meining wenigstens dazu verhelfen konnte, seine schriftstellerischen Träume zu erfüllen. Wie wenig dieser daran dachte, in der Ehe mit ihr zu arbeiten, ahnte sie nicht, sonst wäre ihr auch dieser Trost verloren gegangen.

Sie war viel zu unerfahren in allen eine Ehe betreffenden Dingen, um zu begreifen, welch eine unsinnige Abmachung sie mit Hubert Meining getroffen hatte.

Sie hätte damit zufrieden sein können, dass Richard Römer nun überzeugt sein würde, dass sie ihn ganz bestimmt nicht liebte. Aber seltsamerweise war ihr das Herz nun erst recht schwer in der Brust. Und sie krampfte die Hände zusammen und mühte sich, die Tränen zu unterdrücken, die sich in ihre Augen drängen wollten.

Hätte sie nur eine Ahnung gehabt, wie Richard Römer in Wahrheit zu ihr stand, nie hätte sie in diese törichte Verlobung eingewilligt, ganz gleich, ob er der Mann einer anderen wurde oder nicht. Schon das Wissen, dass er seine Verlobung ihretwegen schmerzlich bedauerte, hätte sie glücklich gemacht, und sie hätte dann darüber ruhig sein können, dass auch er vielleicht ihre Gefühle für ihn erkannt hatte. Aber wie viel Leid und Elend müssen die Menschen zuweilen über sich bringen, wenn sie nicht erkennen, was sie zum Glück führen könnte.

Zwei Tage später erhielt Richard Römer beim Frühstück die Verlobungsanzeige von Mona und Meining. Er wurde leichenblass, als er das las. Erst in diesem Augenblick wurde es ihm ganz klar, dass er Mona liebte und dass er verzweifelt darüber war, dass sie nun einem anderen ebenso gehörte wie er einer anderen. Er wusste auch, dass sie von dem erwählten Partner genauso enttäuscht sein würde wie er von seiner Verlobten. Warum nur hatte sie diesem faden, wertlosen Menschen solche Rechte über sich eingeräumt, warum verschwendete sie ihre großen persönlichen Werte an einen Unwürdigen. Es erschien ihm unmöglich, dass Mona diesen Gecken lieben konnte. Das hielt er bei ihrem Charakter für ganz ausgeschlossen. Und warum war sie ihm gegenüber so seltsam verändert? Alles überlegte er noch einmal, und obwohl er nie überheblich gewesen war und es nie sein würde, immer wieder kam er zu der Einsicht, dass sie ihn geliebt und sich hinter diese unbegreifliche Verbindung nur wie hinter einen Schutzwall geflüchtet habe, um niemanden, und am wenigsten ihn selbst, spüren zu lassen, dass seine Verlobung mit Gloria sie in dieses Verlöbnis hineingetrieben hatte.

Am liebsten wäre er aufgesprungen, wäre zu ihr geeilt und hätte ihr gesagt: Das darfst du mir nicht antun – denn ich liebe dich, nur dich, mag ich mich auch an eine andere gebunden haben. Du darfst diesen faden Menschen, vor dem alles, was in mir ist, mich warnt, nicht heiraten, du weißt nicht, was du damit auf dich nimmst.

Aber er sank in sich zusammen. Mit welchem Recht sollte er das tun? Mit dem seiner alten Freundschaft? Durfte er jetzt, da sie einem anderen gehörte und er einer anderen, zu ihr noch von Liebe sprechen? Nein, das wäre unehrenhaft gewesen. Aber eine heiße Angst um sie befiel ihn, eine Angst, die ihn erkennen ließ, wie teuer sie ihm war. Und wie bitter berührte es ihn, dass sie ihm wie jedem beliebigen Bekannten eine gedruckte Verlobungsanzeige schickte. Wären sie noch die alten guten Freunde gewesen, hätte sie ihm einige Zeilen geschrieben, in denen sie ihm freundschaftlich von diesem Ereignis Kunde gab. Oder sie hätte ihn zu sich gerufen, um ihm Auge in Auge diese Mitteilung zu machen. Dass sie es nicht getan hatte, gab ihm manches zu denken.

Endlich hatte er sich so weit gefasst, dass er seinem Vater die Karte hinüberreichen konnte. Dieser las sie, sah erstaunt auf und fragte:

»Wer ist denn dieser Hubert Meining, Richard, kennst du ihn?«

»Nur flüchtig, Vater!«

Der alte Herr seufzte.

»Schade, Richard – ich hätte dich sehr gern an seiner Stelle gewusst.«

»Ich weiß es, Vater – und – ach, lass uns nicht mehr darüber reden.«

»Nein – jetzt hat es keinen Zweck mehr, Richard; aber – seit eurem so genannten Verlobungsfest weiß ich, dass du diese übereilte Verlobung bereust.«

»Du hast scharfe Augen, Vater! Aber lass uns nicht mehr davon sprechen, es lässt sich nichts daran ändern, und es tut nicht gut, darüber nachzudenken.«

Der Vater fasste seine Hand.

»Ich spreche nicht mehr darüber, solange du nicht selbst es tun willst. Du bist Manns genug, um nicht an einem solchen Irrtum zugrunde zu gehen.«

Die beiden Herren erhoben sich, um an die Arbeit zu gehen. Richard dachte an nichts als an Monas Verlobung, und sosehr er sich danach sehnte, zu ihr zu gehen, um ihr seinen Glückwunsch persönlich auszusprechen, so sehr fürchtete er sich davor. Er wusste nicht, ob er seine Fassung würde bewahren können.

Und vielleicht würde er Mona in schwere Kämpfe stürzen, indem er ihr sein eigenes, ihm zu spät klar gewordenes Empfinden offenbarte? Nein, das durfte er nicht! Er musste ihr eine ruhige Miene zeigen. Wie aber sollte er das jetzt fertigbringen?

Nachdem er mehrere Stunden, währenddessen er mechanisch einige Arbeiten verrichtete, darüber gegrübelt hatte, entschloss er sich, wenigstens telefonisch seinen Glückwunsch anzubringen.

Es war ihm unmöglich, Mona zu schreiben, denn er wusste, es würde zu vieles zwischen den Zeilen stehen, wovon sie nichts wissen durfte.

Nachdem er sich einigermaßen zur Ruhe gezwungen hatte, stellte er die Verbindung her.

Frau Richter war am Apparat.

»Kann ich Fräulein Falkner sprechen, Frau Richter?«

»Gewiss, Herr Römer, ich lasse sie sogleich rufen.«

Wenige Sekunden später vernahm er Monas Stimme.

»Du bist es, Richard?« – Es klang scheinbar heiter.

Er spürte, dass sie sich zu diesem gelassenen Ton zwang, und sagte ernst und schwer:

»Mona – du hast mir mit einer gedruckten Anzeige einen so wichtigen Schritt mitgeteilt – wie jedem beliebigen Fremden. Es hat mir wehgetan.«

»Das wollte ich nicht, Richard, nur – es gab in den letzten Tagen so viel Unruhe. Mein – mein Verlobter nimmt jetzt so viel von meiner Zeit in Anspruch, dass ich einfach nicht dazu kam, an dich zu schreiben. Und – du solltest doch nicht später als die anderen benachrichtigt werden.«

»Also doch wenigstens nicht später als die anderen. Das ist immerhin etwas«, sagte er bitter.

Sie zwang sich zu einem Scherz.

»Ich habe damit noch viel freundschaftlicher gehandelt als du, Richard; von deiner Verlobung hatten schon ziemlich viele Personen gehört, ehe ich davon erfuhr.«

»Selbstverständlich nur deshalb, weil du auf dem Fest fehltest, Mona. Sonst wärst du die Erste gewesen, der ich es gesagt hätte.«

Eine Weile war es still, dann sagte Mona, sich zu einem schelmischen Ton zwingend:

»Sei nicht böse, Richard, eine Braut hat zu viele andere Dinge im Kopf.«

»Und nun erwartest du selbstverständlich einen Glückwunsch von mir?«

»Allerdings! Willst du ihn mir versagen?«

Eine Weile schwieg Richard. Dann sagte er schwer:

»Mona – hast du dir auch gut überlegt, was du tatest? Kennst du den Mann schon genügend, dem du so viele Rechte über dich einräumst?«

Wenn er gesehen hätte, wie Mona zusammenzuckte, wie sie erblassend die Augen schloss und Gott dankte, dass er nicht in sie hineinblicken konnte, er wäre vielleicht doch noch zu ihr geeilt, um sie vor einem Unglück zu bewahren.

»Ich liebe ihn doch, Richard«, entgegnete sie, sich zu einem scherzhaften Ton zwingend, »alles andere ist Nebensache.«

Er hätte aufschreien mögen: Du lügst, du liebst ihn nicht, sondern mich, und du lieferst dich einem Mitgiftjäger aus. Denn nie war es ihm klarer geworden, als bei ihrer Versicherung, dass sie Meining liebe, dass dies unmöglich sei, dass sie nur aus Scham, Stolz und Verzweiflung diesen Schritt getan hatte.

Aber zugleich erkannte er auch, dass er ihr diesen Schritt

nicht noch schwerer machen durfte, als er es ohnedies schon für sie war, und so sagte er ebenfalls in scherzhaftem Ton: »Das ist allerdings eine schwerwiegende Begründung. Wenn du aus Liebe gehandelt hast, dann – ja, dann verstehe ich alles.«

Sie lehnte kraftlos am Telefon, und ihre Hand, die den Hörer hielt, zitterte.

»Nicht wahr, du kannst dir doch denken, dass – ja – dass nur Liebe der Beweggrund meiner Verlobung war.«

Diese Worte klangen nicht sehr fest. Und er dachte erschüttert: Ja, du armes Kind – die Liebe zu einem anderen und dein Stolz, ihn nicht merken zu lassen, wie es um dich steht, treiben dich zu dieser Verlobung.

Mona wäre außer sich gewesen, hätte sie gewusst, dass er ihren Beweggrund so genau kannte. Erbebend hörte sie, wie er mit tiefer Bewegung sagte:

»Ja dann, das kann ich mir denken. So etwas tut man nur aus Liebe.«

Wie schwer sie dieses Wort traf. Aber scheinbar leichthin sagte sie:

»Nicht wahr, das weißt du aus Erfahrung. Habt ihr, Gloria und du, schon euren Hochzeitstag festgesetzt?«

»Nein, Mona, es eilt damit noch nicht. Wir müssen erst eine Wohnung für uns in unserem Fabrikgebäude einrichten. Dort steht ein Stockwerk leer.«

»Oh – werdet ihr nicht mit deinem Vater zusammen in der Villa wohnen?«

»Die Villa gehört uns nicht mehr, Mona.«

Sie erschrak.

»Warum nicht?«

»Weil wir das Geld brauchten, das sie uns einbrachte. –

Wir hatten eine kleine Krise in der Fabrik. Dies aber nur im Vertrauen zu dir, Mona, kein anderer Mensch weiß davon.«

Mit großen, bangen Augen sah sie vor sich hin.

»Richard – hätte ich nicht helfen können? Warum kamst du nicht zu mir?«, fragte sie außer sich.

»Nein, Mona, von einer Frau können wir unmöglich Geld annehmen.«

»In diesem Falle wäre ich keine Frau gewesen, sondern dein Freund«, sagte sie erregt.

»Auch von einem Freund hätte ich nichts annehmen können, weil ich nicht wusste, ob wir über die Krise hinwegkommen würden. Du traust mir doch nicht zu, dass ich einen Freund möglicherweise schädigen würde.«

»Ach, Richard – seid ihr denn über die Krise hinweg?«

»So ziemlich, ich denke, wir schaffen es. Aber, bitte, das bleibt unter uns.«

»Selbstverständlich. Aber versprich mir, wenn ihr doch noch in Verlegenheit kommen solltet, dann komm zu mir.«

Er hätte am liebsten gerufen: Nie zu dir, denn du bist nicht mehr mein Freund, sondern die Frau, die ich liebe, wenn ich auch geglaubt habe, die andere zu lieben. Das durfte er jedoch nicht sagen, und so antwortete er heiser:

»Es wird nicht nötig sein, wir kommen nun schon zurecht. Aber innigen Dank für deine Hilfsbereitschaft.«

»Das ist selbstverständlich. Also, ihr wollt in das Fabrikgebäude ziehen? Auch dein Vater?

»Ja, auch er.«

»Habt ihr da Raum genug?«

»Außer Küche und Zubehör sieben große Räume. Es wird sehr gut gehen.«

»Und was sagt Gloria dazu?«

»Sie weiß es noch nicht – ich hatte noch keine Gelegenheit, allein mit ihr zu sprechen. Sie wird wohl sehr enttäuscht sein.«

»Ja – von der Villa hat sie immer sehr geschwärmt.«

»Es tut mir leid, sie zu enttäuschen, aber was hilft es.«

Eine Weile blieb es still, dann sagte Mona leise:

»Ich hoffe, wir sehen uns nächste Woche bei meiner Verlobungsfeier, ihr werdet Einladungen erhalten. Es werden immerhin eine Menge Menschen da sein, denn die Angestellten nebst ihren Frauen muss ich schon einladen. Aber wir werden doch einige Worte allein sprechen können. Für jetzt muss ich das Gespräch abbrechen – leb wohl, Richard, auf Wiedersehen.«

»Auf Wiedersehen, Mona! Selbstverständlich werden wir gern kommen. Bei unserer Verlobungsfeier war nur die Familie anwesend – es hätte dir auch nicht gefallen. Also, auf Wiedersehen!«

Sie hängten beide ein und blieben beide in Gedanken verloren neben dem Apparat stehen. Mona presste die Hand auf das Herz und schloss die Augen, und Richard fuhr sich mit beiden Händen über die Stirn, als müsste er etwas Quälendes von dort fortwischen.

Er hatte jetzt erst die wahre Liebe kennengelernt oder war sich dieser wenigstens erst jetzt bewusst geworden. Und es war für ihn eine große Qual, wissen zu müssen, dass auch Mona um ihn litt. Eine tiefe, opferbereite Zärtlichkeit gesellte sich zu seinen sonstigen Gefühlen für sie hinzu, und er hätte das Schwerste vollbringen mögen, um ihr Ruhe und Frieden wiederzugeben.

Wie sollte er aber eine Ehe mit Gloria ertragen? Er war ein Mensch, der das Leben ernst, fast schwernahm. Gloria war oberflächlich und, wie er längst erkannt hatte, nur mäßig gebildet. Sie hatte ihr Wissen sozusagen da und dort zusammengenascht. Kannte man sie nicht genau, verblüffte sie zuweilen mit aufgelesenen Wissensbrocken; aber wer tiefer schürfte, stieß bald auf Sand.

Er konnte auch unter dem Einfluss seiner neu entdeckten Liebe Gloria gegenüber nicht ganz unparteiisch sein, aber er bemühte sich immerhin, ihr Gerechtigkeit widerfahren zu lassen. Wie hätte sie im Kreise ihrer Familie sich ein tieferes Wissen oder nur eine wirkliche gesellschaftliche Bildung aneignen können. Hatte ihn der Himmel nur deshalb mit Blindheit geschlagen, ihn nur deshalb in diesen flüchtigen Rausch hineingetrieben, damit er sein und Monas Schicksal in schwere Verwirrung brachte?

Seine Leiden und Schmerzen hätte er als Strafe für seine Verblendung gerne ertragen, aber dass Mona leiden musste, die unschuldige Mona, wie hatte der Himmel das zulassen können? Und wie hatte der Himmel es zulassen können, dass Mona sich diesem Meining auslieferte? Er fühlte ahnend, dass ihr eine große Gefahr durch diesen Gecken drohte. Dass er in der Hauptsache nach ihrem Vermögen trachtete, erschien ihm gewiss. Aber wie konnte er sie retten?

Er sann und sann, allein er kam zu keinem konkreten Ergebnis.

Während er noch in schmerzliches Grübeln versunken war, klopfte es. Er rief zum Eintritt, und die Tür öffnete sich. Herein trat Peter Lindner, die Mütze in der Hand und, wie immer, den Schopf zerwühlt.

Richard riss sich zusammen.

»Du bist es, Peter? Hast du denn jetzt nicht Schule?«

»Eigentlich ja, aber heute fällt eine Stunde aus, weil ein Lehrer krank geworden ist, und das war mir sehr recht, ich hatte mir schon den Kopf zerbrochen, wie ich Zeit finden könnte, um zu dir zu kommen.«

»Hast du etwas Besonderes auf dem Herzen?«

Peter drehte die Mütze in den Händen hin und her, fuhr sich dann hastig durch den Schopf und sagte mit halberstickter Stimme: »Du bist mein Freund, Richard – und – ich möchte dich warnen.«

Richard war bereits wieder Herr seiner selbst. Er drückte Peter in einen Sessel neben dem Schreibtisch und setzte sich selbst ihm gegenüber.

»Also, mein lieber Peter, was gibt es?«

Peter atmete tief auf.

»Weißt du, Richard, ich war mir nicht ganz klar, ob ich dir das alles sagen dürfte – schließlich – es ist vielleicht ein Vertrauensbruch an meiner Schwester. Aber nein, das ist es doch nicht, denn sie hat mir noch nie etwas anvertraut, sie hat das alles nur Vater und Mutter in ihrer Aufregung vorgebracht, und ich habe es zufällig mit angehört, weil ich im Zimmer war. Gestern Abend war es leider schon zu spät, dass ich noch hätte zu dir kommen können, aber ...«

Er schluckte erregt und sah sich um. Dann fuhr er fort: »Sie war doch nicht etwa schon hier?«

»Nein, Peter, hierher in die Fabrik kommt sie nie, aber sie hat mir durch einen Boten einen Brief geschickt, sie müsste mich unbedingt heute Mittag sprechen, ich möchte zu den Eltern kommen.«

»Aha – dann geht es erst los. Na, mach dich auf was gefasst – wie 'ne Tüte Mücken hat sie sich betragen, als sie gestern Abend von einem Kaffeeklatsch nach Hause kam.

Geheult und geschrieen hat sie, und das werde sie sich nicht gefallen lassen und es sei eine Gemeinheit von dir, das hinter ihrem Rücken zu tun und so weiter.«

Peter verschnaufte erst einmal, und Richard fragte nun:

»Aber, Peter, was für eine Gemeinheit soll ich denn hinter ihrem Rücken begangen haben? Mir ist nichts bekannt.«

Peter wischte sich mit dem Handrücken über die Stirn, auf der Schweißperlen standen, denn er war sehr schnell gelaufen.

»Hast du ja auch nicht, sie nennt es nur so; im Kränzchen – diese verflixten Kränzchen –, da hat sie gehört, du hättest eure Villa verkauft.«

»Ach so, das ist es, Peter. Nun – diese Gemeinheit habe ich allerdings begangen, ich wusste nur nicht, dass es eine war. Denn die Villa gehört erstens meinem Vater, und zweitens mussten wir sie verkaufen, weil wir Geld im Geschäft brauchten. – Es kommt im Leben manchmal vor, dass man nicht so kann, wie man gerne möchte.«

»Brauchst du mir gar nicht zu sagen, Richard, ich will mich weiß Gott nicht in dein Vertrauen drängen. Ich sagte mir nur: Wenn Gloria so in ihrem Zorn auf dich losgelassen wird, ohne dass du vorbereitet bist, dann bist du möglicherweise hilflos, denn so hast du sie noch nicht erlebt. Und deshalb war ich froh, dass diese Stunde ausfiel. Da bin ich gleich hierhergerannt, und jetzt muss ich schnell wieder in die Schule zurück, sonst gibt es was. Also, Richard – lass sie ruhig loslegen, das gibt sich von selbst wieder. Sie ist nur außer sich, weil sie sich schon in der Villa herumstolzieren sah.«

Richard erhob sich, strich Peter über den Kopf und schüttelte ihm die Hand.

»Ich danke dir, Peter, nun bin ich vorbereitet. Ist gut so. Nun kann ich ruhig bleiben, wenn Gloria ihrem Herzen Luft macht. Es tut mir leid, dass es mit der Villa für sie nichts wird. Aber ich kann es nicht ändern. Und nun geh zurück zur Schule, damit du keinen Tadel bekommst. Oder warte – ich lasse dich im Auto hinbringen.«

Er klingelte und gab den Auftrag, das Auto solle vorfahren. Peter war gerührt.

»Das war doch nicht nötig, Richard, ich hätte auch laufen können.«

»Müsstest ja Dauerlauf machen, um zurechtzukommen, und es ist heiß. Hast dich schon auf dem Herweg erhitzt. Da fährt das Auto bereits vor; nun lauf, mein Freund, und nochmals herzlichen Dank.«

»Hab ich dir wirklich ein wenig geholfen?«

»Viel! Nun aber fort!«

Peter lief hinaus, die Treppe hinab und grüßte von unten noch einmal zurück.

Richard sah ihm vom Fenster aus nach. Er vermochte jetzt nicht mehr an Mona zu denken. Es galt zu überlegen, was er Gloria sagen sollte, weswegen er ihr den Verkauf der Villa bisher verschwiegen hatte. Vielleicht aus Furcht vor einer Szene? Oder hatte er ihr so lange wie möglich den Traum gönnen wollen, dass sie als seine Frau in der Villa wohnen würde?

Er wusste es selbst nicht recht. Vielleicht hatte der eine wie der andere Grund ihn dazu veranlasst, ihr bisher nichts davon mitzuteilen.

Im Grunde war er jeden Tag darauf gefasst gewesen, dass sie vom Verkauf der Villa erfahren würde. Nur eine Gemeinheit hätte sie es nicht nennen dürfen. Aber sie würde es nicht wagen, ihm das ins Gesicht zu sagen. So weit würde sie sich schon beherrschen. Jedenfalls war er sehr froh, dass er durch Peter auf alles vorbereitet war.

Er hatte den jungen Schwager herzlich lieb gewonnen. Er hatte an ihm ebenso viele gute Seiten erkennen können wie an Gloria – leider – immer weniger gute.

Die Unterredung mit Peter hatte ihn wenigstens von seinen Sorgen um Mona abgelenkt, und er konnte sich endlich wieder in seine Arbeit vertiefen. Ehe er sich in der Mittagszeit aufmachte, Gloria zu sehen, begab er sich noch einmal in den Oberstock hinauf.

Hier war alles schon ziemlich weit gediehen. Für ihn und seinen Vater war schon je ein Schlafzimmer vollständig eingerichtet. Sie wohnten sogar schon drinnen. Die aus der Villa stammenden Möbel standen in einem großen Speicher und sollten nächste Woche eingeräumt werden. Parkettfußböden hatte man hier freilich nicht legen lassen können, aber die Fußböden wurden gerade mit schönem dunklen Linoleum belegt, und da viele große Teppiche vorhanden waren, würde man ohnedies nicht viel davon zu sehen bekommen.

Sonst sah alles sehr hübsch aus. Richard hatte schöne Tapeten kleben lassen, Fenster und Türen waren neu gestrichen, ebenso die Decken. So war wirklich eine sehr hübsche und geräumige Wohnung entstanden. Der Vater hatte unbedingt nur ein Schlafzimmer und einen Wohnraum für sich haben wollen, die junge Frau sollte sich nicht einschränken müssen.

Eine Putzfrau, die gerade die Fenster säuberte, knickste höflich vor Richard und sagte:

»Schön ist das alles hier geworden; wenn nun noch die Möbel reinkommen, dann ist das der reinste Palast.«

Er nickte ihr zu.

»Machen Sie nur alles hübsch blank, Frau Heinemann.«

»Na, freilich, keen Stäubchen soll liegen bleiben. Und die Marie hilft mir ja auch.«

Marie war die langjährige Hausgehilfin aus der Villa, die unbedingt bei ihrer Herrschaft bleiben wollte. Sie war sehr tüchtig, kochte vorzüglich und übernahm jede Hausarbeit. Frau Heinemann würde die groben Arbeiten machen, Marie die feineren und kochen.

So begab Richard sich ein wenig beruhigt zu Gloria, nachdem er seinem Vater gesagt hatte, er möge nicht auf ihn warten, er wolle später essen. Die Herren speisten jetzt außer Haus, bis die Wohnung fertig sein würde.

Richard hatte seinen Vater vor der Gastwirtschaft abgesetzt und fuhr nun weiter zu den Lindners.

Das kleine Dienstmädchen führte ihn mit einem etwas verkniffenen Gesicht in das Empfangszimmer. Da saß Gloria, in Tränen aufgelöst, und als er eintrat, fuhr sie auf ihn los und schrie ihn aufweinend an:

»Ist das wahr, dass die Villa verkauft ist?«

Er sah sich in dem geschmacklos eingerichteten Raum um und musste sich sagen, dass die Wohnung, die er Gloria bieten würde, im Vergleich dazu wirklich einem Palast glich. Dann fasste er sie bei den Armen und sagte ruhig und bestimmt:

»Vor allem möchte ich dich um einen anderen Ton bitten, Gloria.«

Sie weinte laut auf.

»Einen anderen Ton? Wo du mich dermaßen betrogen hast, wo ich dieses Schreckliche gestern erfahren musste.«

Er wollte nicht verraten, dass Peter ihn eingeweiht hatte,

aber er war sehr blass geworden bei ihren in einem gehässigen Ton hervorgebrachten Worten.

»Bitte, mäßige dich! Was hast du Schreckliches erfahren?«

»Dass du deine Villa hinter meinem Rücken verkauft hast.«

»Du solltest eigentlich wissen, dass die Villa nicht mir gehörte, sondern meinem Vater!«

»Aber ihr habt mir doch gesagt, dass ich darin wohnen sollte.«

»Nein, Gloria, das haben wir nicht gesagt, denn an dem Tag, da du zum ersten Mal in der Villa warst, hatten wir schon beschlossen, sie zu verkaufen.«

Sie riss sich wütend von ihm los und stampfte mit den Füßen auf.

»Aber warum habt ihr das getan?«

»Weil es sein musste, weil wir flüssiges Kapital in der Fabrik brauchten.«

Sie starrte ihn mit weit aufgerissenen Augen an.

»Steht es so schlecht um euch?«, stieß sie atemlos hervor.

»Es muss nicht schlecht um ein Unternehmen bestellt sein, wenn es einmal um bares Geld verlegen ist. Deswegen brauchst du dir keine Sorgen zu machen. Das finanzielle Problem ist durch den Verkauf der Villa längst aus der Welt geschafft.«

Sie hatte sich ein wenig beruhigt bei dieser Auskunft und strich sich das Haar aus dem Gesicht.

»Aber – wo sollen wir dann wohnen?«

»Ich lasse eine Etage des Fabrikgebäudes instand setzen; ich wohne mit meinem Vater schon seit einigen Tagen dort.«

»Aber warum ist mir das nicht gesagt worden?«

»Einfach deshalb nicht, weil ich die ganze Zeit über keine Gelegenheit hatte, mit dir allein zu sprechen.«

»Du hättest doch nur darum zu bitten brauchen, mit mir allein sein zu können.«

»Ich fürchtete, dir damit Ungelegenheiten bei deinen Eltern zu bereiten, das musst du doch verstehen.«

»Nun ja, aber so musste ich die scheußliche Geschichte in meinem Kaffeekränzchen erfahren.«

Richard blickte sie erstaunt an.

»Du gebrauchst recht seltsame Ausdrücke. Mit ›scheußliche Geschichte‹ meinst du doch den Verkauf der Villa?«

Sie sah ein, dass sie zu weit gegangen war. Mit der alten schmeichlerischen Gebärde fiel sie ihm um den Hals.

»Ach Richard, du musst meine Worte heute nicht auf die Goldwaage legen. Kannst du dir nicht denken, dass ich mir wie dumm vorkam, weil ich nicht wusste, was die anderen wussten?«

Er musste zugeben, dass dies ein Grund zur Aufregung bei einer so oberflächlichen Person wie Gloria gewesen sein konnte.

So sagte er nur:

»Sei ehrlich, Gloria – lag dir so viel an der Villa? Vielleicht mehr als an mir?«

Bei dieser Frage klopfte ihm das Herz hart und laut in der Brust, weil er sich ausmalte, dass es ein Grund für sie sein könnte, sich von ihm zu trennen.

»Ach Richard, wie kannst du nur so dumm fragen.«

»Nun, immerhin müsstest du dir das jetzt reiflich überlegen. Wenn ich nun arm würde – würdest du dann noch meine Frau werden wollen?«

Es wurde ihr plötzlich klar, dass sie wieder einlenken

musste, wenn sie nicht Gefahr laufen wollte, dass er sich von ihr löste. Denn dass seine Leidenschaft für sie stark im Abnehmen begriffen war, hatte sie sehr wohl gemerkt.

Sie schmiegte sich an ihn und sah reuig zu ihm auf.

»Ach Richard – so darfst du mich wirklich nicht fragen. Du weißt doch, wie sehr ich dich liebe. Ich war doch nur so böse, weil ich dachte, du wolltest Heimlichkeiten vor mir haben. Nun, da du mir sagst, dass du mir gern alles mitgeteilt hättest, ist ja alles gut. Und – nicht wahr, nun brauche ich mich nicht mehr um eure Fabrik zu sorgen?«

»Dazu liegt keinerlei Veranlassung vor. Derartige kleine Stockungen kommen in jedem Geschäft vor. Wir hatten einige Verluste durch den Zusammenbruch zweier anderer Firmen. Die mussten gedeckt werden, und Schulden wollten wir nicht machen. So verkauften wir lieber die Villa, und du kannst versichert sein, dass du eine sehr schöne und bequeme Wohnung bekommen wirst, wenn sie auch im Fabrikgebäude liegt.«

Sie trauerte zwar immer noch der Villa nach, sagte sich aber, dass sie immerhin gut untergebracht sein würde. Sie umarmte ihn wieder und küsste ihn.

»Dann ist ja alles gut, Richard. Bitte, verzeih mir meine Aufregung.«

»Ich muss dir ja verzeihen, aber bitte, vergiss nie wieder, dass du mit einem Ehrenmann verlobt bist, und traue ihm niemals etwas zu, was ehrenrührig ist.«

Wieder schmiegte sie sich an ihn.

»Weißt du, Richard, das alles kam auch davon, dass ich ein wenig böse auf dich war, auch in anderer Beziehung.«

»In welcher Beziehung?«

»Siehst du, es fällt mir schwer, davon zu sprechen, aber –

es hat mich immer ein wenig gekränkt, dass du noch kein Wort darüber hast verlauten lassen, wann unsere Hochzeit sein soll.«

Es zuckte in seinem Gesicht, und seine Stirn rötete sich. Sie hatte recht, er hatte sich noch nicht dazu entschließen können, den Hochzeitstag mit ihr und ihren Eltern festzusetzen. Vielleicht hatte er im tiefsten Innern immer noch die Hoffnung gehabt, dass ihn irgendetwas von der voreiligen Verlobung befreien könnte. Das durfte er ihr aber nicht sagen. Und er war nun, da Mona einem anderen gehörte, bereit, das Versäumte nachzuholen. So sagte er tief aufatmend:

»Offen gesagt, Gloria – ich war jetzt durch zu vieles in Anspruch genommen, auch sollte die Wohnung in der Fabrik erst fertig sein. Unsere Möbel haben wir alle mitgenommen, du wirst es dort sehr behaglich haben, wenn erst alles fertig ist. Und dann bestimmen wir mit deinen Eltern sogleich den Hochzeitstag.«

Sie spielte mit Geschick die Schamhafte.

»Es fiel mir sehr schwer, als Erste darüber zu sprechen, Richard.«

Das rührte ihn wieder, er brachte absichtlich keine Frau in eine heikle Lage.

Er strich Gloria über das Haar und sagte:

»Ich rechne dir das hoch an, denn ich kann mir denken, dass dir das schwergefallen ist. Dafür will ich auch alle harten Worte vergessen, die du mir entgegengehalten hast. Es soll nun alles wieder gut sein zwischen uns. Nicht wahr?«

Sie küsste ihn stürmisch, froh darüber, leidlich gut abgeschnitten zu haben.

»Ja, Richard, alles ist wieder gut. Und wenn ich auch die

Villa vermissen werde – der schöne Schmuck von deiner Mutter wird mich dafür reichlich entschädigen und – nicht wahr, du wirst einige der alten Sachen erneuern lassen?«

Das hätte sie nicht sagen dürfen. Es berührte ihn peinlich. Sie legte mehr Gewicht auf äußerliche Dinge als auf seine Liebe. Aber gerechterweise sagte er sich dann gleich wieder, er durfte sie deswegen nicht anklagen, denn seine Liebe zu ihr war ja ebenfalls nicht stark und tief. Wie konnte er mehr von ihr verlangen, als er selbst zu geben hatte.

Er rang die Verstimmung in sich nieder und antwortete:

»Du darfst nicht vergessen, Gloria, dass Vater den Schmuck vorläufig noch als sein Eigentum betrachten kann, Ohne seine Einwilligung darf ich ihn dir weder übergeben noch etwas daran ändern lassen.«

Sie zog ärgerlich die Stirn zusammen und sah einen Augenblick sehr gewöhnlich aus. Gern hätte sie sich auch so ausgedrückt, aber sie sagte sich, dass sie jetzt ruhig sein musste und sich nicht noch weiter in die Karten sehen lassen durfte. Dann meinte sie nur:

»Ich werde deinem Vater das schon abschmeicheln, er ist so ein reizender alter Herr. Doch das hat ja noch Zeit, bis ich deine Frau bin.«

Richard atmete auf. Zwar sagte er sich, dass er Gloria jetzt eigentlich hätte sagen müssen, dass der Schmuck verpfändet war. Aber er wollte nicht noch einmal eine solche Szene heraufbeschwören wie die von vorhin. An der hatte er reichlich genug. Und er hoffte, die Hochzeit so lange hinausschieben zu können, bis der Schmuck wieder eingelöst sein würde.

Dann gab es wenigstens keine neuen Aufregungen. Und wenn er ganz ehrlich gegen sich hätte sein wollen, hätte er sich auch sagen müssen, dass er die Hochzeit auch um seinetwillen so lange wie möglich hinausschieben wollte. Er hoffte, Zeit zu gewinnen, um erst wieder ganz ruhig zu sein über seine jetzt vollkommen veränderten Gefühle für Mona. Es fiel ihm jetzt erst ein, dass er mit Gloria noch gar nicht über Monas Verlobung gesprochen hatte. Er sagte darum nebenbei:

»Was hast du denn zu der Verlobungsanzeige gesagt, die auch dir sicherlich heute Morgen zugegangen ist?«

Sie sah ihn erstaunt an.

»Wer hat sich denn verlobt? Ich habe keine Anzeige bekommen.«

»Dann wirst du ebenso sehr staunen wie ich – Mona Falkner hat sich mit Hubert Meining verlobt.«

Sie wurde erst rot und dann blass. Nun, da sich erfüllt hatte, was sie selbst in Szene gesetzt hatte, fühlte sie doch einen schmerzhaften Stich in der Brust. Hubert war ja sehr hastig auf sein Ziel losgegangen! Sie fasste sich aber schnell und meinte:

»Sieh da, meine Freundin Mona, der kleine Eiszapfen – ist sie Hubert Meining so schnell verfallen?«

»Auch du wunderst dich darüber?«, fragte er heiser.

Sie zuckte die Achseln.

»Ich habe es kommen sehen: Einem so schönen Mann hat sie einfach nicht widerstehen können. Sie scheint sich heftig in ihn verliebt zu haben, das merkte ich schon, als er das erste Mal mit uns in ihrem Haus war, weißt du, zu jenem Abendessen. Da hat er gleich großen Eindruck auf sie gemacht.«

»Meinst du?«, fragte er rau.

»Nun, die Verlobungsanzeige beweist das. Wie kommt

es denn, dass ich noch keine erhalten habe? Wann hast du sie bekommen?«

»Heute mit der ersten Post.«

»Nun, dann werde ich sie am Nachmittag bekommen, wahrscheinlich sind nicht alle Anzeigen auf einmal zur Post gegeben worden.«

Richard dachte: So habe ich sie doch etwas früher als die anderen erhalten. Es war Mona eben wichtig, dass ich so bald wie möglich erfuhr, dass sie nicht etwa mich, sondern einen anderen liebt. Meine arme Mona, in welch schlimme Lage hast du dich dadurch gebracht, dass du mir beweisen wolltest, ich hätte mich getäuscht, aus deinem Verhalten darauf zu schließen, du könntest mich lieben. Arme Mona! Du weißt nicht, was du auf dich genommen hast.

Das Herz wurde ihm sehr schwer. Aber er riss sich zusammen und fragte Gloria, ob er ihre Eltern begrüßen dürfe, er müsse sich bald verabschieden.

Gloria sagte ihm, die Eltern hielten gerade ihre Mittagsruhe. Er war froh, dass er verschont war, jetzt mit den alten Herrschaften zu sprechen, denn er nahm an, dass auch sie ihm zürnten wegen des Verkaufs der Villa. Mochte Gloria ihnen alles Nötige erklären, dann brauchte er nicht darüber zu sprechen.

So verabschiedete er sich schließlich von Gloria und entfernte sich.

Unten an der Haustür lehnte Peter und sah ihn forschend an.

»War es schlimm, Richard?«

Dieser drückte ihm die Hand.

»Nein, Freund Peter, du hast das Schlimmste abgebogen. Ich danke dir!«

Peter sah ihn mit leuchtenden Augen an.

»Du, darauf bin ich sehr stolz, dass ich dir helfen konnte. Und dass du mich Freund Peter nennst, das ist auch ein verdammt stolzes Gefühl.«

Er begleitete Richard bis an seinen Wagen. Sie drückten sich noch einmal die Hände; dann fuhr Richard fort.

Peter erfuhr oben im Wohnzimmer, was Gloria mit Richard besprochen hatte. Alles berichtete sie den Eltern – auch das mit dem Schmuck.

»Nun bin ich erst recht darauf erpicht«, fügte sie hinzu, »dass er mir den Schmück neu fassen lässt. Die Steine kommen dann viel besser zur Geltung. Und diese Genugtuung ist er mir schuldig dafür, dass er hinter meinem Rücken die Villa verkauft hat.«

Sehr gern hätte Peter ihr darauf eine seiner ruppigen Antworten gegeben, aber er unterließ es und sah nur mit einem unbeschreiblichen Blick zu ihr hinüber. Das merkte Gloria und fragte ärgerlich:

»Was guckst du mich denn so dämlich an, du dummer Bengel?«

Er zuckte die Achseln.

»Ein dummer Bengel kann doch nur dämlich gucken, verehrte Dame Gloria!«

»Haltet doch Frieden, Kinder!«, mahnte die Mutter.

»Mit Gloria Frieden zu halten ist nicht ganz leicht«, meinte Franz, der ältere Bruder.

Gloria warf den beiden Brüdern wütende Blicke zu.

»Ich bin froh, wenn ich euch nicht mehr täglich zu sehen brauche.«

Peter erhob sich und verließ das Zimmer mit der ruppigen Bemerkung:

»Das kannste gleich haben!«

Der Vater hatte sich inzwischen seine Zigarre angesteckt, denn er musste sich nun wieder in sein Amt begeben. Er schüttelte in seiner kapitulierenden Art den Kopf.

»Warum halten die Rangen bloß keine Ruhe?«, fragte er und ging davon. Wahrscheinlich dachte er unterwegs über die Lösung dieser Frage nach.

9

Gloria hatte mit der Nachmittagspost Monas Verlobungsanzeige erhalten. Aber zuvor hatte sie noch ein Telefongespräch mit Hubert Meining. Dieser sagte ihr lachend:

»Endlich kann ich dir Bescheid sagen, Gloria – ich versuchte schon einige Male bei dir anzurufen, aber jedes Mal war besetzt. Nun aber habe ich dich endlich erwischt. Also, die Sache geht in Ordnung, heute oder morgen wirst du unsere Verlobungsanzeige erhalten.«

»Weiß schon Bescheid. Habe es mit einem lachenden und einem weinenden Auge zur Kenntnis genommen. Ich habe dir mancherlei zu sagen; wann treffen wir uns?«

»Heute und morgen leider nicht, Süße, habe strengen Minnedienst.«

Hubert Meining war viel zu eitel, um einzugestehen, dass Monas Liebe ihm gar nicht gehörte.

»Also dann übermorgen, ja? Du musst mir alles ausführlich erzählen. Morgen suche ich dann Mona auf, um sie zu beglückwünschen.«

»Tu das, vielleicht bin ich gerade anwesend. Wann kommst du denn?«

»Sagen wir, um elf Uhr!«

»Gut, dann treffe ich dich noch, wenn ich halb zwölf erscheine. Habe Verlangen nach deinem Anblick.«

»Ich auch nach deinem, Huby, das kannst du mir glauben. Also, dann übermorgen zur gewohnten Zeit.«

Damit war das Gespräch beendet. Gegen fünf Uhr kam dann die Anzeige mit der Post.

Am nächsten Vormittag traf Gloria, mit einem Blumenstrauß bewaffnet, um elf Uhr bei Mona ein, die mit Frau Richter im Wohnzimmer saß und einiges ihre bevorstehende Heirat Betreffende besprach. Als Gloria eintrat, erhob sich Frau Richter und ließ die beiden jungen Damen allein.

Gloria drückte Mona die Blumen in die Hand und sagte lachend:

»Du bist ja eine kleine Heimliche. Uns so zu überraschen! Ich hätte dir niemals zugetraut, dass du dich Hals über Kopf in einen jungen Mann verlieben könntest. Allerdings, Hubert Meining ist ein bildschöner Mensch, nach dem sich alle Frauen die Augen ausgucken, aber, wie gesagt – dir hätte ich das nicht zugetraut.«

Mona lächelte freundlich, aber kühl, wie immer.

»Nicht wahr, Gloria – das hat dich überrascht!«

»Na und wie. Ich muss freilich sagen, an jenem Abend, da wir bei dir zu Gast waren, ist mir schon aufgefallen, wie sehr du dich mit ihm beschäftigt hast. Aber – offen gesagt – ich hatte geglaubt, du seist ein wenig in Richard Römer verliebt.«

Mona machte sich mit abgewandtem Gesicht an Glorias Blumen zu schaffen, so konnte sie ihre Erregung verbergen. Sie fasste sich schnell und schüttelte den Kopf.

»Auf was für törichte Einfälle du kommst, Gloria.«

»Ja, lieber Gott, eine so innige Freundschaft, wie sie zwischen dir und Richard bestand, pflegt in der Regel nicht weit von Liebe entfernt zu sein.«

»Nun, bei uns ist sie jedenfalls sehr weit davon entfernt.

Warum sagst du aber, dass diese Freundschaft zwischen uns *bestand*? Ich denke doch, sie besteht noch immer. Oder – solltest du sie uns verbieten wollen?«

»Du weißt doch, wie ich über so etwas denke. Und jetzt hast du einen Verlobten, und Richard wird eine Frau haben. Dann wird wohl von dieser Freundschaft nicht viel übrig bleiben.«

Mona klopfte das Herz bis zum Hals, aber sie erwiderte ganz ruhig:

»Ich sagte dir schon einmal, die Freundschaft zwischen Richard und mir wird immer bestehen. Nur werden wir, wenn es dir und – Hubert – nicht gefällt, dass wir diese Freundschaft zeigen, sie still in uns verschließen. Sie wird auch weiter bestehen, ohne dass wir davon reden.«

Gloria lachte schelmisch; sie wollte es mit Mona nicht ganz verderben, denn immerhin war sie eine reiche Erbin, und man konnte in ihrem Haus ab und zu unauffällig mit Huby zusammentreffen. Aber in ihren Augen flackerte ein Teufelchen, als sie sagte:

»Wir werden sehen, Mona; ich bin nicht gewillt, im Herzen meines Mannes einer zweiten Frau ein Plätzchen zu lassen, auch kein Freundschaftsplätzchen: Ich will ihm alles sein. Und dein Verlobter wird dein Herz auch bald so in Anspruch nehmen, dass auch er keinem anderen Mann auch das allerkleinste und harmloseste Winkelchen darin gönnen wird.«

Mona vermochte es, gelassen die Achseln zu zucken.

»Ich hoffe, dass mein Verlobter etwas verständiger ist als du in dieser Beziehung. Jedenfalls darfst du mir glauben, dass ich mich der größten Zurückhaltung befleißigen werde.«

Gloria umarmte sie lachend und küsste sie.

»Ist doch alles nur Scherz, Mona. Aber nun musst du mir erzählen, wie es so schnell zur Verlobung zwischen dir und Hubert Meining kam. Er kann sich jedenfalls etwas darauf einbilden, dass er dich so leicht zur Strecke gebracht hat.«

Mona hatte Gloria Platz angeboten und setzte sich ihr gegenüber.

»Weißt du denn, ob ihm das so leicht geworden ist?«, fragte sie, ebenfalls einen scherzhaften Ton anschlagend.

»Nein, das weiß ich selbstverständlich nicht. Aber da du dich mit ihm nach einer kaum mehr als zweiwöchigen Bekanntschaft verlobt hast, ist es bestimmt leicht gewesen.«

Mona hätte am liebsten bitterlich geweint, aber sie zuckte lächelnd die Achseln. Gloria sollte und musste an ihre Liebe zu Meining glauben, denn sie würde mit Richard darüber sprechen. So sagte sie fast schelmisch:

»Nun ja, Gloria, das Herz ist ein eigenwilliges Ding, es will nicht auf die Vernunft hören.«

»Ich kann das sehr gut verstehen, Mona; Hubert Meining ist wirklich ein lieber Mensch. Und schön wie Adonis. Er ist es schon wert, dass du dich ihm ergeben hast.«

»Nicht wahr, Gloria? Wir werden auch bald Hochzeit halten.«

Das zu sagen, rang Mona ihrem Stolz ab. Gloria sollte glauben und es auch Richard glaubhaft machen, dass sie so verliebt in ihren Verlobten sei, dass ihr viel an einer schnellen Heirat lag.

Gloria machte große Augen.

»Oh, euer Hochzeitstag ist schon festgesetzt?«

»So ziemlich, zwei Monate wollen wir warten, nicht länger.«

»Du Glückliche! Leider ist bei uns der Tag noch nicht bestimmt. Richard hat sehr viel zu tun, und dann gab es eine kleine geschäftliche Verlegenheit, die ihn zwang, die Villa seines Vaters zu verkaufen.«

»Davon hörte ich schon!«

»Wer hat dir das gesagt?«

»Richard selbst.«

Gloria riss die Augen weit auf.

»So – wann hat Richard dir das gesagt?«

»Gestern oder vorgestern, und zwar telefonisch, als er mir zur Verlobung Glück wünschte.«

»Nun, mir hat er es erst gestern mitgeteilt, nachdem ich es ihm auf den Kopf zusagte. Zuerst habe ich es im Kränzchen hören müssen. Du kannst dir denken, wie die Gänse sich darüber gefreut haben, mir so was zuerst beibringen zu können.«

»Richard hat es dir gewiss so lange wie möglich verschweigen wollen, weil er geahnt hat, dass es dir schwerfallen würde, auf die Villa zu verzichten.«

»Selbstverständlich fällt es mir schwer, scheußlich schwer, ich hatte mich unbeschreiblich darauf gefreut, dort zu wohnen. Aber ich hoffe, dass wir draußen in der Fabrik auch eine schöne Wohnung bekommen werden.«

»Richard wird sich jedenfalls Mühe geben, sie so hübsch wie möglich herrichten zu lassen. Ich habe es sehr bedauert, dass sein Vater die Villa drangegeben hat. Richard hätte mir doch nur ein Wort von seinen Verlegenheiten zu sagen brauchen, dann hätte ich ihm gern ausgeholfen. Aber als ich ihm das sagte, wehrte er entschieden ab; er will von einer Frau kein Geld annehmen, auch nicht, wenn sie sein bester Freund ist.«

Gloria freute sich einesteils, dass Richard sich von Mona

nicht helfen lassen wollte, anderenteils sagte sie sich aber, dass er dann die Villa nicht hätte zu verkaufen brauchen.

»Du kannst dir denken, dass mir ein wenig bange wurde. Glaubst du, dass Richard ernsthafte geschäftliche Schwierigkeiten hatte?«

»Wenn das der Fall war, so sind sie jetzt jedenfalls behoben, und da er sich selbst helfen konnte, dadurch, dass er die Villa darangab, wirst du ja auch gern darauf verzichten.«

Gloria sah nicht gerade danach aus, als könnte sie auf irgendetwas, das ihr Freude machte, gern verzichten.

»Gern allerdings nicht«, entgegnete sie seufzend, »aber was hilft es: Man muss. Ich tröste mich mit dem fabelhaften Schmuck, den ich bekommen werde. Richards Mutter hat wunderbare Steine hinterlassen. Sie sind aber teilweise altmodisch gefasst, und ich habe Richard darum gebeten, sie mir neu fassen zu lassen. Dann werden sie noch viel besser wirken. Vorläufig lehnt er das jedoch ab.«

»Es wäre auch schade darum, Gloria. Ich kenne den Schmuck. Gerade die alten Fassungen machen ihn besonders wertvoll.«

»Das kann ich nicht finden. Zu einem modernen Kleid werden sie nicht passen.«

»Das ist Geschmacksache. Auch ich habe verschiedene alte Schmuckstücke geerbt, aber ich möchte sie auf keinen Fall umarbeiten lassen.«

Gloria lachte ein wenig verächtlich.

»Nun ja – du – zu dir passt das vielleicht auch besser, weil du selbst ein wenig altmodisch wirkst.«

Mona musste lachen, Gloria machte es immer Freude, ihr etwas Unangenehmes zu sagen. Aber sie maß dem keine Bedeutung bei und entgegnete gelassen:

»Du sagst mir da eine Schmeichelei, Gloria.«

»Wieso?«, fragte diese verwundert.

»Nun, ich freue mich, wenn du meinst, dass ich altmodisch bin. Das tue ich nämlich sehr gern. Ich schätze es nicht, in die moderne Zeit hineingeboren zu sein, ich wäre viel lieber jung gewesen, als unsere Mütter jung waren.«

»Um Gottes willen … lange Röcke, Keulenärmel und andere Scheußlichkeiten! Warum trägst du dann so moderne Kleider?«

»Weil ich um keinen Preis auffallen möchte, und das würde ich tun, wenn ich die Mode von früher tragen würde. Im Übrigen meinte ich auch durchaus nicht die Äußerlichkeiten der vergangenen Mode, sondern das Innerliche.«

»Also möchtest du, dass uns Frauen all die Rechte wieder entzogen würden, die wir uns mühsam erkämpft haben, unsere Freiheit, das Recht auf unsere Persönlichkeit und so weiter.«

Mit einem feinen, überlegenen Lächeln sah Mona zu ihr hinüber.

»Ach Gloria, kluge Frauen haben sich zu allen Zeiten das Recht auf ihre Persönlichkeit zu erhalten verstanden. Man sprach nur nicht so viel davon. Man hielt jedoch immer auf guten Ton und gesittetes Benehmen. Die Auswüchse unserer Zeit missfallen mir zuweilen sehr. Vieles, was die moderne Frau errungen hat, das Recht auf selbstständige Arbeit, auf ein weniger eingeengtes Leben in der Familie und so weiter, das lasse ich gern gelten. Aber vielleicht legst du gerade darauf keinen besonderen Wert. Du denkst nicht daran, dich durch eigene Arbeit selbstständig zu machen, du lebst ganz zufrieden in deinem eng begrenzten Familienkreis. Das halte ich meinerseits für unmodern.«

Durch diese Worte bewies Mona, dass sie sich sehr wohl wehren konnte, wenn sie angegriffen wurde. Gloria stieg vor Ärger das Blut zu Kopf, sie musste sich geschlagen fühlen. Und sie meinte achselzuckend:

»Dass du bei deinem Reichtum noch immer daran festhältst, in deinem großen Betrieb zu arbeiten, das verstehe ich längst nicht mehr. Wozu das? Du hast doch Leute genug, die dir alles das abnehmen können.«

»Und mich dadurch sehr arm machen würden. Reich und frei macht mich nur meine Arbeit, die Fähigkeit, meinen Betrieb zu übersehen, und die Möglichkeit, mich darin nach Kräften zu betätigen. Nie möchte ich das anders haben.«

»Ich würde mich dafür bedanken, zu arbeiten wie du, wenn ich es nicht nötig hätte.«

»Das glaube ich, da du es auch nicht getan hast, als du es nötig hattest.«

»Was in aller Welt hätte ich denn arbeiten sollen?«

»Ich bot dir doch einmal eine Stellung als Sekretärin unseres Direktors an. Du hättest dich schon eingearbeitet, wenn du nur gewollt hättest. Du wärest in der Lage gewesen, dir deinen Lebensunterhalt selbst zu verdienen und deinen Eltern eine ihrer vielen Lasten abzunehmen.«

Gloria fuhr auf.

»Damit du auf mich als deine Untergebene herabsehen könntest – ich danke!«

»Niemand hätte auf dich herabsehen dürfen, ich hätte es bestimmt nicht getan.«

»Und glaubst du, ich hätte unter diesen Voraussetzungen eine anständige Partie machen können, glaubst du, dass Richard um mich geworben hätte?«

Monas Augen leuchteten auf.

»Wenn er dich geliebt hätte, bestimmt.«

Gloria winkte ärgerlich ab.

»Dieses Thema wollen wir nie wieder berühren, Mona, es verstimmt mich. Und es liegt mir ganz und gar nicht, mich abzurackern, sodass man mich in zwei, drei Jahren nicht mehr ansehen kann.«

Mona lächelte.

»Ich wollte dir nur zeigen, dass du von der heutigen Zeit eigentlich noch viel weniger verstehst als ich. Es macht dir immer Vergnügen, mich irgendwie als minderwertig einzuschätzen und mir das gelegentlich zu sagen. Nun wollte ich dir einmal auf einen solch gehässigen Angriff mit gleicher Münze heimzahlen. Denn es macht mir wenig Freude, solche Angriffe immer wieder ruhig hinzunehmen. In Zukunft werde ich versuchen, dir darauf zu antworten. Das wollte ich dir nur klarmachen.«

Gloria war beinahe fassungslos. Dass Mona sich einmal wehrte, sich sogar energisch wehren konnte, kam ihr höchst überraschend. Sie starrte sie an und sagte etwas betreten:

»Gute Freundinnen dürfen doch mal ein offenes Wort miteinander reden.«

Mona hätte am liebsten Einspruch dagegen erhoben, dass sie gute Freundinnen seien. Unter Freundschaft verstand sie etwas anderes als Gloria. Aber sie sagte nur:

»Allerdings; dieses Recht darf aber nicht einseitig sein, und in Zukunft werde auch ich zuweilen davon Gebrauch machen.«

Vielleicht wäre die Unterhaltung noch kritischer geworden, wenn Hubert Meining nicht soeben eingetreten wäre. Er sah wieder blendend schön aus. Aber Mona musste sich gegen ihren Willen eingestehen, dass er wie eine Modeblatt-Figur wirkte.

Nach ihrem Geschmack wäre weniger mehr gewesen.

Gloria aber fand Huby geradezu »berauschend«. Sie störte das allzu Neue, das allzu Elegante und Geschniegelte, was ein Mann mit Geschmack stets vermeiden wird, keineswegs. Um Mona dafür zu strafen, dass diese einmal zurückgeschlagen hatte, belegte sie ihn sogleich mit Beschlag und himmelte ihn in einem fort an.

Das ließ Huby sich nur zu gern gefallen. Es war ihm durchaus nicht recht, dass Mona sich ihm gegenüber so kühl und zurückhaltend verhielt. Für ihn war es Ehrensache, jeder Frau den Kopf zu verdrehen. Bei Gloria kam er in dieser Beziehung besser auf seine Kosten.

Zu Glorias Verdruss schien aber Mona ihrer Sache vollkommen sicher zu sein. Sie unternahm keinerlei Anstrengungen, Hubys Aufmerksamkeit auf sich zu lenken. Ruhig saß sie dabei und überließ ihren Verlobten gänzlich Glorias Unterhaltung, bis diese sich endlich entfernte.

Darauf wandte sich Hubert an seine Braut.

»Fräulein Lindner ist etwas anstrengend, sie will stets die Aufmerksamkeit auf sich lenken«, sagte er scheinbar abfällig, weil er nicht wollte, dass Mona auch nur den kleinsten Verdacht fassen sollte wegen seiner Beziehungen zu Gloria.

Mona zuckte nur die Achseln.

»Alle unbedeutenden Menschen haben einen gewissen Geltungstrieb, Hubert; du musst das bei ihr nicht weiter tragisch nehmen.«

Hubert hätte es gern gesehen, wenn Mona auch ein wenig unbedeutender gewesen wäre. Es war ihm ziemlich lästig, dass sie in geistiger und seelischer Beziehung weit über ihm stand. Aber bis zur Hochzeit musste er unbedingt den Schein wahren.

Vorläufig hatte er auf seine Verlobung mit der reichen Erbin hin überall unbegrenzten Kredit, und das war ihm recht, da seine Kasse völlig erschöpft war. Jetzt konnte er ganz nach Wunsch und Willen leben. Mona wunderte sich im Stillen ein wenig über seine neue, überelegante Ausstattung. Da sie wusste, dass er kein Vermögen besaß, konnte sie nicht begreifen, womit er das alles bestritt. Aber sie war viel zu taktvoll, um ein Wort darüber zu verlieren. Sie kam aber der Wahrheit ziemlich nahe und sagte sich, dass er wohl gezwungen gewesen sei, Schulden zu machen. Dass sie diese nach ihrer Hochzeit würde bezahlen müssen, machte ihr nichts aus, es war immerhin korrekter, als wenn sie ihm schon vor der Hochzeit hätte Geld anweisen müssen. Das wäre ihr schon ihren Direktoren gegenüber nicht angenehm gewesen. War sie erst seine Frau, konnte sie ihm zunächst einmal zur Verfügung stellen, was sie bisher von ihrem Monatsgeld gespart hatte, und dann würde ihm überdies die Hälfte dieses Monatsgeldes zur Verfügung stehen. Sie meinte, damit sei er in der Lage, all seine persönlichen Bedürfnisse bestreiten zu können.

Hätte sie geahnt, dass seine Pläne weit darüber hinaus gingen, wäre sie sehr erstaunt gewesen. Aber ebenso erstaunt würde Hubert Meining sein, wenn er erst erfuhr, dass er sich mit seinen Ausgaben unbedingt in vernünftigen Grenzen halten musste.

Mona war im Grunde eine sparsame Natur, sie hasste jegliche Verschwendung. Sie gab gern an Arme und Bedürftige, aber sinnlos Geld auszugeben lag ihr nicht. Sie hatte von ihrem Vater ein großes Verantwortungsgefühl geerbt.

Er war der Ansicht gewesen, dass kein Mensch, sei er noch so reich, sinnlos Geld verschwenden dürfe.

Hubert Meining hatte jedoch vor, das Geld seiner Frau mit vollen Händen zu verteilen. Da würde es noch manche Meinungsverschiedenheiten geben, wenn das junge Paar erst verheiratet war.

Deshalb war es Hubert auch sehr unangenehm, dass Mona nicht bis über beide Ohren in ihn verliebt war. Dann hätte er viel mehr Macht über sie gehabt. Ihre kühle, ruhige, wenn auch immer freundliche Art erschien ihm schon jetzt wie ein Hemmschuh, und deshalb legte er es immer wieder darauf an, sie zu bestricken. So hatte es wenigstens einen Reiz für ihn, ihr den schrankenlos Verliebten vorzuspielen; nur schade, dass Mona das peinliche Gefühl nicht loswurde, dass sie viel mehr empfangen müsse, als sie geben könnte. Sie ahnte nicht, dass alles nur Komödie war. Freilich erschien ihr sein Überschwang zuweilen ein wenig künstlich; aber sie sagte sich, vielleicht neigten alle Verliebten dazu, ihrer Liebe in so überschwänglicher Weise Ausdruck zu geben, und jedenfalls dürfe sie nichts dagegen tun oder sagen.

Heute besprachen sie wieder einiges über ihre Heirat. Hubert Meining sollte sich die Zimmer aussuchen, die er bewohnen wollte. Mona gedachte sie nach seinen Wünschen einzurichten.

Früher hatte sie manchmal gemeint, dass ihr künftiger Mann einmal die Zimmer ihres Vaters bewohnen würde – aber damals trug der, an den sie dabei dachte, Richard Römers Züge. Ihn hatte sie in diesen ihr heiligen Räumen sehen wollen. Aber nicht Hubert Meining – nein, den nicht – mit seinem geckenhaften Äußeren. »Modeblatt-Schönheit« schoss es ihr wieder durch den Kopf. So hatte sie ihm also eine Reihe anderer Zimmer, die nicht benutzt wurden, zur Auswahl gelassen. Er hatte drei von diesen gewählt, ein Schlafzimmer mit anschließendem Bad, ein Ankleidezimmer und ein Arbeitszimmer. Wozu er das Arbeitszimmer gebrauchen wollte, wusste er noch nicht – zur Arbeit gewiss nicht. Aber es standen ein behagliches breites Liegesofa darin und bequeme Ledersessel. In denen konnte man schon einige Stunden des Tages verträumen, während Mona ihn bei der Arbeit wähnte. Das Ankleidezimmer nahm er so wichtig wie eine Dame. Die hohen Spiegel mussten an der richtigen Stelle angebracht sein, damit er sich von allen Seiten betrachten konnte. Dabei sah er, dass es etwas spöttisch um Monas Mund zuckte. Ein Mann, dem es vor allem darauf ankam, sich von allen Seiten bespiegeln zu können, würde bestimmt nicht an gebrochenem Herzen sterben. Aber das bedrückte sie durchaus nicht, im Gegenteil, es ließ sie aufatmen und gab ihr die Beruhigung, dass er auch ohne Liebe mit seinem Schicksal zufrieden sein würde.

Hubert Meining hatte aber das kleine spöttische Lächeln bemerkt und sagte, ihr die Hand zärtlich küssend:

»Du wunderst dich, dass ich so großen Wert auf die Stellung der Spiegel lege, aber – es ist mir unausstehlich, wenn Menschen ihr Äußeres vernachlässigen. Und wie soll ich deine Liebe erringen, süße Mona, wenn ich mich nicht so attraktiv wie möglich machen kann.«

Sie sah ihn mit ihren ernsten grauen Augen groß an.

»Bei einem Mann ist es doch nicht entscheidend, ob er schön ist oder nicht. Und dass du meine Liebe nie erringen wirst, das weißt du, ich habe es dir gesagt.«

»Ich gebe aber die Hoffnung nicht auf, Mona. Lass mir diese Hoffnung.«

Sie widersprach nicht. Aber seit dieser Stunde, als ihm das Anbringen der Spiegel so wichtig war, hatte sie keine Sorge mehr, dass sie an seelischen Werten von ihm mehr bekommen würde als er von ihr.

Es erschien ihr beinahe wie eine Befreiung. Er war nun ihr Verlobter, würde vor der Welt bald ihr Mann sein; damit hatte er für sie seine Aufgabe erfüllt. Niemand würde daran zweifeln, dass dieser schöne Mann ihre Liebe errungen hatte – auch Richard nicht. Und das war alles, was sie von ihm verlangte. Er würde ihr ein Begleiter und Beschützer in der Öffentlichkeit sein, würde ihr Halt in der Gesellschaft geben, und man würde sie nicht mehr mit mehr oder minder zudringlichen Werbungen belästigen. Das war jedenfalls angenehm; denn sie gehörte nicht zu den Frauen, die gern Körbe austeilen, auch nicht an solche Freier, die es ausschließlich auf ihr Vermögen abgesehen hatten.

Die Verlobten gingen mit Frau Richter in das große, schöne Wohnzimmer zurück, das, wie alle Räume des Hauses, mit gediegener, aber nicht aufdringlicher Pracht ausgestattet war. Dort wurde überlegt, wer alles zur Verlobungsfeier eingeladen werden sollte.

Frau Richter schrieb die Namen auf. Die Besitzerin der Falkner-Werke musste bei so einem Anlass zeigen, wer sie war, das wusste Mona sehr wohl. Und sie wollte auch, dass all ihre leitenden Angestellten mit ihren Frauen eingeladen wurden. So kam eine Menge Leute von Monas Seite zusammen. Sie fragte nun auch Hubert, wer von seinen Bekannten und Freunden eingeladen werden sollte. Da stellte sich heraus, dass er keinen Freund besaß.

»Ich bin immer ein einsamer Mensch gewesen«, sagte er seufzend, »und habe nie einen Freund besessen.«

Mona fiel dabei ein Dichterwort ein:

Und einen Freund kann jeder haben.

Der selbst versteht, ein Freund zu sein.

Aber sie sprach es nicht aus.

Dass er keinen einzigen Verwandten besäße, hatte er ihr schon gesagt, als die Verlobungskarten verschickt werden sollten.

So ahnte Mona nicht, dass er dennoch einige entfernte Verwandte hatte, die aber in sehr ärmlichen Verhältnissen lebten und zu denen sich zu bekennen er keine Lust hatte.

Mona bedauerte ihn ein wenig. Freilich war auch sie ein einsamer Mensch, aber – solange Richard Römer ihr guter Freund war, hatte sie das nie empfunden. Freundinnen, wenigstens was sie Freundinnen nannte, besaß sie nicht. Einige junge Damen, mit denen sie in Gesellschaften zusammenkam, waren für sie lediglich mehr oder minder gute Bekannte. Häufiger war sie nur mit Gloria zusammengekommen, aber das lag meist an Gloria; denn obwohl sie immer nur abfällig über Mona zu urteilen pflegte, suchte sie dennoch gern ihre Gesellschaft. Denn der armen kleinen Beamtentochter war es sehr wichtig, in Monas Haus zu verkehren, wo sie Herrenbekanntschaften machen konnte, unter denen sie sich einen Bewerber erhoffte. Und das war ihr ja auch geglückt.

Mona hatte niemals eine wahre Freundin vermisst, weil sie Richard Römer als ihren treuesten Freund betrachtete. Nun würde Gloria wohl versuchen, ihr diesen möglichst fernzuhalten, das hatte sie heute deren durchaus nicht nur scherzhaft gemeinten Worten entnommen. Sie musste sich damit zufriedengeben. Vielleicht war es auch besser, wenn sie nicht mehr so oft wie bisher mit Richard Römer zusammenkam. Das Herz schmerzte bei diesen Gedanken wieder sehr, aber Mona ging nicht sehr zärtlich mit sich um, sie riss sich zusammen und suchte sich abzufinden mit dem, was sie nicht mehr ändern konnte.

Im Ganzen waren zur Verlobungsfeier etwa sechzig Personen einzuladen.

Mona schickte die Liste zu den Büros, wo die Adressen geschrieben und die Einladungskarten fertig gemacht werden sollten. Das Fest sollte am Mittwoch der kommenden Woche stattfinden.

Es kamen nur Zusagen, keine einzige Absage.

Außer Richard und dessen Vater war auch Gloria nebst ihren Eltern eingeladen worden. Glorias Eltern erschienen fast nie zu solchen Festlichkeiten, und Gloria war keineswegs entzückt von dem Gedanken, sich mit ihren unscheinbaren Eltern in der Öffentlichkeit sehen lassen zu müssen; aber Richard hatte ein Machtwort gesprochen. Er wünschte, dass die alten Herrschaften in die Gesellschaft eingeführt würden, die ihre Tochter sich längst erobert hatte. –

Am nächsten Tag traf Gloria sich mit »Huby« in einem sehr abgelegenen und durchaus nicht vornehmen, eher sogar etwas anrüchigen Lokal. Hier brauchten sie nicht zu fürchten, von Bekannten gesehen zu werden. Sie trafen sich immer hier.

Es gab da ein kleines verschwiegenes Zimmer, in dem außer ihnen selten ein anderer Mensch zugegen war. Wenn der Kellner das Bestellte gebracht hatte, waren sie vollkommen ungestört und konnten sich herzen und küssen, so viel sie wollten. Gloria sah heute sehr gut aus, und Hubys Zärtlichkeiten brachten ihre kupferbraunen Locken in Unordnung. Huby war in Gloria so sehr verliebt, wie er es nur sein konnte, und diese verschwendete alles Empfinden an diesen schönen Menschen, dessen Oberflächlichkeit sie nicht störte, da sie selbst sehr oberflächlich war.

Gloria hatte erst ein wenig geschmollt, dass Huby sich gar so eilig verlobt hatte; aber er hatte ihr unter zärtlichen Küssen lachend gesagt:

»Kind, ich brauchte notwendig Geld, ich war vollkommen blank. Ich musste mit Volldampf voran, um ans Ziel zu kommen.«

»Hat sie dir denn Geld gegeben, Huby?«

Er zupfte sie verliebt am Ohr.

»Du süßes kleines Schaf, glaubst du, mit so was dürfte man Mona vor der Hochzeit kommen? Das könnte alles verderben. Aber sieh mal – meine ganze Brieftasche ist voll von Hundertmarkscheinen – der Verlobte der Millionärin Mona Falkner bekommt so viel Kredit, wie er begehrt.«

Gloria sah neidisch auf Meinings dick gefüllte Brieftasche.

»Du Glückspilz! So viel Geld auf einmal! Ich wollte, ich hätte auch mal die Tasche so voll.«

Er legte ihr lachend drei Hundertmarkscheine hin.

»Steck ein, Gloria – das ist so ein kleiner Abschlag auf den Kuppelpelz, den du dir verdient hast, dadurch, dass du mich mit Mona zusammengebracht hast. Später gibt es mehr. – Wenn dein künftiger Mann dich zu knapp hält, dann komm nur zu mir. Das hier ist zunächst mal was für allerlei nette Kleinigkeiten, wie ihr Frauen sie liebt.«

Er steckte die Brieftasche wieder ein, und Gloria zauderte nicht einen Augenblick – sie schob die drei Hundertmarkscheine in ihre Handtasche. So viel Geld auf einmal hatte sie noch nie besessen. Sie strahlte ihn an mit ihren dunklen, flammenden Augen.

»Fein ist das, Huby! Es ist ein wundervolles Gefühl, zu wissen, in deiner Tasche steckt reichlich Geld. Ich werde zu Hause leider sehr knapp gehalten.«

»Das soll dich von jetzt an nicht mehr bekümmern, mein Liebchen. Warte nur, wenn ich erst die Schlüsselrechte habe über Monas Kassenschrank, dann soll es nicht lange dauern, bis wir genug haben. Ich möchte selbstverständlich nicht mein Leben lang Monas Mann sein – sie ist schrecklich langweilig und bis obenhin voll gestopft mit moralischen Forderungen.«

»Wem sagst du das? Gestern hat sie mir ernstlich Vorwürfe deswegen gemacht, dass ich mich von meinen Eltern aushalten ließe. Ich sollte bei ihrem Direktor eine Stellung als Sekretärin annehmen. Das heißt selbstverständlich, ehe ich Richard kennenlernte. Aber ich habe gedankt.«

»Und mit Recht, Herzchen; ein so schönes Mädchen wie du braucht nicht zu arbeiten, ebenso wenig wie ich. Wozu hat man seine Schönheit, wenn sie einen nicht mal vor der Fron der Arbeit bewahrt. Lass sie nur reden! Mir richtet Mona auch ein Arbeitszimmer ein, wo ich nach der Hochzeit mit einer großen schriftstellerischen Arbeit beginnen soll. Ich danke! Wenn ich arbeiten will, brauche ich einer Mona Falkner keine schönen Augen zu machen.«

»Du, sie ist wohl wahnsinnig in dich verliebt?«, fragte Gloria schadenfroh.

Es fiel ihm nicht ein, ihr zu sagen, wie es in Wahrheit damit bestellt war. Schmunzelnd strich er sein kleines schwarzes Schnurrbärtchen.

»Schließlich bin ich doch Kavalier, Gloria, und über so etwas spricht man nicht. – Wenn sie nur nicht so viele moralische Forderungen stellte.«

Sie lachte ihn an mit ihren weißen Zähnen.

»Warum sollst du es besser haben als ich?!«

»Lass nur, Süßes, eines Tages lassen wir sie alle beide mit ihren moralischen Forderungen sitzen.«

»Denkst du wirklich, dass es dir gelingt, so viel Geld auf die Seite zu bringen, dass wir genug haben?«

»Sei ganz ruhig – eine halbe Million muss es wenigstens sein, wenn nicht mehr. Dann leben wir im Ausland von unseren Zinsen und ganz nach unserem Geschmack.«

Nachdenklich sah sie ihn an.

»Wenn sie dich dann aber polizeilich suchen lässt?«

»Die stirbt lieber, als dass sie das täte, dazu kenne ich sie jetzt schon zu gut. Sei ganz außer Sorge. Leider ist sie schauderhaft gesund – sonst könnte man auf ihren Tod hoffen, und man bekäme dann sowieso alles.«

Bei diesen Worten bekam Hubert Meinings Gesicht einen grausamen, raubtierähnlichen Ausdruck, sodass selbst Gloria erschrak.

»Aber Huby – sie ist doch so jung und gesund, an so etwas ist überhaupt nicht zu denken.«

Er starrte mit unheimlich funkelnden Augen vor sich hin und dachte: Man könnte ja ein wenig nachhelfen – wenn es sich ohne Gefahr machen ließe.

Aber diesen Gedanken sprach er nicht aus.

»Nun ja – das war nur mal so eine Idee.«

Hubys Gesicht wurde wieder durch ein gemeines Lächeln entstellt.

Dann sahen sie sich mit flackernden Augen an, küssten sich, sahen sich wieder an – und lachten auf einmal beide auf.

»Was für törichte Gespräche wir führen, Huby. Wenn Richard da zuhören könnte, dann wäre alles aus.«

»Wäre auch nicht schlimm, jetzt, wo wir Geld haben wie Heu; eine glänzende Partie ist er ohnedies nicht.«

»Hast du Näheres darüber gehört?«

»Nur, was du mir vorhin auf dem Weg erzählt hast. Aber das genügt doch. Wenn er schon die Villa verkaufen musste, steht es sicherlich nicht glänzend um ihn.«

»Immerhin – die Fabrik läuft trotzdem gut. Und der Schmuck! Du, den könnten wir eigentlich mit ins Ausland nehmen.«

Sie sagte das halb im Scherz, aber er griff es sofort auf.

»Famose Idee! Je mehr, desto besser, mein Liebchen! Wir werden sehen, wie sich alles entwickelt. Ein paar Jährchen müssen wir wohl aushalten in unserer Gefangenschaft. Steht denn euer Hochzeitstag schon fest?«

»Noch immer nicht! Erst soll die Wohnung in der Fabrik fertig sein. Das kann noch einige Wochen dauern. Im Grunde habe ich jetzt gar keine Lust mehr, ihn zu heiraten, nur – zu Hause ist es so schrecklich eng und armselig«, meinte Gloria.

Hubert Meining lachte seltsam.

»Hättest erst mein Zuhause kennenlernen sollen! Da sah es noch viel schlimmer aus. Und gute Lehren gab es da auch nicht, die man hätte befolgen können. Heilige Kümmernis, was für Prügel habe ich von meinem betrunkenen Vater gekriegt. Und die Mutter mit. Sie starb, weil er sie zu oft misshandelt hatte. Ich war robuster und bin dann entwischt, als die Mutter tot war.«

»Armer Huby!«

»Lass mal, Gloria, so etwas härtet ab, und meinetwegen hätte es noch weitergehen können.«

»Und wohin kamst du, als die Mutter tot war?«

»Mit einem Wanderzirkus durch die halbe Welt. Dort

wurde ich der schöne Kerl, dem alle Weiber nachliefen. Aber da geht es mal auf und mal ab. Einmal erstickt man fast im Überfluss, das andere Mal nagt man an den Hungerpfoten. Na, damit ist es ja nun aus und vorbei.«

Gloria fasste seinen Arm und schüttelte ihn.

»Du, wenn das die Mona wüsste! Schade, dass sie es nicht erfährt!«

Er lachte höhnisch auf.

»Man kann ihr ja dieses zarte Bekenntnis zurücklassen, als Ersatz für das, was man mitnimmt. Gar nicht dumm – dann lässt sie einen bestimmt nicht zurückholen.«

»Ich würde es ihr von Herzen gönnen«, sagte sie, die Fingerknöchel an die Lippen pressend. Der ganze Groll eines bösen Menschen gegen einen guten sprach aus diesen Worten Glorias. Monas stille Überlegenheit war Gloria stets ein Dorn im Auge gewesen, obgleich diese ihr niemals etwas zuleide getan, sondern ihr immer nur Gutes erwiesen hatte.

Die beiden einander im Charakter so ähnlichen Menschen hatten noch mancherlei zu besprechen. Sie zeigten einander ohne Scheu, wie es in ihrem Innern aussah, und das war vielleicht das stärkste und festeste Band zwischen ihnen. Sie wussten, dass sie es nicht nötig hatten, einander Sand in die Augen zu streuen, und einer fand beim andern volles Verständnis, mochte es auch noch so gemein sein, was sie sich anvertrauten. Bei Hubert Meining konnte man eine solche Denkweise allenfalls verstehen, denn er war in den schlimmsten Verhältnissen aufgewachsen, die alles in ihm getötet hatten, was vielleicht jemals gut in ihm gewesen war. Bei Gloria konnte man das allerdings weniger begreifen, denn sie war, wenn auch in einfachen, so doch gesicherten Verhältnissen groß geworden, und ihre Eltern hatten geglaubt, ihr eine sehr gute Erziehung mitgegeben zu haben. Wie sie trotzdem auf dieses seelische Tief gekommen war, konnte man kaum verstehen, auch nicht, wenn man noch so nachsichtig urteilte.

Sie sowohl als auch Hubert Meining wollten um jeden – wirklich jeden Preis reich werden, nur nicht um den Preis von Mühe und Arbeit.

Endlich trennten sich die beiden. Gloria ging zuerst, denn man musste vorsichtig sein. Meining bezahlte die Zeche und folgte ihr einige Minuten später. Sie mussten auf jeden Fall vermeiden, sich bei diesen heimlichen Zusammenkünften ertappen zu lassen.

10

Und doch war es nicht ganz geheim geblieben, dass Gloria sich irgendwie auf Abwegen befand. Ihr Bruder Peter hatte seltsame Entdeckungen gemacht. Erst hatte er einige Male am Telefon eine Männerstimme vernommen, die auf seine Meldung hin immer etwas unsicher »falsch verbunden« sagte. Dann hatte er seine Schwester eines Abends mit einem ihm unbekannten Herrn in den Anlagen des Stadtparkes gesehen und beobachtet, wie sie sich verstohlen von diesem verabschiedete. Und als Gloria heute, wie schon oft, mit der Ausrede verschwand, sie gehe zu einer Freundin, hatte Peter wieder Verdacht geschöpft. Er ging seiner Schwester nach, sah sie in die Straßenbahn steigen und sich vorsichtig umschauen. Das machte ihn stutzig. So sprang er, kurz entschlossen, vorn auf und verbarg sich so geschickt zwischen einigen Erwachsenen, dass er vom Platz seiner Schwester aus nicht gesehen werden konnte.

Es war nicht Neugier, was ihn zu seinem Tun trieb; es war vielmehr Sorge um den Leichtsinn der Schwester. Andernteils fühlte er sich als Richards Freund verpflichtet, dafür zu sorgen, dass Gloria diesem keine Schande machte. Peter war ein Junge, in dem sich jungenhafte Ruppigkeit und tiefgründige Ehrlichkeit mischten. Sein Ideal war sein Schwager Richard. So wie dieser wollte auch er einmal werden, und bei allem, was er tat, fragte er sich: Würde Richard in diesem Fall ebenso handeln?

Heute war er sich nicht ganz sicher, ob Richard sich, wie er es tat, auf die Spur der Schwester begeben würde, aber ihm war zumute, als läge ein Unheil in der Luft und als müsste er wissen, wohin Gloria wollte. Denn die Straßenbahn, die sie bestieg, führte keineswegs zur Wohnung der Freundin, zu der sie angeblich gehen wollte.

An jeder Haltestelle passte er auf, ob Gloria ausstieg. Aber das geschah nicht vor der Endstation. Da sah er sie auf einem schmalen Weg eilig auf einen allein stehenden Gasthof zugehen. Er wusste von seinen Freunden, dass es ein übles Haus war, das man besser mied. Und seine Schwester steuerte geradewegs darauf zu?

Heimlich, im Schatten der Bäume, die auf beiden Seiten des Weges angepflanzt waren, folgte er ihr. Es war schon dämmerig geworden, und wenn er nicht gewusst hätte, dass die schlanke, vor ihm dahineilende Frauengestalt Gloria war, hätte er sie nicht mehr erkannt. Er sah sie nur wie einen Schatten dahingleiten.

Sein Herz wurde merklich schwerer. Am liebsten hätte er Gloria angesprochen und sie wieder nach Hause geschleppt, egal, ob sie ihm folgen wollte oder nicht. Aber er konnte ihr kaum folgen. Nun hatte sie das Haus erreicht. Über dem Eingang hing eine trübe Laterne, und ehe er sich versah, war Gloria in dem Flur des Hauses verschwunden.

Da blieb er unschlüssig stehen. Aber nach einer Weile pirschte er sich doch an das Haus heran. Auf der einen Seite war ein Zimmer schwach erleuchtet. Es war mit einem Leinenvorhang verhangen, sodass man nicht hineinsehen konnte. Aber halt – da klaffte eine schmale Lücke zwischen Fensterrahmen und Vorhang. Er spähte in das Zimmer hinein. Und – da sah er Gloria in den Armen eines Mannes – es war derselbe, mit dem er sie damals im Stadtpark gesehen hatte. Sie küssten sich beide – ja – da war kein Zweifel – sie küssten sich – mehrere Male.

Peter schrak zurück und presste die Fingerknöchel an seine Zähne.

Seine Schwester, die mit seinem Freund Richard verlobt war, traf sich hier in der abgelegenen Spelunke mit einem elegant gekleideten Mann, und sie küssten sich!

Vollkommen verstört taumelte Peter auf den Weg zurück und lehnte sich erschöpft an einen Baum. Mit brennenden Augen starrte er zum Haus hinüber. Und er überlegte, außer sich vor Scham und Schmerz, was er jetzt tun sollte, tun müsste. Er hatte nie viel für Gloria übriggehabt, aber wenn er sie auch für leichtfertig, so hatte er sie doch für anständig gehalten. Und nun hatte er entdecken müssen, dass sie seinem Freund Richard die Treue brach, mit irgendeinem geschniegelten und gebügelten Laffen, den er in seiner Empörung am liebsten niedergeschlagen hätte.

»Was kann ich nur tun – was kann ich nur tun? Was muss ich tun?«, stieß er erregt zwischen den Zähnen hervor.

Er schwankte zwischen verschiedenen Möglichkeiten hin und her. Sollte er zu Richard gehen und ihm berichten, was er beobachtet hatte? Das wäre seine Pflicht gewesen. Anderseits war es auch seine Pflicht, seine Schwester vor schlimmen Folgen ihres Leichtsinns zu bewahren. Denn es war wohl hauptsächlich Leichtsinn und Gefallsucht, was sie in die Arme des Mannes da drinnen getrieben hatte. Dass sie Richard nicht liebte, wie dieser es verdiente, wusste er längst; er hatte mancherlei Bemerkungen von ihr über ihn gehört, aus denen er das hatte entnehmen können. Er ahnte auch, dass Richard mit dieser Verlobung vorschnell gehandelt hatte, ahnte, dass er sie vielleicht schon bereute. Aber war er berechtigt, mit dem, was er beobachtet hatte, einzugreifen in das Schicksal seiner Schwester und das des Freundes? Was, um Gottes willen, war das Richtige? Tun, als wisse er nichts davon? Das hieß doch, mitzuhelfen, dass Richard betrogen wurde. Den Eltern sagen, was er beobachtet hatte, damit diese eingreifen konnten? Er lachte in jungenhafter Erbitterung vor sich hin. Die Eltern waren so schwach. Sie würden ihn beschwören, still zu sein und niemandem etwas davon zu sagen, was er entdeckt hatte, da Gloria die gute Partie sonst verlieren könnte. Die gute Partie! Das allein war es, wonach Richard bewertet wurde; lediglich als gute Partie.

Während er noch hin und her überlegte, sah er immer wieder mit brennenden Augen zu dem schwach erleuchteten Fenster, hinter dem er seine Schwester und den fremden Mann wusste. Zu einem Entschluss konnte er sich jedoch nicht durchringen. Hinter einem jeden stand ein drohender Warnruf! Nein, er durfte nicht in das Schicksal erwachsener Menschen eingreifen, durfte die Schwester nicht anklagen, um dem Freund zu helfen. Man wusste ja nicht, was daraus entstehen konnte. Sein ehrliches Jungenherz war aber übervoll von Gram und Not. Und er fühlte sich durch das Verhalten der Schwester selbst mit Schmach bedeckt. Sagte er Richard alles, so würde dieser sich auch von ihm abwenden, wenn er mit Gloria brach. Und das glaubte Peter, nicht ertragen zu können. Er durfte Richard ja auch nichts sagen, weil er dann zum Verräter an seiner Schwester wurde; und machte er Gloria Andeutungen, dann würde diese ihn beschwören, den Mund zu halten; würde ihm irgend etwas vorschwindeln und ihm sagen, dass es sich um eine ganz harmlose Sache handle. Nein, Peter konnte auch das nicht tun – er würde selbst vor Scham in den Boden sinken, hielte er seiner Schwester ihr Vergehen vor. Peter war tief unglücklich, und wenn er es nicht für »unmännlich« gehalten hätte, würde er sich am liebsten alle Angst und Unruhe vom Herzen geweint haben.

Ganz in sich und seinen Schmerz versunken, sah er nach ungefähr einer Stunde seine Schwester aus dem Haus kommen und eilig den Rückweg antreten. Sie ging dicht an ihm vorüber, und er hatte sich vorgenommen, das Schicksal entscheiden zu lassen. Sah sie ihn stehen, dann würde er ihr Vorhaltungen machen; sah sie ihn nicht, würde er schweigen, weil das Schicksal es dann so wollte.

Und nun hastete Gloria, vergnügt einen Schlager vor sich hin summend, an ihm vorüber. Es war nicht so dunkel, dass sie ihn hätte übersehen müssen, denn das matte Licht über dem Hausflurfenster leuchtete schwach herüber. Aber es sollte wohl so sein, dass sie ihn nicht sah. So hatte eine höhere Macht entschieden, dass er nicht eingreifen sollte.

Als Gloria Peters Augen entschwunden war, ging er langsam zurück. Er sah die Schwester wieder in die Straßenbahn einsteigen und davonfahren. Aber jetzt blieb er zurück. Er wollte erst noch abwarten, ob der elegante Herr das üble Haus nun ebenfalls verließ.

Während Peter dastand, trat Hubert Meining aus dem Haus und ging ebenfalls zur Straßenbahn. Denn auch er hatte es vermieden, ein Auto zu nehmen.

Als Peter sah, dass der Fremde zur Straßenbahn ging, folgte er ihm und bestieg gleich hinter ihm den erleuchteten Wagen. Er blieb draußen stehen, aber Hubert Meining setzte sich in das Innere, zog eine Zeitung aus der Tasche und vertiefte sich darin. Peter sah durch die Scheibe mit hasserfülltem Herzen in das schöne Gesicht dieses Mannes, das ihm mehr als unangenehm war. Es wäre ihm eine Genugtuung gewesen, hätte er hineingehen und ihm eine kräftige Ohrfeige verabreichen können. Aber er unterließ es dennoch. Doch als Meining an einer Haltestelle ausstieg und an Peter vorübermusste, trat dieser mit aller Kraft auf seinen Fuß, sodass Meining heftig zusammenzuckte und einen Schmerzensschrei nicht unterdrücken konnte. Dann kam aus seinem Mund eine Flut von Schimpfworten und die Aufforderung, sich wenigstens zu entschuldigen. Aber Peter dachte nicht daran. Es war ihm jetzt wohler zumute. Er hatte sich auf sehr empfindliche Weise gerächt, denn er sah Meining mit schmerzverzogenem Gesicht davonhumpeln.

Hundert Jahre soll dir das wehtun, dachte Peter wütend.

An der nächsten Haltestelle stieg auch er aus und ging nach Hause. Es war höchste Zeit, dass er sich an seine Schulaufgaben machte.

Gloria war bereits daheim, und er bemerkte, dass sie verstohlen an Pralinen knabberte. Es war sicher, dass diese von dem fremden Herrn stammten. Als sie ihm großmütig davon anbot, wandte er sich noch ruppiger als sonst ab und stieß hervor: »Pfui Teufel!«

Sie sah ihn entrüstet an.

»Du wirst immer flegelhafter, du unverschämter Bengel!«

Da wandte er sich um, trat dicht vor sie hin, sah sie mit großen, strengen Augen an und sagte hart:

»Nimm dich in Acht! Du bist auf schlechten Wegen.«

Damit kehrte er sich schroff ab und verließ das Zimmer, um drüben in seinem und seines Bruders gemeinsamen Schlafzimmer seine Schulaufgaben zu machen. Sie starrte ihm eine Weile ganz bestürzt nach und fragte sich unruhig: Was will er denn? Was meint er damit? Aber dann schnippte sie mit den Fingern durch die Luft und zuckte die Achseln. Er will sich wohl nur wichtig machen, der dumme Bengel, dachte sie.

Damit war der Fall für sie erledigt. Peter aber hoffte, dass seine Worte Eindruck auf sie gemacht hatten. Vielleicht tat sie künftig nicht wieder, was sie heute getan hatte.

Der arme Peter lief fortan mit scheußlich bedrücktem Gewissen umher, als sei er es, der ein Unrecht begangen hätte. Er wich Richard in den nächsten Tagen aus, weil er ihm nicht in die Augen sehen konnte. Gloria schwebte aber sozusagen über den Wassern und schien sich vollkommen unbeschwert zu fühlen, was Peter einfach nicht begreifen konnte. Er begann, gleich vielen in den Pubertätsjahren befindlichen Jungen, über das Rätsel Frau nachzugrübeln, und gelangte dadurch in einen Zustand innerer Zerrissenheit. Richard wäre vielleicht als Einziger imstande gewesen, ihn zu verstehen und ihm zu helfen, wenn Peter sich nicht gerade vor ihm ängstlich verschlossen hätte.

Mit Richard traf Peter das erste Mal wieder flüchtig zusammen, als dieser Gloria und deren Eltern abholte, um mit ihnen zu Monas Verlobungsfest zu fahren. Sein Vater hatte darum gebeten, ihm den Wagen erst zu schicken, wenn er seine Braut und ihre Eltern zur Villa Falkner gebracht hatte.

Peter stand aber nicht, wie sonst in solchen Fällen unten an der Haustür, um mit Richard noch einige Worte unter vier Augen wechseln zu können, sondern er kam oben auf einen Augenblick aus seinem Zimmer, drückte Richards Hand krampfhaft und sagte heiser:

»Ich habe verdammt schwere Schulaufgaben, Richard, und muss gleich wieder an die Arbeit. Viel Vergnügen heute Abend!«

Richard war heute so mit sich selbst beschäftigt, dass ihm nichts an Peter auffiel; denn er sollte heute Abend das erste Mal Mona als die Braut eines anderen Mannes sehen. Diesen Mann hasste er, weil er sich in seiner Minderwertigkeit erkühnt hatte, seine Hände nach Mona Falkner auszustrecken. Und er ahnte nicht, dass in Peters Herzen gegen genau denselben Mann ein unerhörter Groll wohnte.

Als die Eltern mit dem Brautpaar die Wohnung verlassen hatten, trat Peter an das Fenster, presste seine Stirn gegen die Scheiben und sah hinunter, um noch einen verstohlenen Blick auf seinen Freund werfen zu können.

Dieser hatte gleich bemerkt, dass Gloria ein neues, sehr elegantes Kleid trug, während ihre Mutter dasselbe schwarze Seidenkleid angelegt hatte, in dem sie seit etwa zehn Jahren alle Festlichkeiten besuchte, die in ihrem bescheidenen Dasein vorkamen. Sie sah ziemlich unbedeutend und gewöhnlich aus, obwohl Gloria ihr einen Spitzenkragen um den Hals gelegt hatte, um sie ein wenig festlicher herauszuputzen. Und Vater Lindner trug ein schwarzes Etwas, das wahrscheinlich seit ebenso vielen Jahren als Smoking hatte dienen müssen.

Die beiden alten Herrschaften waren beinahe überwältigt von der Ehre, heute in der vornehmen Villa Falkner als Gäste weilen zu dürfen. In der Stille ihres Schlafzimmers hatte Mutter Lindner gestern Abend ihrem Mann angekündigt, dass es am nächsten Mittag nur Kartoffelbrei mit Speck geben würde, da man ja am Abend ein großartiges Menü zu erwarten habe. Das hatte Vater Lindner richtig gefunden und malte sich nun schon im Geiste die fabelhaften Genüsse aus, die seiner heute Abend warten würden.

Gloria saß, ganz Dame von Welt, neben der Mutter in den Fond geschmiegt und war durchaus nicht davon erbaut, ihre Eltern in die vornehme Gesellschaft zu führen. Sie hatte ihnen den ganzen Tag Verhaltensmaßregeln gegeben, bis Peter, wütend darüber, sie angeschnauzt hatte:

»Besser als du werden sich die Eltern jedenfalls benehmen, lerne du doch erst, was sich für eine anständige Dame schickt.«

Darauf hatte der Vater ihm eine sanfte Ohrfeige verpasst, aber die hatte Peter ruhig eingesteckt. Er hatte seinem bedrängten Herzen wieder einmal Luft gemacht. Das musste ab und zu geschehen, sonst fürchtete er an seinem Zorn zu ersticken.

Am liebsten hätte Gloria auch jetzt auf der Fahrt den Eltern noch Verhaltensmaßregeln gegeben, aber ein Blick in Richards seltsam blasses, versteinertes Gesicht hielt sie davon ab.

Dann fuhr das Auto vor der Villa Falkner vor. Richard half zuerst seiner Schwiegermutter aus dem Wagen und dann Gloria. Zuletzt stützte er auch noch seinen Schwiegervater. Dann gab er dem Chauffeur Weisung, seinen Vater aus der Fabrik abzuholen.

Es war schon eine Anzahl Gäste eingetroffen. Richard sah Mona an der offenen Tür des großen Empfangsraumes neben ihrem Verlobten stehen und mit vornehmer Ruhe und Freundlichkeit die Ankommenden begrüßen. Ihm war, als müsste ihm das Herz stillstehen. Mona sah wundervoll aus in einem sich weich um ihren schlanken Körper schmiegenden weißen Kleid aus Seidensamt. Nichts unterbrach das fleckenlose Weiß ihres wunderschönen Kleides, sie trug als einzigen Schmuck eine Perlenschnur um den Hals, und an ihrer schönen schmalen Hand steckte ein Ring, den eine einzelne große, von kleinen Brillanten umgebene Perle zierte. Als Richards Augen sich von dieser wundervollen Lichtgestalt zu seiner Braut hinwandten, um ihr beim Ablegen zu helfen, verblassten Glorias sehr berechnend herausgestellten Reize vollständig, und er fragte sich unwillkürlich, wie er so verblendet gewesen sein konnte, über diese Mona zu vergessen. Gewiss, Gloria war von den beiden unbestritten die Schönere – aber dennoch wirkte sie, mit Mona verglichen, gewöhnlich. Er begriff sich selbst nicht, wie er das hatte übersehen können.

Als er, seine Verlobte und deren Eltern auf die junge Herrin des Hauses zugingen, war ihm zumute, als könne er kaum die Füße vom Boden heben.

Gleichwohl strebten seine Augen mit einer stummen, traurigen Frage Mona entgegen.

Diese wurde seiner erst jetzt gewahr und fühlte, dass sie jäh erblasste. Sein Blick traf sie ins Herz, sodass sie alle Kraft benötigte, um ihm mit einem Lächeln die Hand zu geben. Warum sah er sie so seltsam an?

Aber immer gewohnt, sich zu beherrschen, begrüßte sie ihn und seine Braut und deren Eltern mit freundlicher Gelassenheit. Richard aber merkte, wie sie dabei mit sich kämpfen musste. Er brachte kein Wort heraus, sondern beugte sich still über ihre Hand, deren leises Zittern ihm sehr vieles verriet.

Mona wandte sich dann sogleich mit besonders freundlichen Worten an Frau Lindner und deren Mann. Sie bemerkte sehr wohl die gesellschaftliche Unsicherheit der alten Herrschaften und glaubte, es Richard schuldig zu sein, ihnen diese Scheu so weit wie möglich zu nehmen. Mutter und Vater Lindner waren auch ganz überwältigt von Monas Liebenswürdigkeit und konnten gar nicht begreifen, dass Gloria ihnen immer gesagt hatte, diese sei ein Eisklumpen und äußerst hochmütig.

Hubert Meining stand, wie einem eleganten Modeblatt entsprungen, neben seiner Braut und hatte für jeden das gleiche einstudierte Lächeln. Nur als er Gloria begrüßte, flammten beider Augenpaare einen Moment ineinander, und er und sie drückten einander so fest wie möglich die Hände. Beide fühlten gerade in diesem Augenblick, dass sie trotz allem nur Außenseiter in dieser Gesellschaft waren.

Mona hatte Frau Richter, die würdevoll in einem schwarzen Spitzenkleid ihres Amtes waltete, leise gebeten, sie möge sich Glorias Eltern besonders annehmen und sie zu einem behaglichen Platz führen.

Mit Geschick hatte Frau Richter sich dieses Auftrages entledigt. Sie staunte im Geheimen über die Bescheidenheit und Anspruchslosigkeit dieser beiden Menschen, die gar nicht recht zu ihrer eleganten und überheblichen Tochter passen wollten.

Bald saßen Papa und Mama Lindner, wohlversorgt und aufgehoben, an einem Tisch zusammen mit einem Angestellten aus den Werken und dessen Frau und unterhielten sich vortrefflich mit ihnen.

Eigentlich hätte Mutter Lindner gar keiner besonderen Unterhaltung bedurft, denn sie bekam so viel zu sehen und zu hören, dass sie es kaum verarbeiten konnte.

Mona war, solange Gäste eintrafen, ganz mit deren Begrüßung beschäftigt und hatte dadurch Zeit, sich wieder zu fassen. Sie musste sich jedoch hüten, an den Blick zu denken, mit dem Richard sie vorhin angesehen hatte. Er wühlte ihre Seele auf, obwohl sie nicht wusste, was er zu bedeuten hatte.

Hubert Meining wurde der Empfang der Gäste bald langweilig. Verstohlen fragte er Mona, wie lange das noch dauern sollte. Sie sah ihn mit mattem Lächeln an.

»Nur, bis alle da sind, es wird bald so weit sein.«

Er hätte am liebsten laut gemurrt, aber klugerweise unterließ er das und flüsterte ihr nur zu:

»Ich wäre viel, viel lieber mit dir allein!«

Darauf konnte sie schon nicht mehr antworten, denn es kamen wieder neue Gäste.

Endlich waren alle da, bis auf ein paar Nachzügler, auf die man nicht zu warten brauchte. Mona machte mit ihrem Verlobten einen Rundgang durch die geschmackvoll eingerichteten Räume und plauderte hier und da mit diesem und jenem. Dann wurde die Tafel herumgereicht, auf der jeder Herr seinen Platz und den Namen der Dame, die er zu Tische führen sollte, verzeichnet fand. Die Herren informierten sich schnell und suchten ihre Damen auf, und schon öffneten die Diener die hohen zum Speisesaal führenden Türen.

Der Tischplan war ein Meisterwerk der Frau Richter; sie hatte es vorzüglich verstanden, die passenden Partner für einander auszuwählen. Sogar Frau Lindner und ihr Mann waren gut untergebracht und konnten sich ungestört den Tafelfreuden hingeben.

Mona saß wie eine junge Königin in der Mitte der langen Tafel, neben ihr Hubert Meining. Denn das Brautpaar gehörte an diesem seinem Ehrenabend selbstverständlich zusammen. Auf Monas anderer Seite saß Richard Römer, ihr bester Freund. Mona und Richard empfanden es ebenso sehr als ein Glück wie als eine Qual, so dicht beieinanderzusitzen. Es wurde, wie bei solchen Festen üblich, viel geredet. Viele der Herren wollten ihre Rednergabe bewundern lassen. Manche Rede war jedoch alles andere als schwungvoll, und gerade diese wollten kein Ende nehmen. Aber man war daran gewöhnt, scheinbar aufmerksam zuzuhören und dabei an ganz andere Dinge zu denken.

Glorias und Meinings Blicke trafen sich zuweilen in spöttischem Einverständnis, aber sie waren vorsichtig genug, es niemanden merken zu lassen.

Mona und Richard konnten während der Tafel nur wenige belanglose Worte wechseln; aber Richard fühlte, dass Mona sich ihm trotz allem, was geschehen war, innig verbunden fühlte. Ihn konnte sie nicht täuschen mit der leidlich gut gespielten Rolle einer glücklichen Braut. Und ein inniges Erbarmen mit ihr überkam ihn. Er hätte vor ihr niederknien und sie bitten mögen: Lass ab von diesem Wahnsinn, bekenne dich stolz zu deiner Liebe, verbanne diesen Gecken aus deiner Nähe. Ich kann es nicht ertragen, dass er dich ansehen, und noch viel weniger, dass er dich berühren darf. Ich möchte ihn, der sich mein Liebstes angeeignet hat, um es zu vernichten, niederschlagen wie einen gefährlichen tollwütigen Hund. Denn dieser Mensch hat kein Herz in der Brust, er ist ein gefühlloser Laffe, der nur nach deinem Vermögen trachtet. Hüte dich vor ihm – mein Herz ahnt eine Gefahr, die dir von ihm droht.

Aber all das dachte er nur, und Mona ahnte nichts davon. Doch Richard nahm sich vor, kraft seiner Rechte als langjähriger treuer Freund sie zu warnen. Das musste und wollte er tun, weil er es für seine Pflicht hielt. Seine übereilte törichte

Verlobung hatte Mona zu dem getrieben, was sie getan hatte, letzten Endes war er, nur er, schuld daran. Und wenn er schwieg, würde er sich noch schuldiger machen. Seiner Warnung durfte er nicht jetzt, nicht hier bei der Tafel Ausdruck geben, wo aller Augen auf ihnen ruhten, dazu musste er ein, wenn auch kurzes, Alleinsein mit ihr herbeiführen.

So verging das Essen. Einen uneingeschränkten Genuss davon hatten vielleicht nur Glorias Eltern. Sie fanden alles großartig und sagten sich, stolzgeschwellt, dass mitten hinein in diese vornehme Gesellschaft ihre schöne Tochter gehörte und immer dazu gehören würde. Dafür wollten sie gern all die vielen Opfer gebracht haben, die Gloria ihnen als selbstverständlich auferlegt hatte.

Endlich war die Tafel zu Ende, und nun wurden in einem großen Nebenraum Mokka, Zigarren und Zigaretten und auch Liköre herumgereicht. Zu deren Liebhabern gehörte vor allem Vater Lindner, weil er selten Gelegenheit zu solchen Genüssen hatte. Er bekam denn auch einen kleinen, harmlosen Schwips, worauf Mutter Lindner ihm vorsichtig einige Tassen starken Kaffees aufnötigte. Der schmeckte ihm ebenfalls so gut, dass sie auch dann wieder ein wenig bremsen musste, weil er sonst die ganze Nacht nicht hätte schlafen können. Mutter Lindner bedauerte es sehr, dass sie von all den gereichten Leckereien nichts unbemerkt für ihre beiden Jungen beiseiteschaffen konnte. Aber wo sollte sie das lassen? Es ging einfach nicht, und sie musste deshalb davon absehen.

Sie schwor sich aber, dass nun, da Gloria versorgt war, auch ihre beiden Söhne in eine gehobene Lebensstellung hineingebracht werden müssten. Das würde sie schon noch erreichen. Irgendwie musste sich das machen lassen; vielleicht half Richard dabei, denn Gloria war für dergleichen nicht zu gebrauchen.

Sie ließ ihre Augen auf Richard ruhen und fand bei sich, dass er von allen anwesenden Herren am vornehmsten aussah, vornehmer noch als der Bräutigam der jungen Herrin des Hauses. Und ihre Gloria war unbestritten die schönste von allen Damen, wenn auch – ja – das musste sie allerdings zugeben, wenn auch Mona Falkner dank ihrer Vornehmheit viel besser zu Richard gepasst hätte als zu ihrem Verlobten, der wohl ein sehr schöner Mann war – aber – nun ja – Mutter Lindner gefiel eben Richard viel besser.

Inzwischen räumte man drüben den Speisesaal aus, damit getanzt werden konnte. Es waren viele junge Herrschaften anwesend, die das dankbar begrüßten. Auch Gloria, denn sie brannte darauf, mit Huby tanzen zu können.

Als die ersten Töne der Musik erklangen, reichte Hubert Meining Mona den Arm und führte sie hinüber, um mit ihr den Ball zu eröffnen. Er war ein ausgezeichneter Tänzer und führte gut; aber Mona hielt doch schon nach der ersten Runde an und sagte ruhig lächelnd zu ihm:

»Nun widme dich den anderen Damen, Hubert, ich muss auch mit den anderen Herren tanzen.«

Er sah sie mit einem glutvollen Blick an.

»Muss das sein, Mona? Ich würde am liebsten nur mit dir tanzen.«

Sie schüttelte lächelnd den Kopf.

»Das wäre geschmacklos, wir haben den Tanz eröffnet, damit muss es genug sein.«

Und da stand auch schon Richard, sich tief verneigend, vor ihr.

Hubert ging davon, um sich Gloria als Tänzerin zu sichern.

Richard sah Mona mit seinem traurigen Blick an.

»Ich möchte viel lieber mit dir plaudern als tanzen, Mona. Mir ist, als hätten wir uns einiges zu sagen.«

Sie hatte vorausgesehen, dass es heute dazu kommen würde, und glaubte, sich genug in der Gewalt zu haben, um auf seine Bitte eingehen zu können. So sagte sie so ruhig sie konnte:

»Lass uns erst eine Runde tanzen, Richard, und noch einige Pflichttänze erledigen, dann wollen wir uns in einer Stunde in meinem kleinen Salon treffen.«

Er legte den Arm um sie und sagte, heiser vor unterdrückter Erregung:

»Ich danke dir, dass du mir beides erlaubst, Mona.«

Sie suchte zu scherzen.

»O Richard, willst du jetzt förmlich werden?«

Er führte sie im Tanz dahin.

»Nein, Mona, das werde ich dir gegenüber niemals sein.«

Sie tanzten und hatten beide das Gefühl, als hätten sie keinen Boden unter den Füßen, als müsste es wunderbar befreiend sein, wenn sie jetzt emporfliegen könnten, fort von all den gleichgültigen Menschen und ganz allein miteinander sein. Sie wussten nicht, wie lange sie so getanzt hatten, als die Musik schwieg und sie plötzlich beide wieder auf der Erde waren.

Er blieb noch eine Weile neben ihr stehen und sprach einige belanglose Worte mit ihr, da kam aber schon wieder ein Tänzer und bat Mona um den nächsten Tanz. Richard musste sich zurückziehen. Er tanzte nun wahllos mit allen Damen, die ihm gerade in die Hände liefen. Gloria schien sich vorzüglich zu unterhalten und kümmerte sich zum Glück nicht um ihn.

Er zählte jede Minute dieser Stunde; sie verging grausam langsam, und er atmete auf, als sie endlich vorüber war. Schnell entfernte er sich aus dem Saal und ging hinüber zu Monas kleinem Salon, in dem er oftmals in freundschaftlicher Unterhaltung mit ihr geweilt hatte. Niemand bemerkte, dass er den Festraum verließ, nur sein Vater. Der aber verlor kein Wort darüber, auch dann nicht, als er nach einer Weile merkte, dass die weiße, schlanke Gestalt Monas sich ebenfalls entfernte.

Wie sehr bedauerte es der alte Herr, dass sein Sohn so töricht gewesen war, sich mit Gloria Lindner zu verloben. Allerdings ahnte er nicht, dass Richard inzwischen entdeckt hatte, dass seine Liebe Mona gehörte, wohl aber, dass er es bedauerte, Gloria seine Hand angetragen zu haben. Wie viel besser hätten Richard und Mona zusammengepasst! Und nun trafen sie sich wohl irgendwo im Haus, um freundschaftlich wie sonst miteinander zu plaudern. Monas Verlobter schien ihm ebenso wenig zu dieser zu passen wie Gloria zu seinem Sohn. Aber was half es, sie mussten verantworten, was sie getan, mussten die Folgen ihrer Handlungsweise tragen.

Inzwischen trafen sich Mona und Richard. Richard ging ihr, als sie den Salon betrat, entgegen und reichte ihr mit festem, herzlichen Druck die Hand. Er hatte sich ebenso wie Mona vorgenommen, ruhig zu bleiben, ganz gleich, worüber sie sprechen würden.

»Ich danke dir, Mona, dass du gekommen bist. Komm, lass uns hier niedersitzen, wie so oft, als wir uns vom Herzen gesprochen haben, was uns bewegte.«

Sie war sehr bleich, sagte aber ruhig:

»Ach, Richard, diese traulichen Stunden werde ich sehr vermissen; aber Gloria hat mir schon gesagt, dass sie die einzige Frau in deinem Leben sein will und auch nicht das kleinste Freundschaftsplätzchen an eine andere abtreten wird.«

Es zuckte in seinem Gesicht.

»Gloria ist manchmal sehr töricht; das kann sie nicht im Ernst gemeint haben, und ich werde nie darauf verzichten, dein Freund zu sein.«

»Das habe ich ihr auch gesagt. Sie kann uns hindern, zusammenzutreffen, aber sie kann uns nicht hindern, unsere Anhänglichkeit zu bewahren.«

»Ich danke dir, dass du mir das sagst. Es macht mir das Herz ein wenig leichter. Denn – wenn ich als treuer Freund über dich wachen darf, werde ich etwas ruhiger sein. Ganz offen, Mona – ich verstehe nicht, dass du – ein so wertvoller Mensch – dich mit diesem Herrn Meining verbinden konntest. Ich will nichts gegen deinen Verlobten sagen – aber – er passt nicht zu dir, er ist ein Misston in dem harmonischen Zusammenklang deiner Empfindungen.«

Er hatte ihre Rechte erfasst.

Ihre kleine kalte Hand zitterte in der seinen. Dieses Zittern empfand er wie ein heimliches Liebesgeständnis, und er brauchte seine ganze Ehrenhaftigkeit, um sich nicht zu vergessen und sie nicht an sich zu ziehen.

Mit aller Kraft ihres Stolzes sagte Mona aber:

»Du darfst nicht übersehen, Richard, dass die Liebe alles ausgleicht. Ich habe dieselbe Empfindung gehabt, als du dich mit Gloria verlobtest, die ebenso wenig zu dir passt wie Hubert Meining zu mir. Glaube ja nicht, dass ich unsere Wesensverschiedenheit nicht kenne, ich weiß, es muss vieles überbrückt werden.«

Er sah sie besorgt an.

»Wenn ich weiß, dass du dir dessen bewusst bist und dich keinen rosigen Täuschungen hingibst, ist mir schon etwas wohler. Ich bin in schwerer Sorge um dich, Mona, ohne dass ich selbst weiß, warum ich mich eigentlich so sorge. Jedenfalls habe ich das Empfinden, dass du dich zu sehr übereilt hast mit dieser Verlobung. Wenn du doch um Gottes willen erst mit mir darüber gesprochen hättest.«

Sie war noch blasser geworden. Dann sagte sie scheinbar ruhig:

»Manche aus Liebe geschlossene Verbindung bringt später Enttäuschungen; aber das muss man dann tragen.«

Er sah sie beschwörend an.

»Wenn ich nur wüsste, dass es wirklich Liebe ist, was dich zu dieser Verbindung getrieben hat.«

Sie senkte den Blick vor dem seinen und sagte hastig:

»Was soll es sonst gewesen sein, Richard? Ganz gewiss war es Liebe, die mich dazu trieb, mich mit Meining zu verloben.«

Er wusste, weshalb sie ihn dabei nicht anzusehen wagte, und dachte tief bekümmert: Liebe war es wohl, meine arme Mona, aber nicht Liebe zu diesem Gecken, sondern zu mir – zu mir –, und ich darf dir das nicht sagen, dir nicht klarmachen, dass wir beide sehr töricht waren und blind an unserem Glück vorbeiliefen. Nein, das durfte er nicht aussprechen. Er schwieg eine Weile, dann sagte er rau:

»Vergiss nie, niemals, Mona, dass ich da bin, wenn du einmal eines Rates, einer Hilfe bedarfst. Ich denke nicht daran, auf unseren freundschaftlichen Umgang zu verzichten, auch nicht, wenn Gloria es ernst gemeint hat. Niemandem gestatte ich, zwischen uns zu treten, und ich will immer dein Beschützer und Behüter sein, wie ich es stets gewesen bin, zumal nach dem Tod deines Vaters. Mir ist schwer ums Herz, so, als drohte dir eine Gefahr und als hätte ich nicht genug Acht auf dich gegeben in letzter Zeit. Nur so konntest du dich zu dieser Verlobung entschließen. Mona, ich habe das Gefühl, dass du mich eines Tages sehr nötig brauchen wirst. Dann rufe mich, ich bitte dich inständig darum, denn kein Mensch kann dir so treu ergeben sein wie ich. Lass dich von nichts und von niemandem abhalten, wenn es nottut, mich, gerade mich zu rufen. Versprich mir das, damit ich ruhig sein kann!«

Er hatte so herzlich und eindringlich, so voll tiefer Sorge gesprochen, dass sie nur mit Mühe die Tränen zurückhalten konnte. Sie umfasste krampfhaft seine Hand.

»Dank, Richard – herzlichen Dank – und mein Wort –, wenn ich dich brauche, rufe ich dich! Aber – nun lass uns diese Unterredung beenden, ich – ich – ja – ich muss zu meinen Gästen zurück.«

Er erhob sich sogleich, küsste ihr die Hand mit tiefer Inbrunst und sah sie mit einem unbeschreiblichen Blick an. Dieser Blick löste ihre Tränen, sie winkte ihm nur noch schweigend und hilflos zu und eilte hinaus.

Aber sie ging nicht in den Saal zurück, sondern floh wie vor sich selbst auf ihre Zimmer, weil sie ihren Tränen nicht mehr Einhalt gebieten konnte.

Richard begab sich in den Saal, aber – seine Augen suchten dort vergeblich nach Mona. Er hatte es eigentlich nicht anders erwartet. Sie erschien erst eine halbe Stunde später wieder, und obwohl sie sich bemüht hatte, die Spuren ihrer Tränen zu tilgen, und sich betont heiter gab, merkte er nur zu gut, dass sie geweint hatte. Er vielleicht allein, die anderen achteten zum Glück nicht so genau auf Mona. Am wenigsten ihr Verlobter, der sich anscheinend sehr gut mit Gloria unterhielt. Darüber war Richard froh; er hätte sich seiner Braut jetzt nicht widmen können, ohne sich zu verraten. In seinem Herzen war eine tiefe Verzweiflung. Nur zu sehr hatte Monas Verhalten ihm bestätigt, dass sie ihren Verlobten nicht liebte, dass sie sich nur mit ihm verlobt hatte, um zu verbergen, dass ihr Herz nur ihm, Richard, gehörte. Davon war er fest überzeugt. Und er sagte zerknirscht zu sich selbst:

»Meine arme süße Mona – was habe ich dir angetan! Nie werde ich mir das verzeihen können.«

Zum Glück war niemandem Monas langes Verschwinden aufgefallen. Das Fest nahm seinen Fortgang, und alle Teilnehmer, außer der Braut und Richard Römer, waren von seinem Verlauf sehr befriedigt. Es wurde sehr spät, bis die letzten Gäste sich entfernten.

Als Mona sich endlich in ihrem Schlafzimmer befand – sie pflegte sich stets allein auszukleiden –, stand sie lange mit gefalteten Händen da – in tiefe Gedanken versunken. In ihrem Herzen klangen noch immer Richards Worte nach. Wie gut und teilnahmsvoll hatte er zu ihr gesprochen, wie treu war seine Freundschaft. Ach, dass sie sich diesem anderen anvertraut hatte, der ihr heute fremder und gleichgültiger erschienen war als all die Zeit über, seit sie ihm ihr Jawort gegeben. Wie hatte sie das nur tun können? Hatte Richard recht, wenn er sie vor Hubert Meining warnen zu müssen glaubte? Drohte ihr von ihm Gefahr? Aber nein – sie war töricht und überreizt. Was für eine Gefahr sollte das sein? Dass Richard einem Menschen wie ihrem Verlobten wenig freundlich gegenüberstand, war verständlich; Richard war ein Mann der Arbeit, der niemals einen Pfennig von einer Frau annehmen würde. Und er ahnte wohl, dass Hubert in dieser Beziehung nicht besonders heikel war.

Schon fing Mona an zu zweifeln, ob Hubert sie wirklich so liebte, wie er sich den Anschein gab. Er hatte heute Abend auch andere Frauen und Mädchen mit den flammenden Blicken seiner dunklen Augen angesehen.

Aber warum sich damit belasten? Es war viel besser, wenn er sie nicht liebte, dann blieb sie ihm nichts schuldig. Mochte das Geld die Hauptrolle bei ihm spielen – immerzu; sie würde seine in diese Richtung zielenden Wünsche gern befriedigen, soweit es ihr möglich war und den Bestimmungen ihres Vaters nicht zuwiderlief. Wenn er sie dafür nur in Ruhe ließ, ihr über diese quälende Zeit hinweghalf und Richard die Überzeugung beibrachte, dass sie eben nur ihren Mann liebte, so hatte er seinen Zweck erfüllt. Es war schließlich gleich, ob er oder irgendein anderer ihr Mann wurde. Er hatte sich wenigstens mit ihren Bestimmungen einverstanden erklärt. Das war die Hauptsache.

Dass in Richards Worten eine heiße Angst um sie geklungen hatte, war ihr nicht entgangen; aber sie glaubte noch immer fest daran, dass sie nur seiner treuen Freundschaft entsprang. Lieb und gut war er immer zu ihr gewesen. Aber der herzliche Ton seiner Stimme hatte sie gerade heute bis ins Innerste getroffen.

Langsam entkleidete sie sich. Das weiße Samtkleid fiel von ihren Schultern herab und breitete sich auf dem Teppich aus wie ein sterbender Schwan.

Müde und traurig bis ins tiefste Herz, sank sie endlich auf ihr Lager und ließ den Tränen freien Lauf. Jetzt konnte sie ungehindert weinen, brauchte nicht besorgt zu sein, dass jemand diese Tränen sehen konnte. Der Tag graute schon, als sie endlich in einen tiefen, schweren Schlaf der Erschöpfung sank.

11

In der Familie Lindner herrschte noch während einiger Tage große Aufregung über die Verlobungsfeierlichkeit im Hause Falkner. Mutter Lindner musste ihren beiden Söhnen jede Einzelheit über dieses Fest berichten, und da sie ihnen nichts von all den leckeren Dingen hatte mitbringen können, schenkte sie jedem eine Mark, damit sie sich in einer Konditorei etwas kaufen könnten. Peter aber verwahrte diese Mark zu anderen Zwecken, wenn er sie einmal nötig brauchen würde. Die beiden Male Fahrgeld mit der Straßenbahn hatten in sein knappes Taschengeld eine schwere Bresche geschlagen, und wer konnte wissen, ob er nicht noch einmal diese Fahrt antreten musste. Denn er sagte sich, da er Richard nichts sagen wollte, müsste er wenigstens selbst bestens auf Gloria Acht geben. Das nächste Mal wollte er alles klüger anfangen, er wusste schon wie.

Richard kam jetzt nicht mehr jeden Tag seine Braut besuchen; er schob viel Arbeit und den Wohnungsausbau im Fabrikgebäude vor.

Gloria lag auch nicht mehr viel an seinen Besuchen, sie war froh, viel freie Zeit zu haben.

Es war etwa eine Woche nach dem Fest in Monas Haus, als Richard eines Abends wieder bei Lindners erschien, um mit Gloria und ihren Eltern den Hochzeitstag festzusetzen. Er sagte sich, es sei am besten, wenn er verheiratet wäre, dann würde es vielleicht leichter für ihn, über seine Niedergeschlagenheit hinwegzukommen. Zu ändern war ja doch nichts mehr. Er war an Gloria gebunden, und Mona an Meining. So sagte er, als er mit Lindners um den Tisch herum saß:

»Ich wollte fragen, Gloria, ob es dir und deinen Eltern recht ist, wenn wir Ende Mai Hochzeit halten?«

Gloria richtete sich rasch auf.

»Sagen wir doch lieber Anfang Juni, Richard. Ende Mai – am achtundzwanzigsten, ist Monas Hochzeit. Die wollen wir noch als Brautpaar mitmachen. Es wird selbstverständlich eine große Hochzeitsfeier, der Bedeutung des Hauses Falkner, entsprechend. Ich habe Mona schon für uns zugesagt. Es ist dir doch recht, Richard?«

Wie gern willigte er in diese kleine Verzögerung ein. Sie hätte viel größer sein können.

»Also gut, sagen wir den fünften Juni.«

Gloria nickte. Huby befand sich dann schon auf der Hochzeitsreise mit Mona; sie wollten einige Wochen in der Schweiz und Oberitalien verbringen. Beides kannte Meining noch nicht. Darum hatte er diesen Vorschlag gemacht. Mona war es im Grunde gleich, wohin es gehen würde. Sie wollte, fünf bis sechs Wochen fortbleiben. Inzwischen sollte Frau Richter, ehe sie zu ihrer Schwester übersiedelte, alles im Haus Erforderliche erledigen.

Hubert hatte sich schon alles Mögliche für die Reise ausgedacht, und Mona hatte widerstandslos in alles eingewilligt. Das hatte Huby Gloria bei einem kurzen Zusammentreffen in einer kleinen Konditorei mitgeteilt.

Also wurde der fünfte Juni als Hochzeitstag für Richard und Gloria festgesetzt.

»Und wohin machen wir unsere Hochzeitsreise, Richard?«, fragte Gloria schmeichelnd, indem sie sich zärtlich an ihn schmiegte.

Peter, der mit am Tisch gesessen hatte, konnte das nicht mit ansehen, er erhob sich und verließ unter einem Vorwand das Zimmer.

Richard überlegte und sagte dann aufatmend:

»Lange können wir nicht weg, Gloria, wir haben erfreulicherweise viele neue Aufträge bekommen. Aber vierzehn Tage werde ich mich freimachen können.«

Sie machte ein Mäulchen.

»Oh, vierzehn Tage nur, Richard? Da kommen wir nicht sehr weit.«

Richard hätte ihr noch sagen müssen, dass er auch nicht die Absicht hatte, viel Geld für die Hochzeitsreise aufzuwenden. Er hatte, mochten die Geschäfte auch erfreulich angezogen haben, den Kopf immer noch nicht frei und suchte obendrein zu sparen, so viel er konnte, um den Schmuck seiner Mutter möglichst bald einlösen zu können.

»Ich denke«, sagte er, »wir heben uns größere Reisen für später auf, liebe Gloria. Da ich unsere Hochzeitsreise nicht über zwei Wochen hinaus ausdehnen kann, schlage ich vor, dass wir nach Thüringen oder in den Schwarzwald fahren. Der Frühling ist überall schön.«

Gloria hatte bereits von einem Aufenthalt in Italien geträumt. Richards Vorschlag gefiel ihr keineswegs.

»Könnten wir nicht wenigstens über den Brenner nach Venedig reisen, Richard?«

Dieser sah nachdenklich vor sich hin. »Das hätte für so kurze Zeit wenig Sinn. Will man alles Schöne, was es in Venedig gibt, wirklich genießen, muss man mehrere Wochen dort zubringen. Heben wir uns das lieber für später auf. Aber ich will dir einen anderen Vorschlag machen. Wie wäre es mit dem Taunus oder mit Oberbayern?«

Gloria zuckte verdrießlich die Achseln.

»Also, dann bestimme du, ich kenne noch nichts von der Welt. Du aber bist schon weit herumgekommen.«

»Gut, dann wollen wir in den Taunus fahren. Da lernst du Wiesbaden kennen, und wir können vielleicht noch von Biebrich aus eine kleine Rheinreise machen.«

Das hatte wenigstens etwas Verlockendes für Gloria, und sie bekam deshalb wieder bessere Laune.

Richard musste ihr berichten, was alles sie zu sehen bekäme und wo sie wohnen würden. Er versprach ihr, die ganze Reise aufzuschreiben, sobald er sie zusammengestellt haben würde.

Als alles erledigt war, verabschiedete er sich, weil er mit seinem Vater noch eine Partie Schach spielen wollte. Er hatte es ihm versprochen.

Gloria meinte, das sei doch ein schrecklich langweiliges Spiel, aber Richard schüttelte den Kopf.

»Ich halte es für das Interessanteste von allen Spielen, die es gibt, Gloria, und wenn du erst meine Frau bist, werde ich es dir beibringen.«

Sie hätte am liebsten heftig abgewehrt. Das fehlte ihr gerade noch, sich mit diesen langweiligen Schachfiguren zu beschäftigen und sie mal dahin, mal dorthin zu schieben. Aber sie schwieg vorläufig. Wozu sich über dergleichen aufregen? Richard würde es ohnedies bald aufgeben, ihr mit so langweiligen Dingen zu kommen. Sie wollte abends nicht zu Hause hocken, sondern Theater, Konzerte, Kinos und dergleichen besuchen.

Glorias Eltern hatten sehr wenig zu allem gesagt; sie waren mit allem einverstanden.

Als Richard sich von der Familie verabschieden wollte, war von Glorias Brüdern nur noch Franz anwesend. So nahm er an, dass Peter unten beim Auto sein würde.

Als er das Haus verließ, lehnte dieser wirklich an der Eingangstür und starrte vor sich hin. Richard schlug ihm auf die Schulter.

»Na, Peter, dich bekomme ich ja fast nie mehr zu sehen? Warum warst du in der letzten Zeit nicht einmal bei mir in der Fabrik?«

Peter hätte sich am liebsten an Richards Brust geworfen und all seinen Kummer ausgeweint. Da das aber unmännlich gewesen wäre, unterließ er es und sagte scheinbar lässig:

»Ach, weißt du, Richard, ich muss jetzt mächtig büffeln, es geht auf Ostern zu, und ich will doch versetzt werden. Gelt, das verstehst du?«

Richard strich ihm liebevoll über den blonden Schopf und sagte gutmütig:

»Selbstverständlich, Peter; sind immer scheußliche Wochen, die vor der Versetzung. Aber nur Kopf hoch! Wenn du so fleißig büffelst, kommst du bestimmt durch. Wir aber müssen vernünftig sein und uns dareinfinden, dass wir uns mal eine Zeit lang weniger sehen. Nachher wird es umso schöner, mein Junge.«

Peter drückte ihm krampfhaft die Hand und kam sich wie ein elender Verräter an seinem besten Freund vor.

»Dann gute Nacht, Richard!«

»Warum bist du denn vorhin weggelaufen?«

»Ach – weißt du –, ich hatte Sehnsucht nach dem Auto, wollte es mal wieder sehen. Und oben – da wird ja doch kein vernünftiges Wort gesprochen, nur von Hochzeit und solchem Kram. Weißt du – Richard – ich wünschte, du machtest überhaupt keine Hochzeit, und wir beide könnten auf eine einsame Insel gehen.«

Richard lächelte und klopfte ihm wieder auf die Schulter.

»Das ist richtiger Weltschmerz, mein Junge, kommt oft vor um diese Zeit. Warte nur, das wird alles wieder besser. Also, setz dich auf die Hosen und lern dein Pensum, das ist die beste Medizin gegen Weltschmerz.«

Damit stieg Richard in seinen Wagen. Peter machte die Tür hinter ihm zu und blickte aufmerksam in das Gesicht seines besten Freundes. Wenn er wüsste, was ihn bedrückte – was würde er dann wohl tun?

Leise streichelte er wie in stummer Abbitte das Auto, weil er den Freund nicht streicheln konnte. Der Wagen fuhr davon, und Peter sah ihm nach und kämpfte wieder mal verzweifelt einen schweren Kampf. So gern er auch losgeheult hätte, um seinem gepressten Herzen Luft zu machen, er durfte es nicht: Es wäre zu unmännlich gewesen.

Und er nahm sich wieder einmal vor, genau auf Gloria aufzupassen. Er wollte sie, wenn er es verhindern konnte, nicht wieder in diese Spelunke gehen lassen; nicht hin zu dem geschniegelten Laffen mit dem lächerlich gestutzten Lippenbärtchen, das ihm das Aussehen einer Zierpuppe gab. Herrgott, wenn er dem Kerl nur noch einmal heftig auf die Füße treten könnte! Eigentlich hätte er ihn von der Straßenbahn hinunterschmeißen müssen, dass er Hals und Bein brach. Ja – so wütend war Peter auf diesen Kerl, der unbefugt seine Schwester geküsst und umarmt hatte. Sie hatte es allerdings geduldet und ihn wiedergeküsst, und wer von beiden die meisten Ohrfeigen verdiente, war schwer zu entscheiden. Jedenfalls hatten sie beide des armen Peters Seelenfrieden zerstört.

Als er wieder hinaufkam, hörte er gerade, wie Gloria zur Mutter sagte: »Morgen Nachmittag gehe ich wieder auf ein Teestündchen zu Gretchen Keller. Sie kann ja so schlecht fort wegen ihres gelähmten Beines.«

Peter spitzte die Ohren. Gretchen Keller, das war dieselbe Freundin, die Gloria auch damals zu besuchen vorgegeben hatte. Sie hatte sich sonst doch nie um das arme Ding gekümmert, das bei einem Straßenunfall das Bein gebrochen hatte und gelähmt geblieben war. Kellers hatten, wie Peter bereits festgestellt hatte, keinen Telefonanschluss, und Gretchen konnte Glorias angebliche Besuche nicht erwidern. Das hatte Gloria sich schlau ausgedacht. Aber Peter wusste nun Bescheid, sicherlich wollte die Schwester morgen Nachmittag um fünf Uhr wieder mit diesem Zierbengel zusammentreffen. Aber – das sollte ihr, wenn er es verhindern konnte, nicht gelingen. Sein Plan stand fest.

Gleich von der Schule aus fuhr Peter am nächsten Tag mit der Straßenbahn hinaus an die Endstation, sprang ab und verbarg sich in dem Gebüsch eines kleinen Gehölzes.

Hier wartete er auf die Schwester. Mit der nächsten Straßenbahn kam sie noch nicht, aber mit der übernächsten. Und kaum hatte sie einige Schritte auf die Spelunke zu gemacht, da tauchte Peter plötzlich vor ihr auf. Er machte ein erstauntes Gesicht.

»Alle Wetter, Gloria, was tust du hier draußen? Du willst doch nicht zu der Spelunke hinüber?«

Sie war bei seinem Anblick heftig erschrocken und wurde erst blass, dann rot.

»Was machst denn du hier?«, fragte sie erst einmal, um sich etwas ausdenken zu können.

»Ich war mit einem Schulfreund drüben in dem Gehölz, wir haben Insekten für den Naturkundeunterricht gesucht, aber nichts gefunden. Er ist weitergegangen, und ich wollte gerade heimfahren, um Mutter nicht zu lange warten zu lassen, als ich dich sah. Wie kommst du bloß hier raus? Ich denke, du wolltest zu Gretchen Keller.«

»Ja – sie fühlte sich gar nicht wohl, und da ich nun einmal unterwegs war, fuhr ich hier heraus; ich habe scheußliches Kopfweh und wollte ein wenig frische Luft schöpfen.«

‚Na, schön, dann tu das, ich werde mich einmal als Kavalier benehmen und dich begleiten. Hier draußen ist nämlich eigentlich keine Gegend für schöne junge Damen. Es ist hier nicht ganz geheuer. Kannst froh sein, dass du mich getroffen hast, sonst hätte sich vielleicht irgendein Kerl an dich herangemacht.«

Gloria warf verstohlene Seitenblicke zur Spelunke hinüber. Was sollte sie nur beginnen, um den mehr als lästigen Bruder loszuwerden? Wenn Huby sich nur mal am Fenster zeigen wollte, dass sie ihm verstohlen ein Zeichen machen könnte. Schon wenn er Peter sah, musste er daraus schließen, dass dies ihr Bruder war, dem sie hier sehr zur Unzeit begegnet war. Aber es ließ sich drüben niemand blicken.

»Ach, ich habe keine Angst und will dich nicht aufhalten. Ich werde nicht weit gehen. Du kannst dich ruhig nach Hause begeben – ich glaube, die Straßenbahn will gleich abfahren.«

»Nein, nein, Gloria, davon kann keine Rede sein. Ich lasse dich auf keinen Fall im Stich.«

Sie überlegte und sagte dann schnell:

»Weißt du, ich lade dich zu einer Tasse Tee oder Kaffee ein, die werden wir ja da drüben in dem kleinen Gasthof bekommen. Ich wollte schließlich bei Gretchen Tee trinken und kam nicht dazu. Vielleicht vertreibt mir der Tee am ehesten das Kopfweh.«

Gloria sah ein, dass sie den Bruder nicht loswerden würde. Wenn sie auch nicht glaubte, dass er wirklich besorgt um sie war, nahm sie dennoch an, dass seine Neugier ergründen wollte, was sie hier draußen zu suchen hatte. Ging er mit ihr in den Gasthof hinüber, dann würde Huby sie sehen und wissen, dass sie verhindert war, mit ihm zusammenzusein. Sie war wütend auf Peter und konnte ihm das nicht einmal zeigen.

Peter durchschaute sie voll und ganz.

»Meinetwegen!«, sagte er. »Aber ich habe kein Geld für Tee. Und das da drüben ist doch kein Lokal, in dem eine anständige junge Dame sich aufhält. Es hat einen schlechten Ruf.«

»Ach, wenn ich mit dir hineingehe, hat das nichts auf sich. Ist es wirklich so schlimm? Woher weißt du das?«

»Hat mir vorhin mein Schulfreund berichtet, es soll ein Unterschlupf für allerlei Gesindel sein.«

»Ach, du, das möchte ich gern mal sehen, so ein bisschen was Grausliches. Es kann uns doch nichts passieren, es ist heller Tag; und die Straßenbahn hält gar nicht weit von hier. Und deinen Tee bezahle ich natürlich.«

»Gott, wie nobel«, meinte Peter und schlenderte neben der Schwester den mit Bäumen eingefassten Weg entlang zu dem Gasthof hinüber.

Glorias Augen spähten voraus, sie sah aber Huby noch

immer nicht. Sonst hätte sie ihm ja ein Zeichen geben können.

Aber als sie das so genannte Gastzimmer betraten, stand Huby am Schanktisch und goss gerade einen Likör hinunter. Als er sich umwandte, erkannte Peter ihn sofort wieder. Aber Gloria rief laut zu dem Wirt hinüber: »Bitte, zwei Tee, für meinen Bruder und mich.«

So, dachte Peter befriedigt, jetzt hat sie ihm auf schlaue Weise zu wissen getan, dass ich ihr Bruder bin und dass er Haltung und Abstand wahren muss. Wenn er mich jetzt als den Attentäter auf seinen Fuß von neulich erkennt, dann riecht er vielleicht Lunte, dass der Fußtritt nicht ganz zufällig war.

Aber Huby sah sich Glorias Begleiter gar nicht so genau an und verschwand, um über dem Gang drüben das kleine Zimmer aufzusuchen, wo er sich mit Gloria hatte treffen wollen.

Dort schrieb er rasch einen Zettel, den er Gloria durch den gewitzten Wirt heimlich zustecken lassen wollte.

Gloria aber sagte zu Peter ganz lässig:

»Siehst du, das kann keine Spelunke sein; hast du eben den vornehmen, eleganten Herrn gesehen, der am Schanktisch stand?«

Peter zuckte die Achseln.

»Ach, der hat im Vorbeigehen wohl nur einen Schnaps getrunken, oder er sucht hier ein kleines Abenteuer. Das soll es hier auch geben. Ich sagte dir doch, mein Schulfreund hat mir allerlei Lichter aufgesteckt. Lass dir ja nicht einfallen, mal allein hierherzugehen. Es wäre um deinen guten Ruf geschehen, sobald dich jemand hier sehen würde!«

Das wusste Gloria selbst sehr genau, aber sie wusste

auch, dass man hier vor jeder Nachforschung sicher war, und das war ihr und Huby die Hauptsache. Sie war nun ein wenig ruhiger, denn Huby wusste jetzt wenigstens Bescheid. Was er nun wohl tun würde? Es war doch gar zu ärgerlich, dass Peter ausgerechnet hier draußen Insekten oder irgendwelches Gewürm gesucht hatte. Sie bezweifelte das nicht einmal. Auf den Gedanken, Peter könnte ihr nachspüren, kam sie gar nicht. Dazu erschien er ihr zu dumm. Sie hatte ja keine Ahnung, was für Werte in Peter steckten, niemand in der Familie wusste davon – nur Richard hatte seinen jungen Freund richtig eingeschätzt.

Der Tee war übrigens schauderhaft, auf Qualität gab man hier nichts. Wozu auch? Die hier verkehrenden Gäste achteten auf dergleichen nicht. Selbst Peter verschmähte ihn und erklärte ihn unverblümt als »elendes Gesöff«.

»Wie dir davon besser werden soll, begreife ich nicht«, sagte er.

Sie machte ihm ein Zeichen, er möge schweigen, denn jetzt spielte sich der Wirt in ihre Nähe. Sein Benehmen erschien Peter etwas auffällig, und er ließ ihn nicht aus den Augen. Der Wirt brachte jetzt ein Päckchen mit Zigaretten herbei.

»Vielleicht Zigaretten gefällig?«, fragte er, Gloria ein Zeichen gebend.

Diese verstand aber nicht, weshalb der Wirt mit den Augen zwinkerte. Sie meinte, er wolle sie veranlassen, das Zimmer zu verlassen, um draußen mit Huby zusammenzutreffen. Aber um den Wirt bei guter Laune zu erhalten, kaufte sie ihm die Zigaretten ab. Als er Tee und Zigaretten von Gloria bezahlt bekam, zwinkerte er ihr abermals verstohlen zu, aber Gloria verstand auch jetzt noch nicht, was das Zwinkern bedeuten sollte. Sie wäre gern unter einem Vorwand hinausgegangen, um einen Augenblick in das kleine Zimmer zu schlüpfen, wo sie Huby glaubte. Aber Peter wäre imstande gewesen, sie zu begleiten, und das musste unter allen Umständen vermieden werden.

Der Wirt entfernte sich wieder. Peter, der viel klüger war als Gloria, streckte seine Hand nach dem Kästchen aus.

»O fein, Gloria, da du heute die Spendierhosen anhast, werde ich mir eine von diesen Zigaretten genehmigen. Erlaubst du?«

»Himmel, du wirst ja höflich! Selbstverständlich erlaube ich.«

Schon hatte Peter das Päckchen geöffnet. Es fiel ihm auf, dass die Zigaretten in der obersten Reihe nicht so glatt geordnet waren, wie das sonst der Fall ist bei einer unangebrochenen Schachtel. Und seine Luchsaugen hatten schnell entdeckt, dass eine Zigarette etwas dicker war als die anderen. Mit sicherem Griff wählte er gerade diese und erkannte, dass das oberste Papier sich ein wenig aufrollte. Schnell löste er es unter dem Tisch ab, ohne dass Gloria etwas gemerkt hatte. Immer noch sah sie zu dem Wirt hinüber, der ihr nach wie vor Zeichen mit den Augen machte. Peter gab sich den Anschein, als suchte er nach Streichhölzern; tat es, um den Zettel unauffällig wegstecken zu können. Alsdann klopfte er sachgemäß mit der Zigarette auf den Tisch und brummte:

»Verdammt, ich habe kein Feuer.«

Da nahm Gloria aus ihrem Handtäschchen ein winziges Feuerzeug, ließ, selbst ebenfalls eine Zigarette nehmend, das Feuer aufflammen und setzte die beiden Zigaretten in Brand. Dabei nickte sie unbemerkt dem Wirt zu, als wollte sie ihm sagen, sie habe verstanden, dass er ihr eine Botschaft habe bringen wollen. Der Wirt glaubte, sie sei im Besitz der Zigarette, um die Huby den Zettel gewickelt hatte, und gab sich zufrieden.

Nach einer Weile brachen Gloria und Peter auf. In dem schmalen Hausgang sagte Gloria laut:

»Warte einen Augenblick, Peter, ich will sehen, ob es hier eine Toilette gibt, in der ein Spiegel ist.«

»Nee, nee«, erwiderte Peter, »ich lasse dich hier nicht einen Augenblick aus den Augen. Hier ist mein Taschenspiegel, der wird genügen, um deine Schönheit zu überprüfen. Ist übrigens gar nicht nötig, alles in Ordnung. Und die Lippen brauchste dir auch nicht schon wieder anzuschmieren.«

Gloria musste die Segel streichen, aber sie sagte sich, Huby würde sicherlich das Gespräch – es wurde sehr laut geführt – verstanden haben. Sie zweifelte nicht daran, dass er noch in dem kleinen Zimmer war. Peter ließ sie ganz weltmännisch vorangehen und atmete auf, als er sich wieder mit ihr im Freien befand.

Richard, das war ich dir schuldig – und ich werde jetzt auf Gloria aufpassen wie ein Luchs. Wenn nur die verflixte Schule nicht wäre! So dachte der brave Peter, während er neben seiner Schwester einherging wie ein guter Wachhund. Ab und zu fühlte er verstohlen nach dem Zettel, den er in seine Westentasche gesteckt hatte.

Was darauf stand, sollte sein weiteres Tun bestimmen.

Peter und Gloria kamen gerade bei der Straßenbahn an, als diese abfahrbereit war. Peter sah scharf zu dem Fenster hinüber, wo er neulich durch den Leinenvorhang gespäht hatte, und ihm war, als bewegte sich dieser leicht. Er hatte richtig gesehen. Huby stand dahinter und sah den Geschwistern missgestimmt nach. Er hatte gerade heute Wichtiges mit Gloria besprechen wollen. Nun war der dumme Bengel dazwischengekommen, wer weiß, durch welchen Zufall. Aber der Wirt hatte ihm ja gesagt, dass das junge Fräulein die Zigarette an sich gebracht haben müsste, denn sie habe ihm zugenickt.

Dass auch der Junge sich eine Zigarette genommen hatte, verschwieg er lieber, das war ja auch nicht wichtig. Umso mehr, als der Junge seine Zigarette sofort angezündet und aufgeraucht hatte, und zwar in Eile, wie Anfänger eben mit einer Zigarette fertig werden.

So war Huby beruhigt. Gloria hatte sicherlich seine Nachricht erhalten, und sie würden ein andermal hier zusammentreffen.

Gloria berichtete ihrer Mutter über den Besuch bei Grete Keller und fügte hinzu, dass sie Peter getroffen und ihn zu einer Tasse Tee eingeladen habe. Wo und wie diese Begegnung stattgefunden hatte, verschwieg sie, und Peter ebenfalls. Die Mutter schimpfte ein wenig über die Verschwendung. Tee hätten sie doch auch zu Hause bekommen können und nicht das teure Geld dafür auszugeben brauchen. Aber auf solche Worte der Mutter hörte Gloria überhaupt nicht. Sie hoffte nun, da sie von Huby keine Nachricht erhalten hatte, dass er morgen anrufen würde. Sie wollte gut aufpassen, damit sie sein Gespräch nicht verfehlte.

Peter stand inzwischen in seinem und des Bruders engem Schlafzimmer und war froh, dass Franz nicht zu Hause war. Er hatte seine Schulmappe auf den kleinen Tisch geworfen und zog nun den Zettel aus der Westentasche. Darauf stand:

»Scheußliches Pech! Wie kommt Dein Bruder hier heraus? Also morgen um dieselbe Zeit hier am selben Ort. H.«

Peter fuhr sich durchs Haar. Also H. hieß der Laffe. Sicher

Hans oder so ähnlich. Na warte, ich werde dir schon deine Gelüste auf meine Schwester austreiben! Auf Richards Braut, du Schuft! Wenn ich dich doch zu Brei schlagen könnte!

Solche mordgierigen Gedanken hatte Peter. Aber er fühlte sich Richard gegenüber immerhin ein wenig gerechtfertigt und beschloss, Gloria auch am anderen Tag irgendwie von einem Zusammentreffen mit dem Laffen abzuhalten. Denn wenn diese den Zettel auch nicht gelesen hatte, vielleicht bekam sie die Botschaft noch einmal auf anderem Wege.

Doch das sollte ihm nicht gelingen. Huby rief wirklich am anderen Vormittag an, als Frau Lindner gerade Einkäufe machte. Der Vater war im Amt, und die Brüder auf dem Gymnasium und in der Universität. Als Gloria von dem um die Zigarette gewickelten Zettel hörte, erschrak sie.

»Ich habe ihn nicht bekommen, Huby!«

»Das ist ja reizend! Dann hat ihn dein Bruder!«

»Ach, den hat er zusammen mit der Zigarette geraucht, sonst hätte er ihn mir bestimmt gezeigt. Aber weißt du was, Huby, wir dürfen uns in Zukunft immer nur dann treffen, wenn der Bengel in der Schule ist. Es könnte ja sein, dass er den Zettel gelesen hat und uns nachspürt. Er ist durchaus dazu imstande, denn er mischt sich gern in anderer Leute Angelegenheiten.«

»Nun gut, Schätzchen, dann sehen wir uns während seiner Schulstunden. Wann also morgen? Ich habe Sehnsucht nach dir.«

»Ich auch nach dir, Huby. Warte – morgen hat er von acht bis eins und nachmittags von zwei bis vier Unterricht.«

»Dann verlegen wir unsere Zusammenkünfte einfach auf die Vormittage, da ist er bestimmt immer in der Schule.«

»Außer in den Ferien.«

»Und kannst du dich vormittags frei machen?

»Eigentlich besser als nachmittags, denn vormittags ist nur Mutter zu Hause. Der kann ich schon etwas vormachen.«

»Gut, Schätzchen, also morgen Vormittag. Um welche Zeit?«

»Ich werde um zehn Uhr draußen sein.«

»Gut, ich erwarte dich, habe dir viel zu sagen und – Sehnsucht nach dir. Auf Wiedersehen also.«

So kam es, dass Peter am Nachmittag vergeblich auf dem Posten war. Er freute sich sehr, ein erneutes Zusammentreffen vereitelt zu haben, und ahnte nicht, dass dieses bereits vormittags stattgefunden hatte.

Huby und Gloria hatten miteinander ausgemacht, sich nicht mehr in dem kleinen Gasthaus zu treffen. Peter konnte irgendwelchen Verdacht geschöpft haben, und sie mussten auf alle Fälle vorsichtig sein.

Darum machte Meining den Vorschlag, er wolle irgendwo ein Zimmer mieten, wo sie sich ungestört treffen könnten und wo sie auf niemanden Rücksicht zu nehmen brauchten. Gloria war verblendet genug, darauf einzugehen, und wenige Tage später, als sie mit Huby – scheinbar zufällig – bei Mona zusammentraf und sie einige Minuten allein waren, flüsterte er ihr zu, dass er etwas Passendes gefunden habe. Ein hübsches, einfaches Zimmer mit eigenem Eingang, wo sie von niemandem gesehen würden. Im Hause wohnte auch eine Modistin, diese könnte schlimmstenfalls als »Deckmantel« benützt werden.

Gloria hatte freilich einige Hemmungen zu überwinden. Die ehrsame Beamtentochter kam wieder einmal zum Vorschein; aber Huby schwur ihr die heiligsten Eide, dass sie unbesorgt kommen könnte, er wollte sie ja nur ungestört sprechen und nicht bei jedem Kuss erschrecken müssen, wenn sich etwas regte. Die Spelunke da draußen sei doch im Grunde eine Zumutung für sie gewesen. Das von ihm gemietete Zimmer liege ebenfalls in einem abgelegenen Stadtteil, und sie könnte sich ihm unbesorgt anvertrauen.

Da siegte wieder die Lust an Heimlichkeiten und Abenteuern bei ihr, und sie versprach, sich in Zukunft dort mit ihm zu treffen. Seine alte Wohnung behielt er selbstverständlich bei. Er brauchte jetzt nicht so ängstlich zu sparen, wenngleich ihm der Zugriff in die Kasse seiner Braut verschlossen war. Das würde nach der Hochzeit alles anders werden.

Gloria teilte ihm alsdann ihren Hochzeitstag mit, und Huby bekam einen Eifersuchtsanfall. Er gönnte diesem Richard Römer Glorias Besitz nicht. Sie fühlte sich dadurch sehr geschmeichelt und beruhigte ihn mit zärtlichen Küssen.

»Ich liebe doch nur dich, Huby; und ich muss es ja auch ertragen, dass du mit Mona auf Hochzeitsreise gehst.«

Er hätte sie ja nun beruhigen können mit dem Hinweis, dass zwischen Mona und ihm an eine wirkliche Ehe nicht gedacht werden könne und dass zwischen ihnen weder jetzt noch später Zärtlichkeiten getauscht werden sollten; aber das ließ seine Eitelkeit wiederum nicht zu. Eingestehen zu müssen, dass er auf diese Frau, die doch *seine* Frau werden sollte, keinerlei Rechte besitzen, dass sie ihm dauernd kalt und unnahbar gegenüberstehen würde, das brachte er nicht fertig. Er sagte lässig:

»Auf Mona brauchst du wirklich nicht eifersüchtig zu sein, sie ist, gottlob, eine sehr kühle Natur und wird mich niemals zur Liebe entflammen. Anders ist es schon mit deinem künftigen Mann, der sieht durchaus nicht entsagungsvoll aus.«

»Ach, Huby, es kommt doch immer auf die Frau an, ich werde ihn mir schon vom Leibe halten. Und – lange werden ja unsere beiden Ehen hoffentlich nicht bestehen.«

So war denn zwischen diesen beiden gewissenlosen Menschen die nötige Klarheit geschaffen.

Sie trafen sich in Zukunft, wenn sie sich sprechen wollten, in dem von Huby gemieteten Zimmer, und dort kümmerte sich wirklich kein Mensch um sie.

Peter war eine ganze Weile glücklich in dem Gedanken, dass Gloria vernünftig geworden sei und nicht wieder mit dem »Laffen« zusammengetroffen wäre. Und wenngleich sein Gewissen Richard gegenüber noch nicht ganz frei geworden war, ein wenig besser ging es doch damit. Trotzdem beobachtete er Gloria, sooft er konnte. Er entdeckte jedoch nichts, denn sie traf sich mit ihrem Freund nur noch vormittags, wenn Peter in der Schule war.

Auf diese Idee kam Peter nicht. Er glaubte vielmehr, in den Morgenstunden könnte die Schwester nicht von daheim fort. Auch der »Laffe« meinte er, würde dann wohl keine Zeit haben.

Ein paar Mal traf das Pärchen sich auch abends, aber dann war es nicht schwer, den Besuch eines Kinos oder Theaters vorzuschützen. Zudem war Peter dann ans Haus gefesselt.

Der Junge büffelte, was er konnte, um Ostern versetzt zu werden. Er nahm es ernst und schenkte sich nichts.

So brachte er wirklich ein viel besseres Zeugnis nach Hause als früher. Richard sollte mit ihm zufrieden sein, das war sein Ehrgeiz. Und jedes Mal, wenn dieser ihm mit einem guten Lächeln über den Kopf strich, dann war ihm zumute, als habe er einen Orden bekommen. Aber gerade deshalb quälte es ihn ganz besonders, dass er diese eine schlimme Heimlichkeit vor Richard haben musste. Das war aber nicht zu ändern, und er konnte nur hoffen, dass Gloria es aufgegeben hatte, ihre leichtsinnigen Streiche zu machen. Er konnte nicht begreifen, dass man einen Mann wie Richard hintergehen konnte, zumal mit einem solchen »Zierbengel«. Der war ihm einfach ein Gräuel. Wenn er nur gewusst hätte, wer er war und wo er wohnte, dann hätte er ihm wenigstens ab und zu einen Streich spielen können.

12

Für Mona vergingen die beiden Monate bis zu ihrer Hochzeit in quälender Eintönigkeit und dennoch viel zu schnell. Je näher sie Hubert Meining kennenlernte, desto weniger gefiel er ihr. Sie hatte immer wieder versucht, wenigstens in ein geistiges Verhältnis zu ihm zu kommen, aber dabei machte sie zu ihrer Verwunderung die Entdeckung, dass sein Wissen ein sehr beschränktes und sein Stil für einen Schriftsteller recht schlecht war. Diese Erkenntnis gewann sie freilich nicht übermäßig schnell, denn solange es ging, behalf Hubert sich mit Gemeinplätzen, mit allerlei Phrasen und Aufgelesenem. Er versuchte, sie, so gut es ging, über seine geistigen Fähigkeiten im Unklaren zu lassen. Wenn sie irgendein tiefgründiges Thema mit ihm diskutieren wollte, fing er gleich an, ihr von seiner Liebe vorzuschwärmen und sie abzulenken.

Ihn vollkommen zu erkennen, wie es nötig gewesen wäre, um das Ausmaß ihrer Torheit einzusehen, fehlte es an Zeit, denn es gab vor der Hochzeit noch allerlei zu regeln, und dann musste Mona auch mit ihren Direktoren vorarbeiten für die Zeit ihrer Abwesenheit.

Hubert konnte einfach nicht verstehen, wie sie sich freiwillig stundenlang sehr ernst und eingehend an ihrem Schreibtisch beschäftigen konnte, dazwischen mit ihren leitenden Angestellten über allerlei wichtige Fragen telefonierte und diese und jene Auskünfte verlangte. Einmal, als er sich zufällig eine Weile in ihrem Arbeitszimmer aufhielt, konnte er nicht unterlassen zu sagen:

»Warum arbeitest du nur so fleißig, Mona, dazu sind doch deine Leute da?«

Sie sah mit großen Augen zu ihm auf.

»Möchtest du ganz ohne Arbeit leben, Hubert?«

Er merkte, dass er sich vergessen hatte, richtete sich stolz auf und sagte wichtig:

»Ja, ich? Ich bin doch ein Mann. Aber wie eine Frau sich freiwillig in eine solche Fron begeben kann, das verstehe ich nicht.«

»Für mich ist Arbeit keine Fron, sondern eine Freude.«

Das war ihm völlig unverständlich, denn er liebte die Arbeit durchaus nicht, sondern ging ihr weit aus dem Weg.

»Ich möchte dich viel lieber nur als Frau anbeten, Mona, nicht als Besitzerin deiner Werke.«

Sie zuckte die Achseln.

»Auf Einsichtsnahme in die Bücher hätte ich nicht einmal verzichtet, wenn ich einen Mann heiraten würde, der mich in allen geschäftlichen Dingen vertreten könnte. Da du aber der Leitung der Werke ganz fernstehst und sicherlich als Schriftsteller viel besser deinen Mann stehen wirst, musst du dich schon darein finden, dass ich die mir obliegenden Pflichten erfülle. Es macht mir außerdem Freude.«

»Dann will ich dich selbstverständlich nicht davon abhalten. Mein beschwingter Geist könnte sich niemals an eine so nüchterne Tätigkeit gewöhnen, das wirst du verstehen.«

Diese Unterredung fand statt, als Mona noch nicht angefangen hatte, an seinem »beschwingten Geist« zu zweifeln. Und so sagte sie ruhig:

»Ich kann dich schon verstehen, Hubert, und du sollst

dich auch nicht zu einer nüchternen Tätigkeit zwingen. Ich erwarte Schöneres und Größeres von dir als von einem Buchhalter oder Kaufmann. Ich werde mir aber immer Mühe geben, dir auf deinem geistigen Höhenflug folgen zu können, auch wenn ich mich nebenher in einer nüchternen Sphäre bewege. Im Übrigen – das ist eben der Unterschied – finde ich meine Tätigkeit durchaus nicht nüchtern. Ich betrachte auch diese vom idealen Standpunkt aus.«

»Wie willst du eine solche Rechenarbeit vom idealen Standpunkt auffassen, süße Mona? Ich bin einfach eifersüchtig auf deine Arbeit, die dir so viel Interesse abnötigt, dass für mich kaum Zeit übrig bleibt.«

»Das wirst du kaum noch merken, wenn du erst selbst ernsthaft an einem großen Werk arbeitest. Dabei werde ich dich niemals stören.«

Das war aber keineswegs nach seinem Sinn. Er wünschte sehnlichst, dass die Hochzeit erst vorüber wäre, damit er einen anderen Ton anschlagen konnte.

Je näher der Zeitpunkt der Vermählung heranrückte, desto beklommener wurde Mona zumute, denn sie entdeckte mancherlei, wenn auch nichts Gravierendes, was sie gegen Hubert einnehmen wollte. Sie zwang sich, es zu übersehen; es war ja doch nicht mehr zu ändern. Jetzt, so nahe vor dem Hochzeitstag, konnte man nicht mehr von der Verlobung zurücktreten. Es hätte ja auch keinen Zweck, man musste sich eben damit abfinden, und zum Glück hatte sie Huberts Versicherung, dass er ihre Einstellung zu dieser Ehe streng achten würde. Es fiel ihr allerdings auf, dass er, je weiter die Zeit voranschritt, um so weniger von seiner Liebe zu ihr redete. Darüber war sie im Grunde froh. Sie war zu klug, um nicht zu merken, dass es ihm mit dieser Liebe gar nicht besonders ernst war. Er glaubte wohl nur, ihr damit zu schmeicheln, wenn er ihr glühende Liebesworte zuflüsterte. Und mehr und mehr erkannte sie, dass auch bei ihm, wie bei so vielen Bewerbern um ihre Hand, hauptsächlich die Geldfrage wichtig gewesen war. Diese Erkenntnis wurde ihr immer gewisser, aber sie fühlte sich dadurch erleichtert; und wenn er jetzt noch zuweilen seine Liebesworte hervorstammelte, hob sie ruhig abwehrend die Hand und sagte:

»Lass das Hubert, du brauchst dich nicht weiter zu bemühen und mich nicht mit Liebesschwüren zu unterhalten – ich lege ebenso wenig Wert darauf wie du; und wie unser gegenseitiges Verhältnis eingestellt sein wird, ist es ja auch gut, wenn wir uns gegenseitig nichts schuldig bleiben.«

Das war wenige Tage vor der Hochzeit. Hubert war das einesteils ganz lieb, andernteils aber fürchtete er, Mona nicht völlig in die Hand zu bekommen, wenn sie so kühl und ablehnend blieb. Er nahm sich daher vor, nach der Hochzeit ihre abwehrende Haltung nicht mehr gelten zu lassen. Es müsste doch mit dem Teufel zugehen, wenn es ihm nicht gelingen sollte, ihre Kühle in flammende Leidenschaft zu verwandeln. Er wollte auch seiner Eitelkeit damit Genüge tun. Keine Frau sollte sich rühmen dürfen, ihm widerstehen zu können.

Nur jetzt wollte er sich noch zurückhalten. Befanden sie sich erst auf der Hochzeitsreise, wo sie ohnedies aufeinander angewiesen sein würden, dann sollte es nicht lange dauern, bis er sie bezwungen hatte. Es war ja völliger Unsinn, wie sie sich ihre Ehe dachte. Zudem konnte er dann nicht so, wie er es wünschte, an ihr Vermögen herankommen.

Diese kühle, wenn auch freundlich abwehrende Haltung

gab ihr zu viel Überlegenheit, und das passte ihm durchaus nicht. Im Grunde war er bei aller Weichlichkeit ein brutal veranlagter Mensch, und wenn er daran dachte, wie er Mona »kleinkriegen wollte«, dann flackerte es gefährlich in seinen Augen.

Von all diesen Gedanken und Wünschen ihres Verlobten hatte Mona keine Ahnung. Sie nahm an, dass er sich wegen ihrer Verlobung Geld geliehen hatte. Jetzt war sie zu feinfühlig, um davon zu sprechen, waren sie aber erst verheiratet, dann wollte sie ihm sagen, er möge ihr die Forderungen seiner Gläubiger nennen, damit seine Schulden beglichen würden. Dann sollte er für seine persönlichen Bedürfnisse eine feste Summe aus den Werken angewiesen bekommen. War sie bisher mit der Hälfte der für sie ausgesetzten Summe ausgekommen, so würde Hubert eben die andere Hälfte bekommen. Damit konnte er sich alle vernünftigen Wünsche erfüllen, und dadurch würde, wie sie meinte, der Fall erledigt sein.

Wie ganz anders dachte Hubert sich die Zukunft als Mann der Millionenerbin.

Und dann nahte die Hochzeitsfeier. Es waren wieder viele Menschen geladen worden, denn Mona hielt es für ihre Pflicht, sich als Besitzerin der Werke zu zeigen. Aber diesmal sollte das Fest nicht im eigenen Haus gefeiert werden, sondern in einem Hotel, dem Ersten am Platz.

Die ganze Stadt hatte jetzt nur ein Gesprächsthema, und wer keine Einladung zu der kirchlichen Feier bekommen hatte, der nahm sich vor, wenigstens an der Kirchentür etwas vom Glanz dieses Festes zu erspähen. Mona hätte am liebsten die kirchliche Einsegnung ihrer Ehe mit Hubert vermieden, denn sie erschien ihr wie eine Komödie. Aber sie wusste auch, dass sie in ihrer hervorragenden Stellung ein gutes Beispiel geben musste: Was sollte man von ihr denken, wenn sie ohne kirchliche Trauung heiratete? Das Herz war ihr freilich schon schwer genug, als sie am vorausgehenden Tag auf dem Standesamt mit ihrem neuen Namen als Mona Meining hatte unterzeichnen müssen. Es überlief sie kalt. Mona Meining. Wie seltsam sie das anmutete. Ihr war plötzlich, als sei Mona Falkner gestorben und eine Fremde stände an deren Stelle hier neben dem Mann, für den sie nichts empfand als nachsichtige Duldung.

Richard Römer und der Erste Direktor der Werke waren ihre Trauzeugen. Richard sah sehr blass und erregt aus, er konnte kaum seine Fassung bewahren. Ihm war, als müsste er Mona, während sie mit ihrem neuen Namen unterschrieb, von der Seite dieses Gecken wegreißen. Dieser stand mit seinem eitlen Lächeln neben Mona, und als sie unterzeichnet hatte, atmete er wie erlöst auf. Nun war Mona sein Eigentum, niemand durfte sie ihm jetzt wegnehmen. Er hatte nach deutschem Gesetz Herrenrechte über sie – so glaubte er wenigstens –, und was bisher ihr gehört hatte, gehörte nun auch ihm. Gottlob, er hatte es geschafft. Alles andere würde sich von selbst finden.

Richard aber war zumute, als habe er geholfen, die Frau, die ihm das Liebste und Teuerste auf Erden war, zu opfern. Er wusste, wie unerfahren sie in diese Ehe ging, in die Ehe überhaupt. Sie gehörte nicht zu den modernen Frauen, die schon vor der Ehe ihre Erfahrungen gemacht hatten. Sie wusste auch gar nicht, was sie mit einer Ehe auf sich nahm, und Hubert Meining sah nicht aus wie ein Mann, der zarter Rücksichtnahme fähig war. Hätte er wenigstens gewusst, auf welcher Grundlage diese Ehe geschlossen worden war, dann hätte er sich vielleicht ein wenig beruhigt.

Er konnte Mona nach Schluss der standesamtlichen Feier nur stumm die Hand küssen; aber als seine Augen in die ihren trafen, zuckte Mona zusammen. Eine so tiefe Verzweiflung lag in seinem Blick, dass ihr war, als stürzte alles um sie herum zusammen. Was lag in diesem Blick? Und weshalb war Richard so furchtbar blass, dass er wie ein Sterbender aussah? Ihr war, als hätte sie aufschreien und sich in seine Arme flüchten müssen. Das war nicht nur freundschaftliche Sorge, was aus seinem Blick sprach, das war doch – nein – sie riss sich zusammen, sie durfte nicht denken, was sie meinte: dass es Liebe sei, die ihr aus Richards Blick verzweiflungsvoll entgegenleuchtete. Sie war wohl von Sinnen, dass sie seinem Blick eine solch unmögliche und unglaubliche Deutung geben wollte. Noch einmal sah sie zu ihm auf – und noch einmal traf ein sehnsuchtsvoller Blick in ihre Augen. Da brach Mona plötzlich kraftlos zusammen – sie wurde zum ersten Mal in ihrem Leben ohnmächtig.

Der ihr soeben standesamtlich angetraute Gatte sah eher erstaunt als erschrocken auf sie herab; aber noch ehe er alles begriffen hatte, hatte Richard die stille, leblose Gestalt emporgehoben, während der Standesbeamte eine Tür zu einem kleinen Zimmer offnete,

»Legen Sie die Dame auf den Diwan – da hat schon manche junge Frau ohnmächtig oder fassungslos erschöpft gelegen. Die vorhergehenden Aufregungen bedingen zuweilen nervöse Störungen«, sagte er dabei.

Richard bettete Mona auf den Diwan. Seine Zähne schnitten in seine Unterlippe, dass diese zu bluten begann.

Er richtete sich auf und blickte umher. Da standen eine Flasche Wasser und ein Glas auf einem kleinen Tisch.

»Wasser!«, rief er heiser dem Standesbeamten zu.

Dieser füllte ein Glas und reichte es Richard. Der junge Ehemann stand noch immer fassungslos da und wusste nicht, was er anfangen sollte. Richard hätte ihn um keinen Preis an Mona herangelassen. Er kannte sie viel zu gut, um nicht zu ahnen, dass sie erkannt hatte, was er ihr in dieser leidgefüllten Minute verraten hatte. Aber nun war alles zu spät – sie hieß jetzt Mona Meining.

Richard benetzte ihre Stirn mit Wasser und kühlte ihre Augen.

»Soll ich einen Arzt rufen, Herr Römer?«, fragte der Standesbeamte.

Richard riss sich zusammen.

»Nein – warten Sie –, es – es ist wohl nur ein vorübergehender Schwächeanfall. Aber bitte – verlassen Sie mit Herrn Meining das Zimmer –, es wird am besten sein, wenn sie, sobald sie zu sich kommt, niemanden sieht als mich, ihren alten Jugendfreund.«

So stieß Richard heiser hervor.

Hubert Meining ließ sich nur zu gern hinausführen – auf solche Vorfälle war er durchaus nicht eingestellt.

Richard dankte Gott, dass er wenigstens einige Minuten mit Mona allein sein durfte. Wieder kühlte er ihr die Stirn. Da atmete sie ganz tief und schlug die Augen auf.

Sie schaute sich um und gewahrte, dass sie mit Richard allein war. Da überflutete ihr Gesicht eine dunkle Röte, und sie sah groß und mit banger Frage in seine Augen, in diese geliebten, gütigen Augen, die jetzt nicht verbergen konnten, was in seinem Herzen vorging.

Sie erkannte abermals ganz deutlich: Er liebte sie – er liebte sie. Das konnte keine Täuschung sein, so sah ein Mann nur die Frau an, die er liebte, vielleicht in Qual und Verzweiflung – aber tief und innig.

Sie blickte unverwandt in seine Augen hinein und fragte leise: »Richard – ist es wahr?«

Er presste seine Lippen auf ihre kalte Hand. Weiter gestattete er sich nichts. Aber er erwiderte tief und schwer: »Ja, Mona – ich liebe dich – nur dich; Gloria – das war eine Täuschung meiner Sinne.«

Da leuchtete es in ihren Augen auf, als sähe sie den Himmel offen. Und dann sagte sie leise:

»So helfe uns Gott, Richard – wir sind irregegangen. Auch ich liebe dich, nur dich, und floh in diese Ehe, um es dir zu verbergen.«

Er senkte seine Stirn auf ihre Hand.

»Ich kann dich diesem Mann nicht überlassen, Mona«, stieß er qualzerrissen hervor.

Sie strich leise und zart über seine Stirn.

»Nie werde ich ihm gehören – ich habe mit ihm vereinbart, dass wir nur nach außen hin als Eheleute gelten.«

Er hob das Gesicht zu ihr auf und sah sie an, als sei eine Last von seiner Seele gefallen.

»Ist das wahr?«

»Ich schwöre es dir, Richard – bei meiner Liebe. Und nun hilf mir auf – es ist nun zu spät, diese Erkenntnis kam leider zu spät. Du musst auch an Gloria denken. Und – was auch kommt – Richard –, es ist ein herrliches, großes Glück für mich – dass ich weiß – du liebst mich.«

Er legte den Arm um sie und half ihr auf. Einen Moment lehnte sie sich an ihn und schloss die Augen.

»Es wäre auch viel zu schön gewesen – ein so großes Glück wäre kaum zu ertragen gewesen«, sagte sie leise, wie verträumt.

»Mona!«

Es rang sich wie ein Stöhnen aus seiner Brust.

Sie versuchte, ihn anzulächeln, und sah anbetungswürdig dabei aus.

»Lass uns stark sein, Richard, damit du mir wenigstens Freund bleiben darfst, Vergiss das nicht – als solchen brauche ich dich –, mehr dürfen wir uns nun nie mehr sein als gute treue Freunde. Und wenn wir auch diese Stunde nie vergessen werden – nie vergessen wollen, sie soll uns nicht niederzwingen, ich gehe dennoch reich aus diesem bescheidenen Zimmer, das mir eine Königshalle sein müsste. Komm – lass uns gehen – und habe Dank – dass du dich eine Minute vergessen konntest – mein Leben wäre sonst zu arm gewesen. Jetzt ist es reich, trotz allem. Und nun nie mehr ein Wort davon – wir erfüllen unsere Pflicht und bleiben uns selbst treu.«

Wie gern hätte er ihre Lippen mit den seinen berührt – nur ein einziges Mal –, aber er wusste, das durfte er nicht tun – sie hätte es nicht ertragen. Er musste stark sein, ihretwegen.

Nur ihre Hand küsste er noch einmal mit Inbrunst und Zärtlichkeit.

»Verzeih mir – dass ich zu spät erkannte, was du mir bist.«

Ein hinreißendes Lächeln verklärte ihr Gesicht.

»Dass du es nun erkannt hast – wenn auch spät –, zu spät war es dennoch nicht. Ich nehme ein stilles, reines Glück mit mir – und der andere wird mir nie etwas sein, das schwöre ich dir. Komm, Richard – wir dürfen die anderen nicht länger warten lassen.«

Er reichte ihr den Arm, während er noch einmal ihren Namen flüsterte wie ein Gebet.

Draußen im Vorzimmer standen Hubert Meining und der Standesbeamte, etwas abgesondert von einigen Paaren, die sich ebenfalls standesamtlich trauen lassen wollten.

Mona reichte mit einem blassen Lächeln dem Standesbeamten die Hand.

»Hoffentlich habe ich Sie nicht erschreckt, lieber Herr⸮ – Ich weiß selbst nicht, wieso mich diese Schwäche überkam.«

»Wenn sie nur vorüber ist, verehrte gnädige Frau. Gestatten Sie, dass ich Ihnen Glück wünsche zu Ihrer Vermählung.⸮«

Er küsste ihr die Hand. Richard trat ein wenig zurück und kämpfte heldenhaft um seine Fassung. Hubert Meining reichte nun seiner Frau den Arm.

»Auch mich hast du sehr erschreckt, Mona; ich war so fassungslos und verwirrt, dass ich gar nicht wusste, was ich mit dir anfangen sollte. Ein Glück, dass Herr Römer dabei war, der dir gleich helfen konnte.«

»Ja, es war ein großes Glück, dass er da war, ein sehr großes Glück, er hat mir wunderbar geholfen.«

Richard wusste, dass diese Worte für ihn bestimmt waren. Noch immer kämpfte er mit dem Verlangen, Hubert Meining von Monas Seite zu reißen. Er fragte sich, ob es nicht vielleicht das Beste sei, sie an sich zu ziehen und mit ihr die Flucht zu ergreifen, irgendwohin, wo er ungehindert mit ihr hätte glücklich sein können. Aber er sagte sich, als er nun hinter ihr und Meining herging, dass weder Mona die Frau noch er der Mann war, sich ein Glück zu stehlen. Langsam gewann er seine Fassung wieder. Seine Augen hingen aber unverwandt an der vor ihm einherschreitenden Mona.

Die beiden Trauzeugen waren schon vorher von dem jungen Paar zum Frühstück eingeladen worden; aber Mona bat, sich zurückziehen zu dürfen, sie musste, *musste* jetzt um jeden Preis allein sein, um in sich ausklingen zu lassen, was sie bewegte. Sie bat die Herren, allein zu frühstücken, und sagte ihrem Mann, er möge sie für den Rest des Tages sich selbst überlassen, sie müsse sich für morgen frisch halten, da das morgige Fest sehr anstrengend für sie sei. Er möge nach Belieben über diesen Tag verfügen.

Auch Richard verabschiedete sich von Mona und meinte, er wolle nicht stören, sie sollte keine Rücksicht nehmen müssen auf ihre Gäste. Es sei ihm ganz lieb, sich zurückziehen zu dürfen.

Wie gut verstand das Mona. Sie reichte ihm die Hand, die er mit krampfhaftem Druck umschloss. Ansehen konnten sie sich nicht dabei, da sie ihre Fassung nicht verlieren wollten.

Hubert Meining führte Mona die Treppe zu ihren Zimmern hinauf, kam aber gleich wieder herunter. Richard hatte sich schon entfernt. Hubert nahm nun mit dem Direktor ganz vergnügt das vorzügliche Frühstück ein; er war sehr guter Laune, und die Ohnmacht seiner Frau nahm er nicht weiter wichtig. Umso mehr, da er beabsichtigte, den Direktor vorsichtig nach Monas Vermögensverhältnissen auszuforschen. Dieser aber konnte Meining nicht leiden, er begriff nicht, dass seine junge Herrin auf diesen faden Kerl »hereingefallen« war, und so brachte Meining zu seinem Ärger keine Silbe aus ihm heraus, die ihm irgendeinen Aufschluss hätte geben können. Das erboste Hubert sehr, und er nahm sich vor, dem ungefälligen Herrn Direktor das Leben ein wenig schwer zu machen. Jetzt als Monas Mann war er doch sozusagen der Herr der Falkner-Werke, und wer ihm nicht passte, der wurde schleunigst an die Luft gesetzt. Das stand fest – dieser hier würde einer der Ersten sein, der seines Postens enthoben wurde.

Das Frühstück wurde ziemlich rasch eingenommen, und der Direktor entfernte sich. Auch Hubert entschloss sich, diesen unerwartet freien Tag noch gut zu nutzen; er konnte sich ja Gloria bestellen und mit dieser seinen Polterabend feiern. Er verabschiedete sich also von Frau Richter, sagte ihr, wie sehr er sich um seine Frau sorge und dass sie unbedingt Ruhe haben müsse, damit sie morgen frisch wäre. Man solle sie auf keinen Fall stören. Frau Richter versprach das, sah ihm aber mit sonderbaren Blicken nach und dachte: Wenn ich den hätte heiraten sollen, wäre ich bestimmt ebenfalls in Ohnmacht gefallen. Ich verstehe nicht, dass meine junge Herrin diesen minderwertigen Kerl hat zum Mann wählen können. Als Mona in ihrem Zimmer allein war und die Türen hinter sich abgeschlossen hatte, fiel sie, wie aller Kraft beraubt, auf ihr Bett. Schauer rannen über ihre Glieder. Sie dachte an Richards Augen, an den Ausdruck qualvoller Liebe, mit dem er sie angesehen hatte. Ein tiefer Seufzer hob ihre Brust. Und sie flüsterte in die Falten ihres Kleides hinein:

»Richard! Richard – wie blind waren wir! Ich ebenso wie du!«

Aber etwas Großes, wunderbar Schönes hatte sie sich doch gerettet aus dieser Stunde der Erkenntnis und des Zusammenbruchs – die Gewissheit seiner Liebe. Mona glaubte, nunmehr alles leicht ertragen zu können, sie redete sich das wenigstens ein. Sie war doch wirklich unsagbar reich geworden in den wenigen Minuten in dem kleinen unscheinbaren Amtszimmer. Reich genug, um sich heimlich glücklich fühlen zu können. Und würden Richard und sie sich auch niemals gehören dürfen, sondern gehalten sein, ganz ihrer Pflicht zu leben, die sie unbedacht auf sich genommen hatten – eines würden sie immerhin für allezeit voneinander wissen: dass sie sich liebten, dass ihnen kein Mensch teurer sein würde, als sie es sich waren. Sie wusste nun auch, warum sie an ihrem Verlobungsfest durch Richards Worte so aufgeregt worden war. Wäre sie nicht total verblendet gewesen, dann hätte sie schon damals erkennen müssen, dass es Liebe war, was ihn bewegte, und nicht nur Sorge.

Sie wusste jetzt genau, dass er Gloria in einem Rausch seiner Sinne ins Netz gegangen war. Sie kannte ihn doch, wie er sie kannte, und hätte sich sagen müssen, dass Richard niemals eine Frau wie Gloria wirklich lieben konnte. Ach, wenn sie das damals so sicher gewusst hätte, wie sie es heute wusste. Freilich – Richard würde Gloria niemals darunter leiden lassen, dass er sich geirrt hatte. Er war ein Ehrenmann durch und durch; stets bereit, die Folgen seiner Handlungsweise auf sich zu nehmen. Hätte sie früher klar gesehen, würde sie sich niemals das Joch aufgeladen haben, das jetzt ihre Schultern drückte.

Jetzt musste sie Hubert Meining ertragen und für immer neben sich dulden. Das würde schwer werden, viel schwerer, als sie geglaubt hatte. Wie gut wenigstens, dass sie ihm sofort gesagt hatte, dass sie einen anderen liebte und nur dem Namen nach seine Frau werden wollte. Wie gut auch, dass sie nun schon längst erkannt hatte, dass es nicht Liebe war, was Meining zu ihr geführt hatte. Ihn hatte nur ihr Vermögen angelockt, und er gedachte, wie sie ihn jetzt erkannt hatte, ein bequemes Genießerleben in ihrem Haus und wohl auch außer Haus zu führen. Aber sollte er! Was ging Hubert Meining sie noch an. Er war nichts für sie als ein gleichgültiges – seit heute sogar höchst überflüssiges Etwas, das sie oft genug stören würde.

Aber geschehen war geschehen, und allem, was sich nicht mehr ändern ließ, hatte sie seit jeher tapfer die Stirn geboten. Wenn sie nur die kirchliche Trauung für morgen absagen könnte! Es erschien ihr geradezu wie ein Frevel, dass sie diese Ehe kirchlich einsegnen ließ. Wie konnte sie nur darum herumkommen? Sie grübelte darüber nach, machte Pläne, verwarf sie und machte neue. Eines aber wurde ihr mit jeder Minute klarer. Sie konnte unmöglich mit diesem Mann vor den Altar treten, konnte ihm vor Gott nicht schwören, dass sie ihn lieben und ihm vertrauen wollte, »bis dass der Tod euch scheide«. Dort auf dem Standesamt – da war alles so gewesen, als wenn ein geschäftlicher Vertrag unterzeichnet wurde – das hatte sie tun können; aber nun – nachdem sie in Richards Augen gelesen, was sie vor Glückseligkeit kraftlos zu Boden sinken ließ, nachdem seine Seele und die ihre sich in dem kleinen düsteren Bürozimmer vermählt hatten – nein –, nun konnte sie nicht mehr mit Hubert Meining vor den Altar treten.

Das würde allerdings viel Staub aufwirbeln, würde eine große Umstellung erforderlich machen – aber es musste alles abgesagt werden – es musste. Mit fiebernder Unruhe überlegte sie alles, und dann erhob sie sich entschlossen. Jetzt wusste sie, was zu geschehen hatte. Sie hatte bisher nie die Ausrede gebraucht, durch Krankheit an etwas gehindert zu sein. Das erschien ihr sündhaft. Jetzt zum ersten Mal musste es geschehen. Es war das Einfachste und Unverfänglichste –

wenn sie krank wurde, so krank, dass an eine kirchliche und gesellschaftliche Feier nicht zu denken war.

Eilig kleidete sie sich aus und klingelte. Ehe die Zofe eintrat, lag Mona schon im Bett. Erbarmungswürdig blass sah sie aus, man würde ihr glauben, dass sie krank war, das hatte sie mit einem Blick in den Spiegel festgestellt.

Zu der Zofe sagte sie:

»Bitte, rufen Sie mir Frau Richter herauf, ich muss sie sprechen, denn ich fühle mich kränker, als ich glaubte.«

Das Mädchen sah sie erschrocken an. Eine Braut, die am Tag vor der Hochzeit krank wurde, das war doch sehr traurig. Aber ohne Widerrede eilte es hinunter und beorderte Frau Richter in Monas Schlafzimmer.

Als die alte Dame bei ihr eintrat, sagte Mona mit großer Mattigkeit, die auch durchaus nicht geheuchelt war:

»Liebe Frau Richter, ich fühle mich sehr, sehr schlecht. Dass ich auf dem Standesamt eine Ohnmacht bekam, war wohl der Vorbote einer Krankheit. Ich halte es für ausgeschlossen, mich morgen den Anstrengungen einer kirchlichen und gesellschaftlichen Feier auszusetzen. Es hilft nichts, wir müssen den Gästen, dem Herrn Pastor und allen sonst wie Beteiligten absagen.«

Bestürzt sah die alte Dame auf ihre blasse junge Herrin nieder.

»Aber, mein liebes, verehrtes Fräulein Falkner, das wird eine sehr unliebsame Überraschung geben.«

»Besser, als wenn ich während der Festlichkeit zusammenbreche. Es geht wirklich nicht! Ich habe meine letzte Kraft bei der standesamtlichen Trauung verbraucht und – das Wichtigste ist ja damit erledigt. Es werden unzählige Verbindungen geschlossen ohne kirchliche Einsegnung und ohne große öffentliche Feiern, es muss also auch in meinem Fall möglich sein. Krankheit entschuldigt alles.«

Frau Richter bewies, dass sie selbst ungewöhnlichen Geschehnissen gegenüber nicht die Fassung verlor. Vor allen Dingen, sagte sie sich, man dürfe die Kranke nicht aufregen. Außerdem hatte sie einen leisen Verdacht, dass es mehr war als nur eine leibliche Krankheit, was Mona zu diesem Schritt veranlasste. Taktvoll wie immer sagte sie nur:

»Sie haben recht: Krankheit entschuldigt alles.«

»Ihnen muss ich dadurch eine große Last aufbürden, liebe Frau Richter, Sie müssen – wo es geht, telefonisch – den Gästen absagen. Teilen Sie ihnen mit, dass ich nach einer schweren Ohnmacht auf dem Standesamt krank geworden bin und von allem Weiteren absehen muss. Auch dem Herrn Pfarrer sagen Sie das.«

»Das werde ich nach der Liste auf der Stelle erledigen. Aber vor allem – das Hotel müsste unbedingt benachrichtigt werden?«

»Selbstverständlich, das zuerst. Und sagen Sie, dass man für bereits beschaffte Waren, soweit man sie nicht anderweitig verwenden kann, mir die Rechnung einsenden soll.«

»Und wie wird es mit dem Antritt der Hochzeitsreise?«

Mona strich sich über die schmerzende Stirn, sie fühlte sich wirklich nicht wohl.

»Die Abreise muss wahrscheinlich um einige Tage verschoben werden. Sobald ich wieder gesund bin, können wir ja das Versäumte nachholen. Sie bleiben bitte noch so lange bei mir, bis ich wieder heimkehre, wie ich das schon mit Ihnen vereinbart habe.«

»Und – wollen Sie Herrn Meining selbst von alldem unterrichten?«

Monas Gesicht rötete sich. Sie wagte es nicht, Frau Richter anzusehen.

»Nein, bitte nicht – ich möchte wirklich unbedingte Ruhe haben. Sagen Sie Herrn Meining – ich – ich meine, meinem Mann, denn das ist er ja bereits durch die standesamtliche Trauung –, dass ich mich auch zu der Reise nicht gesund genug fühlte, ich hoffte aber, sie nicht zu lange aufschieben zu müssen.«

»Und darf ich dem Herrn Pastor sagen, dass die kirchliche Trauung später stattfinden würde?«

Abermals wurde Mona rot und erwiderte leise:

»Ich – ja –, ich werde vorläufig ganz darauf verzichten, sobald ich mich für die Reise kräftig genug fühle, werden wir aufbrechen – und – dann lassen wir vielleicht unterwegs in irgendeiner Kirche die kirchliche Trauung nachholen – ohne große Vorbereitungen. Ich möchte hier nicht das Versäumte nachholen. Sie wissen doch – ich bin hier zu bekannt, und es würde viele Neugierige herbeilocken. Das möchte ich vermeiden.«

Frau Richter war eine kluge Frau, und es ging ihr ein Licht auf, Mona müsse irgendein Erlebnis gehabt haben, was sie die kirchliche Trauung überhaupt vermeiden lassen wollte. Ob sie vielleicht schon den wahren Wert dieses Herrn Meining kennengelernt hatte? Dann konnte sie alles ohne weitere Erklärungen verstehen. Schade nur, dass die standesamtliche Trauung schon stattgefunden hatte.

Die beiden Damen besprachen noch einiges – sogar, was mit dem Brautkleid geschehen sollte, das Mona morgen hatte tragen wollen.

»Packen Sie es weg, liebe Frau Richter – das – ja –, das sind ja doch nur Äußerlichkeiten. Und noch etwas – Herr

Römer war ja mein Trauzeuge, er war zugegen, als ich in Ohnmacht fiel, und da wir, wie Sie wissen, von Kind auf gute Freunde waren, wird er sich sorgen, wie es mir geht. Bitte rufen Sie auch ihn so bald wie möglich an und teilen Sie ihm alles mit, was ich jetzt mit Ihnen besprochen habe, und dass ich mich gar nicht wohlfühle. Aber Sorgen soll er sich nicht machen. Sollte Fräulein Lindner hierherkommen, sagen Sie ihr kurz und bündig, dass ich keine Besuche empfangen kann, sie ist immer ein wenig lebhaft. Aber ich will auch sonst niemanden sehen, da ich nicht einmal meinen Mann empfange. Liebe, gute Frau Richter, ich erwarte von Ihnen einiges Verständnis für meine etwas außergewöhnliche Lage. Bitte, bringen Sie alles in Ordnung!«

»Sie können ganz beruhigt sein, liebe gnädige Frau – beinahe hätte ich wieder Fräulein Falkner gesagt. Also, ich bringe alles ins Lot, und wenn das geschehen ist – darf ich dann noch mal nach Ihnen sehen? Vielleicht wäre es doch besser, einen Arzt zu holen.«

Mona winkte hastig ab.

»Sie wissen, Frau Richter, ehe ich mich für einen Arzt entscheide, muss ich schon todkrank sein.«

»Wie Sie wünschen, wir können ja noch abwarten. Wollen Sie mich einmal Ihren Puls feststellen lassen?«

Mona gehorchte, und Frau Richter stellte fest, dass er zwar ein wenig unruhig ging, dass aber kein Fieber vorhanden war.

Mona nickte ihr zu.

»Stellen Sie aber bitte meinen Zustand nicht als ganz so harmlos hin, da man sonst annehmen könnte, es wäre nicht nötig gewesen, die Feier abzusagen.«

Frau Richter nickte.

»Sie können sich auf mich verlassen, gnädige Frau.«

Mona klang dieses »gnädige Frau« in den Ohren wie ein Misston. Wenn sie doch nicht fortan gezwungen wäre, sich so anreden zu lassen. Viel lieber wäre sie wieder Mona Falkner gewesen, die sich um keinen Herrn Hubert Meining zu kümmern brauchte.

Frau Richter entfernte sich, um ihre nicht ganz leichte Aufgabe zu erledigen. Sie wusste, viele der Geladenen würden durch diese Absage sehr unliebsam berührt sein. Aber Frau Richter fand überall die rechten Worte. Man bedauerte Monas Erkrankung und wünschte gute Besserung, und da Frau Richter stets die Ausrede gebrauchen konnte, noch sehr viele Herrschaften benachrichtigen zu müssen, konnte sie sich überall ziemlich kurz fassen.

Bei Richard Römer musste sie allerdings ziemlich ausführlich berichten. Das tat sie auch gern, ohne eine Ahnung davon zu haben, wie sehr er mit Monas Krankheit im Zusammenhang stand. Ihm gegenüber machte sie auch eine Andeutung, dass Monas Leiden vornehmlich seelischer Natur sei und dass sie voraussichtlich ganz darauf verzichten würde, sich kirchlich trauen zu lassen.

Richard verstand Mona. Er wusste, dass sie sich nun bewusst geworden war, dass man eine solche Ehe nicht kirchlich einsegnen lassen konnte. Und es war ihm, als sei sie durch ihre Krankheit etwas aus der von ihm befürchteten Gefahrenzone gerückt worden.

Er dankte Frau Richter sehr herzlich und bat sie, ihn auf dem Laufenden zu halten über das Befinden seiner kranken Freundin. Er konnte es nicht über sich bringen, sie als Frau Meining zu bezeichnen. Für ihn war und blieb sie Mona Falkner und würde es immer bleiben.

Über die Art ihrer Ehe fühlte er sich einigermaßen beruhigt.

Für Meining jedoch war alles nur eine Geldangelegenheit gewesen und weiter nichts. Gerade deswegen schien es Richard geboten, Mona tunlichst vor Ausbeutungen irgendwelcher Art zu schützen. Da er die Bestimmungen genau kannte, die Monas Vater getroffen hatte, konnte er sich wenigstens sagen, dass Meining sich in gewissen Grenzen halten müsste.

Dass die Vermählten nach einiger Zeit die so genannte Hochzeitsreise antreten würden, nahm er als sicher an. Mona würde froh sein, ein wenig abgelenkt zu werden – und vor allen Dingen nicht an seiner und Glorias Hochzeit teilnehmen zu müssen.

An diese seine Hochzeit dachte Richard allerdings mit recht gemischten Gefühlen, und er wäre froh gewesen, wenn sie gar nicht stattfinden würde.

Frau Richter hatte es am schwersten mit Herrn Meining, den sie in seiner Junggesellenwohnung anrief. Er fand es unglaublich, dass die glänzende Feier, als deren Held er sich fühlte, abgesagt werden sollte. War das Befinden seiner Frau wirklich so schlecht? Das konnte doch morgen schon wieder besser sein. Er wollte Mona unbedingt aufsuchen und ihr zureden, sich zusammenzunehmen. Sie werde morgen schon durchhalten. Aber Frau Richter bemühte sich, gerade ihm gegenüber Monas Zustand als besonders bedenklich hinzustellen.

Noch schwerer fiel es ihm, auf den Antritt der Hochzeitsreise zu verzichten. Es sei doch alles schon bestellt und vorbereitet, und gerade Luftveränderung sei das Beste für Mona. Darauf sagte die alte Dame ruhig und bestimmt:

»Ich muss mich nach den Anordnungen der gnädigen Frau richten. Die Fahrkarten sind bereits abbestellt, und das Gepäck bleibt vorläufig hier. Es wird ja hoffentlich nur einige Tage dauern.«

Dass seine Frau ihn keinesfalls empfangen würde, sagte sie ihm auch. Hubert Meining hätte Frau Richter gar zu gern mit Entlassung gedroht, wenn er nicht gewusst hätte, dass sie ohnedies nur noch bis nach der Heimkehr des Ehepaares von der Hochzeitsreise bleiben würde.

Einen ziemlich schweren Stand hatte Frau Richter auch mit Gloria. Diese jammerte über den Ausfall des Festes, sie habe sich eigens ein elegantes Abendkleid dafür angeschafft, und wie denn das alles gekommen sei, und ob sie Mona nicht sogleich aufsuchen könnte. Aber Frau Richter fand auch hier die rechten Worte, und so war im Verlauf von ein paar Stunden alles erledigt.

Als sie dann wieder zu Mona hinaufkam, fand sie diese, wenn auch immer noch sehr blass und matt, so doch ruhiger. Sie berichtete ihr, was zu berichten war, vor allem das, was zu Hubert Meining, Richard Römer, Gloria, dem Hotel und dem Pfarrer zu sagen war.

Mona seufzte erleichtert auf. Frau Richter sagte ihr noch, dass Herr Meining gefragt habe, ob er nicht seine Wohnung in diesen Tagen im Hause seiner Frau aufschlagen könne, aber sie habe darauf erwidert, dass seine Zimmer noch nicht in Ordnung gebracht seien und erst während der Reise fertig gemacht werden sollten. Mona war damit durchaus einverstanden.

Nun verlangte sie, schlafen zu dürfen. Sie nahm auf Frau Richters Bitten einen leichten Imbiss und bat dann, allein gelassen zu werden.

Das geschah. Nun konnte Mona ungestört an Richard Römer denken. Frau Richter hatte ihr gesagt, wie besorgt und teilnehmend er gewesen war. Er sei überhaupt ein herrlicher Mensch, so zuverlässig und ritterlich. Ach – wem sagte sie das?

Mona ahnte jedoch nicht, dass Frau Richter, als sie die Treppe hinabging, dachte:

Warum wohl meine junge Herrin nicht Herrn Richard Römer zum Mann genommen hat? Den windigen Herrn Meining hätte ich dafür Fräulein Lindner gegönnt, die beiden hätten vortrefflich zusammengepasst.

Und damit bewies Frau Richter wieder einmal, dass sie eine sehr verständige Frau war und gute Menschenkenntnis besaß.

13

Hubert Meining war von Monas Villa zu seiner derzeitigen Wohnung zurückgekehrt und hatte gleich darauf mit Gloria telefoniert. Es war ihm dabei nicht aufgefallen, dass Peter Lindner, der eben an Monas Haus vorübergegangen war, ihn dort hatte herauskommen sehen. Peter kannte Mona schon lange vom Sehen, ohne je ein Wort mit ihr gesprochen zu haben, aber ihre stolze, vornehme Erscheinung hatte ihm stets gefallen. Dass Gloria meist abfällig über sie urteilte, machte keinen Eindruck auf ihn, denn er wusste, dass seine liebe Schwester nicht gern an einer anderen Frau auch nur einen guten Faden ließ. Als ihm nun die Mutter nach dem Verlobungsfest vorschwärmte, ein wie reizendes, liebenswürdiges Mädchen Mona sei, fand er seine eigene, allerdings unmaßgebliche Meinung über sie nur bestätigt. Und wenn er es einrichten konnte, an ihrer Villa vorüberzugehen, tat er es, immer in der Hoffnung, sie zu sehen, was ihm auch einige Male gelang. Heute nun sah er zu seinem größten Erstaunen den Mann, mit dem seine Schwester sich in der Spelunke getroffen hatte, mit dem Direktor der Falkner-Werke aus dem Haus heraustreten.

Peter versteckte sich hinter einem Baum und wartete, bis die beiden Herren den Vorgarten durchschritten hatten. Den Direktor kannte er vom Sehen. Außerdem wusste er, dass Mona Falkner heute standesamtlich getraut werden sollte. War dieser Laffe vielleicht einer der Trauzeugen? Aber nein – der zweite Trauzeuge sollte doch Richard Römer sein. Wo war der denn geblieben?

Peter starrte angestrengt auf die beiden Herren. Es war kein Zweifel: Der Mann, der den Direktor begleitete, war jener verhasste Mensch, mit dem sich Gloria verschiedene Stelldichein gegeben hatte. In letzter Zeit war das wohl kaum noch der Fall gewesen, denn sosehr Peter auch aufgepasst hatte, nie wieder hatte er Gloria auf Abwegen erwischt. Dass diese sich vormittags mit Meining traf, wenn Peter in der Schule war, wusste er ja nicht, auch nicht, dass sie abends einige Male statt ins Kino zu dem von Meining gemieteten Zimmer gegangen war, um sich dort mit ihm zu treffen. Aber ganz war Peter doch nicht überzeugt, dass Gloria ihm nicht irgendein Schnippchen schlug. Sie war immer schnell am Telefon, wenn es läutete, und wenn er neben ihr stehen blieb, sprach sie nur belanglose Worte oder sagte: »Falsch verbunden.«

So hatte Peter nichts mehr feststellen können, was gegen Richards Ehre ging. Aber je gütiger und verständnisvoller Richard ihm gegenüber war, desto mehr fühlte der Junge sein Gewissen beschwert.

Gar zu gern hätte er herausbekommen, wer der »geschniegelte Laffe« eigentlich war. Deshalb hatte er sich schon einige Male in der Gegend herumgetrieben, in der Meining nach jenem wohlgezielten Fußtritt von der Straßenbahn herabgehumpelt war. Aber niemals hatte er ihn wieder gesehen.

Heute nahm er sich fest vor, sich auf seine Fährte zu setzen. Er wollte ihm unbemerkt folgen, um herauszubekommen, wo er wohnte. Denn er traute Gloria sehr wohl zu, dass sie ihn in seiner Wohnung besuchte.

Es stand allerdings ein Auto vor dem Tor, aber in das stieg nur der Direktor, während Meining zu Fuß ging, da es nicht sehr weit bis zu seiner Wohnung war.

Ahnungslos, wer ihm auf der Spur war, begab Meining sich nach Hause, und Peter wusste nun wenigstens, wo dieser Kerl wohnte. Wenn seine Schwester abends wieder einmal ausging, würde er ihr nachschleichen, um zu erfahren, ob sie etwa zu diesem Fatzke ging.

Er prägte sich die Hausnummer ein und wusste nun, dass der »geschniegelte Laffe« in der Marienstraße Nummer elf wohnte.

Wenn er nur auch den Namen hätte in Erfahrung bringen können. Aber den würde er schon noch herausbekommen.

Es fiel ihm auch ein, wie das geschehen könnte. Er fiel in einen gelinden Trab und begab sich zu dem Fabrikgebäude der Firma Römer. Dort suchte er seinen Freund Richard in dessen Büro auf. Dieser war heute nicht fähig, sich auf seine Arbeit zu konzentrieren. Er war bis in sein tiefstes Sein erregt. Mona hieß sein einziger Gedanke. Und er war in großer Unruhe ihretwegen. Rastlos lief er in seinem Büro auf und ab und hoffte immer darauf, angerufen zu werden und etwas von ihr oder über sie zu hören.

In diese qualvolle Stimmung hinein platzte Peter. Er versuchte, sehr munter und vergnügt zu erscheinen, aber Richard hatte heute nicht viel Aufmerksamkeit für ihn, sonst wäre ihm vielleicht etwas an Peter aufgefallen. Erst nach einer Weile schenkte er ihm mehr Interesse, als dieser sagte:

»Wie war's denn heute auf dem Standesamt, Richard? Ich ging eben an der Villa Falkner vorbei, sah aber nur, wie der Direktor der Falkner-Werke und ein anderer Herr aus dem Haus kamen.«

»Ich war schon vorher fortgegangen. Mona Falkner ist auf dem Standesamt leider ohnmächtig geworden; und da sie nicht am Frühstück teilnahm, bin auch ich gegangen.«

»Dann ist wohl nichts aus der Trauung geworden?«

»Doch, doch, es geschah erst nach der Trauung.«

»Das ist ja Pech, an einem solchen Tag ohnmächtig zu werden. Tut mir Leid um Mona Falkner – ach nee – die heißt ja nun anders, nicht wahr?«

»Ja – sie ist jetzt Frau Mona Meining.«

Das kam sehr schwer und rau aus Richards Mund, und Peter lauschte diesem Ton nach.

»Du, ich mag sie gut leiden – hoffentlich hat sie einen patenten Mann bekommen, ich kenne ihn leider noch nicht.«

Richard seufzte.

»Ach, weißt du, Peter, die nettesten Frauen bekommen meist ziemlich unausstehliche Männer – und umgekehrt. Mein Geschmack ist Monas Mann nicht, und als ihr bester, ehrlichster Freund von Kind auf hätte ich ihr einen besseren Mann – einen wertvollen – gewünscht.«

»Also – das ist ihr Mann nicht?«

»Nein!«

Dieses Nein stand scharf und schneidend im Raum. Aber Peter war zu erfüllt von dem Wunsch, etwas über den geschniegelten Laffen zu hören, und achtete nicht so darauf.

»Aber nun sag – wer konnte denn der andere Herr sein, der mit dem Direktor herauskam? Weißt du, das war ein schrecklicher Zierbengel, so einer mit einem kleinen schwarzen Schnurrbärtchen. Er sah aus, als sagte er in einem fort das Wort: Süß! Und angezogen war er wie eine Modepuppe aus dem Schaufenster eines Modegeschäfts.«

Langsam wandte Richard sich zu ihm um:

»Du zeichnest das Bild ziemlich treffend. Ich kann dir sagen, wer dieser Mann gewesen ist; dann wirst du auch verstehen, warum ich Mona einen besseren Mann gewünscht hätte. Es war bestimmt Hubert Meining, Monas jungvermählter Gatte.«

Peter verfärbte sich, wurde sehr blass und zuckte zusammen wie unter einem Schlag.

»Nein!«

Dieses Nein kam gepresst und angstvoll über Peters Lippen.

Richard sah ihn forschend an.

»Was ist dir denn, mein Junge – du siehst ja ganz verstört aus?«

Peter fasste sich mühsam.

»Ach – weißt du –, das hat mich beinahe umgeschmissen: Dieser – dieser Zierbengel – Mona Falkners Mann – das ist doch nicht möglich! Ich bin eigens hinter ihm hergegangen, weil er mir gar so widerlich erschien, ich – ja – ich hätte ihm am liebsten ein Bein gestellt – das kannst du mir glauben.«

Peter konnte seine Aufregung kaum meistern, und Richard dachte wieder einmal, was für eine gute Menschenkenntnis Peter doch besaß. Er legte ihm die Hand auf die Schulter.

»Ja, mein Junge – auch in Bezug auf diesen Mann sind wir einig.«

Peter wirbelten die Gedanken durcheinander. Ganz zerschlagen sagte er, um ganz sicherzugehen:

»Er ging in ein Haus – Marienstraße 11.«

Richard nickte.

»Zufällig weiß ich, dass er dort wohnt.«

Peter hätte am liebsten wieder einmal ganz unmännliche Tränen vergossen. Also, dieser Zierbengel, dieser unausstehliche Kerl, mit dem Gloria heimliche Zusammenkünfte hatte, von dem sie sich umarmen und küssen ließ – das war Mona Falkners damaliger Verlobter und jetziger Mann. Wie konnte das nur sein? Wie schlecht musste seine Schwester sein, wenn sie die Freundin und den eigenen Verlobten mit diesem elenden Wicht betrog? Was musste jetzt, um Gottes willen, geschehen? Was fing er nur an, um diese Last von der Seele zu bekommen? Jetzt erst wurde ihm vollends klar, was für eine Gemeinheit da vorlag. Und dazu sollte er schweigen? Sollte es einfach zulassen, dass hier zwei anständige Menschen so unerhört betrogen wurden? Die arme Mona Falkner auch. Wie war sie zu bedauern, dass sie sich von diesem elenden Fatzke hatte dermaßen betören lassen, dass sie ihn zum Mann nahm!

Richard war auf Peters verstörtes Wesen aufmerksam geworden.

»Was ist mit dir, Peter, bist ja heute so sonderbar?«

Peter raffte sich auf.

»Ach, weißt du – das ist alles nur wegen der Versetzung – aber jetzt muss ich gehen – auf Wiedersehen, Richard!«

Er presste krampfhaft Richards Hand und stürmte davon, als befände er sich auf der Flucht. Er war auch auf der Flucht vor sich selbst – vor seinem eigenen anständigen Empfinden, das ihn drängte, dem Freund alles zu sagen, was gegen ihn und seine verehrte Freundin Mona im Gange war. Nur zu gut fühlte er, dass auch Richard diesen Kerl nicht leiden konnte, dass er Mona für zu schade hielt, dieses Laffen Frau zu sein. Wie hatte Richard doch gesagt? Die nettesten Frauen bekommen meist unausstehliche Männer und umgekehrt. Ja, so war es wohl. Sein ehrenhafter, zuverlässiger und wertvoller Freund Richard sollte ein Geschöpf wie Gloria zur Frau bekommen, ein so verlogenes, schlechtes Geschöpf! Und Mona Falkner – einen anderen Namen vermochte er ihr in Gedanken nicht zu geben –, die musste ihr Herz an einen Unwürdigen verschenken.

Jetzt, als er so allein und verzweifelt dahinstürmte, kamen ihm doch Tränen in die Augen. Wütend wischte er sie mit dem Handrücken fort. Was nun beginnen? All das konnte und durfte er nicht zulassen. Jetzt kam zu der Sorge um Richard auch noch die um Mona Falkner, die er so sehr verehrte.

Am liebsten wäre er nie wieder nach Hause gegangen, weil er dort mit Gloria zusammentraf. Wenn er sie wenigstens rechts und links hätte ohrfeigen können, das leichtsinnige, schlechte Geschöpf.

In unbeschreiblicher Stimmung kam er kurz vor Tisch zu Hause an. Auf dem Korridor traf er mit Gloria zusammen, wo sie anscheinend gerade am Telefon gewesen war. Ihre Augen glänzten; sie schien sehr vergnügt zu sein. Er vermied es, sie zu begrüßen, ging in seine Kammer und blieb dort, bis zu Tisch gerufen wurde.

Heute hatte die Mutter sein Leibgericht – Apfelstrudel – zubereitet. Es blieb ihm aber fast im Halse stecken.

Und bei Tisch erzählte Gloria ganz nebenbei, sie habe sich für heute Abend mit einer Freundin verabredet, ins Theater zu gehen. Die Freundin habe Karten geschenkt bekommen. Nach dem Theater wolle man dann die Eltern der Freundin in einem Café abholen und dort noch ein Stündchen sitzen bleiben. Es könnte also spät werden.

Gloria hatte inzwischen schon den Anruf von Huby bekommen. Dieser hatte ihr in Kürze berichtet, was sich zugetragen hatte. Da er infolge der Ereignisse den ganzen Abend für sie frei habe, wollten sie zusammen »Polterabend« feiern.

Gloria war sehr neugierig, Näheres zu erfahren, konnte aber nicht länger mit ihm sprechen, da sie Peters Schritte auf der Treppe hörte. Sie sagte nur noch, dass sie pünktlich zur Stelle sein würde.

Peter war schon wieder misstrauisch. Die Geschichte mit dem Theater und dem anschließenden Cafébesuch wollte ihm nicht einleuchten. Gleich nach Tisch ging er hinunter in ein Zigarrengeschäft, wo er bat, einmal telefonieren zu dürfen. Da er hier Vaters Bedarf an Tabak und Zigarren einkaufte, also als Kunde gewertet wurde, erlaubte man ihm das gern. Er suchte im Telefonbuch nach dem Namen der Freundin, und als er die Telefonnummer gefunden hatte, rief er sie an. Es meldete sich eine weibliche Stimme, und Peter sagte, ohne seinen Namen zu nennen:

»Meine Schwester lässt fragen, wann das Theater heute Abend beginnt.«

Sehr erstaunt fragte die Stimme:

»Welches Theater?«

»Nun, das Sie heute mit meiner Schwester besuchen wollen.«

Die weibliche Stimme lachte.

»Da sind Sie wohl falsch verbunden? Hier ist Heimann – und ich weiß nichts von einem Theaterbesuch.«

»Ah, dann entschuldigen Sie, ich bin wirklich falsch verbunden, ich meinte Krögel.«

Und er hängte ein. Aber er war richtig verbunden gewesen und wusste nun, dass Gloria den Theaterbesuch als Vorwand benutzt hatte, wahrscheinlich wieder wegen eines

Zusammentreffens mit dem Laffen. Sie sollte ihm diesmal aber nicht entwischen. Er würde ihr nicht, wie bisher, wenn er Verdacht geschöpft hatte, draußen bei der Spelunke auflauern. Anscheinend hatte sie jetzt einen anderen Treffpunkt verabredet. Er würde ihr gleich von daheim aus unbemerkt folgen. Und – wenn sie sich heute wieder mit diesem Kerl traf – dessen jung angetraute Frau wahrscheinlich krank zu Hause lag, wenn sie so schlecht war, den Hochzeitstag der Freundin zu entweihen, dann bei Gott –, dann würde und musste er reden, dann durfte er sie nicht länger schonen, dann musste Richard alles erfahren – alles. Am Nachmittag büffelte er über seinen Aufgaben und wurde zeitig genug fertig. Sein Bruder hatte heute einen Bierabend mit Studienfreunden, war also nicht zu Hause. So konnte er sich hinreichend vorbereiten. Er machte sich so unkenntlich wie möglich und schlich dann aus der Wohnung, ehe Gloria diese verließ. Mochte die Mutter, wenn sie ihn später vermisste, glauben, er sei ausgekniffen, um einen dummen Streich zu machen – das sollte ihn jetzt nicht kümmern. Solange Gloria noch daheim war, sah die Mutter bestimmt nicht nach ihm, da zupfte und bastelte sie doch nur an ihrem Töchterchen herum, damit dieses recht schön im Theater aussehen möge.

Er brauchte nicht lange in einem Hausgang gegenüber zu warten, bis Gloria aus dem Haus kam und schnell nach rechts abbog. Wie ein Spürhund schlich er hinter ihr her. Aber an der Ecke rief sie eine der wenigen Pferdedroschken an, die es in dieser Stadt noch immer gab. Peter war ein flinker, gewandter Bursche; ehe Gloria ihre Verhandlungen mit dem Kutscher beendet hatte, war er schon an der hinteren Seite der Droschke angelangt und hatte sich dort einen ziemlich halsbrecherischen Sitz zurechtgemacht. Als Gloria einstieg, hörte er noch, dass sie sagte:

»Halten Sie an der Ecke der Ludwig- und Pfeilstraße.«

Peter überlegte. Wo war denn diese Ecke? Das musste ziemlich weit weg sein – oder – war das vielleicht da, wo die Neubauten errichtet wurden und wo man neue Straßen anlegte? Ja – da konnte es sein –, das war gottlob nicht sehr weit, denn lange würde er es auf seinem Sitz nicht aushalten. Immerhin – wenn er abspringen musste, würde er wenigstens wissen, wo ungefähr er Gloria zu suchen hatte. Er hielt sich krampfhaft fest. Gerade, als er glaubte, es nicht mehr länger schaffen zu können, hielt der Wagen. Gloria stieg aus und bezahlte den Kutscher.

Es war eine schlecht beleuchtete Gegend, und wirklich bei den neu angelegten Straßen. Peter ließ sich vorsichtig zur Erde gleiten und spitzte um den Wagen herum. Gloria steuerte auf eines der neuen Häuser zu. Es gab hier zum Glück Bäume, die es Peter möglich machten, sich zu verstecken. Und als er sah, dass Gloria ein Haus betrat, war er wie ein Wiesel hinter ihr her. Er öffnete leise die zum Glück unverschlossene Haustür und lauschte hinein. Da hörte er auch schon eine Wohnungsklingel läuten. Die Wohnung, die seine Schwester betreten wollte, musste sich im Erdgeschoss befinden.

Lautlos wurde eine Tür geöffnet und geschlossen. Peter schlich sich in das Haus hinein. Im Erdgeschoss befanden sich drei Wohnungseingänge. Ihm war es, als habe Gloria den, der gleich an der Treppe war, benutzt. Die beiden anderen Wohnungstüren hatten Namensschilder. »Anna Lehmann, Modistin«, stand an der einen. An der anderen »Friedrich Bernsdorf«. Die Tür, die dicht an der Treppe lag, hatte jedoch kein Namensschild.

Man hatte den Eindruck, als läge hinter ihr eine leer stehende Wohnung. Peter legte vorsichtig lauschend das Ohr ans Holz, und da vernahm er ein leises Kichern. Das kannte er – so lachte Gloria. Also hinter dieser Tür war sie. Und allein war sie auch nicht, denn jetzt hörte er eine Männerstimme sagen: »Famos, Gloria!«

Es war nur leise gesprochen, aber Peters scharfe Ohren hatten es doch gehört.

Er wusste nun, dass seine Schwester hinter dieser Tür wieder mit einem Mann zusammentraf, und wenn er diesen Mann auch nicht sehen konnte – es musste dieser elende Meining sein.

Er richtete sich vorsichtig auf, und nun vernahm er Glorias Stimme:

»Huby – gib acht, mein Hut fällt herunter.«

Darauf folgte wieder Lachen von beiden Seiten.

Nun wusste Peter genug – wusste auch, dass Gloria für längere Zeit bleiben würde. Wie ein sorgenvoller Familienvater seufzte er leise vor sich hin und schlich sich aus dem Haus. Draußen blieb er, von den Büschen eines Vorgärtchens gegen das Entdecktwerden gesichert, eine Weile stehen. Da beobachtete er, wie eine schlanke männliche Gestalt an das Fenster trat und den Rollladen herabließ. Peter erkannte das ihm verhasste Gesicht. Kein Zweifel, Gloria war mit dem Mann ihrer Freundin hier zusammen.

Mit brennenden Augen sah er die beiden Fenster an, die jetzt von den Rollläden verdeckt wurden. Einige Ritzen hätten ihm wohl einen Einblick gestattet, und er hätte über den Zaun klettern und an dem Haus auf dem untersten, vorspringenden Absatz Fuß fassen können, um in das Zimmer sehen zu können; allein ihm graute davor – er wusste ja leider so schon genug.

Nun bekam das Jungengesicht einen harten, verbissenen Ausdruck. Eines wurde ihm klar: Jetzt hieße Schweigen mitschuldig sein an dem ungeheuerlichen Betrug, der an Richard und Mona Falkner verübt wurde. Jetzt konnte er nicht länger stillschweigen. Mochte daraus werden, was wollte – Richard musste jetzt alles wissen. Ob er dann Mona Falkner informieren wollte, war dessen Sache. Richard war sein Freund, und wenn Gloria auch zehnmal seine Schwester war – sie durfte ihren Bräutigam nicht länger betrügen und ihm eine so unerhörte Schande antun.

Plötzlich straffte sich Peters Gestalt, und er flog wie gejagt dahin, immer an der Stadtgrenze entlang, bis er die Fabrik Römer erreichte.

Da sah er im oberen Stock Licht. Er wusste, das war die neu ausgebaute Wohnung. Einige Fenster waren hell erleuchtet.

Peter legte die Hände an den Mund und stieß einen Signalpfiff aus, durch den er sich schon des Öfteren mit Richard verständigt hatte. Es dauerte auch nicht lange, da erschien Richards Gestalt am Fenster. Er öffnete es und beugte sich hinaus.

»Richard – ich muss dich sprechen, sofort!«, rief Peter zu ihm hinauf.

»Du bist es Peter!«, klang es zurück. »Ich komme sofort.«

Das Fenster wurde geschlossen. Kurze Zeit darauf wurde die Vorhalle der Fabrik hell, und Richard erschien am Tor. Er öffnete es und sah Peter mit großen, ernsten Augen an.

»Ist etwas geschehen, Peter?«, fragte er, als er das verstörte, abgehetzte Jungengesicht erblickte.

»Ich muss dir etwas sagen, Richard – aber –, ich muss mit dir unter vier Augen sprechen.«

Richard empfand sehr wohl, dass ein Unheil nahte; Peter war nicht umsonst so aufgeregt. Und da Richard seit heute morgen, seit der Szene auf dem Standesamt, an nichts weiter hatte denken können als an Mona, zumal er durch Frau Richter wusste, dass sie krank war und die Feier absagen ließ, so fragte er nur:

»Du bringst mir schlimme Nachricht, Peter – wen betrifft sie?«

»Dich selbst – dich am meisten«, stieß Peter hervor.

Richard führte den vom langen, schnellen Lauf ganz Atemlosen in sein Büro hinauf und drückte ihn in einen der Sessel.

»Verschnauf dich erst einmal, Peter – wenn es vor allem mich betrifft, erfahre ich es zeitig genug. Ich will inzwischen meinem Vater sagen, dass ich Besuch habe, und dann mit dir hier unten bleiben.«

Peter fiel wie kraftlos in den Sessel, und Richard ging hinaus.

Peter atmete immer wieder tief und schwer und fragte sich ein letztes Mal, ob er reden oder schweigen sollte. Aber seine Jungenseele ertrug das Schweigen nicht länger, er fühlte, dass er der Wahrheit die Ehre geben musste, wenn er nicht ein ganz schlechter Mensch sein wollte. Gleichwohl fiel es ihm schwer, seine Schwester anzuklagen, und niemals hatte er so heftig gefühlt, dass er eines Blutes mit ihr war, wie in dieser Stunde. Aber er fühlte: Er durfte dem Freund das, was er wusste, nicht länger verschweigen. Wäre es nur ein einmaliger Fehltritt Glorias gewesen, hätte er es vielleicht über sich gebracht, zu schweigen; aber dieser, an dem edelsten und besten Mann, den er kannte, mehrmals verübte Betrug durfte nicht länger verschwiegen werden. Nein, nein – es ging auf keinen Fall.

Als Richard wieder in das Büro trat, war Peter fest entschlossen, ihm alles zu sagen, mochte danach kommen, was wollte.

Richard setzte sich Peter gegenüber auf einen Sessel.

»Nun, Peter, bist du wieder bei Atem – du bist wohl hier herausgerannt? Nun sag mir, was du loswerden möchtest.«

Peter richtete sich auf, warf wie in schmerzvollem Grimm seine Mütze auf die Erde und würgte die aufsteigenden Tränen hinunter.

»Richard – ich habe dich scheußlich hintergangen in den letzten Wochen. Aber glaube mir, leicht ist es mir nicht geworden. Ich habe mich nie so elend gefühlt. Nicht die Angst vor der Schule war es – etwas ganz anderes hat mich gequält.«

Richard strich begütigend über den blonden Schopf.

»Nur Ruhe, mein Junge – wenn man ein Unrecht einsieht und es korrigiert, ist man schon gerechtfertigt. Also, was hast du mir zu sagen?«

Peter fasste seine beiden Hände und umklammerte sie.

»Ich habe ja nicht meinetwegen geschwiegen, Richard, ich wollte jemanden schonen – und – dir nicht wehtun. In einer ganz scheußlichen Zwickmühle habe ich mich befunden – und – nun kann ich nicht mehr, nun muss alles heraus – sonst verdiene ich, dass du mich verachtest – und das soll nicht sein – selbst nicht um den Preis, Gloria zu schonen.«

Richard zuckte leicht zusammen, aber sein Gesichtsausdruck wurde ruhiger. Was konnte ihm von dieser Seite drohen?

»Hängt es mit Gloria zusammen, Peter?«

»Ja, Richard – wenn ich dir alles sage, wirst du zu handeln wissen –, Gloria kann dann unmöglich deine Frau werden.«

Richard sah mit großen Augen in Peters zuckendes Gesicht.

»Mein Junge – du bist ja ganz verstört. So beruhige dich doch –, mach dir das Gewissen frei, dann wird dir wohler sein. Ich weiß schon lange, dass dich etwas bedrückt – aber ich hatte während der letzten Monate den Kopf selbst mehr als voll. Nur eines will ich dir sagen, um dir deine Beichte zu erleichtern – meine Verlobung mit Gloria war etwas sehr Unüberlegtes – ich bin nur nicht zurückgetreten, weil ein Mann sein Wort nicht brechen soll, wenn es nicht sein muss. Nun sprich weiter.«

Wieder pressten Peter Richards Hände wie im Krampf. Und dann begann er seine Beichte, ohne vorerst den Namen Meining ins Spiel zu bringen. Erst als er zu Ende war, sagte er:

»Und nun sollst du auch noch erfahren, wer der Mann ist, mit dem dich Gloria betrogen hat. Das weiß ich erst seit heute – es ist Hubert Meining, Monas Mann.«

Richard sprang mit einem Satz auf und packte Peter bei den Schultern. Er war leichenblass, und sein Gesicht zuckte vor heftiger Erregung.

»Peter – ist das die Wahrheit?«

Peter begriff zwar nicht, was in Richard vorging, aber er merkte, dass dieser bis in sein tiefstes Wesen aufgerüttelt war. Seinem Blick standhaltend, nickte er ernsthaft wie ein gereifter Mann.

»Ja, Richard, es ist wahr. Komm mit mir und überzeuge dich selbst – sie werden noch beisammen sein.«

Richard fuhr sich über die Augen, als müsste er etwas fortwischen, was ihm den Blick trübte. Dann richtete er sich auf.

»Warte ein paar Minuten, Peter, ich mache mich fertig.«

Peter fing seine Hände wieder ein und sagte rau:

»Nur unter einer Bedingung führe ich dich dahin, Richard.«

»Unter welcher Bedingung?«

»Du musst mir dein Ehrenwort geben, dass du keine Waffe mitnimmst; ich möchte nicht, dass du dich von der Erregung hinreißen lässt, zu schießen – du würdest dann vielleicht gar zum Mörder werden. Gib mir dein Ehrenwort, dass du ohne Waffe mitkommst. Schlag den Hund mit deinen Fäusten nieder – du bist, wie ich weiß, ein guter Boxer; wenn du sein Puppengesicht etwas aufpolierst, ist es gut und richtig. Aber dass du eine Waffe mitnimmst, kann ich nicht verantworten.«

Richard strich Peter gerührt über den Kopf.

»Mein lieber Junge, ich gebe dir mein Ehrenwort. Zu solchen Schuften geht man mit der Hundepeitsche, meine Hände sind mir zu gut, ihn anzufassen. Die Hundepeitsche nehme ich mit.«

»Aber Gloria wirst du doch nicht schlagen. Bedenke, Richard, was ich erst habe in mir niederzwingen müssen, ehe ich sie verraten habe.«

Richard legte den Arm um seine Schulter.

»Beruhige dich, Peter – Gloria soll mit aller Schonung behandelt werden, die man einer Frau selbst in einem solchen Fall schuldet. Wir werden in aller Form unser Verlöbnis lösen – und – offen gesagt, Peter, du hast mir einen großen Gefallen erwiesen dadurch, dass du mir einen triftigen Grund verschafftest, um von dieser Verbindung zurücktreten zu können. Ich hätte sonst die drückende Last dieser Ehe auf mich genommen, um mein Wort nicht zu brechen; denn ich hielt Gloria zwar für oberflächlich und war von ihr enttäuscht, aber das wäre nicht ihre Schuld gewesen. Also nochmals, sei ganz ruhig, die Abrechnung wird für Gloria so schonend wie möglich ausfallen. Und dass du deine Hand im Spiel hattest, soll sie niemals erfahren.«

»Ich werde es ihr selbst sagen«, fuhr Peter auf.

Aber Richard Römer malte sich aus, was Peter von der ganzen Familie Lindner würde auszuhalten haben, und wollte ihn davor bewahren.

»Das wirst du nicht tun! Gib du mir darauf dein Ehrenwort, Peter. Du darfst nicht verraten, dass du davon weißt – ich will es nicht. Du würdest deinen Eltern dadurch sehr wehtun und alles nur noch schlimmer machen, als es so schon ist. Also, dein Ehrenwort, Peter!«

Dieser sah den Freund unsicher an.

»Wäre das nicht feige von mir?«

»Nein, du hast Mut genug bewiesen. Klug und verständig sollst du auch weiterhin sein, mein Junge. Und was auch kommt – wir zwei bleiben Freunde fürs Leben – du hast mir einen großen Dienst erwiesen und – vielleicht deiner Schwester auch; denn dass sie mich nicht liebt, ist doch klar. Sie wäre an meiner Seite nur unglücklich geworden.«

Da reichte Peter ihm ein wenig beruhigter die Hand.

»Ich gebe dir also mein Ehrenwort, Richard.«

Dieser drückte ihm die Hand.

Dann sagte er rasch:

»Also, ich mache mich schnell fertig, warte hier. Dann führst du mich zu dem Haus – und dann verschwindest du und gehst heim. Brauchst dich um nichts weiter zu kümmern.«

Peter sank ziemlich abgekämpft in den Sessel zurück, und Richard sprang hinauf zu seinem Vater, der noch vor der unterbrochenen Schachpartie saß.

»Vater, ich muss noch einmal weg – bitte, frag mich nicht und warte nicht auf mich.«

Der alte Herr sah ihn besorgt an, er hatte Richard heute nur zu gut angemerkt, dass er sehr erregt und unruhig war.

»Ich frage nicht, mein Sohn. Nur sag mir, ob ich mich um dich sorgen muss.«

»Nein, Vater, das brauchst du nicht. Eines will ich zu deiner Beruhigung sagen: Wenn ich wieder heimkomme, bin ich ein freier Mann – Gloria Lindner sorgt selbst dafür.«

Mit einem tiefen Atemzug richtete der alte Herr sich auf.

»Dann Gott mit dir, mein Sohn.«

Schnell machte Richard sich fertig und stand einige Minuten später vor Peter.

Der erhob sich. Schweigend gingen sie durch die Halle und zur Garage hinüber, aus der Richard den Wagen holte. Peter setzte sich zu ihm, diesmal nicht mit glücklichem Jungenstolz, sondern voll heimlicher Unruhe. Dass Richard die Angelegenheit taktvoll behandelte, sah er mit Befriedigung. Es tat ihm aber leid, dass er nicht selbst über Meining Gericht halten konnte. Denn es wäre ihm eine Genugtuung gewesen, wenn er ihn tüchtig hätte verprügeln können.

Bald hatten sie die Straße erreicht, und Richard parkte

ein paar hundert Meter von der Stelle entfernt, an der der Wagen gehalten hatte, der Gloria herausgebracht hatte.

Beide stiegen aus. Richard schloss seinen Wagen ab und folgte Peter. In dem bewussten Zimmer war es noch hell, man sah das Licht durch die Ritzen der Rollläden schimmern. Peter zeigte auf die beiden Fenster, und Richard nickte ihm zu.

»Jetzt mach, dass du nach Hause kommst, Peter – und halte Wort. Du weißt von nichts – von überhaupt nichts. Lauf, mein Junge, komm morgen nach der Schule zu mir!«

So flüsterte Richard Peter zu; dieser drückte ihm krampfhaft die Hand und lief davon. Langsam und zögernd erst, dann immer schneller.

14

Richard blieb im Schatten der Bäume stehen und sah zu den beiden Fenstern hinüber. Er wusste, dass er sich erst zur Ruhe zwingen und überlegen musste, was jetzt zu geschehen habe. Er wollte alles vermeiden, was einen Skandal hervorrufen konnte, nicht nur Glorias, sondern vor allem Monas wegen. Sie durfte jetzt durch nichts und niemanden beunruhigt werden. Solange sie krank war, musste man alles von ihr fernhalten. Es würde sie ja gottlob nicht hart treffen, dass Meining ihr untreu war; und wenn sie, wie sie sagte, mit ihm vereinbart hatte, dass sie eine Ehe überhaupt nicht führen, sondern nur vor der Öffentlichkeit den Anschein einer solchen erwecken wollte, war seine Schuld Mona gegenüber geringer als gegen Gloria. Wäre Meining ein Ehrenmann gewesen, hätte er nicht Mona mit ihrer Freundin betrogen. Aber dass er kein Ehrenmann im strengen Sinn des Wortes war, wusste Richard längst. Er hatte Monas unglückliche Stimmung nach seiner Verlobung mit Gloria schlau genutzt und sich Monas unüberlegtes Jawort erlistet. Denn dass ihm an Monas Geld viel mehr gelegen war als an ihr selbst, erschien ihm klar, da er sie sogar an ihrem Trauungstag betrog. Es würde also Mona nicht ins Herz treffen, dass Meining sie mit einer anderen betrog, darauf hatte sie gefasst sein müssen. Aber dass es mit ihrer Freundin geschah und ausgerechnet an dem heutigen Tag, war eine große Gemeinheit. Solange aber Mona krank oder leidend war, wollte er verhindern, dass sie erfuhr, was heute hier und früher schon anderwärts geschehen war. Von ihm selbst sollte sie es später erfahren, und sicher war, dass er sie nicht mit Meining abreisen ließ. Auf keinen Fall würde er das jetzt noch zulassen.

Also vorläufig hatte er mit diesem Herrn Meining nichts zu tun als in eigener Angelegenheit mit ihm abzurechnen.

Im Grunde fühlte er sich wie erlöst, dass er einen stichhaltigen Grund hatte, um mit Gloria zu brechen.

Niemand konnte ihm zumuten, jetzt noch die Ehe mit ihr einzugehen. Aber er war immerhin noch ihr Verlobter und dadurch berechtigt, sie zu schützen und ihren Verführer zu strafen, so, wie er es verdiente.

Wie sich Mona später Meining gegenüber verhalten würde, musste er ihr überlassen.

Weiter wollte er aber jetzt nicht denken. Er war sich im Klaren darüber, was zu geschehen hatte. Langsam und ruhig schritt er auf das Haus zu. Er betrat es, schaltete die Treppenbeleuchtung ein und suchte das Erdgeschoss auf. An der Tür ohne Schild machte er halt. Er blieb eine Weile stehen und überlegte, ob er Einlass fordern oder warten sollte, bis die beiden herauskamen. Das konnte aber sehr lange dauern, und inzwischen würden wohl andere Leute das Treppenhaus benützen und ihn sehen.

Als er sich gerade entschließen wollte, zu klopfen, hörte er drinnen eine Männer- und eine Frauenstimme. Er erkannte beide sofort. Es war ihm jetzt klar, dass diese Tür geradeswegs in ein Zimmer führte und nicht erst in einen Flur. Dieses alleinliegende Zimmer war also sehr gut für besondere Zwecke geeignet.

»Hubylein, jetzt wird es bald Zeit, nach Hause zu gehen«,

sagte Gloria. Es war deutlich zu verstehen. Und ebenso gut verständlich klang Meinings Stimme:

»Süßer Schatz, du hast noch Zeit. Bedenke doch, wir feiern unseren Polterabend. Das wollen wir doch ausgiebig tun.«

In Richard stieg der Zorn hoch. Er pochte kurz und energisch an die Tür. Drinnen blieb es eine Weile still, die beiden waren anscheinend nicht wenig erschrocken. Dann hörte Richard ein aufgeregtes Flüstern, und kurze Zeit darauf fragte Meinings Stimme anscheinend sehr ungehalten:

»Wer ist da?«

»Öffnen Sie!« Hart und laut klang es zurück.

Wiederum Totenstille; dann erneut aufgeregtes Flüstern. Richard klopfte nochmals und sagte:

»Wenn Sie nicht sofort aufmachen, kommt die Polizei.«

Ein leichter Schrei, abermals aufgeregtes Flüstern und das Rascheln von Frauenkleidern.

Das Paar war sich anscheinend darüber einig geworden, dass es seine Lage nur verschlechtern würde, leistete es der Aufforderung nicht Folge.

Nach einigem Zögern öffnete Meining einen Spaltbreit die Tür, erkannte Richard und wollte sofort wieder zumachen. Aber dieser hatte schon einen Fuß dazwischen und riss die Tür weit auf.

Nun standen die beiden Männer einander gegenüber.

Gloria hatte sich, kaum dass sie Richards ansichtig geworden, hinter den Tisch geduckt.

»Was wollen Sie?«, fragte Meining, sich zu einiger Festigkeit zwingend.

Da hob Richard die Peitsche und schlug sie ihm zweimal mitten ins Gesicht.

»Das wollte ich!«, sagte er kurz und hart.

Gloria jammerte leise vor sich hin. Meining aber wollte sich auf Richard stürzen. Dieser versetzte ihm jedoch, ohne den Handschuh auszuziehen, einen kräftigen Boxhieb unter das Kinn, sodass er zurücktaumelte und in die Knie sank.

Meining war für einige Zeit bewusstlos.

Richard wandte ich nun an Gloria.

»Schnell, mach dich fertig und verschwinde von hier – ich wünsche nicht, dass dein Name in einen Skandal verwickelt wird. Dass ich dich hier gefunden habe, gibt mir hinreichend Grund, unsere Verlobung zu lösen. Das werde ich jedoch mit deinem Vater ausmachen. Dass du mich schon eine Zeit lang betrogen hast, schon solange wir verlobt sind, ist mir bekannt. Wir sind fertig miteinander. Aber deiner Angehörigen wegen will ich jeden Skandal vermeiden. Schnell, schnell – wenn dieser Halunke zu sich kommt, habe ich weiter mit ihm zu verhandeln. Dabei kann ich dich nicht brauchen.«

Sie hatte sich mit fliegender Hast zurechtgemacht, wagte nicht zu widersprechen und weinte jämmerlich.

»Tu ihm nichts mehr – ich – ja – ich liebe ihn – verzeih mir, aber bringe ihn bitte nicht um!«

Richard zuckte nur mit den Achseln.

»Schade wäre es nicht um ihn! Aber sei unbesorgt, ich habe ihm nur noch einiges zu sagen.«

Sie war fertig zum Gehen, hatte nur ihre Handtasche liegen lassen. Er reichte sie ihr mit einem steinernen Gesicht.

»Nichts von dir darf hier gefunden werden. Scher dich fort!«

Sie schlich davon, verwirrt, halb gelähmt vor Entsetzen und Angst. Was sollte jetzt aus ihr werden?

Als sie hinausgegangen war, schloss Richard die Tür hinter ihr ab und trat an den Tisch heran, auf dem die Reste eines sehr guten Abendessens und mit Sekt noch halb gefüllte Gläser standen. Ein Grauen schüttelte ihn. Wie nun, wenn er Gloria noch so geliebt hätte, wie er es sich einst eingebildet hatte?!

Ruhig und erbarmungslos sah er auf Meining herab. Er kannte die Wirkung seiner Hiebe und wusste, dass Meining in wenigen Minuten wieder zu sich kommen würde, etwas benommen zwar, aber ohne dauernden Schaden genommen zu haben. Wie leer und hässlich dieses Gesicht jetzt aussah. Wie eine Wachspuppe, von deren Wangen man die Farbe abgewaschen hatte.

Jetzt regte Meining sich und starrte zu Richard hoch. Er wollte aufspringen, aber Richard sagte:

»Es wird noch nicht gehen, warten Sie ruhig noch einige Minuten, dann werden Sie so weit sein, dass Sie meinen Worten wieder Aufmerksamkeit schenken können.«

Aber Meining brachte sich wenigstens, wenn auch mit großer Anstrengung, in eine sitzende Stellung und sagte wütend:

»Darf ich endlich wissen, weshalb Sie hier sind und mich wie ein Wegelagerer überfallen haben?«

In Richards Gesicht zuckte kein Muskel.

»Sie sind sehr glimpflich dafür bestraft worden, dass Sie meine gewesene Braut in eine Lage gebracht haben wie die, in der ich Sie beide fand. Wie Ihre Frau Mona Meining sich nach den Geschehnissen zu Ihnen stellen wird, ist deren Sache. Sobald sie genesen ist, wird sie alles erfahren.«

Meining hatte sich inzwischen erheben können. Als jetzt das Licht der Lampe auf sein Gesicht fiel, erkannte man deutlich zwei rote Streifen.

»Wie ich mich mit meiner Frau auseinandersetze, geht Sie nichts an«, stieß er hervor. »Sie müssen wissen, dass wir unsere Ehe unter ganz bestimmten Voraussetzungen geschlossen haben. Meine Frau gewährt mir volle Freiheit, mich in jeder Beziehung auszuleben – aus einem besonderen Grund.«

Richard richtete sich straff auf.

»Ich habe keinerlei Verlangen, diesen Grund kennenzulernen, aber ich verlange von Ihnen, dass Sie Ihre Frau, die meine langjährige Freundin ist und immer unter meinem ritterlichen Schutz gestanden hat, solange sie krank oder leidend ist, nicht mit etwaigen Geständnissen über diese Dinge behelligen. Da Fräulein Lindner ihre Freundin war und bei ihr im Hause verkehrte, würde sie das, auch wenn sie sich Ihretwegen nicht aufregen würde, schwer bedrücken. Das muss jetzt unter allen Umständen vermieden werden. Wenn es ihr wieder gut geht, dann soll und wird sie alles von mir erfahren. Selbstverständlich so schonend wie möglich. Diese Bedingung stelle ich.«

Meining überlegte eine Weile und sagte sich, es sei vielleicht ganz klug, diese Bedingung anzunehmen. Immerhin konnte er froh sein, dass es nicht noch schlimmer gekommen war, und im Übrigen – was konnte ihm schon geschehen? Er würde Mona sagen, dass ihre Kälte und Unnahbarkeit ihn dazu getrieben hätten, sich eine Geliebte zu nehmen. Sie habe ihm ja deutlich genug gesagt, er könne tun und lassen, was er wolle, und das war eben geschehen. Nicht mehr! Und vor allem, sie war seine Frau, und er hatte die Möglichkeit, an ihr Vermögen heranzukommen. Da war es ganz gut, wenn er einige Tage ungestört seine Maßnahmen treffen konnte. Irgendwie musste er sich jetzt Geld, und zwar viel

Geld, verschaffen. Wenn Mona doch so schwer erkrankte, dass sie – nun ja – das Zeitliche segnen würde, so wäre das die beste Lösung aller Wirren. Dann war er ihr alleiniger Erbe, denn das hatte er einmal schlau aus ihr herausgefragt.

Ob man nicht ein wenig nachhelfen konnte?

Ein bösartiges Glitzern erschien nun in seinen Augen – Richard sah es und war auf der Hut, weil er glaubte, Meining würde sich auf ihn stürzen. Aber durch dessen Kopf schossen ganz andere Gedanken. Er gedachte eines winzigen Päckchens, das in seinem Besitz war. Das hatte ihm einmal ein alter dem Trunk ergebener Apotheker für eine schöne runde Summe verkauft. Er hatte, als er es erwarb, bei sich gedacht, dass man dergleichen vielleicht einmal würde gebrauchen können. Es war ihm auch eine genaue Anweisung beigefügt, wie es anzuwenden war, um jede Spur zu verwischen. Jeden Tag ein Pillchen – nach dem fünften Tag täglich zwei und nach dem zehnten drei. Dann war nichts weiter zu tun. Und dann war auch jede Entdeckung ausgeschlossen. Also bedurfte es im Ganzen zehn Tage – um Witwer zu werden.«

Er schrak auf und blickte sich um, als fürchtete er, laut gedacht zu haben. Aber Richard sah ihn nur fragend an.

»Sind Sie einverstanden?«, fragte er scharf.

»Meinetwegen! Ich werde so lange schweigen, bis Sie es selbst sagen. Aber nun lassen Sie mich allein – mir scheint, Sie haben mich schlimm zugerichtet.«

»Bei Weitem nicht schlimm genug«, sagte Richard, nahm seinen Hut, sah sich noch einmal im Zimmer um, das nur zu deutliche Spuren aufwies von dem, was sich in den letzten Stunden hier zugetragen hatte, und entfernte sich. Meining sah ihm hasserfüllt nach.

Warte nur, mein Lieber – deine Braut habe ich dir gründlich ausgespannt, und außerdem sollst du die längste Zeit der Jugendfreund von Mona Meining gewesen sein. Mona Meining! Gut, dass sie so heißt, gut, dass wir wenigstens so weit sind!

So dachte er, schüttete aus einem Krug kaltes Wasser über seinen schmerzenden Kopf und kühlte die von der Peitsche herrührenden Striemen.

15

Peter hatte sich unbemerkt in sein Zimmer schleichen können. Dort fand er einen Zettel seines Vaters:

»Morgen früh gibt es was, Peter, weil du ausgekniffen bist.«

Peter zerknüllte den Zettel. Mochte der Vater ihm ruhig eine Standpauke halten oder ihn gar ohrfeigen – das musste ertragen werden. Es würde ihn weniger treffen als das, was heute geschehen war. Er setzte sich hinter seine Bücher. Schlafen konnte er ja doch nicht. Er wollte warten, bis Gloria zu Hause war. Als er diese kommen hörte, atmete er auf. Sie war jetzt wenigstens in Sicherheit – und lebte. Er hatte allerlei Ängste um sie ausgestanden, wenn er auch Richards Worten vertraute. Man konnte ja nie wissen, wie alles ablief; und grässlich verliebt musste sie in diesen Kerl ja doch sein, dass sie sich zu alldem hatte verleiten lassen.

Viel war nicht aus Peters Arbeit geworden. Er packte seine Bücher wieder zusammen. Gleich darauf kam sein Bruder heim.

»Wie, Peter, noch nicht zu Bett?«

»Ich habe noch gearbeitet, weil ich vorher eine Stunde draußen war. Der Kopf war mir so voll.«

»Kann ich mir denken. Na, bald hast du es ja überstanden. Wirst schon versetzt werden, hast ja fleißig gebüffelt. Nun mach aber, dass du zur Ruhe kommst – sonst bist du morgen zu nichts zu gebrauchen.«

Die Brüder gingen nun beide zu Bett und waren bald eingeschlafen.

Am nächsten Morgen beim Frühstück war alles wie sonst, als sei nichts geschehen, nur Gloria war sehr blass und sehr still, und Peter zerkrümelte ohne Appetit sein Brötchen und sah verstohlen zur Schwester hinüber. Sie beachtete ihn aber gar nicht, und so kam er zu dem Schluss, dass sie wohl von seiner Beteiligung an ihrer Entlarvung nichts gemerkt hatte. Gern hätte er alles gebeichtet und auch jede Strafe auf sich genommen – aber Richard hatte sein Ehrenwort, dass er über alles schweigen würde. Vor dem Frühstück hatte der Vater Peter bei den Ohren genommen und ihn gefragt:

»Wo hast du denn gestern Abend gesteckt?«

»Ich hatte sehr starkes Kopfweh, Vater, und bin draußen herumgelaufen. Meine Arbeit habe ich nachgeholt, als ich wieder heimkam.«

Da der Vater gehört hatte, dass Peter nicht allzu sehr überzogen hatte und er auf die Frage, ob er sich etwa in einer Kneipe herumgetrieben habe, geantwortet hatte, »nein, Vater, mein Wort darauf, ich war in keiner Kneipe, ich habe meinen Kopf derzeit viel zu voll«, da ließ der Vater es damit bewenden und verlangte nur, dass Peter, ehe er wieder die elterliche Wohnung verließe, um Erlaubnis fragen sollte.

Peter meinte achselzuckend:

»Mutter war mit Glorias Theaterkleidern beschäftigt, da hatte ich nicht stören wollen.«

So war alles glimpflich für Peter abgelaufen, viel zu glimpflich nach seiner Meinung, der sich gern durch eine härtere Strafe hätte läutern mögen.

Während des Frühstücks läutete das Telefon. Gloria zuckte zusammen und wollte an den Apparat, aber der Vater war ihr zuvorgekommen. Als er nach einer Weile wieder hereinkam, sagte er verwundert:

»Es war Richard! Er fragte, wann er mich in einer wichtigen Angelegenheit sprechen könne. Was mag er nur wollen? Ich habe ihm gesagt, ich würde erst nach ein Uhr zu Hause sein; sollte es aber dringend sein, möchte er mich im Amt aufsuchen. Da sind wir ja ungestört. Er hat dann gesagt, dass er ins Amt kommen wollte. Muss also was Dringendes und Eiliges sein.«

»Vielleicht betrifft es die abgesagte Hochzeitsfeier von Mona Falkner, nein – sie heißt ja schon Mona Meining«, vermutete die Mutter.

Vater Lindner zuckte die Achseln.

»Schon möglich. Aber bei euch dreht sich heute ja alles um die abgesagte Hochzeitsfeier.«

»Na, es ist doch auch sehr ärgerlich, dass die Braut krank geworden ist. Es muss wohl etwas sehr Ernstes sein, denn eine Hochzeitsfeier, zu der so viele Vorbereitungen nötig waren, sagt man nicht ohne besonderen Grund ab. Ich bin nur ärgerlich, dass ich mir zu diesem Fest das neue Kleid habe machen lassen. Und deinen Frack mussten wir auch aufbügeln lassen.«

»Na, lass nur, Mutter, all das wird bei der Hochzeit unserer Tochter zu Ehren kommen.«

Peter sah, dass Gloria bei diesen Worten erblasste, und das Mitleid mit ihr war heute größer bei ihm als der Groll. Aber doppelt so groß war die Wut auf Hubert Meining.

Wie gewöhnlich ging der Vater in das Amt, obwohl er sich für heute Urlaub genommen hatte. Aber er war so pflichteifrig, dass er ohne Grund nicht aus dem Amt fortblieb.

Peter musste in die Schule und beeilte sich, fortzukommen, und Franz ging in sein Kolleg. So blieben Mutter und Tochter, wie meistens, allein zu Hause. Sie saßen noch, wie sonst auch, eine Weile am Frühstückstisch, und Frau Lindner sprach über das Mittagessen.

Da Gloria still blieb, sah die Mutter sie fragend an.

»Du siehst heute sehr müde und elend aus, Gloria. Bist doch gar nicht so spät heimgekommen. Ist dir nicht gut?«

Da barg Gloria das Gesicht in den Händen, kniete vor der Mutter nieder und weinte bitterlich.

Frau Lindner erschrak.

»Aber, Gloria – was sind denn das für dumme Sachen? Knien soll man nur vor Gott. Was hast du denn?«

»Ach Mutter, ich bin sehr unglücklich!«

»Dummes Zeug, wenn man einen so netten, vornehmen Mann heiraten kann, gesund ist und keine Sorgen hat – dann ist man doch nicht unglücklich. Was ist denn mit einem Mal in dich gefahren? Bist wohl traurig, weil heute keine Hochzeitsfeier stattfindet?«

Gloria sah nicht auf, schüttelte nur heftig den Kopf.

»Wenn es nur das wäre, Mutter! Aber – es ist viel schlimmer: Ich liebe einen anderen und habe Richard nur mein Wort gegeben, weil er reich ist und der andere arm. Und nun weiß Richard das – das von dem anderen –, und er wird Vater heute Vormittag alles sagen und von der Verlobung zurücktreten.«

»Um Gottes willen, Gloria – knapp eine Woche vor der Hochzeit. Du bist wohl nicht ganz bei Sinnen und weißt nicht, was du sagst?!«

»Es ist alles wahr, Mutter. Ich muss dir der Reihe nach erzählen, wie es kam. Du musst mir dann helfen – wie immer, gute Mutter; wenn Vater heimkommt, muss ich mich auf Schreckliches gefasst machen.«

Frau Lindner zitterten die Hände.

»Also rede dir alles vom Herzen, Gloria, vielleicht ist es gar nicht so schlimm, wie du denkst – schnell, sag mir alles.«

Und Gloria legte eine umfassende Beichte ab: dass sie Huby schon lange gekannt und geliebt habe, dass er aber, ebenso arm wie sie, nicht daran habe denken können, sie zu seiner Frau zu machen, und wie sie beide beschlossen hätten, sich reich zu verheiraten und dann irgendwie zu Geld zu kommen, um später miteinander auf und davon zu gehen. Und wie dann alles so gekommen sei, dass sie sich mit Richard verlobt hatte und Huby mit Mona, und dass sie sich immer heimlich getroffen hätten, um in ihrer Liebe Trost zu suchen. Zuletzt schilderte sie Richards Auftauchen in dem gemieteten Zimmer, er müsse sie wohl längere Zeit beobachtet haben. Auch Peter habe sie beinahe einmal erwischt. Aber das sei noch gut gegangen. Und wie dann Richard Huby niedergeschlagen habe und wie sie habe fortgehen müssen. Sie wisse nicht, was noch zwischen den beiden geschehen sei, und sie vergehe beinahe vor Angst.

Die arme Mutter musste erfahren, was so viele Mütter in solchen Fällen erfahren müssen: »Deine Seele wird ein Schwert durchdringen.«

Sie war auf ihre Art eine gute Mutter und auf ihre schöne Tochter immer sehr stolz gewesen. Diesen Stolz musste sie nun bitter büßen. War sie auch kein tiefgründiger Mensch, so konnte sie dennoch schmerzlich leiden.

Leider fand sie nicht den rechten Trost für Gloria, weinte und jammerte hauptsächlich nur um die verloren gegangene gute Partie. Denn was sollte Gloria der Mann von Mona

Falkner nützen? Das war ja verrückt, dass sie beide annahmen, sie könnten in ihren Ehen ein Vermögen auf die Seite schaffen, mit dem sie dann ins Ausland fliehen würden. Ob Gloria nicht einsehe, dass dies ein Verbrechen war? Ob sie sich nun nicht die Augen aus dem Kopf schämen müsse, wenn Richard die Verlobung auflöste? Und das tat er bestimmt. Ein Ehrenmann wie er führte keine Frau zum Altar, die ihn vorher betrogen hatte. Was sollte bloß werden?

Bei diesem Jammer der Mutter wurde Gloria vollends übel zumute. Es wurde wieder einmal die ehrbare, spießbürgerliche Tochter einer anständigen Familie in ihr wach, und heimlich sündigen war selbstverständlich etwas anderes als an dem Pranger zu stehen.

Ja, was sollte nun werden? Ob die Mutter vielleicht erlauben würde, dass sie sich wenigstens mit Huby telefonisch verständigte über das, was gestern Abend noch geschehen war, und über ihre Zukunft?

In ihrer Angst ließ die Mutter das zu, wollte aber mit anhören, was Gloria mit Meining sprach. Das Dienstmädchen wurde mit einem Auftrag zum Einkaufen fortgeschickt, und nun waren Mutter und Tochter allein in der Wohnung. Gloria rief Huby an. Er meldete sich auch, und als er Glorias Stimme hörte und diese gleich weinte, sagte er ziemlich ruhig und überlegen:

»Heul doch nicht, davon wird nichts besser. Und verlass dich auf mich, ich werde schon irgendwie Klarheit schaffen. Jedenfalls hat Römer mir Zeit gelassen: Mona soll erst gesund werden, ehe er ihr alles sagen wird. Inzwischen werde ich mir auf alle Fälle Geld beschaffen, ich habe schon einen Brief an Mona geschrieben, denn ich kann mich heute nicht vor ihr sehen lassen. Ich habe ihr mitgeteilt, was nötig ist, um Geld in die Finger zu bekommen; denn du weißt, ich bin ziemlich abgebrannt. Morgen gehe ich dann mit Monas Einwilligung, die ich sicherlich erhalte, zum Direktor der Werke und werde mir den Burschen kaufen. Er war zu mir gestern, wie ich dir schon sagte, mehr als pampig und zugeknöpft. Das wird sich ändern, wenn ich als Vertreter meiner Frau komme, denn das ist ja Mona gesetzlich auf alle Fälle, wenn auch keine kirchliche Trauung stattfindet. Also nur Kopf hoch, Gloria – auch wenn deine Verlobung auseinandergeht. Umso besser – dann bist du frei. Lass mich nur alles in Ruhe überlegen – wahrscheinlich kann ich dir genügend Geld geben, um irgendwo auf dem Land zurückgezogen leben zu können – bis wir abhauen.«

»Ach Huby – du wirst mich doch nicht verlassen?«

»Hab ich nicht im Sinn, heule nur nicht mehr. Wir verwirklichen unsere Pläne schon noch. Kannst mich heute den ganzen Tag anrufen, ich bleibe zu Hause, Römer hat mich schön zugerichtet – mit seiner Hundepeitsche. Dafür gönne ich ihm, dass er dich hergeben muss. Sei ruhig – es wird schon alles gut werden, hab nur keine Angst. Und wenn deine Leute dir keine Ruhe lassen – dann haust du eben ab – aufs Land, wo ich dich ungehindert besuchen kann, sooft ich will. Denn ein Auto ist das Erste, was ich mir anschaffe – verstehst du? Das werden wir brauchen. Aber jetzt muss ich meinen Brief zu Ende schreiben – kannst später wieder anrufen.«

Damit war das Gespräch beendet, und Gloria musste es der Mutter wiederholen. Sie tat das auch ohne Vorbehalt, denn sie glaubte, der alten Dame werde alles recht sein, wenn sie nur keine Sorge mehr um sie haben musste. Und sie flehte sie an, ihr zu gestatten, sich aufs Land zurückziehen zu dürfen, falls Huby ihr das Geld dazu verschaffen könnte. Es sei doch das Beste, wenn sie allem Gerede ausweichen könnte.

Frau Lindner hatte, was das Gefühl für Ehre anbetrifft, kein besonderes Feingefühl. Sie sagte sich auch, dass an ihrer Tochter nicht mehr viel zu verderben war. Dabei darf man aber nicht glauben, dass sie Gloria die Sache leicht gemacht hätte. Diese bekam viele Vorwürfe und Klagen zu hören, aber sie ertrug das mit ziemlicher Fassung, denn sie kannte ihre Mutter gut genug, um zu wissen, dass diese, blieb nur der Schein gewahrt, trotz alles Geschehenen mit ihr durch dick und dünn gehen würde. Beide Frauen waren der festen Überzeugung, dass Richard über alles Vorgefallene schweigen und dass auch Mona Falkner keinen Skandal heraufbeschwören würde. Zudem musste Hubert im eigenen Interesse vorsichtig sein. So durfte man hoffen, dass von dem Geschehenen nicht viel mehr an die Öffentlichkeit dringen würde als die Kunde von der aufgelösten Verlobung. Dafür aber konnte man allerlei harmlose Gründe angeben. Es waren schließlich schon viele Verlobungen in die Brüche gegangen.

So verging für die beiden Frauen der Vormittag mit Anklagen, Verteidigungen, Jammern und Hoffen.

Inzwischen war Richard im Amtszimmer von Herrn Lindner erschienen. Dieser bat ihn nach der Begrüßung, Platz zu nehmen, und fragte etwas gespannt:

»Was hast du mir Wichtiges zu sagen, Richard? Hoffentlich nichts Unangenehmes?«

Mit großen, ernsten Augen sah Richard den alten Herrn an, sodass diesem etwas flau zumute wurde.

»Leider ist es nichts Angenehmes, was ich dir berichten muss, aber ich will dich nicht lange hinhalten und auf die Folter spannen, wir sind ja Männer und müssen damit fertig werden. Also – kurz und bündig, ich bin gezwungen, meine Verlobung mit Gloria zu lösen!«

Lindner fuhr erschrocken zurück.

»Das ist doch nicht dein Ernst – es ist nur noch gut eine Woche bis zu eurer Hochzeit.«

»Die kann leider nicht mehr stattfinden – es hat sich etwas zwischen Gloria und mich geschoben, was mir eine Vermählung mit ihr unmöglich macht.«

»Aber – um Gottes willen – was denn?«

Richard zögerte.

»Ich will dir nur das eine sagen – Gloria liebt einen anderen und ist mit ihm vertrauter, als wir es je gewesen sind. Ich habe die Konsequenzen daraus gezogen und trete von dieser Verbindung zurück. Bitte, sei überzeugt, dass ich als Ehrenmann nicht anders handeln kann.«

Der alte Herr war wie gebrochen in seinen Sessel gesunken.

»Mir bleibt aber auch nichts erspart! Ist das wirklich dein Ernst, Richard?«

»Es muss mein Ernst sein!«

»Aber dann erkläre mir doch alles.«

»Bitte lass dir das von deiner Tochter erklären, die Hauptsache weißt du nun, alles Übrige mag Gloria dir berichten, wie sie es für gut befindet. Bitte sag ihr auch, dass ich nicht bekannt geben werde, dass ich die Verlobung löse; wir werden erklären, dass wir beide von der Verlobung zurücktreten. Dann werden die Leute meinen, dass sich Unstimmigkeiten zwischen unseren Charakteren herausgestellt haben und wir vernünftig genug sind, unter diesen Umständen von einer Heirat abzusehen. Das ist alles, was ich tun kann, um euch das Ganze zu erleichtern.«

Mit beiden Händen fuhr der alte Herr sich in sein dünnes graues Haar und sagte verzweifelt:

»Was werde ich alles hören müssen? So etwas muss man mit seinen Kindern erleben!«

»Bitte – beruhige dich! Ich will dich heute noch mit ›du‹ anreden, bis wir uns trennen, denn es wäre Unsinn, das schon während unserer jetzigen Unterredung abzustellen. Wir müssen durch! Glaube nicht, dass es mir leicht fällt, zu tun, was ich tun muss. Aber schließlich ist eine aufgelöste Verlobung nichts Außergewöhnliches, und eine rechtzeitige Trennung ist immer noch besser als eine unglückliche Ehe.«

Der alte Herr seufzte.

»Das Unglückskind! Konnte sie einen besseren Mann finden als dich?«

»Darüber kann man nichts sagen – handelt es sich um die Liebe, will eben das eigene Ich sprechen, und man soll nicht verurteilen, wenn es nicht unbedingt sein muss.«

Bei diesen Worten dachte Richard daran, dass auch er eine andere Frau viel lieber sein Eigen genannt hätte als Gloria, wiewohl er sich niemals von dieser gelöst haben würde.

Jedenfalls wollte er nachsichtig sein bis zum Äußersten. Richard erhob sich.

»Ich habe nun alles gesagt, was ich in dieser Sache zu sagen habe, und will dich jetzt allein lassen. Wir werden vielleicht nie mehr zusammentreffen, deshalb bitte ich dich um eines: Gestatte, dass Peter auf jeden Fall mit mir in Verbindung bleibt. Wir sind trotz des Altersunterschieds echte Freunde geworden und – auf diesen Sohn kannst du stolz sein, es steckt viel mehr in ihm, als ihr ahnt. Es wäre mir eine Freude, den Jungen zu fördern und ihn vorwärtszubringen, denn ich habe mancherlei Verbindungen und hoffe, ihn, wenn er mit seinem Studium fertig ist, bei den Falkner-Werken unterzubringen. Er wird ein tüchtiger, zuverlässiger Mensch werden. Also bitte, tritt nicht trennend zwischen ihn und mich. Lass ihn ungehindert bei mir aus und ein gehen!«

Der alte Herr sah Richard mit trüben Augen an.

»Es freut mich sehr, dass du eine so gute Meinung von Peter hast – mir hat er sich noch wenig erschlossen –, aber vielleicht habe ich nicht verstanden, ihn richtig zu nehmen. Selbstverständlich werde ich ihn an dem Umgang mit dir nicht hindern; denn an dir wird er immer ein gutes Beispiel haben, das weiß ich, obgleich du mir diese bittere Stunde bereiten musstest. Und wenn du ihn fördern willst und kannst, so danke ich dir dafür.«

Richard reichte ihm die Hand.

»Noch eine Bitte: Geh nicht zu hart mit Gloria ins Gericht; vielleicht hat sie ihrem Charakter nach nicht anders handeln können. Wir wollen ihr nicht Richter, sondern Helfer sein; ich glaube, sie wird es sehr nötig haben.«

»Wer – wer ist denn der andere?«

»Das soll sie dir selbst sagen; es ist ihre Sache, ob sie dir seinen Namen preisgeben will oder nicht.«

Damit verabschiedete Richard sich und war froh, dass dies alles hinter ihm lag.

Heute Vormittag hatte er sich nach Monas Befinden erkundigt. Frau Richter hatte ihm gesagt, es sei gut, dass die Hochzeit abgesagt worden sei, denn besser sei Monas Zustand nicht geworden. Sie habe jedoch das Gefühl, dass das

Leiden der jungen Frau mehr seelischer als körperlicher Natur sei. Frau Mona wolle niemanden sehen und sprechen – auch ihren Mann nicht, der schon wiederholt angerufen habe. Er sei einsichtig genug, sich heute zurückzuhalten, aber er wollte an seine Frau einen Brief schreiben, den sie, Frau Richter, ihr aushändigen sollte. Er habe sein Wort gegeben, dass der Brief nichts Aufregendes, sondern nur Fragen enthalten würde, was jetzt weiter geschehen solle und müsse. Und es wäre gut, wenn man das klärte.

Darauf hatte Richard gefragt, ob sie etwas an Mona bestellen würde. Die alte Dame bejahte, denn sie wusste, von seiner Seite würde Mona nichts Nachteiliges drohen. Da sagte er ihr:

»Dann bitte, sagen Sie ihr, dass ich sie herzlich ersuche, nicht abzureisen, bevor sie mich zu einer Unterredung von großer Wichtigkeit empfangen hat. Sobald sie sich wohl genug fühlt, um an die Abreise zu denken, soll sie es mich wissen lassen, damit ich mich bei ihr melden kann.«

»Ich werde das gern ausrichten, Herr Römer, und Ihnen bei Ihrem nächsten Anruf Bescheid geben.«

»Vielen herzlichen Dank, Frau Richter!«

Richard fühlte sich einigermaßen beruhigt.

Er hatte Mona gewarnt; mochte sie selbst entscheiden, ob sie mit Meining auf die Reise ging oder nicht.

Er hatte dann jedenfalls seiner Pflicht genügt.

Als Richard in die Fabrik zurückkam, sagte er seinem Vater schnell Bescheid, wie die Unterredung mit Lindner verlaufen war, und begab sich dann in sein Büro, wo er Peter erwartete. Dieser kam auch sehr bald, ganz erhitzt, denn er hatte von der Schule aus einen Dauerlauf gemacht.

Mit großen, bangen Augen sah er Richard an.

Dieser nahm ihm die Büchertasche und die Mütze ab und drückte ihn in einen Sessel.

»Tausend Fragen stellen mir deine Augen, Peter.«

Dieser seufzte.

»Wenn du wüsstest, wie jammervoll mir zumute ist!«

»Das ist nicht nötig, mein Junge, und zu deiner Beruhigung: Es ist alles viel besser gelaufen, als du vielleicht gefürchtet hast in deinem übersteigerten Empfinden.«

Er berichtete ihm ausführlich, was gestern Abend geschehen war, was er mit Gloria und mit Meining gesprochen, wie er diesen gezeichnet und niedergeboxt und was er dann von ihm verlangt hatte.

»Denn sieh mal, Peter, Mona Falkner ist krank; sie darf jetzt nichts Aufregendes erfahren, und was geschehen ist, soll sie von mir hören. Aber erst, wenn sie wieder ganz gesund ist.«

Peter nickte.

»Das ist gut, Richard – man muss sie schonen und so wenig wie möglich beanspruchen.«

»Das soll geschehen. Und – deine Schwester soll ebenfalls weitgehend geschont werden. Höre, was ich mit deinem Vater besprochen habe.«

Peter sah ihn unruhig an.

»Wie nahm Vater es auf?«

»Nicht gerade jauchzend, aber gefasst – schließlich ist er ein Mann.«

»Und – du hast es ihm ja leicht gemacht – ich danke dir, Richard!«

»Für Selbstverständliches bedarf es keines Dankes.«

»Nun, nicht jeder an deiner Stelle hätte diese Großmut bewiesen.«

»Ich habe dir viel mehr zu danken, Peter – viel mehr, als du im Augenblick begreifen kannst.«

Peter winkte ab.

»Ich weiß schon, was du meinst. Glaub nur nicht, dass ich es nicht begreifen könnte – ich – nun ja – ich habe längst gemerkt, dass du in diese Verbindung gehen wolltest, wie – ja – wie ein Sklave sich in sein Schicksal ergibt.«

Richard strich ihm über den Kopf und sagte dabei:

»Du bist für deine Jahre ungewöhnlich reif, mein Junge. Aber nicht davon wollen wir reden, sondern von dem, was dein Vorwärtskommen betrifft. Es war mein voller Ernst, was ich zu deinem Vater gesagt habe. Sobald du, wie man so sagt, fertig bist, bringe ich dich in den Falkner-Werken unter.«

Peter schluckte, und die Augen wurden ihm feucht.

»Sei bloß jetzt, um Gottes willen, nicht so gut zu mir, Richard – ich heule sonst los wie ein Hosenmatz und möchte mir doch keine Blöße geben.«

Gutmütig nickte Richard ihm zu.

»Bilde dir nicht ein, mein Junge, dass es einen Mann schändet, wenn er so viel Herz hat, dass ihm mal die Augen nass werden. Aber wir wollen lieber nicht weich werden. Kopf hoch, Brust raus, Peter! Und jetzt geh heim, vielleicht wirst du dort gebraucht.«

»Ich kann mir denken, wie es zu Hause aussieht: Gloria hat der Mutter wahrscheinlich alles haarklein gebeichtet; denn dass diese ihrem Liebling kein zu hartes Urteil spricht, weiß sie sehr genau. Na – und Vater, der wird es in sich hineinfressen, wird Gloria wahrscheinlich ein paar harte Worte sagen, aber dann werden Vater und Mutter das ihre tun, um Gloria aus dieser Lage herauszuhelfen. Wie, das weiß ich nicht. Na – und auch ich werde mein Möglichstes tun, in Anbetracht dessen, dass ich den Stein ins Rollen gebracht habe. Wenn ich bloß den Zierbengel vergiften könnte!«

Das Letzte stieß Peter wütend heraus. Richard wollte ihn seiner Stimmung entreißen, machte einen Satz rückwärts und sagte lächelnd:

»Junge – stoß keine solchen Drohungen aus, da bekommt man es ja mit der Angst zu tun. Es ist nur gut, dass du nicht für einen Groschen Rattengift bekommst und dass Meining es bestimmt nicht schlucken würde.«

Nun musste selbst Peter lachen.

»Es kocht immer noch in mir, wenn ich an diesen Kerl denke, und dann muss ich zu meiner Erleichterung so grausige Drohungen ausstoßen. Es wäre ja schade um das Rattengift.«

Richard fasste Peter bei den Schultern.

»Also heraus mit der ganzen Wut – ich habe mich gestern Abend auch nicht halten können!«

»Hast du ihm wenigstens ordentlich eins ausgewischt?«

»Nun, heute wird er wahrscheinlich kühlende Umschläge machen müssen, damit sein Puppengesicht wieder schön wird. Ganz wohl war ihm gestern Abend nicht, und heute dürfte es sich ebenfalls in Grenzen halten.«

»Das ist noch viel zu wenig. Also jetzt gehe ich heim, Richard. Und – ist es wirklich wahr, dass ich dich auch in Zukunft besuchen darf?«

»Sooft du willst, mein Junge – für dich bin ich immer zu sprechen.«

Sie trennten sich mit festem Händedruck, und Peter begab sich erleichtert heimwärts.

Er traf die übrige Familie in hochgradiger Aufregung. Vater Lindner hatte sich sogar hinreißen lassen, seiner schönen Tochter eine Ohrfeige zu verpassen.

Die Mutter flatterte aufgeregt zwischen beiden hin und her, und Franz suchte die Mutter zu beruhigen. Der Sturm dauerte noch gut eine Stunde, dann legten sich die Wogen der Empörung und Aufregung. Man kam nach langem Hin und Her überein, Gloria für ein paar Wochen aufs Land zu schicken, damit sie aus dem Gerede käme.

Papa Lindner war sogar bereit, ein paar hundert Mark von seinem Sparkonto dafür abzuheben.

Gloria war schon wieder so sehr sie selbst, dass sie dieses Geld annahm, ohne auf das zu verzichten, was Huby ihr geben würde; denn er war jetzt reich und musste darum das Seine tun, ihr zu helfen.

16

Blass und still lag Mona in ihrem Bett und träumte vor sich hin. Zweierlei war es, wovon ihre Gedanken sich nicht lösen konnten. Nicht davon, dass Richard sie liebte, und nicht davon, dass sie so töricht gewesen war, sich durch ihre Heirat eine Fessel anzulegen, die ihr unerträglich werden musste.

Meining war ihr vollkommen gleichgültig; trotzdem wusste sie nicht, wie sie es ertragen sollte, unter einem Dach mit ihm zu leben und täglich mit ihm zusammen zu sein.

Und doch musste sie sich sagen, dass sie dem nicht entrinnen konnte.

So sollte die Krankheit ihr wenigstens dazu dienen, noch einige Zeit für sich bleiben zu können.

Frau Richter hatte ihr Richards Bitte ausgerichtet, und Mona hatte darauf erwidert, sie solle ihm sagen, sie würde nicht von hier abreisen, bevor sie mit ihm gesprochen habe.

Inzwischen war Meinings Brief eingetroffen.

Wohl oder übel musste Mona sich entschließen, ihn zu lesen, denn es war sehr wichtig, zu erfahren, was er ihr mitzuteilen gedachte.

Dagegen hatte sie sehr entschieden gefordert, dass er nicht zu ihr kommen dürfe, und ebenso das Hinzuziehen eines Arztes abgelehnt.

»Mir kann keiner helfen«, hatte sie gesagt, »es ist weiter nichts als ein Versagen der Nerven. Ich brauche nur Ruhe, unbedingte Ruhe, dann komme ich von selbst über den Berg.

Bitte verhelfen Sie mir dazu, liebe Frau Richter. Ihnen will ich es eingestehen, dass ich etwas durchzumachen habe, wobei mir kein Mensch helfen kann. Auch kein Arzt.«

Frau Richter war taktvoll genug, Mona in keiner Weise zu bedrängen.

Nun entfaltete Mona den Brief. Das Papier war hochelegant – und parfümiert. Mona musste den Kopf schütteln: Es war das Briefpapier einer nicht sehr vornehmen Dame, aber ganz gewiss nicht das eines Mannes. Mona las:

Meine liebe, arme Mona!
Du kannst Dir nicht denken, wie leid es mir tut, dass Du krank bist und wir unsere schöne Feier absagen mussten. Leider willst Du mich auch nicht sehen, aber es sind einige Fragen klarzustellen, weswegen ich Dich mit diesem Briefe belästigen muss. Zuerst also bitte ich Dich, anzuordnen, dass man mir in Deinem Haus Zimmer einrichtet; denn wie Du weißt, habe ich meine derzeitige Wohnung zum ersten Juni gekündigt und kann nicht länger hierbleiben, weil sie bereits weitervermietet ist. Da wir nicht auf Reisen gehen können, bevor Du gesund bist, wäre ich also obdachlos, und das willst Du doch sicher nicht. Bitte, gib Anweisung, dass ich morgen in Dein Haus einziehen kann, das doch jetzt, da wir Mann und Frau sind, das unsere ist.

Und dann noch etwas mir sehr Peinliches: Du weißt, dass ich ein armer Schlucker bin. Ich habe, um in einer Deiner würdigen Weise auftreten zu können während unserer Verlobungszeit, zehntausend Mark Schulden

machen müssen, zumal ich noch einige frühere Verpflichtungen regeln musste. Damit Du nicht unnötig behelligt wirst, bitte ich Dich, mir eine Vollmacht auszustellen, dass ich Geld bei Deinem Direktor abheben kann, der, wie Du mir sagtest, Deine Kasse für private Zwecke verwaltet. Ich versuchte ihn schon gestern dahin zu bringen, mir eine Summe anzuweisen, doch er sagte mir, dazu brauche er Deine Unterschrift. Er war außerdem überheblich und unliebenswürdig, und sein Benehmen hat mich zutiefst verletzt. Das kann unmöglich in Deinem Sinne sein, und ich bitte Dich, ihn zurechtzuweisen und ihm zu sagen, dass er mir fortan genauso zu gehorchen hat wie Dir und er meine Wünsche einfach zu erfüllen hat, ohne Beleidigungen und Einschränkungen. Ich denke, es kann Dir nicht recht sein, wenn man mich als etwas total Nebensächliches behandelt. Dafür kenne ich Deinen vornehmen Sinn zu gut, meine angebetete Frau.
Wie bitter ist es für mich, Dich nicht sehen zu können. Ich sehne mich nach Deinem Anblick wie die Blume nach der Sonne. Und noch eines, Mona, veranlasse bitte, dass man mir Dein Auto vorläufig zur Verfügung stellt, bis ich mir selbst eines angeschafft habe. Dafür muss ich Deine Hilfe leider ebenfalls in Anspruch nehmen, aber Du sagtest mir ja, dass ich fortan alle meine Bedürfnisse aus Deiner Kasse befriedigen darf. Es kann leider bei meiner persönlichen Armut nicht anders sein. Ich habe Dir, so leid es mir tut, nichts zu bieten als mich selbst und meine große Liebe. Doch das weißt Du ja. Ich erwarte, wenn möglich, sofort Deine schriftliche Antwort, dass Du meine

berechtigten Wünsche erfüllst und die Vollmacht für den Direktor, den ich morgen Vormittag aufsuchen möchte, ausstellst. Ich fühle mich heute selbst ganz krank und elend, weil ich Dich, geliebte Frau, leidend weiß. Werde rasch gesund, damit ich Dich wiedersehen kann. In Sehnsucht Dein
Dich anbetender Mann

Als Mona gelesen hatte, war die Röte der Empörung in ihr blasses Gesicht gestiegen. Diese Verquickung von Geld und Liebe erschien ihr taktlos und unfein. Auch Meinings Ton war trotz seiner Liebesworte fordernd und überheblich. Wie er dazu kam, ein Auto für sich zu verlangen, da ihm doch das ihre zur Verfügung stand, wenn sie es nicht, was selten geschah, für sich brauchte, konnte sie nicht begreifen. Wohl hatte sie ihm gesagt, dass er für seine persönlichen Bedürfnisse Geld abheben könne, da sie nicht wollte, dass er es aus ihrer Hand bekam, aber zu diesen Bedürfnissen gehörte keinesfalls ein eigenes Auto. Die Zeiten waren ernst und schwer, überall musste gespart werden, und ein zweites Auto erschien ihr als ein höchst überflüssiger Luxus. Dafür konnten schon wieder einige Arbeiter eingestellt werden. Aber – Unterkunft im Hause musste sie ihm schon gewähren, Frau Richter konnte seine Zimmer, so gut es in der Eile möglich war, fertig und für morgen bezugsfertig machen lassen. Wegen des Autos würde sie ihm schreiben, und im Übrigen mochte er die Geldangelegenheit mit dem Direktor in Ordnung bringen. Dieser hatte schon Auftrag, Meining auszuhändigen, was sie im letzten Jahr erspart hatte. Auch sollte er künftighin die Hälfte der ihr zustehenden Beträge abheben dürfen, aber nur in Vierteljahresraten. Mona wollte um keinen Preis, dass ihres Vaters Bestimmungen umgestoßen würden. Meining schien zu glauben, dass er nur in einen unerschöpflichen Born zu greifen brauche. So würde er wohl enttäuscht sein, wenn er erkennen musste, dass es damit nichts war. Wenn er zehntausend Mark Schulden hatte, würde ihm von der ersten Zahlung nicht viel übrig bleiben. Mona war selbst so an ein sparsames, vernünftiges Leben gewöhnt, dass sie jede Verschwendung hasste; Meining aber schien in dieser Zeit planlos verschwendet zu haben. Das durfte nicht so weitergehen. Doch der Direktor würde ihm das schon klarmachen, sie brauchte sich also darüber nicht aufzuregen.

Sie erbat sich, nachdem sie geklingelt hatte, Schreibzeug und ließ Frau Richter rufen, um ihr mitzuteilen, dass Meining morgen in die für ihn vorgesehenen Zimmer einziehen würde, da seine bisherige Wohnung weitervermietet sei.

Frau Richter verschwand, um den ihr nicht sehr angenehmen Auftrag auszuführen. Da sie noch im Hause bleiben sollte, sah sie bei einem Zusammenleben mit Meining allerlei Unannehmlichkeiten voraus. Doch daran war nichts zu ändern.

Mona schrieb nun den Antwortbrief:

Lieber Hubert!
Deine Zimmer werden morgen Mittag zu Deinem Einzug bereit sein. Im Übrigen lege ich Dir hier die Vollmacht für den Direktor bei, damit Du mein Privatkonto bis zur vollen Höhe abheben kannst. Weitere Auskünfte wird Dir der Direktor erteilen. Dass er sich Dir gegenüber im Ton vergriffen haben soll, kann ich kaum glauben, denn er ist sehr taktvoll. Du

warst wohl auch ein wenig nervös. Was ein Auto für Dich allein betrifft, so bitte ich Dich, davon abzusehen. Du kannst selbstverständlich das meine mitbenützen; wir werden uns jeweils verständigen. Zwei Autos zu halten sehe ich in der jetzigen schweren Zeit als Verschwendung an, denn wir müssen alle flüssigen Gelder darauf verwenden, Arbeit zu schaffen, damit wir keine Arbeiter entlassen müssen.

Zum Stil Deines Briefes möchte ich Dich noch bitten, geschäftlichen Dingen keine Liebesworte anzufügen, das ist fehl am Platze und, wie wir zueinander eingestellt sind, überhaupt nicht passend. Wir wollen in Zukunft solche Überschwänglichkeiten vermeiden, denn sie kommen Dir sowieso nur über die Lippen und nicht aus dem Herzen. Mir jedoch weder über die Lippen noch aus dem Herzen. Es ist mir peinlich, wenn wir von unserer Abmachung abweichen. Vor der Welt werden wir uns so benehmen, wie es sein muss, unter uns aber so, wie ich es wünsche und mir vorbehalten habe.

Frau Richter wird vorläufig für Dich sorgen. Du kannst ganz nach Deinem Geschmack leben und brauchst auf mich nur die Rücksicht zu nehmen, die mir vor der Öffentlichkeit zukommt. Ich hoffe auf baldige Gesundung und auf ein Wiedersehen!

Mona

Als sie die Feder aus der Hand legte, atmete sie erleichtert auf. Jetzt würde wenigstens Klarheit geschaffen sein zwischen ihr und dem Mann, dem sie Rechte über sich eingeräumt hatte, nur um dem anderen, den sie liebte, ihre Liebe zu verbergen. Nun würde Meining morgen in ihr Haus einziehen und in Zukunft Tag für Tag mit ihr unter einem Dach weilen; aber er wusste nun wenigstens, dass seine Forderungen an sie begrenzt waren. Sie erkannte immer deutlicher, dass er sie nur ihres Geldes wegen geheiratet hatte, seine Liebesgeständnisse sollten das nur vor ihr verschleiern. Das wäre ihr auch gleichgültig oder sogar erwünscht gewesen, wenn sie inzwischen nicht erfahren hätte, dass sie von Richard geliebt wurde. Jetzt beleidigten Hubert Meinings berechnende Liebesäußerungen sie geradezu, und sie hatte nur den einen Wunsch, davor verschont zu bleiben. Dass ihre Ehe nicht kirchlich eingesegnet war, erschien ihr als ein Glück – nie würde sie das nachholen lassen, mochte kommen, was da wollte. Und auf eine, wenn auch nur formelle Hochzeitsreise würde sie auch nicht mit ihm gehen, das ertrug sie nun nicht mehr. Richard konnte beruhigt sein. Vorläufig fühlte sie sich außerstande, ihn wiederzusehen, aber – ehe er sich mit Gloria verheiratete, würde sie noch einmal mit ihm sprechen und ihm über ihre Beziehungen zu Meining Klarheit verschaffen.

Dass Richard jetzt gegen sich selbst kämpfen musste, gegen sein eigenes Herz, genau wie sie, das wusste sie, und ebenso, dass er seine Pflichten Gloria gegenüber nicht vernachlässigen würde. Sie ahnte ja nicht, dass er inzwischen frei geworden und was sonst noch geschehen war.

Mona hatte sich vorgenommen, Meining nicht eher wieder zu begegnen, als bis sie ruhiger geworden war. Inzwischen hatte er dann Klarheit über ihre Vermögensverhältnisse bekommen und würde sich damit abgefunden haben. Sie konnte dann jeder weiteren Erklärung aus dem Weg gehen. Ihre so genannte Krankheit, die eigentlich nichts weiter war als eine Lähmung ihrer Kräfte, als Willenlosigkeit, würde ihr jetzt den Vorwand liefern, in ihren Zimmern zu bleiben. Mochte er seine Mahlzeiten mit Frau Richter einnehmen. Diese konnte auch sonst für ihn sorgen, und Mona hatte sich schon überlegt, ob es nicht das Beste sei, wenn sie Frau Richter bäte, auch künftig bei ihr zu bleiben. Dann ließ sich am leichtesten ein Alleinsein mit Meining vermeiden. Darüber wollte sie aber erst nach einem Wiedersehen mit Richard mit ihrer alten Getreuen verhandeln.

Mit solchen Überlegungen beruhigte Mona sich. Sie wusste oder glaubte vielmehr, dass Richards und Glorias Hochzeit nahe bevorstünde. Dass sie an diesem Hochzeitsfest nicht teilzunehmen brauchte, dafür würde ebenfalls ihre Krankheit als Vorwand dienen.

Sie beschloss, das Telefon an ihr Lager bringen zu lassen, damit sie mit den Werken sprechen konnte, sofern es nötig war. Und das geschah sogleich. Sie rief den Direktor an, um diesem nochmals genaue Verhaltungsmaßregeln betreffs der bevorstehenden Unterredung mit Meining zu geben.

Als Mona ihn bat, ihrem Mann auseinanderzusetzen, dass alles den Wünschen ihres Vaters entspräche, glaubte dieser daraus entnehmen zu können, sie sei inzwischen zu der Einsicht gelangt, sich mit ihrer Ehe übereilt zu haben, und nicht nur das, sondern dass diese geradezu ein Fehlgriff gewesen sei.

Der verstorbene Herr Falkner hatte seinerzeit verfügt, in besonderen Fällen dürfe Mona der Geschäftskasse auch größere, die ihr zugebilligte Rente übersteigende Beträge entnehmen. Das aber nur dann, wenn der Direktor und die Prokuristen sich damit einverstanden erklären würden.

Mona standen jährlich zweiunddreißigtausend Mark zu;

sie hatte aber immer nur die Hälfte dieses Betrages abgehoben.

Ihr Auftrag an den Geschäftsführer lautete dahin, Hubert Meining ihr Privatkonto in voller Höhe auszuhändigen und ihm mitzuteilen, dass ihm künftig jedes Vierteljahr viertausend Mark zur Verfügung stehen sollten.

Das war für einen Mann, zumal, da er in ihrem Haus freie Wohnung und Verpflegung hatte, ein sehr ansehnliches Einkommen; aber – Hubert Meining würde wohl nicht damit zufrieden sein. Er hatte anscheinend eine unbegrenzte Vorstellung von ihrem Reichtum und dem ihm davon zustehenden Anteil.

Als Mona dieses Telefongespräch erledigt hatte, sank sie ein wenig ermüdet in ihre Kissen zurück. Sie verspürte noch keinerlei Lust, ihr Lager zu verlassen, und träumte wieder vor sich hin.

17

Als Hubert Meining Monas Brief erhalten und gelesen hatte, schien er sehr zufrieden damit zu sein, wenn der darin angeschlagene Ton auch sehr kühl, ja fast schroff war. Mochte Mona sich zu ihm stellen, wie sie wollte – er hatte jetzt die Vollmacht in den Händen, über ihr Privatkonto nach Gutdünken zu verfügen und dann noch weitere Vierteljahresraten in Anspruch zu nehmen. Wie hoch diese sein würden, ahnte er allerdings nicht. In seiner Vorstellung waren sie jedenfalls bedeutend. Noch phantastischer stellte er sich die Höhe des Privatkontos der reichen Erbin vor. Er vermutete, dass ein Privatkonto von dreimal hunderttausend Mark vorhanden sein müsse – wenn nicht mehr. Und da er nicht wusste, wie Mona über seine Beziehungen zu Gloria dachte, wollte er immerhin in Betracht ziehen, dass er vielleicht eines Tages sehr schnell verduften musste. So rechnete er sich aus: Dreihunderttausend Mark konnte er ohne Weiteres in die Hand bekommen. Vielleicht sogar mehr. Außerdem wusste er, dass Monas Schmuck mindestens ebenso viel wert war, sie besaß wundervolle Perlen und Steine. Diesen Schmuck verwahrte sie in ihrem Arbeitszimmer in einem hinter einem Bild verborgenen Geheimfach. Nun, er würde schon Mittel und Wege finden, sich den Schlüssel zu verschaffen. Dann würde er sich einfach den Schmuck aneignen und ihn im Ausland zu Geld machen. Monas Wagen wollte er zur Flucht benutzen und Gloria, die inzwischen auf dem Land untergebracht sein würde, abholen. Ehe irgendjemand von alldem etwas ahnte, war er dann längst über die Grenze.

Mit sechshunderttausend Mark ließ sich dann, einerlei wo, gut leben. Mona würde ihn bestimmt nicht verfolgen lassen. Dazu war sie zu vornehm. Außerdem fürchtete sie jedes Aufsehen.

Eigentlich war es bei ihrem Reichtum sehr knickerig von ihr, dass sie ihm nicht erlaubte, sich ein eigenes Auto anzuschaffen. Nun gut, dann benutzte er eben das ihre zur Flucht.

Er sagte sich auch, dass er vorläufig seine Schulden nicht bezahlen würde. Musste er fliehen, dann konnte Mona auch noch diese begleichen. Im Übrigen hatte er nicht so verschwenderisch gelebt, wie er angegeben hatte, er hatte nur fünftausend Mark Schulden gemacht. Die anderen fünftausend wollte er einfach für sich buchen. Er konnte jetzt gar nicht Geld genug zusammenscharren, damit er auf alle Fälle als vermögender Mann aus dieser Affäre hervorging.

Unbedingt nötig war auch, dass sein Pass und seine Papiere für den Übergang über die Grenze in Ordnung waren, ebenso mussten Glorias vollständig sein. Das musste er mit ihr bei nächster Gelegenheit besprechen.

Es galt, für alle Fälle gerüstet zu sein. Wenn Römer Mona sagte, was geschehen war, dann konnte sie vielleicht sehr ungehalten werden und ihm womöglich alle Bezüge sperren. Ihr vortrefflicher Jugendfreund würde sie wahrscheinlich in dieser Hinsicht beeinflussen. Deshalb hieß es: gewappnet sein!

Für den schlimmsten Fall erwog er noch einmal die Sache mit den Giftpillen. Dass sie wirkten, hatte er an einer Katze erprobt. Der Apotheker hatte ihn also nicht etwa betrogen.

Aber das sollte nur im schlimmsten Fall zur Anwendung kommen: Denn wenn er auch gewissenlos genug war, nicht vor einem Mord zurückzuschrecken, so musste dennoch bedacht werden, was für Folgen das haben könnte.

Zwar hatte der alte Apotheker ihm mehrmals versichert, dass dieses aus Indien stammende Gift bei richtiger Anwendung keine Spuren hinterlasse. Und er hatte auch gesagt, wenn es schneller wirken sollte als in zehn Tagen, brauchte man nur zweimal ein Pillchen zu geben, dreimal zwei und zweimal drei. Dann sei das Opfer gleichfalls erledigt. Es habe dann den Anschein, als sei der Kranke einem Herzschlag erlegen.

Ohne die geringste Erregung zu spüren, überdachte Meining das alles. Er entsann sich genau, wie es bei der Katze gewesen war, die er gewissermaßen zur Probe vergiftet hatte. Er hatte sogar den Tierarzt zu Rate gezogen, ohne dass dieser die Ursache ihrer Erkrankung feststellen konnte. Und als das Tier, selbstverständlich nach der halben Menge des Giftes, verendet war, hatte der Arzt gemeint, sie habe wohl an einer schleichenden, nicht zu ergründenden Krankheit gelitten. Jedenfalls war sie ohne Schmerzen einfach eingeschlafen.

Also, schlimmstenfalls konnte er innerhalb von sechs Tagen Monas Witwer sein. So überlegte er sich. Aber großzügig beschloss er, davon nur im schlimmsten Fall Gebrauch zu machen, falls ihm alle anderen Wege zum Reichtum verschlossen sein würden. Vorläufig spielten seine verbrecherischen Instinkte nur mit dieser Möglichkeit, denn wenn er auf die andere Weise mindestens eine halbe Million erraffen konnte, dann wollte er damit zufrieden sein. Es war dann weniger aufregend, und er kam sich sogar sehr großmütig bei diesem Gedanken vor. Immerhin, als er nun in den Spiegel schaute und die jetzt nur noch blassroten Striemen sah, die Richards Peitsche da hineingezeichnet hatte, überlegte er doch, wie er gegebenenfalls einen Giftmord an seiner Frau in Szene setzen könnte. Es war auf alle Fälle gut, dass er morgen in ihr Haus übersiedeln durfte. Vielleicht war es möglich, auch noch andere Werte zu ergattern. Er musste sich genau umsehen. Nur für den Fall, dass alles andere fehlschlug, mussten die Giftpillen in Aktion treten. Man musste dann sehen, wie es sich machen ließ, sie Mona in ihre Getränke zu mischen.

Aber als er so weit war, erschrak er vor seinem eigenen Gesicht, das auf einmal einen furchtbaren Ausdruck angenommen hatte. Sah man so aus, wenn man einen Mord plante? Dann hieß es sehr vorsichtig sein; denn ein aufmerksamer Beobachter musste seine Schlüsse ziehen können aus solch einem Gesichtsausdruck.

Aber – wer würde ihn denn so genau beobachten?

Nun wandte er seine Aufmerksamkeit wieder seinen Striemen zu. Die Creme war vorzüglich, und der kühlende Umschlag hatte das Seine getan. Morgen würde er ohne Hemmung zum Direktor der Werke gehen können. Dem wollte er schon zeigen, wer Herr im Haus war, er sollte ihm nicht noch einmal so dumm kommen wie gestern. Hatte er doch Monas Vollmacht, wonach er alles auf ihrem Privatkonto befindliche Geld abheben konnte! Er wollte das so erklären, dass er beabsichtigte, sich ein eigenes Konto auf einer Bank zu eröffnen, denn er habe nicht Lust, jedes Mal bei Bedarf den Herrn Direktor zu bemühen.

Hubert hatte heute wirklich genug zu überlegen. Am Nachmittag rief Gloria noch einmal an, und er sagte ihr, dass sie auf alle Fälle einen Auslandspass haben müsse, sie möge sich ihn auf der Meldestelle ihres Bezirks ausstellen lassen. Auf die Frage, wie es ihm gehe und wie die Sache stünde, erwiderte er:

»Alles vorzüglich, Gloria, ich möchte nur nicht am Telefon darüber sprechen. Aber morgen Nachmittag fahre ich aufs Land, um etwas für dich zu suchen, was am Weg liegt. Du rufst mich morgen Abend oder übermorgen früh wieder an, damit ich dir Näheres mitteilen kann. Halte jedenfalls alle deine Sachen bereit, und nimm alles mit, was du brauchst, und vergiss vor allem den Pass nicht. Du bekommst ihn ohne Weiteres.«

»Ja, Huby, ich werde alles besorgen.«

»Wie geht es dir denn, Schatzi?«

»Es ist alles glimpflich abgelaufen. Von Vater habe ich zwar eine Ohrfeige bekommen; aber er will mir noch einige Hundert Mark für meinen Landaufenthalt geben.«

»Gut, gut, alles mitnehmen, Gloria – wir brauchen eine Menge Geld, und zwar so bald wie möglich. Es kann sehr schnell kommen, dass wir uns davonmachen. Ich habe keine Lust, lange in dieser Ehe zu versauern, ich sehne mich nach meinem Schatz. Du auch?«

»Ach Huby – wären wir nur erst zusammen!«

»Nur Geduld, geht es nicht auf die eine, dann geht es auf die andere Weise.«

Dass es bei dieser Flucht nicht ganz sauber zugehen würde, ahnte Gloria wohl, aber dennoch nicht, wie tief die moralische Verkommenheit Huberts war.

Dass sie jedoch mit ihm gehen würde und musste, war ihr ebenso klar, wie es bei ihm feststand, dass er ohne Gloria nicht ging. Die beiden hingen so fest aneinander, dass sie eine Trennung für unmöglich hielten. Sie wussten, was auch kam – sie waren einander unlöslich verbunden.

Am nächsten Vormittag stellte Hubert Meining fest, dass er sich sehr wohl wieder unter Menschen sehen lassen konnte. Er kleidete sich mit größter Sorgfalt an und machte sich, nachdem er seine Koffer einem Gepäckträger übergeben hatte, der sie zur Villa Falkner bringen sollte, auf den Weg zu den Werken. Er hatte sich Monas Chauffeur mit dem Auto vor das Haus bestellt. Als vornehmer Herr befahl er dem Chauffeur, ihn zum Direktionsgebäude der Werke zu fahren.

Dort wurde er bereits vom Direktor in dessen Büro erwartet.

Dieser bot ihm höflich einen Sessel an und fragte:

»Womit kann ich Ihnen dienen, Herr Meining?«

»Hat meine Frau Ihnen noch keine Anordnungen erteilt?«, fragte dieser ziemlich von oben herab.

Der Direktor lächelte ein wenig.

»Anordnungen pflegt meine junge Chefin mir überhaupt nicht zu erteilen, wohl aber erhielt ich einige Weisungen bezüglich Ihres Besuchs.«

»Sie haben meine Frau gesprochen?«

»Nur telefonisch.«

»Nun gut, dann werden Sie wissen, dass ich durch eine Vollmacht meiner Frau berechtigt bin, deren Geld auf dem Privatkonto abzuheben. Sie müssen sich nicht wundern, wenn ich die ganze Summe auf mein eigenes Bankkonto überschrieben wissen möchte. Es dürfte, da ich sehr wohl weiß, dass Sie mir nicht besonders freundlich gesonnen sind, den gegenseitigen Umgang erleichtern, wenn ich nicht gezwungen bin, immer wieder hierherzukommen und Sie vielleicht in dem Wahn zu lassen, Sie hätten sich darum zu kümmern, wie ich die abgehobenen Gelder zu verwenden gedenke. Ich nehme an, Ihnen ist bekannt, dass ich befugt bin, das Privatkonto meiner Frau bis zum letzten Pfennig abzuheben.«

Meinings überhebliche Art machte keinerlei Eindruck auf den Direktor. Er verneigte sich sehr kühl, sah die Vollmacht durch und meinte, Meinings Wünschen stehe durchaus nichts im Wege, er möge nur bestimmen, wohin das Geld überwiesen werden solle. Nur müsse er bitten, ihm alle Beträge zu nennen, die er schulde, und auch die Namen und Adressen seiner Gläubiger, damit von hier aus diese Schulden bezahlt werden könnten.

Hubert fuhr auf.

»Das werde ich selbstverständlich nicht tun – ich werde meine Verpflichtungen selbst regeln.«

Wieder lächelte der Direktor.

»Verzeihen Sie; aber Frau Mona Meining hat ausdrücklich bestimmt, dass Ihre Schulden durch mich restlos bezahlt werden, ehe ich Ihnen ihr Konto auszahle. Es macht auch einen besseren Eindruck, wenn die Sache hier von den Werken aus geregelt wird.«

Das war Hubert Meining sehr unangenehm, weil er gar nicht die Absicht gehabt hatte, seine Schulden zu bezahlen. Aber er sagte sich, dass er sich dem Wunsch seiner Frau fügen müsse.

Zwar zuckte er spöttisch die Achseln, aber er zog einen Notizblock aus seiner Brieftasche und gab seine Schulden an. Der Direktor notierte und rechnete dann zusammen.

»Das sind aber nur viertausendneunhundertachtundneunzig Mark, Herr Meining. Die gnädige Frau sprach von zehntausend.«

»Na ja, ich hatte es grob überschlagen und wundere mich jetzt selbst, dass es nicht mehr ist. Aber das tut ja nichts zur Sache.«

Der Direktor ahnte, weshalb Meining sich so erheblich geirrt hatte, aber er gab sich unbefangen, nickte und sagte:

»Ich werde heute noch die hier aufgeführten Beträge bezahlen lassen und dann das Übrige auf Ihr Konto überweisen. Welche Bank haben Sie ausgesucht?«

Hubert Meining schlug ein Bein über das andere und gab von oben herab Auskunft, dass man das Geld bei der Deutschen Bank einzahlen solle. Dort hatte er wirklich mit einem kleinen Betrag bereits ein Konto eröffnet. Der Direktor notierte sich das und fragte dann ruhig und höflich:

»Kann ich sonst noch mit irgendetwas dienen?«

Mit einer lässigen Handbewegung sagte Hubert:

»Ich habe noch einige Fragen an Sie, denn meine Frau möchte mit mir nicht gern über Geldgeschäfte sprechen. Sie hat mich an Sie verwiesen. Dass ich von Ihnen jede Auskunft erhalte, hat sie mir gestern mitgeteilt.«

»So ist es!«

»Und weshalb haben Sie mir dann gestern Vormittag meine Fragen nicht beantwortet?«

»Weil meine Chefin mich dazu noch nicht ermächtigt hatte.«

»Nun, jetzt ist das geschehen, und ich sage Ihnen gleich, Ihr Benehmen von gestern lasse ich mir nicht mehr gefallen. Sie haben sich mir gegenüber eines anderen Tones zu befleißigen, da ich sonst dafür sorgen müsste, dass Sie Ihres Amtes als Direktor der Werke enthoben werden.«

Ein unmerkliches Lächeln zuckte um den Mund des Direktors.

»Vor allem möchte ich Sie bitten, auch mir gegenüber einen anderen Ton anzuschlagen. Und dann erlaube ich mir, Ihnen zu sagen, dass Ihre ziemlich unverblümte Drohung mich nicht schrecken kann. In den Falkner-Werken kann mich niemand meines Amtes als Direktor entheben, selbst Ihre Frau Gemahlin nicht; denn ich bin laut Vertrag mit deren verstorbenem Herrn Vater auf Lebenszeit als Direktor verpflichtet.«

Hubert Meining erblasste vor Wut. Dabei wurden die Striemen in seinem Gesicht wieder sichtbar, auch für den Direktor. Dieser achtete jedoch nicht darauf, obwohl er sehr richtig schloss, dass irgendjemand dieses schöne, aber wenig markante Gesicht mit einer Peitsche gezeichnet haben müsse.

»Davon hat mir meine Frau nichts gesagt«, stieß Hubert wütend hervor.

Mit einem leichten Nicken erwiderte der Direktor:

»Möglich, dass sie nichts davon gesagt hat – es ist aber so –, und unser verstorbener verehrter Chef hat diesen Vertrag mit mir und den beiden Prokuristen deshalb geschlossen, damit etwa ein zukünftiger Mann seiner Tochter es sich nicht eines Tages einfallen ließe, gut eingearbeitete Leiter der Werke zu entlassen; denn dass sich Ihre Frau Gemahlin stets gern unserer Führung anvertraut hat und immer anvertrauen wird, hat er so gut gewusst wie wir selbst.«

Hubert wäre am liebsten aufgesprungen und hätte in maßlosem Zorn im Büro herumgetobt; aber die eherne Ruhe des alten Herrn hielt ihn davon ab. So sagte er nur höhnisch:

»Das ist allerdings ein Glück für Sie. Ob für die Werke,

wird sich erst herausstellen. Also bitte – wie hoch ist der Betrag auf dem Privatkonto meiner Frau?«

Der Direktor zog seinen Notizblock heran, blätterte eine Weile darin und sagte dann ruhig:

»Fünfzehntausenddreihundertzwölf Mark.«

Hubert riss die Augen weit auf und starrte ihn an, als habe er sich verhört.

»Wie viel?«

Der Direktor wiederholte die Summe und fuhr dann fort:

»Davon würden also viertausendneunhundertachtundneunzig Mark für Ihre Schulden abgehen, somit würde für Sie ein Rest von zehntausenddreihundertundvierzehn Mark bleiben.«

Jetzt sprang Hubert mit verzerrtem Gesicht auf.

»Das ist unmöglich! Meine Frau ist eine reiche Erbin, sie kann doch nicht nur ein so geringes Privatkonto haben!«

Der Direktor blieb ruhig sitzen.

»Sie scheinen einen höheren Betrag erwartet zu haben; aber wie die Dinge liegen, kann Ihre Frau Gemahlin gar kein hohes Privatkonto haben. Alles Geld steckt in den Werken und wird immer wieder darin angelegt, soweit es erwirtschaftet wird. Meistens hat Ihre Frau Gemahlin noch weniger auf dem Privatkonto; aber sie ist eine bewundernswert sparsame Frau und hat seit ihres Vaters Tod nur die Hälfte ihres jährlichen Einkommens verbraucht. Davon sind diese reichlich fünfzehntausend Mark zusammengekommen.«

»Aber das ist ja verrückt! Wie kann eine Frau in ihren Verhältnissen so wenig Macht über ihren Reichtum haben? Das muss sofort geändert werden.«

»Ihre Frau Gemahlin kann selbstverständlich, falls es nötig sein sollte, über jede beliebige Summe verfügen – aber nur in dem Fall, wenn wir, die beiden Prokuristen und ich, mit ihr darüber beraten haben, ob es wirklich nötig ist, größere Kapitalien aus den Werken herauszuziehen.«

»Aber dann ist ja meine Frau völlig abhängig von Ihnen und ihren Prokuristen?«

»Sagen wir lieber, von vorsichtigen Überlegungen. Herr Falkner, unser hochverehrter früherer Chef, war ein sehr kluger und weitblickender Mann und wusste, dass junge Frauen zuweilen wie Wachs sind in der Hand ihrer Ehemänner. Er wollte dafür sorgen, dass seine Tochter nicht von einem mehr oder weniger gewissenlosen Mann zu leichtsinnigen Ausgaben verleitet werden könnte. Im Übrigen hat sie das Recht, jährlich zweiunddreißigtausend Mark für ihre Bedürfnisse abzuheben; davon will sie Ihnen großzügig die Hälfte zur Verfügung stellen, obwohl sie von ihrer Hälfte die Haushaltkosten bestreitet. Sie haben also am ersten Juli bereits wieder das Recht, eine Vierteljahresrate von viertausend Mark abzuheben; damit kann doch ein Einzelner, zumal bei freier Kost und Wohnung, behaglich leben.«

Hubert fiel wie niedergeschmettert in seinen Sessel zurück, und in seinen Augen glühte ein unheimliches Funkeln. Das Gesicht war verzerrt, und den Direktor befiel ein Grauen vor diesem Mann.

Endlich richtete Meining sich wieder auf und sagte mit heiserer Stimme:

»Ich habe Sie nicht um Ihre Meinung gefragt, mit wie viel ich jährlich auskommen kann. Mir widerstrebt es nur, dass meine Frau, die Erbin der Falkner-Werke, die Besitzerin eines großen Vermögens, sich von ihren Leuten vorschreiben lassen muss, was sie ausgeben darf und was nicht!«

»Sie irren, nicht ihre Leute schreiben ihr das vor – das hat in weiser Voraussicht ihr gütiger und kluger Vater getan. Ich glaube, könnte er noch einmal wiederkehren, würde er sehr froh darüber sein«, erwiderte der Direktor, Hubert kalt und ruhig ansehend.

Dieser musste alle Kraft aufbieten, um nicht die Beherrschung zu verlieren. Was war nun aus seinen schönen Plänen geworden?! Etwas über zehntausend Mark sollte er von all dem großen Reichtum ausgezahlt bekommen, wo er auf mindestens dreihunderttausend gerechnet hatte. Und dieser unverschämte Direktor saß da und schien sich noch zu freuen, dass er ihn mit dieser lächerlichen Summe abfinden konnte. Ahnte der Mann nicht, was er damit anrichtete: dass er ihn so unaufhaltsam auf die Bahn des Verbrechens trieb? Was sollte er mit diesen schäbigen zehntausend Mark beginnen? Davon konnte er unmöglich mit Gloria so leben, wie er es erträumt hatte. Völlig unmöglich war das! Und deshalb hatte er alle Unannehmlichkeiten auf sich genommen, hatte Mona gegenüber den Verliebten gespielt, hatte sich letzten Endes von Richard Römer mit der Peitsche schlagen lassen müssen!

Ein heftiger, wenngleich unberechtigter Groll stieg in ihm auf. Jetzt blieb ihm nur noch der letzte Ausweg, den er hatte vermeiden wollen. Welches Glück musste es sein, wenn er plötzlich der einzige Erbe Monas sein würde, wenn er diesem hochnäsigen Direktor als Herr gegenübertreten konnte, wenn er das Geld, das man ihm jetzt vorenthielt, mit vollen Händen ausstreuen konnte.

So rechtfertigte er sich vor sich selbst, jetzt, da er wusste, dass es unhaltbar auf abschüssiger Bahn weiterging. Dass er hätte versuchen können, sich mit den zehntausend Mark eine Existenz zu gründen und sich durch fleißige Arbeit emporzuarbeiten, kam ihm nicht in den Sinn. Das faule Nichtstuerleben behagte ihm doch zu sehr. Und – hatte er Gloria nicht goldene Berge versprochen, musste er nicht ihretwegen das Letzte, Äußerste wagen? Was sollte werden, wenn Mona ihm in absehbarer Zeit den Laufpass gab, weil er sie mit Gloria betrogen hatte? Das würde sie in einiger Zeit ja doch von Römer erfahren. Zwar hatte sie auf seine Liebe keinen Wert gelegt, aber – sie hatte dennoch verlangt, dass er sich so betrage, dass kein öffentliches Ärgernis entstünde. Die Auflösung der Verlobung zwischen Römer und Gloria war schon als ein solches zu betrachten. Und Römer würde es schon genügend aufbauschen, dass man ihm die Braut genommen hatte. So glaubte Meining wenigstens.

Während er all das, zwischen Wut und Enttäuschung schwankend, überlegte, steigerte er sich immer mehr in den Gedanken hinein, dass er nun die Giftpillen benutzen müsse, um aus dieser »schlimmen Lage«, wie er es nannte, herauszukommen.

Der Direktor ließ ihn mit sich allein fertig werden. Aber während er von Zeit zu Zeit heimlich zu ihm hinübersah, befiel ihn jedes Mal ein leises Grauen. Wie sah dieser Mensch aus, wie glühten seine Augen, wie verzerrte sich sein Gesicht! Ihm war, als müsste er seine junge Chefin warnen. Aber – was sollte er ihr sagen? Würde er sie nicht unnötig aufregen? Dass es in Meining kochte, konnte man bei seiner Einstellung und bei seinem minderwertigen Charakter verstehen. Sollte man deshalb die junge Frau, die anscheinend in einer schlimmen Lage war, beunruhigen?

Während der Direktor sich darüber den Kopf zerbrach, kam ihm plötzlich Richard Römer, der Jugendfreund seiner jungen Herrin, auf den Monas verstorbener Vater so große Stücke gehalten hatte, in den Sinn. Eines Tages hatte der alte Herr zu ihm gesagt: »Wenn meine Tochter einen Mann wie Richard Römer heiratete, würden alle diese Vorsichtsmaßregeln unnötig sein.«

Der Direktor blickte entschlossen auf. Ja, man musste Richard Römer einen Wink geben, damit er ein wenig auf die junge Frau achtgab.

Inzwischen hatte Meining sich einigermaßen gefasst und sich gesagt, er müsse sich beherrschen, müsse jeden Verdacht vermeiden, wenn er seinen Plan ausführen wollte. So richtete er sich auf und sagte anscheinend lässig:

»Ich habe inzwischen über die ganze Sache nachgedacht. Alles kommt mir begreiflicherweise ein wenig unerwartet, denn meine Frau hatte mir nichts über den wirklichen Stand der Dinge mitgeteilt. Wir haben über Geldangelegenheiten überhaupt noch nicht gesprochen. Ich muss damit so lange warten, bis sie wieder gesund ist. Vorläufig bedarf sie der Schonung. Sie will auch niemanden sehen. Ich ziehe aber heute noch in die Villa Falkner, da wir unsere Hochzeitsreise aus Ihnen wohlbekannten Gründen nicht antreten können. Wenn Sie etwas mit mir zu besprechen haben – ich möchte meiner Frau alle Störungen fernhalten –, so wissen Sie, wo ich zu finden bin. Das Geld brauchen Sie auch nicht auf die Bank zu überweisen; Sie können es mir morgen durch einen Boten in bar zusenden, nachdem Sie meine Schulden bezahlt haben. Und wenn ich etwas aufgeregt war, haben Sie Nachsicht mit mir. Für jetzt haben wir wohl nichts mehr zu besprechen?«

»Ich wüsste nicht, Herr Meining«, sagte der Direktor, der merkte, wie sehr Meining sich zusammenriss. Aber der böse, funkelnde Blick war nicht aus Meinings Augen gewichen. Der alte Herr sorgte sich sehr um die junge Frau, wenn er auch nicht wusste, aus welchem Grund.

Als Meining sich endlich verabschiedet hatte, stand der Direktor eine Weile nachdenklich mitten im Büro. Dann griff er energisch zum Telefon und ließ sich mit der Fabrik Römer verbinden. Als sich jemand meldete, bat er, man möge ihn mit Herrn Richard Römer verbinden. Dieser meldete sich gleich darauf und fragte, was der Herr Direktor wünsche.

»Mein lieber Herr Römer«, sagte dieser, tief aufatmend, »ich habe ein etwas seltsames Anliegen, über das ich aber nicht telefonisch mit Ihnen sprechen möchte. Könnten Sie sich wohl eine Viertelstunde freimachen und zu mir kommen – es handelt sich um das Wohl und Wehe von Frau Mona Meining.«

Richard erschrak.

»Es ist doch nichts geschehen?«

»Nein, nein – aber ich habe das dumpfe Gefühl, es könnte irgendetwas Schlimmes geschehen. Und da ich weiß, dass Sie mit ihr befreundet sind und wie große Stücke ihr Vater auf Sie hielt, möchte ich Ihnen meine Befürchtungen anvertrauen.«

»Ich komme sofort«, rief Richard, halberstickt vor Angst um Mona, und hängte ein.

Zehn Minuten später war er schon im Büro des Direktors.

»Was haben Sie mir zu sagen?«, fragte er hastig.

Dem Direktor entging nicht, wie blass und aufgeregt der junge Mann war.

»Bitte nehmen Sie Platz und beunruhigen Sie sich in keiner Weise. Ich bemühe Sie vielleicht umsonst; aber – ich weiß nicht –, es gibt Warner in unserer Brust, die man nicht unbeachtet lassen darf. Also hören Sie mir zu!«

Und er berichtete Richard haargenau, welche Unterredung er auf Monas Veranlassung mit Meining gehabt und wie dieser sich dabei benommen hatte. Zuletzt kam er auf dessen bösartig funkelnde Augen zu sprechen und schloss:

»Sie können sich kaum denken, wie mir bei alldem zumute war. Ich hatte ständig das Gefühl, dass die junge Frau in schwerer Gefahr ist. Beim Anblick Meinings schüttelte es mich förmlich – ich weiß allerdings nicht, warum. Auf seinem erblassten Gesicht sah ich übrigens zwei rote Striemen. Ich komme zu wenig in die Villa Falkner, als dass ich Frau Mona irgendwie behilflich sein könnte, Sie aber – ihr vertrauter Freund seit Kinderzeiten, haben eher Gelegenheit, ohne aufdringlich zu erscheinen, einzugreifen, falls es erforderlich sein sollte.«

Aufmerksam, seine Erregung unterdrückend, hatte Richard zugehört. Als der Direktor schwieg, sagte er heiser:

»Die Striemen in Meinings Gesicht – das ist meine Handschrift.«

Der Direktor zuckte zusammen.

»Sie hatten eine Auseinandersetzung mit ihm?«

Richard zögerte einen Augenblick, dann sagte er mit verhaltener Stimme:

»Ich weiß, Ihnen kann ich vertrauen – aber ich bitte um strengste Verschwiegenheit. Mona darf vorläufig nichts davon erfahren, und – ich möchte zudem den Ruf einer anderen Frau schützen.«

Der Direktor reichte ihm die Hand.

»Sie haben mein Ehrenwort!«

Richard berichtete nun ohne Umschweife und ohne Beschönigungen, was gestern Abend und heute Vormittag passiert war. Der Direktor ballte die Hände zu Fäusten.

»Ich hatte gleich das Empfinden, dass meine junge Herrin sich in einen niederträchtigen Kerl verliebt hat.«

Mit einem bitteren Lächeln schüttelte Richard den Kopf.

»Sie hat sich nicht in ihn verliebt, er ist ihr mehr als gleichgültig. Sie flüchtete nur in diese törichte Ehe – vor einer anderen Liebe. Ich will Ihnen auch darüber reinen Wein einschenken, mein lieber Herr Direktor; ich weiß, dass man Ihnen vertrauen kann und Sie nie etwas tun oder sagen werden, was Mona schaden könnte.«

»Darüber können Sie ganz beruhigt sein.«

Da beichtete Richard dem alten Herrn alles, was Mona und ihn in diese Irrungen und Wirrungen hineingetrieben hatte, verschwieg ihm auch nicht, weshalb Mona auf dem Standesamt ohnmächtig geworden und was dann in dem kleinen Amtszimmer geschehen war.

»So, Herr Direktor, nun wissen Sie alles. Ich hätte trotz allem Fräulein Lindner zu meiner Frau gemacht, weil ich ihr mein Wort gegeben hatte, und Mona wird aus dem gleichen Grund diese lächerliche Scheinehe weiterführen – wenn nicht ein Wunder geschieht. Sie ahnt noch nichts von meiner Entlobung, weiß auch nicht, inwieweit dieser Mann daran beteiligt ist. Ich will sie auch nicht eher einweihen, als bis sie wieder ganz gesund und bei Kräften ist. Ich habe ihr nur durch Frau Richter die Bitte vortragen lassen, ihre Hochzeitsreise nicht eher anzutreten, als bis ich mit ihr gesprochen hätte. Diese Zusage habe ich auch bekommen. Ich bin zurzeit allerdings ein wenig behindert, wie sonst in ihrem Hause aus und ein zu gehen. Ich würde vielleicht von diesem Kerl hinausgewiesen, zumal wenn er merken sollte, dass ich ihn beobachten oder überwachen will. Aber – ich weiß bereits, wie ich Mona helfen kann, dass er nicht in ihre Nähe gelangt. Ich werde Frau Richter ins Vertrauen ziehen und sie bitten, nicht von Monas Seite zu weichen, solange Meining im Hause ist, und ihn niemals in Monas Zimmer hineinzulassen. Sie muss sich selbstverständlich ihm gegenüber hinter dem Befehl ihrer Herrin verschanzen, aber das lässt sich machen. Mona wird selbst den Wunsch haben, nicht mit Herrn Meining zusammenzutreffen.«

In tiefstem Herzen bewegt, hatte der Direktor Richard zugehört. Wie schade, dass diese beiden Menschen sich nicht hatten finden können. Aber – vielleicht geschah doch noch ein Wunder und brachte alles wieder ins Lot.

»Darf ich gleich von hier aus anrufen?«, fragte Richard.

Der Direktor bat ihn durch eine Handbewegung zum Apparat. Richard rief in der Villa Falkner an. Er hatte Glück, Frau Richter meldete sich. Er gab sich zu erkennen und sagte:

»Liebe Frau Richter – sind Sie allein?«

»Im Augenblick ja, Herr Römer, aber jede Minute kann Herr Meining hier sein, er ist im Haus, und – Gott behüte – er führt eine Art Schreckensregiment.«

Richard atmete erregt.

»So hören Sie mir bitte zu, aber nennen Sie meinen Namen nicht mehr. Niemand darf wissen, was ich Ihnen jetzt sage – verstehen Sie?«

»Gewiss, ich verstehe, ›gnädige Frau‹.«

»Ah, sehr gut! Das klingt unverfänglich. Also bitte, liebe Frau Richter, ich beschwöre Sie, ein Zusammentreffen Monas mit … mit … einem gewissen Herrn unter allen Umständen zu verhindern. Sie darf nicht eine Minute mit ihm allein sein. Später werden Sie alles Weitere erfahren. Jetzt nur so viel – verlangen Sie von Mona eine strikte Anweisung, dass niemand zu ihr gelassen wird. Sagen Sie ihr, ich flehte sie an, auf keinen Fall ihren Mann bei sich einzulassen. Ich spreche hier von den Falkner-Werken aus. Der Herr Direktor und ich sind in gleicher Besorgnis ihretwegen. Können Sie Meining dennoch nicht von ihr fernhalten, so rufen Sie mich sofort zur Villa Falkner. Seien Sie um Gottes willen achtsam – er darf nicht mit ihr zusammentreffen.«

»Sie können beruhigt sein, gnädige Frau – die strikte Anordnung habe ich bereits – und es wird alles nach Ihrem Wunsch geschehen.«

»Gottlob! Und bitte, sehen Sie zu, dass Sie auch nachts in ihrer Nähe sein können.«

»Mein Bett steht schon im Nebenzimmer – ich lasse die Türen zwischen uns offen. Das hatte ich mir bereits vorgenommen – vielleicht aus demselben Grund, der Sie beunruhigt. Seien Sie ganz unbesorgt – auch der Diener ist in der Nähe. Ein Wachhund wird eine Schlafmütze gegen mich sein.«

»Gut, gut – und tausend Dank – und bitte, wenn es geht, stellen Sie das Telefon um zu der gnädigen Frau – sagen Sie, der Herr Direktor möchte sie für eine Minute sprechen.«

»Wird besorgt.«

Alsbald meldete sich Mona. Richard hatte dem Direktor den Hörer gereicht, nachdem er ihm eine kurze Weisung gegeben hatte.

»Sie wünschen mich zu sprechen, Herr Direktor?«, fragte Mona.

»Ja, gnädige Frau – ich habe die bewusste Unterredung mit Ihrem Gatten gehabt und muss Ihnen melden, dass er sehr ausfallend und wütend wurde. Ich bitte Sie deshalb dringend, ihm in den nächsten Tagen nicht zu begegnen. Lassen Sie ihn sich erst austoben.«

»Sie dürfen unbesorgt sein, lieber Herr Direktor, ich habe gar nicht die Absicht, mit ihm zusammenzukommen. Meine Krankheit ist ein hinreichender Vorwand, und wenn ich gesund bin, werde ich mich bei Ihnen melden. Dann besuchen Sie mich vielleicht auf ein Stündchen und erstatten mir Bericht.«

»Das werde ich tun. Also – bitte Vorsicht!«

»Seien Sie unbesorgt!«

Damit war das Gespräch beendet. Die beiden Herren teilten einander mit, was sie am Telefon vernommen hatten, und waren nun einigermaßen beruhigt.

»Vielleicht sehen wir doch zu schwarz – vielleicht tun wir Meining unrecht, wenn wir annehmen, dass er Mona etwas antun könnte – aber besser, wir sind vorsichtig«, sagte Richard, tief aufseufzend. Das war das Härteste für ihn, dass er nicht bei Mona sein konnte, um sie unter seinen Schutz zu nehmen. Aber was möglich war, war getan worden.

18

Frau Richter war sehr nachdenklich geworden und irgendwie beunruhigt. Auch sie hatte das böse Funkeln in Meinings Augen gesehen; und dass er sehr wütend war, entnahm sie dem Ton, in dem er mit der Dienerschaft verkehrte. Auch ihr gegenüber war er kurz angebunden. Aber das war ihr nur lieb – sie konnte ihn nun mal nicht leiden. Irgendwie stand auch vor ihren Augen ein geheimes Warnsignal, das auf »Gefahr für Mona« wies.

Sie traf erst beim Mittagessen wieder mit Meining zusammen und bemerkte zu ihrem Erstaunen, dass er plötzlich ganz anders eingestellt war. Er gab sich sehr höflich und sagte:

»Sie dürfen mir bitte nicht böse sein, wenn ich in der letzten Zeit etwas nervös und aufgeregt war. Es quält mich namenlos, dass meine Frau krank ist und ich sie nicht wenigstens sehen kann. Ist es denn nicht möglich, zu ihr zu gehen?«

Frau Richter fand keine Veranlassung, schroff gegen ihn zu sein, und meinte begütigend:

»Es ist völlig ausgeschlossen, dass Ihre Frau Gemahlin Sie empfängt. Man würde damit eine neue Nervenkrise heraufbeschwören.«

Er seufzte zum Steinerweichen.

»Ich bin sehr unglücklich darüber, das dürfen Sie mir glauben. Und leider muss ich fürchten, dass Mona sehr krank ist. Was sagt denn der Arzt?«

»Sie wünscht keinen Arzt, sie behauptet, es könne ihr sowieso keiner helfen.«

Das war Meining nur lieb, aber er machte ein äußerst besorgtes Gesicht.

»Dass Schwerkranke niemals etwas von einem Arzt wissen wollen!«

Frau Richter wusste zum Glück, dass Mona nicht schwer krank war, sondern nur Ruhe haben und allein bleiben wollte. Sie widersprach jedoch nicht, denn je ernster Meining Monas Zustand erschien, umso leichter war er von ihr fernzuhalten.

»Ich habe ihr auch schon zugeredet, einen Arzt kommen zu lassen; aber sie wird dann jedes Mal sehr aufgeregt und will es nicht haben. Sie hat nie sehr gern mit Ärzten zu tun gehabt.«

»Nun ja, es kommt meist auch nicht viel dabei heraus. Die Hauptsache ist, dass sie sich gut ernährt. Offen gesagt, die Ohnmacht auf dem Standesamt kam wohl davon, dass sie nicht kräftig genug gegessen hatte. Die jungen Damen treiben bei der Sucht, schlank zu bleiben, gefährlichen Unsinn und machen sich nur krank. Was isst sie denn jetzt eigentlich?«

»Leider sehr wenig, heute hat sie noch nichts weiter gegessen als eine Hühnersuppe und ein paar Bissen Hühnerfleisch. Frühmorgens nur einen Zwieback und eine Tasse Tee.«

»Nun also, da haben wir's. Trinkt sie wenigstens manchmal ein Glas Wein?«

»Sehr selten.«

»Also darauf müssen wir halten, Frau Richter; sie muss unbedingt täglich ein gutes Glas Wein trinken. Ich weiß, sie hat alten Portwein im Keller, der besonders gut ist. Bitte lassen Sie doch gleich eine Flasche davon heraufholen. Dann füllen wir ein Glas, und am besten tragen Sie das gleich zu unserer lieben Kranken hinauf und bitten sie, es auszutrinken, solange Sie noch bei ihr sind. Sonst tut sie es ja doch nicht.«

Frau Richter fragte sich unwillkürlich, was es mit diesem plötzlichen Besorgtsein um Mona auf sich haben konnte. Dass es Meining nicht aus dem Herzen kam, erschien ihr sicher. Also, was hatte das zu bedeuten?

Darauf schien sie jetzt die Antwort gefunden zu haben – er hatte einfach selbst Appetit auf diesen guten alten Portwein, der nur bei besonderen Gelegenheiten auf den Tisch kam. Nun wollte er auf diese Weise versuchen, an den Wein heranzukommen.

Aber da sie selbst der Ansicht war, dass Mona etwas für sich tun müsse, war sie schnell einverstanden und ließ eine Flasche heraufholen.

Der Wein wurde gebracht, Meining nahm die Flasche entgegen und öffnete sie selbst. Holte auch ein Glas aus dem Büfett, hielt es gegen das Licht, stellte es auf den Tisch und stellte ein zweites Glas daneben. Er füllte alsdann dieses letztere Glas, leerte es und sagte, Frau Richter zunickend:

»Das wird ihr guttun. Nicht wahr, Sie tragen es ihr selbst hinauf und bestellen ihr, ich lasse sie inständig bitten, etwas für sich zu tun und von jetzt an jeden Mittag ein Glas Portwein zu trinken.«

Während er das sagte, hantierte er so am Büfett, dass sie nur seinen Rücken sehen konnte. Sie bemerkte nur, dass er das Glas füllte, sah aber nicht, dass er zugleich eine von den bereitgehaltenen Pillen hineinfallen ließ. Behutsam stellte er das Glas auf ein Kristalltellerchen und überreichte es Frau Richter.

»So, bitte!«

Und dabei sah er sie mit einem Blick an, der betörend wirken sollte, der die alte Dame jedoch berührte wie ein Warnsignal. Irgendetwas an diesem Blick war falsch, lauernd und grausam.

Sie bezwang sich jedoch, lächelte ihm zu und ging mit dem Glas hinaus. Langsam stieg sie die Treppe empor, und unwillkürlich neigte sie sich dabei über das Glas, um den Duft des Portweins einzuatmen. Sie kannte diesen Duft genau, denn zuweilen nahm sie selbst ein Gläschen davon. Aber plötzlich stutzte sie und sah aufmerksam auf das Glas. Was für ein eigenartiger Geruch, der dem Wein heute entströmte! War die Flasche vielleicht nicht gut verkorkt gewesen? Das war ja ein Geruch, wie – ja – wie denn gleich?

Sie blieb oben auf der Treppe stehen, sog noch einmal den Duft des Weines ein.

Wie eigenartig er roch, ganz anders als sonst!

Sie hob das Glas gegen das Licht, und es wollte ihr scheinen, als sei der Wein etwas dunkler als sonst.

Sofort stand es bei ihr fest, dass sie ihrer Herrin den Inhalt des Glases nicht zu trinken geben würde. Warum, wusste sie selbst nicht.

Sie trat in ihr direkt neben der Treppe liegendes Zimmer und entnahm einem Schränkchen ein leeres Kristallfläschchen. In dieses schüttete sie den Portwein, wobei, ohne dass sie es bemerkt hätte, ein Tröpfchen auf den Boden fiel. Nachdem sie die Kristallflasche mit einem Glasstöpsel verschlossen hatte, stellte sie diese in das Schrankfach zurück.

Sodann spülte sie das Glas gut aus, rieb es noch mit

einem Tuch nach und füllte es schließlich mit leichtem Rotwein, von dem sie stets eine Flasche bei sich verwahrte, da der Arzt ihr geraten hatte, sich von Zeit zu Zeit mit einem Schluck zu stärken.

Ordentlich leicht und frei war ihr zumute, als sie sich nun zu Mona begab, um ihr das neu gefüllte Glas zu bringen.

Ehe sie zu deren zum Korridor hin abgeschlossenen Schlafgemach gelangte, musste sie eine Flucht von Zimmern durchschreiten, die ebenfalls verriegelt waren.

Als Frau Richter bei ihr eintrat, lag Mona, halb aufgerichtet, auf ihrem Bett und las in einem Buch.

»Ich bringe Ihnen im Auftrag von Herrn Meining ein Glas Wein, gnädige Frau. Er meinte, es müsse Ihnen guttun. Allerdings gab er mir von dem alten schweren Portwein für Sie; aber ich tauschte diesen gegen unseren leichten roten Tischwein, denn Sie trinken ja immer nur von diesem, wenn Sie überhaupt Wein trinken. Ich soll aber dabei stehen bleiben, bis Sie das Glas geleert haben; er meint, er sorge sich sehr um Sie und Sie müssten zu Kräften kommen.«

Mona legte das Buch beiseite und zuckte die Achseln.

»Ich kann mir nicht denken, dass ich von irgendwelchem Wein zu Kräften komme, denn mir wird nach dem Genuss von Alkohol jedes Mal übel. Aber das braucht Herr Meining nicht zu wissen. Immerhin war der Wille, mir etwas Gutes zu tun, vorhanden. Darum sagen Sie ihm ruhig, Sie seien dabeigeblieben, bis das Glas geleert war. Aber bitte, trinken Sie es selbst aus. Ihnen hat der Arzt ja Wein verordnet«

Frau Richter zwang sich zu einem Lächeln. Ihr war bei alledem sehr seltsam zumute. Aber sie leerte langsam das Glas.

»Auf Ihre baldige Genesung!«, sagte sie dabei.

Mona nickte ihr lächelnd zu.

»Machen Sie sich keine Sorge meinetwegen, liebe Frau Richter, ich glaube, ich bin einfach sträflich faul; wenn ich ernstlich wollte, wäre ich wohl schon wieder gesund.«

Die alte Dame sah sehr erstaunt auf sie herab.

»Es wird jedenfalls besser sein, Sie bleiben noch einige Zeit in Ihrem Bett – ich habe das bestimmte Gefühl, dass Sie hier die beste Ruhe und Erholung haben.«

Mona nickte wieder.

»Ja, und deshalb will ich auch noch einige Zeit das Zimmer hüten. Mein – mein Mann soll ruhig glauben, ich sei noch krank. Ich hoffe, Sie verstehen mich?«

»Vollkommen!«

»Ich bin sehr froh, Frau Richter, dass ich Sie noch hier habe. Und – ich lasse Sie auch so bald noch nicht fort.«

»Es eilt mir auch nicht. Aber nun muss ich wieder hinuntergehen und mit Herrn Meining den Nachtisch verzehren.«

Kaum dass Frau Richter das Esszimmer wieder betreten hatte, fragte Meining mit geradezu überstürzter Hast:

»Nun – hat sie den Wein getrunken?«

Frau Richter erschrak vor dem Ausdruck seiner Augen und dachte bei sich: Es ist doch gut, dass Frau Mona den Portwein nicht getrunken hat. Aber sie sagte mit einem erzwungenen Lächeln, indem sie das leere Glas umstülpte:

»Bis auf den letzten Tropfen!«

Dann stellte sie das leere Glas auf das Tablett des Dieners, der eben herbeikam, um das Geschirr abzuräumen. Meining machte unwillkürlich eine Bewegung mit der Hand, als wollte er das Glas wieder vom Tablett herabnehmen, aber er unterließ es dann doch – es hätte auffallen können.

Sehr eifrig sagte er:

»Das wollen wir jetzt immer so halten, Frau Richter. Ich will unbedingt auch etwas dazu beitragen, meine Frau wieder gesund zu machen. Jeden Tag werde ich ihr selbst das Glas mit Portwein füllen, und Sie tragen es regelmäßig hinauf und bleiben so lange, bis meine Frau es schön brav leer getrunken hat.«

Das Lächeln, das dabei über sein Gesicht huschte, und das Funkeln seiner Augen ließen Frau Richter unwillkürlich erbeben.

»Gott mag mir vergeben«, sagte sie heimlich zu sich, »wenn ich diesem Menschen unrecht tue; aber wenn in seinen Augen jetzt nicht Mord gefunkelt hat, will ich mich nie mehr auf meine Menschenkenntnis verlassen.«

Sie aßen alsdann die Nachspeise und plauderten friedlich miteinander. Als Frau Richter sich zurückziehen wollte, sagte Meining:

»Ich werde jetzt eine Stunde arbeiten und dann im Wagen meiner Frau ein wenig über Land fahren – mir ist ganz wüst im Kopf. Sollte meine Frau nach mir fragen, sagen Sie ihr das bitte!«

»Das werde ich tun, Herr Meining!«

Dann ging Frau Richter hinaus.

Meining begab sich, nachdem er eine ganze Flucht von Gemächern durchschritten hatte, in das große Arbeitszimmer seiner Frau, das sie zu benutzen pflegte, wenn sie mit dem Werk und für dieses arbeitete. An dem Fenster rechter Hand stand ein großer Schreibtisch; an dem zur Linken ein Tisch, auf dem Bücher lagen. Eine ganze Wand war bedeckt mit Bücherborden, und an der gegenüberliegenden Wand stand ein Diwan, während an der inneren Korridorwand eine prächtige Frühlingslandschaft hing.

Hinter diesem Bild, das war Meining bekannt, befand sich das Geheimfach, das Monas Schmuck enthielt.

Seine Augen starrten darauf. – Es war eigentlich nicht mehr nötig, sich den Schmuck anzueignen. Aber man konnte ja nicht wissen! Besser war besser! So würde er ihn irgendwie in Sicherheit bringen.

Aber wo mochten nur die Schlüssel seiner Frau sein? Sie hingen alle an einem Ring, und darunter befand sich auch der Schlüssel zu dem Geheimfach.

Das war alles, was er wusste. Suchend flogen seine Augen durch das Zimmer. Dann trat er an den Schreibtisch heran. Nein – hier steckten die Schlüssel nicht. Vielleicht lagen sie in einer der Schubladen. Er zog die oberen auf. Sie waren mit Schreibpapier und Schreibutensilien gefüllt. Von den Schlüsseln keine Spur.

Die unteren Fächer waren durch Türen verschlossen und nicht ohne Weiteres zu öffnen.

Er bückte sich, nahm einen der Kästen heraus und fasste durch die Öffnung in das darunterliegende Fach. Aber ehe er darin etwas entdecken konnte, trat, vom Gang kommend, Frau Richter in das Zimmer.

Hastig wandte er sich um, lachte ein wenig verlegen.

»Ich suche die Schlüssel meiner Frau und wollte Sie nicht noch einmal bemühen, weil ich glaubte, Sie hielten ein Mittagsschläfchen.«

Frau Richter fasste sich schnell. Sie fand es höchst seltsam, dass Meining in dem Schreibtisch seiner Frau herumschnüffelte. Sie verbarg jedoch ihr Befremden und erwiderte nur:

»Die gnädige Frau hat die Schlüssel wohl mit nach oben genommen.«

Ihm kam ein anderer Gedanke.

»Mir geht es nämlich darum: Meine Frau hat die Schlüssel zu unseren Koffern, die für die Reise schon bereit waren, an ihrem Schlüsselbund befestigt. Ich möchte meine Koffer öffnen und etwas herausnehmen. Bitte sorgen Sie doch dafür, dass mir meine Frau ihren Schlüsselbund für eine Weile überlässt.«

Frau Richter musste dabei denken: Ob er wohl die Wahrheit sagt? Sie erklärte sich aber bereit, das Gewünschte herbeizuholen. Als sie sich der Tür näherte, bemerkte sie, dass die Frühlingslandschaft schief hing.

Meining hatte daran gerückt, als er nach dem Geheimfach hatte sehen wollen.

Um Frau Richters Lippen zuckte es, als sie die Treppe hinaufstieg. Ich komme mir beinahe vor wie Sherlock Holmes, dachte sie.

Aber sie wurde gleich wieder ernst. Sie war sicher, dass es Meining nicht um die Kofferschlüssel zu tun war – er war an dem Geheimfach gewesen und hatte nach dem passenden Schlüssel gesucht – das hätte sie beschwören können. Sie beschloss daher, sehr wachsam zu sein und die Augen offen zu halten. Gegebenenfalls wollte sie sogar nicht davor zurückschrecken, zu lauschen oder durch das Schlüsselloch zu sehen. Leise trat sie bei Mona ein, die noch immer in ihrem Buch las. Sie berichtete ihr von Meinings Verlangen, ohne ihr zu verraten, wie sie ihn vor dem Schreibtisch gefunden hatte. Sie war gespannt, ob Mona auf seinen Wunsch eingehen würde. Diese fasste aber ohne Weiteres in ein Körbchen, das auf dem Nachttisch stand, und reichte Frau Richter den Schlüsselbund.

»Ich weiß nicht, welches meines Mannes Kofferschlüssel

sind – er soll sie sich selbst heraussuchen. Mir fällt übrigens ein, dass ich, weil wir ja abreisen wollten, alles abgeschlossen habe. Bitte lassen Sie die Schlüssel tagsüber ruhig unten, nur abends möchte ich sie wegen des Geheimfachs oben bei mir haben. Die Schlüssel können ja am Tage in einem offenen Fach meines Schreibtisches liegen, damit sie für Sie und meinen Mann immer erreichbar sind.«

Mona kam es nicht in den Sinn, dass es nicht ratsam war, Meining die Schlüssel zugänglich zu machen. Anders Frau Richter. Diese fand es sogar sehr vertrauensselig und nahm sich daher vor, gut achtzugeben und die Schlüssel jeden Abend bei Mona abzuliefern.

Sie wusste allerdings, dass außer dem Schmuck ihrer Herrin keine Dinge von besonderem Wert im Hause aufbewahrt wurden. Mit Bargeld war Mona auch nicht reichlich ausgestattet, weil sie immer nur abhob, was sie gerade brauchte. Aber immerhin – der Schmuck. Und warum war der Herr Meining am Geheimfach gewesen?

Frau Richter hatte schon recht, wenn sie sich mit Sherlock Holmes verglich. Sie hatte scharfe Augen, denen nichts entging – und jetzt war sie besonders wachsam.

Meining befand sich noch in Monas Arbeitszimmer, als sie wieder herunterkam. Er stand am Fenster, die Hände in den Hosentaschen, und wandte sich bei ihrem Eintreten schnell um. Ruhig reichte sie ihm den Schlüsselbund und bat, ihn in den Schreibtischkasten zu legen, wenn er ihn nicht mehr brauchte.

Dann entfernte sie sich wieder, indem sie eine Decke mitnahm, die sie vorhin hatte holen wollen, weil sie gereinigt werden musste.

Als sie draußen auf dem Gang war, blieb sie plötzlich

stehen, denn sie bemerkte, dass hinter ihr die Tür zu Monas Arbeitszimmer abgeschlossen wurde. Warum sperrte Meining das Zimmer zu?

Ohne lange zu überlegen, betrat sie leise das danebenliegende Musikzimmer, schlich auf dem weichen Teppich bis zur Tür und spähte durch das Schlüsselloch. Sie konnte von hier aus gerade die Wand sehen, in der sich das Geheimfach befand. Meining stand davor, hatte das Bild abgenommen und die Tür des Schranks geöffnet. Sie sah deutlich, wie er die Schmuckkassette herausnahm, aufschloss und sich anscheinend vom Vorhandensein des Schmucks überzeugte.

Er öffnete einige Fächer und ließ die Sonne auf den Steinen spielen. Er bekam dabei ein so habgieriges Gesicht, dass Frau Richter erschauerte. Sie bemerkte dann aber, dass er alles wieder in die Schmuckkassette zurücklegte und diese wieder in dem Geheimfach verschloss. Vom Schlüsselbund machte er nun einige Schlüssel los, wahrscheinlich seine Kofferschlüssel, und legte dann die übrigen in das Schreibtischfach.

Schnell entfernte die Lauscherin sich von der Tür und eilte in das Wohnzimmer hinüber, von wo aus sie feststellen konnte, dass Meining Monas Arbeitszimmer verließ und sich in seine eigenen Gemächer begab.

In tiefes Sinnen verloren, stand die alte Dame da. Mona war ihr sehr, sehr lieb geworden, und sie sorgte sich um sie beinahe wie um das eigene Kind. Was hatte dieser Mensch mit ihrer jungen Herrin vor? Weshalb betrachtete er sich so genau ihren Schmuck? Wollte er ihn etwa heimlich zu Geld machen? Und – was war mit dem Wein, weshalb drängte er so darauf, dass Mona jeden Tag ein Glas Wein bekam.

Sie fühlte, ihr war eine Verantwortung aufgebürdet worden, die sie allein weder tragen konnte noch wollte. Mit Mona konnte sie zurzeit unmöglich über ihre Sorgen sprechen. Also musste sie sich entweder an den Direktor wenden – oder an Richard Römer. Ja – der war der richtige Mann, in dessen Hände man vertrauensvoll alles, was Mona betraf, legen konnte.

Sie beschloss daher, später – wenn Meining fortgefahren war, sich mit Richard in Verbindung zu setzen. Vor allen Dingen musste sie die Schlüssel an sich nehmen, damit Meining nicht noch einmal an das Geheimfach herankonnte.

Gedacht, getan! Sollte Meining nur, wenn er sie brauchte, jedes Mal nach den Schlüsseln fragen.

Es war noch zu früh, Richard Römer anzurufen, und so begab Frau Richter sich zunächst in ihr eigenes kleines Reich, um hier in aller Ruhe noch einmal zu überdenken, was zu tun war.

Als sie ihr Zimmer betrat, fiel ihr etwas sehr Merkwürdiges auf. Sie sah auf dem Fußboden den Tropfen, den sie von dem Wein verschüttet hatte und der auf dem Parkettfußboden stehen geblieben war. Um ihn herum lagen fünf tote Fliegen,

Beklommen sah sie darauf. Und dann lief ein Zittern über ihren ganzen Körper. Es war jetzt im Frühsommer nicht normal, dass Fliegen ohne jeden Grund hinstarben. Diese fünf hier hatten wohl an dem Tropfen Portwein genascht – und das mit dem Leben bezahlt. Also – wenn Fliegen an diesem Portwein starben –?

Sie bückte sich hinab und wollte die Fliegen und den Tropfen entfernen, aber dann besann sie sich anders. Nein – das musste so bleiben, wie es war – und – sie musste es

Richard Römer zeigen. Er konnte dann das Weitere veranlassen.

Entschlossen richtete die alte Dame sich auf und faltete die Hände zu einem Dankgebet. Welch ein Glück, dass sie ihre junge Herrin diesen Wein nicht hatte trinken lassen. Denn wenn Fliegen davon starben, musste der Wein irgendwie auch Menschen schaden.

Sie nahm das Kristallfläschchen aus dem Schrank und hielt es gegen das Licht. Der Wein schien noch etwas dunkler geworden zu sein; die Farbe spielte ein wenig ins Violette hinüber.

Sie setzte sich ans Fenster, um achtzugeben, wann das Auto, mit dem Meining über Land fahren wollte, vor das Haus fahren würde. Es dauerte nicht sehr lange, bis das geschah. Gleich darauf trat auch Meining aus der Haustür, schön und elegant von Kopf bis Fuß.

Frau Richter lief ein Grauen über den Rücken. Und als der Wagen fortgefahren war, atmete sie auf.

Ohne einen Augenblick zu zögern, rief sie Richard Römer an. Als er sich meldete, sagte sie, so ruhig sie konnte:

»Ich muss Sie dringend um eine Unterredung bitten, Herr Römer, leider kann ich nicht fort, sonst würde ich Sie aufsuchen, denn telefonisch kann ich Ihnen nicht sagen, was ich auf dem Herzen habe. Oder doch nur das eine: Ich wittere Gefahr für meine junge Herrin!«

Ein tiefer Atemzug, dann stieß Richard hastig hervor:

»Ich komme sofort zur Villa Falkner – oder ist es besser, wir treffen uns an einem anderen Ort?«

»Nein, nein, kommen Sie bitte – Herr Meining ist soeben über Land gefahren. Ich erwarte Sie, denn ich weiß keinen Rat mehr.«

19

Zehn Minuten später saß Richard schon Frau Richter in ihrem Zimmer gegenüber. Sie hielt es für das Beste, ihn hier zu empfangen.

Kurz und aufrichtig teilte sie ihm ihre Ängste und Nöte und ihre Beobachtungen mit und schloss alsdann:

»Ich weiß nicht, ob ich in meiner Sorge um Frau Mona etwas zu weit gehe mit meinen Befürchtungen und meinem Verdacht. Sie selbst will ich nicht beunruhigen. Außerdem bin ich, solange sie krank ist, an das Haus gefesselt. Ich werde meine Unruhe nicht los; ich wusste mir nicht anders zu helfen. Ich musste Ihnen mein Herz ausschütten, denn bei Ihnen weiß ich alles in den besten Händen. Nun sagen Sie mir bitte, was ich tun soll!«

Richards Gesicht hatte jede Spur von Farbe verloren. Er krampfte die Hände zusammen. Da war sie ja, die Gefahr, die er für Mona gewittert hatte. Das waren schon sehr deutliche Anzeichen. Was plante Meining? Wollte er Monas Gesundheit schädigen – oder – hatte er noch Schlimmeres vor?

Und was wollte er mit dem Schmuck? Wie hing das mit einem etwaigen Angriff auf Monas Gesundheit oder Leben zusammen? Wollte er sie beerben – dann hatte er doch nicht nötig, den Schmuck beiseitezuschaffen. Oder hatte er seine gierigen Augen nur an dem Anblick der Juwelen weiden wollen? Sei es, wie es wolle – hier mussten auf alle Fälle Vorkehrungen getroffen werden.

»Bitte, geben Sie mir einige Minuten Zeit – ich muss das alles durchdenken. Wo ist der Wein? Wo sind die toten Fliegen?«

Sie zeigte, sie ihm und holte das Fläschchen mit dem Wein aus dem Schrank. Er öffnete den Stöpsel, roch daran und schüttelte sich.

»Irgendetwas ist damit nicht in Ordnung – ich nehme den Wein mit und gebe ihn einem Chemiker zur Untersuchung. Und – nun hören Sie genau zu, verehrte Frau Richter: Mona darf unter keinen Umständen mit Meining zusammenkommen. Halten Sie ihre Klausur noch strenger aufrecht als bisher. Sollte er Ihnen wirklich morgen Mittag wieder ein Glas Wein übergeben, damit sie es Mona bringen, geben sie sich den Anschein, es zu tun, und füllen Sie den Inhalt wiederum in eine saubere Flasche. Und – wenn der Chemiker Ihren und meinen Verdacht bestätigt, dann werden wir einen als Diener verkleideten Detektiv ins Haus schmuggeln, der Meining fortan beobachtet. Sobald sich bei Ihnen also ein Karl Müller, der eine Anstellung als Diener sucht, meldet, stellen Sie ihn sofort ein. – Und nun zum Schmuck? Ich weiß noch nicht, was er damit will – aber – ich halte es für notwendig, ihm diesen aus den Klauen zu rücken. Passen Sie auf: Sie entfernen sämtliche Schmucksachen aus dem Geheimfach, und zwar sofort – und übergeben sie mir. Ich bringe sie unverzüglich zu den Falkner-Werken und lasse sie durch den Herrn Direktor verwahren. Die Kassette füllen wir mit irgendwelchen Dingen von annähernd dem gleichen Maß und Gewicht. Dann schließen wir die Kassette wieder zu. – Den Schlüssel dafür werde ich ebenfalls dem Direktor aushändigen. Plant Meining aus irgendeinem Grund, den Schmuck zu entfernen, wird er die ganze Kassette an sich nehmen.

Bestätigt sich unser schlimmster Verdacht, wird Meining – mein Gott wie schrecklich – danach trachten, sein Ziel möglichst schnell zu erreichen.

Bitte sagen Sie ihm zur Vorsicht, Monas Befinden verschlechtere sich von Tag zu Tag. – Irgendwelche besondere Anzeichen zu schildern wird am besten vermieden, um nichts Falsches anzugeben. Sobald wir ihn dann überführen können, wird das geschehen. Aber so, dass Mona so wenig wie möglich davon erfährt. Wir wollen tunlichst jeden Skandal vermeiden. Sind Sie nun im Bilde, was Sie zu tun haben?«

»Ja, Herr Römer, und nun ist mir das Herz schon ein wenig leichter. Es ist schrecklich, einen Verdacht zu hegen und nicht mehr davon loszukommen.«

Sie begaben sich nun hinunter in Monas Arbeitszimmer, und Richard Römer packte dort, ein Verzeichnis davon erstellend, sämtliche Schmuckschatullen mit Inhalt in seine Aktenmappe. Sie wurde dick und schwer. Dann holte Frau Richter aus dem Speisezimmer eine Anzahl leere Pralinenkartons, die sie mit wertlosem Kram gefüllt hatte, und verstaute sie in der Schmuckkassette.

Dann verabschiedete Richard sich und versprach, Nachricht zu senden, sobald er etwas wisse.

Einen Gruß an Mona trug er ihr nicht auf, um diese nicht zu beunruhigen.

Richard fuhr zunächst zu einem Chemiker, gab das Fläschchen mit dem Wein zur Untersuchung ab und fragte, wann er sich nach dem Ergebnis erkundigen dürfe. Er erhielt zur Antwort, dass dies morgen Vormittag geschehen könne.

Dann fuhr er zum Direktor, lieferte Monas Schmuck und den kleinen Schmuckkassettenschlüssel ab und berichtete, was er von Frau Richter gehört hatte. Seltsamerweise hielt auch der Direktor es sofort für möglich, dass Meining seiner Frau nach dem Leben trachte, um als deren Witwer ihr Erbe zu werden. Er war in großer Unruhe, aber Richard sagte ihm, es sei alles zu Monas Schutz getan, was getan werden könne. Die Herren konnten sich beide nicht denken, was Meining, wenn er doch auf das Erbe hoffen konnte, mit dem Schmuck vorhabe, bis endlich der Direktor auf die Vermutung kam, dass er an den Schmuck wohl nur als an einen Notbehelf denke, falls sein anderer Anschlag missglücken sollte.

Was aber konnte er auf dem Land wollen?

Auf diese Frage des Direktors sagte Richard:

»Damit habe ich mich auch schon befasst. Mir ist eingefallen, dass meine ehemalige Braut von ihren Eltern aufs Land geschickt werden sollte, um allem Gerede aus dem Weg zu gehen. Vielleicht glaubt er sie schon dort und will sich mit ihr in Verbindung setzen.«

Richard verabschiedete sich dann schnell, weil er noch einen ihm bekannten Privatdetektiv aufsuchen wollte.

Das geschah auch. Er fand den Herrn zu Hause und trug ihm sein Anliegen vor. Da dieser gerade keine anderen Aufträge zu erledigen hatte, stellte er sich schon gegen Abend bei Frau Richter als Diener Karl Müller vor. Diese war heilfroh, noch einen weiteren Schutz im Hause zu haben. Der Diener Karl war eine Stunde später schon so vertraut mit allen Obliegenheiten, als sei er bereits jahrelang im Hause.

Als Meining am Abend zurückkam, servierte Karl Müller bereits das Abendessen. Meining achtete so wenig auf ihn, dass er sich gar nicht bewusst wurde, ein neues Gesicht vor sich zu haben.

Karl Müller beobachtete schon an diesem Abend durch das Schlüsselloch, dass Meining einem Fach seines Schreibtischs ein winziges Päckchen entnahm, das er, nachdem er die Tür verschlossen hatte, vorsichtig öffnete, und dessen Inhalt er ausbreitete. Karl Müller hatte Luchsaugen und konnte erkennen, dass das Päckchen kleine runde Pillen enthielt, die Meining sorgfältig abzählte und dann wieder zusammenpackte, nachdem er eine der Pillen besonders eingewickelt und in die Westentasche gesteckt hatte.

Dann musste Karl Müller sich schnell zurückziehen, weil Meining sich der Tür näherte. Aber heraus kam er nicht.

Er ging nur in sein Schlafzimmer.

Meining hatte für Gloria eine Unterkunft gemietet in einem nicht allzu weit entfernten, dicht an der Straße und am Wald gelegenen Dörfchen. Er hatte ihr das bereits mitgeteilt und ihr geraten, sich schon am kommenden Morgen dort hinauszubegeben. Er würde sie dann nachmittags besuchen.

Durch Peter Lindner erfuhr Richard wiederum, wohin Gloria gehen würde. Diese hatte ihren Eltern mitgeteilt, dass eine Bekannte ihr dieses kleine Sommerhaus empfohlen habe.

Als Richard zur verabredeten Stunde den Chemiker aufsuchte, teilte dieser ihm mit, der Portwein enthalte eine Beimischung eines ihm leider unbekannten, seiner Ansicht nach indischen Giftes. Die in dem Wein enthaltene Dosis reiche, Ratten und Mäuse zu töten, einen Menschen aber höchstens zu schwächen oder lähmen. Näheres könne er erst mitteilen, wenn ihm größere Mengen zur Verfügung stünden. Für ausgeschlossen halte er allerdings nicht, dass ein Mensch bei wiederholten Gaben von diesem Gift schließlich unter Lähmungserscheinungen in den Tod hinüberschlummern könne.

Das war für Richard Anlass genug, seine Sorge um Mona erheblich zu vergrößern. Er telefonierte mit Frau Richter und bat sie nochmals um strenge Bewachung ihrer Herrin. Im Übrigen teilte er ihr nur noch mit:

»Unser Verdacht hat schon eine erste Bestätigung gefunden – bitte senden Sie mir so schnell wie möglich den Diener Karl, damit ich ihm weitere Weisungen erteilen kann.«

Eine Stunde später war Karl Müller zur Stelle und berichtete Richard, was er bisher beobachtet hatte. Das Belastendste war die Beobachtung mit dem Pillenpäckchen.

Richard übergab das Gutachten des Chemikers dem Detektiv, der, als er es gelesen, leise durch die Zähne pfiff.

Die Sache sah sehr ernst aus. Gleichwohl meinte der Detektiv, trotz aller Gerissenheit sei Meining ziemlich leicht zu durchschauen.

Bei Tisch sagte Meining, dass er auch heute das Auto für eine Überlandfahrt brauche. Karl Müller hatte diesen Befehl kaum entgegengenommen und weitergegeben, da begab er sich in das Musikzimmer, von wo er durch das Schlüsselloch alles genau beobachten konnte, was in dem nebenan gelegenen Gemach geschah. Alsbald öffnete sich die gegenüberliegende Tür, und Meining betrat, einen größeren Koffer in der Hand haltend, leise und vorsichtig Monas Arbeitszimmer. Nachdem er den Koffer abgesetzt hatte, entnahm er dem Schreibtischfach den darin liegenden Schlüsselbund, öffnete das Geheimfach, holte die Schmuckkassette heraus, brachte sie in seinem Koffer unter und verschloss diesen schleunigst.

Dann suchte er, nachdem er die Tür des Geheimfachs zugeschlagen und das Bild wieder aufgehängt hatte, an dem Schlüsselbund herum, wahrscheinlich, um den Schlüssel der Schmuckkassette abzunehmen. Er fand ihn natürlich nicht. Jetzt hielt Karl Müller es für angebracht, schnell zur nächsten Tür zu laufen und diese nicht gerade leise zu öffnen und zu schließen. Er vermutete, Meining würde erschrecken, Schlüssel Schlüssel sein lassen, um erst einmal seinen Raub in Sicherheit zu bringen.

Der Detektiv hatte sich auch nicht getäuscht. Meining warf den Schlüsselbund hastig in die Schublade zurück, schob diese zu und eilte mit der vermeintlich kostbaren Beute in sein Zimmer.

Nachdem er Hut und Mantel genommen hatte, ließ er den Koffer von dem »Diener Karl« zum Auto bringen. Dieser hörte nur, wie Meining dem Chauffeur zurief:

»So wie gestern.«

Frau Richter hatte er gesagt, dass er wahrscheinlich zum Abendessen nicht zurück sein würde. Man solle nicht auf ihn warten. Das ließ darauf schließen, dass er sehr spät heimkehren würde.

Karl Müller hatte bereits vom Chauffeur erfahren, wohin er Meining gestern gefahren hatte. So kam es, dass er als harmloser Waldspaziergänger bald darauf das kleine Haus umstrich, in dem am Vormittag eine schöne junge Dame aus der Stadt für einige Wochen als Logiergast eingezogen war. »Ihr Mann« hatte sie gestern hier eingemietet und gleich für eine Woche vorausbezahlt.

Sonst konnte Karl Müller allerdings nichts weiter herausfinden, als dass der bewusste Koffer so, wie er war, von Meining in einem Kleiderschrank verstaut wurde. Das hatte Karl

Müller von einem Baum aus am Abend beobachtet, als er in das Zimmer der schönen Dame blickte. Meining hatte es anscheinend nicht eilig, den Schmuck anzusehen, und Karl Müller schloss daraus, dass die schöne Dame nichts davon wissen sollte, welch kostbare Beute Meining in dem Koffer an sich gebracht zu haben glaubte. Dass er jetzt nichts Wichtiges mehr hier draußen herausbekommen würde, war Karl Müller klar. Er kehrte daher zu dem von ihm benutzten Auto zurück, das, ein wenig abseits im Wald, auf ihn gewartet hatte.

Unverzüglich fuhr er dann zur Villa Falkner zurück.

Am Mittag dieses Tages hatte Meining erneut darauf gedrungen, dass Frau Richter ein Glas von dem alten Portwein zu Mona hinauftrage. Während er Frau Richter den Rücken zuwandte und das Glas füllte, hatte Karl Müller im Spiegel beobachten können, dass Meining seiner Westentasche etwas entnahm und in den Wein fallen ließ.

Als Frau Richter wieder von oben herunterkam, berichtete sie wie immer, dass Mona das Glas sofort geleert habe, und fügte – vom Detektiv dazu angeleitet – hinzu, dass die Kranke überaus schwach sei und sich kaum noch bewegen könne.

Dass Meining Monas Schmuck in das Waldhaus gebracht hatte oder wenigstens glaubte, es getan zu haben, war aus folgendem Grund geschehen:

Er hatte sich möglichst vor einem Fehlschlag schützen und sich unter allen Umständen des Schmuckes versichern wollen.

Er war vorsichtig genug gewesen, seiner Geliebten nichts davon zu sagen, was der Koffer enthielt, damit sie ihn nicht verraten konnte. Schlug sein Unternehmen fehl und musste er vielleicht fliehen, wollte er Gloria aus dem Waldhaus abholen und mit ihr über die Grenze verschwinden.

Das von Monas Privatkonto stammende Geld, das der Direktor ihm durch einen Kassenboten geschickt hatte, hielt er zusammen, da er jetzt wenig brauchte.

Gloria wie auch er hatten sich Auslandspässe besorgt; sie würden also ungehindert über die Grenze kommen. Aber wahrscheinlich, so meinte Meining, würde das gar nicht nötig sein. Klappte alles, wie er es geplant hatte, dann wurde er Monas Erbe – und dann war sein Triumph vollkommen.

Sein Gewissen war in keiner Weise beschwert; die junge Frau tat ihm auch nicht leid. Er hatte nur eine Sorge: dass sie die Giftpillen nicht alle zu sich nehmen und nur schwer erkranken würde, ohne ihn zu ihrem Erben zu machen. Dass sie keinerlei Verwandte mehr hatte, die irgendwie erbberechtigt waren, wusste er von ihr selbst. Also – ging alles glatt, dann war er in einer Woche Herr der Falkner-Werke, und dann sollte der Herr Direktor sich vor ihm in Acht nehmen. Konnte er auch nicht gekündigt werden, so konnte man ihm doch allerlei Steine in den Weg werfen. Und das wollte er auf alle Fälle tun. Rachsüchtig genug war er, diesen Vorsatz auszuführen.

20

Einige Tage waren vergangen.

Der Chemiker hatte bei seinen Untersuchungen in dem ihm überbrachten Wein das doppelte Quantum Gift festgestellt, ohne jedoch herauszufinden, welcher Art dies sein könnte. Er machte weitere Experimente an Ratten und Mäusen. Es wurde auch eine Katze geopfert; diese war am doppelten Quantum verendet. Bei der Sektion der Tierleichen stellte man jedoch fest, dass kaum eine Giftspur nachzuweisen war. Obendrein verminderte sich die allenfalls vorhandene von Tag zu Tag.

Man hatte bei den Tieren seltsame Lähmungserscheinungen beobachten können; schließlich waren sie anscheinend völlig schmerzlos verschieden.

Eines Abends bemerkte Müller, dass Meining drei Giftpillen zu sich steckte. Drei – das würde wahrscheinlich ausreichen, selbst einen Menschen umzubringen.

Nun, sagte der Detektiv sich, wäre jegliches Säumen sträflich, und traf deshalb seine Vorbereitungen.

Als Meining am nächsten Tage die drei tödlichen Kügelchen verstohlen in das Weinglas gleiten ließ, wurde seine Hand plötzlich mit eisernem Griff gepackt. Müller hatte sich katzengleich hinter ihn geschlichen und zugepackt, während er ihm gleichzeitig einen Revolver vorhielt.

Im selben Augenblick traten auf seinen Ruf der Direktor, Richard und zwei weitere Detektive in das Zimmer. Alle richteten ihre Waffen auf Meining, der mit fahlem Gesicht um sich starrte und erkennen musste, dass er verloren war.

Mit einem Ruck befreite er sich plötzlich, eilte zu dem Fenster, riss es auf und sprang hinaus. Dabei stürzte er so unglücklich, dass er mit dem Kopf auf einen Rabattenstein aufschlug und sofort tot war.

Auf Richards Bitte wurde seine Leiche unverzüglich weggeschafft. Frau Richter war inzwischen zu ihrer jungen Herrin hinaufgeeilt, die seit einigen Tagen das Bett verlassen hatte und sich wieder auf dem Weg der Besserung befand.

Frau Richter hatte es fertiggebracht, Mona von allem abzulenken, was inzwischen im Hause vorgegangen war.

Als die alte Getreue ihr sagte, Richard bitte sie, ihm eine Unterredung zu gewähren, und anschließend die Frage stellte, ob sie sich kräftig genug fühle, den Jugendfreund zu empfangen, stieg dunkle Röte in Monas Gesicht. Aber sie sagte sich, einmal müsse eine Begegnung mit ihm ja doch stattfinden und es habe keinen Zweck, sie hinauszuschieben.

»Führen Sie ihn in mein kleines Wohnzimmer, Frau Richter – ich fühle mich kräftig genug, ihn zu empfangen. Aber bitte, sorgen Sie möglichst dafür, dass er nicht mit – meinem Mann zusammentrifft. Und lassen Sie uns allein – ich habe mancherlei mit Herrn Römer zu besprechen.«

Frau Richter tat, wie ihr befohlen.

Als wenige Minuten später Mona ein wenig zaghaft das Zimmer betrat, ging Richard ihr rasch entgegen und nahm ihre beiden Hände.

Sie sah ihn mit einem schmerzlichen und doch klaren Blick an.

»Du hast morgen Hochzeit, Richard nicht wahr?«

Er führte sie zu einem Sessel, ließ sie darin Platz nehmen und legte ihr ein Kissen in den Rücken. Dann zog er einen Stuhl herbei und ließ sich auf diesem nieder.

»Nein, Mona – ich feiere morgen nicht Hochzeit – und werde nie mit Gloria Lindner Hochzeit feiern. Ich habe meine Verlobung aufgelöst.«

Sie zuckte zusammen, sah ihn mit großen, angstvollen Augen an und fragte mit verhaltener Stimme:

»Richard – tatest du das meinetwegen?«

Er küsste ihr die Hände, langsam und andächtig.

»Nein, Mona – nicht deinetwegen. Ich hätte mein Kreuz auf mich genommen. Gloria selbst löste unsere Verbindung – sie liebte einen anderen und brach mir mit ihm die Treue.«

Ihre Hände zitterten in den seinen.

»Es – nein – es hat dir nicht wehgetan?«

»Nein!«

Ihre Augen wurden feucht.

»Ach Richard – hätte ich doch meinen Stolz bezwungen und geduldig gewartet. Es sollte aber wohl nicht sein! Und nun bist du frei – und ich liege in Ketten, die ich mir in törichtem Stolz selbst geschmiedet habe.«

Wieder zog er ihre Hände an die Lippen.

»Fühlst du dich stark genug, Mona, einige etwas aufregende Dinge zu hören?«

»Ich kann jetzt alles hören, Richard.«

»Dann will ich dir sagen, dass der Mann, mit dem Gloria die Treue brach – Hubert Meining war.«

Betroffen, aber durchaus nicht entsetzt, sah sie ihn an.

»Er? Mein – mein Mann?«

»Ja, Mona – ich überraschte Gloria und ihn am Abend

eures Hochzeitstages in einer sehr eigenartigen Situation. Darauf schlug ich Meining mit der Hundepeitsche ins Gesicht und streckte ihn mit einem Boxhieb zu Boden. Meine Verlobung mit Gloria habe ich daraufhin gelöst. – Glaube mir, dass das für mich eine Erlösung war.«

»Ach Richard – warum haben die beiden sich nicht angehört?«

»Weil sie beide arm waren.«

»Und – was wird nun aus Gloria?«

»Denkst du zuerst an sie? Was wird aus dir, Mona?«

Sie zuckte mutlos die Achseln.

»Ich muss mein Kreuz weiter tragen.«

»Nein, du musst nicht! Das hat Gott nicht gewollt – du bist frei, Mona! – Niemand mehr kann uns hindern, uns anzugehören.«

Sie wollte aufspringen, doch er hielt sie fest.

»Bleibe ruhig, Mona – meine Mona –, erschrick vor nichts! Gott selbst hat dein Opfer nicht gewollt, er selbst hat dich befreit – Hubert Meining ist nicht mehr am Leben.«

Mit großen, entsetzten Augen starrte sie ihn an.

»Richard! Wie ist das geschehen?«

Er atmete tief.

»Das ist eine lange Geschichte von Schuld und Verfehlung, Mona, und ich weiß nicht, ob du schon stark genug bist, sie anzuhören.«

Sie kämpfte ihre Unruhe nieder und sagte leise:

»Sag mir alles! Was ist geschehen – wie kam er ums Leben? – Mein Gott, so jung – hätte er nicht mit Gloria glücklich sein können?«

»Nein, Mona – es konnte nicht sein, weil – nun ja – weil Meining zum Verbrecher herabgesunken war.«

Sie zitterte am ganzen Körper und sagte, ihn durchdringend anblickend:

»Sag mir alles, jetzt will und muss ich alles hören. Du brauchst mich nicht zu schonen, ich bin längst wieder gesund, ich war überhaupt nicht krank – ich fürchtete mich nur, mit – ihm zusammen zu sein.«

»Mit Recht hast du dich davor gefürchtet, Mona. Gottlob, dass du es getan hast, – sonst, mein geliebtes Herz –, sonst wäre vielleicht Schlimmeres geschehen. Du schwebtest in einer entsetzlichen Gefahr – Meining trachtete dir nach dem Leben – er wollte dein Erbe werden.«

Und nun, als Mona tief erschüttert in den Sessel zurücksank, berichtete er ihr alles, was sich in den letzten Tagen in ihrem Haus zugetragen hatte, während man sie krank auf ihrem Zimmer glaubte und sie darin bestärkte, es nicht zu verlassen.

Dass Mona ein Schauer nach dem anderen über den Rücken lief, lässt sich denken. Aber Richard sagte sich, sie würde am besten über alles hinwegkommen, wenn er sie vor unangebrachtem Mitleid bewahrte. Alles erfuhr sie, und sie ertrug es stark und gefasst, denn sie wusste nun, dass sie frei war und Richard ohne Vorwurf und Schuld angehören durfte.

Richard teilte ihr auch mit, wie man Meining gefasst und wie dieser sich zu Tode gestürzt hatte.

Sie faltete, bleich bis in die Lippen, die Hände und sagte leise: »Gott sei seiner Seele gnädig!«

Als Richard sie dann liebevoll besorgt in seine Arme nahm, sagte sie mit zitternder Stimme, indem sie ihren Kopf an seine Schulter legte:

»Ich kann jetzt nicht an unser Glück denken, Richard,

alles in mir muss erst ruhig werden – aber Gott hat es gut gemeint mit mir. Und dir und all den anderen muss ich dankbar sein – und will es nie vergessen, dass ihr wie treue Wächter um mich gestanden habt.«

Er küsste sie zart und leise, nur um sie zu beruhigen.

»Wir warten in Geduld, meine Mona, bis wir ohne Unruhe glücklich sein können. Wir wissen, was das Beste und Schönste ist – dass wir uns lieben.«

Eine Weile standen sie Auge in Auge, und dann sagte Richard:

»Verzeih mir, wenn ich jetzt noch an etwas anderes denke als an dich – ich möchte Gloria über das, was hier geschehen ist, benachrichtigen. Und ich weiß auch einen Boten, den ich damit betrauen kann – Peter soll seiner Schwester die Nachricht bringen. Der Prachtjunge kann, wenn es sein muss, sehr mitfühlend sein. Und das sage ich dir gleich, Mona – ihm musst du eines Tages in deinen Werken eine gute Anstellung geben, er hat es verdient, ohne ihn wäre alles anders gekommen.«

Sie nickte ihm mit feuchten Augen zu.

»In welch guter Hut war ich all die Zeit und wusste es nicht!«

Richard rief Peter an und ließ ihn dann in seinem Wagen holen.

Peter ertrug die Nachricht – wie ein Mann. Er löste seine Aufgabe zur größten Zufriedenheit seines Auftraggebers. Gloria wurde vorsichtig von ihm in alles eingeweiht. Leidenschaftlich, wie sie war, gebärdete sie sich zunächst, als sei sie von Sinnen. Aber Peter machte ihr klar, welch schrecklichem Schicksal sie entgangen war – als Gattin eines Giftmischers hätte sie ein unglückliches Dasein führen müssen.

Die Geschwister fanden sich in dieser furchtbaren Stunde, und Peter wachte in Zukunft über seine Schwester.

Meinings Tod wirbelte begreiflicherweise viel Staub auf; aber die ganze Furchtbarkeit drang dennoch nicht in die Öffentlichkeit. Man hatte Mona geschont, soweit es ging, und so legte sich auch darüber die Aufregung.

Ein Jahr später wurde Mona Richard Römers Frau – und ihr gemeinsames Glück ist nie wieder getrübt worden. Alle Kämpfe lagen hinter ihnen, und es gab keine schwierigen Probleme mehr zu lösen.

Peter Lindner war jeden Sonntag Monas Tischgast. Er verehrte Mona und Richard, was er aber hinter einer rauen Art verbarg.

Mona strich ihm zuweilen, wie Richard es auch tat, über den blonden Schopf, und dann war ihm jedes Mal, als sei er zum Ritter geschlagen worden.

Peter dachte dabei immer: So wie Richard will auch ich werden, und wenn ich einmal heirate, muss es eine Frau sein wie Mona Römer.

Das war für ihn eine abgemachte Sache.

Ausgezogener Apfelstrudel

300 g Mehl
1 Ei
1 Prise Salz
1 EL Öl
1 Tasse lauwarmes Wasser
50 g Butter
80 g Semmelbrösel
2 kg Äpfel
50 g eingeweichte Rosinen
50 g grob geriebene Nüsse
3 EL Zitronensaft
Zimt
Puderzucker
Fett für das Blech
1 Eigelb

Aus Mehl, Ei, Salz, Öl und Wasser einen halbweichen Teig kneten und so lange auf einem Brett weiterkneten, bis er glatt ist und sich vom Brett löst. Den Teig dann in einer vorgewärmten Schüssel, mit einem Tuch bedeckt, 20 Minuten ruhen lassen. Ein 1 ½ Meter langes und 1 Meter breites Küchentuch oder ein älteres weißes Tischtuch über einen Tisch legen und mit Mehl bestäuben. Den Teig darauf nach allen Seiten so weit wie möglich ausziehen, die dicken Teigränder abschneiden. Die Butter schmelzen und die dünne Teigfläche mit der Hälfte der Butter beträufeln. In der restlichen Butter die Semmelbrösel goldbraun rösten, auf den Teig streuen, dabei eine Handbreit auf der Querseite frei lassen. Die inzwischen geschälten, entkernten und blättrig geschnittenen Äpfel auf die Brösel streuen, darauf die Rosinen, Nüsse, Zitronensaft, Zimt und Zucker nach Geschmack. Den Strudel mit Hilfe des Tuchs aufrollen, auf das gefettete Backblech legen, mit Eigelb bestreichen und im vorgeheizten Backofen bei 200° C / Gas Stufe 3 etwa 30 Minuten backen, dann auf 175° C / Gas Stufe 2 herunterschalten und noch 15 Minuten backen.

Mit Puderzucker bestreut warm oder kalt servieren.

Variante: Den Strudel in einen gebutterten Bräter legen, heiße Milch mit Butter sowie etwas saure Sahne darübergießen und goldbraun backen.